Staread
星文文化

蒋牧童

不许暗恋我
上
蒋牧童 著
（全2册）
江苏凤凰文艺出版社
JIANGSU PHOENIX LITERATURE AND ART PUBLISHING

目录

“我喜欢他”这四个字，邬乔走了这么远的路，经历了这么漫长的岁月，终于可以镇定说出口。

她喜欢眼前这个叫程令时的男人。

第一章

小奶猫长牙齿了

天光微亮，一缕晨曦从窗帘缝隙漏了进来。

床头的手机突然响起，振动的噪音伴随着刺耳的铃声，可谓是双重折磨。

宝贵的周末，一大早邬乔就这么被吵醒了。

睡眠不足带来的头疼，让邬乔在睁开眼睛时，先伸手揉了揉快要炸开的脑袋，缓了几秒，这才不情愿地伸手摸手机。

“除非宇宙探测器从太空发来消息说，外星人今天就要造访地球，要不然你完了。”

头疼欲裂带来的起床气，让她难得这么刻薄。

静默数秒，那头室友郝思嘉低声问：“你还没来学校？”

“今天要去学校？”

电话那边一阵安静。

显然，两人并不在同一频道。

郝思嘉忍不住拔高声音：“校庆，校庆，百年校庆，这么大的事情你居然能忘了！”

邬乔被这么一吵，早醒得差不多了，她一边从床上坐起来，一边把通话外放，将页面退到主屏幕，看了眼手机上今天的日期。

四月十号。

星期六，晴。

今天是T大的百年校庆，邬乔这阵子一直住在校外，还没太大感觉。

倒是住在学校的郝思嘉，在洗脑式宣传轰炸下，把今天记得比自己“爱豆”出道日还要精准。

邬乔又往被子里滑了滑：“哦。”

任谁昨晚画图熬夜到三点才睡，现在都不可能不困。

校庆就校庆吧。

关她什么……

一秒后。

邬乔猛地睁开眼睛。

同时，手机那头郝思嘉提醒道：“你还有礼仪接待工作，你不会也忘了吧？衣服我都帮你拿回来了，你要是不来，我怕系主任气死。”

邬乔心想：还真关她的事。

邬乔出神地望着头顶的天花板，闷闷发呆。

自从踏入这个校庆年，整个学校都跟打了鸡血似的。

广邀各路知名校友不说，甚至还打算授予一批荣誉学位。

建筑系作为学校的王牌院系，实力稳居国内前列，知名校友人数最多，分量最重。而这次授予的荣誉博士，自然就有建筑系校友。

原本这些都跟邬乔没关系，谁知系主任突发奇想，认为既然这次荣誉博士的获得者有建筑系的校友，那么若是由建筑系后辈学生亲手将证书捧到台上，岂不是代表着薪火相传？

想法挺好，但是现实……挺残忍。

首先，建筑系女生本来就少，一个班级里男女比例残酷得达到了十比一的程度。

其次形象不适合，学校礼仪队的女生个个身高一米六五以上，青春貌美。

光是身高这条，系里不少女生就被卡死。

最后也不知是谁提议，把邬乔这个大五临近要毕业的人，安排了上去。原因倒是粗暴、简单——

邬乔长得是真漂亮。

她一入校，就引起了建筑系的轰动，本来系里女孩就少，突然来了这么一位美女。站在盛夏阳光下时，她比光还惹眼。

刚开始班里男生不是怕邬乔转系，就是怕她被外系的“狼”拐跑。

如今大学快毕业才明白，他们的担心全是白费。

外系的狼没碰着她，本系的人也全无机会。

谁能想到她长着这么一张招蜂引蝶的脸，居然一心只想当个“画图狗”。

邬乔还是有些心烦：“不想去。”

郝思嘉安慰她：“能者多劳，别人想要这机会还没有呢，谁让你长得漂亮，是咱们建筑系的门面。”

邬乔无语中透着好笑，说：“我怎么觉得你这口气是在嘲讽我。”

郝思嘉：“这么以下犯上的罪名，你别栽赃给我。”

邬乔轻声一笑，就又听她说。

“谁不知道你邬乔就是我的亲爸爸。”

邬乔嘴上说不想去，却不能真的不去。毕竟已经答应系主任，就当是毕业前，最后一次给系里做贡献。

大五一开学，邬乔就到了天融建院实习。

天融是业内顶尖的大院，待遇高、福利好，连办公室都位于“高大上”的市中心。唯一缺点是离学校太远，来回车程需要三个小时。

设计院加班又是常事，她经常赶不上末班车。

打了几次车后，邬乔肉疼得够呛，决定暂时在公司周围租个房子。

说是周围，其实坐地铁到公司也得四十分钟，但比之前轻松不少。

洗漱之后，邬乔换了套衣服，离开家，前往地铁站。

当时为了省钱，她租的房子离地铁站也有十分钟路程。

她出来得早，但还是赶上了早高峰。连续等了两班车，她才踏上地铁。

早高峰的地铁，肯定是没有座位的。

邬乔随意握住栏杆扶手，拿出手机，准备打开建筑网站浏览。

这是她每天的习惯。

结果，旁边人突然撞了她一下。

手指一错，她点开了另外一个小图标。

手机上推荐页面的第一个标题，格外醒目——

《多年后再遇初恋，你觉得最可怕的是他(她)变成什么样子？》

显然这是个挺火爆的帖子，点赞超过二十万次，评论更是超过一万条。

这个问题，我可太有资格回答了。初恋是我同班同学，高瘦白，长得也清秀，算是“班草”级别。我印象最深刻的是，他穿着白T靠在走廊栏杆，夏天的风一吹，衣服被吹得鼓起来，清瘦又有少年气。那个画面我以为我会记得一辈子，直到我前几天回老家办事……

下面这段是被加黑的字体。

同学聚会，他也来了，我看见他的一瞬间，真的两眼一黑，我真没想到，以前那么清瘦的少年，现在变成了一个——

两百斤“巨汉”！

啊啊……两百斤!!

郇乔隔着屏幕，都能感受到对方的绝望。

虽然有点儿不厚道，她还是笑出了声。

这条回答的点赞数足有三万，底下更是各种回复。

· 别说了，姐妹，我怀疑你就是世界上另外一个我。

· 初恋劈腿了，这人怎么没胖成两百斤！

· 我觉得这些初恋能不能负点责任，最起码给我们留点青春的美好回忆吧。

·你这个还只是长胖，我初恋不到三十岁就秃了。

幸亏地铁上信号还算不错，她靠着这条帖子打发时间，不知不觉就到了学校。

邬乔刚到宿舍楼下，居然看见了郝思嘉。以她的了解，郝思嘉是周末不睡到十二点绝不起床的人。

“今天周末，你居然起得这么早。”

郝思嘉惊喜道：“你回来得这么快，正好，跟我一起去看展览吧。”

“看什么展览？”

“快跟我去吧，再不去就来不及了。”

邬乔漫不经心地说：“什么展览，还能早上九点就结束？”

郝思嘉：“展览不重要，帅哥才重要。”

“嗯？”

见她疑惑，郝思嘉一边挽着她，一边拿出手机，翻出相册里的一张照片。

这张照片明显是偷拍的，照片上有好几个人站在一起正说着话。但不用郝思嘉提醒，邬乔便自动看向了照片上最左侧的男人。

男人只被拍到一张并不算清楚的侧脸，可轮廓立体，鼻骨优越，下颌线流畅而紧绷。

哪怕是在这么一张偷拍的照片上，他也是吸睛的。

最重要的是，这人天生衣架子。

他只穿着一件简单细条纹白衬衫，黑色长裤，站姿松弛而随意，可跟旁边人比起来，显得格外肩宽腿长，有种鹤立鸡群的感觉。

邬乔看完这个男人，才发现照片上这群人，她还都认识，竟是学校建筑系的教授们。

“是不是让人眼前一亮，有种从眼珠到心灵都被净化的感觉？刚才小学妹偷拍照片放到咱们系大群里，瞬间刷屏了。”

邬乔：“所以你们为这个才去看展览？”

“我本来是不打算起床的，但实在忍受不了帅哥的诱惑，特别是建筑界的大帅哥这种比活化石还稀有的存在，看一眼说不定我从此就不想转行了。”

“万一是个‘照骗’，说不定你看完更想跑了。”

看到郝思嘉哀怨的神情，邬乔善解人意地住嘴。

这次展览的地址在学校图书馆的多功能厅，离她们宿舍没多远。

不一会儿，两人就到了。

展厅里人山人海，水泄不通。

郝思嘉：“真不愧是时恒建筑所，之前系里还怕展览没人看，特地发通知，让我们建筑系学生必须来打卡，看看，人家缺人气吗？”

“时恒事务所？”邬乔这才感到吃惊。

她最近一直在忙建院的一个招标工作，虽然她只是打杂的，但是事情也多，忙到压根顾不上学校这边。

郝思嘉见她连这个都不知道，不由得道：“这事在学校挺轰动的，时恒创始人之一是咱们学校毕业的，所以才会把这次展览放在学校。本来这是要放在上海东方博物馆展览的。

“毕竟时恒是现在中国最具代表性的年轻建筑事务所。”

身侧郝思嘉艳羡得喋喋不休。

邬乔望着展厅里错落有致的建筑模型，不禁陷入沉思。

郝思嘉左右张望：“大帅哥难道走了？我听说照片上这个人就是时恒的另外一个合伙人程令时，也是让时恒真正扬名国际的人。”

听到这个名字，邬乔彻底怔住。

“三十岁不到就成名的建筑师，年少成名，是咱们多少建筑学子的梦想。”郝思嘉四处张望，忽地压低声音道，“姐妹，门口刚进来的是不是他？”

门口。

邬乔的视线顺着她说的地方望过去。

即便是白天，展厅依旧打着明亮错落的光线。亮到展厅里的每个人，都能清楚地看见刚进来人的模样。

他仿佛有种魔力，一踏进来，展厅里微妙地安静了下来。

那种落针可闻的寂静。

毫不夸张，所有人的视线在这一刻齐齐落在了他身上。

男人的眉眼无疑是精致而又立体的，脸颊冷白瘦削，像是长期不见阳光，神情看似温和，却透着一股拒人千里的冷淡。

他微一抬眼，浅褐色的眸子像是涌入了揉碎的光，眼底泛起一股骄矜的懒散。

似乎这里没什么能引起他在意，那种从骨子里透出的懒散，带着撩人的味道。

郝思嘉刚激动地拿出手机，她电话就响了。

展厅不能接电话，她捶胸顿足叮嘱邬乔："你帮我拍张大帅哥的照片，快快……"

邬乔当然不会听她的胡言乱语。

在郝思嘉离开后，她立即转身，走到展厅角落，假装被一个博物馆建筑模型吸引。

她正思考着，要不要趁机离开。

至于久别重逢，至于他乡遇故知，这些事，她想都没想过。就在她胡思乱想时，突然感觉身边多了一道身影。

"喜欢这个建筑？"

语气依旧是那样懒散。尾音微微拖长，听起来温柔而缱绻，可是实际上却是泛着懒散的傲慢。

顷刻间，邬乔的心跳犹如被按下暂停键。

但下一秒，又瞬间加快了速度。

跌宕起伏的感觉，像是在这片刻坐了一趟过山车。

邬乔不知自己是不是该转头，按照礼貌来说，她应该扭头看着他，然后称赞一句。

可哪怕是一个"嗯"这么简单的字，都像是被锁在她喉咙间，让她说不出口。

"我设计的。"

哪怕邬乔反应再迟钝，都从这懒散而简单的几个字里，听出了别样的味道。

什么意思？

他这是在跟自己炫耀他的建筑成就？

转念一想，又觉得不至于。毕竟他如今是鼎鼎大名的天才建筑师，而她不过是来看展览的普通建筑系学生。

邬乔见他没再说话，终于转头望过去。

没想到正对上他缓缓掀起的眼睫，那双浅褐色的眸子，同样落在她脸上，两人视线对上，彼此看清对方的脸，停顿了几秒。

程令时眉目舒展，又扭头望向身侧的建筑模型群："这里，全都是。"

此刻邬乔周围仿佛在飘荡着一句话：凡人顶礼膜拜吧。

邬乔脑海中莫名想起今早的那个帖子。

突然，她似乎有了个答案。

大概对她来说，最可怕的是——最初的暗恋对象变成了一条狗。

最初的暗恋对象，字面上的意思就是，她第一个偷偷喜欢过的人。

邬乔今年二十三岁，建筑系大五，即将毕业。

可她的感情经历贫瘠到，居然只能与眼前这个人牵扯上关系。

年少时的兵荒马乱到如今突然再见面的平静，哪怕带着错愕，也仅仅只是因为，本以为永远不会再见面的人，莫名其妙在这里重逢。

连最后一次见面是什么时候，邬乔都记不清了，却并不妨碍，她一眼就能认出程令时。

邬乔不知命运优待的是她，还是他。

眼前的程令时，一双浅褐色桃花眼，深邃撩人，似笑非笑望过来时，偏淡的眸色被头顶的光线染上了潋滟色泽，活脱脱一副妖孽模样。

相较于那个初恋帖子里种种毁灭青春美好记忆的重逢，她的最初暗恋对象，既没变成两百斤的胖子，也没秃顶。

程令时依旧是让人瞧一眼便面红耳赤的妖孽长相。

这是不是说明，她看男人的眼光还挺好？

邬乔在心底默默自嘲了一句。

她收敛心情，很客气地赞美道："很好。"

她短短两个字，似乎并未让对方满意，他反而是眼角上扬，有些不以为然。

程令时望着她，语调很慢：“你看了这么久，居然只有‘很好’两个字？”

他还刻意咬重了“很好”这两个字。

他的语调懒散，倒也并非指责，只是透着一股骄矜，仿佛她是有多有眼不识泰山。

他的态度让邬乔猜测，他应该是没认出自己。

距离最后一次见面，已经过去好多年。

她早已经从一个稚气女孩，长成如今这般模样，女大十八变，难免长相会改变。

他不记得她，并不奇怪。只是听着他的话，本想要平和度过这个出乎意料重逢的邬乔，突然莫名想给他添点堵。

她轻笑了下，转头望着离自己最近的建筑，就是刚才他指的博物馆，这是时恒事务所在国内的代表作之一。

程令时的设计以大胆创新闻名，当初他能脱颖而出，跟这个脱不了关系。

只是名人都有一个问题，那就是褒贬不一。特别是程令时这种年纪轻轻，独得如此风光的人。

建筑行业，三十岁是积累期，四十岁崭露头角，哪怕六十岁依旧是当打之年。

他未满三十就成名，实乃凤毛麟角，遭人嫉恨很正常。

当初这个博物馆设计落地，国内媒体争相报道，喜欢者将此视为神作，不喜者大肆抨击批评，双方你来我往，大战三百回合。

最后结果，就是程令时风头更甚，成为业界最炙手可热的建筑师。

有人曾经笑言：你可以不了解建筑，但不能不知道程令时。

这话确有夸张成分，不过也说明了圈内人对他的认同。

邬乔望着博物馆模型：“我觉得这个博物馆过分强调自身的建筑外观设计，而与周围建筑格格不入，真正好的建筑，可以特立独行，但它应该融于环境。”

一口气说完，邬乔才停下。她转头对上他，看到他嘴角扬起的，像是轻嘲的弧度。

唉。

她到底在胡言乱语什么？

邬乔深吸一口气，还是挡不住心底的懊悔。

她一个大五的建筑生，连毕业证书都还没拿到手，居然敢对真正的建筑师大放厥词，指责他的建筑设计有瑕疵。

而且她说也就说了，还没吐出什么象牙。

这种狗屁不通环境与建筑的理论，也就唬唬刚入学的大一新生吧。

邬乔垂下眼帘，避开程令时的眼睛，完全不敢再看他。

果然冲动是魔鬼。

她想给人家添堵，最后却只给自己添了堵。

原来“小丑”竟是她自己。

邬乔抿了抿唇，用尽最后一丝力气：“很高兴能参观这个展览，您的建筑还是很棒的。”

这么有气无力地找补，邬乔更加不敢抬头看程令时的表情。

她说完，赶紧转身离开。

邬乔离开展厅之后，才觉得周围的空气都在重新流动。只是萦绕在心头的沉重，久久没散去。

郝思嘉不知道去了哪儿，邬乔出来就没看见，她只能站在拐角等着。

展厅是在图书馆的多功能厅，而此刻她站在大厅的角落，看到大厅旁边是图书馆餐饮吧，虽然还早，但小圆桌旁已有了学生。

直到邬乔听到旁边聊天声越来越大，像是在讨论什么开心的事情。

“你们看见这个照片了吗？建筑师还有这么帅的，咱们也去看看吧。”

邬乔眼角一跳，转头望过去，就见盆栽后面的小桌旁，三个女生拿着手机，正在兴奋讨论。

“看算什么呀，有本事你们去要微信。”

“很难要到吧。”

“就是因为难要，才更有挑战性，来来来，姐姐教你们一招。”

虽然是在公共场合，三个女生却越聊越开心。

只听要出招的短发女生兴奋道："待会儿你们进去看展览的时候，你故意批评一下他的建筑设计，你知道吗？这些建筑师最是倨傲，对自己设计的作品非常满意。

"比起赞美和吹捧，批评对他们来说，才更加刺耳。

"这样一来，他肯定会觉得你果然跟其他人不一样。"

"哇，这主意好呀。"

哪里好？

邬乔听得心底发笑。

这种故意找碴儿的搭讪方式，十年前的偶像剧都嫌土吧。

不过……他是什么"唐僧肉"吗？

人人垂涎。

邬乔不想再在这里等，准备出去找郝思嘉。

一转身。

她看见了身侧几步之远的程令时。

她明显被吓了一跳，表情都没有绷住，有些惊慌失措。

接下来，邬乔才发现他直勾勾地盯着自己，眼神若有所思。

直到他唇角微弯，脸上带着戏谑。

不知为何，邬乔从他脸上读出了一种"原来如此"的表情含义。

电光石火间，她的思路在这一刻突然清晰了起来。

不是……

不会是他听到旁边这三个女生的对话了吧？

"故意批评。"

"果然跟其他人不一样。"

所以，他该不会是觉得自己刚刚故意批评他的建筑设计，是因为想要搭讪他？伴随着她越来越快的心跳声，程令时走到她面前，那双桃花眼微挑，冲着她说："拿出来吧。"

邬乔心想：拿什么？

程令时先一步解答了她的疑惑，他从裤兜里掏出手机，见她没动，他忽然一笑："不是想要微信吗？"

邬乔深吸一口气。

她现在解释，还来得及吗？

“看在你这么绞尽脑汁的分上，”程令时意味深长地望着她，仿佛她这样让他挺为难，随后他嘴角略松，微拖着腔调，“只此一次，下不为例吧。”

行，她是彻底解释不清楚了。

邬乔果断伸手从包里拿出手机，打开微信。

她把二维码递过去：“麻烦你扫一下。”

想了下，她又补了句：“谢谢。”

邬乔内心平静，毫无波澜，果然，只要她不尴尬，尴尬的就是别人。

邬乔在微信上跟郝思嘉说了一声，直接回了宿舍。

礼仪队的衣服，是郝思嘉帮她拿回来的。

下午礼仪队提前到礼堂彩排，她在食堂吃了个午饭，然后直接过去。

学校礼堂的后台配备挺齐全，礼仪队有专门的休息室，墙壁上不仅有一整面镜子，还配有换衣服的小隔间，弄得挺正规的。

休息室没有别人，邬乔干脆先给自己化妆，这次的礼仪服装是青花瓷旗袍。

旗袍最是挑人，身上的肉一寸不能多，一寸不能少，还得都长在合适的地方。

邬乔特意化了搭配今天旗袍的妆容。化好妆，她拿出旗袍，打算换上。

旁边有隔间，她直接拿着衣服走了进去。

谁知她刚进去，穿上衣服，外面就有了动静。

原来是礼仪队的人到了。

邬乔本打算拉好拉链，就出去打招呼，结果她发现刚拉到一半，拉链拉不动了。

连拉链都在捉弄她？

她试了好几次，还没拉开，外面已经闲聊起来。

“对了，不是说那个邬乔是建筑系的系花，我昨天一看，就长那样啊，太一般了吧。”

这句不知是谁说的，语气里透着轻蔑。

昨天？

她的礼服是郝思嘉昨天帮忙拿回来的。

郗乔松开手，这么一直勾着腰，也挺累。

她手指勾着一缕垂下的长发，正在考虑这时候是不是该直接出去。

毕竟她没打算故意偷听别人说话。

今天也不知怎么回事，走哪儿都能听到墙角。

外面的聊天声还在继续。

“建筑系吗，男女比例那么大，‘母猪’进了建筑系，估计都能是个班花吧。”

“这么说来，建筑系的男生好惨。”

“哈哈，快别说了，山上的笋都快被你们挖完了。”

放肆的玩笑并没有就此停下，反而越说越热闹。

隔间的郗乔安静听着。

从小到大，郗乔就被无数人夸赞乖巧、懂事、不惹是非，其实只有她自己知道，她只是擅长忍耐罢了。

别人夸她也好，背后诋毁她也好，她都能一笑置之。

这次，单纯论及她的话，可能她会在这个小小隔间，一直待下去。

毕竟今天过后，她跟外面这些人都不会再见面。

何必闹得难看，何必得罪人。

可偏偏她不太喜欢，别人受自己的牵连被诋毁。

“啪”的一声，并不算大的响动，惊得屋子里的人转头，朝更衣室隔间看过来。

隔间的门就这么被推开，所有人看着一个身着旗袍的姑娘缓步而出。

穿着旗袍的身段最是惊艳。

特别是她的头发还没来得及扎起来，乌黑的长发又密又亮，缎子似的，垂在肩上，一走动，长发盈盈飘动。

“你谁呀？”一个穿着黄色连衣裙的女孩尖声问。

郗乔一听，耳熟，这是刚才嘲讽最多的声音。

她走到对方面前，刻意凑近，语气极缓慢地问：“我好看吗？”

旁边的人震惊，也忍不住看着她。

这是什么问题啊？

黄衣女孩不知是被她吓住，还是被这种莫名的问题震住，紧张地咽了咽口水后，居然点头："好……好看啊。"

邬乔的漂亮并不张扬。

她的长相极其精致，五官像是被墨笔精心描绘出来的，"眉眼如画"这四字，最是衬她。况且她身上自带一股江南水乡蕴养出来的柔和，就如同春日里的细雨，朦胧柔润。

即便安静地站着，她也是最惹眼的存在。

这样的长相，只要眼睛不瞎，都会觉得好看。

邬乔微微一笑，似乎满意这个答案。

下一秒，她抬眸环视屋子内的众人："我们建筑系最丑的都长我这样。"

众人噤声。

"所以，请你们以后，不要对我们建筑系女生的长相说三道四。"

这个"请"字明明语调客气，却莫名充满嘲讽，仿佛在满屋子人脸上，猛抽了一巴掌。

一阵风吹过，休息室原本没关严的门，门缝被吹得更大了。

门外正好路过而且无意中听到这话的男人停下脚步，偏头望了过来。

程令时的视线透过门缝，落在拥有一头缎子般浓密长发的女孩身上。

倏然间。

他露出笑意，边笑边往前走。

站在前面的合伙人容恒被他笑得莫名，问道："你笑什么呢？"

程令时挑眉，慢条斯理地说："小奶猫长牙齿了。"

之后的彩排，大家刻意忙碌，居然一路相安无事。

晚上是校庆晚会，主舞台设在学校操场。据说舞美就花了几百万元，T大作为名校，也有不少文艺圈的校友，场面格外热闹、宏大。

她虽然不喜欢热闹，但是架不住郝思嘉的怂恿，还是跟着去看了。

只是散场时，不知从哪儿跑来一个高瘦男孩，模样阳光又俊朗，将手里的纸条塞给她就跑了。

郝思嘉两眼发光："这个小弟弟好帅，怎么一句话都不说就跑了呀。"

邬乔瞪了她一眼，郝思嘉才笑着闭嘴。

出于礼貌，邬乔没直接撕掉纸条，而是打算带回宿舍再处理。

到了宿舍，郝思嘉先去洗澡，邬乔坐在椅子上，拿出手机。

这一天下来，她几乎没什么安静思考的时间。

此刻拿出手机，点开微信。

她往下拉了一会儿页面，才重新找到早上加的那个微信。

程令时的微信名简单直接，就是他的名字，连备注都不用了。

邬乔点进朋友圈，倒不是三天可见，而是半年可见。可他的朋友圈，除了偶尔转发时恒建筑所的新闻，再无其他，连一条关于他自己的都没有。

邬乔放下手机，双手猛搓脸颊。

白天一直忙得没空想，此时空闲下来，她越想越尴尬。

她居然真的直接拿出二维码，让他扫了。

邬乔之前在程令时面前，假装不尴尬。现在看着屏幕上他的名字，看一眼都想穿越回去，挤一挤当时自己脑子里的水。

两人加完微信后，没聊过一句。

正好洗手间的门打开，郝思嘉洗完澡出来，她一边擦头发一边问："刚才那个微信，你准备加吗？"

"哪个？"

郝思嘉："就是刚才那个英俊又阳光的长腿小弟弟啊，真好看，绝对系草级别。"

邬乔："不加。"

"我以为你拿着手机，是准备要加人家呢。"

听郝思嘉提起，邬乔这才想起纸条还没处理，她从包里拿出来，也没看，直接撕了，扔进了旁边的垃圾桶。

郝思嘉看着她干脆利落的动作，佩服道："乔啊，有时候我是真佩服你，任凭小鲜肉来来往往，你自岿然不动。你跟我说说，你到底为什么不想交男朋友啊。"

邬乔的桃花运，从进大学就没断过。

建筑系献殷勤的男生层出不穷不说，外系拐弯抹角要她联系方式的，也是数不胜数。

只有邬乔铜墙铁壁，丝毫不为所动。

她说："没什么，只是觉得我还年轻，应该专注学习和工作。"

郝思嘉有些不服气："就是因为年轻，才应该多谈谈恋爱啊。"

邬乔神色淡然，随手打开电脑："我去谈恋爱了，竞赛谁帮我做？"

"你都已经是咱们建筑系最牛的大神了，"郝思嘉随手撕开一片面膜，敷在脸上说，"少壮不努力，老大徒伤悲，我现在投简历，才知道平日努力有多重要。看了你的作品集，再看看我的，简直是一坨'屎'。"

建筑系毕业生找工作，作品集最重要。

邬乔从大三开始参加大学生建筑竞赛，她自己组建团队，一起参加竞赛，几年下来，履历漂亮得耀眼。

况且她年年排名都是建筑系第一。

邬乔安慰她："你现在认真做作品集也还来得及。"

"你别安慰我了，我知道自己就是一条'咸鱼'，而且是翻不了身的那种。我真的佩服你，目标坚定，心无旁骛，绝不会轻易被外界打扰。"

邬乔听着郝思嘉的哀号，无奈一笑。

随后进了洗手间，她拿出卸妆棉，一点点将脸上的妆擦掉。

她盯着镜子里的自己，头一次发现，她的心静不下来。白天的场景，还有那张熟悉又带了点陌生的眉眼，在脑海中浮现。

目标坚定，心无旁骛。

其实她没郝思嘉说的那么淡然。

邬乔突然扔掉手里的卸妆棉，洗干净脸，直接从洗手间出去。

郝思嘉刚打开一部剧，见她出来，奇怪道："你这么快洗完澡了？"只见邬乔走到自己位置旁，拿起正在充电的手机，打开微信，找到程令时的头像，点进去，按下删除。

一气呵成，容不下她半点考虑的时间。

即便留着微信也不会联系，甚至他都没认出自己。

虽然不知道他究竟出于什么心思加了自己微信，但日后难有见面的机会，就当这次重逢只是个小插曲罢了。

删完之后，郗乔心底反而轻松了些。

而在这座城市的另一边。

这个“小插曲”刚到家。

程令时给自己倒了一杯水，这才拿出手机，点开早上刚加的微信。

他端起水杯，慢悠悠喝了口，在信息栏打下一段话：早上是跟你开玩笑的，其实哥哥一眼就认出了早早。

早早是郗乔的小名。

盯着郗乔的头像又看了两眼，程令时按下发送。

下一秒，界面跳出一条消息——

“你还不是他（她）的好友，请发送好友验证请求。”

原本姿态懒散靠在自家吧台旁的男人，一下站直了身子，那双总是噙着懒散笑意的黑眸，猛地收缩。

他仔细看着屏幕上的消息，像是不确定又似不死心，又发了一条。

只有一个问号。

然后界面再次弹出一样的提醒。

确实。

是他被删了。

程令时喉结滚动着，终于，气笑出声。

小奶猫长的爪子，不仅对着别人，也挠向了他。

第二天早上，荣誉博士颁发典礼，如期举行。

郗乔圆满完成任务，甚至在系主任的引荐之下，还加了其中一位在业界十分有名的老师的微信，倒也不算没有收获。

原本她晚上准备回出租房，明天还要上班，却被郝思嘉拦下，她说：“昨天校庆，班长说趁着大家都在学校，赶紧聚一次，要不然以后聚不齐这么多人了。”

“之前不是聚过一次吗？”郗乔收拾着电脑，说道。

郝思嘉：“上次聚会都是上个学期的事情了，反正你今晚别走，我都答应他们了。”

“你去不也一样。”邬乔语气淡然。

郝思嘉挑眉：“怎么能一样，你要不去，咱们班一大半男生都得失望。”

“别胡说八道。”邬乔见她又说得没边，赶紧叫停。

郝思嘉：“你就去呗，我们都大五了，还能再聚几次？”

思及此，邬乔总算点头：“算我一个吧。”

“好嘞。”郝思嘉冲着她竖了个“OK”的手势，迅速在班级群里说了这件事。

就听她手机“嘀嘀”振动个不停。

郝思嘉惊讶道：“乖乖，我一说你也去，群里这么多人‘诈尸’。班长得伤心死了吧，他在群里喊半天没人应。”

对于郝思嘉习惯性的胡说八道，邬乔选择无视。

“我先去图书馆一趟，晚上要去吃饭的时候叫我。”

邬乔拎着电脑，离开宿舍。

郝思嘉看着她的背影，震撼得直摇头。

从她认识邬乔开始，邬乔的每一分每一秒好像都被标刻好了，学习、赚钱、竞赛，她永远都那么忙，一刻都不曾停下来歇息，也从未抱怨。

邬乔去图书馆，是为了继续准备所里的工作。

最近所里正在全力以赴准备一个项目的招标，而且这次的项目同时还是最近国内颇为瞩目的“地标设计竞赛”，初步知道的对手就有清华院、华工院，还有几家外国事务所。

这是她实习以来，参与的最大项目。

她一直忙到傍晚才回来。

郝思嘉瞧着她素面朝天的样子，忍不住说：“我听说今天易百带了女朋友，美人，你确定不降维打击一下？”

易百是她们同班同学，家里挺有钱的富二代，追了邬乔三年。

但是没成功。

“毛病。”邬乔有些严肃道，“待会儿你可别胡说八道。”

见她这么认真，郝思嘉赶紧保证：“你还不了解我，就是在宿舍说两句。”

两人去了班长订好的餐厅，并不是在学校周边，而是在一个挺繁华的商圈。

因为订得迟，只有大厅里的两张圆桌。

邬乔和郝思嘉是班里仅有的女生，一向是众星捧月的待遇，位置早给她们留好了。

没一会儿，易百便带着他女朋友到了，瘦高又时尚的姑娘，长得也很精致。

是谁看见都会喊一声美女的存在。

邬乔却有些惊讶，因为这姑娘她昨天就见过，学校礼仪队的。

昨天有些不愉快，邬乔干脆装没认出对方，客气地打了招呼。

易百带着女朋友坐下，周围同学难免恭维祝贺一番，羡慕他能在大五脱单。

吃饭时，邬乔总感觉有人在看自己。

倒不是她敏感，而是她打小就对别人的目光很在意，久而久之养成了习惯。

没想到她放在桌上的手机响了。

郝思嘉："姐妹，我跟你说件事，你别抬头，表情一定要保持淡定。"

郝思嘉："我敢确定，易百女朋友肯定知道他追过你的事情。"

郝思嘉："她都盯着你看好几回了。"

郝思嘉："来者不善！

邬乔看完，把手机放下，顺势夹了面前盘子里的一颗丸子，放在旁边郝思嘉碗里。

她神色淡然："吃吧。"

郝思嘉发现这个重大情况时，激动得差点拍桌子。

谁知当事人太过淡定，居然还给她夹丸子。

她盯着面前的丸子，陷入深思，这是什么意思？

于是她赶紧又发了一条："你的意思，是不是她要是敢轻举妄动，你就让她"丸"了？"

邬乔看到这条信息的时候，差点噎住。

这朋友不能要了。

邬乔："我的意思是，吃你的，闭嘴吧。"

都是一个班的同学，随意聊聊大家的情况，一顿饭下来，还算相谈甚欢。

班里不少人都已经工作，也有准备读研的同学。颇有种毕业季来临，各奔东西的味道。

中途建院同事打了电话，邬乔起身去接。

她接完电话，准备再去趟洗手间。谁知刚走到门口，居然听到公共洗手台方向，有个声音响起："女人的直觉真准，难怪我昨天一看见那个邬乔，就觉得心里不舒服，原来易百之前追过的人，真的是她。"

这个餐厅洗手池是男女相对的，大而宽阔。

邬乔站在这边，对方完全没察觉。

电话那边不知说了什么，对方语气更加恼火："什么叫我别担心，她肯定不喜欢易百，要不然早在一起了。你这么说，好像是我捡了她剩下的。我家易百差吗？是那女的没眼光，一个拿助学贷款上学的，还看不上易百，简直是命比纸薄、心比天高。"

"长得好看有什么用，真以为她能凭脸吃饭。"

邬乔觉得，她这两天也不知走了什么运，被动听是非，还都是关于自己的。难不成集齐七次听墙角，能召唤"神龙"？

邬乔的念头一闪而过，继而她震惊地望着从男洗手间走出的熟悉身影。

虽然没有神龙，但真……见鬼了。

程令时的惊诧，不比邬乔少。

他只是上个洗手间，没想到听了一耳朵是非。

本以为只是同名，结果他一出来看见邬乔，就全明白了。

邬乔也没想到，别人吐槽自己的话全被程令时听到了。

程令时稍稍侧头，朝洗手台方向看了一眼，再次回头，与她的视线对上。

他的回头，让空气中的气氛更加尴尬。

因为这个动作让邬乔确定，他听出来对方是在骂她。

程令时没说话，安静地望着她，只是这种沉默反而更叫气氛凝滞。

他的眉眼生得极好看，狭长眼尾总会带着懒散笑意，这一刻不知是不是他喝了点酒，眉梢微弯，带起点轻浮。

邬乔不知道他对自己的长相没印象，会不会对邬乔这个名字还有些印象。

总算，他慢腾腾开口："偶遇？"

不是，都这种时候了，他不会还以为自己是跟踪他到这个餐厅的吧？

"还是说……巧合？"程令时微拖着腔调。

他把她想说的话都说完了，她还有什么好说的。

不知不觉，邬乔心底尴尬散去。毕竟再尴尬，也尴尬不过被人当跟踪狂吧。

不知道是不是程令时这几年名气太大，崇拜者太多，以至于给他造成一种错觉，遇到的每个人都是为了故意接近他。

"我朋友跟我说，这家餐厅有只孔雀。"她坦然望着他，语气诚恳道，"没想到，居然是真的。"

说完，她没再看程令时表情，转身走了。

回到餐桌没多久，易百女友陈宁宁回来了，正好赶上班长叫服务员结账。

大家让班长先付钱，待会儿转账到他微信。

谁知陈宁宁抵了下易百手臂："我说你也是的，直接付钱就好了，为什么还各付各的？不说别的，这里挺贵的，有些同学家境不太好，来一趟也不容易。"

说话时，她刻意朝邬乔看了一眼。

这下郝思嘉先"炸"了。

千年"绿茶"，装什么"纯净水"。

没等她开口骂回去，旁边过来一位领班模样的人，客气地朝邬乔看了眼，便说道："小姐您好，恭喜您成功当选我们店内的幸运顾客，不仅可获得一次免单，还有终身五折优惠。"

众人惊呼，没想到还有这样的好事儿。

陈宁宁不悦道："你们这个幸运顾客是怎么选的，凭什么呀？"

易百忍到现在，终于不悦道："你干什么？"

不仅他，在座其他同学也察觉到了陈宁宁对邬乔的敌意。

领班未立即回答，因为他直接拿起对讲机，将陈宁宁的疑问传达给对面。

直到一道懒散而又平静的声音，在电流夹裹中响起：“凭脸选的。”

陈宁宁猛地抬头望向对面的邬乔，这几个字仿佛是照着她的脸抽了过来，脸上的笑意渐渐僵硬，脸色更是不可抑制地开始发白。

反而是邬乔见她一直盯着自己，突然眨了眨眼睛，表情格外无辜，仿佛在说“啊，原来我真的能凭脸吃饭啊”。

而此刻餐厅包厢里正坐在程令时旁边的容恒，听着他说出这四个字，一时目瞪口呆，半晌才回神。

大海都没他“浪”！

原本挺和谐的聚餐，因为最后出现的转折，掀起了不小的波澜。

易百直接脸色铁青地拽着陈宁宁离开了。

倒是其他同学挺尴尬，大家也不知道该怎么安慰邬乔，就又提到这个幸运顾客的事情。

几个同学，你一言我一语。

“这老板挺个性啊，凭脸选客户。”

“那也得凭脸选得上，像我就不行。”

邬乔找了个理由，跟几个男生分开回学校，郝思嘉陪着她一起。

远离他们，郝思嘉这才有一肚子的槽点要吐，她说：“我说易百这个女朋友没毛病吧，你跟易百连谈都没谈过，是易百单方面追你，她针对你干吗？

“有些女的，真把自己男朋友当香饽饽，以为谁都想啃一口。

“还有易百也真是的，同学聚会，带什么女朋友。”

邬乔一贯不喜欢被牵扯到这种事情，所以她对任何追求者，从来都是坚决拒绝，从不给一丝幻想空间。

见邬乔不说话，郝思嘉也知道她烦这些。

她干脆挽着邬乔手臂，问道：“老实交代，刚才那男人是谁？”

邬乔故意：“什么男人？”

“还跟我装呢，”郝思嘉不放弃，继续审问，“就是对讲机里的男人，凭我多年二次元经验，这种音质的男人，绝对是大帅哥。”

邬乔好笑："那你的经验告没告诉你，不可以'声'取人。"

"快说，快说。"

被她逼问得没办法，邬乔敷衍："一个认识的人。"

"不可能。"

郝思嘉抬起双手，指向自己双眼："你休想逃过我这双眼睛，那个声音响起之后，你明显不对劲了。"

邬乔略有些震惊地望着郝思嘉。

她倒也不必猜得这么准。

"对了，刚才你看见陈宁宁的表情没？太打脸了。"郝思嘉得意一笑，忍不住说，"替你解围的这个人，是不是喜欢你？"

邬乔淡然："说点现实的。"

郝思嘉惊讶："怎么不现实了？你长这么好看，喜欢你不是正常……"

邬乔觉得好笑，因为郝思嘉要是知道对方是谁，就不会说出这种话。

程令时与她，是天壤之别。

这么多年，他什么漂亮姑娘没见过。

邬乔突然停下，轻声说："我有东西丢在餐厅了，你先回去吧。"

郝思嘉还没来得及说话，就见她转身离开。

回餐厅的路上，虽然没有郝思嘉在耳边嘀咕，她自己的思绪却好像不愿意轻易放过这件事。

明明在洗手间，他还一副"你该不会是故意跟踪我吧"的态度，为什么又在结账时，故意给她解围，而且他最后说的那句话，"凭脸选的"，应该是针对陈宁宁那句羞辱她的话吧。

对于程令时到底认没认出自己，邬乔已经不确定了。

又或许，他只是一时气愤，见义勇为？好像也是他会做的事情。

脑海中的记忆拼命翻涌，就像是沉船里重见天日的宝藏，一点点漂浮上来，直至填满整个脑海。

她忍不住想起，自己与程令时第一次遇见的场景。

初二那个暑假，眼看着要升初三。

邬乔一直在家看书，除了帮大伯母送醋之外，从不出门。

她大伯家里有个酿醋作坊，据说是邬乔爷爷传下来的手艺，一直深受街坊邻居的喜欢，因此在小镇里销量还不错。

那天她在房间里看书，就听外面喊："邬乔。"

她应声跑了出去。

外面太阳正烈，大伯母将一壶刚打好的醋塞进她手里："送到程家大宅，快点，那边催得急。"

邬乔点头，拿着醋壶就要走。

这只壶足有十斤重，她拎在手里，却也不算费劲，她早已经拎习惯了。

只是这一路却有点远，邬家位于小镇西边，程家大宅却坐落在最东边，乃是整个古镇里，远近闻名的大户人家宅院。

据说，程家至今已有几百年的传承。

家族出的名人更是不计其数，有些甚至还登上了教科书。只不过近代这支，去了国外，后来回国，也并不长住清塘镇。但每每提到程家，镇上的人都会有说不完的话。比如，程家人虽不住这里，却会回来祭祖，祭祖时的排场特别隆重，是镇上不可多见的盛况。再比如，程家大宅到现在依旧还有专门照看宅子的阿姨和管家。

不过这些也只是邬乔听镇上的人提起的。

邬乔路过镇上的街道，一栋栋白墙黑瓦的古式建筑小楼连成一排，铺门大开，不少人家都用来做生意，卖什么的都有。

古代与现代的融合，有种时空交错的感觉。

这个叫清塘的江南小镇，是邬乔的老家。鱼米之乡，小桥流水，道不尽的温柔与平和。

"邬乔，又帮你大伯母送醋呢。"坐在铺子柜台后的中年女子看见她，笑着打招呼。

邬乔点头，笑着回应。

只是她刚走，就听这个女子跟隔壁铺子的人说："邬家这个小姑娘，倒是懂事得很，模样长得也是真漂亮。"

"懂事有什么用，没爹没妈，多可怜。"

“说得也是，寄人篱下，可不是得有点眼色，多帮家里做事。”

你一声我一言，声音之大，也不管走过去的邬乔有没有听到。

只是她若真的听到，也不会在意。

因为别人说的，都是事实。

程家大宅她不是第一次来，来得多了，她直奔厨房。

厨房里陈嫂原本正在熬汤，见她来了，赶紧接过她的醋，一脸吃惊道：“这么重的醋，你一路拎过来的？”

“没事，也不重。”邬乔甜甜一笑。

她习惯了笑脸迎人。

陈嫂瞧着她满头大汗，一边从冰箱里给她拿冷饮，一边说：“你呀，就是太听话了，怎么从来不见你堂姐送醋过来？”

不过说完她又意识到什么，转移话题。

“来，喝点冷饮。”

邬乔却没接过，小声说：“我喝水就好了。”

她大伯母不喜欢她拿客人的东西。见她不接，陈嫂没勉强，又给她倒了杯水。

刚倒完水，陈嫂的手机响了。

她接完，有些歉意地道：“乔乔，你能帮我看会儿厨房吗？”

“没事，您去吧，我很闲的。”

陈嫂放心离开后，邬乔安静地坐在廊下的小凳子上等着。

谁知，没一会儿厨房里传来一阵“叮铃”响声。

邬乔诧异地站起来，走进去，才发现厨房墙壁上不知何时装了一部电话。

她听电话又响了两声，这才走过去接了起来。

“陈嫂，麻烦帮我冲一杯咖啡送到书房。”电话那端是男生干净的声音，带着些许慵懒味道，像是夏日里轻晒在身上的暖阳，轻轻落进邬乔的耳畔。

不经意，便搅乱了她的心跳。

邬乔反应过来时，正要告诉对方，陈嫂出门了，咖啡得等一下。

话还没出口，只听对面道：“谢谢。”便直接挂断了电话。

怎么办？

这个人是谁？

邬乔时常来程家送东西，只是之前来时，家里除了管家还有陈嫂，并没有一个声音听起来很年轻的男子。

她又想起镇上的传闻，这座大宅的主人偶尔也会回来小住。

难道是这家的少爷？

这个有些古老守旧的称呼，在邬乔脑海中响起时，她自己都被逗笑了。

她左右看了一眼，就发现厨房里果然添置了一个新机器。

因为程家有钱，每年在邬家订购的醋都不少。

大伯母很看重与程家的关系，每次邬乔过来送东西，她总叮嘱要有眼色、嘴乖点，所以邬乔每次过来，都会抢着帮陈嫂干活。

况且她也很喜欢这里，程家二楼有个书房，那里的藏书是邬乔在别处从未见过的，泛黄的纸张，像这个古镇一样，透着古老柔和的气息，叫人爱不释手。

邬乔是那种人乖嘴甜的女孩，陈嫂很喜欢她，所以会允许她在书房里看书。

现在陈嫂不在，邬乔想起那个电话，还是乖乖在厨房里找了起来。

她虽然从来没喝过咖啡，但看别人做过。

还真让她在厨房里发现了一台新添置的机器，通体黑色，泛着铿亮幽深的色泽，低调诠释着“我很贵”。

她不敢乱碰，左右看了几眼，居然发现旁边有个小本子。

原来是陈嫂做的笔记。

上面记载着这个咖啡机的具体操作方法。

看起来陈嫂也是刚接触咖啡机，怕自己忘记操作方法，特地做了笔记。

有了操作方法，邬乔可算松了一口气。

她认真按照上面记录的方法，最后居然真的做出了一杯咖啡。

泛着微苦的褐色液体被倒在小小的杯子里，邬乔盯了几秒，终于想起来，还有什么忘记加了。

糖！

咖啡很苦，得加糖。

可是陈嫂只记录了怎么做咖啡，没记录得加多少糖，邬乔估摸着加了两勺，凑近闻了闻，还是很苦的样子。于是又加一勺糖，好像还可以再加一勺。

等她将咖啡小心翼翼端到楼上，就见书房的门轻掩着。

她走近，站在门口，发现自己一阵子没来的书房，居然大变了模样。

一向干净整洁的地板上，四散着很多张白色宽大的纸张，上面用铅笔勾勒描画出各种图案，邬乔匆匆扫了一眼，看起来好像是……房子？

待她再抬眼朝靠在窗边的书桌看过去，一道清瘦的白色身影正伏在书桌上。

他垂着头，一头乌黑短发随意落在额前，修长白皙的手指握着一支铅笔，正在白纸上来回滑动。

铅笔落在纸上的声响，伴随着盛夏窗外茂密树枝上不断传来的蝉鸣声，叫邬乔犹如落入了某个旧电影的场景。

书桌前的人，依旧未曾发现她的到来。

他安静伏在案桌，阳光打在他身上。

邬乔放轻脚步，小心翼翼走了过去，将咖啡放在桌边。

书桌后的人伸手去拿咖啡，边抬头："谢……"

这一声"谢谢"，在他抬起头看到邬乔时，停在他喉间。

看清他脸的瞬间，邬乔彻底怔住。

眼前的人很年轻，正介于少年与男人之间的年纪，五官极清逸俊朗，好看得叫人挑不出一丝瑕疵。

唯有眼底泛着微青，显得有些疲倦。

或许是这股疲倦感，让他的表情很是冷淡，看起来有些难以接近。

邬乔回过神，犹豫了几秒，小声说："哥哥，你的咖啡。"

嘴甜，总是没错的。

男人眉梢微扬，不知是意外她的出现，还是意外她的称呼。

"你是？"终于，他开口了。

邬乔赶紧解释："我是来送醋的，陈嫂有事出门，就请我看一下厨房，她很快就会回来的。”

她在替陈嫂解释，生怕对方以为陈嫂偷了懒。

听着她的解释，对方低笑一声。紧接着他的眉眼舒展开来，方才拒人千里之外的冷漠散了几分。

他轻抿了口咖啡，明明是男生，睫毛却浓密又修长，微垂下来，轻轻覆住下眼睑，如同鸦羽般好看。

待他再抬起头，突然问道：“你刚才说，你是来送什么的？”

“送醋，”邬乔声音软软地道，“我家是邬家醋坊，我们家的醋是整个镇子上最好的。”

男人眼底却掀起一股兴味，反问：“你家是做醋的？”

邬乔不明白他为何这么问，乖巧点头。

这次男人忽然一笑，微扯着嘴角道：“我还以为你家是卖糖的呢。”

邬乔：“什么？”

随后，他指了指手中的咖啡杯，露出似笑非笑的表情。

“小孩，你是想甜死哥哥？”

啊？

邬乔回过神，看着他指尖指向咖啡杯。

这才意识到他是在说咖啡，难道是刚才她糖放得太多了？

大约是养成的习惯又或者是下意识的动作，她甚至都没反驳。第一反应便是道歉，连声道：“对不起，对不起，我不是故意的。我第一次做咖啡，不知道该放多少糖。”

“哥哥，要不我再给您重新做一杯吧。”

她的声音又细又轻，似乎生怕程令时生气。

邬乔心底担忧极了，她怕对方误会自己是故意的。

大伯母说过，在程家，一定要嘴甜眼快，不能犯错。

可她连这么点小事都做不好。

她垂着脑袋时，程令时的表情并没有好到哪里去。

不……不是吧。

他神色比邬乔还要生硬。

望着眼前的小姑娘，程令时仔细回想自己刚才说的那句话，还有说话的口吻，竟是搞不清楚怎么就把眼前小孩吓得连连道歉。

终于，他还是站了起来，缓缓走过来。

邬乔感觉到他过来，下意识抬头。

其实她的身高在女生当中并不算矮，但程令时太过高挑挺拔，她脑袋只及他的胸口，得仰头望着他。

小姑娘乌黑圆润的大眼睛，眼角周围泛着微红，楚楚可怜，看起来像是刚从窝里偷溜出来的小奶猫，又软又乖，软绵绵的，让人挺想在她有些婴儿肥的脸颊上掐一下。

程令时脑海中闪过这个念头时，骂了自己一句，还是哄小孩要紧。

程令时垂眸，深吸一口气，用平生最温和的声音，轻笑道："小孩，你听不出哥哥是在跟你开玩笑吗？"

他说完，邬乔确实愣了一下。

"哥哥，你没生气吗？"邬乔小心翼翼问道。

听着她无比小心的语气，程令时额头青筋直跳。

他不由得怀疑，这小孩是不是受过什么非人虐待，怎么随便一句话就让她战战兢兢。

他现在非常确定，问题并非出在他身上。

松了一口气后，他轻笑道："怎么，哥哥给你的第一印象，就是个很小气的人吗？"

程令时语气轻松，带着戏谑，带得邬乔也放松下来。

她小声道："我是怕你不高兴。"

"怎么会，说起来我还没谢谢你的咖啡呢。"他顿了下，语调带着懒散，慢悠悠说，"原来加了糖的咖啡，也挺不错。"

常年只喝苦咖啡的人，说出这种话，居然一点儿不觉得违心。

他垂眸轻笑的模样，让邬乔心底彻底安稳，她先前的担忧烟消云散。

"小孩，你叫什么名字？"程令时见她一直偷瞄自己，不由得再次笑了起来。

邬乔立即说："邬乔。"

闻言，程令时声音懒懒道：“乌衣巷里桃李茂，邑市楼中管乐清。这个姓氏好。”话音落下，就见邬乔瞪大眼睛望着他。

因为他说的对联，乃是“邬”字的析字联。

她目瞪口呆的模样，惹得程令时再次哑然失笑：“你这是什么眼神，哥哥看起来很没文化的样子吗？”

这样的析字联，现在已经很少人知道。爸爸教她背这个对联，是因为这代表着她的姓氏。

“乔，该不会是‘铜雀春深锁二乔’的‘乔’吧？”程令时故意逗她。

邬乔由衷感慨：“哥哥，你可真有文化。”

看她认真的神色，程令时一下又被逗笑，肩膀微颤，喉咙里不可抑止地发出浅浅笑声，带着些许气息。

这小孩，是故意的吧。

两人靠得很近，他一笑，邬乔更加不自在。

她轻咬着下唇瓣。

程令时：“小孩，下次夸人，走心点。”

邬乔一怔，有些苦恼，她觉得自己挺真诚的啊。

“走吧。”程令时越过她，招呼道。

邬乔不明所以，却还是跟着他下楼。

直到两人再次来到厨房，邬乔以为他要喝咖啡，没想到他却直接打开冰箱，从里面拿出一个冰激凌，递了过来。

邬乔盯着冰激凌上的字母，知道很贵。

许久她低声说：“哥哥，谢谢，但我不喜欢吃冰激凌。”

程令时一愣，这还是他第一次遇到不喜欢吃冰激凌的小孩。

“那你跟哥哥说说，喜欢喝什么？”程令时转身道。

冰箱门开着，不断溢出的凉气扑在身上，让邬乔有些烫的脸颊渐渐舒服。

她没看冰箱，语气坚定道：“我喜欢喝白开水，白开水最解渴了，而且润肺止咳……”

“要不要我给你一支笔？”突然，程令时开口说道。

邬乔停下来，眨了眨眼睛看着他，就听他语气微欠道：“让你在这，默写一百条喝白开水的好处。”

说完，他直接把冰激凌的包装袋撕开，塞进她手里。

“小孩，就当是你给哥哥做咖啡的谢礼。”

邬乔握着手里的冰激凌，低头看着。

再抬眸时，对面的男人双手插在裤兜里，眼尾稍稍上扬，声音有些正经：“还有，没做错事的时候，不需要一直道歉。”

邬乔眨了眨眼睛，一股酸涩，自心底涌起。

回家的路上，邬乔走得很慢很慢。慢到，足够将刚才发生的事情，再在脑海里细细回想一遍。

那个陌生却温和的哥哥，还有他说的每一句话。

邬乔并非出生在这里，她父亲邬建中是清塘镇少有的大学生。

只是他很早就在城市里结婚安家，邬乔是家中独女，更是父母的掌上明珠。

她自幼对清塘唯一的印象，就是和蔼的奶奶，还有大伯一家。

她每年会在暑假和寒假回来。

大伯家有两个孩子，比她大一月的堂姐，还有小三岁的堂弟。

堂弟因为身体不好，从小就很乖，会跟在她身后叫姐姐。

邬乔经常会把自己的玩具和零食分给他。

至于堂姐邬慧，总是喜欢跟她争东西，争奶奶的宠爱、堂弟的喜欢。其实邬乔偶尔也会觉得，堂姐这样有些烦。

她从小就继承了父亲的好脾气。

即便有争执，也不会记恨对方。

邬乔如所有出生在幸福家庭的小孩一样，生活得无忧无虑，人生最大的烦恼顶多就是那个想要的洋娃娃，妈妈居然没答应买。

她从未经历过真正的烦恼，也以为自己永远不会有。

直到生活变故突然降临，爸爸病重，先是一直住院，后来便是化疗，家里经济情况出现明显改变。最终，没能挽留住爸爸，她还记得爸爸弥留之际，总是用一种忧伤的眼神望着她，跟她说对不起。

后来她才知道为什么。

因为要留下她跟妈妈在这个世上，爸爸觉得很抱歉。

爸爸去世后，治病欠下的债，都落在了妈妈头上。

最后妈妈只能出国打工，这是当时唯一能尽快还完家中债务的方法。

邬乔就这样被送回了清塘镇。

只是奶奶年纪大了，又经受丧子之痛，无法照顾她。再加上奶奶住在乡下，邬乔要上学，她只能寄住在大伯家。

那段时间，是邬乔最不愿意提及的回忆。

突如其来的丧父，以及母亲的离开，让她一下成了没家的小孩。

她心底彷徨又无助，每每想到父母，都会难过地落泪。

可就连哭，也只能在晚上死咬着被角，不敢发出一丝声响。

因为堂姐若是听到她哭，一定会跟大伯母告状。

邬乔第一次哭被发现，大伯母便把奶奶叫了过来。

她到现在都能记得那天的场景。

年迈的老人，软言细语请求大伯母多担待些，说她并不是嫌弃这里，只是还太小，想家了而已。

她送奶奶离开时，老人什么都没说，从兜里掏出几粒糖。

“乔乔，吃点糖，就没那么苦了。”

之后邬乔学会了察言观色，过得小心翼翼，明明在家娇生惯养长大、十指不沾阳春水的小女孩，却学会了抢着帮家里干活。

她再也没跟堂姐攀比过。因为堂姐可以不做，她却不行。

一夕之间，她长大了。只是这样的长大，却并非她所愿。

会所包厢里，姗姗来迟的秦钟，一进门就连连道歉：“实在不好意思，今天真没想到会突然加班，之前在福建修复的一个土楼建筑，临时出了点纰漏，一直在开视频会议。”

“你看看你多大面子，让时恒建筑所的两位创始人等你。”

容恒不爽，上前掐着他的脖子。

秦钟无奈：“行行，你待会儿怎么罚我都行。”

原本今晚餐厅那顿饭，是容恒做东，为了欢迎秦钟加入时恒建筑所，谁知他居然没到。

秦钟是容恒的大学校友，现在在T大当老师，主要从事古建筑改造和修复方面的工作。

之前秦钟提过，想要开个工作室。容恒干脆邀他加入时恒，毕竟时恒还没古建筑这方面的专家。

“把桌上这瓶喝了。”一旁的程令时语气凉凉。

秦钟很少见程令时这样，转头问道：“他怎么了？”

容恒连“啧”两声，忍不住吐槽：“别搭理他，这人今天浪得没眼看，我虽然知道他日常不当人，但是第一次看见他明晃晃这么不当人的。”

“他干什么了？”秦钟挺好奇。

容恒把餐厅发生的事情说了一遍，感慨道：“我这餐厅的名声马上就要被这男人毁了，居然说我们是凭脸选客户，是我吗？明明是他见色起意。”

容恒声嘶力竭地控诉。

这家餐厅是他投资的副业，所以程令时才敢这么肆无忌惮。

“我见色起意？”程令时轻掀眼皮，像是听到了什么天大笑话。

“你还不是？你又给人家免单，又给办五折卡……”说到这，容恒忍不住道，“我看你是想直接承包人家下半辈子吧。”

秦钟听笑了：“那姑娘长得漂亮？”

容恒嘿嘿一笑：“那可不是一般的漂亮。”

见秦钟半信半疑的，他说：“不仅人漂亮，名字也好听，叫郧乔。”

“郧乔？”秦钟一怔，他问，“T大学生？”

容恒愣了下，点头：“我看他们确实像大学生聚会。”

“我学生。”秦钟也觉得太凑巧了，笑着摇头，“话说这姑娘可是我们建筑系的镇系之宝。”

容恒来了兴趣：“说说，什么情况。”

“我们建筑系的系花，不仅人长得漂亮，还特别上进，年年成绩排第一。”秦钟“啧”了声，“我们系里那群男学生，明里暗里不知道多少人想追她。”

容恒叹气：“那没戏了，人家姑娘肯定看不上他。”

说完，他不忘同情地扫了程令时一眼。

程令时垂着眼，压根不搭理他。

“我说你这是遭了报应。”容恒好不容易抓住机会，不想放过他，转头跟秦钟吐槽，“他这人从我认识开始，不知道拒了多少姑娘，害得人家伤心。这还是我头一次见他这么热情对一姑娘，结果人家压根不理他。”

“你造这种谣，”程令时窝在沙发上，模样懒散，“我能告你的。”

容恒一时间无言以对。

程令时“哼”笑，谁说她不理他了。

正好程令时手机响了，他拿出来看了眼，是个陌生电话。

他一向注重隐私，私人号码很少有人知道。但是他刚才离开餐厅，把号码留给了领班。

他就知道，那小孩会回去要的。

毕竟她可是把他微信删了。

“不理了？”他握着手机，侧目过来，待轻哂一声，慢腾腾开口说，“电话追来了。”

说完，他起身去接电话。

容恒回头望着秦钟，一脸无语：“不会真是那小姑娘打来的吧。”

秦钟不了解经过，还真不好说。

程令时走到外面，接通电话时，声音不自觉染上笑意：“郧乔……”

“程先生。”一个男声响起，是餐厅领班的声音。

程令时顿住，随后听对方说：“那位郧小姐方才回来了，不过她把您吩咐给她办的卡留下了。”

领班说到这里时，顿了下，这才小声继续：“而且她没跟我要您的电话。”

许久，电话里一直没有声音。

“不是。”直到一个冷漠的声音响起，“你特地打电话过来，不会是觉得我在等她的电话吧？”

领班：我没有。我哪儿敢。

第二章

真不记得哥哥了

邬乔思来想去，还是回餐厅，把卡退回去了。

原本她还想把今晚这顿饭的钱，一并还回去。所谓免单，大概是程令时替自己付了钱。

至于优惠卡，可能是同样的道理。之所以配合办理这张莫名的优惠卡，是因为她知道程令时在给她解围，她不想当众拆穿他。

谁知她回餐厅找到那个领班，对方却表示不能收回卡。

邬乔想了下："那刚才在对讲机里，跟你说话的那个人还在吗？"

她把程令时的微信删了，没了联系方式。

"抱歉，他已经离开了。"

邬乔有些失望，最后还是说了谢谢，准备离开。

反倒是领班，有些奇怪地追问道："邬小姐，你没有别的想问？"

邬乔疑惑摇头，客气道："没有了，谢谢。"

望着她离去的背影，领班微一叹气，程先生临走前，特地留了联系方式。说邬小姐回来要他的电话号码，就给她。结果邬小姐回来倒是回来了，可完全没打算要电话号码。至于领班后来给程令时打的那通电话，邬乔更是全然不知道。

邬乔回到宿舍，神色已经如常。郝思嘉虽然心痒，却不敢再多问。

直到她洗漱完上床，闭上眼睛，翻来覆去，就是睡不着。

邬乔一向心静，很少会出现失眠的状况。她在床上翻了好几次身之后，连郝思嘉都听出了不对劲。

郝思嘉忍不住问：“邬乔，你怎么回事？”

“什么？”邬乔再次翻了个身，脸颊对准对面的床。

郝思嘉：“你平时睡觉可安静了，而且秒睡，今天有心事？”

邬乔慢吞吞：“也没有。”

只是她的回答，太没说服力。一次次的巧遇，连邬乔都惊讶。世界这么大，原本以为一辈子都不会见到对方。

当然，邬乔认为的不会遇见，是指她自己不会出现在程令时面前。毕竟程令时现在在建筑圈内是炙手可热的建筑师。

邬乔是学建筑的，不可避免会听到他的消息，有时上课，教授还会拿他的设计当案例。

现在网络媒体发达，建筑师不再神秘。很多业界大佬也开始走到台前，所以她能通过不同途径，看到他的展览、采访，甚至是讲座。

而今晚程令时出手，帮她解围。估计对他而言，只是举手之劳。

程令时这样的天之骄子，天生骄矜而肆意，明明骨子里透着懒散倨傲，可又会不经意间流露出莫名的温柔，但这种温柔绝非出于喜欢。或许是一时逗趣，抑或出于骨子里的教养，同情心泛滥。

“什么事，说不定我能给你出主意。”郝思嘉难得见邬乔这样，怂恿道。

片刻沉默后，邬乔缓缓开口：“就是我的一个朋友，遇见了之前认识的一个人，但是对方好像不记得她了？”

又一个我朋友即我系列。

她没敢说出口，只是小声问：“真不记得……她了？”

“不知道。”邬乔吐了口气，低声说，“最起码从言行举止，看起来是不记得了。”

郝思嘉说：“你们多久没见了？”

一瞬的尴尬后，邬乔全然当没听懂，淡淡道：“五年吧。”

郝思嘉恍然大悟：“就是说你朋友上大学之后，再也没见过了。”

“其实这样也挺正常的，毕竟时间隔得太久了。”她安慰道，“你这么想吧，你现在还能记得高三坐你后排同学的样子吗？”

邬乔一时无言以对。

不记得了。

她连名字都不记得了。

“所以他可能真的不是故意不记得你。”

只是单纯地忘记了，这样的潜台词，迎来的是邬乔更长久的沉默。

见她不说话，郝思嘉苦恼道：“怎么了，我说错话了？”

“没有。”邬乔语气淡淡。

只是彻底让她认清，自己远没有想象中的重要，可真是太感谢她了。

不知是不是前一天晚上没睡好，邬乔第二天有些起晚了。她一路坐车到公司，堪堪赶上最后的打卡时间。

现在很多建筑事务所，采取灵活的上班制度，毕竟这个行业，加班是常态。不过邬乔是实习生，按时上班是基本要求。

她放下包，这才松了一口气。

隔壁工位上的女生有些惊讶：“邬乔，想不到你也有差点迟到的时候。”

女生叫任乐，跟邬乔一样是实习生。

邬乔跟她打了招呼，便坐下打开电脑。她的电脑桌面格外简洁，没有小女生的花里胡哨，背景是她最喜欢的建筑大师的作品。她把平时要用的设计软件依次排开。

没一会儿，任乐突然凑过来，神秘兮兮道：“你知道吗？隔壁组跟我们一批进来的实习生，昨天走了两个，有一个还是A大毕业的。”

“为什么？”邬乔环顾一圈，发现不远处空了两个位置。

任乐低声：“一个据说是能力太差，另外一个好像是得罪了客户。”

公司也是个小圈子，各种消息满天飞。

任乐性格外向，是个“包打听”，公司大小事，她总能得到第一手消息。

邬乔默默打开建筑模型软件，同事们的“讨论”还在进行。

“怎么会得罪客户？”旁边一个男生听到她们八卦，憋不住问道。

任乐："据说是出去应酬拿乔，一杯酒泼在客户脸上。"

片刻沉默，旁边男生庆幸："还好我是男的，不用怕这种事。"

任乐语气不悦："凭什么男的就不用怕？"

男生笑嘻嘻："甲方老板大多也是男的，我就算凑上去敬酒，人家也不愿意喝啊。"

邬乔一直没说话，却不置可否地皱眉。

"真烦人，本科五年，研究生三年，到头来还要陪酒。"任乐快言快语，她把手里的笔往桌子上一扔，"就不能让人安心搞设计？我的目标是当建筑师，又不是当陪酒师。"

男生无奈说："这年头，做什么行业不得应酬。你看董工他们这种主创，应酬更多。再说了，咱们是实习生，就算真有应酬，也轮不到我们。"

天融建院的模式，是每个项目组靠自己拿项目，自负盈亏。因此光是内部，为了项目就抢破了头。各个项目组之间，连员工都不会互借。

男生口中的董工，是他们项目组长董兆新，是一级注册建筑师。

建筑行业里，一级建筑师特别难考，不仅数量少，还是整个公司的中坚力量。

十点过后，董兆新才出现在办公室。设计部的打卡对于他们这样的成熟建筑师，犹如无物。他来了没多久，就在工作群里通知开会。

开会的主题，自然就是他们组里最近正在全力准备的一个竞标项目，这个项目是Z省省会的一个规划建设项目，规划面积超过三十五公顷。建设目标是打造一个标志性的公共艺术文化综合体。

整个组忙这个方案，已经大半个月了，眼看竞标截稿日期就快到了。

会议要结束时，董兆新点了几位核心员工，陪他一起参加竞标。待他眼睛落在会议室角落时，突然说："邬乔也一起吧，正好少个助理。"

项目组所有人转头看过来，连邬乔自己都感到意外。

不过她当即道："谢谢董工。"

一散会，回到各自座位上，任乐凑到邬乔跟前，羡慕说："你也太好命了吧，实习就可以跟着参加这么大的项目。"

"我只是去打杂而已。"邬乔低调地说。

谁知快下班时，邬乔就接到电话，竟是董兆新打来的。他让邬乔早点下班，晚上陪他参加一个饭局。

早上任乐的话言犹在耳，邬乔没想到自己这么快就遇上了。又想到会议上董兆新突然点了自己一起跟新项目，邬乔隐隐有些不对劲的感觉，但对方是自己上司，她也无法拒绝。

董兆新把吃饭地点用微信发给了邬乔。

她坐地铁过去，晚到了些。服务员将她领到包间，开门进去，众人一见，来了如此眉眼如画的姑娘，顿感惊艳。

董兆新瞧见这些人脸上的神色，心中愉悦，招呼道："邬乔，快过来。"

他的旁边还有个空位置，特地给她留的。

"董总，你这可是藏私啊，这么漂亮的小姑娘，怎么不早点带出来。"对面一个有些肥头大耳的中年男人，笑眯眯地看着邬乔说道。

董兆新立即说："邬乔，这位是华建的梁总，赶紧敬一杯。"

邬乔知道，自己过来少不得喝酒。她心底虽厌烦，但还是站起来喝了一杯。

饭局刚开始，气氛算是热络融洽，只是酒过三巡，渐渐就回归了饭局的本来面目，烟雾缭绕、嬉笑怒骂、劝酒强灌，还有让人心生厌恶的下三路言语，一一都在饭局上出现了。

旁边一个戴眼镜的男人望着邬乔问道："小乔，哪个学校的？"

邬乔："T大。"

"哎呀，还是高才生啊，所以说董总就是艳福不浅，身边小姑娘都是嫩得能掐出水的。"

那个梁总立即说："李总，掐不掐得出水，你怎么知道。"

戴眼镜的李总两腮通红，明显喝多了，他冲着董兆新眨眨眼："我是不知道，那得问董总呀。"

"这是我们项目组的实习生，各位口下留情，我先干为敬。"

董兆新居然没顺着那些人的话，反而替邬乔解围。邬乔直愣愣坐在位置上，紧抿着唇。

直到董兆新凑近她："这些老总都是开玩笑的，你别放心上。"说完，他的手掌顺势拍了拍邬乔的大腿。

邬乔没想到董兆新直接上手，大腿下意识弹开。

一整晚，她都如坐针毡。

好在董兆新其他时候还算安分。直到酒足饭饱，众人下楼离开。大家都喝了酒，因此都站在门口等司机开车。

董兆新脚步虚浮，看着邬乔："待会儿，我送你回家。"

邬乔："不用了，董工，我自己打车回去就行了。你今晚喝这么多，早点回去休息吧。"

一旁的几人见状，纷纷开口。

"小乔，你得听你董老师的话。"

"就是说，董总可是护了你一晚上，还不得回去好好报答报答。"

"董总，我们可不耽误你了，你赶紧送人回家吧。"

董兆新不知是仗着喝多了，还是觉得邬乔不好意思在这么多人面前拂他的面子，居然伸手强拽着邬乔，想要直接将她拖进车里。

他一嘴酒气道："这么晚，我也不放心你打车。"

邬乔立即扯开他的手："真的不用了，董老师。"

她刻意咬字，将"董老师"三个字叫得格外清楚。

这些话就是为了提醒对方的身份，请他自重。

邬乔忍耐一晚上，已经濒临极限。就因为她只是个还未毕业的新人，就得忍受这些让人恶心的下作玩笑？

邬乔并非是一帆风顺长大的，她吃过苦。大学生活费都是靠她自己打工赚来，她能忍受工作上的辛苦，哪怕是连续加班，却无法忍受这种明晃晃的职场性骚扰。

当初她因为长相好，接触过日薪极高昂的礼仪工作，后来就是受不了礼仪工作引来的各种骚扰，宁愿当家教，也不再接触。

她以为自己进了建院，能够凭借自己的工作能力，在这里站稳脚跟。

她所追求的，并不该是如此。

突然，她感觉到自己的肩膀微微一沉，一只手搭了上来。

"够了……"她心底彻底燃起怒火，以为又是哪个人趁机搭她的肩膀。

工作丢了就丢了吧。她确实是公认的好脾气，却不是没原则。不该忍受的，一秒都不需要忍。

谁知她转头后，撞入眼帘的是一个她完全没想到的人。

程令时一身黑衣黑裤，身姿松散，干净乌黑的短发衬得轮廓越发立体，整个人在餐厅门口明亮璀璨的灯光下，透着张扬的英俊。

他站得很近，浑身却清清爽爽，丝毫没有酒席上带出来的烟酒气。

他低头瞥了她一眼，问道："打你电话，怎么也不接？"声音一如既往地懒散冷淡。

邬乔弄不清楚现在的状况，可她注意到周围的人，同样一脸震惊看着他们。

今天这个饭局，都是跟建筑行业有关的人，已经有人认出了程令时。

"手机静音了。"不知为何，邬乔鬼使神差地回答他。

程令时听到她的回答，微微弯腰，对视几秒。

突然他手掌抬起，细长而骨节分明的手指，不客气地在她额头敲了一下。

"下次不许了。"

邬乔垂眸，耳边听着他懒懒散散的腔调，居然没来由地安心。直到程令时站在她身前，挡住别人的目光。

这时，他的眼睛朝对面众人扫了一圈，脸上还带着淡笑，眼底却是冰冷，一声冷嗤响起，他淡淡道："我刚才好像听到，有人想送她回家？"

这是谁也没预料到的状况。

不管是邬乔，还是一众刚才还嬉笑取乐的油腻中年男人。

众人僵在原地，有人突然笑道："程总，真没想到能在这里见到，您这位大忙人。"

程令时单手插兜，站在原地，神色冷漠。

这人见他这么冷淡，讪讪道："程总，这真是个误会。"

却不想程令时声音冷漠："误会什么？"

"误会你们人多势众，欺负一小姑娘，还是误会你们污言秽语，污染空气？"

他语气冷漠而嘲讽，毫不客气。站在他身后的邬乔抬头望着他，只不过也只能看见一个过分高大宽阔的背影。只是，连她自己都没发现，她方才强压在心底的厌恶和委屈，早已经烟消云散，嘴角甚至不自觉抿起了上扬的弧度。

“你算什么？”一个人喝得醉醺醺，张嘴就要骂程令时。

结果他的同伴一把拉住他，小声说：“这位是时恒的程总，你少说两句吧。”

程令时黑眸扫过去，看着对方，像是看到了什么脏东西。几乎是一眼，就迅速转过头。

嫌恶之情，对方不仅深刻感受到了，也成功被羞辱到了。

好在车子很快就来了，众人赶紧找理由离开，就连董兆新都再不敢提送邬乔的事。最后居然只剩下邬乔和程令时两人还站在原地。

邬乔依旧处于一种恍惚状态，不太明白剧情怎么急转直下，变成现在这种状况了。反而是原本背对着她的男人，此刻缓缓转过身。

程令时垂眸，审视般的目光在她身上打量了许久。

见他不说话，邬乔抿了抿嘴，主动说：“今天谢谢您。”

程令时依旧盯着她。

邬乔不知道问题出在哪儿，难道他觉得自己谢得不够诚心？

于是她在绞尽脑汁，想着感谢词该如何隆重。

程令时却莫名开口问：“就今天？”

邬乔没懂，反问：“什么？”但是电光石火间，一个念头在她脑海中生起。

“您是说，前几天在餐厅的事情吧。对，那次也谢谢您。”邬乔语气诚恳。说罢，她还冲着程令时深深鞠躬。

邬乔心想：这次应该是诚意满满的道谢了吧。

不想对面的男人微抿唇线，他刚才转身后，英俊的脸重新隐没在光线下，半明半暗，表情隐隐更加不悦。

直到他声音严肃地说：“下次再遇到这种事情，不需要忍着这群人。”

邬乔难得听他这么骂人，还有几分新鲜。

只是他依旧目光幽深地紧盯着自己，似乎在等她的回答。

郧乔只得实话实说："其实刚才我没想忍着，只是正好赶上您帮忙解围。"

程令时被她这话彻底噎住，无言以对。合着他还多管闲事了？

"但还是谢谢您的帮助，我想不管是谁，遇到您这样的人，都会觉得这个社会有温暖、人间有真情。"

"真情？"程令时挑眉，露出似笑非笑的表情。

郧乔突然想起，自己现在在程令时眼中的形象。

一个处心积虑想要接近他的疯狂粉丝，甚至不惜跟踪他到餐厅。他该不会又觉得，自己这是在占他便宜吧。

想到这里，郧乔不禁疑惑。为什么他会三番五次给自己解围呢？难道是出于我的粉丝只能我嫌弃，别人不能欺负？

不管怎么样，程令时确实是三番五次帮了自己，不管他还记不记得，她就是清塘镇上的那个郧乔。

"我是说，我很感激您的帮助，还有耽误您这么久，实在是对不起。"郧乔诚心实意地说道。

程令时听到现在，那一点点耐心，终于在一个又一个"您"之间，被彻底撕破。

他眼睑微垂，黑眸轻轻落在她身上。又是这样让人莫名的审视姿态，郧乔还在想，是不是她又说错了什么，毕竟人家确实帮了她大忙。

直到她听到他慢腾腾地说："小孩，你不会真不记得哥哥了吧？"

这一句话音落下时，郧乔觉得自己仿佛被闪电击中。

她错愕地抬头，望向程令时。

他在说什么？

不是他不记得自己了吗？

"第一次没认出哥哥也就算了，该不会到现在还没认出来吧？"他语调慵懒散漫，却都是指控，"是哥哥以前对你不够好吗？"

所有的"锅"，都被扣到了郧乔身上。

郧乔承认，她一开始之所以假装没认出他，是因为她觉得他没先认出自己。莫名的幼稚情绪作祟，仿佛只要先认出对方，就意味着她输了。他不记得我，那好，我也不要认出他，有什么了不起的。

这种不想要在曾经喜欢的人面前输掉的感觉，越发强烈，哪怕仅仅是在谁先认出对方这件小事上。

可她从来没想过，从一开始，他们就没站在对等的天平上。

邬乔默不作声。

许久，她开口说："你不是也没认出我？"两次都没认出，还以为她是疯狂粉丝。

她不知道该怎么回答这个问题，干脆把锅重新甩了回去。仿佛只要把他拖下水，大家就可以跳过这个尴尬的问题。

要不然呢，该怎么让他理解自己这种微妙的心情。

程令时轻笑一声，是被气笑的。

他直接伸手掏出自己的手机，打开微信界面，递到邬乔面前。

邬乔不明所以，正要问为什么，她低头一看，一向淡然的脸色，刹那间变得五彩缤纷。

就连瞳孔都猛地一缩，不敢相信地看着眼前的聊天记录。

程令时："跟你开玩笑的，其实哥哥一眼就认出了早早。"

连上面的日期，都清清楚楚地写明了，消息确实是他们重逢的那天发出的。

"你还不是他（她）的好友，请发送好友验证请求。"

这条是他发完上面那条信息之后，界面自动弹出的，因为邬乔把他删了。

邬乔站在原地，起码愣神了半分钟。心想：这是什么情况！

邬乔内心在这一刻是崩溃的。

这就好像原本她以为两人一起掉进坑里，可她抬头一看，人家正站在坑边，好整以暇地看着她。

"我可不是没认出你。"程令时极轻地哂笑一声后，慢条斯理道。

邬乔听着他的话，心底默默想着：然后他还又朝她扔了块石头。

现在只有她一个人，彻底地背上了这口锅。连小时候对自己那么好的人，都不记得了……

只有她一个人被尬在原地。

邬乔心想：啊啊……她现在换个地方生活还来得及吗？

这一刻，哪怕淡定如邬乔，内心都彻底崩塌，差点维持不住表情。

见她垂眸不说话，一脸内疚的模样，站在她面前的男人，脸上终于露出久违的舒心笑意。

过了几秒，邬乔也听到头顶传来一个若有似无的声音。

“小白眼狼。”

邬乔心说：对不起，她是。

餐厅的泊车人员，正好将程令时的车子开了过来。

邬乔正在犹豫，该不该趁机告别。

“走吧。”

扔下这句话，就见程令时直接转身，越过车头，走向了另一边的驾驶座。

坐进车里，见邬乔还站在外面，程令时将车窗缓缓降下，淡笑道：“怎么，还要我下去请你？”

“会不会太麻烦你了？”邬乔轻声问。

不过在看见他的眼神后，她还是乖乖拉开车门坐了上去。

程令时问道：“你住哪里？”

邬乔报了个地址，想了下说道：“地方有点儿偏，你可以用导航。”

谁知程令时却已经直接启动车子。

车子开始匀速在马路上行驶起来。因为超过九点，路上的车渐少，不像白天那么堵。居然不到半个小时，车子就抵达了小区门口。

邬乔租住的小区在城中村，小区老旧，门口就一个岗哨，里面常年坐着一个上了年纪的大爷，耳朵甚至听不太清。

小区里更不用说，停车位不足，大家把车子停得到处都是，经常会发生剐蹭事件。所以在门口时，邬乔看着程令时这辆过分昂贵、本就不该出现在这个小区的车子，赶紧让他在门口停下。

老小区的门口，全都是各种店面。

华灯初上，门口的霓虹闪烁，夜幕光华璀璨。

邬乔解开安全带，心底纠结，该说点什么。

没想到程令时正好也转头，他盯着她的眼睛，仿佛好奇般轻笑着问道：

“你之前是真的没认出我？”

“也不是。”邬乔慢吞吞，她恭维道，“只是不太敢认。”

程令时挑眉。

邬乔适时说：“毕竟你现在这么厉害，是我们所有建筑学生仰望的存在。”

这句话邬乔说得并不违心。以程令时这个年纪，所取得的成就和获得的名气，足以让无数建筑学子艳羡眼红。

“所以你是故意装不认识我？”程令时居然一下戳穿了这层窗户纸。

邬乔脸颊微红，好在车里没有开灯，夜色足够掩盖她的心虚。

于是邬乔也准备不客气，彻底把锅甩回来：“是你一开始的态度，让我以为你现在这么厉害，就不记得我了。”

对呀，一开始程令时的态度确实很奇怪。

程令时反倒气定神闲：“因为哥哥本来只是想逗逗你，看看几年没见，你还记不记得我。”

邬乔心里感叹：他好理直气壮！

问题又回到原点。环环相扣的问题彻底把邬乔套住了。

好在程令时没再纠缠，而是直接拿出手机说道：“那现在能把哥哥的微信加回来了吧。”

程令时仿佛使出了撒手锏，让邬乔只能安静地拿出手机，乖乖把微信加回来。加完微信，两人的重逢好似彻底正常化。

邬乔说了再见后，推门下车。可她刚下车，程令时跟着下来。

他喊住邬乔：“先站在这里。”说完，他转身走向不远处的一家便利店。

邬乔安静地站在原地等着他。

几分钟后，他从便利店走出来，手里握着一盒酸奶。

邬乔看着他一步步走向自己。到了跟前，他抬手将酸奶递过来，却在交给邬乔之前，突然将盒子贴在她的脸颊上。冰冰凉凉的酸奶盒子，上面还有点儿水珠，直接将邬乔脸上的热气浇灭。

她喝酒有些上头，脸颊会变红，此刻酸奶盒子贴着脸，让她舒服得差点儿喟叹出声。还有他靠近她脸颊的手臂上，带着一股清新干净的草木香。

“喝点酸奶，有利于解酒。”程令时说道。

邬乔乖乖接过，说了声谢谢。

程令时抬眸，突然问道：“你知道哥哥现在在什么地方工作吧？”

邬乔微微诧异，不明所以，却还是乖乖回答了他的问题：“知道，时恒建筑事务所。”

时恒是他亲手创立的建筑事务所。

程令时望着她乖巧的模样，眉梢早已染上笑意，仿佛再次见到了那年夏天里初见的小孩。

“说起来，时恒在建筑界业内，还算可以。”程令时淡声说。

他这是在低调地炫耀吗？时恒建筑所何止是可以！它可是现在中国最有名的建筑师事务所，也是最有代表性的青年建筑师事务所，是拥有很多天才设计师的地方。

见她眼睛再次瞪大，程令时压住心底的笑意，终于将要说的话说出了口。

“如果你觉得现在的公司不舒服，时恒随时欢迎你。”

邬乔住的地方，是城中村小区。

平日里车子停得乱七八糟，小区连电梯都没有，得爬楼梯。而且最近她住的这栋楼，好几层楼的灯都坏了。若是平时回来，她一定小心翼翼。可今天她握着手里凉冰冰的酸奶，有种格外轻松的感觉。

回到家后，她把包放下，一下躺倒在床上。

没一会儿，邬乔拿着酸奶贴在自己脸颊，感觉还是好舒服。

她握着手里的酸奶，突然又坐起来。之前实在太过混乱，哪怕在车上有那么长时间，她还是没时间思考，完全没理出头绪。

现在看来，程令时从第一次见面的时候，就已经认出她了。只是出于想逗逗她的心情，并未立即说出。所以，他才会主动给她微信，而不是因为觉得她别有企图，故意想看她笑话。

至于第二次在餐厅偶遇，大概是因为他回家之后，发现自己被邬乔删了，一时气恼，才又故意逗弄她。况且在餐厅里，他还是帮了自己。

本来邬乔还有些理不清他的行为逻辑，可是现在仔细想想，一切又格外合理起来。

毕竟从程令时角度看到的，跟她的完全不一样。

一个好久不见的小孩，明明她小时候，自己对她那么好，结果居然完全不记得他了。好不容易加了微信，主动发信息过去，却又发现自己被她删掉了。

想到这，邬乔才发现，自己的行为好像确实有些“白眼狼”。

可就算这样，在听到邬乔被人诋毁时，他还是毫不犹豫地站出来帮她。

这次也是，他突然出现，替她解围。还有刚才临走时，他说的那句话。

邬乔手指微微捏紧手里的酸奶，叹了一口气。

这么多年过去，这个人好像一点都没变。表面看起来那么倨傲又肆意，内心却又格外温和。

邬乔翻身起床，将手里的酸奶拧开，仰头喝了几口之后，原本因为喝酒而不舒服的胃，似乎好了些。

她从洗手间洗漱回来，将手机拿了出来。之前她回家时，看了眼时间，距离他们分开，大概已经有一个小时了，他应该也到家了吧。

这时候发微信过去，应该不会显得奇怪吧。

毕竟他今晚不仅帮她解围，还送她回家。

她出于礼貌，稍微问候一下，也没有错。

对，这才是应该的!

邬乔做好心理建设，打开两人的聊天框。

当她在聊天框里先打出“哥哥”两个字后，想了下，还是删掉了。之前十几岁时，可以心安理得地喊他哥哥，现在她已经二十三岁，再喊哥哥，会不会太乖、太可爱?

于是她直接打字：“你到家了吗?”

邬乔一直盯着这句话看，心想：这样发过去会不会太生硬了?

想了半天，她终于还是在前面加了一个称呼“令时哥”。

这么叫听起来不会太嗲，又顺耳了不少。

最后邬乔终于按下了发送键。等了两分钟，对面没动静。

邬乔放下手机，准备早点睡觉，明天还要上班。

可关灯后，她闭着眼睛，一直睡不着。直到耳边传来两声嘀嘀振动声，是微信信息提示音。

邬乔伸手将手机拿起来，屏幕在瞬间亮起，果然有微信信息。

等她点开，就看见了程令时的回复："早到家了，刚才在洗澡。"

邬乔仔细看这句话。

他这是在解释，为什么迟回自己信息吗？

只是脑海中刚闪过这个念头，邬乔便摇了摇头，打住，心道：别胡思乱想，也不要这么自信。说不定……人家就是顺嘴一说而已。

邬乔："就还是想谢谢你，今天帮我解围。"

特别他临走时，对自己说的那句话。

正处于毕业阶段的邬乔，一脚还在校园，一脚已经踏入了社会，早已经明白社会生活里的种种无奈。就像今晚，她明知自己被叫去参加酒局会碰上不好的事情，却也无法直接拒绝。程令时的话，却让她觉得，这个偌大的城市不再那么沉重压抑。

程令时："你到底还要跟我说多少次谢谢？"

邬乔在聊天框打了几次字，删掉，打字再删掉，反复了好几次。

反而是对面突然又发了信息。

程令时："？"

邬乔看着这个问号，自己也是一头雾水。

直到她看到聊天框上，显示的"对方正在输入"，邬乔这才想到，自己反复打字又删掉的举动，其实早已经落入对方眼中，所以程令时才会发出问号吧。

邬乔有些手忙脚乱，又不好意思再让他等，干脆直接打字："我能请你吃饭吗？"

她打完，又觉得自己太突兀，赶紧又发了一句找补："还是说，现在请你吃饭需要提前预约？"

时恒建筑所的创始人兼合伙人，应该不是很有空闲时间吧，说不定大把的人排队等着约他吃饭。

果然，程令时发了信息过来："确实需要。"

邬乔："那我需要跟谁预约？"

可能是因为她的一板一眼，程令时过了好久才回："如果是早早的话，哥哥愿意让你插队。"

邬乔盯着他回复的话，看了许久。

早早。

这是她的小名。

只是好久没人这么叫过她了，知道这个小名的人本就不多，会这么叫的，更少。好像记忆中，现在也只剩下他一个人这么叫她。

邬乔本以为，这辈子都不会有人再喊自己早早。跟他重逢之后，这已经是对方第二次这么叫她了。

之前在他的手机上面，她看到了那条他给自己发的信息。

邬乔："那你什么时候有空呢？"

那边又隔了一会儿，回复过来，只是这次是一条语音。

点开后，男人懒懒的语调仿佛贴着耳边响起："就这么迫不及待，想和哥哥吃饭？"

邬乔一时无语。

她本来以为，之前的种种是因为误会，现在看来，或许过早的成功和受追捧，让他确实变得有些自我意识太过强烈，弄得好像所有人都想故意接近他。

好在邬乔确实是长大了，不会像小时候一样被他逗得不知所措，毫无还手之力了。

此刻她手指按着语音键，突然说："哥哥，要不我给你讲个笑话吧。"

大晚上居然讲笑话。

此刻正拿着手机听到这条语音的程令时，明显一愣。

没等对方回复，邬乔直接发语音："有一天动物园开动物大会，所有动物都到齐了，只有孔雀没去，你知道为什么吗？"

"为什么？"程令时问道。

邬乔语气认真："因为他正在和我聊天呢。"

邬乔想起之前网上流行的一个词——"迪士尼在逃公主"。

他这算什么？

动物园在逃孔雀？

她一个人躺在床上笑了半天。

可那边许久都没动静，邬乔心底忐忑起来，自己是不是说得太过分了？

就在她担心之际，一条新语音发送了过来。

下一秒，程令时的声音在她耳畔再次响起："原来哥哥在你心里，像孔雀一样耀眼夺目啊。"

他的声音还是懒懒的，只是语气里带着明显笑意，说到最后，尾音微拖，像是笑了许久之后，勉强压住笑意说出的话。

这样的气颤音，像是有羽毛在挠邬乔的耳朵，有种微微酥麻的感觉。

哼，确实是孔雀呢。

这次的重逢，让两人的关系明显拉近了些许。他们定好了周末吃饭，毕竟大家平时上班已经很累了。

之后两天，邬乔一直在网上搜餐厅。

毕竟是她请客，地方应该由她来定。

周三早上，大家都在自己的位置上忙碌着，突然董兆新办公室传来一声极大的怒斥声，众人不由得抬头看过去。

显然董兆新是在跟别人打电话，只是显得有些气急败坏。

到中午的时候，邬乔吃完饭，正在椅子上准备休息会儿，就见任乐端着茶杯，一路小跑过来。

她刚去了茶水间冲柠檬蜂蜜茶。

任乐："大新闻，大新闻，你们知道今天董工为什么发那么大火吗？"

"为什么？"旁边一个同事问。

任乐痛心疾首说："咱们这次参加的'天湾'项目招标，你们知道竞争对手有谁吗？"

一个女同事说："不就是那几个大所，清华院、华工院、外国事务所，要不然就是浅川这几家。"

这些都是在国内顶尖的建筑大所，每一个拎出来都名气响当当。

结果任乐说："还有时恒事务所，只是他们是最后加入的，所以董工一直都没得到消息。"

“不是吧。”

“完了呀。”

周围同事不约而同发出惊呼，惹得邬乔抬眸。

她想了下，问道：“时恒是挺厉害的，但是其他几个大所不是也很厉害吗？”

何至于同事提到其他几个所，还是稀松平常的态度，唯独听到时恒，就变了脸色。

“你是有所不知，我们跟时恒那真是说不尽的孽缘。”一个男同事“痛苦面具”已经戴在脸上，他说，“我们跟时恒，到目前一起‘撞车’过六次招标竞赛，还都是进入最后阶段，无一例外，全都败在了时恒手上。”

“所以我们都说，时恒‘天克’我们天融建所。”

邬乔心想：至于这么夸张吗？

邬乔心底微微疑惑，可她看着同事们的表情，突然又觉得，好像是至于的。

“加上这次的话，咱们岂不是要连输七次？神龙都能集齐了吧。”

“难怪董工一听时恒要参加，就大发雷霆。完了，咱们这次又是个陪标的命。”

“我们一年才做多少项目，居然能跟时恒撞这么多。”

“谁让董工心气高呢，这种地标建筑的竞赛，肯定好多大所参加。”

“时恒肯定喜欢跟我们一起参加竞赛吧，百分百的中标率，我们这垫脚石当的，也太尽职了。”

“我要是他们，一看见有我们参加，肯定非常开心。”

同事们你一句我一句，又无奈又心酸。

邬乔心情颇为复杂。

自从那天饭局后，董兆新再也没私底下叫她出去，但是待她也如空气般。或许是碍于不好朝令夕改，暂时还让她继续跟进这个项目。

此刻，男同事个个垂头丧气，倒是女同事已经把话题转移到了时恒的两位创始人身上。

“之前我在投标现场见过程令时，那长相、那身材，说是从事建筑设计的，都没人敢信。”

“对呀，就是因为他，我才对我们这个行业重新燃起了希望。”

“况且人家还这么年轻，就已经在设计界这么出名了，我听说他的设计费已经到了这个数字，时恒的项目多到根本做不完。哪像咱们，还得辛辛苦苦喝酒应酬拿项目。”

女同事低声说了一个数字，众人惊呼。

“设计费算什么，我听说他跟容恒两人都背景深厚，要不然你以为凭什么那么多建筑师就他出名了。”一个男同事不服气地说道。

其余女同事纷纷露出嫌弃的表情。

“有背景怎么了，也得有实力匹配，才能取得他如今的名气和地位吧。”

男同事无语：“你们这些女人，都光看脸。”

“那人家不仅有脸，还有才华。”

任乐叹道：“我不想努力了，我不想当建筑师了，我干脆嫁给建筑师好了。你们快告诉我，怎么勾搭程令时。”

邬乔默默听着同事吐槽，关心的却是另外一个问题。

等大家散了，她问任乐说：“要是我朋友跟我撞了同一个招标项目，是不是在投标之前，我们都不能见面？”

任乐想了下：“最好还是不要了吧。省得瓜田李下，说不清楚。”

等她说完，这才好奇道：“你有朋友也要参加这次的投标？”

“哦，不是，我就是问问这种可能性。”

之后，邬乔拿出手机，斟酌了许久，发出一条信息：“令时哥，实在不好意思，这个周末请你吃饭的事情，可以推迟吗？”

那边一直没回复，可能在忙。

到了下午三点左右，邬乔手机终于来了信息。

程令时：“你是有事儿吗？有事的话，先去忙，哥哥不着急。”

邬乔看着他发的信息。

她不想骗他，干脆说实话。

邬乔：“是因为我今天才发现，原来时恒和我们建院都参加了这次天湾地标项目的招标。毕竟我们是竞争关系，为了公平起见，我想等项目结束，我们再见面吃饭。”

程令时无语。

所以他就是这么被放鸽子的?!

远在这个城市另外一座大厦里的程令时低头看着手机，正好容恒进来，要跟他商量天湾项目的最后定稿文本。

这次投标项目，因为是城市地标级别的综合体，一旦中标，势必将成为时恒建筑所又一个代表性的设计作品，因此参与此次项目的所有人，都干劲十足。

程令时抬头问道：“这次天融建院也参加天湾招标?”

“参加呀，我跟你说，我对这次竞赛，信心可太足了。就是因为天融，但凡他们跟我们一起参加的项目，我们中标率是百分之百。”

容恒兴奋道：“这玄学，不信都不行。”

“行了，滚吧。”程令时冷淡道。

容恒一听这话，登时来了脾气：“我是你的工具人吗?问完话了，就让我走。”

程令时低头，懒得再搭理他。

容恒见他一直看手机，还有些奇怪。毕竟程令时一向不痴迷玩手机，手机里面除了简单实用的软件，界面简单得令人发指。

“看什么呢?我看看是哪个小妖精。”容恒走过来，趁他不备就想夺过他的手机，却被程令时一个转身，轻松躲开。

程令时：“别乱碰。”

容恒本来就是跟他开个玩笑，没想到他反应如此大。

于是他立即歪靠在程令时的办公桌旁，好整以暇道：“你不对劲啊。”

“你很闲?”程令时冷漠道。

容恒仔细盯着他的脸，认真问：“你说实话吧，你到底背着我干什么了?我什么都能原谅你，真的，我对你没原则。”

程令时似乎受不了他，居然起身走了。

容恒追在他身后：“你去干吗?”

“抽烟。”

“你不是说戒了？”

程令时顺手拉开办公室的门，回头看他，冷嗤：“这话你都信？”

容恒一时无语。

他刚才的表情，好像“渣男”。

时恒建筑所有专门的吸烟区，程令时烟瘾并不算大，偶尔画图画累了，或者是思路堵塞没灵感的时候，会抽上一根。

进了吸烟区，他翻出烟盒，抽出一根咬在嘴里。打火机刚在手里，凑到嘴边，准备点上时，正好有两个员工过来，估计是一块儿来抽烟的，一看见他在里面，扭头就走。

程令时也没在意，嘴里咬着烟，吸了一口。

时恒整个公司，就没有不怕他的人。

程令时成名太早，这样的年纪，建筑界完全可以算是年少成名。而他能走到如今，靠的也是高标准高要求。当然他不仅要求员工，更要求自己。所以即便时恒拥有的都是毕业于各大建筑名校的高才生，依旧逃不过被他摧残的命运。

他倒也不是刻薄，而是说话直接、不留情面。他的话时常会让人产生一种“居然连这个都不懂，果然是废物”的挫败感。

久而久之，即便程令时长得这样一张脸，但在时恒依旧是“伏地魔”一样的存在。

抽了两口烟，程令时终于抽空回了信息。而收到信息的郇乔，本以为他不会再回自己。

程令时：“这是你参加的第一个项目吗？”

郇乔虽然奇怪他问这个，还是如实说：“不是。”

但却是最大的一个。

程令时：“那就好。”

郇乔奇怪问：“为什么？”

谁知那边发了一条语音过来，郇乔不敢在座位点开，怕周围同事听见。

她起身，走到一个空旷无人的地方，才点开这条语音。

瞬间，耳边响起他带着几分桀骜轻狂的语调：“因为我怕你输太惨，会哭。”

邬乔听着他的话，又想起同事说的话，没来由地扎心。

虽然知道结果可能不太如人意，但邬乔也不打算在这时候就服输。

邬乔语气坚定道：“要不你先挑想要吃饭的地方吧，说不定这会成为你的安慰奖。”

手机这端的程令时，听着她的语气，明明放的是狠话，声线那样软，真是一点震慑力都没有。

至于邬乔，发完这句话虽然有点紧张，却又有种奇妙的感觉。

虽然她这次在项目里只是个小角色，但是能跟程令时同台竞争，这是她想都不敢想的事情。

邬乔虽然在处事上是公认的好脾气，平时话少性情温和，但并不代表她没有好胜心。

相反，跟她相处久了，会发现她骨子里倔强不服输。即便是学校里的普通小组作业，她都要做到最好。哪怕是他，她也不想输。

很快，程令时的语音又来了，只是这次却不再是那种懒懒的语调，反而是难得带上了认真的口吻：“行，哥哥等着你。”

邬乔嘴角翘起，忍不住握紧手机。

周五原本是上班人最开心的一天，因为即将迎来两天休息。

这一天大家的上班效率都高了不少。

偏偏邬乔他们一直加班到晚上八点左右，没办法，下周三是这次招标方案的最后截稿日。

建筑这行业，加班是常态。特别是效果图公司那边，还在修改做最后的效果。这种沟通工作，一直是交给邬乔负责。

那边将最后定稿发过来，邬乔立即转发给了董兆新。

谁知没一会儿，董兆新在工作软件上发消息，让她去办公室一趟。

邬乔还以为是效果图出了什么问题，赶紧起身过去。

“进来吧。”倒是董兆新听到邬乔敲门声，让她进来之后，立即招呼，“坐。”

邬乔问："董工，是效果图出问题了吗？要是有问题，我立即让他们再修改，他们那边也还在线上呢。"

因为他们的方案是急用的，又是一直合作的效果图公司，还是挺配合工作的。

董兆新一笑："别紧张，不是效果图的事情。"

他打量了邬乔一眼，她两手空空，也没带手机。

"邬乔，你来公司实习之后，感觉怎么样？"董兆新神色温和道。

邬乔一愣。

现在是聊这个的时候吗？但是既然上司要聊，她也没办法拒绝。

邬乔如实说："我觉得公司很好，我来之后，也学习了很多东西。特别是能参与到天湾综合体招标这么大的项目，同事和董工您也教会了我很多。"

虽然邬乔说得有些套路，但是她在天融确实学了很多。

实习的工作，跟学校里的设计不一样。她在这里参与到的每一个项目，未来很可能会落地。有一栋建筑，是她参与设计，光是想想，便足够让她兴奋。或许这就是成为建筑师的信念所在吧。

董兆新满意地点头："再过一两个月，你也就要毕业了吧。"

"对。"邬乔应道。

"那你有兴趣留在天融吗？"

这句话让邬乔有些意外，因为她知道天融这两年的校招名额极少，而且能进来的人最起码是硕士学历或者来自国外名校。

这些建筑大所一向很看重学校。

邬乔的学校属于国内"老八校"，也是顶尖的名校。但她并未打算读研，准备本科毕业之后直接工作，难免在竞争力上不如研究生。

原本她想着，如果留不下来，就等这次天湾项目结束，便辞职离开。

谁知居然峰回路转。

她立即说："如果可以，我当然愿意。"

虽然程令时对她说过，时恒随时欢迎她，但是邬乔不想再欠他的人情。

她希望他们之间的关系，能简单点。

如果能留在天融，当然是不错的选择。

董兆新见她有所动摇，立即道："你若是愿意，以后我会亲自带你。你应该知道在建筑行业，有个可靠的师傅，将会让你未来的职业道路更加好走。"

听到这里，邬乔反而忐忑起来。

她忍不住问："董工，您是不是有什么事儿？"

虽然听起来有些不自量力，但董兆新好像对她有所求。

她只是不明白，自己一个小小的实习生，有什么地方值得他用这么好的条件利诱。

董兆新似乎很满意她的眼力见儿，他压低声音问道："邬乔，你跟时恒那位程总，是什么关系？"

邬乔额头一跳，本来下意识想否认，但是那天董兆新是亲眼看见程令时替自己解围的。

她仔细想了想，委婉说："就是认识的关系而已。"

"不像吧，邬乔，你也不用跟我客气，我看得出来他跟你关系匪浅。"

面对董兆新的质疑，邬乔没有立即回答，她想听听，对方葫芦里到底卖的是什么药。

董兆新确实没沉住气，直接说："你应该知道，这次天湾项目的竞争有多厉害，特别是时恒的加入，现在这些招标的人，太过看重设计师的名气。若是竞争，只怕咱们胜算未必大。"

所以呢？

邬乔安静地听他继续说。

"如果你能通过他，打听到时恒这次招标书上的商务标部分，那可就太好了。"

那可就太好了？

邬乔几乎是忍着最大的礼貌，才没起身走人。

他让自己去偷别人公司的商业机密，居然用一种骗三岁小孩的口吻。

"董工，这是犯法的吧？"邬乔直言道。

董兆新听她这么说，笑道："哪有那么严重，这对我们来说，就是个参考。"

“我知道你们女生重感情，但你没去时恒，反而来了天融，就说明那位程总对你，也就是玩玩。我答应你，只要这次你能帮我，日后组内所有项目，你都有优先权。”

“你跟那位程总，差距太大，不会有结果。我看你倒不如抓住手里实在的东西。”

邬乔语气居然还能冷静：“抱歉，我与他的关系，没有董工您想的那么亲密。况且，即便我们真的有什么，我也不会做这样的事情。”说完，邬乔起身离开办公室。

华灯初上，周围早已经浸入霓虹海洋中。道路两旁的路灯散发着柔和的昏黄灯光，笼罩着街面上一字长龙排开的车流。

不远处的商场门口正在举办活动，司仪甜美的声音传来。

迎面一阵夜风，微微凉爽，可依旧吹不灭邬乔心头的怒火。

她知道每个行业都有自己的潜规则，她还没好高骛远到以为自己能凭一己之力改变。但是她亲眼见到，亲耳听到，还是不免气愤、失望。

邬乔走到路边一家便利店，买了一瓶冷水，一口气喝了小半瓶。

“你跟那位程总，差距太大，不会有结果。”

不知为何，邬乔耳边又响起了这句话。

别人随口说出的一句话，却道出了根本。不管是从前，他是清塘镇上那个幽深大宅里养尊处优的小少爷，她是无家可归只能寄人篱下的孤女，还是现在，他是名声大噪的天才建筑师，众星捧月的存在，而她不过是万千人海中不起眼的存在，差距还是那么大。

邬乔知道自己也有优点，长得好看，成绩还不错。可是这些优点，在巨大而耀眼的光芒下，显得那么微不足道。

好在邬乔早已经放弃喜欢他。

不是早就已经决定，要忘记这个人的吗？可是他的再一次出现，总能轻易勾动邬乔的心弦。这也是邬乔，那么坚决拒绝去时恒的原因。

如果她去时恒建筑所的话，跟他朝夕相处，再一次离他那么近，肯定会再次喜欢他的吧。

这样的状态也很好。在一个不远不近的地方，牢牢守住她自己的心。

邬乔拎着自己的电脑，直接回了宿舍。

郝思嘉看见她，开心得蹦起来，听说她没吃东西，立即点了一份小龙虾外卖。

或许是今天的事情太过闹心，很少吃夜宵的邬乔，居然让郝思嘉多点了一瓶啤酒。

“我的乔，你有心事？”郝思嘉停下点外卖的手。

邬乔：“工作上的事情。”

提到工作，郝思嘉可有的抱怨。

她点完外卖，脸贴在桌子上，说道：“我当初为什么要学建筑，当初选专业时脑子里进的水，就是我现在每天上班时流的泪。”

郝思嘉最近也开始实习。这是她爸爸安排的工作，本来她想偷懒，结果在她爸不实习就断生活费的威胁下，妥协了。

“工作累也就算了。”邬乔下巴也趴在桌子上，低声说，“坏人还那么多。”

“对，我工作之后才知道，这世界上真是什么人都有。”

郝思嘉的吐槽正准备开始，邬乔听到自己电脑响了下。

她抬头一看，是一封新邮件。

发件人：T。

邬乔差点一跃而起，她立即点开邮件。一打开，迎面而来的是一张图，神秘而寂寥的海面，尽头是一栋犹如鱼尾般展开的银色建筑。

邬乔一看便明白，这是一张渲染出来的建筑效果图。只是这张图，不管是色调还是质感，都堪称神级。

“你最近怎么样，附赠一张我最近觉得不错的效果图。”

这是 T 在邮件里给她发的内容。明明寥寥几字，却让邬乔生出无限想要倾诉的欲望。

“本来还算可以，但是今天心情糟糕透了。这张图很好看，有种幽深寂静的神秘感，喜欢！”

她发完之后，对面的郝思嘉正一脸哀怨地望着她。

郝思嘉：“我在跟你抱怨‘社畜’的水深火热，你居然只顾着跟 T 哥哥聊天。”

邬乔安慰她："待会儿小龙虾来了，我下去拿。"

"还是算了吧，我自己去，免得耽误你跟T哥哥。"

邬乔看着她说："我再说一遍。"

"你和T哥哥，只是简单的、志同道合的、纯洁的网友关系，"郝思嘉抢着回答，然后在自己嘴巴上做了个拉链手势，"OK，我都明白的。"

正好邮箱里再次有新邮件。

T："为什么？是工作上遇到什么问题了吗？"

这件事邬乔连郝思嘉都没说，此刻她却毫不犹豫打字诉说。

邬乔："很糟糕的事情，最近我与一位认识很久的人重逢，谁知我们两个人所在的公司，很凑巧地投同一个标。我的上司因为知道我认识他，居然让我去打探他公司的商务标底细。突然觉得，自己学了五年建筑，难道就是为了看见这些肮脏下作的事情吗？"

她性格平和内敛，现实生活中很少情绪起伏这么大。反倒在T面前，或许不需要伪装，可以随性表达自己的喜怒。

待她一封邮件发完，坐在椅子上等着。

旁边郝思嘉再次忍不住开口："乔，我能提个意见吗？"

"说。"

郝思嘉："要不你们加个微信好友吧，真的，现在谁还用邮件联系啊。"

邬乔沉默了几秒，淡然道："我觉得这样挺好。"

关于与T认识的经过，哪怕过去五年，邬乔依旧记得清楚。

那时候她刚上大学，接触建筑，如同打开了一个新世界。

她平常不是泡在图书馆里看建筑书籍，就是上网查关于建筑的资料。也就是那时候，她误打误撞加入了国外一个建筑论坛。

原本她也只是为了提高英文水平，平时都以看帖子为主。直到有一次老师布置了作业，邬乔实在没有头绪，便在论坛上发了帖子求助。谁知一直没等到回复，本以为帖子石沉大海。

可是第二天，她上论坛，发现自己的帖子居然成了一个Hot帖。

后来她才发现，是因为论坛里一个叫"T"的大神回复了她的帖子，引来了许多网友跟帖。只是在看完所有回复之后，连邬乔都陷入了迷惑。

这个论坛是个关注人数很多的建筑论坛，里面有来自全球的建筑师以及对建筑有兴趣的人，自然藏龙卧虎。

这位 T 就是最早建立论坛的人之一。

之所以会被论坛网友称为 T 神，是因为他不仅经常解答问题，还曾经无偿帮一个网友解决了参加竞赛时遇到的问题，让对方顺利拿到竞赛一等奖，并且拿到了建筑大所的 offer（录取通知）。

只是后来他不知是工作忙碌还是其他原因，出现得日渐少了起来。直至他回复邬乔这个帖子时，他已经有半年没在论坛出现过了。所以大家都很好奇，到底是什么问题，炸出了大名鼎鼎的 T 神。

然后所有人发现，这个帖子的问题，竟是一个关于大学一年级的小组作业。

本以为这只是个小插曲。

可后来邬乔的又一次发帖，再次被 T 回复。而这一次，他主动私信了自己，甚至将他的邮箱留给了邬乔，让她有不懂的地方，可以随时发邮件询问他。

一开始邬乔并没打算联系对方。

直到她再次遇到难题，冥思苦想了几日，终于忍不住给 T 发了邮件。

没想到，半个小时内，就收到了他的回复。

两人就这样逐渐相熟起来。

邬乔之后也曾问过他，当初为何回复自己的帖子，又为何给她留邮箱。

T 如此回答她："当我还是个建筑系学生时，也有曾经遇到问题时迷茫无助的感觉。所以我无意中看到你的帖子时，我想那时候的我，一定也很希望，有这样一个人从天而降帮助自己。"

明明应该是温柔的话，却莫名透着拽，但格外打动邬乔。

也正是这样，她与 T 逐渐联系多了起来，偶尔讨论自己遇到的问题，偶尔分享日常。

郝思嘉忍不住佩服道："我真服你们，居然能跟一个网友聊五年，而且只用邮件联系。"

邬乔淡淡问："你会跟你微信里的每个联系人聊天吗？"

“不会啊。”郝思嘉微信里好几百人呢，她哪有那个工夫。

“所以，真正的朋友，哪怕只有彼此的邮箱，也不会失去联系。”

郝思嘉心想：有被内涵到。

她有些不服气地说：“你跟 T 真的只是普通网友吗？难道你就对他没有一丁点儿好奇？”

好奇当然也是有的，但是邬乔却从未想过跟 T 见面。

虽然 T 从未跟她说过自己在哪里，但是偶尔彼此分享的日常，就能感受到他与自己有着时差，他应该身处国外。

见邬乔不说话，郝思嘉还以为她被自己说动，便又道：“我一直觉得 T 就是你的长腿叔叔，你大学一直不谈恋爱，难道跟 T 真的一点关系都没有？”

邬乔哑然失笑。

她没想到郝思嘉居然把自己大学不谈恋爱这件事，归结在 T 的身上。

她肯定地说：“我不谈恋爱不是因为 T，我从未喜欢过他。”

对她而言，T 确实是特别的存在。

他就像是长辈，又像是她的精神导师。

邬乔可以对他倾诉一切无法对旁人说出口的话。而从 T 那里，她也真的学到了很多东西，他对自己从未藏私。甚至邬乔不敢尝试国际建筑竞赛时，也是 T 鼓励她、支持她，给她帮助，才让她拿到了大奖。

可她明白喜欢一个人的感觉。

喜欢一个人，是见不到他的时候，拼命想要见。

真正见到的时候，却又不敢抬头看他。

少女的暗恋，是想见又不敢见的忐忑，是战战兢兢，是如履薄冰。这种感觉，邬乔只在一个人身上有过。

那个人就是程令时。

“我本来还想见证你跟 T 的故事，这简直比小说还梦幻。”郝思嘉长叹一声后，不死心地问，“你真的不打算见他？”

邬乔坚定道：“从没想过。”

她从未动过一丝想要见 T 的念头。对她而言，隔着网线存在的 T，才最让她无拘无束。

她不用压抑自己的情绪，也让藏在心底的隐秘有了宣泄的出口。

郝思嘉一计不成，又生一计："你就没想过 T 万一是个又丑又秃还有肚腩的中年男人？"

"所以我更不能见了。"邬乔淡定道。

很快，小龙虾外卖到了，郝思嘉下去拿。

T 的回复邮件，也在此时到了。

邬乔点开，只看到一句话。

T："所以你的上司是想让你使美人计？"

邬乔心想：美人计？对程令时？

除非她疯了吧。

对于 T 的这句话，邬乔的第一反应就是如此。

让她主动去勾引程令时？

她觉得大概只有一个可能性，那就是她彻底疯了。

因为这句话，邬乔当晚就做了个噩梦。

她梦见自己居然真的不怕死，对程令时使了美人计。

但是程令时用他惯常的意味深长表情望着她，微拖着腔调说道："原来早早，真的对哥哥心怀不轨呀。"

然后他看着邬乔，逗猫似的，说："只此一次，下不为例吧。"

这个梦，活生生把邬乔吓醒了。

她躺在床上，盯着头顶的天花板，好久都没回过神。

想到这个可能性，她越发觉得，自己还是应该跟程令时保持距离。

至于天融建院这边的工作，她也决定了，尽快辞职。

邬乔学习成绩好，又有竞赛得奖，履历实在漂亮，不至于连份像样的工作都找不到。

周一的时候，邬乔的辞职信已经在电脑上存着了。

她周末写好的辞职信。

她一向行动迅速，绝不拖泥带水。

估计她周五拒绝董兆新之后，他应该不会再让自己参与天湾这个项目了。

只是一整个早上，邬乔都没见到董兆新。

直到下午，他姗姗来迟，再次将组内所有人召集。

周三就是这次竞标的截稿日，而现场投标则是在下周一正式举行。

邬乔见会议上没提到自己，干脆在会议结束时，走到董兆新身边，低声问："董工，这次投标，我还需要参加吗？"

"之前不是说过，让你作为助理参加吗，怎么你有事？"

董兆新神色如常，似乎完全忘记了周五时他对邬乔说过的话。

见对方假装什么事都没发生，邬乔干脆也顺水推舟。

虽然她已经决定离开天融，但是天湾文化综合体项目，毕竟是她参加过的最大的项目。

而且她也确实一次都没参加过现场竞标。

她想要把握这次机会。

"我没事，我只是想确定一下，毕竟要提前订好车票。"邬乔轻声一笑。

等她回了工位，任乐问她："怎么了。"

邬乔一笑："没事儿，我就是跟董工确认一下这次竞标的事情。"

"真羡慕你能参加，到时候有消息，你可要第一时间告诉我。"任乐叮嘱她。

邬乔点头："行，不管什么结果，我都第一时间告诉你。"

任乐说："那最好还是中标的好消息吧。"

不过随后她疑惑道："咱们公司这次，好像要去不少人。我记得上次的项目，现场没去这么多的人呢。"

"这次能跟上次一样吗？"旁边一个设计师说道，"一看你们就是小年轻。"

对方解释说："这种大型竞标项目，公司都会带不少人去。不管结果怎么样，最起码要在气势上压倒竞争对手。"

"难怪董工让邬乔去，她去可以撑场面。"任乐理解地说道。

同事看着邬乔，赞同道："确实，邬乔这长相，最起码能跟时恒那边一拼。"

任乐说："时恒难不成不仅要实力强，还要颜值高？"

“可不就是，我之前遇到过一次，人家一群人走过来，感觉都带风。”

邬乔听着他们的讨论，反倒真的期待起竞标那天的场面。

这次竞标地点，是在Z省省会的一处度假酒店会议厅。

因为竞标开始时间是早上十点，所以在Z省之外的几个设计院，都需要提前一天到达。

主办方并不提供住宿，但是为了第二天能从容以对，董兆新让邬乔订了度假酒店房间。

当晚，邬乔与另外一位女同事住一个房间。因为要准备第二天投标，大家也没怎么聊天，很早就睡下了。

第二天早上，他们吃完早餐，就带着标书直奔会议厅。

本来以为他们来得挺早，结果居然还不是最早的。

“那是同科院的，他们实力也挺强的，跟咱们差不多，不过比不上另外几个大所。”

同事不是第一次来参加竞标，所以很快认出了不少熟悉的面孔。

反而是邬乔，头一次出席这种场合，想着安静看着，总不会出错。

很快，其他几家建筑所陆续到场。

同事低声说：“现在，好像就剩时恒的人没到吧。”

邬乔低头看了一眼时间，小声问：“如果迟到会怎么样？”

“看情况，有些主办方很看重这个，有些就挺好说话。”

邬乔拿出手机，握在手心里，正在犹豫是不是该给程令时打个电话。就在她悄悄打开微信，想发个微信提醒他时，突然身侧的同事低呼一声：“时恒的人来了。”

邬乔立即转头，朝门口看去。

只见一行人出现在门口，为首之人，便是程令时。

乌发清眸，以及过分深邃立体的五官，在会议厅的光线照射下，越显清俊，如此出众的长相，让他从一进门就成了所有人目光的焦点。挺拔而高瘦的身形，让他即便只穿着一身休闲西装，依旧未减半分骄矜。

他未看旁人，带着自己的人，直接在空位上坐下。

“天呀，这气场。”也不知是谁在旁边嘀咕了一声。

邬乔轻吐一口气，收回目光。

早上十点，此次进入最后竞标阶段的十家候选设计师团队全部到齐。

天湾乃是城市规划项目，因此市政府特地邀请了一个强大的评审会，包括著名的建筑设计师以及城市规划专家。

负责筹措此次项目招标的负责人，在简单介绍了评审会成员后，便宣布竞标开始。

为了公平起见，每个团队是通过抽签，决定自己的宣讲顺序。

按顺序依次抽签之后，天融抽中了2号，时恒则在8号。

对于设计投标而言，出场顺序很可能会决定成功与否。毕竟越到后面，评审会会越来越审美疲劳。如果没有能让人眼前一亮的作品，绝对没办法拿到高分。

邬乔心情复杂，她既希望自己团队能拿到项目，因为她是参与者，知道每个人为这个项目付出了多少努力，但是她又不希望程令时输。

天融的次序是在2号，很靠前，几乎很快就到了他们。

项目主讲人是董兆新。

他打开幻灯片，封面是以天湾为背景。只见上面有两行显眼的字体：海上生明珠，天湾共此时。这是天融建院此次的作品名称，而这个想法，正是邬乔提出的。

当初刚得知这个招标时，邬乔脑海中便立即想到了一句诗。

天湾三面环海，而这次天湾文化综合体的规划理念，便是打造一个文化地标，犹如在海岸线边缘打造出的明珠。这颗明珠，将让天湾周围的所有市民共同享受。

天融巧妙引用古诗，并以此为延续，将整个设计概念，以海上明珠的形式展开。

当初邬乔提出这个设计理念，也没想到真的会被采用。

邬乔如今看到自己的概念，被呈现在这么多设计师面前，说不紧张是假的。

董兆新作为一个经验丰富的设计师，汇报得极有水平。

他说得越好，台下其他设计师团队的表情就越发凝重。

在董兆新讲完后，邬乔心底松了一口气，但她还是忍不住朝程令时的方向看去。

只是此时，他正微偏头，与身边的长卷发女同事低语。这样的姿势，让他白色 T 恤下的脖颈线条被拉长，显得格外魅惑。

突然，程令时抬起头，望了过来。

邬乔赶紧扭头，生怕被他发现自己在偷瞄他。可随后，一种微妙的情绪悄然浮上心头，胸口也跟着发闷紧张。

他身边那位长卷发女同事好妩媚好漂亮呀。

她刚才怎么没注意到……

那个是他女朋友吗？

时恒那样的公司，应该也会避讳办公室恋情吧。

应该不是，但即便这个漂亮的女同事不是他女朋友，以他的年纪，总该有女朋友吧。

邬乔猛地摇头，阻止自己继续胡思乱想，反正跟她没关系。

竞标还在继续，却已堪称是“神仙打架”。

所有参与的设计师团队，拿出自己准备已久的方案，全力以赴。

邬乔坐在下面，第一次真正感受到震撼。

这跟在学校里的小组作业宣讲，完全是两个概念。

这里的每一个设计方案，都聚集了几十个设计师的灵感、巧思、心血。

要不是不能拍照、不能录音，邬乔恨不得把这一切记录下来。

终于负责人喊道：“8 号，时恒建筑事务所。”

邬乔下意识往时恒所坐的方向看过去，就见程令时在第一时间站了起来。

他收拢西装腰身，迈步上台。

这次邬乔抬头，正大光明望着台上的他。不用再害怕，自己的目光太过醒目。因为此刻，所有人都在看他。

“各位评审好，我是时恒建筑事务所的程令时。”在说完这句话时，他也打开了手边的电脑幻灯片。紧接着，一张天湾综合体的主体建筑就在眼前缓缓展开。

几乎在一瞬间，所有人的目光都落在了建筑效果图上。

行云流水，这几乎是大家在看见这个建筑体时，脑海中就浮现起的念头。

整个建筑布局分为东西两端，从东边地块的图书馆、剧院、展览厅，到西边地块的酒店等商务中心，用流动线条串联起了南北建筑群。

整个建筑群大量运用玻璃幕墙，所有的设计都在表达着一个强烈的概念，流动、山水融合，如海浪，如水流。

特别是夜幕效果图出来时，建筑在光线的照映下，仿佛真的在流动。

天湾本就是依山傍海之地，这样蜿蜒流动的建筑群，以最直接的设计概念，突出天湾综合体的文化地标感。

最后，他才将“行云流水”这个主题展示在屏幕上。

这是邬乔第一次现场看到程令时做汇报。

面对主办方的问题，他淡然处之，回答自如，甚至还各种引经据典。仿佛他站在上面，不是在面对一场竞赛，而是来给在场所有人上课。

听到最后，邬乔心底只浮出一个念头。

天融要输了。

不只天融，其他设计师团队也都要输了。

下午五点，结果揭晓时，所有人心底或多或少都有了准备。

时恒建筑事务所不出所料赢得了这个竞赛项目，与程令时相熟的设计师，表现出了风度，上前祝贺他。

反倒是董兆新，听到结果，就沉着脸离开。

邬乔跟着同事回去收拾东西。

输了竞赛，他们也该打道回府了。

只是在她拖着箱子出来，到大堂的时候，就见董兆新一脸阴沉地站在那里。

“董工。”邬乔走过去。

很快，两个男同事赶了过来。

其中一个人抱歉地说：“董工，我们把标书拿回来了。”

董兆新望着标书箱子，发火说：“不是有助理吗，助理做什么?!”

邬乔没想到他会把怒火烧到自己身上，只平静地上前：“钱老师，标书让我拿着吧。”

建筑标书很厚，所以被封存在标书箱子里。

姓钱的男同事见董兆新发火，也不敢替邬乔说话，把箱子递给她。

可邬乔走过去接箱子时，突然感觉有人轻轻绊了下她的脚。

紧接着，她抱着箱子，整个人扑倒在地上。

箱子里的纸张被甩出来，落在酒店大堂，洋洋洒洒，铺满了大堂。

董兆新像是终于找到机会，将心底所有的不满宣泄出来，他讽刺挖苦道：“怎么连这么一点小事儿都干不好，带你来有什么用。就这还是T大毕业的高才生，简直是废物。”

邬乔蹲在地上，一张一张捡起地上的图纸。

旁边同事尴尬得手足无措，想要帮她，又生怕被牵连。

不远处，刚从电梯里出来的一群人，看到眼前这一幕，都停下脚步。

终于，邬乔将所有的图纸都捡起来，重新放回箱子里。可董兆新却还没有结束对她的羞辱。

他轻蔑地看着邬乔：“我早说过，你这种女生，不适合学建筑。

“光长脸蛋，没长脑子。就是太多你这种‘半瓶子晃荡’的人，建筑行业才良莠不齐。”

邬乔上前一步，董兆新下意识往后一退。

她抬头望着对方，将箱子放下。

邬乔闭了闭眼睛，待再次看向董兆新时，终于开口说：“本来这样的话，我不想说。但是现在，我如果不说的话，好像就十分对不起您给我的这些评价。”

董兆新盯着她，就听邬乔不紧不慢道：“真正让建筑行业良莠不齐的，是您这种靠着让下属陪酒应酬拿项目，竞赛失败之后，拿自己的下属撒气的败类。我跟您这种垃圾比起来，不值一提。如果说建筑行业有需要改进的地方，那就是希望再也没有您这样输了竞标后无能狂怒的上司。”

董兆新绝对没想到，看似安静温和的邬乔，居然敢这么反抗自己。

他指着邬乔说："你有种，你要是还能在这个圈子里混下去，还能找到工作，我就跟你姓。"

邬乔："不劳您费心。"

说完，她转身就要离开。可是一扭头，就看见站在不远处一直安静地看着自己的程令时。

又一次。

邬乔方才面对董兆新的羞辱时，还能冷静自持，甚至反击，可她看着程令时，看着他身边那些意气风发的人，有种羞耻涌上心头。

邬乔感到很丢脸，总是被他看见自己狼狈的一面。

为什么每次她都不能光鲜靓丽地出现在他面前？

铺天盖地的委屈，在邬乔心底蔓延。

邬乔忍住眼底的泪意，现在她要昂首挺胸地走出去。

她必须无坚不摧。

邬乔往前走了几步，却被程令时挡住了去路。

"麻烦……"邬乔垂眸，接下来的"让一让"三个字，如鲠在喉。

不想，听到头顶有个温和的声音："邬乔，抬起头。"

邬乔的眼泪已在眼眶中打转。

终于，她努力憋住泪水，缓缓抬头看着他。

程令时弯起嘴角看着她，依旧是那样漫不经心的口吻："你现在是彻底没有工作了吧。"

一句话，居然让邬乔眼底的酸涩消退。

他该不会现在还要笑话她吧。

是啊，她就是被当众羞辱，当众丢了工作。

当她心绪难平时，程令时再次开口，只是这次他的声音里带着严肃和认真，他伸出一只手，说道："所以我现在可以正式邀请你，加入时恒建筑事务所了吗？"

邬乔彻底怔住，也包括周围的所有人。

第三章

不想再喜欢上他

酒店大堂里，原本应该是热闹的。此时，却安静得落针可闻。

所有人几乎都望着这边，就连当事人都有些预估不到这件事的走向。

虽然程令时曾经提过，但是邬乔想也没想过。

时恒确实是最好的建筑事务所之一。进入这样一间事务所，是很多建筑学生的梦想。但邬乔不想靠着与他的关系进入。这一瞬间，她却怎么都张不开口谢绝程令时的邀请。因为他就像年少时那样，从天而降，替她解围，挽救她的落魄和卑微。

他好像永远都这样，见不得有人欺负她。

直到邬乔嗫嚅道："我可以进入时恒吗？"

"当然。"程令时稍稍俯下身，望着她的眼睛。

待他眉眼微抬，重新站直后，口吻认真道："你是 T 大建筑系连续五年的年级第一，是连续三年的国家奖学金获得者。在大学期间，你拿过不少建筑设计比赛的大奖，还获得了霍普杯、中国大学生建筑大赛的一等奖。像你这样优秀且杰出的建筑学生，是我们时恒迫切需要的人才。"

程令时的声音不低不高，却正好让周围，包括不远处的董兆新，听了个明明白白。

"我希望你能够选择时恒。"

终于，程令时再次伸出自己的手，递到她眼前。

这一次，她只要轻轻抓住就好，而邬乔终于没有再犹豫，伸手握住他的手掌。

这不是第一次她触碰到他的手掌，可却比以往，都要温热而有力。

瞬间，周围响起了鼓掌声。

邬乔看过去，发现是程令时带来的人，也就是时恒的员工。

只见他们每个人满怀善意地鼓掌，微笑地看着她。

先前邬乔注意到的那个长卷发女同事走了过来，在走到邬乔身边时，她顺势撩了下自己的长发，妩媚又动人，自带成熟美女的气场。

只见她望着董兆新，嘴角微扬，嘲讽道："现在都什么时代了，没想到居然还有人觉得建筑不是女性该做的行业。怎么，是扎哈在建筑界站得不够高，还是妹岛和世不够惊艳世界？还是说，刚才我赢了那么多的人，都不是男人？"

董兆新面色铁青地望着对面："我没有这个意思。"

他刚才不过是骂邬乔，骂顺嘴了。

女子点点头，伸手攀住邬乔的肩膀，笑道："这位小妹妹刚才说得对，愿我们建筑行业，少一点只会无能狂怒的上司。"

她停顿一秒："啊，特别是某些自以为是的男上司。"

她特意将"男上司"这三个字咬重。

董兆新脸色越来越黑。

他怒驳道："这是我们公司内部的事情，我教训自己的下属。"

"你们公司内部的事？"美女指了指程令时，惊讶道，"你没看见，我们程工挖人了。"

董兆新大概也知道自己不占理，沉着脸，转身就要走。

程令时却突然开口："等一下。"

董兆新站住。

"我这人呢，记性不是太好。"就见程令时垂眸望着邬乔，懒洋洋开口，轻哂一声后，问道，"不过依稀记得，刚才是不是有人说，你要是还能找到工作，就跟你姓？"

邬乔："啊？"

这……

不用看，她都知道董兆新的脸色有多黑。

只见董兆新这次头也不回地走了。

一旁时恒的人都在强忍笑意，一副要笑不笑的表情。

"哥哥，要说'骚'，还是你'骚'啊。"只见美女伸手拍了拍程令时的肩膀，嬉皮笑脸道。

程令时拧眉看她："别乱叫。"

"好好好。"美女似乎与他格外熟稔，"程工，您真是太棒了。"

邬乔听着他们的对话，他们这样亲密又自然的姿态，让她如坠深渊。但人家刚帮了她，邬乔不想表现出任何异样。

于是她强压住心底情绪，轻笑说："谢谢你们。"

"谢什么，你刚才骂他的那几句，那才是大快人心。"长卷发美女笑嘻嘻说道。

她转头看着自己团队的人，语重心长道："这位小仙女就给你们树立了一个正确的价值观，遇到这种上司的时候，千万别忍着。"

程令时冷眼看她："你这么骂自己，合适吗？"

众人再也憋不住，笑了起来。

邬乔先前心底的委屈、难过、羞耻，都在这一瞬烟消云散。她什么都没有做错。

"你待会儿怎么回去？"程令时开口问道。

邬乔立即说："我还订了高铁票，我得先打车去车站。"

"我们开车过来的，要不你跟我们一起呗。"长卷发女子热情招呼她。

邬乔摇头："不用了。"

程令时："你的高铁票是不是跟他们一起订的？"

被他一提醒，邬乔才想到这点。

因为是一起订的高铁票，所以位置也都靠得很近。

刚发生这样的事情，再坐在一起，确实有点尴尬。

"跟我们一起吧。"程令时淡淡说。

邬乔见大家都看着他们，也不好再拒绝，点了点头。

“哇，太好了。”长卷发女生上前说，“我叫杨枝，是时恒的高级合伙人。”

邬乔忙道：“您好，我叫邬乔。”

“小仙女就是不一样，不仅人美，名字也好听。”

杨枝似乎很喜欢邬乔，一直对她温柔又和善。

她穿着很简练，浅蓝色丝绸衬衫和浅色长裤，整个人气质干练又有气场，使得邬乔心底对她也一丝丝意见都没有。

邬乔只酸涩地想着，这样的人才是大家都喜欢的吧。

时恒其他工作人员也纷纷跟邬乔打招呼。

因为他们的车还没来，大家便在大堂等着。

杨枝见状，挽着邬乔胳膊：“要不要一起去洗手间？”

程令时别过头看她，皱眉：“你是不是得了什么没有人陪，一个人去不了洗手间的毛病？”

“你懂什么，这是我们女人表现友谊的方式。”

邬乔只能点头表示赞同。

毕竟这确实是女生友谊开始的重要方式。

两人一起去了一楼的洗手间。

邬乔出来之后，看见杨枝在等她。

杨枝一见到她，脸上笑意都透着八卦：“刚才可把我憋坏了，你跟程工到底是什么关系？”

“我小时候就认识他了，我们老家是同一个镇子。”邬乔实话实说。

她看得出来，杨枝没有恶意，就是八卦而已。

好像……这么看来，她跟程令时应该没什么暧昧关系。

杨枝：“那可真是稀罕了，我跟他共事这么久，还没见过他对哪个小姑娘这样。”

邬乔觉得她这话有失偏颇，忍不住说道：“其实他性格一直很温柔。”

“什么？”杨枝以为自己听错了，忍不住笑了声，“性格温柔？”

温柔？

这个词，他程令时也配？

邬乔见她一副活见鬼的表情，只能说："他就是有时候喜欢逗弄人。"

这次重逢的大乌龙，不就是他故意逗弄邬乔，才搞出来的？

杨枝深吸一口气："来时恒吧，你就会知道什么叫作人间真实，你现在完全被蒙蔽了。"

邬乔笑了笑，不再反驳。

"还有你那个上司的事情，别放在心上。"杨枝从兜里拿出一包烟。

她朝邬乔扬了扬，问道："介意吗？"

邬乔摇头。

"你这个上司之前是不是对你有什么想法？"杨枝直接问道。

邬乔一愣，说道："也不是什么想法，就是之前他要求我做一件事，我没答应。"

"我就知道。"杨枝点了烟，抽了一口，"像你这种长得这么漂亮的小姑娘，除非是之前你把他得罪狠了，要不然他不会这么当众让你难堪。"

"不过别怕，别被他恐吓住。你越是害怕，他就会越得意。你看程工说那些话的时候，那个姓董的不是屁都没放就跑了。他不过是个欺软怕硬的东西罢了。"

邬乔没想到杨枝会跟自己说这个。

许久，她轻轻点头："我要是怕他，就不会那么说了。"

这次董兆新这么对她，邬乔知道对方并不是针对她的工作，只是单纯针对她这个人。董兆新将竞标失败，以及之前她拒绝替他打探商务标的事情，一并发泄出来，当众羞辱她。

邬乔在工作中一直吃苦耐劳，不抱怨，更不会轻易发火，这次之所以会这么当众反驳董兆新，只是不想纵容对方的气焰。

因为她没有错。

邬乔还是低声说："这次，真的谢谢你。"

杨枝敞亮道："谢什么，拒绝职场压榨，从你我做起，干得漂亮。"

"我谢你，是因为你本来不用跟我说这些的。"邬乔声音软软地道。

不是所有善意，都理所当然。

杨枝笑了起来，爽快道："Girl helps girl（女孩帮助女孩）。"

突然她忍不住伸手掐了把邬乔的脸蛋，感慨道：“我现在突然明白，程令时这种六亲不认的人，刚才为什么那样了。”

“你这种又仙又软的，可激发保护欲了。”

邬乔：她不是，她没有！

“所以作为女孩，你更应该加入时恒。”

邬乔问：“为什么？”

杨枝微微一笑：“因为在程令时这个人的眼里，设计师只有能力之分，没有男女之分。”

两人刚离开洗手间，就在拐角遇到了程令时。

他看着两人，低头看了眼手表，语气平淡：“车子到了。”

“这么怕我把小乔妹妹拐跑了？”杨枝笑道。

杨枝是时恒事务所初创时就在的老员工，她跟程令时共事这么久，还是头一次发现他居然会对女人心软。

程令时听到这话，望向她，扫视了一番，声音懒散而张扬地说了句：“我的人，你试试。”

邬乔到了车旁边，才发现九座的商务车只剩下最前排的两个位置。

于是，她自然而然地坐在了程令时身边。

归程要好几个小时，车子里很安静。

大家都在看手机。

唯有旁边的男人，不知何时拿出了平板电脑。

他接了个电话，似乎是关系到一个国外的项目，全程都在说英文，语调带着惯常的淡淡懒散，仿佛一切都没被他放在心上。

偏偏他神色专注认真，有种别样的反差感。

邬乔没有光明正大地看，见他专注工作，一直偷瞄他，没事儿就朝那边瞟两眼。

不知过了多久，她手机振动了两下。拿出手机，看见上面名字，她心底生起微妙的感觉。

邬乔下意识打开微信。

程令时：“再看下去，我要收费了。”

程令时："不过是早早的话，可以打对折。"

邬乔一时无语。

这世上怎么会有如此厚颜无耻之人。

邬乔："我不是在看你。"

邬乔知道对方在看她回复的信息，所以她抢在程令时回复她之前，再次发出信息。

邬乔："令时哥，我说这话，你可别生气。"

邬乔："你是不是最近忙着招标，没休息好。"

过了好一会儿，她才收到回复。

程令时："？"

邬乔无语，他现在就只会发问号了吗？

或许是因为这个问号，激起了邬乔心底早已不知藏在何处的叛逆。

邬乔："我……好像看见你有白头发了。"

邬乔："当然，你这个年纪有也很正常，你别太有压力。"

要是单单第一句，程令时倒不至于气笑。

偏偏她发的第二句，简直是此地无银三百两。

他这个年纪？

他什么年纪，明明是风华正茂的年纪。

程令时正要回复，手指突然在屏幕上停住。

他又看向这两句话，不由得想起了邬乔少女时代的模样。

那个暑假，程令时不止一次看见邬乔。

陈嫂很喜欢邬乔。

每次她来了之后，都会留在程家大宅坐一会儿。

程令时站在二楼走廊，看着她坐在厨房门口，替陈嫂剥豆子、挑菜，忙得不亦乐乎。

那时候她是真乖，只是这种乖里，透着习惯性讨好别人的感觉。

他听陈嫂说过邬乔的身世。

父亲早逝，母亲说是出国赚钱，却一去不回。在小镇上这种情况，不能说绝无仅有，却也并不罕见。

邬乔跟着大伯一家生活，寄人篱下，难免多了几分战战兢兢，于是举手投足都会带着几分彷徨。

而他手机里看到的这段话，放在以前，邬乔绝不敢说。她不敢放肆地笑，也不敢放肆地闹。

突然，程令时握住手机，没再回复。

邬乔一直没等到他的回复，又见旁边与人微微说话的声音，以为他在忙。不知不觉间，她便睡了过去。

他们到上海的时候，街面上的路灯早已经点亮夜空。

邬乔迷迷糊糊睁开眼睛时，才发现车子早在不知不觉中停了下来。

窗外，居然是T大的校门口。

“到了？”邬乔迷迷糊糊问道。

旁边一个略低沉的声音响起：“刚到而已。”

邬乔转头，就见黑暗中程令时的眼眸，清亮逼人，深邃如旋涡。

她余光里发现，车上竟空无一人。

“他们都走了？”邬乔忍不住问道。

程令时：“嗯，他们先回去了。”

邬乔低低“哦”了声。

正在她不知道说什么时，出去抽烟的司机回来了。

他见邬乔醒了，问道：“程总，现在可以走了吗？”

邬乔这才意识到，自己或许耽误了他的行程，立即抓起手边的包：“我先回学校了。”

“嗯，早点回去休息。”程令时说道。

邬乔想了下，也不知该说什么，憋了半天：“谢谢你，令时哥。”

她刚说完，程令时微微挑眉，语气凉凉：“你要是再说谢谢，哥哥就不放你走了。”

见邬乔呆怔的样子，程令时慢悠悠开口：“我就让你在这里，把谢谢这两个字抄一百遍，抄到你以后再也不敢随便对我说这两个字。”

邬乔拖着箱子回去，学校路上很安静，已经没什么学生了。

她到了楼下，刷卡开了宿舍楼下的门。

郝思嘉看见她回来，扑过来抱住她："我的乔，你怎么会突然回来？"

"你不想我回来？"邬乔笑道。

郝思嘉松开她，指了指自己的脸："你看我的表情，这是不想你回来吗？"

邬乔把东西放下之后，就去洗手间洗漱。

她在外面一天，总觉得不习惯。

从洗手间出来，邬乔把桌上的手机拿了起来。

她点进微信，看到最上面熟悉的名字，这才想起来，程令时没回她。

她又点进去看了一遍，心底纠结，自己是不是说得有点儿过分。

三十而立，风华正茂，倒也不至于到了年纪。

邬乔想来想去，还是发了信息："令时哥，你回家了吗？"

虽然不能说谢谢了，但是今天她坐了人家车子回来，总该再关心一下。

很快，程令时回复："还没，正在找地方。"

邬乔好奇："找地方干什么？"

这次那边回复得有点儿慢，邬乔把电脑拿出来许久，信息才姗姗来迟。

她点开，看了一眼，然后又盯着看了许久，才确定自己没看错。

程令时："染头发。"

染头发？

邬乔忍不住笑了起来，也再次肯定，这个男人，有点阴阳怪气。

邬乔把公司的资料都收拾好，准备这两天去辞职。

她是实习生，应该没那么复杂的手续。

至于时恒事务所那边，邬乔叹了口气，趴在桌子上思考着，到底是去，还是不去呢？

这个问题，邬乔一直到睡觉之前都没考虑好。

谁知等她第二天早上一起床，第一个闯入脑海中的念头，居然还是——时恒她到底是去还是不去？

她一定是疯了。

邬乔在床上滚了一圈。

她拿出手机，发现任乐给自己发了微信。

看来董兆新当众给她难堪的事情，被亲眼所见的同事在公司传开了。

任乐："别难过，不值得。你虽然离开了天融，但去的是时恒啊。"

任乐："也算是因祸得福。"

任乐："不过你也瞒得够深的，我听他们说，程令时亲自帮你打脸董工。"

对于她的打探，邬乔干脆没回。

她一个人坐在椅子上，陷入沉思。

不知过了多久，她打开电脑，写了一封邮件。

这好像已经成了她的习惯，在遇到无法抉择或者犹豫的事情，她总习惯向 T 求助。五年来的习惯，早已经深入骨髓。

邬乔："T，有个人邀请我去他的公司，但是我很犹豫，到底要不要去？"

她将邮件发出，就起身换了套衣服，准备去一趟图书馆。

这也是她从小的习惯，心烦意乱时就想要待在安静的地方。

可是她刚从洗手间出来，就听到"叮"的一声，是新邮件来了！

邬乔立即弯腰去看电脑，果然 T 的邮件回复了过来。

T："为什么不想去？"

邬乔坐在椅子上，看着面前电脑上的问题，她的双手搭在键盘上，许久，她手指敲击出一句话："因为我不想再喜欢上他。"

当她越是靠近程令时，他身上的一切就越发吸引着她。

他对自己种种的包容、种种的好，叫邬乔如何能视而不见。

这句话就在电脑屏幕上，邬乔一直盯着看了许久许久，最后一个字一个字删除。

终于，她重新打了一句话："因为我不想欠他。"

哪怕是面对素未谋面的 T，她依旧无法将曾经暗藏在心底的喜欢宣之于口。

暗恋是她一个人的小心翼翼。

在发出这封邮件后，邬乔似乎也下定了决心。

她准备打电话，给程令时说清楚。

她还是决定，放弃去时恒建筑所。

她知道程令时白天一定很忙，所以想等晚点再给他打电话说清楚。

傍晚时分，窗外夕阳西下，赤色霞光布满整片天空，洒落在初夏的校园里，同样也落在宿舍的阳台上。

她在宿舍里看了一部老电影。

阳台门大开着，晚风偶尔拂过，带起微微凉意。

自从实习后，邬乔还从来没这么悠闲过，直到她的手机开始响。

她低头一看，居然是程令时打来的。

邬乔手忙脚乱地关掉电影，接通电话。

程令时的声音在电话连接的瞬间，顺着电波从另一端缓缓落进她耳畔："邬乔，我已经交代了人事，你下周一来报到，这周你可以暂时休息几天。"

邬乔没想到，他要说的是这个。

她微咬着唇瓣，最后，还是开口说："我不想去时恒了。"

电话两端同时陷入沉默。

终于男人略冷淡的声音，率先打破沉默："为什么？"

"我不想让别人觉得，我是靠你的关系才进入时恒。"这是邬乔能想到的，最合理的借口。真正的理由，她永远都无法亲口告诉程令时。

"还有呢？"程令时似乎并没有因为她的不识时务而恼火，反而语气格外平静。

邬乔顿住。

这个理由还不够吗？以程令时这种骄傲的性格，她这么不识抬举，三番五次拒绝他的邀请，现在不是应该直接挂断她的电话吗？怎么还刨根问底呢？

邬乔愣了半晌，说不出话。

直到对面如同轻叹了声，带着些许温柔："你下来。"

这句话让邬乔更愣住了。

下来？

下来哪里？

一瞬间，她下意识地起身，走到阳台。

不可能吧。

绝对不会吧。

邬乔这么想着的时候，低头看向宿舍楼下。

虽然她宿舍在五楼，这么远的距离，她还是一眼看见了楼下站着的男人。过分高大挺拔的身材，让他站在女生宿舍门口时，显得那么耀眼。

她低头看过去，如同心有灵犀般，程令时抬起眼睫，仰头看了过来。

两人的视线撞在一处。

邬乔错愕地微微张嘴。

她没想到，程令时会在此时、此刻出现在这里。

邬乔转身回了宿舍，以最快的速度换了鞋子，跑到楼下。

她一路跑到宿舍的大门口，在要踏出去时，停下脚步站在原地，望着外面的人。

程令时站在宿舍外的樟树下，虽是初夏，却已枝繁叶茂。

黄昏的余晖透过树荫间的缝隙，洒落在他身上。

他一身浅灰色衬衫，眉眼一如既往地慵懒，只是神色之下隐隐压着桀骜。光是安静地站在那里，路过的女生都会忍不住扭头看向他。

邬乔深吸一口气，在平稳了呼吸后，终于走了出去。

她一步步走到程令时面前，微仰头看着他："令时哥，你怎么来了？"

程令时挑眉："我不来，你还打算用什么理由搪塞我？"

"不是。"邬乔下意识否认。

只是很快，她又察觉到不对劲——时间不对。

她还没来得及打电话跟他说这件事，他怎么会提前来学校呢？不打算去时恒的事，她只对 T 一个人说过。

程令时似乎察觉到她神色的疑惑，微敛笑意，淡淡道："我是来找你们建筑系教授秦钟的，他跟时恒也有合作关系。"

难怪呢。

邬乔松了一口气。刚才她脑海中居然出现了一个完全不可能的荒谬念头。

宿舍楼下，到底不是说话的地方。

邬乔问道："你吃饭了？"

"还没有。"

邬乔一听，立即来了精神："要不我请你吃饭吧。"

之前那顿饭，因为招标的事情被推迟，今天正好补上。

程令时点了点头，两人转身离开女生宿舍门口。

只是走出去没多久，程令时的电话响了，是秦钟打来的。

他接通后，就听秦钟惊讶道："令时，你来我们学校了？我刚才好像看见你的车了。"

只听程令时面无表情道："我不买房。"

秦钟无语道："买什么房，我是建筑系老师，不卖房。"

程令时："别再给我打电话了。"

邬乔见他要挂电话，同情道："销售电话确实挺烦的。"

听见这话，电话那头的秦钟一时不知说什么好。

邬乔带着程令时往校外走，一路上全都是学生。这个点正好下课，到了晚饭时间，来来往往骑自行车的人也不少。

空气中偶尔拂过的晚风，掠过身上，带起一阵舒服的凉意。

程令时接完那通电话后，两人之间的气氛有些沉默。

还是她开口问道："原来你跟秦钟教授认识啊？"

"他跟容恒是大学同学，最近他想做工作室，便挂靠在时恒下面。"程令时想了想，还是解释说，"容恒就是时恒的另一个创始人。"

邬乔点头："我知道，时恒建筑所就是用你们名字命名的。"

程令时的"时"，容恒的"恒"。

邬乔倒是有些羡慕容恒，最起码他的名字可以光明正大和程令时放在一起。

"不是。"程令时漫不经心道。

邬乔一怔，忍不住问："时恒的'恒'，不是容恒的'恒'？"

程令时挑眉，微拖着尾音，懒洋洋说："时恒建立之初，我们的目标，便是让我们所设计的建筑，在时间里成为永恒的艺术。"

"只是凑巧撞上容恒的名字罢了。"

邬乔一时无言以对。

这也可以，还能这么解释的？她都不知道自己该说什么了。

不过这会儿，邬乔倒是又想起另外一件事。

她说："所以你昨天知道我的成绩，还有那些竞赛履历，也是秦老师告诉你的吗？”

程令时：“嗯。”

难怪呢。

昨天邬乔没来得及问，刚才他提到秦钟，让邬乔也想起程令时说的话。他对自己的成绩以及参加过的竞赛，居然了如指掌，确实是有些太奇怪了。大概是之前他们在学校重逢后，程令时又去问了秦老师吧。可能他也会好奇，她在大学里的情况吧。

这个小小的念头，让邬乔的脚步陡然轻松。

大学校园里种植的树木花草繁多，正值初夏，傍晚的空气里散发着清淡香味。

邬乔问道：“你有什么想吃的吗？”

说完，她又抢着说了句：“千万别说随便。”

程令时被她逗笑，嘴角轻扯，悠然道：“你们学校附近，有什么推荐的？”

“那可多了。”

邬乔走在他旁边，说道：“我们学校隔壁有一条美食街，号称没有一个人能空着肚子从那条街走出来。”

“那就去那儿。”

程令时话音刚落，突然伸手攥紧她的手腕，将她拽到自己身边。

邬乔被他突如其来的动作弄得瞬间僵住，压根没注意到周围。

不远处一声惊呼传来：“小心！”

邬乔想要回头，可是一只宽大手掌轻轻覆在她的后脑，温热而又有力量，让她整个人只能被动地撞进他的怀里。

瞬间，男人滚烫的气息，铺天盖地萦绕在她周围。感受到他温度的同时，邬乔的心跳不受控制地加速。

汽车从零加速到百里的时间，尚且需要几秒，而她的心跳从平稳到剧烈跳跃，却只在瞬息之间。

“砰”的一声，近在耳畔，原来是手掌将篮球拍回去的响声。

邬乔这才意识到发生了什么。

他们刚才正好经过一片篮球场附近，这块是老篮球场，并没有护栏，所以篮球直接飞了出来，险些砸到路过的邬乔。

差点闯祸的男生，隔着灌木丛喊道："抱歉，抱歉，你女朋友没事吧？"

女朋友……

邬乔下意识张嘴，却莫名被自己呛到，急咳了几声。

吓得对方连连说道："我这篮球也没砸到她啊？她没事吧？"

邬乔听着对方着急的声音，心底一阵无语：放心，我不碰瓷你。

倒是程令时垂眸，见她咳得憋红了脸，低声一笑："被吓到了？"

邬乔无语。

她没有，她就是被自己口水呛到了。可这个理由，好像也没好到哪里去。

还是程令时重新抬头，看着抱着篮球的男生，淡淡说："以后打球小心点，我家小孩这样的不经吓。"

"对不起啊。"男生又大喊了一声，这才离开。

邬乔在他们说话间，微抬眼睑，就瞥见他紧绷的下颌线，过分立体而瘦削的轮廓，显得有些硬朗。

待程令时收回目光，邬乔立即垂眸，视线不觉间落在了他垂在身侧的手掌上。他的手掌很宽大，手指修长，指节骨骼瘦削分明。

邬乔脑后被他手指压着的触感，依稀还残存着。

直到程令时低声说："走吧。"邬乔这才回过神，跟在他身后。

她偷偷打量他的背影，想起刚才靠在他胸口时，头顶好像碰到了他的肩膀。以前她的额头只到他的胸口，记得第一次见他时，他好像就已经这么高了。

两人刚走出几步，程令时低声说："你长高了。"

邬乔瞬间僵住，连手脚都差点不知道怎么摆放。就像原本只是藏在自己心底的小心思，突然被看穿。

程令时停住脚步，回头看着站在原地的邬乔："说你长高了，也不开心？"

"你以后别再叫我小孩了。"邬乔低声说。

程令时挑眉，微拖着尾音，带着些许逗弄："那应该叫你什么？早早？"

邬乔板着脸："令时哥，我有必要提醒你，我二十三岁了，早已经不是被叫小孩的年纪了。"

程令时回头，看着她认真的表情，半晌，语气悠然道："怎么办，哥哥都已经到染头发的年纪了，还不能这么叫你吗？"

邬乔肯定，她这辈子都没见过比程令时还会记仇的男人。

果然，她就不该为了遮掩偷看他的事实而胡说八道。

两人往校外走的时候，遇到学校建筑时，邬乔也会提两句。而走到学校明德食堂外面时，邬乔指了指，说道："这个是学校最好吃的食堂，我以前经常来。"

现在因为要实习，她已经很久没在学校吃饭了。

"那就去这里吃吧。"程令时淡淡道。

邬乔惊讶："你想去？"

程令时无所谓说："反正去哪儿吃，对我来说无所谓，你不是说这里好吃，就去这里吧。"

邬乔想了下，校外的那条美食街，卖的都是小龙虾、烧烤、火锅这些东西，可能程令时确实都不喜欢。

于是她便带着他，一起去了明德食堂。

食堂是这几年刚投入使用的，整体布局以白色为主，窗明几净，在这里用餐也心情愉悦。

而且食堂里的餐椅，也不是惯常所见的那种椅子，原木色长桌，配上原木色椅子。头顶是一整排古风式吊灯，黄色圆筒灯外罩着镂空竹木罩。整体风格淡雅温馨，倒不像是普通大学食堂。

程令时站在门口，几乎是一眼，就将食堂里的设计收入眼底。

邬乔见状，立即说："我们学校食堂怎么样？"

"还不错。"

听到这句挺平淡的夸赞，邬乔心底莫名开心了起来。毕竟这可是来自程令时的夸奖。建筑界能让他夸赞的设计，应该不错吧。

邬乔心情愉悦地带着他，去了窗口。

食堂阿姨："小姑娘，吃什么？"

"你想吃什么？"邬乔回头看他。

程令时看着窗口后面琳琅满目的佳肴，倒也一时挑不出来。

最后他无奈道："你做东，你决定就好。"

邬乔想到他也是第一次来食堂，便愉快决定："阿姨，糖醋小排、毛蟹年糕、辣子鸡、白灼青菜，还有……"

"够了。"程令时及时打断她，他偏头看着她，"哥哥只长了一个胃。"

邬乔不好意思地笑了下，转头对阿姨说道："再来两份炒饭。"

待付钱的时候，邬乔从兜里掏出饭卡递过去。

阿姨习惯性地说了句："小姑娘刷卡呀。"

邬乔下意识朝程令时看过去，就见他果然微挑眉。

"他没饭卡。"邬乔知道人家就是顺嘴一说，但架不住程大建筑师一颗骄傲的心。

可她刚说完，就听程令时理所当然道："没办法，小姑娘非要请客啊。"

食堂阿姨大概也没见过人模人样的大帅哥，居然能把软饭吃得这么理直气壮。

好在两人很快就端上了饭菜，找了个干净位置坐下。

这个时间正是饭点。

周围坐满了学生，整个食堂闹哄哄的，有种校园里特有的生机勃勃。

邬乔一边吃饭一边小心打量对面。

他夹了糖醋小排之后，又夹了一块，果然，他还是喜欢吃酸甜口的东西。

"我们的糖醋小排，特别有名。"邬乔语气里透着几分自豪。

程令时淡然说："没你做的好吃。"

这么简单一句话，足以让邬乔静默。

许久，她低声说："你还记得啊。"

当初在清塘小镇的事情，原来不止她一个人记得。

这顿饭吃得还算愉快。

哪怕是程令时，餐盘里的饭菜也都吃得干干净净。

两人将餐盘放回去后，走出了食堂。

邬乔也不知道要去哪儿，就随意往前走，走着走着，身侧的人突然停下。

她停住，正要问，看见不远处的"印信堂"。这是 T 大最为重要的一栋建筑，几乎是与 T 大的建校史相当，已走过风雨百年。"印信"二字，取自

T 大两位极为重要的老校长的名字。

“印信堂的修缮工作即将重启。”程令时突然说道。

邬乔诧异：“难道是由时恒来主持这次的修复工作？”

程令时摇头：“不是。”

“不过那个人你也熟悉。”程令时也没卖关子，说道，“是秦钟。”

邬乔这就不奇怪了，她说：“秦教授是专门做古建筑修缮和改造的，他上的古代建筑史课，我一直很喜欢。”

“你知道为什么秦钟突然要将工作室挂靠在时恒吗？”程令时问道。

邬乔愣了下。

程令时：“因为只有时恒，才能帮他拿到这个项目。”

秦钟的能力，毋庸置疑。但是他太年轻了，只是 T 大的年轻学者，在国内名气自然不如其他古建筑界的“大拿”，因此这么重要的修缮项目交给秦钟，学校还是有些犹豫。特别是这次修缮工作的资金来源，是从校友会开展的筹募活动获取的。

学校的校董、校友会都对这次主持修缮的设计师有各种意见。跟秦钟不同的是，时恒乃是国内最出名的建筑事务所，创始人程令时更是首屈一指的明星建筑师。

时恒建筑所拿到的项目，不少都是地标级别的，想要拿到一个古建筑修缮项目，易如反掌。

秦钟加入时恒建筑所之后，顺利拿到了这个项目。到时候，对外宣传，打的也是时恒建筑所的名号。

邬乔怔在原地，有些不懂，为什么程令时要跟他说这个。

程令时遥望着不远处的印信堂，终于转头望着邬乔：“建筑行业确实是由男性主导的，作为女性建筑师，想要在这个行业里成功，不仅要靠天赋、靠努力，还要承受比男人更多的挫折。我虽然无法打破这个行业的桎梏，但是在时恒，所有的设计师都会得到相同的机会，而且时恒会给你更广大的舞台。”

邬乔睁大眼睛望着他，心底仿佛有个地方，被照进了一束光。

两人之间的气氛安静而沉默。

暮色降临后，主干道两边的路灯点亮，不远处不断传来各种声音。

虫鸣鸟叫，人声喧哗，自行车铃声，这些声音交织在一起，明明那样繁华热闹，可是邬乔心底的那个声音反而越来越响。

他们两个仿佛与周围隔绝开来，直到程令时垂眸看着他，喊道："邬乔。"

听到他这么郑重其事的声音，邬乔心脏被重重一击，猛地抬头。

"我呢，从来不好为人师，也没收过学生。"程令时盯着她，乌黑眼眸比周围的暮色还要深远悠长，"但这是我第一次想试试。"

邬乔怔怔看着他，说不出一个字。

程令时微微靠近她，眉眼间充斥着肆意飞扬，一如年少时那般轻狂："我会教导你，我也会亲眼看着你，成为一名真正的建筑师。"

这一刻，周围的声音都被隔绝。唯有他的声音，那样清楚。

"所以。"他望着邬乔的眼睛，微顿了下，声音带着从未有过的温柔，"邬乔，到我身边来，我们一起建造一个理想之城。"

为什么会学建筑？这是邬乔大一入学时，第一节建筑专业课上，老师问他们的话。

当时同学们的回答五花八门。有的说是受父辈的影响而学，有的说是受建筑大师的影响，也有单纯喜欢建筑的，更有甚者，是觉得建筑师听起来很酷。

坐在前排的邬乔，虽然沉默着，却在心底默默回答了这个问题——因为一个人。

最初选择建筑的时候，邬乔便是受到了程令时的影响。

那年炽热的夏天，伏案画图的少年，还有铺了满地的图纸。

窗外枝繁叶茂，蝉鸣不断，阳光透过树荫，洒了满地斑驳的光影。

那个干净美好的画面，时至今日，她依旧记忆犹新。

一开始，她对程令时的印象，也就是程家大宅里那个过分好看的哥哥。偶尔她过去送醋，会看见程令时坐在二楼的吊椅上。他手里拿着画板，不时写写画画。

她听陈嫂小声说过："听说小少爷在国外，是学建筑的。"

“建筑你知道吧？”

邬乔乖乖点头：“就是设计房子。”

“对对，确实是厉害，我看他一天到晚在纸上画个不停。”陈嫂感慨道。

邬乔坐在门口，正在剥豆子。待陈嫂说完，她悄悄抬头，朝二楼看过去。

夏天日光如瀑，明媚而炙热，他坐在廊下的吊椅上，不知何时把画板挡在了他脸上。就在邬乔偷瞄过去时，画板突然掉落下来。

他一双漆黑眼眸，陡然望了过来。

两人视线，在半空中相遇。

程令时微微扬眉，盯着她，冷不丁笑了起来。

邬乔被这突如其来的对视吓住，随即低下头。

之后，她再也没敢抬头，不就是一个长得比一般人好看的哥哥，性格也很好，其他也没什么特别的。

邬乔打小就长得好看，在无数称赞中长大，对长相多少有些免疫。

她就是有些好奇，他在画什么。对，就是好奇。

只是她剥豆子时，总感觉二楼有若有似无的目光落在她身上。于是邬乔找了个借口，离开程家大宅。

好在之后，也没什么机会去那里。

毕竟程家大宅没多少人，一时间用不上那么多醋，也不用经常送醋过去。至于邬乔，整个夏天，除了帮家里做事，就是留在家里看书。中途还去了一趟奶奶家，奶奶住在乡下，离清塘不远。

她回来时，已是八月，正是夏天最热的时间。

原本堂姐邬慧也在家，但是她闹着让大伯母给钱买连衣裙。

大伯母气得不行，数落她：“什么裙子要那么贵，家里一天卖醋都卖不了这么多钱。”

两人随后吵了起来，言语间，大伯母提及邬乔的懂事，气得邬慧大吼道：“她懂事有什么用，还不是吃我们家、花我们家的。要不是多养了一个她，我至于连条裙子都买不起吗?!”

邬乔坐在房间的椅子上，将外面吵架的声音，听得清清楚楚。

正好，家里的电话响起，是别人打来订醋。

大伯母顾不上跟她吵，打了一壶醋，让邬慧送过去。

邬慧正在气头上，气恼道："我不去。"

"你别惹我生气啊。"大伯母更气了，作势要打她。

邬乔从房间里出来，从大伯母手里接过醋壶，小声说："大伯母，我去吧。"

"就会装。"

她接过壶离开时，听到身后邬慧愤慨不满的声音。

邬乔拎着壶，头也不回，走出了家门。

外面暴热，邬乔慢慢走着，却在半途中遇到一行人。

正值暑假，镇上放假在家闲不住的少年游荡在街头，与邬乔撞了个正着。

为首的人叫程东，是镇上首富的儿子，成绩虽然不好，但还是进入了一中。

一中就是这里最好的中学。邬乔也在一中读书，而且是以年级排名第一的成绩考进去的。

"是邬乔。"一个男生眼尖，突然喊道，"东哥，是你心上人啊。"

邬乔听到他们的声音，立即转头，准备换一条路。

可是很快，摩托车的声音响起。这帮人也不知从哪儿弄了几辆摩托车。几秒钟的时间，就骑到邬乔的旁边，挡住了她的去路。

程东坐在摩托车上，一条腿支撑在地上，望着邬乔："我给你打电话，你怎么都不在家？"

邬乔皱眉："那就是不在家吧。"

她这阵子在奶奶家，估计程东就是这期间打的。

本来她是不想搭理程东，但又怕他问个不停。

"去哪儿？"程东看她手上拎着的醋壶，很大一只。她手腕非常细，仿佛会被这么大的醋壶压断。

他皱眉："上车，我送你过去。"

"哎呀，东哥可以啊。"

"邬乔还愣着干什么呢，我们东哥亲自送你。"

“要不咱们哥儿几个先走，让东哥跟邬乔单独待会儿。”

正值变声期的男生，声音粗糙难听，偏偏说出的话，也没一句能听的。

邬乔不客气打断：“不用了，已经快到了，我自己过去就好。”

说完，她就往前走。

程东还骑在摩托车上，倒是他身边的“狗腿子”，一下蹿过来，挡在邬乔面前。

“邬乔，你这就没意思了，东哥好心送你。”

程东家里有钱，他爸爸又是个惯儿子的，平时就给大把零花钱。再加上程东对身边人大方，所以他周围还真聚集了不少忠心耿耿的“狗腿子”。

邬乔微抿唇，一言不发，只是从旁边走过去。

这会儿程东也从自己的摩托车上下来，几步走到邬乔面前：“这么重的东西，我来帮你拎。”

他伸手就要夺邬乔手里的醋，邬乔整个人往后一退，躲开他的手臂。

程东也看出她明显的抗拒，忍不住问道：“邬乔，你就这么烦我？”

邬乔想了想：“我能说实话吗？”

程东不仅学习成绩不好，而且还爱惹是生非，经常带人跟别的学校学生打架。要不是他家有钱，早被开除八百回了，得罪他的人，都没什么好下场。但偏偏他这样的男生，还挺讨女生喜欢。

邬慧之所以在家，吵着闹着要钱去买连衣裙，就是因为程东要过生日，据说他到时候会开一个派对，邀请一群人去玩。在清塘镇这么个地方，派对太过稀罕，谁都想被邀请参加。

“你说。”程东明显被她这句话噎住了，好半晌才开口。

邬乔冷静道：“你确实打扰到我了，以后别给我家打电话，也别来找我。”

他们不是一路人，程东这样的人，可以有无数机会挥霍，哪怕他真的被学校开除了，家里也会给他安排另外一条路。

邬乔不一样，她现在唯一的出路，就是读书。要是她稍微分心，就会考不上好的高中，考不上好的大学。她的人生已经陷入了淤泥之中，她得从这摊泥里，挣扎出来。

说完，她拎着醋壶，转身就走。

结果程东却一把按住她的肩膀，少女单薄的身材，在他手掌下，犹如纸片般，让他不敢用力。

可年少时，越是喜欢，越是口不择言。

程东低头望着邬乔，狠狠道：“你就那么不愿意跟我说话？可别忘了，你家还欠着我爸那么多钱呢。”

邬乔脸色一白。

她爸爸生病那阵子，家里积蓄全部用完，最后没办法，只能回来借。

程东的父亲与邬建中算是打小就相识，所以给邬建中借了大部分的钱。只可惜钱借了，人却没救回来。甚至她妈当初出国，也是借了程东爸爸的关系。

邬乔站在原地，过分炙热的阳光落在她身上，衬得她脸色越发白。

半晌，她低声说：“我知道，我会还的，我不会赖账。”

她说完，程东才发现少女脸上的倔强和屈辱。

他正要解释，谁知旁边的朋友已经大咧咧说开。

“东哥说得对，邬乔你家欠这么多钱，让你当东哥女朋友，都是便宜你的。”

“这要是搁古代，你得被卖到东哥家里当童养媳了。”

这个年纪的男生，最不懂的，就是见好就收。

邬乔不想再听他们胡言乱语，扭身就走，这次她加快步伐，可还是被身后的男生追了上来。

他们拦住邬乔去路，笑嘻嘻说：“我们东哥还没说让你走呢，你跑什么。”

“滚开。”邬乔终于忍耐不了。

“这怎么还生气了，你这种好学生，是不是特别瞧不起我们？”这句话让原本打算呵斥他们的程东，突然握紧了拳头。

邬乔想往旁边走，可是不管她往哪个方向，都有人挡在她面前。她的额头上全是细汗，脸颊通红，不知是被晒的还是被气的。

程东站在一旁看了会儿，终于再次上前：“行了，你不是要送醋，我送你过去。”

“不用你当假好人。”邬乔一手甩开他。

这下也惹恼了程东，他本就不是好脾气的人。

他看着邬乔细白修长的脖颈，心底莫名生起一股邪火。

“你别不知好歹！”他将邬乔一把按在了墙壁上。男生强势的举动，让邬乔反抗得更加激烈。

“滚，滚开！”她举起手中的醋壶，往他头上砸了过去。

程东似乎也被她激怒，伸手拉她。纠缠间，邬乔感觉自己的衣领被拽开了一部分。

羞愤、恼火，几乎在一瞬间到达顶点。她已经这么小心翼翼地生活了，为什么还不放过她?

突然，一个清冷的声音从天而降：“喂，你们在干什么？”

随后，双手压在邬乔身上的程东，被一股巨大的力量扯了过去。

邬乔的视线，落在了一张冷硬的脸上。

程令时戴着一顶黑色帽子，表情冷漠，唇线紧抿。脸上没有半分笑意，那双黑眸，更是没有一点温度。

待下一秒，他伸手将邬乔拉到自己的身边，这才抬眼望着面前的几个男生：“欺负一个小姑娘？”

他紧盯着对面，一字一句：“脸呢？”

因为他这态度，原本还有些心虚的半大少年，这下全炸开了锅。

“你是谁啊，这是我们同学，我们闹着玩呢，要你管闲事。”

站在离程令时最近的一个黄头发少年，跳起来叫嚣：“我们东哥跟她玩，那是她的福气。”

“砰”的一声传来，黄头发男人话音刚落，程令时就冲着他腹部猛踹了一脚。毫不夸张，他整个人倒飞出去了一两米。

邬乔心中一紧张，忍不住攀住他的手臂，待转头时，才发现他此刻表情戾气十足。黑眸落在黄头发男人身上，既冷漠又嫌恶。

邬乔只见过他懒懒散散的模样，窝在桌前，拿着画笔，眼底泛着浅浅笑意，既不容易接近，但也不会过分冷漠，却从未见过他如此生气。

“哥哥。”邬乔忍不住喊了一句。

程令时转头，微垂眼睑，望着邬乔，黑眸里的情绪这才渐渐散了点。

他伸手揉了揉她的发顶："别怕。"

黄头发男人骂骂咧咧从地上爬了起来，准备冲过来。

程令时将邬乔往旁边轻轻一推，低声叮嘱："站远点。"

程令时的行为就像是捅了马蜂窝似的，一群人岂能坐视自己的兄弟被欺负，纷纷准备帮忙，一起围殴程令时。

反而是程东一下拦住他们，吼道："都别动手！"

"东哥，这小子太嚣张了，什么玩意。"有人指着程令时，见他依旧满脸冷漠桀骜，更是恨得咬牙，"你等着，我非要打得你妈都不认。"

程令时微偏头，脸上带上了若有似无的嘲讽。

程东却呵斥道："行了，别再说了。"

等他拦住众人，这才看向程令时，低声说："小叔，对不起。"

这一声称呼，倒让大家都怔住。反而是程令时，微眯着眼睛，盯着他看了半天，总算是从记忆的角落里，找出那么点头绪。

自从他回程家大宅住之后，镇上有个所谓的本家，带着他儿子几次登门拜访。

程令时不耐烦招呼这些人，只见了一回。倒是没想到，在这儿又见着了。

"你姓程？"程令时突然问道。

程东应了声，就听一声轻飘飘的嗤笑传来，轻蔑而嘲讽，仿佛在说"你也配姓程"。

"还不快滚，等我送你们？"

程令时冷漠的声音再次响起。程东望着邬乔，想要解释。最终，还是转身离开。

等这些人都离开，邬乔才发现，自己还紧紧拽着程令时的手臂。

"哥哥，谢谢你。"她松开手掌的同时，低声说道。

谁知她没等来程令时的回答，反而感觉有东西落在了她的头上。

待她抬起眼，发现程令时把自己的帽子取下来，给她戴上了。

"热不热？"

邬乔摇摇头。

程令时看着她鼻尖上冒着的细汗，就这还说不热。

小骗子。

不过他也没拆穿，站在原地，想了半晌，低声问："他们经常这么堵你吗？"

"也没有经常。"邬乔老实回答，心中暗暗道：只是偶尔吧。

程令时喉结微滚，"嗯"了声，便沉默了下来。

邬乔以为他没话说，正犹豫该怎么好好谢谢他，就感觉到她的头顶再次被手掌轻轻按住。

"你刚才做得很对。"

谁知程令时低低开口说："邬乔，别让任何人欺负你。"

时恒建筑所的人事，在第二天早上十点，给邬乔打了电话。她与邬乔约好了下周一报到的时间。

等电话挂断，邬乔双手捂着脸，眼神放空地盯着眼前的桌子，心里百般滋味，她这就要去时恒建筑所了？好像比想象中平静。但平静中又隐隐透着一股沸腾，像是平静的火山，但底下熔岩滚滚。

周五的时候，邬乔去了一趟天融建院，她去办理离职。

大家见她到了公司，脸上纷纷露出古怪的表情。

不少人想跟她打招呼，可是一想到她与董兆新恶劣的关系，生怕被连累，只能默默看着她收拾东西。

邬乔昨晚就下载好了离职表格，在学校里打印出来。今天她拿过来，打算直接提交。她是实习生，只需要部门领导和人事盖章，便可以离职。

董兆新并不在公司，邬乔将离职表格拿到行政部门去盖章，但是HR借故道："你如果选择离职，得先让部门直系领导签字。要是董工不签字，我可没办法给你盖章。还有，你两天没来上班，按理说算旷工。"HR打量了邬乔两眼，慢悠悠地说，"旷工是要被开除的。"

邬乔望着她："天融是加班调休制，之前为了赶天湾项目的进度，连续加班了三天，都超过了四个小时。所以我这两天，是属于正常调休。"

HR没想到她会反驳，于是直接将桌子上的表格往外推了推，险些掉到地上。

邬乔也没跟她废话，直接将表格拿了回去。

好在十点左右，董兆新出现在办公室。他一出现，所有人低头假装专心工作，耳朵却都竖了起来。

董兆新显然看见了邬乔，他表情冷漠地走过公共办公区域，直接回了自己的办公室。

邬乔也没客气，他一进去，她便起身。

待她在办公室门上敲了两下，里面没有任何动静。邬乔也没再等，直接推开。

“出去。”董兆新在房门打开的瞬间，呵斥道。

邬乔没太在意他的态度，直接走到他办公桌前，说道：“董工，这是我的离职申请表，麻烦您签字。”

董兆新抬头望她，几秒后被气笑了。

他恶狠狠盯着邬乔：“签字？你两天没来上班，属于旷工行为，你早被开除了。”

“董工，我觉得您最好还是签字。”

邬乔不卑不亢地看着他。

董兆新大概也没见过一个小实习生敢这么“横”的，当着那么多人的面，让他下不了台，现在居然还敢让他在离职表格上签字。

董兆新往椅子上一躺，干脆道：“我就不签字，你能拿我怎么样。”

邬乔倒也没想到，堂堂一个一级建筑师，居然会是这种无赖嘴脸，于是她缓缓将表格压在桌子上。

“董工，我倒也不是威胁你，只是你那天在酒店大堂里，伸脚将我绊倒不说，还有说的那番话，可都被人拍了下来。”

董兆新神色一紧，猛地看向她。

邬乔不紧不慢道：“职场压榨，歧视女性就业者，若是这样的视频到了网上，你猜会怎么样？”

董兆新气急败坏：“你威胁我？”

“不是威胁，是提醒。”邬乔毫不畏惧地看着他，“提醒你，离开天融不是我的错。”

说罢，邬乔将桌子上的表格往前推了推。

“所以，趁我们还能好好沟通，麻烦您把我的离职表格签了。”

对求职者来说，正常的离职和开除，天差地别。因为下一家公司的HR，肯定会看履历。

邬乔虽然不用担心工作，但是董兆新还是想在离职的问题上恶心她。

只可惜，邬乔早已经不吃他这一套。

董兆新显然也明白这个道理，所以他只能凶狠地盯着邬乔。

许久，他拿起桌上笔筒里的笔，在表格上签了字。

他一签完，邬乔就将表格拿了回来。她满意地看着上面的签名，这才冲着董兆新微微一笑：“谢谢董工。”

她转身准备离开，只是在握住门把手的瞬间，她回头看向董兆新：“对了，希望日后还能见到董工。”

邬乔心想：最好是在竞标现场再相见。到时候，她会站在胜利的一方看着他。

董兆新望着她，直到她的身影彻底消失在门口。

他居然看走眼了。这么多实习生，邬乔看起来最乖巧温顺，做事也从不抱怨，任劳任怨。

他以为她是只猫，谁知道，这就是个“狼崽子”。

邬乔拿着离职表格又去了一趟行政部门，这次看见董兆新的签名，无人再拦。

手续办妥之后，邬乔将自己手头的工作交接后，便离开了这个实习好几个月的地方。

她没再回出租屋，而是直接乘地铁，返回了学校。

晚上，郝思嘉回来的时候，看见她桌子上的箱子，还好奇地问道：“这是什么？”

“我辞职了。”邬乔淡然说道。

郝思嘉一愣：“真的？”

“骗你干什么。”邬乔见她瞪大双眼，忍不住笑道，“要不要去吃小龙虾，我请客。”

郝思嘉更傻眼了："你伤心疯了？哪有失业还这么开心的？"

郝思嘉可是知道她事业心有多重。

"谁说我失业了？"邬乔换了鞋子，直接拽着郝思嘉出门。

两人直奔校外的美食一条街。

虽然还没到五月，但是上海的天气已经热了起来。

不少烧烤店里的小龙虾也已经上市。

两人特地选了摆在外面的桌子，刚坐下，服务员就把菜单拿了上来。

郝思嘉把菜单递给邬乔："今天你是金主，你来点。"

邬乔没跟她客气，拿起上面的圆珠笔，直接勾了起来："小龙虾要三斤十三香的，三斤蒜泥的，够了吧？"

"您这真是往后日子不打算过了？"郝思嘉震惊。

邬乔的家境，郝思嘉多少也了解。

她从大一开始，就是自己打工赚生活费，整个宿舍她最忙。

虽然后来她一直拿奖学金，又有兼职，经济状况缓和，但也不像一般女生那样大手大脚。

郝思嘉忍不住问道："你真失业了吗？"

"确实失业了。"邬乔又在烧烤区域勾了几样素菜，这才说道，"不过我又有新工作了。"

郝思嘉这才松了一口气："我就说。"

随后，她好奇地问道："你新公司是哪个所？"

"时恒事务所。"邬乔想了想，还是实话实说。

郝思嘉足足愣了半分钟，才张了张嘴，问道："时恒？是我知道的那个时恒吗？"

邬乔眨了眨眼睛，点头，表示肯定。

"就是上次在我们学校办建筑展的那个时恒？"郝思嘉再一次确认。

邬乔叹了一口气："对，就是那个时恒。"

"天呀，难怪你要请我吃小龙虾，"郝思嘉开玩笑地说道，"我得让老板再加两斤。"

郝思嘉自然是在开玩笑，不过很快她就问道："你怎么会进时恒的？我听说时恒特别难进，虽然我们学校也很厉害，但是我听说他们更偏爱国外建筑名校。”

“偶然机会。”邬乔不知道该怎么说，干脆模糊带过。

好在店里的服务员将两大盆小龙虾端了上来，两人的注意力立即被小龙虾吸引。

剥虾剥到一半，郝思嘉举起手中的饮料：“来，为了你能进入时恒，干一杯。”

邬乔跟她碰了下，仰头喝了一口。

郝思嘉望着她，感慨道：“我听说我们的学姐学长，毕业之后很多人都改行了。特别是女建筑师，那么少。邬乔，你是我见过最专注、最努力的人，所以我就祝你……”

她顿了下，终于朗声喊道：“早晚有一天，比程令时那样的建筑师还要出名。”

周一早上，邬乔搭乘地铁，早早来到时恒建筑所所在的金贸大厦。这里处于上海的核心商业区域，一大清早，各种穿着正式的人，来往于大楼之间。

金贸大厦进出都需要刷卡，邬乔没有，只能先在前台登记。就这样，前台还是让她等了一会儿，直到打电话与时恒的人事联系上，确认她的身份，才放她上去。

不得不说，时恒光是在办公楼的环境上就打败了天融。天融的办公楼虽也不差，但也不在这种寸土寸金的地方。

时恒在二十一楼，据说他们占据了整个二十一层。

因为是上班高峰期，电梯排队还浪费了点时间。邬乔到时恒门口的时候，正好是九点钟。

她走到前台，说道：“你好，我来找魏媛。”

魏媛是行政部的HR，也是之前跟邬乔联系过的人。

前台朝她看了两眼，接着又抬头看了眼，弄得邬乔心底微微忐忑，心想：难不成自己脸上沾了什么脏东西？所以在前台起身去找魏媛时，邬乔赶紧拿起手机，打开摄像头，冲着自己照了照。

她将镜头对准自己。今天早上她特地早起，化了个淡妆，妆容完整，脸上也没脏东西啊。

邬乔盯着手机镜头又看了眼，突然她呼吸屏住了。因为不知何时，她手机镜头里不仅有她自己，还出现了另外一个男人的侧脸。

她扭头看过去，就见程令时站在她身后。

见她回头，程令时微微挑眉。

邬乔愣住了。

程令时该不会觉得她拿着手机，是准备自拍吧？

救命，她没那么自恋！

可是程令时脸上已经露出那种熟悉的似笑非笑表情，笑得邬乔“天灵盖”发麻。

于是她赶紧去按手机屏幕，结果在心慌手乱的时候，发出“咔嚓”一声，是拍照键按下的声音。为了今天不迟到，她特地没把手机静音，手指居然好死不死的先碰到了拍照按钮。

等她低头看过去，就见照片上清晰拍到了她慌乱的表情，还有站在她身后的程令时。

邬乔几乎不敢抬头去看他的表情。

有人还活着，但她已经“死”了！

邬乔想要强行让自己忘记这个乌龙，可是她现在尴尬到压根不知道怎么开口。

终于程令时往前走了两步，邬乔正欲解释，发现他居然是走到打卡机旁边。

邬乔心底微松了一口气。

只是她刚松气，打完卡的程令时，慢腾腾转头，朝她看过来。他眼底似有那么一丝困惑，过了片刻，微拖着尾音问道：“哥哥就那么好看？好看到要让你在公司门口，不顾一切偷拍我？”

邬乔在听到话这一刻，脑子一片空白。

等回过神，有那么一秒钟，她是想要开口解释的。解释她为什么拿手机照自己，又是怎么无意中把他照了进来，最后又是怎么无意中按到了手机屏幕上的拍照按钮。可是她自己想了一遍，发现这一连串巧合，实在不是一言两语能解释清楚的。况且对于程令时，只怕他更会觉得她在心虚。

邬乔心想：算了。毁灭吧，这个世界。

她有种破罐子破摔的感觉。好在终于有人出现，将她从这种境况中挽救出来，前台和 HR 魏媛一块儿过来，两人看见程令时，立即打招呼。

“程总早。”

“程总早。”

程令时冲着她们微微点头：“早。”

邬乔悄悄往后退了一步，竭力降低自己的存在感。

可是偏偏，程令时仿佛不打算放过她，扭头望着她说：“来报到了？”

“嗯，是的。”邬乔点头。

好在程令时并未多说什么，说完后，径直离开，回了自己办公室。

“没想到你会来这么早。”魏媛笑着看向邬乔。

邬乔笑道：“这个点是上班的点，所以我想早点过来。”

魏媛笑着点头，心底还挺奇怪，只不过她也盯着邬乔看了好几眼。

这次邬乔确定，自己脸上确实没脏东西。可能对方真的只是对她好奇，想看看她而已。

于是她带着邬乔，办理了入职手续，录入了进出公司的指纹，还有考勤指纹。在这些手续办妥之后，魏媛带着她熟悉公司内部环境。

不得不说，作为建筑设计事务所，时恒的公司内部装修，足可吊打 99% 的公司，足够能登上“别人家的公司”系列。

公司主色调以淡雅的乳白色为主，全玻璃分隔的会议室、办公室，还有开阔宽敞的公共办公区域，富有设计感的沙发、高椅随处可见。

待他们来到专门的展览区域，发现不仅有时恒目前落地项目的模型，墙壁上还有各种展览照片。

“这里是时恒的展览区域，我们目前落地的所有项目都在里面。”魏媛笑着望向邬乔，说道，“希望能早日看到你参与设计的项目模型，出现在这里。”

邬乔听到这句话，心底鼓鼓胀胀，仿佛有股热流涌出。

她第一次如此直白而清楚地感觉到“梦想”两个字的存在。

等魏媛将她领到公共办公区域，此时位置上已经坐了不少人，满满当当。

她们走过来时，大家都抬头看着。邬乔倒还能接受这样的注目。

直到魏媛将她领到一个空位置上，说道：“这就是你以后的位置了。”

“谢谢。”

“几位帅哥美女，这是邬乔，是你们以后的同事了，麻烦各位多照顾照顾新人。”魏媛看着这两排的人。

公共区域，位置都是相对坐着的，两排之间有一个过道。

邬乔扫了一眼，发现居然大部分都是男生，这片坐着的都是程令时项目组的员工。

“高岭。”

“檀启。”

“燕千帆。”

“柯霄。”

“时宸。”

“……”

邬乔听着他们自报家门，突然有种茫然感，她这是……误入了什么武林大会吗？

离她最近的檀启说道：“是不是觉得，我们的名字都很特别？”

邬乔心道：何止是名字特别，姓氏也很特别。

“所以我说，邬乔就该加入我们组，本组不收姓氏平庸者。”不远处的眼镜男生笑嘻嘻说道。

邬乔记忆力很好，一下就记住了他叫高岭。而且那天天湾竞标现场，他也在。

好在很快，组里唯一的女生起来说道：“我叫顾青瓷。”

邬乔听罢，更咋舌了。因为这个名字，很特别很有古意。跟同事们简单打招呼后，邬乔就坐了下来，她将自己带来的东西放在办公桌上。

时恒的公共办公桌面积很宽阔，而且桌子上配备的是最新款 iMac 一体机。

邬乔微微吐舌："真奢侈。"

见她收拾差不多了，旁边的人往这边挪了挪椅子。

顾青瓷坐在她旁边，低声说："邬乔，我们加个微信吧。我把你拉进我们组的聊天群里。"

邬乔没想到，大家会这么融洽，主动欢迎她，立即欣然接受，跟顾青瓷扫了二维码。等她被拉进群里，看见最上面的群名"武林至尊争霸群"。

她盯着名字看了几秒，顾青瓷小声说："这名字是不是特别适合我们？"

"程工愿意？"

邬乔光看到"至尊"两个字，都觉得程令时怎么可能愿意。

旁边的高岭听见，赶紧压低声音说："这个群没有老大，老大在另外一个群。"

邬乔立即点头，两人彼此交换一个了然的眼神。

果然全天下的公司都一样，大家会拉一个没有上司的群。

邬乔在群里发了个表情，大家热烈回复，群里的表情包不断。

高岭："兄弟们，这次信我了吧。我就说我没夸张吧。"

檀启："给你点赞。"

燕千帆："这次给你记上头功。"

时宸："给你点赞。"

……

顾青瓷："爱你。"

邬乔拿着手机，因为不知道他们谈论的话题，所以不知道该怎么回复。不过这个组的人，看起来年纪都不大，相互之间说话更是随意。

好在顾青瓷及时说道："你来公司之前，高岭就跟我们说，马上要来一个巨漂亮巨仙的小仙女，我们都不信他。"

邬乔错愕地眨了眨眼睛。

跟邬乔背对背坐着的，是燕千帆。他穿着一身经典格子衬衫，看起来不像建筑设计师，倒像个程序员。

燕千帆低声道："这也不能怪我们，鉴于高岭审美的偏差，实在难以让我们信服。”

顾青瓷点头：“这人审美有偏差，跟正常人偏差到‘如花’是他女神的程度。”

如花？邬乔心底莫名想起了那张经典面孔。

“当然我不是说你是如花啊。”顾青瓷见邬乔神色有些古怪，立即解释道。

终于，邬乔再也憋不住，闷声笑了起来。要不是顾忌其他组的同事正在努力上班，只怕她要笑出声音。

高岭：“我听到了，不许侮辱我女神。”

顾青瓷：“OK，让我们共同祝愿高岭能找一个如花那样的女朋友。”

檀启：“同一个世界，同一个祝福。”

柯霄：“同祝。”

燕千帆：“同祝。”

时宸：“同祝。”

邬乔看着群里一排队形下来，终于在屏幕上敲击了两个字。

邬乔：“同祝。”

高岭：“乔妹，你同流合污得也太快了吧。你是仙女，你怎么能跟这帮人一个德行。”

高岭：“我的心碎了。”

邬乔：“这就是生活给你的一个教训，看人不能只看表面。”

也不知是谁，“扑哧”一声笑出了声音，接着大家又纷纷给邬乔点赞。

玩归玩，闹归闹。

邬乔还是问道：“我初来乍到，有没有什么能做的事情？”

顾青瓷：“我就喜欢这样勤奋好学的妹妹。”

不过很快顾青瓷转头问她：“你还没登上我们公司的内部通信软件吗？”

“还没呢。”邬乔摇头，她说道，“刚才魏主管只是帮我录入了指纹这些。”

“没事，要不你先看看资料吧。第一天来，我也不知道让你做什么。”

邬乔倒是一下想到，她问：“我能看看天湾项目的资料吗？”

天湾项目是他们刚赢下的竞标项目。

那天邬乔在现场听程令时汇报时，便对时恒的这个“行云流水”设计方案格外感兴趣。

如今近水楼台，她当然想要看看这个完整方案。

顾青瓷把天湾项目的资料找出来，让邬乔看。

很快，大家都开始忙碌起来。

邬乔发现他们虽然爱插科打诨，但是工作起来都极专注。

每个人都在忙着自己手上的工作，甚至不少人电脑上都是复杂而精密的模型结构图。

一直忙到中午十二点，工作告一段落，众人准备吃饭。

之前 HR 魏媛就告诉过邬乔，时恒不提供餐点，但是会有餐补。

邬乔习惯性抬头，朝程令时的办公室看去。只是办公室的门依旧紧闭着，一整个早上，他好像都在办公室里没出来。

“你们平时都在哪里吃饭？”邬乔收回视线，问道。

顾青瓷说：“我们这栋大厦隔壁，穿过对面那条街就是商场。好吃的东西不要太多，走吧，我带你去。”

“谢谢啊。”邬乔诚意道。

顾青瓷直接挽着邬乔的胳膊：“幸亏你来了，我才有人陪伴。老大这个组里，就我一个女的。”

顾青瓷大咧咧的性格，和郝思嘉很像，也是邬乔最喜欢的女生性格。

她自己因为性格不算外向，有些过分安静、话少，所以很容易被外向性格的姑娘吸引。

一旁高岭摇头：“女人，你的名字叫没良心。顾青瓷，你忘了我陪你吃过多少顿饭了？现在有了乔妹，你就抛弃我了。”

“忘了。”顾青瓷毫不犹豫说道。

然后拉着邬乔就走了，留下高岭一个人在后面哀号。

旁边时宸实在听得不耐烦，拿了块面包，直接堵上了他的嘴。

两人站在电梯口，等着电梯。

只是这会儿正是下班高峰期，所有电梯都在使用中。

“你们好像都叫程工老大？”邬乔忍不住问道。

顾青瓷笑嘻嘻说道：“别看高岭这样的，他可是清华毕业的，研究生是在 MIT 读的，是老大的直系学弟，而且他在结构方面是大神级别的。

“不过他这人太胆小了，据说在美国的时候，因为得罪人，被人恐吓，是老大出面把他救下来，从此以后唯老大马首是瞻。”

邬乔睁大双眸，没想到居然还有这种事情。

她对于程令时的了解，最初是源于清塘镇，之后是源于媒体。

她看过所有关于程令时的采访，了解他最初创业的艰辛，可那些都是浮于表面的。

邬乔这一刻有些迷茫地发现，她好像从未踏足过程令时真正的世界。

“对了，你呢？”顾青瓷手肘碰了碰邬乔的腰身。

邬乔微愣：“什么？”

顾青瓷一副“你快别跟我装了”的表情，说道：“高岭说，你可是老大抢回来的。”

抢……抢回来？这种荒唐的说法，让邬乔心底没来由地怦怦跳了起来，大脑也一片空白，整个人怔在原地。

明知道顾青瓷并非那个意思，可是这种说法，依旧让她心跳加速。

许久，她轻声说：“才不是呢，他哪有抢我。”

正好电梯来了，两人赶紧进了电梯。

因为里面还有其他公司的人，所以刚才那个话题也不宜再提起。

顾青瓷转移了话题，跟她说起别的事情。

两人到了楼下，刚出电梯，邬乔手机振了两下。

她拿出来，赶紧小心翼翼地往旁边挪了挪，顾青瓷顾着说话，倒也没注意她的小动作。

邬乔点开新收到的微信。

程令时：“我有。”

这没头没尾的一句话，让邬乔一片迷惑。

于是她回复：“什么？”

谁知下一秒，她收到一张照片，是电梯口的照片。

邬乔看了一眼，只觉得熟悉，等她再看一眼，发现这是时恒办公室门口的电梯。

电光石火间，邬乔好像一下看明白了他发的这两个字。

“才不是呢，他哪有抢我。”

“我有。”

仿佛为了验证邬乔的话，又一条微信进来。

程令时：“你可是哥哥三顾你家门口，才请回来的人。”

程令时：“说句抢，倒也不为过。”

第四章

无法逾越的差距

因为这条微信，邬乔一路上都挺沉默。

顾青瓷说得没错，公司隔壁的商场负一层，有一个巨大的美食广场，只要你想到的美食，这里都覆盖得到。

“吃吧，吃吧，我们公司别得不谈，餐补费还不少，每个人一餐补三十的标准。”顾青瓷说道。

邬乔想了下：“实习生也有吗？”

顾青瓷：“当然有啦，你放心，公司从来不亏待实习生。”

邬乔点头，跟她一起找吃的。最后两人选了一家拉面店，店里面人很多，看起来生意很火爆。

“这家店特别好吃，之前还上过一个节目，来探店的人特别多。”顾青瓷带着她在门口排队时，解释说。

邬乔握着手机，方才她回复了一句“好的”之后，程令时就没再回复。

他应该也去吃午饭了吧。

“公司里的人，一般都在哪里吃饭？”邬乔试探性问道。

顾青瓷：“随便吧，想去哪儿就去哪儿。”

不过她随后说道：“还是容总和我们老大最爽，我听说容总特别爱投资餐厅，他不少副业都是餐厅。所以他们根本不愁吃饭的事情，到哪儿都免单。”

说到“免单”这两个字，邬乔这才想起上次那个免单。

难道自己那天去的餐厅，正好就是容恒投资的?

邬乔问道：“容总跟程工关系是不是很好?”

“两人一起创业，你说这关系能不好?”顾青瓷说完，突然神秘一笑。

她凑近邬乔，低声道：“你没来之前，大家都在私底下谣传，老大和容总是不是同母异父的亲兄弟。”

邬乔一脸无语。

见她表情古怪，顾青瓷立即喊冤道：“这也不能怪我们，谁让他们天天同进同出，默契得不行，而且两人还都没女朋友。”

邬乔的心猛地一跃，随后“怦怦”直跳。

她慢慢抬眸，假装专注地望着店里悬挂在上方屏幕上的菜单。

周围闹哄哄的人声渐渐远去，眼前屏幕上的字体模糊一片，唯有顾青瓷的声音，反复出现在耳畔。

“两人还都没女朋友。”

许久，她声音很缓慢地说：“都没女朋友呀，不应该吧。”

顾青瓷完全没注意到她的异样，说道：“都说现在优质男生少，关键是我们老大这种顶级‘高富帅’，居然对甜甜的恋爱一点兴趣都没有。”

邬乔微抿着唇线，手指忍不住抠了抠手机壳背面。

明明她早已经不喜欢他，他有没有女朋友，跟她一点关系都没有，更不关她的事，可这一刻，邬乔依然清楚地感受到，心底传来的那种雀跃还有轻松。原来他真的没有女朋友!

“所以啊，高岭回来跟我们说，老大抢回来一个姑娘，我们都不信他的。”

邬乔眨了眨眼睛：“是他传得太夸张，也不是抢。”

顾青瓷伸手揽着她的肩膀：“说说，你跟老大怎么认识的?”

倒也不是顾青瓷真八卦，实在是她肩负全组人的重托。

大家都对突然出现的邬乔充满了好奇，但是男生都不好意思张嘴打听。

邬乔眼睛还盯着面前的菜单，但是全然看不进去一个字，最后她稳了稳心神，低声说：“我很小的时候，就认识他了。”

周围全都是聊天的声音，仿佛要将她的声音淹没。

“我们真不是你想的那种关系。”

“青梅竹马？”顾青瓷完全没在意邬乔后面这句话，两眼冒光。

可是转念她又摇头：“不对呀，老大今年三十岁，你还在读大学，你们差几岁？”

“七岁。”

一个无法逾越的差距。

可他们之间的年龄，反而并不是他们之间最大的差距。

“七岁呀，那你岂不是见过老大年少时候的样子？”顾青瓷好奇问道。

邬乔点了点头。

她刚认识程令时时，正是初二升初三的暑假。

顾青瓷实在憋不住：“老大以前什么样子？”

邬乔想了下：“很温柔，也很会照顾人。”

“什么？”顾青瓷脸上出现了跟杨枝那天一模一样的表情。

只不过顾青瓷实在不敢吐槽，但邬乔还是看懂了她表情的含义。大概意思就是，“温柔”这两个字，他程令时也配？

邬乔实在有点儿搞不懂，为什么大家都这么惧怕他？但对她而言，程令时除了偶尔逗弄她，让她有些吃不消以外，他确实是她见过最温柔、最会照顾她的人。

还记得那次，她被程东那群人拦下，他出现替她解围之后，她看见不远处滚落的一个圆筒，那好像是程令时的——刚才他跟人动手时，从他自行车上掉下来的东西。

邬乔走过去，正要捡起来，发现不知被谁踩了一脚，圆筒被踩得有些变形。

“哥哥，这个是你的吗？”她问道。

程令时不在意地说：“是我的。”

他伸手接了过去。

邬乔看见圆筒里的纸张露了出来，上面是脏脏的鞋印。

“没事吗？”邬乔问他。

程令时摇头："没事，不是什么要紧的东西。"

后来邬乔才知道，他是哄自己的。这张图纸是他画了一个星期，才画出来的。

之后程令时亲自骑车，送她去送醋，这是邬乔第一次坐男生的后车座。她坐上去之后，双手根本不敢抓他的衣裳，只紧紧抓着后座旁的横杠。

骄阳似火，单车往前骑行，带起了两旁的风，连风里都裹着热气，连带着他穿着的T恤，被吹起鼓鼓的一块。

他宽阔而瘦削的后背微弓着，整个人像是一把拉至极致的弓弦。虽清瘦，却充满力道。

邬乔仗着他在骑车，肆无忌惮盯着他的后背看。

谁知车轮不小心轧到地上一块凸起的石子，车子不受控制地颠簸了下。

邬乔整个人往前倾，额头碰到他的后背。

"没事吧？"程令时回头看了一眼。

邬乔立即坐好，闷声说："我没事。"

"那你抓哥哥的衣服。"程令时含着笑意叮嘱说，"哥哥骑慢点。"

邬乔听着她的话，悄悄抬起手掌，先是一根手指，接着是两根，最后变成双手抓住他衣服的下摆。

夏日的风，伴随着燥热，还有他身上散发着的清新味道，萦绕在她的鼻息间，久久无法散去。

到了地方之后，邬乔说了声谢谢，便进去送醋。

等她出门，本以为程令时早已离开，没想到他就停在外面的树荫下，慢悠悠等她。

"小孩，还不过来？"

看见她出现在门口，程令时微抬下巴，喊了一声。

邬乔一步步走到树下："哥哥，你还没走啊？"

程令时微微挑眉："你想把哥哥的帽子拐跑？"

邬乔听到这话怔住，才记起来头上还戴着他的帽子，于是她伸手就要去摘，想还给他。

谁知程令时先一步，伸手按住帽子的边缘："哥哥逗你的。"

说罢，他瞥了邬乔一眼，微叹了一口气，低声说："就不能考虑考虑哥哥的面子，非要我说这么直白？"

邬乔一怔，就听他又开口。

"哥哥就是专门等在这里，送邬乔回家的。"

再次坐上他的单车后座，邬乔侧耳听着茂密树冠上的蝉鸣声，一时竟分不清，究竟是树上的蝉鸣声大，还是她的心跳声大。

因为家庭的原因，邬乔比一般女生早熟。对她来说，学校里同年级的男生，幼稚且无聊，仗着拥有圆满的家庭，肆无忌惮地挥霍着自己的时间和精力。

然而这个夏天，她无意中遇到一个耀眼如骄阳的人。

那种懵懂而热烈的心动，悄然而至。

邬乔吃完饭，跟顾青瓷一起回办公室。

此时办公室里不少人都已经吃完午饭，或是躺在沙发上休息，或是躺在自己的椅子上玩手机。

高岭他们在玩游戏。看见邬乔回来时，高岭还问："乔妹，你会玩游戏吗？要不我们一起'五黑'？"

"我不会。"邬乔为难地摇头。

顾青瓷踢了高岭一脚："你怎么不问我？"

"你一个'钻石'，能不能别掺和我们'王者'之间的事情？"

邬乔在他们打闹时，抬头朝程令时的办公室看过去，这才发现他好像不在。

一直等到下午一点半，程令时终于出现在公司。

邬乔在他进了办公室之后，慢慢起身，走过去，敲门。

不少人在她站在门口时，扭头看了过来。

程工做事的时候，特别讨厌别人打扰。

他的办公室，基本上，除了容恒之外，其他人都不敢随便去。

"进来。"一个清冷的声音响起。

邬乔推门进去。

程令时的办公室很大，拥有一整面的落地玻璃，光线通透，整体以白色为主，缀以浅灰。身后的置物架上，除了书籍之外，就是建筑模型。

“程工。”邬乔喊了一声。

程令时原本盯着自己面前的电脑，在听到这句话时，他偏头看过去。

邬乔清楚看见，他眉梢微挑，似乎是诧异她的称呼。

不过这样的诧异只持续了一秒钟，他指了指桌上的文件：“这里面有个小型住宅的设计概要，你来完成平面细化图。”

邬乔没想到，程令时会这么快给自己安排工作。

她立即欣喜道：“好，没问题。”就在她伸手去拿时，程令时突然伸手，轻轻按住文件夹。

邬乔的视线落在他白皙而骨节分明的手指上，心想：什么情况？

待她抬头看过去，就听程令时慢悠悠说：“照片呢？”

“什么照片？”

程令时以为她故意装傻，慢腾腾提醒她：“虽然我不介意你的偷拍行为，但是作为照片的当事人，我应该拥有一半所有权。”

邬乔没想到，她居然跟自己要那张照片，是嫌她“社死”得还不够彻底？

“我已经删了。”

其实她没有，但这时候邬乔打死都不会承认，他总不至于来检查自己的手机吧。

程令时笑了下，慢悠悠松开手指。

邬乔赶紧将资料夹拿了回来。

她出了办公室，回来之后，所有人都朝她看过来。

顾青瓷忍不住打听：“老大叫你去干吗？”

“给我布置任务。”邬乔理所当然道。

高岭不信：“就这个？”

邬乔扬了扬手中资料，笑道：“你们别用这种表情看着我啊，程工的办公室，也不是龙潭虎穴吧。”

“就是。”

“就是。”

邬乔没想到自己一句话，居然引来他们所有人的赞同。不过她还是觉得，是他们的反应太过夸张。

之后邬乔打开面前的资料，这是一份设计概要，是关于这套小型住宅的基本要求。

邬乔沉下心来，专注到工作上。

大概到了三点，突然传来一阵动静。

邬乔这才抬起头，才发现声音的来源居然是高岭。

只见他进了程令时的办公室，也不知说了什么，里面居然传出不小的动静。

没一会儿，办公室门被打开。

大家赶紧收回目光，只是余光还关注着。

高岭："老大，我跟他们说过，这样施工肯定是不行的。"

"所以问题出现在哪儿？是你的问题还是施工方的问题？"程令时的声音传来，不再是懒散而含笑的慢悠悠语调，而是清冷中透着严厉。

高岭哭丧着脸："我现在再去联系，可我……我怎么说呀。"

"要是他们敢那样施工，就让挖掘机从你身上碾过去。"

高岭心道：不至于吧。

可是他看着程令时的脸色，再不敢废话。

整个办公区域，在一瞬间，仿佛不是在初夏，而是到了零下三十摄氏度的冰窖，安静到连呼吸都停止了。

邬乔诧异望过去，在撞上程令时的视线时，脸上还透着茫然。

她好像……有点儿明白，为什么大家都怕他了。所以在她发现程令时也盯着自己时，立即垂下头。

她这"此地无银"的举动，倒是让处于盛怒的程令时突然一愣。

随即，他才意识到，她这是被自己吓到了？

程令时深吸一口气，转身离开。

干建筑这一行，哪怕是处于他这个位置，都不可能事事顺心，就当是提前给她上了一节课。

只是等他进了电梯，脑海中还是浮现邬乔错愕而又有点儿茫然的表情。

不经意中透着的软萌，像是戳到了程令时心底的某处。

算了。

他跟她较什么劲。

几分钟后，邬乔手机突然出现一条微信。

她打开一看，瞬间愣住。

程令时：“好好完成作业，回来我会检查的。”

邬乔盯着手机看了许久，看起来他好像也没有很生气的样子。最起码这条微信表达出来的语气，一如既往。

但是不远处的高岭已经开始打电话，他正在跟施工方沟通：“我早就说过了，这是为了保持建筑造型，所以才会在龙骨的布置上采用这种单层网壳造型。你现在跟我说，这样施工难度太大，你早干什么去了？”

“什么玩意？我们光注重造型，不考虑实际？”这句话像是一下激起了高岭的斗志。他整个人站了起来，犹如一只做好战斗准备的斗鸡，就连一直戴着的眼镜，都被猛地摘下来，“我们时恒可不是那种只考虑造型，不考虑实际施工的公司。当初我们在画装饰造型的时候，就考虑到这一点，所以才会让龙骨造型跟装饰造型保持一样的走向。”对面似乎也在扯着嗓门吼，两方相持不下。

终于，高岭最后扔下一句：“你们要是真这么施工，就让挖掘机从我身上碾过去吧。”

办公室里似乎对这样的争吵早已经习以为常，除了邬乔之外，大家都在各忙各的。还是隔壁的顾青瓷，轻笑一声：“别怕，别怕，这属于基本操作。”

“我们得一直跟施工单位这么吵架吗？”邬乔有些担忧。

她先前在天融建院实习的时候，很少遇到这种情况。

设计师也确实会下工地，但看起来不至于这样。

此刻高岭已经是脸红脖子粗，邬乔一点都不怀疑，但凡施工单位不按照施工图照做，他真的会跑到工地上躺着。

顾青瓷点头：“没办法，设计师和施工方天然立场不同，设计师当然是希望所有都能按照自己的设计一点不改地进行。但是真正的施工，面临着各种各样的问题，配筋、立面、结构之类的问题全都是会出现的。特别是我们时恒，建筑造型在国内首屈一指，但是你知道的，”顾青瓷微微耸肩，无奈说道，“造型越是独特，特别是不规则建筑，施工起来越麻烦。”

顾青瓷将手掌挡在嘴边，低声说：“还有我们老大那种不完美就去‘死’的极品细节控，我们跟施工单位不打起来，都算是‘世界奇迹’。”

“顾青瓷，我都听到了。”一旁的时宸，突然举起手机。

他坏笑道：“我还录音了，回头让老大听听，你在背后怎么说他的。”

顾青瓷当真被吓到了，伸手就去抢手机。

燕千帆无语：“上班呢，你们手上的活都干完了吗？我仿佛进入了小学生乐园，麻烦对我们职场有点儿尊重。”

“滚。”

“滚。”

时宸和顾青瓷同时说道。

邬乔闷笑一声，燕千帆感慨道：“跟一群小学生待久了，突然出现乔妹这样安静的姑娘，我还真的有点儿受宠若惊。”

“我发现你们这些男人还挺自来熟，乔乔跟你们熟吗，就乔妹、乔妹地叫？”顾青瓷一脸无语道。

邬乔倒是没那么在意。当初宋慧乔在亚洲大红的时候，邬乔就跟着一块儿被叫乔妹，几乎认识她的人都爱这么叫。

燕千帆继续摇头：“你看看人家乔妹多温柔，你多学学。”

顾青瓷气恼。

谁知邬乔突然开口说：“知人知面不知心。”

顾青瓷一下被逗笑：“乔妹，你倒也不必为了我这么说自己。”

“不是，我只是不想他重现高岭早上的‘悲剧’。”

这话说的是，早上邬乔跟着他们一块儿，祝福高岭能早日找到如花那样的女朋友。这下轮到燕千帆愣住了。

本以为是天真无邪的小仙女，结果看起来也带着点儿蔫儿坏呀。

很快，高岭收拾东西，看起来真的要去一趟工地。

“他现在去工地还来得及吗？”邬乔看了一眼窗外，此时天边已经出现一丝橙红。

落日余晖在即，就连晚霞都悄然爬上了天际。

顾青瓷老神在在道：“没事，反正他可以明天在最早时间出现在工地里。”

“这个项目在哪里？”邬乔这才意识到不对劲。

她刚才还一直以为，这个项目就在上海。

倒是顾青瓷淡然说：“海口，我们之前接下的一个博物馆项目，也是老大亲自带的项目。所以这个项目要是出一点纰漏，高岭就等着被老大……”

顾青瓷在脖子上划了一下。

邬乔微微抿嘴，将原本的“不至于”三个字吞了回去。

于是她拿出手机，在微信里回复了三个字。

邬乔：“我会的。”

程令时这会儿已经坐上车，容恒那边出了点问题，一个人解决不了，所以他这会儿得赶去苏州一趟。

没想到，手机一响，居然收到了这小孩的回复。

看着这三个字，他轻哂一声，默默感叹：倒还挺乖的。

到了晚上六点，因为是初夏，外面的天也仅仅是被覆上了一层浅灰色，还未彻底暗下来。

只是办公室里的照明灯，早已经亮了起来。

在过了下班时间后，大家明显松散了许多。

旁边工作完成的人开始关电脑，收拾东西，准备回家。

随着第一个人起身离开，不少人也纷纷站了起来。

“邬乔，你还不走？”顾青瓷有些惊讶，她上班第一天就要加班。

邬乔指了指桌上的文件：“我有个平面细化图要做，还没做完，我想做完再回去。”

顾青瓷这才想起来，这是程令时给她安排的任务。

不过她劝说道：“要不你带回家做呗？”

“我家电脑没有这么好。”邬乔无奈道。

公司配备的电脑，确实是足够流畅，哪怕上面安装了不少设计软件，依旧不卡顿。

邬乔看着对面办公区域的人，突然问道：“我怎么没见到杨枝杨工啊？”

她这一天下来，把办公区域也看得差不多了，原本以为杨枝是因为坐在独立办公室，所以才没看见。现在看来，她好像就是没来上班。

“杨工好像在休假吧，毕竟她刚拿下天湾项目，他们之前为了这个项目足足加了大半个月的班，整个组都累到瘫痪。”

顾青瓷解释说。

邬乔了然地点头，突然问道：“旁边的组也是在做项目吗？”

“对啊，他们这次是在准备国外的一个竞赛项目。”

邬乔看着还在忙碌的同事，此时不少人正围在一个电脑前激烈讨论。

“时恒好像一直在做竞标。”邬乔喃喃道。

原本正在收拾东西的时宸听到这句话，笑了起来：“永远竞争，永远突破，永不停歇，这是我们时恒的立足之本。”

“这句话是程工说的吗？”

莫名地，邬乔觉得，这句话会是从他口中说出来的，弥漫着独属于他的傲慢和轻狂不羁。

时宸冲着她竖起大拇指：“对，确实是老大说的。”

其实媒体上对于程令时的报道，早已经将他的履历过程写得清清楚楚，作为年轻设计师，想要崭露头角，就得付出比旁人更多的努力。

程令时在最初那个让他彻底成名的项目出现前，也经历了无数次的失败。

一次又一次的投标，一次又一次的失败。

在他们不曾相遇的岁月里，他也并非一直这般光鲜亮丽，他也曾经历灰暗和挫折。

邬乔又想起那晚，他在印信堂旁，对她说的那番话。

他把一切都铺好在她面前，却从未说过背后艰辛。

“邬乔，你真不下班？”顾青瓷又问了一次。

邬乔摇头：“我要把这个平面细化图画完。”

虽然这只是一栋小型住宅建筑，但是对邬乔这样还未彻底毕业的实习生来说，难度依旧很大。

于是她一遍遍翻阅资料，不断绘制平面图。

不知不觉，窗外早已经漆黑，因为这栋楼在闹市区，周围灯火辉煌，霓虹耀目。

公司里的人早已经走得差不多了。就连在做竞标项目的那个组，这会儿也只剩下两三个人还在坚持。

邬乔伸了个懒腰，满意地看着屏幕上的平面图。

此刻程令时还在餐厅里，这次又是容恒组的局，说是为了新项目的事情。

虽然所有公建项目都需要招标，但是不涉及国有资金投资的项目，却可以由业主自行选择设计师。特别是这种新建的高层建筑或是商业中心，由大型民营企业投资，他们可以有很大的话语权，因此自然是按照决策层的喜好来。

这次，有个大型商业中心，业主指名要让程令时设计。这种商业项目，设计费高昂，还能打响知名度，何乐而不为。

容恒虽然也是建筑系毕业，但是他跟一心只搞设计的程令时不同，他更擅长管理，还有商业合作方面。一般跟业主沟通的事情，都是由他负责。不过这次的业主对程令时格外推崇，指定要见见程大设计师。

酒过三巡，尽兴而归。

大部分的酒都是容恒喝的，程令时倒是没喝多少。

送走对方之后，容恒拉着他去阳台吹风。

“对了，今天邬乔是不是来报到了？”容恒手里拿着一瓶水，喝了两口，突然问道。

程令时蹙眉，像是忍耐，可半晌，他突然微抿唇：“关你什么事。”

容恒：“我说你这态度不对啊，身为公司合伙人，我怎么就不能关心关心新员工了。”

容恒一边抱怨，一边死死盯着他的脸。

程令时伸手拿了烟盒出来，抽出一根烟点上。

黑夜浓稠，他手上燃着的香烟忽明忽暗，闪烁着点点红光。烟雾随之缭绕，将他的表情遮挡起来。

许久，他终于缓缓道：“你对她最大的态度，就是离她远点。”

容恒登时委屈涌上心头："多年的哥们儿，你就这么对我的？说真的，程令时你这是不是偏心太过了，你就直说吧，在你心目中，我重要还是她重要？"

这个问题，他脱口而出。

听到这话的程令时，微眯着眼睛，视线落在他身上，像是在细细打量。

他黑漆漆的眸子，在夜色下，更加幽深。

只不过随后他轻嗤一声，露出一个"你仿佛有个大病"的表情，让容恒自行体会。

结果，容恒还不放过他："这么简单的选择题，你居然答不出来？你想想，是谁陪着你日日熬夜，这么一路熬过来的。现在你功成名就了，居然对别的小姑娘这么好。"

"你还来劲了是吧？"程令时不耐烦道。

见他脾气上来，容恒一下露出笑意："我算是明白了，你真有事儿啊。"

"你现在把人家小姑娘放在公司，该不会是打算近水楼台先得月吧？"玩笑归玩笑，容恒其实还挺想看程令时"下凡"的。省得他成天泡在公司，日常的乐趣就是设计、竞赛，再设计、再竞赛。

程令时吸了一口烟，冲着他的脸上吐了一口气。

容恒猝不及防，被呛得连连咳嗽。

在他的咳嗽声中，程令时漫不经心说道："只要有我在，我的公司就不允许办公室恋情。"

容恒一愣，随后才明白过来，他这是间接否认。这意思不就是说，要是他真对邬乔有意思，就不会把人家放在公司里。

容恒这就不明白了，他说："那你为什么对人家小姑娘那么好？你要是真没那个意思，你少对人姑娘那么好。"

之前天湾项目的事情，他虽然没在现场，可是杨枝什么都跟他说了。还有之前那次餐厅，他也是这么不顾一切替邬乔出头。

要是别的男人也就算了，这可是程令时。

容恒跟他认识这么多年，知道他这人有多轻世傲物，根本不在意任何人，更不会有什么英雄情结，无端生出怜悯之心。

至于“怜香惜玉”这四个字，容恒觉得跟自己倒是沾边，跟程令时却是完全不相及。

邬乔出现之后，他居然两次都做出了这种事情。

“我为什么告诉你?”程令时微垂眼睑，语气越发懒散。

容恒：“我这是关心你。”

程令时毫不犹豫：“那你少关心点我。”

容恒气得咬牙。

“走了。”程令时摆手。

他到了楼上，正等着代驾过来开车，突然想起有份文件，便给高岭打了个电话。

高岭却说道：“老大，我现在在机场呢，马上准备去海口。

“你要是急用的话，我打电话问问谁还在公司。”

程令时“嗯”了一声。

过了一会儿，高岭给他回复：“老大，邬乔还在呢，我让她把资料发到你邮箱。”

“邬乔还在?”

问出这句话时，天边猛地炸开一片闷雷。

上海的夏天，雷多雨水多，眼看着雨季又要来了。

高岭说：“对啊，我在群里问了，邬乔说她还在。我让她开了我的电脑，现在就把资料发给你。”

“嗯。”程令时应了一声。

很快，天边下起了大雨，倾盆而下，瞬间世界都没入雨丝之中。

代驾将他的车开到门口。

程令时上车后，对方问道：“先生，是去君庭小区吗?”

“嗯。”程令时坐在后排，回了声。

窗外的雨势越来越大，雨滴打在车上，发出“噼里啪啦”的声响。

前车窗上的雨刮器一直左右摇摆，视线依旧被阻挡。

代驾司机念叨了一句：“这雨可真大，待会儿不好回去了啊。”

原本坐在后排闭着眼睛养神的程令时，缓缓睁开眼睛。

容恒的话，还在耳畔回荡。

“你为什么对她那么好？”

程令时虽然没对他说出理由，心中却早有了答案。

因为他见过她是怎么努力地长大，所以他希望她以后走的路，一马平川，繁花似锦。

邬乔下楼时，打开手机看了一眼，无奈叹了一口气。

这都快接近晚上十点钟了，但是打车软件上，居然显示排队还是要等六十分钟以上。

她也没想到，晚上会遭遇这么一场大雨，她没带伞，没办法跑去公交车站。而且这个时间，末班车也停了。

她站在大厦门口躲雨，跟她一起躲雨的还有几个人，是其他公司的。

大家都在抱怨，打车要等，没人来接。

邬乔站在原地等了二十分钟，发现打车软件上等待的时间不见减少，居然依旧还维持在六十分钟。

旁边一个女生穿的短裙，被冻得直跺脚。

“我现在可算知道男朋友的重要性了，我朋友跟我一样加班，结果人家男朋友把她接走了，我还要等网约车师傅。”

“算了，男人未必都靠谱。”另外一个人出声安慰。

“咱们今晚该不会要睡在公司吧？”

旁边人你一言我一语，都在抱怨，弄得邬乔也跟着一起无奈。

她又等了十分钟，终于确定，自己只怕是等不到网约车了。

于是她搜索了附近的夜班公交车，距离这里大概需要走五分钟的地方，有个公交站台。

她想了下，收起手机，将包举在头顶，准备这样一路跑过去。

可她刚踏进雨幕之中，突然一个声音喊道：“邬乔。”

邬乔以为是雨声太大，自己出现了幻听。

可她偏头朝雨幕中看去，就见在大厦入口的灯光照射下，原本模糊的雨丝之中，一个身影信步而来，由远及近，渐渐变得清晰。

邬乔不由得放下手中举在头顶的包。

程令时举着一把黑色的伞，终于赶到她身边，用伞面彻底将她遮挡。

周围的雨声，依旧铺天盖地。

邬乔却能听到怦怦的跳跃声，那是她的心在剧烈跳动。到了这一刻，她反而无比冷静，抬头问道："你怎么来了？"

邬乔心想：不是早就离开了公司，怎么反而这时候会出现。

程令时垂眸看她，低声问："你怎么到现在才下班？"

"我在画你交给我的那栋住宅的立面图。"

这时，程令时眼底划过惊讶："你画完了？"

邬乔重重点头："我画完了，明天早上就可以给你看。"

终于，程令时低声一笑："其实这个立面图，我给你的时间是三天。"

邬乔："啊？"

可随后她粲然一笑，抬头望着他："可我就是想要快点画完，给你看。"

明明是在伞下，光线尽数被遮挡，可是他却看见她说话时，眼底散发出的光亮，是那样灼灼耀眼。

这是第一次，程令时对"理想"两个字，有了最为直观的感受。

这是哪怕周围漆黑一片，都无法阻挡的光芒。

努力长大的少女，眼底的光辉，从未有一刻熄灭过。

她全然不知，自己现在有多闪耀。

程令时终于忍不住笑了起来。

笑完之后，他稍稍弯腰，拉近与她之间的距离："是我的错，没跟你说清楚。"

邬乔讷讷望着他。

终于，在铺天盖地的雨声下，他轻声说："既然是这样，那就罚我……"

他略顿了下。

邬乔的心脏倏地一紧。

"今晚送你回家。"

听到这句话，邬乔在片刻错愕之后，嘴角渐渐上扬，居然很不给面子地笑出了声。

程令时在她的笑声中，眉眼微扬，倒是没有说话，只是那双过分好看的黑眸微垂眼睑，好整以暇地望着她。

“哥哥，有没有人说你……”邬乔故意停顿了下，心中暗道：既骄傲又轻狂的时候，真的很像开屏孔雀。

没等邬乔往下说下去，反而男人微挑眉：“帅？英俊？好看？”

邬乔无语。

“都说过，不过我不太在意。”

随后他声音清冷而高傲地道：“哥哥不是那么肤浅的人，不在意脸。”

邬乔有种彻底服气的感觉。

她的话居然还能被曲解到这种地步。原本是想反击他一下，没想到倒是让他的高傲尽数体现了。

好在程令时慢慢将视线挪开，伸手拉了下她的手臂臂弯：“走吧，司机还在等着。”

身后还站在大厦门口的人，看见他们离开，露出无比羡慕的表情。

“还是有男朋友好啊，这种天气网约车司机会辜负你，但是男朋友不会。”有个人忍不住感慨道。

“那必须，我要是有男朋友，他敢不来接我，我就让他成前任。”

只是盯着他们看的人，突然低声说：“我怎么看那个帅哥好眼熟？”

“这么黑的天，你都能看见那是帅哥？”

“那个身高腿长，怎么可能不是帅哥？”

“我也觉得特别眼熟，好像在哪儿见过。”

议论的人或许以为，下着如此大的雨，自己说的话不会被听到。奈何邬乔很早就开始过得小心翼翼，以至于对周围发生的事情，都比一般人灵敏。

她居然把她们的话听了个大概，也不知道程令时听没听到。

雨滴不断打在伞面上，落在脚边，在地上开出无数的小水花。

邬乔微垂着头，明知道她们说的都不是真的，可她整个人依旧有种晕乎乎的感觉，踩在地上的脚步都变得虚浮，仿佛不是踩在水里，而是云朵里，一颗心七上八下的。

邬乔忍不住想要扭头看旁边的人，却又怕被他发现，心想：今晚他为什么会出现？明明他早已经离开公司了，却为什么又赶了回来？

邬乔想起高岭在群里问的话，他说程令时要一份文件，这份资料，还是邬乔开了电脑，发到他邮箱里的。

所以按理说，他应该不是专门回来拿资料的。况且他明明人已经到了楼下，也没有要上楼的意思。

邬乔第一次发现，作为理工科学生的好处，那就是她居然可以在一团乱麻中，迅速分析出各种可能性。会不会是因为他从高岭那里，得知自己还在公司，所以特地回来，送她回家。

这种可能性光是在脑海中出现，邬乔便觉得她有些疯了。

同在一把伞下，两人手臂轻轻挨着。

因为都穿着短袖，偶尔皮肤轻轻擦过，在心底撩起一团“火”。

时隔五年的再次重逢，本就充满了奇迹的色彩。

在茫茫人海中，有些人散了便是一辈子。

可她居然能再次遇到程令时，再次站在他身边，甚至进入他的公司。

邬乔觉得这一个月以来，像做梦一样。

原本两人相隔着一整条银河，可现在银河两端，好像架起了一座桥。

让她有机会慢慢走向他。

邬乔快要受不住这样的诱惑，她心底有个声音，一直在小声而蛊惑地鼓励她：试试吧，只要慢慢伸出脚尖，就能踏出第一步。

这样的念头，在雨声中不断被放大。

或许这个有他奔赴而来的雨夜，太过浪漫，竟让她也生出了幻想。

终于两人走到了车边，车子一直打着双闪，在雨中格外显眼。

程令时打开车门，让邬乔先上车。

邬乔弯腰钻进车里，就见他转身往后备厢走去。

等他将伞收好，放在后备厢，再回来上车时，头发和肩膀上都湿了。他的短发本就乌黑，此刻在雨水浸润下，越发黑亮。

邬乔立即从包里拿出一包纸巾，抽出一张递过去：“快擦擦。”

程令时接过去，手指不小心触碰到她的指尖。又是一阵微微发麻的战栗，从指尖传递到心头。

“现在先去新城小区。”程令时说道。

代驾司机启动车子，笑眯眯道：“这年头像您这样的男朋友可不多了，大晚上怕女朋友打不到车，特地过来接。”

邬乔一愣。

这可跟刚才在身后嘀咕的那几个人不一样。

那几个人说的话，程令时很可能没听到，但是这个司机的话，离这么近，不可能听不到。

邬乔根本不敢去看程令时的表情，但又觉得不能不做点什么，与其被他否认，倒不如自己先开口。

她毫不犹豫，抢在程令时说话之前，开口说道：“您弄错了，我们不是那种关系。”或许是她反驳得太着急太坚定，把司机弄得一愣。连程令时都不由得扭头，看了她一眼，只见她神色严肃。

本来他正靠在后排椅背上养神，今晚他没喝多少，但这会儿居然觉得酒劲上来了。

他忽地一笑，语气慢悠悠道：“嗯，师傅，听她的。”

邬乔一愣，心想：什么叫听她的？难道她说他们不是就不是，万一她要说是呢？

师傅似乎也听出不对劲，居然开口劝道：“两个人在一起，吵架是常有的，不过不能伤了和气。”

这位代驾师傅大概也是个爱联想的，居然以为邬乔是在跟程令时吵架，才矢口否认了他们的关系。

邬乔一言不发。

程令时微微别过头，本来想看她反应，却注意到她闷闷的，情绪看起来不高，暗道：难道生气了？

于是程令时收敛脸上漫不经心的笑意，正色道：“师傅，跟你开玩笑的。她真不是我女朋友，是妹妹。”

“妹妹”两个字从他口中说出。

邬乔的心底更加空落落，方才那种不可抑止的雀跃，早已经烟消云散。

她到底在幻想什么。

他是绝对不会喜欢她的。

如果真的喜欢，就不会总是用这种玩笑的语气跟她说话。正是因为太过坦荡，对她一点意思都没有，才会依旧如往昔。

或许在他眼中，自己依旧还是清塘镇那个没长大的小女孩。就他那晚跟她相认时，喊出的称呼“小孩”。

她依旧还是他的小孩。

他的坦荡越发衬托出邬乔的那些心跳加速，那些暗暗隐藏的小心思，可笑而又多余。

短短时间内，邬乔的心情从天堂跌落至深渊。

从最初看见他冒雨来接她，到上车后的几句话，情绪起起伏伏。

倒是真应了那句话，暗恋是一个人的兵荒马乱。

对他而言风平浪静时，却成了她的滔天海浪。

邬乔一路上都在收拾自己的心情，努力不再受这些小情绪的影响。就像最初那样，将他待自己的好，只看作是哥哥对妹妹那样。这一场无法圆满的暗恋，早就应该结束在五年前了。

终于，车子停在了邬乔租住的小区外面。

外面的大雨渐停。

夏日里的雨，就像人的情绪一样，来得快去得也快。

“师傅，不用开进去了，我们小区的路不太好走。”邬乔在司机到门口的时候，立即说道。

程令时：“不行，直接开进去吧。”

代驾司机：“啊？”

两人意见相左，车速还是降了下来。

邬乔低着眼，坚持道：“小区路上到处停着车子，免得把车子蹭了。直接停下吧，反正我就住在靠大门的这栋楼。”

“这……”代驾司机还是停了下来。

邬乔推开门，外面的雨变成了细雨，没先前那么大了。

她伸手将包挡在头上，就要往外冲，谁知还没冲出去，手臂一下被拉住。

“等一下。”程令时低声说道，似乎又怕她就这么跑了，“我给你拿伞。”

邬乔还是没倔下去，坐在车里等着。

门微敞开，细雨不断飘落进来。

直到程令时打着一把伞，从后备厢的方向过来，他将伞撑在车门口：“走吧，哥哥送你回去。”

邬乔“嗯”了一声，乖乖下车。

这次两人并肩在伞下，她的心情好像一下沉寂了，再无先前那种雀跃又跌宕的感觉。

她确实没骗人，租住的房子就在最靠近大门口的那栋楼。

这是一个有些岁月的老小区，整个小区都是六层，没有电梯。有些楼道因为年久失修，连灯都坏了。这种小区的物业费不好收，所以灯坏了，也没人会来修。

“就送到这里吧，别让人家司机师傅等着。”走到单元门口，邬乔平静道。

程令时顿了下，低声道：“那你小心点。”

邬乔点头，转身就要进单元门。

只是突然她又转过头，望向程令时，展颜一笑：“令时哥，谢谢你顺便送我回来。”

说完这句话，她也不等程令时的回复，直接疾步上了楼。

只有程令时一个人站在原地，撑着那把巨大的黑伞。方才两个人打伞时，身体紧贴着，并不觉得伞下空荡，现在只剩下他，头一次发现他怎么买了这么大一把伞。

程令时抬头，望着楼上，终于在几分钟后，三楼的一个房间里亮起了灯光。

他直勾勾盯着透着暖黄光线的那扇窗，若有所思。看了许久，他突然嗤笑一声，脑海中随之弥漫出一股微妙而奇特的情绪，若是真的追究，应该是可以被称为不爽的情绪。

顺便送她回来？

他可真不是顺便。还有她的话，听着怎么像是故意跟他撇开关系。

接下来的日子里，邬乔才发现，自己的担心好像有些多余。

原本以为同在一个公司里，天天面对面，她难免心绪不平，会被影响。

可程令时的工作，不是一般的忙。

除了各种设计项目需要他主持，时恒还有各种展览、分享会，他也会应邀参加建筑界的各种大小事情。

就连电视台都来过一趟，是跟容恒商谈让程令时上节目的事情。

设计类的节目，一直都有。这次电视台据说想要搞一个建筑竞赛节目，让嘉宾和建筑师一起组队，共同完成节目组布置的要求。每期评选出名次，直到最后选出优胜奖。

程令时的颜值打眼，比之现在的流量明星都丝毫不输，又胜在年轻，他要是上节目，毋庸置疑会狂圈一波粉丝。

毕竟现在素人上节目，早已经习以为常。什么素人恋爱节目，素人家装改建，比比皆是。

不过程令时毫不犹豫拒绝了，彼时他正在成都的一个建筑工地上监工。

他不是那种甩手掌柜式的设计师，项目到了施工方那边，他不会不管不问。对他而言，每个落地项目，都会一直监督到建筑完工。

“要我是老大，我就去上节目，又有大美女明星，又舒服，不比在工地上吃土强啊。”

高岭羡慕地说道。

电视节目这个事情，在公司传了出来，大家都议论纷纷。

燕千帆瞥了他一眼：“所以说你这种俗人，没办法体会到老大的境界。”

“我听说这次节目还有秦榆，她可是我的女神。”

“秦女神居然也要去。”

“老大为什么不去，咱们还能借机探班。”

顾青瓷不屑道：“秦榆很好看吗？我看还不如我们邬乔呢。”

“秦榆是艳丽型的，乔妹是江南小桥流水里蕴养出来的美人，两人类型不同。”

对于高岭的话，居然大部分人举双手赞同。

倒是时宸转了个椅子，问道：“乔妹，你长这样真没有星探挖你进娱乐圈？”

“有啊。”邬乔淡然道。

大家一致发出惊呼。

邬乔慢悠悠说：“但是我一心想要奉献给建筑设计，所以婉言拒绝了。”

顾青瓷：“这就是美人的低调炫耀吗？”

“你居然为了当个画图狗，拒绝了当明星？”高岭似乎受不了这个刺激。

他双手捂着头：“你知道明星有多赚钱吗？日薪二百多万元啊。”

邬乔笑了下，她倒真不是撒谎，从她上大学开始，就遇见过好几次星探，都是竭力想要留下她的联系方式，每次邬乔都婉言拒绝。美貌对出身平凡又没钱没背景的人来说，其实是一种负担。

邬乔知道，自己这样的家境，即便真的进入娱乐圈，只怕也要面对各种或明或暗的潜规则，引来别人的觊觎，倒不如一开始就拒绝到底，不让自己有后悔的机会。

“我听说现在上综艺，薪资都有好几千万元，也不知道是真是假。”燕千帆说道。

顾青瓷说道：“有吧，反正我之前喜欢的一个明星，一直在上综艺。他去的密室节目，我期期都看。”

结果她一说到密室，高岭说：“要不咱们周末组团去刷密室吧。”

因为是午休时间，大家话题跳跃得极快，但是高岭这个提议，却立即引起众人的赞同。

“好啊，好啊，我知道有一家密室特别好玩，我朋友都推荐我好几次了。”柯霄原本话挺少，结果说到密室，居然也来了劲儿。

燕千帆点头：“乔妹正好刚加入我们组，这周大家一起去，就当是组内团建了。”

于是所有人都赞同之后，邬乔这个当事人，也只能应下这份好意。

只是等到了周末，去了地方，邬乔才知道，这家密室不仅带有解密性质，还极恐怖。

她一到地方，就觉得周围凉飕飕的。

顾青瓷双手环着胸，下意识说：“早知道玩这种恐怖的，我就不来了。”

高岭兴奋："这种才有意思，要不然多不好玩。"

"你存着什么心思呢？"顾青瓷瞪他。

高岭冤枉道："我就觉得好玩啊，我能有什么心思啊。"

"我们青瓷的意思是，你是不是打算趁着恐怖密室，对她做点什么？"时宸立即拆穿他的真面目。

高岭狂喊："我怎么可能！"

"乔妹，我跟你一起，我不要跟这帮臭男人一起。"

很快，大家都到齐了，顾青瓷又喊着："快点开始吧，早死早超生。"

"等等，还有一个人呢？"高岭突然说。

邬乔愣住："我们两个，还有你们五个男生，不是都到齐了吗？"

说时迟那时快，在她站在大堂说话间，一旁的电梯门打开。

她背对着电梯，并未看见随着门打开后踏出的男人。

"不觉得少了我一个？"

身后那个懒散的声音缓缓响起，众人一窒。

"老大。"大家失声喊道。

邬乔站在原地，没敢回头。

说来，她快有一周没见到程令时了，这一周他好像一直在外面出差，不是开会就是去勘察新的竞赛地址。

高岭嘻嘻一笑："我昨天跟老大打电话，说起我们要玩密室的事情，没想到老大也会来。"

"没跟你们说，是想给你们一个惊喜。"

惊喜？

众人竟是不知道，这件事居然能被称为惊喜？

他们平时也没少一起出来玩，但是程令时基本上不会参加，除非是项目结束之后的庆功宴。而且程令时这人还特大方，他虽然不参加，但是会买单，所以很多时候，大家出来玩，高岭都会请示一番。

谁知昨晚高岭例行打电话，说了今天组里一起玩密室，本来他也是随口一问，"老大你要不要来"，他都做好了被拒绝的准备。

谁知电话那头的程令时说："大家都去吗？"

“对呀，是给乔妹的欢迎团建，大家都来。”

程令时：“那行吧，算我一个。”

直到电话挂了，高岭都还处于发蒙中，怎么就算他一个了？

于是秉持着不能只有我一个受惊吓的念头，高岭把这件事隐瞒到了现在。

所有人都向高岭投去“微笑”，心底恨不得对他千刀万剐。

大家倒也不是讨厌程令时，这么一个又大方又有能力的老板，谁会讨厌呢。

相反，组里所有人都是程令时的崇拜者。

只是程令时平时积威太重，大家生怕待会儿玩密室被吓到尖叫的时候，他淡淡来一句，再敢乱叫，我就让“鬼”从你们身上碾过去。

事已至此，大家只能被动接受。

因为他们提前预约了时间，所以很快就进入了密室做准备工作。

工作人员将他们带到了密室门口，每个人分发了一个眼罩，让他们进入密室之后，再摘下眼罩，所以大家只能手搭着手进入。

为了谁排在第一这件事，几个男人险些当场打起来。最后投票解决时，惹了众怒的高岭，光荣成为排在最前面的人。倒是程令时在他们选完人之后：“我排在最后。”

于是五个男生走在前面，两个女生排在男生后面，程令时殿后。

五个男生中，时宸排在最后面，所以邬乔想搭在时宸的肩膀上，这样她后面是顾青瓷，她就可以直接避免跟程令时接触。

谁知顾青瓷手疾眼快，没等邬乔上前，她已经抢了时宸后面的位置。

邬乔有些蒙地站在原地，最后只能被迫一手搭在顾青瓷手臂上，而另外一只手，落在自己的身侧。

身后的人，手掌迟迟没搭到她肩膀上，邬乔正要回头，突然她落在身体一侧的手掌被轻轻牵住。

“我就在你身后，别怕。”

男人的声线清冷，透着一股淡淡的傲然，却又莫名叫人心安。

这次沉浸式密室主题是恐怖精神院，背景故事是发生在一个医院里面，游戏中会出现各种关于医院的 NPC（非玩家角色）。

历年来这种医院主题的密室，就是又恐怖又刺激。毕竟医院本来就会出现各种怪谈，更别说在这种刻意营造的氛围里面。

大家一进去，就发现里面的灯光特别暗，几乎快到了伸手不见五指的程度。

四处静悄悄的，看起来倒也还好。

“怎么回事？”走在最前面的高岭，似乎对于这种过分安静的氛围有些不满。

他嘀嘀咕咕道：“我还是挑了最恐怖的，网上都说玩过的人‘无人生还’。”

“你给我闭嘴。”顾青瓷本来害怕，听他还在碎碎念，立马怒道。

就在她说话之际，砰一声巨响，紧接着恐怖而幽怨的音乐声，从四面八方传来。而光亮也随之而来，可是亮起来的却不是正常光线，而是一种绿色的幽光。

“各位。”头顶上不知哪里传来的声音，是一个低沉而又浑厚的男中音，在给他们讲解故事的开头背景。

虽然大家心底都有些胆怯，但还是努力听着。

直到最前面的高岭说：“燕千帆你能不能别摸我的腰啊，你一个大男人有毛病啊。”

可是他身后的燕千帆，过了一会儿，哆哆嗦嗦开口：“我没摸你啊，我两只手不是都搭在你肩膀上呢。”

这堪称比鬼故事还刺激的一句话，让在场所有人瞬间一愣，脊梁骨上随之冒起一层冷汗。

“你别吓唬我！”高岭喊道。

可是燕千帆比他还害怕，声音里已经带着哭腔：“我的手真的搭在你肩膀上呢。”

“你们是新来的病人吗？”然后一个幽幽的女声，从高岭和燕千帆旁边传来。

两人僵硬转头。

灯光恰到好处地照了过来，然后一张眼角流着血的面孔，出现在他们面前。

尖叫声乱成一片，谁都没想到，在他们专心听故事背景的时候，NPC就在身边。

特别是高岭，作为被NPC选中的幸运儿，吼的声音比谁都大。

“快走开，啊啊……我不玩了！”高岭鬼哭狼嚎之际，不由得往前跑去。

谁知他一跑，队伍就乱了阵形，大家都蜂拥穿过过道，想要迅速逃离这里。

邬乔走在最后面，只听到前面的对话，刚想开口安慰他们别怕的时候，站在她前面的，包括顾青瓷在内的所有人，都头也不回地往前蹿，徒留邬乔和程令时在最后面。

不过在女NPC出现的瞬间，邬乔也感觉到自己的手掌被猛地握紧，看起来好像他也受到了惊吓。

但是程令时到底是个内心强大的，在这种时候，他居然还能腾出工夫来安慰邬乔：“别怕，只是NPC而已。”

“嗯。”邬乔乖乖点头。

前面的人跑到一个铁门前面，奈何铁门被锁住了。

他们第一个任务就是要找到钥匙。

“啊啊……我不要再回去，钥匙给我，钥匙呢？”

“谁踩着我的脚了。”

“啊啊啊……谁碰我的手臂了，别乱碰。”

邬乔见状，倒也没急，转身准备先把钥匙找到。

只是她刚一扭头，发现程令时旁边的墙壁，有一个很明显的轮廓，于是她提醒道：“令时哥，你旁边有个人。”

“是吗？”程令时语气漫不经心，听起来倒是挺淡定的。

可邬乔再次感觉到，自己手掌被攥紧，这次比上次更加用力。

“这位小哥哥，你是刚来的病人吗？我看你长得好英俊呀。”突然墙壁上站着的人动了起来，她双手缓缓撩起披在脸上的长发，突然将头发贴到了程令时的脸上。

“啊！”邬乔痛呼出声。

可是心底却莫名地想笑，看起来他也没表面表现的那么淡定。

要不是这里灯光太过黯淡，邬乔只怕会更加开心。因为她肯定可以看见，程令时在一瞬间发白的脸色。

程令时突然抬手，但是邬乔一把拉住了他的手臂，生怕他情急之下，给人家 NPC 来一拳。

NPC 何罪之有，他们不过就是吓吓人，让大家享受一下魂飞魄散的快乐而已。

“打 NPC 要赔钱的。”邬乔低声提醒道。

程令时嘴角明显一抽。

此时，前面的几个人被从旁边箱子里冒出来的两个 NPC 吓到声音都喊得变调了。

“你们几个男的还是不是人，躲在我后面。”顾青瓷在尖叫声中，哭喊道。

这一刻，没有男人和女人之分，只有一个胆小鬼和一群更胆小的胆小鬼。

“妈妈救命啊。”顾青瓷眼看着都快要哭出来。

邬乔叹了一口气，拉着程令时就往前走。

好在这个是最初的一个任务，找钥匙不算太难。

因为灯光太暗了，所以邬乔还是花费了一两分钟，才将钥匙从一个小盒子里翻了出来。

“让一下，我去开个门。”

就在她拿到钥匙时，两个 NPC 暂时放过他们几个，向着邬乔转移。

一般来说，NPC“贴脸”是玩家最最害怕的事情。一张化着恐怖而凄惨妆容的脸，无限近地贴着自己的脸。玩家心理上也承受不住这种刺激。

当一个穿着条纹病号服的 NPC 将手要摸到邬乔脸上时，她突然淡然来了句：“走开。”

她身旁的程令时，再次不可抑制地抽了下嘴角。

这……

“走吧。”邬乔原本想要松开他的手往前走。可是她的手掌刚松开，旁边的人反而握得更紧了。

黑暗中，他的声音缓缓传来：“这种地方，还是一起走吧。”

郚乔眨了眨眼睛，嘴角却忍不住扬了起来。

就在她走向铁门时，男人那种惯常懒散而高傲的声音，这次居然难得底气不是很足地解释道："其实呢，我不是害怕。我是觉得两个人一起走，比较好。"

"嗯。"郚乔故意淡淡应道。

"真以为哥哥害怕？"程令时边走边说。

郚乔扭头看他，突然瞥了一眼，低声说："哥哥，你旁边怎么好像……"

于是，生平第一次，程令时不受控制地低声骂出了一句脏话。

郚乔一阵惊异。

让这样的程令时说出脏话，也算是不容易。

带着这种愉悦的心跳，郚乔走到门口，用钥匙打开铁门。

她开门的时候，顾青瓷哭丧道："乔妹，以后你就是我的亲爸爸。"

"倒也不至于吧。"郚乔轻笑一声。

顾青瓷眼角都湿了，声音在多次尖叫后，有些微哑："怎么不至于，谁知道这帮男的都是胆小鬼。"

"乔妹，我能跟你一起走吗？"顾青瓷战战兢兢问道。

结果郚乔还没回答，反而是旁边的程令时冷冷道："不能。"

面对平时如同"伏地魔"一般存在的程令时，顾青瓷这会儿居然压抑了对于他的畏惧，大胆问道："为什么不行，就我们两个女生？"

顾青瓷心想：她要抱着郚乔的大腿，抱到死，抱到断。什么老板？什么上司？你谁啊！

赶紧让开，让我抱住我亲爸爸的大腿。

顾青瓷内心独白，在疯狂被刷新，有种下一秒她就敢把这些话说出来的感觉。

可是程令时冷冷瞥了她一眼："就凭你刚才扔下她，自己一个人跑了。"

气氛有一瞬的尴尬。

好在郚乔此刻及时打开了铁门。其他人一拥而上，头也不回地往前奔。看着他们的背影，程令时幽幽道："看吧，都不靠谱。"

只是很快，他们意识到，逃离铁门，迎来的并不会是幸福，而是更加可怕而恐惧的场面。

他们来到了医院的病房区域，然后里面关着的都是“精神病人”。

巨大的拍门声、嘶吼声，还有夹杂在其中的尖锐笑声，让大家的双腿都不受控制地颤抖。

“我们下一步去哪儿？”胆子还算大的柯霄开口问道。

旁边的时宸整个人快挂在他身上：“霄宝，别离开我。”

柯霄：“你快松手，我脖子要被你勒断了。”

“不行，不行，我一撒手，你肯定就跑了。”

两人纠缠之际，邬乔看到墙壁上贴着一张公告。她盯着看了一会儿，突然身后再次发出铺天盖地的尖叫声。

等她扭头，就发现她身边不知何时出现了一个穿着病号服的 NPC。

因为程令时站在另外一边，也没第一时间发现。

邬乔转头的瞬间，对方猛地凑近，两人之前的距离，真的只剩下鼻尖到鼻尖的那种程度。

没有听到预想之中刺耳而撕心裂肺的尖叫声，对面的这个 NPC 明显比邬乔还要蒙。

于是在两人短暂的对视之后，邬乔轻轻抬手，将他的脸推到旁边，淡然道：“不好意思，你挡到我看任务卡了。”

男生 NPC 愣住。

不得不说，这是他 NPC 生涯中最大的一次“滑铁卢”。于是男生不死心地再次张开嘴巴。

他嘴里含着血包，这一会儿一咬破，血浆顺着嘴角流下。

不远处的几个人光是看着，就恨不得抱成一团，失声尖叫。但是他们没想到，邬乔只是再次轻轻地将 NPC 推到旁边。

然后她小声嘀咕：“光线太暗了，任务卡都不容易看清楚。”

这次包括程令时在内的其他所有人，都陷入了一种仰望苍天的无语状态。本以为邬乔这样的女孩，到了密室里面，一吓一个准，结果，她居然是里面全程最淡然、最自如的。

这次的任务，是要去隔壁的手术室里找拼图，只有找到拼图，才会得到一条逃出去的线索。

一听到要去手术室，大家纷纷往后退。

“我不去，打死我也不去。”高岭吼道。

燕千帆紧紧抱住旁边的檀启：“我也不去，救命，别让我去。”

看着他们这一个两个的模样，邬乔不禁发出疑惑，当初到底是谁要来玩这种恐怖密室的?

这种无语，不仅她有。程令时看着自己的这帮组员，第一次发现，居然每个人都胆小得可以。

“行吧，我过去，你们在这里等着。”邬乔冷静道。

结果她说完，顾青瓷哀求道：“爸爸，你别留下我们。”

众人在经受各种惊吓之后，喊什么称呼的都有。

邬乔无端多出这么些个“好大儿”。

“要不你们跟我一起去?”邬乔提议。

反正这个任务，不是单人任务，大家一起去，倒也没什么。

结果她刚说完，身侧站着的程令时幽幽开口：“是去手术室啊，说不定还有尸体什么的吧。”

“啊啊……我不去，乔妹你和老大快去吧。”

“对对，你跟老大两人去吧。”

“老大饶命，小的给您跪下了，你千万别在这时候再吓唬我们了。”

邬乔转头望着程令时，昏暗的灯光下，他的轮廓格外清晰，下颌线紧绷，看起来整个人既禁欲又清冷。

在这样恐怖的氛围里，他看起来依旧懒散而骄矜。要不是邬乔一直被他紧紧牵着手，只怕真的要被他蒙蔽过去。

于是她暂时不去拆穿他，男人都好面子，她其实可以理解。

最后，还是他们两个人前往手术室寻找拼图线索。

两人刚走到手术室，发现这里是整个密室里面灯最亮的地方。可能也是为了贴合手术室的氛围。只是这所谓的亮，是一种近乎凄惨的白。

邬乔饶有兴趣地抬头望着头顶的灯，自言自语道：“这个灯光的色调，怎么做到这么惨白的?”

“你要是有兴趣，周一……”程令时跟着抬头望过去。

然后两人同时看见，头顶的墙壁上伸出了一颗“头”。

这次，饶是邬乔都在一瞬间心跳漏了一拍，呼吸跟着屏住，紧跟着“哐当”一声，天花板上掉下来一样东西。

“邬乔。”身侧的男人伸手将她揽在怀里。

邬乔被他抱住时，呼吸仿佛回来了。可等她回过神，才发现，将她抱在怀里的男人，似乎身体一直在颤抖，胸腔也在剧烈地起伏。

邬乔以为他是被吓到，一颗心忍不住揪成一团，忍不住想说话安慰他。可是她还没开口，反倒是抱着她的男人先出声。他微有些虚弱的声音里，透着一丝庆幸。

“我还以为盒子要砸到你了。”

这一刻，邬乔的心被重重一击。

喜欢一个人是什么感觉?

邬乔从来都清楚地知道，他随口而出的一句关心的话，都会让她的心剧烈跳动，整个人跟着飘浮起来。

明明知道不应该，却还是克制不住心底的欢喜，把简单的一句话，引申出无限的幻想。

他只是简单的关心我而已，还是因为喜欢我才这样说的啊。如此种种，循环往复。一个人在心底，演绎着只有她自己的独角戏。

“我没事。”邬乔终于开口，声音很轻很轻。

周围的恐怖音乐依旧还没结束，她的声音险些被淹没在这些音效里。

至于房顶上趴着的那位，眼睁睁看着下面这两人抱在一起。特别是男人说的话，清楚传到她耳中。

披头散发的 NPC，不知是出于一个 NPC 的敬业，还是不打算轻易放过这对男女，居然这时候还没放弃吓唬他们。

她口中发出恐怖而古怪的嘶吼：“我的盒子，把我的盒子还给我。”

“盒子，盒子。”邬乔立即提醒程令时，说完，她立即退出他的怀抱，跑过去将盒子拿了过来。

因为外面光线太暗，只有这个手术室的灯光很亮，邬乔干脆在这里打开盒子，将里面的拼图碎片倒出来。

她说道："这里灯光亮，我们可以很快把这个拼出来，得到线索。"

头顶的NPC有些讶异。

这个密室特别有名，来玩的玩家不少。但她还真没见过，哪个玩家拿到盒子，不是抱头就跑，而是留在这里，借光拼图。

程令时深吸一口气，尽量让自己看起来别那么害怕。可是连他自己都不得不承认，他的手指在颤抖。

"你不怕？"程令时低头，跟她一起拼拼图。

这种环境下，说说话尚且可以驱散一点恐惧。

邬乔半蹲在地上，埋头拼图，不在意道："有什么好怕的，NPC也都是人，他们就是化妆化得恐怖了点。"

头顶正在努力制造恐怖氛围的NPC顿时失去了动力。

邬乔专心拼拼图，好在这种线索拼图不会很难，一共就九张拼图。

她一边拼一边说道："我之前还在鬼屋打过工呢。"

"鬼屋？"程令时微怔。

邬乔："之前不是有亚洲最大的鬼屋，在上海落地，我就去打了两个月的工，上班的内容就是吓唬游客。"

所以这种密室的气氛，外人刚一接触，确实是吓人，对邬乔而言，却起不到任何恐吓作用。

说实话，邬乔还挺喜欢去鬼屋打工的，倒不是她喜欢吓人，而是这里日薪很高。

程令时问："你打过很多工？"

"那当然了，而且我做过很多你没想到过的工作。"邬乔动作很快，说话间将最后一张拼图拼好。

程令时听到这句话，一时没说话。

"这上面说，我们现在需要去厕所完成单人线任务。"

邬乔站了起来，就要往外走。只是刚走两步，她突然站住，回头看向程令时。

她慢慢伸出自己的手，说道："令时哥，其实我还是挺怕的，要不咱们还是一起走吧。”

程令时看着惨白灯光下，那张过分精致白皙的脸颊，乌黑圆润的杏眼，在笑起来时眼尾上翘，勾勒出一丝狡黠。

她还挺怕的，这话连头顶的NPC都听不下去了。

程令时伸手握住她的手腕，肌肤上的温热从掌心悄然传递。

两人回去的路上，邬乔似犹豫了下。

最后，她还是低声开口：“哥哥，要是再有NPC出现，你只要想着他们是人，是人，是人，就好了。”

她温柔的声音，在周围恐怖音效下是那样特别，似清风，似阳光，破开了周围的黑暗。

让原本恐怖而又吓人的密室，变得似乎不再那么可怕。

特别是当他们往回走时，中途突然遇到一个从箱子里爬出来的NPC。

邬乔在对方站起来的时候，突然指了指他的鞋子，说道：“大哥，你的鞋有点儿出戏，下次扮鬼的时候，换双鞋子。”

程令时顺着她手指指着的方向看过去，果然这个人脚下穿了一双运动鞋。

因为这个医院的主题，是二十世纪五十年代建成的荒废医院，这样的鞋子确实是有点出戏了。

邬乔似乎觉得这样还不够有意思。她突然往前，冲着NPC做了个鬼脸。

NPC从来没见过这样的玩家，一时不慎，居然被吓得大叫了一声：“天呀。”叫完之后，彼此陷入了一种异常沉默的尴尬。头一次见人扮演NPC，扮演得这么委屈。

“大哥，你这个心态扮鬼不合适啊。”邬乔淡然道。

她难得傲娇的口吻，彻底逗笑了程令时。

他的胸腔随着笑声微微起伏，这是他进入密室以后，第一次露出轻松的笑意。

待他手掌轻轻按在她头顶，神态终于恢复惯常的漫不经心，说道：“别调皮。把人吓坏了，哥哥还得帮你赔钱。”

之后在密室里有了邬乔一路在前，虽然带着一群依旧只会大喊大叫的人，可依旧在四十分钟内通关了。

一行人走出密室后，看着外面的光亮。

高岭第一个，扑通倒在了旁边的长椅上：“啊，这就是人间吗？这就是阳光吗？”

“这个密室太阴间了，我一辈子都不想来了。”燕千帆说。

顾青瓷眼皮微抬：“我不知道我这辈子还会不会玩密室，但是我知道我肯定不会跟你们这帮胆小鬼一起了。”

至于另外三个围坐一团，个个面如死灰，丝毫没有想要说话的欲望。

程令时因为临时接到一个电话，所以暂时离开，去外面接电话。

邬乔问：“你们想喝点什么？我去买。”

“可乐，我现在就需要‘快乐水’，带给我快乐。”

“我想喝点阳间的东西。”

燕千帆倒是开口说：“乔妹，你坐着，还是我去买吧。”

顾青瓷看着燕千帆开口，这才满意道：“总算还有个有人性的，乔妹一路带你们通关，你们好意思让她一个人去买喝的。”

高岭无奈：“要是平时，我一定发挥绅士精神，现在真不行，我腿软。”

柯霄：“我也是。”

檀启：“我也是。”

“没事，你们先歇会儿吧，玩过密室之后，都会这样。”邬乔习以为常道。

她以前在鬼屋的时候，还看见玩家跪着爬出去的，是真的腿软，站不起来，一点都不夸张。

因为人很多，邬乔和燕千帆一起过去买饮料。

点单时，燕千帆纠结道：“给老大买什么？”

“咖啡吧。”邬乔指了指上面，点了一杯咖啡。

燕千帆有些犹豫：“他喝美式吗？”

邬乔自然道：“他不喜欢喝甜的。”

说完，两人沉默了下，燕千帆轻笑：“你看起来好像跟老大很熟。”

“也没有。”邬乔淡淡否认。

燕千帆望着她，欲言又止，还是邬乔问道：“你是不是也想问我，跟程工是怎么认识的？”

其实这个问题，这阵子在公司里，她或多或少被许多人打探过。

公司里突然来的空降兵，可能还跟老板有着关系，大家不免会好奇打听。

只要不是太过分，邬乔都会平和对待。

好在他们组的组员，性格都很好，目前对她都很照顾。至于其他组的人，她接触得也不多。

总体来说，在时恒她感到很舒服。

“那倒不是。”燕千帆伸手摸了摸脑袋，突然说道，“其实我大学是你隔壁学校的，你们T大的食堂，可比我们的食堂好吃太多了。”

邬乔笑道：“你怎么会来T大吃饭？”

“大学交往的女朋友就是T大的。”燕千帆不好意思道。

两人一边等着他们的饮料，一边聊天，说说笑笑，气氛轻松而融洽。

只是这一幕，落在从门外进来的程令时眼中，就没那么和谐了。

他接个电话的工夫，一回来，就看见邬乔和燕千帆站在柜台前。

两人不知说了什么，齐齐笑着。

燕千帆今年二十八岁，时恒的员工平均年龄在三十左右，基本以年轻人为主，这在建筑圈本就罕见。

或许也是跟合伙人是两个年轻人有关系，这也就造成了公司一大堆“剩男”，特别是他组里的组员，居然一个结婚的都没有。

此刻两人站在一起，算不上般配，但过分和谐的画面，却有些刺到程令时的眼睛。

突然，燕千帆伸手指了指邬乔肩膀，邬乔垂眸看过去，应该是什么东西落在上面。

她伸手勾了一下，居然没弄下来。

一旁的燕千帆主动说：“要不我帮你拿下来吧。”

“嗯，谢谢。”邬乔轻声说道。

燕千帆正要伸手，突然旁边伸出一只手，居然毫不客气将他的手挡开。

紧接着那只手落在邬乔肩膀上，将粘在上面的东西拿了下来，应该是刚才在密室里粘上去的。

邬乔扭头，看见他站在自己身后，先是一愣，这才开口："谢谢。"

"干什么呢？"

程令时却没看她，反而转头望着燕千帆。他脸上没带笑，神色有些严肃。

燕千帆望着程令时慢慢收回去的那只手，突然吓得一激灵："我……我帮乔妹啊，不是，我看邬乔肩膀上有东西，我就帮她拿下来。"

他听说，之前邬乔在以前的公司受了欺负，才被老大抢回来的。老大该不会以为他是在占乔妹便宜吧。可是他没有啊，他必须要解释啊。

一旁的邬乔似乎也是同样的想法，正欲解释。

谁知程令时慢悠悠道："我问的是，你们在这里干什么呢？"

燕千帆感觉自己后背刚才都要湿了。

于是他带着虚弱的声音："我们买饮料给大家喝呢，老大，乔妹还给您买了咖啡。"

"咖啡啊。"程令时稍稍顿了下，转而看向邬乔，微拖着尾音，"加糖了吗？"

邬乔一愣，说道："你不是不喝加糖的咖啡。"

程令时上下打量她，轻笑："原来你都记得。"方才心底涌起的那一丝不爽，彻底烟消云散。

第五章

T和师傅谁更好

这一趟密室之旅，透支了大家整个周末的热情，以至于周一早上上班，每个人脸上都挂着“我很丧别和我说话”的表情，就连一向精力充沛的顾青瓷一来到公司，也先趴在了桌子上。

“乔妹，你看起来好神采奕奕。”邬乔端着水杯走过来，顾青瓷羡慕地说道。

邬乔眨了眨眼睛：“有吗？”

她环顾了一圈，突然问道：“你们都怎么了？”

“别说了，我玩过密室回去之后，白天还好，一到晚上我就感觉洗手间里有声音，墙壁里面有动静。我昨天光是查看窗户和门，就最起码三遍。”

顾青瓷竖起三根手指。

一旁的高岭：“原来你也这样，昨晚你还骂我胆小鬼。”

“我最起码没有因为害怕，就打电话给别人，骚扰别人清梦。”

高岭：“我喊你打游戏的时候，你不也特别开心？”

邬乔看着他们两个人，开始了每日例行的斗嘴。

在他们争执着到底是谁昨晚提议玩“亿把”游戏的时候，邬乔终于忍不住说道：“两位，小红花幼儿园六月即将招收新生，诚挚建议你们报个名吧。”

“哈哈哈。”旁边响起一连串笑声。

时宸冲着她竖起大拇指："乔妹，说得好。这俩人我早就看不惯了。"

"幼稚的我都不屑与他们为伍。"檀启喝了一口咖啡。

正好坐在他旁边工位的柯霄来了，他指了指桌子："霄宝，我给你带咖啡了。"

柯霄将背着的单肩包放下，一脸冷漠道："我不是说了，别给我买。"

"没办法，我心里有你啊。"檀启一边咬着吸管一边冲着他笑。

邬乔在公司也有一个多星期了，早已经把组员的性格都摸清楚了。

柯霄是个酷哥性格，平时话不算多。

他擅长的是计算和结构，跟高岭一样，是技术大神。

他跟檀启的关系特别好，据说两人是高中同学。后来虽然大学没在一个学校，但是毕业之后，居然神奇地一起进了时恒。

檀启的性格更加外向些，长相清秀干净，是时下女生喜欢的小奶狗类型。

两人虽然性格完全南辕北辙，却意外地互补。

反而是另一边的时宸再也忍受不了，他直接把手里的笔扔了："这公司没办法待了，组里有一对小学生也就算了，居然还有一对'兄弟情'。"

说完，他看向邬乔，开玩笑道："乔妹，要不咱们也组个 CP 吧。"

时宸说完这句话时，燕千帆正好过来，他手里还拿着三明治，被吓得险些掉在地上。

他一脸惊恐地看着完全不知死活的时宸，突然想起周六那次，他真的只是好心帮邬乔取一下肩膀上粘着的东西，没想到就遇到了老大的特别"关照"。

他同情地望着时宸，在想着要不要提醒他。

结果他还未开口，就听到身后传来一个冷淡的声音。

"堵在这里干什么？"

燕千帆头皮一麻，虽然他平时也像别人一样敬畏程令时，但从没像现在这样。因为他挡在前面，其他人还没注意到程令时到了。

时宸继续大言不惭道："我跟乔妹这颜值，打遍公司无敌手了吧。我们干脆就叫无敌组合。"

"有点自作多情了。"高岭吐槽。

“要不乔妹，你想一个？”时宸笑嘻嘻。

燕千帆闭了闭眼睛，完全能想象得到身后是什么情况。

可显然，事情比他想象的还要严重。

因为他清楚听到从身后传来一声清楚而又冷漠的轻嗤。

眼看着时宸对于自己的未来毫无知觉，甚至还拉着邬乔继续讨论他们这对高颜值组合，应该叫个什么名字，才能不堕他们的英名。

终于，燕千帆觉得自己有必要做点什么。于是他直接走过去，扯着时宸的领子：“昨天你不是跟我说，之前那个项目的参数有点儿问题？我正好想到我们之前做的一个项目，你跟我去资料室找一下。”

别看燕千帆平时温温和和一人，此刻手劲大到不可思议，简直是提溜着时宸就走了。

“老燕这是怎么了？”檀启喝了一口咖啡。

因为燕千帆是他们组里年纪最大的，所以大家都习惯叫他老燕。

高岭摇头：“玩过一场密室后，大家都添了不少毛病。”

“程工早。”邬乔突然开口说道。

高岭望着邬乔，无奈叹气道：“乔妹，你也学坏了，都学会拿老大吓唬人了。”

“是吗？我看你好像也没被吓唬住。”

熟悉的清冷声音，在他身后响起。高岭被吓得整个人从椅子上跳了起来，转头望着程令时：“老大，你怎么来了？”

程令时瞧着他，扯了下唇：“怎么，我来公司上班，还要跟你报备？”

“我不是这个意思。”

高岭端正地站着，整个人像是老师抓到的犯错的小学生。

“行了，收拾收拾，十点正式开会。”程令时淡然道。

就在他要转身离开时，程令时突然扭头，重新看了一眼时宸的办公桌。

“等时宸回来告诉他。”他指了指桌子，微偏了下头，神色懒散道，“他桌子太脏了，有碍公司观瞻，扣两百。”

众人无语。

他们敢说什么吗？于是所有人恭敬地目送着程令时走进办公室。

在办公室玻璃门关上的瞬间，所有人望着彼此，怔了又怔。

“那个，时宸什么时候得罪老大的？”高岭虚心问道。

檀启没说话，因为他已经在收拾桌子了。其实要说桌子乱，组里他排第二，无人敢排第一，结果倒霉的那个人却是时宸。

大家讨论了一阵子，都没结果。

反而是顾青瓷，在其他人都坐在位置上，各自忙碌时，突然将椅子滑到邬乔旁边，凑在她耳边说道：“我记得，刚才时宸闹腾着跟你组CP，是不是被老大听到了？”

不得不说，女孩的心思确实敏感。

那些大男人都还在想，是不是时宸工作上出了差错，老大借机教训他，唯有顾青瓷，居然一下将这件事跟邬乔联系了起来。

原本打开电脑、正在准备资料的邬乔，抬眼：“什么？”

“老大肯定是吃醋了。”她斩钉截铁道。

邬乔笑了下，低声说：“能不能说点靠谱的话？”

只是她自己嘴里虽然在否认，可心底却生出了一丝不明情绪，仿佛有些紧张。

顾青瓷似乎也觉得自己这话有些离谱得过分，但是她不放弃道：“可是你不觉得奇怪吗？时宸最近确实没有惹到老大，老大为什么突然对他痛下杀手？”

“肯定有别的事情吧。”邬乔温和道。

顾青瓷却摇头，她小声说：“你来得晚，所以不太了解我们公司的情况。不管老大还是容总，都是那种不喜欢克扣员工工资的人。特别是老大，咱们组的所有活动经费，吃喝玩乐这些钱，都是他自掏腰包。”

一般来说，这种团队的活动经费，都是组员之间扣的罚款或者大家交的钱，但是在时恒，特别是程令时这个组，他基本包办了所有。这也是这个组里，组员离职率全公司最低的原因，跟着这么一个有钱、大方还格外有前途的老板，谁会想要跑呢。

“而且根据我对老大的了解，他轻易绝对不会扣我们的工资。大概他也知道活着太难了，我刚才想了下，时宸好像是我们组第一个。”顾青瓷似乎陷入了回忆中，感慨道，“我觉得老大这人看起来挺傲慢不羁，不太好接近，有时候说话也直接到让人无地自容，但他真的是最好的老板，从来不会高高在上，特别能体谅我们下属的难处。”

“嗯，他一直是这样。”邬乔说道。

顾青瓷给她传递出了一个“我就知道你懂我”的眼神。

两人闲聊结束，邬乔准备开始工作。

自从上次程令时交给她那个小型住宅建筑平面图工作之后，她又陆续画了各种核心筒、停车场，这些都是建筑设计师的画图基本功。

只是平时很容易进入工作状态的邬乔，这次却走了神。

她盯着电脑，脑海中回荡着的是顾青瓷的话。

“他是在吃醋吗？那样不可一世的程令时会吃醋？”

邬乔想想都觉得不可能，他那种骄傲到骨子里的人，只怕觉得全世界的人都不配站在他身边吧，又怎么会吃醋呢？可她却想要从蛛丝马迹中，找到那么一丝线索。

程令时会不会真的在吃醋？这是不是代表，她在他心中有些特别，又或许是意味着他其实有一点喜欢自己？

可是，怎么可能呢？

邬乔努力放空自己，让视线重新集中在面前的电脑屏幕上。

突然她放在桌子上的手机响了下，她边点开软件，边去拿手机。

程令时：“我的作业呢？”

程令时：“还要师傅来催？”

邬乔盯着手机看了一会儿，被“师傅”这两个字震得有些神魂不定。

于是她在电脑上点击打印图纸，随后走向打印机，只是整个人机械到僵硬。

建筑设计这行，老师的重要性不亚于未来另一半。因为投入一个知名老师的门下，就意味着你的起点都比别人高一点。

很多新人设计师拿项目时，还没代表作，干脆就对甲方介绍，某某是我的老师。

邬乔虽然来了时恒工作，但她也从来没听说，程令时带过什么徒弟。

虽然程令时之前说过会教导她，但邬乔一直把自己摆在公司实习生的位置，从不敢有丝毫僭越，更从没在公司摆出自己是程令时徒弟的姿态。

于是她将自己新画的平面图打印好，拿到了程令时的办公室。

原本程令时也在埋头工作，听到敲门声，只说了声进来，连头都没抬。

大约过了两三分钟，他总算抬头，看向邬乔。

“过来。”程令时随口说道。

邬乔往前走了两步，程令时看着她离自己几步之远，忍不住笑了起来：“我会吃了你吗？站那么远。”

她摇摇头，把手里的设计图递了过去。

说实话，在大学给导师交作业的时候，邬乔都没这么紧张。

程令时垂眸，翻阅她的平面图，他的手指翻动着纸张，发出“哗哗”的声音。

邬乔光听着声音，感觉心脏要跳了出来。

怎么会这么紧张！

她偷偷深吸一口气，谁知正好赶上程令时抬头，她一下屏住呼吸。

程令时饶有兴趣地盯着她，她就这么一直僵持着。

“还不吸气？”最后，还是程令时看不下去，开口说道。

邬乔瞬间瞪大眼睛，呼吸也随之正常。

“紧张什么？”程令时若有所思道，“你看见我还会这么紧张吗？”

“不是。”邬乔慌忙打断，生怕他再说出什么过分的话。

好在程令时专注工作，指了指她的设计图：“你的图……”这是邬乔第一次交作业过来，一颗心再次随着他的话被吊了起来，只见他停顿着，居然不继续往下说，一双黑眸盯着程令时，似有些不满。

程令时一直觉得，她这双眼睛漂亮灵动得过分，如同会说话般。特别是现在，就像在跟他怨里带娇地说：哥哥，你怎么不继续说下去啊？

“基本功很扎实。”终于，程令时语调缓慢地说出一句话。

邬乔悬着的心脏，随之怦怦直跳，这句应该是夸奖吧。

她柔和的五官肉眼可见地染上喜色。

“不过……”程令时刚说完，就看见邬乔的脸霍地垮了下来，彼此沉默了几秒。

“你将停车场入口设计在这条路上，但是根据资料显示，这条路是单向行驶的道路，一旦大量车子出入，很可能会造成停车场和道路的双重拥堵。”

邬乔一愣。可是接下来，还有更多的问题：

“还有这里的轴线布置，你为了达到理论上的最多车位量，缩短了轴线间距，这样一来净宽跟着缩短，你就无法给车辆预留足够的空间进行转弯和倒车入库。

“作为设计师，不仅要考虑设计的问题，结构、水暖电，都是你需要考虑的。当然，如果你只想单纯当个画图工具人，倒不用想那么多。特别是，现代停车场都采取的是智能管理系统，所以你在设计的时候，必须要预留布线的空间。”

这下她明白了，她唯一能被称赞的，就是基本功还算扎实。其他方面，作为设计师来说，她连入门级别都没达到。

程令时似乎怕她看不明白，从桌上的笔筒里，顺势拿了一根彩铅。

他的手掌握着铅笔，在图纸上做标记。需要修改的地方，他顺势画了出来。

很快，图纸上布满了他修改的地方，其实要说多，倒也不算很多，可他修改添加的线条，莫名让整个布局真的变得合理起来。

连邬乔看了几眼，都不得不佩服他化腐朽为神奇的能力。

原来，这就是设计师。

邬乔作为T大建筑系第一名的学生，说她内心没有骄傲，自然是不可能，可就在这短短时间，她亲眼看见，程令时是怎么将她的图纸，修改得干净利落。

这种震撼，真正地发自内心。

“你画的停车场，总体来说，问题不大。”待画完最后一笔，程令时淡淡道。

邬乔看到他们之间，犹如马里亚纳海沟一般深的差距，语气平平道：“你也不用这么安慰我。”

程令时忍不住笑了起来，却没说话，而是直接起身，抽出旁边架子上摆着的文件。

随后，他将一个文件夹放在邬乔面前的桌子边缘。

程令时下巴冲着文件夹点了点："看看。"

既然他发话了，邬乔自然不会拒绝。于是她打开文件夹，这居然是一份设计方案，设计者是檀启，应该是之前项目他交的方案。

邬乔随手翻了翻，发现程令时不仅批注了，而且批评得一无是处。用词之辛辣，让邬乔都不由得同情檀启。可在邬乔眼中，檀启这份设计已经堪称是优秀。

"檀启成为设计师已经四年，这份设计方案上，居然还出现了基础错误，这是我最不能容忍的事情。"

邬乔也在这时候，翻到了他所说的那个基础错误。

因为程令时直接用红笔在上面写了好几行字，字里行间，都透露着三个字——"你完了"。

邬乔甚至能想象，檀启拿到这个方案时，有多无地自容。

程令时抬头，视线落在她身上："但你不同，你是建筑系即将毕业的学生。你拥有比一般学生扎实的基本功，即便在设计方面还显稚嫩，可假以时日，肯定会变得成熟起来。任何设计师的成长，都需要大量时间。所以，我会给你时间成长。"

邬乔紧紧握住手里的文件夹。

她好像很容易被眼前的这个人，一次又一次地震撼。

他的包容，他的强大，他骄傲之下的温柔。

接着，邬乔将文件夹放回去，重新拿回自己的图纸，准备回去修改。

可她刚要转身，突然停住了。她转身望向程令时，脑海里浮起那条微信的内容。

或许是办公室里幽静的气氛，让她心底涌起一股冲动。

"之前那条微信是什么意思？"邬乔冲动开口。

程令时同样抬头，与她的目光撞上。

"什么？"

他似乎也没懂，邬乔莫名的这句话在问什么。

邬乔轻声说："你说师傅……"

邬乔心想：是什么意思，是"你是我的师傅"这个意思吗？

她说到一半时，微妙地停了下来。但足以让程令时明白，她想要问的是什么。

这次反而是程令时被逗笑了，盯着她，眼底染上了戏谑："所以我这是师门不幸，这么快就有人想要叛出师门，不认师傅了？"

听到他的话，邬乔瞬间一僵。她露出惊讶的表情，但又很快摇头："不是。"

之前一直没有明确说过，所以她从来没敢往这个方面想。

她当然知道，程令时愿意收她当徒弟，是她的荣幸。

见他还盯着自己，邬乔微抿着唇，声音有些没底气地说："我……我不是这个意思。"

她压根没想到叛出师门这层面。

"哦，是这样啊，你没这个意思。"程令时点点头，声音懒散，"那既然是这样，你不如就正式叫一声，也算是全了我们之间的仪式。"

邬乔尴尬："叫什么？"

这次程令时没再说话，只微笑盯着她。

邬乔耳朵滚烫，不用看，也知道肯定通红。

叫什么。

当然是叫……

许久，面前沐浴在清晨金黄色光线里的姑娘，迎着晨起灿烂的朝阳，轻轻喊道："师傅。"

邬乔喊完，脸颊"腾"地红了。

她趴在桌子上，冰凉的桌面依旧无法浇灭她脸上的灼烧感。

她是小孩吗？被随便一吓唬，居然就真的信了他的鬼话。

什么师门不幸，有人想要叛出师门……

她换了个方向，让另一边脸颊也降降温，心乱如麻。

师傅。

她有师傅了。

接下来的几天，程令时经常不在办公室，邬乔的心情倒没受太多影响。

只是眼看着，她到时恒快一个月了，居然一点都没接触到设计项目。

之前在天融的时候，她好歹还能跟着一块儿打打杂，天湾那种重要的项目，她的设计概念最后还成了天融最终的方案蓝本。

不过邬乔也明白程令时的性格，别看他平时跟自己说话总是懒散轻松的语调。

可一旦涉及设计问题，他简直是这个世界上最刻薄的老板。

他绝对不允许，自己公司拿出不完美的作品。

邬乔这样的“菜鸟”实习生，在学校里或许还算可以，但真到了公司，不管是经验还是想法，都落后别人一大截，想要参与到设计之中，就必须要一直努力。

这天邬乔下楼，去拿一份别的公司发来的同城快递。

她拿完之后，坐上电梯准备回去。

她刚进电梯，身后有个声音喊道：“麻烦，等一下。”

邬乔立即按住开门按钮，很快，一个很高挑的男人走了进来，他看到邬乔按住按钮，立即笑道：“谢谢啊。”

“不用。”

邬乔按了二十一楼的按钮，旁边的男人却没动。

一直到电梯开始往上运行，对方都没按按钮。

“你也去时恒啊？”反而是对方主动开口说道。

邬乔见惯这种搭讪，没有开口，只是有礼貌地点了点头。

结果对方不仅没有收敛，反而扭头打量着她，突然笑道：“让我猜猜你叫什么名字。”

这种浪荡子的口吻，让邬乔心生反感。

她更加不想搭理对方，主动往旁边挪了两步。

此举不仅没有惹恼对方，反而让他笑得越发开心：“我猜你叫邬乔，是不是？”

这次轮到邬乔震惊了。

她扭头看着他，说实话这男人长相确实称得上英俊，眉眼间带着笑。

不过给邬乔的观感并不算好，总感觉他是个花花公子。

“果然是百闻不如一见啊。”对方一双桃花眼，多情而轻佻，望向邬乔时，仿佛自动过电。只可惜邬乔天生绝缘体。

她淡淡道：“哦。”

男人似乎没想到，她居然一点儿也不好奇自己的身份，还能这么淡然。

本来他还想多说两句，谁知电梯突然到了。

“叮”的一声，提醒电梯门打开了。

邬乔率先走了出去，不管对方是真的认识她，还是故弄玄虚，她都不想再停留在那个电梯里。但是她刚走出来，男人随后也走出了电梯。

邬乔疾步往前走到门口，直接用身上的工牌刷开公司的门。

谁知男人居然跟着她要进来。

“你为什么要跟着我，进我们公司？”邬乔皱眉。

“这位先生，这里是私人公司，麻烦你不要随便进来。”

“如果你想强闯，我可以随时叫保安的。”

男人微微一怔。

就在此时，前台坐着的两人，看见他们进来，立即站了起来，齐齐喊道：“容总。”

正要再呵斥对方的邬乔愣住。

男人看见她脸上出现的错愕，伸手摸了摸自己的下巴，疑惑道：“我看起来很像坏人？”

“还是说，”容恒故意朝邬乔看了眼，笑眯眯说，“你觉得我在搭讪你？”

救命。

邬乔往旁边偷偷挪了两步，想着要不要趁机逃跑。

可她没想到，容恒居然把她的小心思直截了当地说了出来。

她微垂着头，低声道：“不是的，容总。”

邬乔心想：来人，救命。为什么这地上没有一个地缝，让她躺进去待一会儿？

邬乔自认不是自恋的人，可眼下这种情况，容恒一定觉得她得了一种

“不自恋就会死”的病吧。

刚才容恒没按电梯，她就该想到，他可能也是时恒的人。

“站门口干什么呢？”

邬乔听到这句话，眼睛瞬间瞪大。

她实在没想到，在她最尴尬的时候，程令时会突然出现。

容恒看见程令时，立即准备走过去。谁知邬乔却挡在他面前，小声而祈求地看了他一眼：“容总。”仿佛在说：拜托，拜托。可千万别把这件事，当成笑话讲给程令时听。

她都能想到这人听到之后，脸上那种若有似无的微笑。

容恒看着面前的姑娘，一双如小鹿般的大眼睛，水润莹亮，长睫轻颤，带着几分哀求的味道。

一瞬，他好像明白程令时为何单单对这姑娘心软了。这双会说话的乌黑双瞳，太过灵动。

容恒突然笑了笑：“没事。”

谁知程令时似乎对于他们之间居然有点儿秘密的样子，十分不爽。

“到底怎么回事？”程令时再次问了一遍。

容恒脸上露出为难，朝邬乔看了眼，无奈道：“就是……”

邬乔却抢在他说话之前，突然说道：“容总，您刚回来公司，应该累了吧，要不我给您倒杯茶？”

程令时挑眉，直接被气笑了。

“那好吧。”容恒看到程令时的表情，突然心满意足起来。

邬乔头也不回地逃走。

反而是程令时走到容恒面前，眉头紧拧：“你干什么？”

“我能干什么，出差一趟好不容易回来，你这什么态度？”容恒似乎觉得不爽，伸手在他胸口捶了一下。

两个前台对视了一眼，心底早已经尖叫起来。

时恒的两位创始人，说实话，简直是小说男主的范本。

程令时年少成名，虽然骄矜肆意，却有这样的资本。

至于容恒，他负责公司的主要商务，与甲方业主沟通，所以常年不在办公室，而是全世界各地来回跑。

两人一个主内，一个主外，配合默契，早已经是不可分割了，他们两个就代表着时恒。

程令时压根没搭理他，直接说：“你电话里说的项目是什么？”

“你跟我在一起，能不能别一直说工作？”容恒不满。

程令时冷眼看他：“我跟你之间，除了工作之外，还有别的可说？”

容恒一时无语。

只是下一秒，他得意地笑了起来。

程令时一脸“你是疯了”的表情，同情地望着他。

容恒勾着他的脖子，低声问：“你现在是不是特别不爽？”

“有病。”程令时无语。

容恒轻啧了两声，小声说道：“也不知道郘乔泡茶的手艺怎么样，我得赶紧回办公室尝一尝。”

容恒一路心情愉悦地回了办公室，而程令时就跟在身后。

等进了他的办公室，容恒得意道：“怎么跟着我一起来了？”

“你别自作多情。”程令时轻哂，“我是来问你新项目的情况。”

“工作狂是没有爱情的。”容恒提醒。

程令时坐在对面的沙发上，垂着眼睑，语气懒散：“我也不需要爱情。”

容恒心底毫不留情地吐槽：是是是，不需要爱情的男人，就因为人家小姑娘多跟他说了一句话，就非要跟着他回办公室。

就在说话间，郘乔端着茶盏进来了。

她也不知道容恒喜欢什么，就在公司的茶水间里，随便找了茶包泡了一杯。

只是她端进来时，盘子上显然是两个杯子。

“这杯是……”容恒指了指盘子上的咖啡。

郘乔已经端起来，小声说：“我想程工也在，就多泡了一杯咖啡。”

她知道程令时习惯喝黑咖啡。

做设计的人，好像都挺喜欢这种苦涩的味道，可能有助于提神和集中精力吧。

原本坐在待客沙发上的程令时，正翻阅着手中的设计书，听到声音突然站起来，走了过来，直接端走盘子里的另外一个杯子。

“还不错，还记得师傅。”程令时满意地呷了口。

邬乔送完茶水，便立即离开。倒是容恒还处于震惊中，他望着程令时，问道：“我刚才没听错吧？”

“听错什么？”程令时明知故问道。

容恒说：“你说你是她师傅？你居然收了个徒弟？”

“建筑师亲自带学生，很奇怪？”程令时冷哼。

容恒感觉自己浑身的细胞都在叫嚣，他突然觉得手里的茶再也不香了：“别人不奇怪，但是你太奇怪了。我之前让你帮我带一个世交家的孩子，你不是还说，你有那个精力，不如多画两份设计稿？”

程令时依旧淡淡喝着咖啡，就在容恒以为他又不准备搭理自己时，就听到一个低不可闻的声音说：“她不一样。”

邬乔回到自己的位置，感觉整个身体还是麻木的。那种围绕在周围的尴尬，好像还未消散。

她双手拍了拍自己的脸颊，让自己清醒点。

“邬乔，干什么呢？”顾青瓷突然喊她。

邬乔立即坐好，说道：“没事，我就是让自己清醒一下。”

“不是，老大让我们去会议室呢。”顾青瓷指了指电脑。

邬乔看了眼公司内部的通信软件，才发现程令时让他们去会议室开会，这次是为了商讨新项目的具体情况。不过这次并非是全员开会，只有檀启、柯霄、顾青瓷，还有她。

邬乔看见自己的名字出现在最后，心跳不禁漏了一拍。

邬乔小声问道：“程工让我也一起去？”

“对呀，恭喜恭喜，你可以正式参加项目了。”顾青瓷明白她的激动。

邬乔来了公司快一个月，其实并不算太久。

她自己也做好了好好锻炼，给别人打下手的准备。

谁知现在居然告诉她，她可以参加新项目。

不管新项目是什么，都值得邬乔雀跃。

于是她立即拿上纸笔，跟着去了会议室。

一进入会议室，程令时已经在里面，并且投影仪已经被打开。

大家在会议室里坐下，邬乔坐在最后面。

程令时一向没什么废话，在他们坐好后，开门见山道："这次公司接了一个J省的幼儿园设计项目的委托，项目规模是占地面积一万六千平方米，建筑面积两万平方米。其他几个人手里还有别的项目没有完全完成，所以这次就由你们几个分别出设计方案给我。到时候会进行公司内部比稿，选出两名优胜者的方案，让甲方做出最后决定。"

大家或许是做惯了天湾那样动辄上百公顷的大型项目，这种建筑项目，对他们来说，只能算是个小案子。

不过程令时看了邬乔一眼，说道："邬乔虽然只是实习生，但也可以参加比稿，不过你这次主要是学习。"

邬乔听到这话，依旧雀跃不已，能参加比稿，已经是最大的进步了。所以大家开完会之后，直接走了出去，反而是邬乔装作收拾东西，落在了最后面。

整个会议室，只剩下她和程令时。

原本正低头回复信息的程令时，这才发现她站在原地，于是问道："怎么还不走?"

邬乔下定决心般，低声说："师傅，谢谢你。"

这一声师傅，叫得程令时有些发愣。

他握着手机站在原地，许久，他抬头认真看着她。

"虽然我是你师傅，但也会一视同仁。"

他微拖着声音，语气懒散道："别妄图走后门，我不会偏心你的。"

邬乔的兴奋一直持续到回到位置上坐下。

她收到程令时发来的项目资料时，握着鼠标的手指都有些激动到颤抖。连顾青瓷都笑话她，明明已经参加过天湾那样的项目，怎么对一个小小的幼儿园还这么激动。

邬乔说："天湾不一样啊，那时候我只是个实习生，虽然也交了概念图，但是最后……”

最后她的概念被董兆新拿去用了。但是在最后的项目文本上，列举的所有参与成员中并没有邬乔的名字。

她曾经也问过董兆新，得来的回答却是，她只是实习生，所以不能加上名字。

这次就不一样，她也亲自参与比稿。

若是万一她赢了……

哪怕清醒如邬乔，都有忍不住做白日梦的时候。所以还没下班，她就先用手机发了一封邮件。

邬乔：“T，告诉你一个好消息，我们公司最近刚接到一个幼儿园的设计项目，虽然我是实习生，但是我那个英明而又独具慧眼的上司，居然也让我单独出一个概念文本。我要参加比稿了。”

邮件发出去之后，邬乔赶紧打开电脑，将资料仔仔细细地看了一遍，特别是项目任务书的部分。这是甲方业主的要求，所以邬乔觉得，在设计之前，要先明白甲方想要的。

因为邬乔之前没接触过幼儿园的项目，所以她特地查看了国内外一些知名幼儿园的设计。

特别是国内，这两年整体审美上升，幼儿园不再是大众印象中那种四四方方的院子，墙壁涂成红黄绿各种颜色，然后再在上面绘制各种卡通图案。

不少幼儿园在设计建成之后，在网上曝光，就成了网红幼儿园，被众多网友戏称为“别人的幼儿园”。

看了不少幼儿园，邬乔才发现这次幼儿园的占地面积简直大得过分。还有建筑面积的要求也是，很多幼儿园连这个面积的一半都没达到。

“青瓷，这个幼儿园的占地面积怎么会这么大？”她忍不住问道。

顾青瓷说道：“看业主啊，这次幼儿园的业主是知行教育集团，这个公司是国内高端教育的龙头老大，在全国各地都有顶尖的国际幼儿园。这种级别的，一看就是高端幼儿园。而且我们时恒的设计费，一直是业内出了名的贵，当然了，我们是物超所值。但能请得起我们的业主，都是有钱的主。”

“难怪。”邬乔忍不住说道。

顾青瓷羡慕道："说真的，刚拿到资料的时候，我都要羡慕了。上这种幼儿园的小孩，都是出生在别人人生的终点，父母肯定特别给力。"

"我觉得父母的陪伴才是最重要的吧。"邬乔轻声说。

顾青瓷笑了下，说道："也是，虽然我是普通家庭出身，但是我爸妈真的很好，从小到大没让我受过委屈，真让我换有钱的爹妈，我还不换呢。"

听到这里，邬乔轻笑了下。只是笑容中，带着微不可察的苦涩。

这世间不是所有的父母，都爱着自己的孩子。

邬乔是回家之后，才收到了T的邮件回复。

T："恭喜恭喜，原来你上司在你心目中这么高的地位啊。"

邬乔看着这句话，嘴角不可抑制地上扬，她打开电脑，回复道："对我而言，他是世界上最好的上司，最好的师傅。"

那边一直没回复，邬乔也是习以为常。

不过很快，她立即又打字："你说我要不要表示一下？"

这次T倒是回复得很快："表示什么？"

邬乔："我的工作也是他给的，而且之前我说要请他吃饭，结果只去了学校食堂，总共花费了不到四十块"

T："对他而言，应该不会在意吧。"

邬乔："我知道，但我就是想为他做点什么。"

那边又是迟迟不回复。

正好邬乔点的外卖到了，她出去拿了下。等回来，就看见电脑上提醒：一封新邮件。

T："要不随便表示一下，比如给他买点吃的，礼物就不要送了。他那样的人，肯定什么都不缺。"

邬乔看着电脑，陷入沉思。

买吃的？

可他喜欢吃什么呀？

她总不能直接跟程令时发微信说，师傅，我想感谢你，请问您爱吃什么。太生硬了，况且有讨好之嫌。

今天程令时便明确说了，他不会因为自己是他的徒弟，就另眼相看。

其实邬乔之所以跟他说谢谢，也并不是想要他的偏心。

她只是真的想谢谢他给自己机会。

因为一时没想到，她干脆先放下这件事，专心想概念草图的事情。

毕竟这次比稿，只给了他们十天时间。

第二天到了公司，参加新项目的人，明显都在构思设计方案。

邬乔昨晚在家里做了三明治，带到公司。

中午并没再出去吃饭，直接在公司边吃三明治边工作。

她中途去了趟茶水间，正好碰到几个女生在茶水间里聊天，不仅有行政部的还有设计部其他组的女生。

有个人打开冰箱，看见里面摆着的一个蛋糕，突然说道："哇，没想到在我们公司，居然能看见这个牌子的蛋糕。"

"什么牌子？"戴眼镜的姑娘问道。

最先发现的人指了指："天鹅湖蛋糕，据说是蛋糕界的爱马仕。"

前台一听，赶紧说："你们可别碰，那是程总的。"

"不是吧，程工这样的人，居然喜欢吃蛋糕？"

大家都觉得稀罕，纷纷讨论起来。

邬乔在一旁安静听着。

"我看程工喝咖啡，都只喝黑咖啡，真没想到他喜欢甜食。"

谁知这人刚说完，站在她旁边的同事，碰了碰她手臂："程工只喝黑咖啡，你都观察出来了，不会是对程工……"

两人关系熟稔，这人毫不犹豫道："我一个单身，还不许我盯着帅哥看啊。"

"说得也是，我朋友都不敢相信，我们老板长得比明星还帅。"

"那些小鲜肉算什么，除了一张脸，程工可是英俊与智慧并存的存在。"

"这话你别当着我们的面儿说，你到程工跟前说。"

"我不敢呀。"

因为是午休时间，大家嘻嘻哈哈，闹个不停。

邬乔听得入神，直到旁边的人喊道："邬乔，邬乔，你水杯满了。"

她低头一看，发现水接得太多，直接漫了出来。

刚才她光顾着听大家说话，本来她还在想着，该怎么打探程令时的喜好，没想到会得来这么容易。

回到位置上，邬乔立即用手机搜索了天鹅湖蛋糕。

原来这家蛋糕店的线下门店在上海也并不多见，但居然这么凑巧，在不远处的商场里就有一家。

想到冰箱里的蛋糕，邬乔没有立即行动。

第二天中午，她再次去冰箱看了一眼，发现昨天的蛋糕果然消失了，但是今天却没有那个盒子。

他忘记买了？

邬乔想到T的建议，贵的东西，她确实买不起。但是买点他喜欢吃的东西，倒是很容易。

于是邬乔离开办公室，前往那个商场。

虽说是附近，但是走路也有十分钟左右才到。

这家店铺不同于普通蛋糕店，一般都是开在商场的负一楼，它开在商场的五楼，周围全都是餐厅。

店铺明亮而堂皇，只从门口看，就写满了“我很贵”的感觉。

邬乔站在店外，站在柜台前看了很久，在寻找程令时昨天吃的那款。可惜当时她没怎么看清楚。就在她弯腰仔细盯着柜台时，不远处有个人看见了她。

程令时正在看菜单，这家餐厅是容恒投资的，平时他们不忙的时候，都会过来吃饭。

他来得比容恒早，所以先看起了菜单。

“你猜猜我刚才在外面看见谁了？”

程令时头都没抬，也没打算问。

果然容恒气恼道：“行吧，你不问是吧，你肯定会后悔的。”

“不感兴趣。”程令时懒得搭理他，直接不耐烦道，“你想吃什么？”

容恒瞧着他一脸漫不经心的表情，突然起了坏心思。

他慢悠悠说：“是邬乔。”

程令时猛地抬头。

容恒一脸“果然如此”，不过他挺感慨道：“邬乔这姑娘家境应该不太好吧，我看她在那个蛋糕店门口站了半天，就只看没买。”

“哪个蛋糕店？”程令时问。

容恒：“就门口那个天鹅湖，你不是挺喜欢吃的？”

不等他说完，程令时已经站起来走了出去。

容恒见状，满脸无奈。心想：就这还说对人家没意思？就当是妹妹？骗谁呢！

程令时出去的时候，天鹅湖的店铺里早已经没了邬乔的踪影。

他转了一圈，突然走向店员。

等他再次回来，容恒嘲讽道：“不是说不感兴趣？”

他刻意将“不感兴趣”这四个字咬重。

奈何对面这个人早就练就了一身铜墙铁壁，完全不将他的嘲讽放在心上，随意点了两个菜，直接让服务员上菜。

“你对邬乔到底是个什么意思？”容恒是真好奇。

见他不开口，容恒说道：“我跟你说，我最见不得漂亮小姑娘受委屈。刚才看见她站在门口，要不是顾及她面子，我都想过去问问她想吃什么。”

“你要是敢拿你对付女人的那套，用在邬乔身上……”程令时终于开口。

只是这次，没了以往的漫不经心和懒散，他口吻严肃而透着狠厉，仿佛容恒真敢做出什么事情，他绝不会放过。

容恒也很少见他这样，心底凛然，赶紧解释：“我这是提醒你。”

“邬乔这种漂亮又没钱的小姑娘，不知道多少人盯着呢。现在那些富二代追女孩的手段多着呢，先带小姑娘见识繁华世界，一旦想要回头，就难了。”

“她不是。”程令时皱眉。

容恒见提醒得差不多了，也就没再继续说下去。

吃完饭，两人就回了公司。

程令时在进办公室之前，看了一眼公共办公区，邬乔正安静地坐在自己位置上。

他收回目光，推门进了自己的办公室。

等他在椅子上坐下，突然感觉到不对劲。

直到他把目光落在桌子的右上角，那里，不知何时摆上了一个蛋糕盒子。

他盯着蛋糕盒子的花体字——“天鹅湖”。

于是他打开电脑，登录一个邮箱。

很快，邬乔收到了T发来的邮件。

虽然这个点很奇怪，但她还是点击查看。

T：“怎么样，你给你上司买东西了吗？”

看到这话，邬乔感到震惊。

很快，她回复道：“这就是心有灵犀吗？我今天中午刚给他买了蛋糕，原来他居然喜欢吃蛋糕。我也是偶然从同事那里得知的。虽然我没什么钱，但我真的很想为他做点什么。希望他看见蛋糕，能有一个愉快的下午。”

她的心愿，仅此而已。

办公室里的男人，看着回复而来的邮件，突然心脏重重一跳。

他微垂着眼眸，可是邮件里的每个字，都反复出现在他脑海里，心脏仿佛被钻了个小洞。

所有的情绪蜂拥而出，交织成连他也不懂的心情。这不禁让他想起了在清潭镇上的记忆。

那年夏天，程令时回到清塘小镇，小镇上的一切都那样缓慢而令人舒适，那是他母亲去世之后，他第一次身心彻底得到放松。

慢节奏的生活步调，让他画出的每一张建筑设计图，都充满了灵气。

对于救下邬乔的事情，其实他并未放在心上，这件事顶多也就是他生活中的一个小插曲。

但过了几天，邬乔出现在程家大宅。

她一如既往地帮陈嫂干活，最后又替陈嫂端了一盘西瓜，到二楼书房。

程令时对于她的到来，是有所察觉的。只是他故意逗弄这小孩，只等着她自己先开口。

果然，她放下西瓜后，小声问道：“哥哥，我能请你吃饭吗？”

“嗯？”程令时有些惊讶。

邬乔见他诧异，轻声解释说：“我想谢谢你之前帮过我。”

程令时不禁失笑，微挑眉，就为这个？

于是他慢悠悠道："小孩，哥哥帮你，可不是为了这个。"

"我知道。"邬乔忍不住抠着自己的手指，有些手足无措，"我也不知道该怎么谢谢你，就想请你吃饭。"

电视上不都是这样演的，为了表达感激之情，请对方吃饭，就连平常家中长辈也是这样。

她以为自己想出的这个法子，才能足够表达她的感谢。

程令时目光微移，落在她不停缠弄的手指上，终于问："真想请哥哥吃饭啊？"

"嗯。"邬乔重重一点头，望着他，乖乖问，"哥哥，可以吗？"

这一声"可以吗"，算是彻底击碎了程令时的防线，他轻笑道："那行吧。"

可他怎么也没想到，自己随口的一句答应，却让邬乔付出了怎样的努力。

过了几天，他去市里取从美国邮寄过来的东西。

司机开车送他过去，谁知路上车子出了故障，一直到晚上九点钟，才回到清塘镇。

镇上没什么娱乐设施，刚过九点，就只剩下零星灯光。

车子沿途回去，路过稻田时，田里一片漆黑。

好在夜空中难得繁星满天，银月散发着柔和的清辉，将大地笼在一片轻柔如薄纱的月光之下。

一眼望不到尽头的星空，让程令时不禁将目光投向车外。直到他看到一个清瘦的身影，行走在稻田间。

原本只是随意一瞥，可之后他又仔细盯着看了许久。

"等一下。"

他喊停司机，车子停在路边。

程令时凝眉望着远处，就见稻田间，那个清瘦的身影，扎着长长的马尾，手里还拿着一束手电筒，往稻田更深处走去。那个身影是邬乔，他有些震惊，邬乔此时会出现在这里。

"这个点怎么还会有人在田里？"程令时问道。

司机看了眼，不以为然道："应该是去摸黄鳝吧，这个季节黄鳝最肥美了。咱们镇上的孩子，比不得城里的矜贵。不少孩子早熟又懂事，会干些事情，补贴补贴家里。"

摸黄鳝？这么大半夜的。

程令时想起自己的一个堂妹，跟邬乔差不多的年纪，却被养成小公主一样的性格，颐指气使，恨不得全世界都围着她转。

"少爷，现在还走吗？"司机问道。

程令时低声说："在这里先等着吧。"

也不知过了多久，一个小时，或者两个小时，那个纤细清瘦的身影终于再次出现。

等她慢悠悠从田地里走到大路上。程令时透过月色，看见她手里拎着小桶。

"那不是……"司机盯着前面的身影，似乎也认出了是谁。

程令时低声说："慢慢跟上吧。"

就这样，车子在不远不近的地方，慢慢跟着少女。直到她进了镇子，回了自己的家。

那一晚，程令时即便睡下后，脑海中依旧会浮现那个清瘦的身影。他知道她的身世，知道她父亲早逝，母亲离她而去，再未回来。可是短短一句话，却道不尽她生活中的酸楚。

第二天起床后，程令时本该继续完成自己的设计图，这是导师催着要的，可是他去找了陈嫂，问道："镇上有卖黄鳝的地方吗？"

"小少爷想吃黄鳝？"陈嫂正在厨房里忙，一听这话，立即说，"我现在就去买。"

"不是，我只是想问，要是有人捉了黄鳝，都会去哪里卖？"

陈嫂虽然觉得他的问题奇怪，但还是如实说道："街上啊，咱们镇上菜市场外面那条街上，全都是卖这些的，一大清早的，新鲜蔬菜什么都有。"

程令时点了点头，便转身离开。至于他何时出了门，谁也不知道。

陈嫂说的那条街，很容易便找到了，毕竟清塘镇不大，也正因为不大，他刚到那边，就一眼看见了坐在街边的邬乔。

她头上戴着一顶草帽，跟旁边卖菜卖鱼的大人比起来，格外清瘦娇小。

街道上叫卖声不断，此起彼伏，好不热闹。

她似乎有些叫不出口，只安静坐在小凳子上，等着别人主动来买。

她面前放着的桶，就是她昨晚一直拎着的。

清晨的太阳从温热到毒辣，似乎也只是转瞬之间的事情。

地表温度迅速提升，叫卖声更大。不少擅长做生意的人，早早将自己身前的东西卖完，便挑着空筐离开。

邬乔周围的摊贩不断减少，而街上买菜的人也越来越少，她似乎有些着急起来，终于小声开口叫喊："黄鳝，新鲜的黄鳝！"

程令时就站在不远处望着她，在听到她第一声叫卖声时，有些想笑，可更多的却是心疼。

终于，他再也忍不住，看见街边正在玩闹的一个小男孩，他招招手，对方看见后犹豫了下，终于在他再次招手时，蹦了过来。

"哥哥，你叫我？"小男孩问道。

程令时从兜里掏出一张百元钞票，小男孩瞬间瞪大双眼。

他指了指不远处的邬乔，低声说："你去帮我把那个姐姐的黄鳝都买下来，如果还有剩下的钱，就全部给你。"

"好呀。"小男孩一听这话，立即欢喜同意。

只是在他去之前，程令时叮嘱："不要说是我让你买的，就说是你爸爸要买的。"

"可是哥哥，你不是我爸爸呀。"小男孩为难道。

程令时："那就说是家里人让你买的。"

终于小男孩一蹦一跳走向邬乔。程令时全程看着他跟邬乔说话，然后邬乔将桶里的黄鳝都倒出来，最后小男孩将钱递给邬乔。

待小男孩回来之后，邬乔也开始收拾东西，准备回去。

小男孩将东西递给程令时，他伸手摸了下小男孩的头，正要说送给他，可转念一想，这是邬乔大半夜辛苦抓回来的黄鳝。

他伸手接过袋子，说道："谢谢你了。"

果然过了两天后，邬乔再次到程家，这次她是来请程令时吃饭的。

程令时倒也没推托，直接问了地址，他没想到居然是要去市区。

“小孩，你大手笔呀。”程令时笑道。

邬乔小声问：“哥哥，你介意坐公交车吗？”

程令时觉得她实在好笑又可爱，胸腔微颤，忍不住发出低低笑声，笑完才说：“哥哥介意呢。”

邬乔小脸微白，仿佛被为难住了。

“但是哥哥呢，不巧，正好有辆车。”程令时扯了下嘴角，语气懒散而欠欠地说道，“可以开车带你过去。”

于是程令时开车带她去了市区。

到了地方，程令时才知道邬乔要请自己吃什么，居然是一家西式餐厅。

因为程令时想着反正待会儿是他给钱，所以点了店里不少的东西，还特地给小孩点了一份冰激凌。

本来他想着待会儿找个上洗手间的理由，趁机把账单结了，谁知这小孩却实诚地问服务员：“姐姐，现在可以付钱吗？”

服务员见她一本正经，笑道：“当然可以，一共一百六十五元。”

在程令时还未阻止时，邬乔已经从兜里掏出一个针织钱包，看起来是用毛线织的。

她将里面的钱拿出来，一共就只有一张红色钞票，其余的都是零零散散的零钱。

邬乔认认真真数了一百六十五元，递给对方。

“小妹妹，你真懂事，用自己的零花钱请哥哥吃饭。”服务员见状，笑着夸她。

这一刻，程令时只觉得喉咙中酸涩得要命。

服务员不知道，但是他知道邬乔的这些钱是怎么来的。或许她攒了很久，每一笔都是她亲自赚回来的。这并不是像服务员说的那样轻松，是从父母那里得来的零花钱。这些钱，是她一点点积攒的。

等服务员收完钱，邬乔这才放心看着程令时，笑着说道：“哥哥，我知道你肯定是想自己付钱，但是说好了是我请客。现在你就安心吃吧。”

少女说这句话时，眼睛乌黑晶亮，还透着光。

在你的人生中，有没有遇到一个小孩，她拼尽全力地想要回报你随手的善意。

在她一无所有的世界里，力求给你最好的。

他遇到过。

无论是那顿只有一百六十五块的西餐，还是眼前这块蛋糕，都令程令时心底酸涩不已。

邬乔正在画图，却收到前台在内部通信软件上发来的消息，说是有她的外卖。

邬乔有些奇怪，但还是起身过去。

直到她走到门口，看见长长的台子上摆着的蛋糕盒，上面用花体字写着“天鹅湖”。

“这是我的？”邬乔有些震惊而又茫然无措，“可是我没点过这个东西。”

前台点头，见她这么说，突然轻声一笑：“是不是你的追求者啊？”

“邬乔你这么漂亮，肯定有不少追求者吧。”

邬乔有些无语。

她心底默默想着，那这个追求者肯定很傻，这家蛋糕店简直是在抢钱啊！

要不是她今天买了这家的蛋糕，都不知道这么一点蛋糕，居然敢卖到上千块。

她不禁想起，把这个蛋糕当成日常下午茶点的男人。

唉，他终究是她养不起的人啊。

对于这个蛋糕，邬乔一时也没想法。

至于是谁送的，她更没有头绪。

她打了订单上面的电话，结果却是蛋糕店里的电话，对方对这个订单印象并不算深。

来来往往那么多客人，而且接电话的人和当时下单的也并不是一个。

邬乔想将蛋糕退回，对方表示没办法，因为当时订蛋糕的人只留了她的电话，无法代她收回。

挂了电话，邬乔一脸无奈地看着眼前的蛋糕盒子。

“天鹅湖蛋糕，乔妹，你大手笔啊。”顾青瓷一看见蛋糕，震惊说道。

邬乔说：“不是我买的。”

顾青瓷瞪大眼睛：“追求者送的？”

她怎么跟前台小姐姐一个想法？

“不知道。”邬乔确实是不知道。

顾青瓷见她光看，问道：“你不吃吗？”

邬乔慢悠悠：“我怎么知道是不是有人故意整我，万一里面加了芥末或者毒药，怎么办？”

“这还不简单？”顾青瓷笑了起来，说完她扭头看向高岭，“高岭，吃蛋糕吗？”

“还有蛋糕？”

高岭原本正在埋头计算参数，最近他负责的项目到了关键时刻，插科打诨的工夫都没了。

此时顾青瓷喊他，他才注意到邬乔桌子上摆着的蛋糕。

“哇，乔妹，你也太好了吧，专门给我们买蛋糕，客气什么呀。”

说话间，顾青瓷已经切了一小块，递了过去。

高岭吃了一口，表情瞬间瞪大：“这蛋糕也太好吃了吧。”

顾青瓷扭头，小声对邬乔说：“现在可以肯定没有芥末，至于有没有毒……”

“有毒？”高岭耳朵灵敏，迅速捕捉到这两个字。

邬乔觉得还是要解释一下：“我胡说的，这个蛋糕是店里直接送过来的，没有问题。”

高岭：“我就知道，还是乔妹好。”

“乔妹当然好了，上千块的蛋糕，让你吃第一口。”顾青瓷迅速找补。

高岭震惊，他望着手里的蛋糕，又看向蛋糕盒子，突然说道：“难怪我说这盒子怎么看着那么眼熟，这不是老大喜欢吃的那家吗，这家蛋糕店很贵啊。”

“是老大给你买的？”高岭凑近，小声问道。

邬乔心底一紧，下意识否认：“当然不是。”

只是这个突如其来的说法，让她心脏怦怦跳。

难道是程令时看到她放在桌子上的蛋糕，也给她订了一个？

可他是怎么猜到，那蛋糕是自己送的？

邬乔没在上面留任何信息，就连进他办公室之前，都是小心张望，没让任何人发现。

顾青瓷倒是替她解释说："是乔妹的匿名爱慕者，你看看人家。"

高岭却正色道："乔妹，这种连送东西都偷偷摸摸的男人，你可千万别被骗了。我觉得这男的肯定是在吊你。先搞这么一出，让你心底对他产生那么一丝丝兴趣。"

"然后！"高岭顿了下，高深莫测道，"他就会接二连三地对你发动进攻。"

"你说的是你自己吧。"顾青瓷面无表情道。

高岭："怎么可能，我对乔妹一点邪念都没有。"

邬乔确实是太好看了，也正是因为太好看了，反而让人不太敢有歪念头。况且跟邬乔相处久了，也知道这姑娘看似温和，却很有主见。所以组里的男生虽然都开心，来了这么一个大美人，但大家也顶多觉得是养眼，对她是真没那种念头。

当然真正的原因，大概就是谁也说不清楚老大和她的关系。

况且燕千帆私底下已经透露了点，谁还敢踩雷区啊。

"你们男的，说一套做一套。"顾青瓷冷笑。

高岭一脸无辜，压根不知道顾青瓷为什么突然变了脸色。

不过很快，他电脑嘀嘀响了两声，是内部通信系统的消息提醒。

他扭过头去看了一眼，立即放下蛋糕："老大找我，先不说了。"应该是工作上的事情。

高岭拿着一堆资料，直接去了程令时办公室。

进去之后，他刚说了没两句，程令时伸手抽了一张纸，扔到他面前："擦擦吧。"

高岭一脸蒙。

"嘴。"程令时淡淡道。

高岭赶紧拿纸巾擦了擦嘴，这才发现沾了蛋糕。

他有些不好意思道："乔妹的蛋糕，我就吃了两口而已。"

原本已经低头看资料的程令时，缓缓抬起头，目光冷峻地望着他。

高岭一向迟钝，压根没感觉到他眼底的森冷，依旧说道："老大，我要偷偷举报，有人匿名给乔妹送蛋糕，肯定是想追她。"

程令时冷嗤一声，正欲开口，却赶不上高岭说话的速度。

高岭说："不过我已经跟乔妹说了，这种人连送个蛋糕都藏头露尾，肯定不是好东西。"

肯定不是好东西？

程令时闭了闭眼睛，待重新睁开眼睛，冷眼看他，语气不善："公司请你来，就是为了让你在上班时间打探同事隐私的吗？"

"啊，不是。"高岭再傻，这会儿都看出程令时的不耐烦。

不对劲啊。

老大怎么是这么个情绪状态？

他不是应该也跟自己一样，痛斥一番那个匿名追求者故弄玄虚，癞蛤蟆想吃天鹅肉的行为吗？

"这个项目的结构……"高岭见势不对，赶紧把注意力转移到工作上。

不过高岭发现，自己好像确实惹恼了老大。

因为他项目上的错误，哪怕仅仅是微小的，都被程令时毫不留情地指出来了。

当然程令时倒也没言辞太过分，他只会用眼神让你明白，你自己有多废。

高岭拿着需要修改的参数，灰溜溜地回去时，简直堪称落荒而逃。

程令时在高岭走后，原本在接收新的工作资料，谁知鼠标一滑，点开了邮箱，登录的并不是他的工作邮箱，而是一个名为T的邮箱。

这个邮箱原本有很多人知道，后来随着他在那个由他创始的建筑论坛里渐渐沉寂，往来的邮件里，只剩下一个名字——"Wuqiao0610"。

当初程令时在论坛里，无意中看到这个用户发出的求助帖子。他点开后，看到她求助的内容，一看便是刚上大学的建筑学生。

不管是这个名字的拼音，还是和邬乔生日日期一样后缀的数字，都让他联想到邬乔。

其实那时他与邬乔已经彻底失去了联系。

程令时觉得世界之大，或许并不会这么凑巧，但他还是回复了这个帖子的主人。

之后，邬乔给他发了邮件，再次求助一些学业上遇到的问题。

他知道了对方在上海T大读书。渐渐熟悉后，他彻底肯定，对方就是邬乔。

明明他们已经彻底失去了联系，却又在茫茫人海之中再次重逢。连程令时这种不信神佛的人都在想，或许老天爷注定要让他看顾这个小姑娘，看着她一步步成长。从清塘镇那个孤苦无依的小女孩，彻底变成独当一面的人。

如今他正看着她，一步步往前走。

可又仿佛有什么，在悄然改变。

当全身心投入一份工作时，邬乔感觉时间简直过得飞快。

明明说好十天的时间，转眼就过去了三天。

虽然她心中的概念草图已经有了个基础，也开始进行构思，却还是觉得不够。

这次是组内比拼，她自然也不会去寻求程令时的帮助，要不然这跟走后门有什么区别。

她晚上回到出租屋里，依旧不忘工作。没想到T主动给她发了邮件："你不是要参加比稿，准备得如何？"

邬乔叹气，回复："概念草图已经有了初步的想法。"

于是她向T陈述了自己这次的设计概念。

邬乔特地查阅了幼儿园所在的城市，市花乃是大丽花，这样的花花型大而圆，很适合作为建筑主体的形状。以花为设计理念，更有小朋友是祖国未来花朵之意，打造"晨光下的花朵"的概念。

自然邬乔也不会仅仅将建筑设计为圆形，在主体设计上，她还加入了叠加的积木效果。

将整栋楼以三片扇形组合，以楼层的高低不同，打造出堆积木的感觉。

在她把具体概念告诉T时，她心底也是一片紧张。

谁知T久久不回复邮件。

虽然邬乔对于T回复慢早已习惯，可这一刻却不同，她就像是个学生，正在等待老师的评价。最后她紧张到双腿放在椅子上，整个人蜷缩成一团，几乎是每隔几秒钟都要抬头去看一眼电脑。

终于“叮”的一声提醒，是邮件回复的提示音。

邬乔立即握着鼠标，去点开邮件。

T:“我理解你第一次自己做方案的心情，关于你的概念设计，你有没有觉得自己想要的太多？晨光的花朵和堆叠的积木，本就是两个完全不同的设计概念，你却在一个设计里同时使用。”

T:“我明白你想要靠着出色的设计外观，赢下比赛。但是在甲方业主的心目中，或许外观并不是最重要的。设计的成本预算，设计的适配性，都是你需要考虑的。”

T:“还有现在的设计趋势，越来越趋向绿色节能，或许这才是你真正赢得比赛的关键。”

邬乔迅速地扫了眼邮件，明明T并未夸赞她的概念，可她反而一颗心落下，特别是她将目光落在最后两行。

她心底默默念着“绿色”两个字，脑海中像是有什么东西要冲破而出，却又迟迟窥不得真容。那种一触即发的灵感，却在此刻被禁锢住。

邬乔站起来，在狭窄而潮湿的房间里来回踱步。

上海的夏天来临之后，房间里就仿佛随时飘浮着一股水汽。

其实邬乔能租到这样的房子，都要感谢大学时，她一刻不停地打工和读书。

打工和这几年得到的奖学金，让她有了那么一点积蓄。大概是从小就过着寄人篱下的生活，所以她倒不觉得住在这个地方很苦。

此刻她在这个小小的房间里来回踱步。从墙壁的这端到墙壁的那一端，只有短短几步，但她脑海中各种念头在疯狂撞击，仿佛下一刻就要喷涌而出。

直到她停下，迅速回复T:“我想到了，我想到了一个新的概念。谢谢你，T，你就是我的幸运之神。虽然我师傅不能指点我，但是没关系，我有你啊。”

此刻在书房里，坐在电脑另外一端的男人，看着屏幕上的邮件哑然失笑。

终于，他在轻轻打下一行字：

“那你师傅和我，你觉得谁更好？”

T 和师傅，谁更好？

邬乔原本正兴奋地打开设计软件，准备将重新构思的概念方案赶紧记录下来，谁知就又收到了 T 的这封邮件。

这个问题，属实将邬乔问蒙了。

T 和程令时，谁更好？

邬乔原本已经按在键盘上的手缓缓停住，视线落在屏幕上，将这句话反复看了两三遍。

对她而言，程令时是年少时无意中投进她黯淡人生里的一束光。

因为他，邬乔才知道，这个世界有多大，在清塘镇之外，有着如何广阔的天空。

那次请客之后，邬乔明显跟程令时熟识了起来。

她没事时，就会到程家二楼的藏书楼去看书，也是在那里，邬乔第一次接触到笔记本电脑。

虽然学校里上计算机课时，她也会接触到电脑，但都是四四方方的，很笨重。

程令时有一台银灰色的笔记本电脑，又轻又薄。

邬乔先前只在电视上看过，于是每次她看见那台笔记本电脑，都会悄悄看上一眼。直到有一次，她去找书，走过桌子旁，目光落在电脑上。

“小孩。”程令时喊住她。

邬乔站住。

程令时将面前的电脑往前轻轻一推：“你是不是想用哥哥的电脑？”

“也不是。”邬乔习惯性推托。

谁知程令时这次没哄着她，听到她这么说，拖着尾音，说道：“哦，原来是不想用啊，那肯定是我猜错了。”

见他又把电脑拉回去，邬乔不由得咬住嘴唇，嘴犟什么呢……

“行了，想看什么，就自己搜吧。”程令时这次起身，直接将邬乔拉到椅子上坐下。

见邬乔呆呆坐在这边，程令时问：“想玩什么，我教你？”

“哥哥，我能查一点资料吗？”

程令时直接在电脑上调出了百度的页面，虽然他在国外时习惯用别的搜索软件，但还是贴心地为她选择了她会用的那种。

邬乔小心翼翼在键盘上敲字，程令时在离开之前，看见她在搜索框里打出的“新加坡”三个字。在邬乔留在书房里用电脑时，他下楼去了厨房。

陈嫂正在准备绿豆汤。

“小少爷，绿豆汤待会儿才好呢。”陈嫂见他过来，以为是要问这个。

程令时从冰箱里拿出一瓶冰水，拧开后，喝了好几口，才低声说：“陈嫂，我记得你之前说过，邬乔的妈妈出国打工去了？”

“对呀，据说出去好几年了，一开始还打电话回来，后来就完全没消息了。”

陈嫂用身上的围裙擦了擦湿手。

“也不知道怎么忍心的，你说这么一个小姑娘，长得也漂亮，学习成绩也好，要是送给我，我都不知道多开心。”陈嫂一边盯着锅里的绿豆汤一边絮叨。

程令时：“所以她现在就一直住在她大伯家里？”

“可不就是，她大伯身体也不太好，家里都是她大伯母一个人张罗，本来她大伯家里就有两个小孩，现在还要多养她一个。你想想这日子，得多难。”

程令时脑海中，又浮现起那天，少女掏出针织钱包，将里面的钱小心翼翼地拿出来。

那些钱，她得攒了多久？

这一刻，程令时心底的酸涩，更甚于那日。

他端着绿豆汤回到书房，就见邬乔专心致志看着电脑。

等他将东西放下，邬乔立即说道：“哥哥，我用完电脑了。”

“这么快用完？”

“嗯。”

两人间出现一丝沉默，还是邬乔忍不住问道：“哥哥，你去过新加坡吗？”

她知道程令时之前一直生活在国外。

程令时轻笑：“你还真问对人了，我小时候就在新加坡生活的。”

“真的？”邬乔睁大眼睛。

一时，邬乔神色激动，可表情变换得很快，最后成了淡淡的忧伤。

“新加坡安全吗？”她用小小的声音问道。

邬乔心想：会不会妈妈不是不想打电话回来，只是不能打电话，她是不是出事了？

程令时仿佛看懂了她心底的挣扎，低声说：“其实很多时候，大人有很多的迫不得已。”

邬乔抬起眼睛，望着他，许久，她带着微微哭腔问：“包括抛弃自己的小孩也是迫不得已吗？”

本来她拼命强忍着，可眼泪还是一颗一颗滴落下来。

程令时说这话，只是想要安慰她，却不想反而惹哭了小孩。

他有些慌乱地伸手，想给她擦眼泪，可刚伸出手，又忍不住缩回。最后他抽出旁边桌上的纸巾，很小心地替她擦了擦眼泪：“不哭，不哭，你一哭，我都不知道该怎么哄你。”

“对不起。”邬乔用力擦了下眼泪。在别人家哭，很不礼貌也很丢人。

其实她早应该接受了这个事实，她就是被抛弃了。

刚才她搜索时，才知道新加坡是这个世界上最安全的国家之一。这个地方不像非洲或是中东那样战火连天，意外频出。

如果妈妈真的出了意外，只怕早就有人联系他们了。就像她堂姐说的那样，她妈妈只是不要她了而已。

“如果你想找什么人，哥哥可以帮你。”突然，程令时说道。

邬乔抬起脸，乌黑双眸里重新燃起光亮，可是片刻，那束光又一点点消失。

“不用了。”

如果妈妈只是不要她了，那么即便程令时帮她找到人，也只是给妈妈平添麻烦。

那个夏天结束得很快。

当邬乔得知程令时要离开时，还在家里偷偷哭了一场。

她以为再也不会见到这个哥哥了，可是在开学没多久后，老师突然宣布，今年有好心人在学校里设立励志奖学金，在期中期末考试中，得到年级第一名的学生，可以得到一万元的奖学金，第二名则是三千元。

这件事在小镇上引起了极大的轰动，就连街边八十岁的阿婆，都在讨论这件事。

那阵子，大伯母的脸上都带着笑容。

因为邬乔从初一开始，便是学校里雷打不动的第一名。在她看来，这笔奖学金，已然成了邬乔的囊中之物。

于是那个学期，邬乔一直努力读书，专注到只是偶尔会在夜深人静时，想起出现在夏日里的那个温柔哥哥。

直到期中考试结束，她去办公室里找老师。

无意中，听到几个老师在讨论。

"我听说这个奖学金，是镇上那个程家设立的?"英语老师问道。

另外一位数学老师说："我听说是之前那个程家小少爷，亲自过来跟校长谈的，好像是想鼓励学校里的学生。"

"这也太大手笔了吧，第一名直接奖励一万元。"

"张老师，这次你们班的邬乔，肯定又是第一吧。"

张老师是邬乔班上的班主任，她笑着说："我肯定是希望邬乔拿啊，这孩子太懂事，太让人心疼了。"

"也对。"旁边一个老师开玩笑，说道，"我觉得这笔奖学金就是专门给邬乔准备的，她哪次考试不是第一名啊。"

"人家大概也没想到，咱们学校有个学生这么厉害吧。"

站在门口的邬乔，一颗心被重重一击后，在心底默默说道：他想到了。

她突然很想再见见那个人，跟他说说话。

在他之前，邬乔从未遇到这样的人。而在他之后，她亦是再未遇见。

这是少女第一次清楚而明确地感受到，她好像喜欢上了夏日里出现的少年。

一个炙热却又温柔的存在。

最终邬乔还是没有回复T这封邮件。对她而言，T是如同良师益友般的存在，很多与别人不能说的话，她可以跟T肆无忌惮地倾诉。

但程令时，他是完全不一样的存在。

所以她干脆逃避这个问题。

邬乔没回答，T好像也没再追问。

双方也是几天没有联系，况且邬乔一直在忙着幼儿园的设计方案。

因为要比稿，组里参加这次设计的人，也没讨论各自的方案。反正优劣与否，到了比稿那天，都会揭晓。

虽然这个幼儿园的项目在推进，但是公司的项目他们也得参加。

这天因为先前项目的玻璃幕墙出现了问题，程令时召集大家，一同与施工单位开视频会议。

会议上讨论激烈，以至于不知不觉就过了12点。

散会之后，大家离开会议室，准备去吃饭。

这次会议，容恒也参加了。

他跟程令时走在最后，伸手揽住他肩膀：“可算是散会了，会要是再开下去，我怀疑那丫头就要拆了我们公司。”

“她敢。”程令时脸上带着微微笑意。

容恒一脸无奈：“行了，行了，赶紧走吧。”

邬乔走在最后，听了两句。虽然心底有些诧异，却也没太在意。

她将东西放回自己工位上，顾青瓷一直喊道：“饿死了，饿死了，我早上没吃饭，刚才站起来，眼前一黑。”

“走吧，去吃饭。”见她一直喊饿，邬乔立即说道。

顾青瓷点头：“我感觉我现在能吃下一头牛。”

两人说着话，已经走出公司，来到电梯口。

容恒和程令时正好也站在这里，于是两人赶紧跟他们打了个招呼。

容恒笑道：“出去吃饭？”

顾青瓷和邬乔纷纷点头。

至于程令时，看起来情绪并不算好，之前邬乔就发现了，他今天说话时鼻音很重，听起来像是感冒了。

“你真不需要吃药？”容恒转头问他。

程令时摇头：“没事，吃药会犯困。”

邬乔心底默默记下。

接着又有其他同事出了公司，准备下楼去吃饭。

到了楼下，顾青瓷还在念叨着要吃东西，就听邬乔说道："青瓷，我突然想起来有个东西要买，就不跟你一起吃饭了。"

"你要买什么东西，要不要我陪你？"顾青瓷说。

邬乔赶紧道："不用，你不是饿了吗，赶紧去吧。"

顾青瓷也实在是太饿了，便挥挥手跟她告别。

邬乔拿出手机，用导航软件查离这里最近的药店。

等她到了药店之后，在货架上来回转了几圈，这才去问道："请问，有什么感冒药，喝了是不犯困的？"

"这种药。"店员立即从货架上取了一盒，说道，"这种药喝了都不犯困。"

邬乔笑了下，正要付钱时，她停住，又问道："你们这边，可以送货上门吗？"

"可以是可以，但是你得先下单。"店员一愣，但还是如实说道。

邬乔没再犹豫，直接说道："那我还是选送货上门吧。"

本来她确实可以直接拿给程令时，但她又挺怕被人发现。蛋糕的事情，还好解释，是为了感谢他让自己参加幼儿园项目的设计方案比稿，可要是送感冒药，感觉会让她的小心思无处遁形。

邬乔不想冒这样的险，干脆让人把药送到公司。

于是她在外卖平台上，下单点了两盒感冒药，直接送到公司。做完这件事后，她才安心地去吃饭。

邬乔吃完饭回到公司，发现前台并没有自己买的药，她想着可能是外卖员没送来，也可能是已经被送到了程令时的办公室。

只是她离开没多久，前台出现了一个外卖小哥的身影。刚好另外一组的实习生周雯雯过来，她看见台子上摆着的袋子，低头一看，上面居然写着程令时的名字。

因为袋子是透明的，所以很容易看见里面的感冒药。

周雯雯说："这是程工的东西啊，要不我帮忙送过去吧。"

前台："算了吧，还是待会儿我送吧。"

“跟我客气什么，我正要回办公室，顺路的事情。”周雯雯坚持道。

前台姑娘这才一笑：“那谢谢啦。”

“没事，我就是顺路。”周雯雯低笑。

等她离开，公司里的两个前台不由得小声嘀咕。

“她该不会是对程总有意思吧？”长发前台说道。

短发前台微微一耸肩：“来来往往这么多人，对程总有意思的多着呢。你见我们程总有过回应吗？”

长发前台轻笑：“那你猜她能在公司待多久？”

短发前台：“只要她不主动对程总做什么，程总又怎么会在意一个小实习生呢？”

“我看她挺主动的，刚来没几天，一直跟我打听程总的事情。”

这种小心思，看似随意，其实早已经被别人看透。

说起来，这个周雯雯就比邬乔迟来几天。

不过她在另外一个设计师的组里，所以邬乔跟她也不太熟。

周雯雯将药放到了程令时的办公室里。

原本倒是没什么，只是程令时回办公室后，看见桌上的药，不由得一笑。

有了前几天的蛋糕事件之后，他便猜测这又是邬乔买的。

这小孩还挺懂事，知道关心人了。

于是程令时出去倒水，准备将药吃了。

他昨晚无意中把中央空调的温度调低了，谁知一夜过后就感冒了，从早上开始头就昏昏沉沉的。

谁知他向茶水间走去，正好被有心人看见，所以在他倒水时，周雯雯端着杯子，假装无意中进来。

一看见他，周雯雯立即甜甜地打招呼：“程总好。”

“嗯。”程令时淡淡点头回应。

周雯雯见他倒的是热水，不由得说道：“程总，你吃药的话，还是不要喝这么烫的水了。”

程令时一皱眉，下意识反问：“你怎么知道我吃药？”

“药是我送到您办公室的啊。”周雯雯柔柔说道，还不忘关切说，“夏天就是很容易感冒，所以您平时空调也别调那么低。”

原来药不是邬乔买的。

程令时脑子嗡嗡直响，耳边犹如有一万只蚊子在叫，最后他忍无可忍地转头，望着还在试图关心他的周雯雯：“谁让你随意进我办公室的？”

周雯雯一愣。

下午两点，刚上班没多久，整个公司都收到了行政部发来的通知，长长的一段，但是大体内容就是以后未经程令时允许，任何人不得随意进入他的办公室。

邬乔看到这封邮件，有些震惊。

没一会儿，顾青瓷悄悄凑到她身边，低笑道：“你猜，行政部为什么要发这个邮件？”

邬乔轻轻摇头。

“老大不是感冒了吗，就有人趁机给老大送药，结果彻底惹怒了老大。这种送药的小心思，真的是司马昭之心，路人皆知了。”

“老大太帅了，这么直截了当，让行政部给全公司发通告。”顾青瓷憋着笑说道。

只是她不知道，这一句话犹如一个响亮的耳光，重重扇在邬乔脸上。

她眼睛直直地盯着面前的电脑屏幕，突然觉得自己的这些小心思可笑又可悲。自以为藏得很好，却早已经被看透。

她在想，程令时到底猜没猜到这个药是自己送的。

如果他猜到了……他是在用这种方式，明确地拒绝了自己吧。

可即便他没猜到，这样广而告之的行为，也足够让她死心。

程令时对她好，是真的，但他应该也是真的不喜欢自己吧。

第六章

你别对我这么好

这件事在公司内部引起了不小的讨论。因为指向性太过明显，所以大家私底下都在问，究竟是谁私自进了程令时的办公室，就连容恒都忍不住找他聊了这件事。

“我说你是不是有点儿太小题大做了，不就是个实习生进了你的办公室。”容恒有些无奈，他说，“我听老杨说，这姑娘昨天在洗手间哭了一下午。”

程令时原本在低头看资料，听到这里，终于忍不住说：“要不，我把她调给你当助理？”

“那不用了。”容恒赶紧摆手，但他又说道，“我的意思是，你私底下跟她组长说一声。”

容恒长袖善舞，在公司里，基本没看到过他对下属发火。他就是觉得，这事儿不至于闹得整个公司都沸沸扬扬。

程令时冷哼一声：“杀一儆百。”

这件事如果只是私底下说，只会有一再有二，倒不如直接摆在明面上。

容恒叹气：“人家能有什么坏心思呢，不就是喜欢你吗？”

“你过来，就是想跟我说这些？”终于，程令时忍无可忍。

倒是容恒笑着说：“当然不是，主要还是那件事，你考虑得怎么样了？”

“没门。”程令时神色冷漠，简单两个字，直接回绝。

容恒没想到他态度还是这么坚决，居然连一丝考虑的意思都没有。

“要不别放在你这组？”容恒试探性地说道。

程令时终于再次抬头，正色道：“我们两个之前便约定过，设计上的事情我来负责。商务上的事情，你来负责。现在我是设计部的总监，设计部的人员变动，招聘谁解雇谁，我有绝对话语权。”

“行行行，听你的，听你的。”容恒见他突然这么严肃，赶紧举双手做投降状。

这边设计部的公共办公区域，顾青瓷端着水杯回来。一回到工位上，就立即凑到邬乔跟前，说道：“乔妹，我刚才在茶水间，听到了一个大八卦。”

公司的茶水间和卫生间，永远都是产生八卦的第一阵地。

邬乔“嗯”了一声。

顾青瓷激动说道：“是关于昨天那封邮件的。”

邬乔原本正在用彩铅在纸上画彩绘图，闻言手腕一偏，草绿色的彩铅在纸上划出长长一条，显眼而突兀，瞬间破坏了整幅画。

“青瓷，”她轻轻截住顾青瓷的话，低声说，“我不太想了解这个。”

顾青瓷没想到，她会这么直白拒绝自己，一时就停了话锋。待她转过头去，还是忍不住问道：“乔妹，你没事吧？我看你今天一整天状态都不太好。”

邬乔虽然不是那种元气少女性格，但是整个人都散发着温和而积极的气场。

今天从早上开始，她脸上就闷闷的，带着一股“生人勿近”，还有“别和我说话”的神色，看起来挺丧的。

“是幼儿园设计稿的事情，眼看着要比稿了，我还没确定概念方案，挺着急的。”邬乔随意找了个理由，岔开话题。

好在这算是说到了顾青瓷的心坎上，她也忍不住抱怨：“谁不是啊，这次幼儿园占地面积这么大，设计难度也挺大的。我现在就靠着设计费支撑着了。”

“有设计费？”邬乔诧异。

顾青瓷被她逗笑了，她说：“我的乔，难不成你以为我们真的就只拿死工资啊。这种委托的设计项目，就是来给我们送钱的啊。”

因为时恒建筑所乃是业内名气极其响亮的明星事务所，主创设计师程令时名气很大，所以不少甲方点名要让他来设计。不过他太繁忙，也不可能每个设计方案都亲自上手。像幼儿园这种设计项目，交给组员出概念草图，然后由甲方选择。再就选中的概念，程令时进行进一步的深化。

即便是这样，设计费依旧不便宜。

顾青瓷说："一般来说，这种项目的设计费会有 30% 发给参与人选，当然最后设计中标者还有老大，他肯定是能拿到最多的设计费。"

"可是程工不是没参与？"郇乔现在听到程令时的名字，心底仍然会忍不住一酸，但她还是挺好奇，因为这是她在公司参加的第一个正式项目。

之前程令时让她画的那些平面图，顶多算是锻炼。

顾青瓷说："要不是老大，咱们怎么可能接到这种好项目。这种高端幼儿园，一看背后的甲方就是不差钱的主。人家找我们设计，就是冲着老大的名字。"

一说出去，这是程令时主持设计的项目，多有面子。

郇乔手中的彩铅越握越紧，她本来就知道他是一个多么光芒万丈的人。

如今越靠近，越能感受到他的优秀。

他是她需要仰望的存在。

"而且到时候，我们的设计图还需要老大做进一步的深化，不过你也别担心，即便是这样，我估计我们这次哪怕没中标，最起码也能有个一两万元的奖金。"

顾青瓷微微扬起下巴，得意道："当然了，要是我中标了，到时候一顿饭是少不了你们的。"

郇乔原本心底还沉甸甸，失落得厉害，却被顾青瓷的一句话激发了斗志。

她从来都不是会任由自己一直低沉下去的性格，哪怕前路艰难，她永远都会昂首前进。

郇乔将画纸上那条突兀的线条轻轻擦掉后，朝顾青瓷说道："不如这顿饭，我来请吧。"

"可以呀，乔妹，挺有斗志的。"

顾青瓷见她情绪恢复了不少，也跟着笑了起来。

“你们说什么呢，这么开心？”高岭忍不住问道。

顾青瓷说：“我们在商量，赢了比稿之后，去哪儿吃饭。”

高岭立即喊道：“檀启、柯霄，这你们能忍？”

檀启伸了个懒腰：“有什么不能忍的。”

柯霄一边盯着电脑一边说：“我基本就是个陪跑的‘炮灰’。”

“你们两个也太没斗志了吧。”高岭无语。

檀启：“顾青瓷这女人有多猛，你又不是不知道。”

顾青瓷得意一笑，双手抱拳：“多谢各位承让。”

邬乔在他们的聊天里才知道，组里的比稿里，顾青瓷赢了好几次。

她不由得又想起程令时的话。他说过，在时恒决定一切的是实力，而不是性别。

或许建筑行业如今依旧是个男性占据主导的地方，但是不少女性都开始崭露头角。

邬乔心底的那些微微酸涩，终于彻底被冲散。

即便她无法成为能和程令时站在一起的人，但是最起码，她可以在他身边，一步步成为更好的人。

眼看着要到比稿日，邬乔几乎每天都在公司加班。

公司附近的末班车运行时间是十点二十，她几乎都会踩在十点，准备关掉电脑，然后冲向公交车站。

这天邬乔依旧留在公司加班，隔壁也还有别的组员在加班。

公共大厅里的主灯早已经熄灭，只留下加班人员面前的小台灯亮着。

邬乔最后检查了一遍设计图，正准备关掉电脑。

谁知隔壁程令时的办公室的门，居然开了。

邬乔一直专心自己的工作，没注意到他今天也在公司加班。

同样惊讶的，也有程令时。

他看见邬乔还坐在自己位置上，下意识走了过来。

“在做幼儿园的设计稿？”程令时瞥了一眼她的电脑。

邬乔点头：“嗯。”

程令时轻笑："让我看看。"

谁知邬乔手疾眼快地关掉了电脑。

关机的特效出现在屏幕上，程令时一愣。

随后他低眼，有些不可思议地望着邬乔，随后发出一声低不可闻的笑声，仿佛在询问她胆子怎么敢这么大呢。

邬乔却丝毫没有顾忌，如实说道："马上就要比稿了，我觉得出于公平的原则，您不应该这时候看我的设计稿。"

"出于公平的原则？"程令时说得很慢，几乎是一字一顿。仿佛听到这句话，是对他莫大的侮辱。

他垂眸，上下扫视着邬乔，终于慢腾腾反问："你从哪儿看出我不公平了？"

邬乔没想到，他会抓住自己的话反击。

于是她说："我觉得设计稿的第一印象最重要，万一你今天看了，等过两天比稿，光顾着抓我设计上的缺点，我岂不是很亏。"

程令时一愣。

成功倒打一耙的邬乔，一眼瞥见桌子上的手机屏幕，已经十点零五分了。

她赶紧站起来："程工，我得去赶末班车了。"

说完，她都没等程令时回复，拎上包直接跑了。

等程令时准备跟上，却突然被另外一个加班的人拦住，原来今天他之所以留到现在，也是为了配合这组目前正在准备的一个公建项目。

虽然程令时有自己的组员，但是他作为整个公司的设计总监，别组的项目，他也会参与其中。

等他处理完问题，再到门外时，电梯间里早已经空无一人。

程令时虽然觉得她态度有些古怪，倒也没多想。

一直到比稿日，下午开始比稿，除了他们四个设计者之外，负责这次评比的，就是公司的几位合伙人，这几位也都是其他组的组长。

时恒除了两位创始合伙人之外，还有五位副合伙人。

这次公司内部比稿，采取的是打分制度。或许是为了公平起见，每个人都是采取抽签的方式，依次讲解自己的设计方案。

邬乔很倒霉，居然抽中了4号。一共就四个人，这意味着她在最后。

第一个是檀启，他一上去，设计方案在屏幕上出现，邬乔的心脏就微微一窒。

檀启的设计理念极其大胆，他将整个幼儿园设计成了一个不规则的虫洞造型。建筑外立面上布置的各种不规则窗户，充满童趣。

待排在第二位的顾青瓷上台，邬乔感觉自己快要紧张得无法呼吸。

不得不说，顾青瓷的设计更让人惊艳，她的理念跟邬乔之前的积木概念有些相似，但是她的配色是以樱花粉和草绿为主。既有撞色，又显高级。

至于建筑主体部分，是以堆积的积木为主体，特别是三楼犹如横向放置的积木，在建筑的尽头是一块巨大的落地玻璃。

她的概念确实比邬乔之前那个草图高级，邬乔也忍不住庆幸自己放弃了积木的想法，要不然她在第四个出场，再加上撞了的设计概念，可想而知，她一定会输掉这次比稿。

她紧紧握着自己的设计文本，一颗心怦怦直跳，直到她手机振了两下。

邬乔本来不想看，慌忙间，却将手机碰落到地上。

等她捡起来，就看见屏幕上“程令时”三个字。

于是她如同被蛊惑般，打开微信。

程令时：“别紧张。如果还是紧张，看着我就好。”

邬乔看着这条微信，呆愣了许久。

终于到她汇报了，她缓缓走到中间。

这一刻，紧张的情绪堆叠到极点。

然后，她真的如同被牵引般，下意识看向坐在最中间的那个人。

会议室里是整面落地窗设计，通透的玻璃让光线照进来。

画面里，仿佛只剩下他和自己。

男人眼瞳如墨，似繁星般明亮，在她的目光看过去的一瞬，他的眉梢轻扬，原本冷淡而骄矜的一张面孔，瞬间染上了温和明润。

他冲着她微微一笑：“开始吧。”

邬乔一直在狂跳不已的心脏，突然间仿佛被一双手轻轻托住，安定了下来。

邬乔朝着坐着的几位评委微微鞠躬，随后打开自己的PPT："大家好，我是邬乔。"

这是她第一次在工作中作正式汇报，感觉确实与大学时期的小组作业很不一样。

"我这次设计作品的主题是'拥抱自然，无限未来'。"

众人看向屏幕上，只见一幅画卷在屏幕上展开。

因为这是公司内部比稿，所以大家都没有效果图展示，邬乔另辟蹊径，直接在平板电脑上绘制了她设计的作品。

"我的设计方案是以数学中最有名的符号——无限符号为灵感，将整个建筑主体以无限符号为造型，象征着小朋友在踏入这间幼儿园时，从一片空白逐步走向他们的无限未来。

"建筑外立面的色彩方面，借用了清晨太阳初升起时，天空呈现的渐变色彩。建筑从下往上，逐渐加深。这样的色彩运用，不仅可以带给孩子们更多的感官感受，而且渐变的色调，也不会造成孩子们对建筑色彩的负担。"

这也是邬乔的巧思，以清晨太阳升起时天空的色彩，象征着小朋友们如同清晨的太阳，正在冉冉升起。

"建筑外墙上，我所设计的窗户，也并非是传统的窗户，而是造型各异的窗户，让孩子们犹如置身在童话世界。"

邬乔看着对面的几位合伙人一边听着，一边缓缓在纸上记着什么。

她迅速收敛心神，将情绪重新拉回到自己的设计中。

"因为建筑主体的造型，所以室内有两个巨大中庭，这就可以在室内给孩子们提供更为宽敞的活动空间，也可以让室内的通透性达到最好效果。"

邬乔花了二十分钟，将自己的设计主题讲述了一遍。

说完之后，她才发现，原本的紧张，早已在不知不觉中消失殆尽。

她汇报结束，便是几位评委的提问时间。

众人你看看我，我看看你，最后还是程令时轻笑："都没问题吗？没问题的话，我先问了。"

他今天穿了一件棉麻质感的衬衫，带着些许褶皱，看起来舒适又休闲。

时恒作为建筑所，对于着装从来没有要求，大家都是想穿什么就穿什么。

程令时平日基本都是简单的衬衫和长裤，今天反而比以往更加休闲，倒是将他一身骄矜尽数收敛，整个人看起来温和了许多。

程令时黑眸落在郇乔身上，淡然道："首先你考虑过你的造价成本吗？你的设计外观确实出挑，但两个中庭的设计，会让你在整体建筑成本上高于其他人。"

郇乔点头："关于造价问题，我也想过。所以我采取绿色节能建材，降低造价成本。"

"你考虑过施工难度问题吗？"程令时又抛出一个问题。

谁知他刚说完，其余几个评委齐齐转头望向他。

容恒更是憋不住，差点儿笑了出来："有一天，我们程工居然会考虑施工问题？"这话也就是容恒能说。

时恒的建筑设计，一向以大胆著称，程令时更是出了名的设计图完美主义者，压根不允许别人更改他的设计图。因此时恒所设计的建筑，在施工难度上确实要高出其他建筑许多。

这就像一个一直行走在云端的人突然下凡，接地气了。

程令时瞥他："要不你来问？"

容恒赶紧摆摆手。

虽然他也是建筑系毕业的，但是说实话，他现在确实只负责时恒的商务。

程令时接下去的几个问题，郇乔一一回答。

好在她事先准备充足，不至于全然手足无措。

她是最后一个汇报，所以她说完之后，几人就被要求离开会议室。

走之前，程令时说道："今天下班之前，会出来结果。你们四个人，只会有两个人入选，有资格将你们的设计作品呈现到甲方面前。"

这个四选二的规则，在他们比稿之前就已经说过。在走出会议室以后，郇乔轻吐了一口气。

走在她身边的顾青瓷突然说道："不管汇报几次，我还是紧张腿软、心跳加速。”

邬乔错愕地看着她：“你紧张？”

刚才顾青瓷上去汇报的时候，邬乔觉得她跟平时截然不同。

平时的顾青瓷大大咧咧，嬉笑打闹，可站在屏幕前的顾青瓷，沉稳冷静，应对自如，在提到自己的设计作品时侃侃而谈，犹如在发光。就像她曾经见过的程令时汇报一样。

“你都不知道，你站在前面的时候，有多光芒万丈。”邬乔真心实意道。

顾青瓷瞪大眼睛，反问：“乔妹，你这个彩虹屁也太绝了吧。”

邬乔叹了口气：“我是真情实感。”

“我不管，看不出来你平时温温暾暾的，居然这么会夸人。”

性格温暾和会夸人之间，有什么不可调和的矛盾吗？难道就不能共存？

好在邬乔不是杠精性格，这话听听便一笑置之。

倒是走在前面的檀启，似乎实在受不了她们之间的互相夸赞。

他忍不住扭头说：“霄宝，人家也要你夸夸。”

柯霄扭头，看着他，半晌缓缓启唇：“滚。”

檀启瞬间被惹怒，伸手掐着他的脖子：“我今天非得撬开你这张嘴。”

要不是顾忌着是在公司，只怕这人还要更过分。

顾青瓷拉着邬乔，赶紧躲开，一边躲一边忍不住说：“小学生又在打架了。”

邬乔慢悠悠说：“不是你跟高岭吗？”

“当然不是了。”顾青瓷坚决拒绝。

邬乔笑了起来。

回到工位上，邬乔手里还抱着自己的设计文本。

说起来也可笑，她居然有点儿不舍得放下。

人生有很多个第一次，而这次，是她第一次正式做出的设计文本。

不是大学里交给老师的作业，也不是在天融实习时，打下手才参与的设计文本，是只有她一个人的设计理念，是独属于邬乔的设计。

邬乔以为自己可以做到平心静气地等待结果，可她发现，整个下午她都心神不宁。

时恒是六点钟下班，邬乔本来以为是自己的手机时间慢了，结果看了一眼电脑上的时间——

离下班，还有两个小时，一百二十分钟，七千二百秒。

于是邬乔干脆拿着杯子起身去茶水间，端水放松一下。

她到了茶水间，原本想给自己冲一杯咖啡。

谁知速溶咖啡用完了，于是她伸手去够上面的柜子。

只是不知这个茶水间当初是谁设计的，柜子上的把手对女生极其不友好。

邬乔踮着脚尖，居然都没够到。

她叹了一口气，正打算找个工具。

身后伸过来一只手，轻松拉开柜门，低声问道："找什么？"

邬乔被这突如其来的声音吓了一跳。

她正要回头，却在转身时险些撞到身后的人。

原来程令时就站在她的后面，两人之间距离很近，一个转身，邬乔的肩膀便碰到了他的胸口。

男人过分高挑的身材，带着强势和霸道气息扑面而来，有种让邬乔躲也躲不开的感觉。

她垂下眼，说道："我没找什么。"

程令时被她这个回答逗得一笑，反问："是本来就不想喝了，还是我来了不想喝了？"

他脸上挂着一如既往的懒散笑容，有些玩世不恭，就连对待她的态度，都依旧如同逗猫般。

邬乔因为他的话，心猝不及防地酸涩起来。

自从那封邮件之后，邬乔便将程令时的微信设置成了消息免打扰。

她没办法拉黑他。毕竟问题并不在于程令时，而是她自己。

果然像她之前想的那样，靠得太近，就越发会被他吸引，从而生出贪恋，想要将这个人占为己有。

如果暗恋这件事可以随心所欲，想要停止的时候，就关上心门，那么世界上，也就不会有那么多求而不得的痛苦。

十五岁尚还有期待，到了二十三岁，只剩下明明白白的残忍认知。眼前的人，他不会喜欢我。

“是本来就不想喝。”邬乔避重就轻。

她一贯隐忍，心事从不会轻易泄露。

即便那样喜欢着他，依旧还想要保持自己的云淡风轻。她什么都没有，唯一剩下的，便是可笑的自尊。

“麻烦让一下，我该回去了。”邬乔礼貌而克制地说道。

程令时这下笑不出来了，本来他还以为自己太过敏感，现在看来，眼前这姑娘好像真的在跟他划清界限。

他走神时，邬乔已经趁机从侧边挤出去，连自己的杯子都忘记拿上，直接往门口走去。

好在程令时动作迅速，直接走到门口挡住她的去路。

邬乔有些惊慌：“你让开，被人看到不好。”

程令时却不管不顾，直接拦在她面前，低声问：“你躲什么？”

“我没有。”邬乔微微抿嘴，倔强道。

邬乔不停往外面看，生怕被人看见，程令时将她拦在茶水间。

其实组里的人不说，邬乔也知道，其他组的人对她的观感并不算太好。

很多人都觉得，她是靠着程令时才进的时恒。对于她这样的空降兵，虽然大家都不说，但私底下却是不屑的。

邬乔往旁边走，想从他没挡住的那边离开，谁知程令时仿佛打定主意般，居然再次跟上挡住了她。

“你快点让开。”邬乔有些急了。

程令时终于收起脸上那股懒散的笑意：“那你先说说，到底怎么了？”

邬乔怎么可能说得出口，难道说她见他感冒，便自作多情地给他买了药，最后却只得来一封冰冷而言辞激烈的全公司通告信？

虽然邬乔知道，程令时很可能不知道药是她买的。

毕竟她买东西时，留的电话是公司前台的，但他透露出来的态度就是，他不需要这种藏在暗处的关心。

邬乔不想多想，因为她知道，从程令时的角度来说，他做得无可指摘。真正需要收敛行为的人，是她。

她压根不该自以为是，去做一些让他觉得困扰的事情。

见她垂着眼不说话，程令时眉头紧蹙，终于乱了阵脚，他下意识伸手抓住她的手腕，声音有些微冷道：“是不是有人欺负你？”

他的声音急促而又有些着急，听起来是真的生怕她受了委屈。

程令时见她还是不说话，不由得弯腰凑近。

谁知刚靠近，邬乔就被逼迫地抬起头，只是两人视线相对，程令时这才发现，她眼眶微红，黑眸上覆着浅浅一层水光，眼泪欲滴未落，渐渐蓄在眼底边缘。

程令时下意识松开她的手腕，正欲张口，却发现居然不知说什么。有种从未有过的情绪，立即袭上心头。似慌乱，又像是不知所措，最后尽数转化为心疼。

“早早，不管发生什么事情，你都可以和我说。”程令时再次弯腰，用一种低沉而温和的声音，尽力安抚她。

邬乔怔在原地，过了会儿，才回过神般，逃跑似的离开了茶水间。

她并未回到自己的位置上，而是直接去了洗手间。

她躲在隔间里，平复自己的心情。

过了一会儿，她走出隔间，到洗手台洗了洗手。只是洗手时，又想起程令时的话，他说，不管发生什么事情，她都可以跟他说。

邬乔知道他是指在公司里遇到的问题，可偏偏邬乔身上发生的事情，却不能跟他说。

她总不能直接跟他说：哥哥，我喜欢你，要不你也喜欢一下我吧。

邬乔望着镜子里的自己，突然笑了起来。如果这么勇敢，也就不是她了吧，这样的话，大概是她一辈子都无法说出口的。

下午五点半的时候，程令时在群里发出一条通知，让他们四个人到会议室一趟。

大概是设计方案结果出来了。

去的路上，每个人都没说话。

在会议室里坐下之后，旁边的助理直接将文件发到他们手里。

“这上面是每个合伙人对你们设计文本的评价以及打分情况。”

邬乔在他说话时，已经低头看了起来。

当她看见自己的名字排在第二个的时候，一颗心怦怦直跳。然后她迅速扫了一眼，每位合伙人的打分都一目了然，可见这次内部比稿的公平性。

“结果就在你们手中。”程令时坐在中间的椅子，淡然环视一圈，低声说，“顾青瓷和邬乔赢得了这次内部比稿。你们两个准备一下，下周直接去跟甲方汇报。最终选择权，在甲方手中。我希望这次比稿，不管谁最后胜出，你们都能抱着平常心态。”

两个男生坐在对面，柯霄一直不苟言笑，此刻依旧是一张酷脸，倒是檀启明显有些失望。

但是邬乔却顾不上别人的想法，拿着面前这份表格，手指不停颤抖。

她赢了。

她真的赢了。

赢得比稿的胜利，冲淡了邬乔先前心底的失落。

她重新离开会议室的时候，连脚步都轻松了不少。

几人回到工位，其他人很快得知了最后结果。

高岭揽着檀启的肩膀：“看看咱们组里的女将，把你们这些男人都赢了。”

“是啊，是啊，我输得心服口服。”檀启先前的失落这会儿已经看不见。

显然在他看来，这就是一次普通的内部比稿，输了也就输了。

不过他很快扭头说：“赢的人是不是应该给我们都安排上？”

“请客，请客。”时宸一听，立即来劲，跟着起哄。

顾青瓷哼笑：“我也就算了，乔妹一个实习生，你们也好意思下手。”

燕千帆笑道：“反正咱们组的经费还有呢，要不今晚聚个餐再回家？”

“同意。”

“举双手同意。”

邬乔因为赢了比稿，心情大好，自然也不会拒绝。

到了下班时间，大家立即收拾东西。

燕千帆已经订好了餐厅位置，直接过去就好。

谁知临走时，高岭突然来了句：“我跟老大说了聚餐的事情，老大说这次依旧他来买单。”

“哇！”

大家欢呼不已，只有邬乔怔在原地。

时宸又多嘴说了句：“老大有空吗？要不一起呗。”

高岭比了个 OK 的手势，就开始发微信。

于是几人出了公司，正要进电梯，邬乔偷偷拨通了郝思嘉的电话。

“思嘉，什么事儿？”在电话接通的瞬间，她抢先说道，“什么？导师让我去学校，讨论毕业设计的事情？”

邬乔皱着眉头，有些无奈地说：“现在这个时间，我还和同事约了一起吃饭呢。导师怎么早不说晚不说，偏偏这个时候让我回去。”

“邬乔，你被人绑架了？要是被绑架了，你现在说一句。”郝思嘉停顿了下，似乎是在思考，随后说道，“郝思嘉是个仙女。”

邬乔再次叹了口气：“既然是这样，那就没办法了。”

随后，她直接挂断。

其他人刚才已经听到，顾青瓷关心地问：“是毕业设计的问题？”

“是啊，我没办法参加聚餐了。”邬乔十分抱歉地说道。

大家纷纷表示理解，于是邬乔没有跟着他们去停车场，而是直接从一楼离开。

晚上七点半，程令时开着车，到了聚餐的地方。

他一进包厢，就看见桌子上摆着酒。待环视一圈之后，他居然没发现邬乔的身影。

“邬乔怎么没来？”他直截了当问道。

高岭把旁边椅子拉开，解释说：“乔妹临来的时候，接到学校的电话，说是她导师要跟她讨论毕业设计。”

这个时间，讨论毕业设计？

程令时突然嗤笑出声，随后他脸上的表情渐渐淡了下来。

之前他还特地问过高岭，邬乔在公司里有没有受什么委屈。

本来他以为她是因为别的事情不开心。

现在看来，她躲的就是他！

邬乔确实是回了学校，只不过没有导师找她讨论毕业设计。

她一向习惯提前做好准备，毕业设计也不会拖到这个时间还没完成。

反倒是郝思嘉看见她回来，开心不已。

她直接问道："你刚才那个电话是什么意思？"

"没什么，突然想回学校陪你了，就找了个借口逃掉公司聚餐呗。"

邬乔随手将包放在桌子上。

郝思嘉惊讶道："看你浓眉大眼的样子，居然也会耍滑头。"

"什么呀。"邬乔被她逗笑。

"还说不是吗？你以前连思政课都没逃过一节，现在居然连公司聚餐都敢逃了。"

但很快郝思嘉凑近，问道："既然是聚餐，不吃白不吃，你为什么不去？"

邬乔淡然道："不是说了，想回学校陪你。你不是天天在微信上喊好无聊。"

郝思嘉微微惊讶："我这么重要的吗？既然是这样，我请客，咱们出去大吃一顿吧。"

或许是即将离开校园，邬乔每次回学校，都会跟郝思嘉出去吃饭。这在她几年大学生活里，是非常罕见的事情。

两人找了个小火锅店，一人一锅，便宜又好吃。

"我们公司附近吃饭的地方，又贵又难吃，在这个公司，我真是一点都待不下去了。"

郝思嘉一边涮菜一边吐槽道。

步入社会，成为社会人的第一步，大概就是不停地抱怨工作、抱怨环境。

邬乔颇为赞同道："我们公司附近都是商场，东西都很贵。"

因为邬乔租住的房子，厨房是公共的，有点儿脏，她一般都不太用，所以她每天都是在公司楼下吃饭。

幸亏时恒的实习生有一顿三十块的餐补，要不然她只怕也是舍不得在外面吃饭了。

"你们公司不是有餐补的？"郝思嘉说道。

她开始实习之后，才发现公司与公司之间的差距，比人与狗之间的差距还要大。

邬乔："实习生是一天五十的餐补，我听说 G1 助理级别的员工，每天是八十餐补。"

"这么高？"郝思嘉瞪大双眼。

她突然觉得面前的火锅都不香了，抱怨道："我们公司实习生的工资听说只有一千五，然后什么补贴都没有。"

"转正就好了。"邬乔安慰她。

郝思嘉："好不了的，我周围那些老员工餐补也就才三十。而且我们这个所效益不算好，奖金都经常迟发。"

邬乔用筷子戳了下盘子里的丸子。

其实是不管她自己之前的实习经历，还是跟身边的同学聊过，邬乔知道时恒的待遇在业界都是顶尖的。

况且时恒的升职机制很明确，从 G1 助理级一直到 G7 合伙人级，共有七个等级划分。

公司会根据员工自身的表现以及能力，给予合理的晋升。也不至于像别的公司那样，始终看不到升职的希望。

"而且我发现，建筑公司的学历歧视还挺明显的。"郝思嘉有些丧气道。

邬乔一怔："我们公司倒是还好。"

郝思嘉再次羡慕："你到底是进了一个什么神仙公司。"

邬乔默默想着，大概是因为它拥有一个极其厉害的创始人吧。

"我觉得时恒最大的优点，应该是兼容并包，其实在设计公司里，学历歧视确实挺严重。但据我所知，时恒有一位副合伙人，他就既不是国外名校出身，又不是国内建筑老八校，毕业的学校很普通，但个人能力非常强。所以他去年正式升任时恒的合伙人。"

郝思嘉恨不得仰天长叹一声，她低声说："你都不知道我们所抱团有多严重，有些事情同校的都只和同校一起。幸亏我们 T 大牌子响亮，又是老八校的领头羊，我才不至于活得那么凄惨。跟我一个组的另外一个学生就惨了，我看她履历特别漂亮，在校成绩都是年级排名前五，结果就因为没有好学历，在我们组里基本都快成边缘人物了。"

郝思嘉其实是既得利益者，但她确实又看不惯这种现象，所以在这家公司别提多痛苦。

邬乔见她一直抱怨，忍不住说："时恒一直有在校招，要不你投简历试试？"

"不行，不行，我不行的。"郝思嘉连连摇头。

邬乔鼓励她："你都还没开始呢，怎么知道自己不行。"

"我没有你这样的毅力啊。"郝思嘉苦着脸。

吃了一会儿，郝思嘉问道："对啊，你最近怎么样？时恒这样的公司，案子肯定很多吧。"

邬乔轻声说："我之前不是跟你说过，我最近一直在忙一个幼儿园项目设计方案。"

"对呀，怎么样？"

邬乔竭力保持语气的平静，让自己的话听起来不是在炫耀，她说："今天我们公司内部比稿，我赢了。下周我会跟另外一位同事跟甲方碰面，由甲方决定选择最后的设计方案。"

郝思嘉怔住。

"啊！"她猛地尖叫。

哪怕她们坐在店里的角落，还是引来了不少人转头。

邬乔赶紧做了手势，示意她小声点。

郝思嘉直勾勾盯着她："你怎么现在才告诉我？"

"我现在只是赢了公司的比稿，还没正式定下方案。"邬乔淡淡地说，"而且我那位同事，她的方案比我的更出色，我觉得甲方可能会选择她的，我的方案机会不大。"

郝思嘉再也憋不住："我的乔，你可太'低调'了。"

"你知不知道这是什么概念，咱们班里的有一个算一个，现在能参加核心项目，在里面打杂都算是了不起的。"

郝思嘉深吸一口气："你这可是独立设计一个项目，真的是独立设计！"

她连说了两遍，让邬乔失笑："果然还是你懂我。"

"对了，在程令时那种业界大神身边工作，是什么感觉？"郝思嘉八卦道。

邬乔被她问得一愣，许久都没说话。

“他那样的人，是不是特别强势、特别有能力？”郝思嘉确实是好奇，这种级别的建筑师，原本只能在杂志或者各种讲座上远远地看上一眼，她半开玩笑说，“每天看着他的帅脸，是不是有种幸福到晕掉的感觉？”

“要是我，肯定连班都顾不得上，光盯着他看了。”

这回邬乔终于轻轻开口：“嗯，很幸福。”

“对吧，对吧。”明明郝思嘉还开心地附和，可谁知说着说着，她反而看向邬乔，有些愣神，半晌才又说，“邬乔，这不太像你说的话呀。”

邬乔抿了抿唇，有些出神，低喃道：“因为现在这一切，对我来说就像做梦一样。”

不管是公司也好，还是待在他身边工作也好。

郝思嘉听着她的话，忍不住说：“你再这么说，我就当你是炫耀了。”

“那你就当是吧。”邬乔笑道。

其实她没有说谎。

现在的她，真的觉得很幸福。只是这种幸福里，夹杂着她总是无法克制的微微酸涩。

邬乔知道，如果她能克制住对程令时的喜欢，只将他当成一个很好很好的哥哥，那么她便不会陷入这种自相矛盾的情绪中。

只可惜，这世间没有一个阀门，能轻易关掉她心底对程令时的喜欢。

对面的郝思嘉，并不知道邬乔此刻的情绪有多复杂，也不知道她的喜欢其实就夹杂在这句看似开玩笑的话里。

在喜欢的人身边，即便酸涩，但依旧幸福。

这个周末，邬乔都留在学校里继续深化她的设计项目，下周就要给甲方做汇报，虽然她知道自己的方案确实不如顾青瓷的出彩，可是不到最后一刻方案选定，她都不想早早认输。

谁知邬乔到了公司没多久，公司通信软件上，程令时就发来了一条信息。

“邬乔，来一下办公室。”

邬乔看到之后，立即起身前往他的办公室。

在门口，她敲了敲门。

谁知没人应答，原本她习惯性准备推门进去，却又想起那封邮件，又敲了几下。

“进来吧。”里面的人突然说了一声。

邬乔这才推门进去，一走到桌边，她开口喊道：“程工。”

“你手机掉了吗？”程令时直接开口问道。

邬乔眨了眨眼睛，下意识说：“没有啊。”

程令时听到这句话时，似乎强压着情绪，许久，他轻声说：“所以是哥哥哪里得罪你了吗？”

“没有。”邬乔摇头。

“那为什么不回我的信息？”

邬乔眨了眨眼睛，这才明白程令时叫她进来的原因。

许久，她主动开口：“我周末都在忙着深化幼儿园的设计图，所以没太注意手机上的信息。对不起。”

程令时揉了揉眉心，低低“嗯”了声：“下次，最好还是回复一下，要不我会以为你出事了。”

男人的声音听起来有些疲倦，邬乔这才发现他眼底乌青很严重，好像没有休息好。

程令时觉得自己也挺可笑，给她发了几条信息都没回复，他险些大半夜给她打电话，问问她是不是出了什么事情。谁知没一会儿，就看见她在微信群里回复了别人。

这种事情，他真是头一次遇见。要说被冷落，心底确实有不爽，可更多的是迷茫，因为他并不知道，到底是哪里让她情绪不对劲了。

“你能跟我说说，为什么躲着我吗？”

程令时的性格从来就是这样，直截了当。

反而是邬乔被问得有片刻的慌张，又沉默了许久。

她下定决心说：“程工，以后你能不能对我像对别人一样？”

程令时这次站了起来，低头看她：“什么意思？”

邬乔实在太过紧张，手指都在微微颤抖，可是她却强迫着自己，说出心底一直藏着的话：“你能不能不要对我这么好？”

程令时原本想听听她究竟要说什么，可真的在听到这话后，又陡然有种铺天盖地的荒谬。

他气笑了：“所以你这几天的反常，是觉得我对你太好？”

这都是什么理由？

邬乔听着他怒气冲冲的话，心头一窒，可是开弓没有回头箭，如果她不把自己想说的说完，她怕自己会后悔。

“我知道自己这样说，很没有良心，但是你能不能……”

她声音开始抑制不住地颤抖，染上一丝丝哭腔。

“不用对我这么好，就像对待其他员工那样对待我。”

只在工作上产生交集，在生活中让彼此远离，这样她就不会产生妄想、产生贪恋。

她也想喊他师傅，一直留在他身边。可如果这样，她就会永远都走不出去。

程令时垂眸，死死盯着眼前的人。她低低垂着脑袋，细长的脖颈被竖起的黑发遮挡住大半，只露出一点点白皙柔嫩，纤细柔软到，让他居然说不下去任何一句狠话。

程令时并不是个好脾气的，虽然他表面看起来什么都不在意。

可是一旦触及他的原则，他绝对不会留有情面，但望着眼前这个恨不得整个人都钻进地板的小丫头，他居然束手无策了。

本来他可以问，是不是公司里有人说闲话。

但他知道邬乔这种空降进来的，必然会受到非议。

可现在面对她的请求，他居然……

终于，邬乔听到对面响起一个淡淡的声音：“如你所愿。”

在一个公司里，避免接触的机会有多大呢？

邬乔没想到，谈话之后，她一连三天都没有见到程令时。

后来才知道他出差去了北京。

时恒建筑所的总部虽然设立在上海，但是在北京、广东、成都都有分公司，所以这几天，他去了北京分公司。

邬乔当然不会自我感觉良好地认为他是在躲自己。大概是碰巧吧，正好遇到了这样的工作安排。

程令时不在公司，除了邬乔之外，大家都很开心。

倒也不是他做人有多失败，这就跟上学时，班主任老师突然请假回家一周，整个班一下放松了下来一样的感觉。

“青瓷，我们周五不是要去见甲方，需要提前订高铁票吗？”邬乔主动问道。

顾青瓷说：“去南城就两个小时，我问问公司的商务车有没有空，到时候可以直接让司机开车送我们过去。”

时恒的福利待遇确实不错，像去上海周边城市出差，基本都是商务车来回接送，比高铁还要舒服。

没一会儿，顾青瓷转头说：“我问过行政的人了，她们说会安排车子给我们，不用买票了。”

“这么好。”邬乔有些感慨，她问道，“到时候就我们两个人去吗？”

“怎么可能？！”顾青瓷怪叫了一声。

她指了指电脑，说道：“行政的人说了，老大周四晚上回来，到时候他会跟我们一起过去。”

“程工也要去？”

对于邬乔的惊讶，顾青瓷笑道：“虽然方案是我们做的，但人家甲方是冲着老大的名头来的。所以他要是不到场，甲方肯定不会买账啊。”

邬乔点头：“说得也是。”

既然没打算离开时恒，邬乔觉得自己也应该调整心态，就把程令时只当成是自己的上司。

跟上司一起出差而已，多么稀松平常的事情。

到了周四，程令时回来的同时，居然带来了一群带着摄像机的人。

虽然大家依旧还坐在工位上，但注意力都被那边吸引。

“我刚才好像看见了主持人张盈？”高岭压低声音说道。

时宸说：“我问过行政那边了，这次老大接受了张盈的独家专访，所以张盈带着摄影团队，到我们公司来取景。”

檀启好奇问道：“老大不是一向最烦这些拍摄？”

“现在这个流量为王的时代，酒香也怕巷子深啊，你没看见隔壁那种外企建筑所，都开始每周一条日常视频宣传了。”

顾青瓷说：“我们老大这种，那也是建筑界的顶流了吧。年轻、英俊，光是这两条，就打败了一众设计师了，更别说老大还有才华。我看容总恨不得把老大捆到镜头前面。”

“上次老大拒绝那个设计师节目，容总就挺失望的。”高岭清楚内情。

邬乔一贯都是安静的存在，这次也不例外，只听着他们讨论。

中途，她抽空去了趟洗手间。没想到正好遇到摄影团队，在拍摄公司的展示部分。

那么多人围在一起，邬乔还是一眼看见了程令时。

他站在人群中间，旁边就是那个名气很大的女主持人，对方指了指摆在展示台上的建筑模型，一直问个不停。也不知道聊到什么，程令时露出一个懒散而骄矜的笑容，撩而不自知，却让对面女主持人娇笑不已。

因为摄像机还在拍摄，将通道堵得严严实实，邬乔只能安静站在一旁，等着他们拍摄结束。

邬乔正好站在一个摄影机器的后面，从那个小小的屏幕上看到他的模样。

或许有些人，天生就是众星捧月的存在。

明明他对面站着的是常年面对镜头的美艳女主持人，可程令时站在那里，依旧耀眼夺目，光芒万丈，丝毫没被女主持人抢了风头。

邬乔一直安静看着，直到容恒到来。

他显然是刚从外面赶回来。

他一到，主持人张盈就让摄像机暂停下来。

容恒走过去，站在他们旁边，三个人谈笑风生，看起来十分热络。特别是那位一直以知性高冷著称的女主持人张盈，也不知说到什么，抬手在程令时的胳膊上轻轻拍打了下，脸上带着些许嗲气。

五月中旬，办公室的冷气已经开启。

郇乔只觉一阵凉风拂过，直冷到她心头。就在郇乔准备离开时，容恒抬头，正好看见她，他居然笑着推了下程令时，就连张盈都被他的举动引发好奇，扭头看过来。

程令时单手插兜，眉眼依旧是那副自信轻狂的模样，只见他抬手指了指摄像机，是示意重新开始拍摄。

从头至尾，他都没朝郇乔这个方向看上一眼。

郇乔随即低下头，从拍摄团队的工作人员之间穿梭过去，直到回到自己的工位上，她觉得今天的空调好像比平常都冷。

她喝了一口面前的热水，忍不住低声说了句："怎么这么苦？"说完，她坐在位置上，失神地看着面前的电脑。

郇乔耳边仿佛又响起那天她听到的那句回答。

"如你所愿。"

是啊，如她所愿，他以后再也不会将目光停留在她身上，不会温柔地叫她小孩，更不会笑着让她喊自己师傅。

周五早上出发，郇乔没有去公司，因为前一天司机说，可以早上来家里接她。

她将地址给了司机之后，便在家里等着。

早上八点，司机准时到了小区外面。

郇乔早已经将自己需要带的东西检查了好几遍，所以电话一响，她便立即出门了。

很快，她就找到了停在小区门口的商务车。

郇乔一拉开车门，就看见坐在第二排的程令时，只是他正仰躺在椅子上，闭目养神。

即便郇乔打开车门，他也没睁开眼睛。

郇乔蹑手蹑脚上车，悄悄坐到顾青瓷旁边的座位上。

顾青瓷居然更加夸张，不仅脖子上戴着U形枕，脸上还戴着眼罩。

郇乔见她也在补觉，便拿出自己的设计文本，准备在车上再看两遍，以便应答甲方的提问。

谁知顾青瓷听到她坐下，拉下眼罩，打了个哈欠："乔妹，你来了啊。"

“你先睡吧。”邬乔见她困得厉害，小声说。

顾青瓷点点头，就又拉上眼罩，继续补觉。

宽敞的商务车里，除了司机之外，就只坐了他们三个人。

邬乔坐在程令时的斜后方，从她的角度，正好能看见他微偏着的侧脸。

此刻他闭着眼睛，睫毛密密地覆在眼睑上方。

男人很少有这么长而密的眼睫，漂亮得像鸦羽。

邬乔很快收回自己的目光，垂头看起了设计方案。

两个小时的车程，说短不短，说长不长。

离目的地还有半个小时，顾青瓷醒了过来，她拉下眼罩，伸了个懒腰。

一扭头，见邬乔居然在看设计文本，不由得惊叹道：“乔妹，你用不用这么努力，你这样我压力很大的。”

“那待会儿你别汇报了，机会让给我。”邬乔淡淡道。

这话说得顾青瓷一愣，随后她笑着说：“我看你真的是被高岭那帮男人带坏了，你再也不是我心目中那个单纯的乔妹了。”

邬乔当然也是跟她开玩笑的，所以很快转移话题，问道：“你吃早餐了吗？”

“还没呢。”

邬乔从包里掏出一个盒子，小声说：“正好我做了点三明治，要不要吃点？”

“你是什么神仙，可真是救了我的命。”

顾青瓷犹如饿虎扑食般，直接把盒子接了过去。

只是她打开盒子后，冲着前面看了一眼，嘀咕说：“老大居然也还没醒？”

邬乔没说话，但是没一会儿，程令时动了动，很快，他就从椅子上坐直了身体，看起来也是睡足了。

“老大，你饿不饿？”顾青瓷见他醒了，立即问道。

程令时低声说：“还好。”

他嗓音低沉，带着一丝刚睡醒的微哑。

“三明治吃吗？”顾青瓷已经将盒子递了过去，边吃边说，“乔妹做的，她手艺太好了，这个三明治绝对是我吃过最好吃的。”

程令时没有伸手。

邬乔始终垂着头，没再看向他的方向。

顾青瓷居然还没放弃，继续推荐说："真的好吃。"

"嗯。"程令时终于再次开口，然后伸出手，拿了其中一块。

邬乔坐在后面，虽然没看见，却听到了动静。

她垂眸看着眼前的文本，却发现怎么都看不进去。

直到顾青瓷又问："老大怎么样？"

程令时："好吃。"

邬乔心头微颤，最终还是归于平静。

三人到了约定的地点，是在对方的办公室。双方进门寒暄之后，很快就进入正题。

这次对方显然对幼儿园设计很重视，来了好几个集团老总，就像之前内部比稿那样，甲方都齐齐坐在办公桌两侧。

程令时先开口说道："接到这次的设计项目之后，我们时恒对此十分重视，因此公司出了两份不同的方案，以供大家有更多的选择。"

"程总，不愧是你们时恒啊，短短时间内，不仅能出方案，还有两套。"

程令时微微一笑："这次方案就由我带来的这两个组员做汇报，不过大家请放心，这次所出的设计方案，全程都是由我把控。诸位有什么疑问的，在看完方案之后，可以尽管提出。"

对方的老总也客气了两句，于是很快进入主题。

这次方案汇报，由邬乔先开始。她今天特地穿了一套比较职场的衣服，整个人看起来虽然依旧稚嫩，却还是多了几分职场上的干练。

邬乔走过去，站在投影屏幕前："各位好，很荣幸能够在这里为大家做方案汇报，这次的幼儿园设计方案是……"

或许是已经参加过一次内部比稿，或许是因为太过熟悉方案里的内容，邬乔一开口，思路便格外清晰。

整个幼儿园在她脑海中，早已经有了具体的模样。

她从容淡定，将自己的设计方案讲出。

在汇报时，她自然也注意观察对方的神色，毕竟人的情绪是很容易观察到的。

等她讲完之后，有个老总立即开口问道："你这两个中庭设计倒确实挺好，但是造价成本会不会太高？"

邬乔从容不迫道："不会。"

这个问题，程令时早已经问过。

后来程令时又帮她做了深化，因此她的造价绝对没有超过对方的心理期望值。

对方又问了几个问题，这才点头。

很快，轮到顾青瓷上去汇报。

她的积木方案一出现在屏幕上，就立即引起了底下的讨论。

在她们两个的比稿胜出之后，程令时便安排效果图公司，对她们的方案做了效果图。

不得不说，相较于邬乔的渐变色递进设计，顾青瓷的樱花粉与浅草绿的撞色，大胆而又醒目。

顾青瓷汇报也花了差不多二十分钟，只是，对方又对她提问了五六分钟。有些地方，顾青瓷一时卡壳，便由程令时代为回答。

等两个方案都汇报结束之后，对方离开了一阵子，似乎是在商议结果。

好在这个时间也并不久，也就半个小时。

其间，对方公司里的前台进来替他们换了一杯水。

终于，当对方再次回到办公室，直接说道："经过我们公司内部讨论呢，还是比较喜欢第二个积木方案。"

这一瞬，邬乔感觉自己的心脏仿佛空了一块。

其实她心底已经有所准备，只是还不知道结果，依旧还抱着期待。

等程令时站起来，跟对方握手，邬乔这才想起来，自己也该站起来。

顾青瓷作为方案的设计者和汇报人，被留在会议室里。

对方似乎对她的方案很感兴趣，还在问个不停。

邬乔趁机找了个借口，去了洗手间。

因为快到中午，对方公司的人提出，一起吃个午饭，他们再回上海，程令时应承了下来。

“邬乔呢？”他扭头看了眼。

顾青瓷说：“可能去洗手间了吧。”

“要不我去找找？”顾青瓷见程令时神色不明，主动说道。

程令时却说：“你留在这里，给钱总再说说方案的事情。”说完，他起身离开。

只是刚走出去没多久，就见洗手间的拐角处，有个人正站在那里。

她对着墙角放着的花盆，盯着里面的小树。

程令时停住脚步，见她站在原地一动不动。

“没事，没事。”终于在他缓缓靠近时，就听到她小声地碎碎念。

“你的方案也很好，只是没被选中而已。没事，没事。”

可说的话，虽然是在安慰自己，语调里已然带上了些许委屈和淡淡哭腔。

邬乔也不明白，自己为什么会有这么大的失落感，其实顾青瓷的设计方案就是比她的好。她觉得自己应该淡然接受结果。可真的听到，居然忍不住想要哭，还挺丢脸的。

她不想让顾青瓷察觉到自己的情绪不对劲，她也不想破坏人家的好心情。所以邬乔在离开洗手间时，看见这个花盆，鬼使神差地站在这里，开始自我调节心情。

“邬乔，这次不行，还有下次呢。”

“别那么没出息。”

“小树枝，你觉得我说得对不对？你要是觉得对，就点点头。”

说完，她伸手去按了按小树枝上的叶子。树叶抖动，仿佛真的在点头。她似乎也被自己这么傻的举动逗笑。“扑哧”一声笑完后，心里的郁闷消除了大半。

身后的程令时将她的举动全都在看在眼中，只觉得有种冒着傻气的可爱。

他嘴角跟着上扬，只是笑完，心底如针扎般，泛着密密麻麻的疼。

很快，邬乔转身离开。

她重新回到会议室，里面就只剩下了顾青瓷。

顾青瓷说道：“乔妹，咱们得先吃完午饭再回去了。”

“对了，程工人呢，你看见了吗？”她又问。

邬乔摇头："没有。"

顾青瓷嘀咕："怎么回来一个，又丢了一个啊。"

可她还没说完，就见邬乔伸手抱住她："青瓷，恭喜你。"

顾青瓷一直没提方案的事情，就是怕她不开心。现在见她主动恭喜自己，立即笑了起来："其实你的方案也很棒。"

"谢谢，但你的方案就是最棒的，你值得这次的胜利。"邬乔松开她，眼神真诚。跟在她身后回来的程令时，将这一切收在眼里。明明也在为自己的失败伤心，但依旧不会吝啬对同伴的恭喜。

他的早早，好像从来都是这样善良而又真诚的小姑娘，真是个叫人无法不心疼、无法不偏爱的小姑娘。

突然，他脑海中响起那日办公室里的场景。

她问：哥哥你能不能不要对我这么好？

他本来以为，自己能够遵照她的请求，待她跟别人一样，一视同仁，但这一刻，他后悔了。

这次幼儿园项目，顾青瓷的方案赢得了甲方的青睐，成为最终赢家。

组里的其他人知道之后，纷纷让顾青瓷请客吃饭。

"行行，你们说吧，想吃什么？"顾青瓷大方说。

时宸："吃喝玩乐一条龙。"

"想要我的命，你就直说。"顾青瓷低声说道。

还是高岭替她解围："就请我们吃饭吧，回头要是还想续摊，就用组里经费。嘿嘿，这次幼儿园项目，让咱们组经费又充裕了。"

原来每次结束一个项目，程令时都会视项目大小，在他个人分红里拨一部分钱给组里当作活动经费。

檀启感慨说："我有时候都觉得，老大上这个班，就是来扶贫的。"

时宸："那也是老大家里有钱，不太在乎这些。"

说完，檀启好奇问道："老大家究竟做什么的，这么有钱？"

"我之前看老大手上戴的手表，牌子不是百达翡丽就是江诗丹顿，还全都是百万级别的。"

男人对于手表都有些研究，哪怕买不起，总还认得牌子。

“老大该不会是什么豪门之子吧？”这句话一说完，众人齐齐转头，看向高岭。

高岭无语：“你们看我干什么？”

柯霄淡淡道：“我们之中，你跟老大的时间最长，了解得也最多，不看你看谁。”

“我真不知道呀，要不你们问容总？”高岭笑嘻嘻把球踢了回去。

顾青瓷冷眼看他：“他还想敷衍我们呢。”

察觉到众人的不满，高岭赶紧喊冤：“我是真不太了解，你们觉得老大那样的性格，是会跟你谈心聊天的吗？”

说得倒也是，大家光想想那个场面，就觉得不寒而栗。

不过高岭立即说：“但是我上大学的时候，就听别人说过，老大家里确实很有钱。我们那时候在国外读书，其他人住便宜公寓，老大就是住的市中心大房子。”

“你们说，我要是个女人有希望追上老大吗？”时宸严肃问道。

顾青瓷：“你现在变性已经来不及了，这种事就交给我吧。”

檀启：“算了吧，你们两个就别糟蹋老大了。”

随后他扭头，看向邬乔，认真说道：“最起码也得是乔妹这个级别的美貌吧。”

邬乔的漂亮，确实是公认的。从她进公司第一天开始，就有人私底下开玩笑，说公司终于有“司花”了。

“我也不行。”邬乔毫不犹豫说道。

众人齐齐看向她，就听她不紧不慢说：“我与程工年纪差挺多的。”

好巧不巧，刚走到这边，正准备找高岭的程令时，就听到这句话。

他眉心一跳，几乎又要气笑。先是被要求别对她这么好，现在又说跟她的年纪差挺多。

所以她只是不想被一个老男人关心？明明并不相关的两件事，却被程令时莫名联系在一起。

“老大。”时宸站着的方向正好冲着他，一下就看见了站在旁边的程令时。

众人惊慌失措，都不知道谈话被他听到了多少。

大家惴惴不安之际，程令时手掌搭在工位上的挡板上，看着高岭，淡淡地说："不是让你把参数尽快交给我吗？现在做事，都需要我请你了吗？"

"不用，不用。"高岭赶紧点开软件，将参数传输过去。

见他开始传输，程令时一言不发，直接扭头离开。

等他走后，大家面面相觑。

顾青瓷小声问："老大什么时候站在这里的？他会不会听到了？"

"我也不知道，我一抬手，老大就已经站在高岭位置旁边了。"时宸无语道。

高岭是坐在最外面的位置，所以程令时每次过来，一般都会站在那里。

相较于其他人的惊慌失措，反而是说了那句话的邬乔整个人平静而淡然。

邬乔心想：反正已经这样了，好像关系也不会更坏了。

晚上，大家直接约了去吃饭。

因为之前邬乔已经推托了一次，所以这次顾青瓷直接拉着她，叮嘱说："就算学校再有事，你也不许去了。"

邬乔点头。

自从经历了上次跟程令时一起去出差，邬乔觉得自己好像能够保持平常心处理事情。

但是没想到，高岭却在他们准备离开时，说道："老大说了，今天他有事，就不跟我们去聚餐了。"

好在程令时之前也极少参与，大家也没觉得奇怪。

他们吃到九点左右才结束，谁知结束时，大家觉得不过瘾，居然约着去下一个地方。

"要不去酒吧，容总投资的那家酒吧，就在离这里不远。上次他跟我说，要是我们过去玩，给我们打六折。"高岭提议说。

时宸一直是个爱玩的性格，一听这个，立即说："六折这么大的折扣啊，那还等什么，赶紧去吧。"

顾青瓷关心道："乔妹，你去过酒吧？"

邬乔摇头。

她确实没去过，之前大学时，班里的同学一起去，她从来没凑过热闹。毕竟她的钱都是自己打工赚来的，花在酒吧消遣上，实在太过心疼。

“没事，这种酒吧没那么吵，就是喝喝酒、听听歌，算是个小清吧。”

顾青瓷之前去过一次，所以了解情况。

于是几人打了两辆车，直奔酒吧。

高岭提前给酒吧经理打了电话，他们到的时候，服务员直接将他们领到预留的位置上。

没一会儿，经理亲自过来招呼他们。知道他们是容恒公司里的员工，经理也挺客气的。

不仅酒水六折，还送了两个大果盘，还有几份小吃。

舞台上的女歌手正在唱着一首英文歌，头顶旋转的灯光忽明忽暗，营造着一种暧昧又浪漫的气氛。

邬乔端着手里的酒杯，浅尝辄止。她眼睛盯着舞台上的女歌手，看着她微晃着身体，长长的流苏耳环垂在肩膀上。

“怎么回事，帅气的小哥哥去了哪里？”顾青瓷转了一圈头，失望道。

对面的时宸不服气地说：“帅哥就坐在你面前，朝哪儿看呢？”

顾青瓷伸出双手，撑大自己的眼睛，不停问道：“在哪儿呢？”

邬乔慢悠悠道：“我也没看见。”

几个男生被气到，拉着顾青瓷开始玩骰子，势必要赢了她，让她今晚哭着回去。

顾青瓷岂是轻易服输的性格，拉着邬乔就一起上。

酒吧的骰子游戏，是惯常的那种。几个人一起摇骰子，从第一个人开始喊，几个骰子什么点数。紧接着按照顺时针的方向，依次开始，下家必须要比上家喊得高，不管是增加骰子还是增加点数，都随意。其他人可以根据这个人喊的点数，选择开还是不开。

这次他们一共九个人，按照规定，应该从十个骰子往上报。

邬乔只看过别人玩，大学的时候，大家去 KTV 也会玩这个游戏。

顾青瓷听她没来过酒吧，就说：“乔妹，你先看着我们玩，点数一开始别叫太高。”

邬乔乖乖点头。

于是很快，大家开始玩了起来。

一开始邬乔确实按照顾青瓷说的那样，一个点一个点往上加。

其他人则是疯狂得很，动不动就十七八个点地喊，完全不给自己的下家活路。

等到邬乔慢慢熟悉起来了，她也开始尝试着多叫，而且她发现玩这个游戏，好像比拼的就是心理。

有些人一叫完就胸有成竹，而有些人则是微微紧张。

几圈下来，其他人都输了，不是被罚酒，就是做真心话大冒险的惩罚，只有邬乔逃过。

原本她低调，大家还没注意，可是时间一长，大家才发现她是扮猪吃老虎呢。于是连一向帮着她的顾青瓷，这回都直接变了。

酒过三巡，顾青瓷喊着要去洗手间，邬乔陪着她一起过去。

两人从洗手间出来，路过吧台。

“邬乔，那边那个男生，好像一直在看你啊。”突然，顾青瓷轻轻碰了碰她的胳膊，轻声说道。

邬乔不在意地说：“你看错了吧。”

等她抬头看过去，这才发现，居然是个熟人。

她没想到会在这里看见易百。易百确实一直在看着她，而且在察觉到她看过去时，还直接站了起来。

“小帅哥过来了，我先走了。”顾青瓷一看这情况，赶紧离开。

易百已经走了过来。

邬乔主动打招呼说：“你也来这里玩？”

“你怎么会在这里？”易百皱着眉头。

邬乔语气稀松平常：“跟同事一起出来玩玩。”

易百点了点头，眼睛却落在她脸上。许久，他低声说：“上次的事情，真的对不起。”

其实回去之后，他就给邬乔发了信息，还打了电话。可是后来才发现他的微信直接被邬乔删了。

他低声说："你是不是生气了？"

"那倒没有。"

"没有的话，你为什么把我微信删了。"易百明显不信道。

邬乔神色依旧很平静："把你删了，不是因为生气，也不是因为你，而是你女朋友很介意我的存在，所以我觉得我们之间最好连联系方式都不要留着。"

易百没想到，居然会是这个原因。

他苦笑了一声。

"其实我是自作孽不可活。"他望着邬乔，轻声说，"我以为我跟别人谈恋爱就会忘记你，结果我还是没办法。邬乔，我……"

邬乔看着他，直言道："易百，你这样挺坏的。"

"我知道，所以我跟她分手之后，就补偿她了。"

邬乔明显不想谈这个事情，她只是淡淡地说："希望你下次谈恋爱，是出于真心。"

"邬乔，你能不能再给我一次机会？"易百见她要走，还是上前拦住她。

邬乔抬眸望着他，眼底既没有谴责也没有责备，只是淡淡的。

很快，她轻轻开口："不能。"

不远处的顾青瓷见他们站在一起说话，拿起手机就拍了张照片发在群里。

顾青瓷："帅哥出没，主动搭讪我们乔妹了。两人站一起，是不是还挺搭、挺养眼的？"

结果她发现群里毫无动静，于是不爽道："你们也不用因为人家是帅哥，就这样嫉妒到连话都不说了吧。"

顾青瓷："男人，你们的名字叫小气鬼。"

然后她收好手机，准备回卡座。

等她走到位置上，看着几个男生，无语道："怎么没一个人回复我啊？"

高岭无语道："我们也得敢吧。"

什么意思？

顾青瓷眨了眨眼睛，就听檀启提醒说："你再看看手机吧。"

于是顾青瓷再次打开手机，她发现这次有人回复她了。

程令时：“下周一给你放一天假，去医院挂个眼科吧。”

顾青瓷一阵无语。

她再抬头看着卡座上的其他人，哭丧着脸问：“你们怎么不提醒我?!”

“你手速那么快，我们也得来得及啊。”高岭无语道。

顾青瓷欲哭无泪。

没一会儿邬乔也回来，她见众人异色，还以为是在好奇，主动解释说：“那是我大学同学，正好撞见了，就聊了两句。”

过了一会儿，大家准备回家，打算去门口打车。

这里是酒吧一条街，还有不少餐饮店，晚上人流量很大，就连打车软件上，前面等位的就足有八十九位。

顾青瓷看着手机打哈欠，说道：“等着吧。”

谁知正好有一辆保时捷汽车开到他们面前，降下车窗，易百坐在副驾驶的位置，驾驶座看起来是个代驾。

易百看见路边的邬乔，直接下车。

“我送你回去吧，这里晚上等车最起码要半个小时以上。”

邬乔直接拒绝说：“还是不用了，我跟同事一起走。”

“这位小姐姐，我是邬乔的大学同学，你应该是她的同事吧，要不我送你们回去?”易百见她这条路走不通，居然来劝说顾青瓷。

顾青瓷当然不敢答应：“没事，没事，我们已经叫车了。”

易百的车子停在路边，正好挡着后面的车，喇叭声不断响起催促他。连代驾都在喊他快点，易百就是站着不动，低声说：“邬乔，哪怕我们只是同学，我送你也没什么吧。”

邬乔真的不喜欢他这样，正要再拒绝时，突然一辆黑色轿车开了过来，居然直接越过易百的车，停在前面。

车窗降下，出现了一张熟悉而清冷的脸。

众人一见他，惊讶不已，高岭赶紧过去：“老大，你怎么来了?”

“出门买包烟，正好看见你们在路边。”程令时声音冷淡道。

这未免也太巧了吧，但是众人这会儿也顾不上，齐齐聚在程令时车边。

程令时扫了一眼，语气平常说："顾青瓷、邬乔上车，我送你们回去。"

高岭瞪大眼睛："我们呢？"

"你们几个男的，好意思让我送？"程令时理所当然道。

这次顾青瓷完全不拒绝，拉着邬乔就上车了。

易百望着坐在车里的男人，他站在外面，只能看见一个模糊的侧脸。

在车子即将启动时，男人忽然转过头，朝易百的方向看了过来。

在略显昏暗的车厢内，只有马路两边的路灯余光落在他脸上。然后易百看见，对方嘴角扬起的笑容，嘲讽而又轻狂傲慢。

上车之后，顾青瓷想起自己的尴尬瞬间，忍不住套近乎说："老大，你这么晚还出门啊？"

"买烟。"

顾青瓷惊讶："现在不是有外卖送上门吗？"

程令时神色冷淡："我就喜欢自己买。"

顾青瓷闭嘴，再不敢多说一句。

坐在后排的邬乔，因为身体坐得很直，好巧不巧看见程令时开车时，脚上穿着的鞋。

显然是随便穿了一双，和他的衣服完全不搭。

邬乔心道：什么烟这么着急买啊。

这次程令时先把邬乔送回去，才把顾青瓷送回去。全程，他没有找邬乔说一句话。

周末过去之后，又开始了一周繁忙的工作。

邬乔本以为一切都很普通，甚至中午吃饭，顾青瓷还非拉着她去吃拉面。

谁知她刚离开没多久，程令时也准备离开办公室出去吃饭。

可他刚走到外面，就被早已经等着的周雯雯拦住。

他有些不耐烦地望着对方，就听周雯雯委委屈屈地说："程总，这件事我必须要跟您说清楚。我知道我进您办公室不对，但是那个药真的不是我买的。我也是在前台看见上面写着您的名字，我就是顺手，好心帮忙送一下。"

"我真的不知道您这么生气。"

程令时被她这一大通话“砸”得有些蒙。

半晌，他低声说：“你说药不是你买的？”

“对啊，根本不是我买的。”周雯雯这些天也听公司里不少人提过，原来程总很不喜欢公司女生对他示好，所以她以为程令时是在生气送药这件事。

虽然她心底确实也有小心思，但是只要澄清药不是她买的，最起码现在还能洗白一下自己，假装自己对他没有那样的小心思。

周雯雯以为他不信，还说：“不信，您去问前台，她们都知道的。”

程令时不是不信她，他只是有些震惊，震惊到不知道该说什么。

他突然意识到，郳乔这些日子里这么古怪，难道药是她送的？又因为他发了那封邮件，所以她误以为上面所说的话是针对她的，她才会一再回避自己。

思及此，程令时似乎一下就确定了。

于是程令时不再犹豫，直接越过周雯雯按了电梯下楼。

他到了楼下，直接拿出手机，打给郳乔。

那边很快接通，却依旧是客气的口吻：“程工……”

“你在哪儿？”程令时直接问道。

郳乔愣了下，却还是老实说了个地址。

程令时：“在那里等着，等着我。”

郳乔以为他是有什么工作上的急事，还真的乖乖站在原地。

程令时很快到了地方，几乎是一眼就在来来往往的人群中看见了她。

她微垂着头，阳光落在她身上，整个人漂亮得如同在发光。

当他走到她身边，郳乔抬头，就看见一双漆黑的眸子，然后还有低低一声：“早早，对不起。我不知道那个药是你给我买的。”

郳乔愣在原地，心脏止不住开始颤抖。然后，在熙熙攘攘的人潮中和嘈杂的声音里，她听到他再次开口：“如果我知道，我绝不会发那封邮件。”

因为你与别人，是不同的。

第七章

你真喜欢邬乔啊

邬乔听着他的话，愣在原地。

许久，她回过神才说：“你说你不知道药是我送的？”

“我之所以会发那封内部通告，是因为那个药放在前台后，有人拿着药进了我的办公室，我……”程令时觉得这事有种荒唐的凑巧，他低声说，“我以为是别人买的，也以为她随便进我的办公室。”

说起来，他也并非只针对周雯雯一个人。在公司里工作很久的人，都知道不该随便进入他的办公室。但是周雯雯不知是因为刚进公司，还是仗着什么，居然敢犯下这样的忌讳，随便出入设计总监的办公室，所以程令时才会让行政那边发了那样一封邮件。

程令时低声问：“你是不是以为，我的那封邮件是针对你的？”

邬乔听到这里，才意识到发生了什么。所以是有个人把前台放着的药拿到他的办公室，结果被他发现，他以为是这个人买的药，以为对方随意进出他的办公室，所以这才让行政人员通告全公司。

邬乔想起顾青瓷要跟她分享的那个八卦，只是那时候她沉浸在自己的难过当中，不想听到一丝跟这件事有关的事情，所以才会造成这样的乌龙。

邬乔突然发现，她所有的难过、心酸、苦涩，居然仅仅只是出于一场乌龙。这种心情，当下真的是哭笑不得，可是更多的，却是在听到解释之后的放松和自在。

原来他真的不是在针对自己，也不是不喜欢自己，仅仅只是因为误会。在听到他的解释后，邬乔心底一直隐隐压着的那块石头，不知不觉间消失。

程令时见她脸上露出笑意，彻底明白，她确实是因为这件事在生气难过。

之前他并不清楚邬乔为什么躲着他，还以为她是在公司里受了什么委屈。现在看来，这“委屈”居然是他给的。

于是他微弯腰，直视着邬乔的眼睛，语气有些无奈，低低问道：“我们早早怎么会觉得，我会因为你买药的事情就生气呢？”

邬乔左右看了一眼，小声提醒：“不要叫我小名。”

她都已经这么大的人了，还要被叫小名，有股莫名的羞耻感从心头缓缓升起。

“早早。”程令时拖着懒洋洋的声音，又喊了一声，语气中带着笑意，“不就是你的名字了，怎么不能叫了？”

邬乔忍不住瞪他，谁知程令时却伸手揉了揉她的发顶。

这次他的声音温柔而又缱绻：“这次是我的错，早早能原谅我吗？”

邬乔反而被他说得不好意思了，她低声说：“是我没弄清楚，就……”

她实在觉得有些丢脸。明明是她怯弱，不敢问，拒绝沟通，才造成现在的情况。

可是那种情况下，她只剩下卑微和自我厌弃，恨不得将这件事彻底从脑海中删除，又哪来的勇气去寻根到底，把事情问清楚。

“那行，这件事我们也不要互相道歉了，就让它过去。”

邬乔重重点头。

不过随后程令时看着她，故意放轻声音：“不过以后你还要跟我说，像对待普通员工那样对你吗？”

邬乔莫名尴尬，垂着眼，不敢看他。

可是程令时的声音却没停止。

“你知不知道，我平时怎么对待普通员工的？只有上班的时候，才会跟他们有接触。哪怕是关于项目的事情，也都得先跟他们的直系上司汇报，才能再汇报到我这里。”程令时盯着邬乔，声音越来越轻，“而且，他们可不能叫我师傅。”

邬乔耳根发红，羞恼得说不出话来。

程令时却反而越来越得寸进尺，如同“恐吓”她一般低语：“我可不是吓唬你，到时候，别说私底下接触，你就是想跟我说一句话，都要找机会才行。”

“你想这样吗？”程令时语调极缓地问道。

邬乔不由得想起那次拍摄，他站在人群中间，众星捧月，所有人的目光都看向他，而他连一个眼神都没分给她。

那种感觉……

邬乔知道他真的没在吓唬自己，如果真的如她所说，让他像对待其他人一样对待他，那么她将永远无法见到私底下的程令时，听不到他拖着腔调说话的模样。她也更不会见到他温柔的样子，说着理所当然的话的样子，还有各种样子。

邬乔的心脏怦怦直跳，可是最后她松开微咬着的唇，下定决心般说道：“我不想。”

程令时知道这姑娘嘴硬，他原意也就是吓唬吓唬她，谁知居然听了她一句实话。

他不由得笑了起来。

两个人的误会说开之后，邬乔打心底里开始放松，整个人都轻松起来，甚至还主动问：“要不我请你吃饭吧？”

只是在喊他的时候，突然有些愣住，她不想再叫他哥哥。

于是她望着他，轻声喊道：“师傅。”

程令时原本已经准备转身，却在这一声“师傅”后，停下了脚步。

他转头看向邬乔，想起先前都是他逗弄她，这好像是她第一次主动叫师傅。

他微垂着眼睫，声音懒散而骄矜道：“既然是小徒弟孝顺的，勉强给你个面子。”

因为中午休息时间不多，其他店要排队。

程令时直接把邬乔带到了他日常吃饭的地方，就是容恒之前投资的那家店。

谁知邬乔一到了店铺周围，就觉得格外眼熟。

等她朝四周看了看，这才瞧见不远处的一家格外明亮堂皇的天鹅湖蛋糕门店。

原本邬乔看见这个蛋糕店，也是非常惊讶。可鬼使神差，她突然想到了那个匿名送来的蛋糕，会是谁送的呢？

邬乔一时间没有头绪，可是这实在是太巧合了。

“师傅，你经常来这里吃饭吗？”邬乔忍不住问道。

程令时并未意识到她的异样，说道：“除了出差之外，基本上都会在这里解决午饭。”

这家餐厅口味偏淡，又会时常推出新品。来这里解决午饭，是最合适的。

程令时并不想在吃饭这件事上费心，所以基本上都在这里。

邬乔知道自己不该胡思乱想，但是程令时经常吃饭的地方，就在天鹅湖蛋糕店的边上，该不会是他……

可是为什么呀？邬乔有些想不通。

好在邬乔从来不是钻牛角尖的人，若是想不通，就干脆不想了。

两人吃饭的口味，其实挺相近的，所以程令时点的菜，基本都是邬乔喜欢的。

“你毕业典礼是什么时候？”突然，程令时问道。

邬乔说：“六月十日。”

“那当天不就是你的生日？”程令时下意识说道。

可是他说完之后，两人之间出现了前所未有的沉默。

程令时思虑许久，低声说：“早早，其实当年我之所以没能及时……”

“师傅，”邬乔抬头看向他，极轻地说道，“我们不是说好不提过去的事情，免得提起来就是互相道歉。”

见她不想说起那件事，程令时居然难得地沉默了下来。

其实两个人从重逢之后，居然都默契地未提及他们真正失去联系的原因，似乎只要不去提及，彼此之间的裂痕就不再存在。

就像邬乔说的那样，不想提及过去，倒不如勇敢往前看，要不然每个人都只会沉溺在过去，无法自拔。

好在这顿饭在及时而默契的约定下，两人都没提及不开心的事情。

邬乔反而问了些最近公司的项目，之前不敢问的，现在都敢畅所欲言了。

程令时见她追问新项目的事情，忍不住笑道："这么想当工作狂？"

"我这么年轻，如果不努力工作，跟咸鱼有什么区别。"邬乔神色十分认真地说道。

程令时不禁哑然失笑，他说："现在的年轻人，不是都想要躺平生活？"

结果他说完，邬乔神色古怪地望着他。

"怎么了？"他忍不住问道。

邬乔轻叹一口气，有些犹豫而又不太好意思地说："师傅，我说这个话，你能不能别生气？"

程令时洗耳恭听："说吧。"

"你有没有觉得，你说话很老气横秋？"邬乔清了清嗓子，学着他刚才说的那句话，"现在的年轻人……"

不得不说，邬乔还挺有模仿天赋。

程令时不禁笑道："我有这样吗？"

他很快想起来，说道："小孩，你这好像不是第一次攻击我的年龄了吧。"

"我有吗？"邬乔死不认账。

邬乔："肯定是你听错了。"

"因为年纪大，耳背了？"

这顿饭，似乎将他们之间的关系彻底拉近。

以至于邬乔回到公司后，顾青瓷盯着她看了好几眼，才奇怪地问道："乔妹，你中彩票了？高兴成这样。"

邬乔："秘密。"

这两天公司没什么新项目，邬乔又重新回到了不断画图的生活。只不过这次她第一次挑战画施工图，第一次难免手忙脚乱，但不得不说，程令时对她是真的有耐心。

哪怕邬乔自己都羞愧得险些抬不起头，他居然都没发火。只是她拿回图准备修改的时候，才听到程令时用慢悠悠的语调说：“我还以为，早早什么都会，我这个师傅快要没有用武之地了呢。”

邬乔哪还敢多说什么，灰溜溜道：“谢谢师傅。”便拿着图纸，赶紧溜之大吉。

邬乔回到座位上，对面的高岭突然将椅子滑到她身边：“乔妹，问个事儿。”

“你说，怎么了？”邬乔见他一脸严肃，赶紧说道。

高岭：“你要不要跟我们一起参加竞赛？”

“什么竞赛？”邬乔忍不住说道，她说，“要是你们不嫌弃的话，我当然愿意。”

邬乔在大学里的时候，便跟同学组团参加竞赛。一开始是跟着大三大四的学长学姐，因为她同级的学生，都还没到竞赛水准。就连邬乔自己，第一次参加竞赛，也是因为有个学长临时退出团队，那个小组实在找不到人，然后联系了身为大二年级第一名的她。

邬乔对于竞赛一点都不陌生。

高岭见她这么说，立即打了个响指：“我把竞赛资料发给你，你先看看。”

邬乔很快就在手机上收到了竞赛资料，见高岭是用微信发的，而不是公司内部通信软件，邬乔还有些奇怪。等她点进去，才发现这是一个美术馆的竞赛项目。

她转头问高岭：“还有谁？”

“你跟我，还有时宸，我们三个人。”

邬乔抿了抿嘴，突然压低声音问：“这是我们自己做的竞赛吗？”

高岭见她跟地下党接头似的，不由得笑了起来，安慰说：“放心吧，我们时恒一开始就是参加竞赛起家的，老大这人就是个竞赛狂魔。曾经创造的纪录是带着整个事务所，一年就做了上百个竞赛。”

关于这段经历，邬乔在程令时的采访中，早已有所了解。

“可是我们私底下做竞赛，会不会对公司有影响？”邬乔左右偷瞄了两眼。

好在大家都在专心工作，并没有注意他们这里。

高岭笑道："放心吧，不止我，公司里不少人都会私底下做竞赛。而且老大甚至还鼓励我们，他觉得就是不断地参加竞赛，才能提升我们的水准。只要不影响本职工作就好。"

高岭也不知是吓唬邬乔，还是提醒，他说："也有人确实因为自己的竞赛，耽误了公司项目的进度，老大那时候就是毫不客气……"

他在脖子上做了个手起刀落的手势："然后把他开除了，所以你好好考虑，要是愿意的话，咱们就组个队。"

邬乔忍不住问："你怎么没找青瓷啊？"

在时恒实习了这么久，邬乔对组员也有所了解。

顾青瓷虽然是女性设计师，但是在组里，她几乎是程令时最为倚重的人，之前幼儿园项目，邬乔输给她，也是输得心服口服。

"她也有自己的事情要忙。"高岭生怕邬乔误会，解释说，"乔妹，你绝对不是备胎哦，你在我心目中排名第一。"

"不是青瓷？"邬乔忍不住打趣。

高岭瞬间瞪大眼睛，满眼都是"你在说什么"。

虽然答应了下来，但是邬乔还是有些不安。

这件事她也没办法问别人，更不可能会问程令时。

万一高岭他们是私底下自己搞竞赛，她直接去问程令时，岂不是告密，于是她再次给 T 发了邮件。

自从上次 T 问了，他跟师傅谁更好之后，邬乔心底便有种怪异的感觉。再加上后来与程令时的误会，她心情低落，已经很久没和 T 联系过了。

邬乔："T，一般公司会鼓励员工私底下竞赛吗？如果我在公司里实习，但是又跟同事一起私自组队竞赛，会不会犯什么忌讳？"

没想到 T 一直等到三个小时之后才回复她。

T："一般来说，只要你没耽误本职工作，你私底下做什么，公司又怎么能管得到呢。"

邬乔看着他的回复，轻声一笑，好像确实是这么个道理。

邬乔："我之前的幼儿园项目，还是失败了。甲方选择了另外一位同事的方案，虽然我表面上说不在意，但是在结果公布的那一刻，还是很丢脸地想哭。”

邬乔：“我讨厌输的感觉。”

邬乔：“如果可以，我想要当一辈子的赢家。”

别人都以为，邬乔的性格看起来应该跟她的外表一样，柔弱温和，不争不抢，可偏偏她拥有着比任何人都要强烈的胜负心。

程令时坐在电脑屏幕前，看着最新邮件里的内容，突然有种莫名诧异的感觉。

虽然他与邬乔接触很多，但是在现实生活中，邬乔从不会表现出这种强烈的胜负心。

她就像江南小镇里一汪平静的池水，偶尔也会有细雨蒙蒙，溅起小小水花。

她的性格看起来隐忍而平和，绝对没有人会想到，在这样平和表面下的她，会有着如此强烈的胜负欲。

这算什么?

程令时微靠在椅背上，脑海中居然出现了一个词语——“反差萌”。好像确实是，明明那样柔和温润的长相，却隔着屏幕，张牙舞爪地说我要当一辈子的赢家。

可偏偏程令时丝毫没觉得她的想法有错误。或许这样的邬乔，才更加让他意外和惊喜。

T：“那就一直赢下去。”

于是第二天，邬乔就答应了高岭，跟他和时宸一起组队参加这次竞赛。

高岭开心不已，搓着手掌说：“这次竞赛的优胜作品，有二十万元的奖金呢。”

邬乔昨天光顾着看比赛介绍，居然没注意到奖金有多少。

她不由得道：“这么多?”

高岭和时宸齐齐转头看向她：“乔妹，你这都不关心? 奖金才是最重要的。”

亏得邬乔还以为，他们参加竞赛，是为了设计理想，是为了提高设计水平，是为了……

邬乔小声嘀咕："要是早知道有二十万奖金，我肯定就不纠结了。"

好吧，原来大家都是俗人。于是晚上，他们约了个地方碰头，开个前期碰头会议。

所以下班之后，邬乔也不着急。

因为高岭手头工作还没完成，他正好有车，可以载他们一起。

等到六点半左右。

邬乔正准备起身，这才发现程令时从容恒的办公室走了出来，两人直接出了公司门，往外面走。

好巧不巧，高岭的事情也完成了。时宸因为还有别的事情，先走了一步，待会儿才跟他们会合，所以只有邬乔和高岭两人。

他们走到电梯间，容恒一脸好奇望过来："你们两个？"

他说完，还特地朝程令时看了一眼。

"我们顺路，顺路。"高岭赶紧解释，他身为老大的一号"狗腿子"，岂会不知道涉及邬乔的事情，老大都挺在意的。

几个人沉默地等着电梯。

等电梯门打开，突然就从里面冲出来一个人。

"我抓到你了。"一个身穿白色粗呢套裙的女孩直接从电梯里奔出来，一下挽住了程令时的胳膊。

在场所有人都吓了一跳，还是容恒先反应过来："隋宁，你这丫头怎么回事，想吓死人啊。"

"谁让你们都不理我。"

容恒笑了："我可是冤枉的。"

这个叫隋宁的女孩，娇嗔地看着程令时："我不管，你们都是坏人。"

邬乔在片刻惊吓后，忍不住朝她看去。

只一眼，她就知道对方跟她不一样，因为对方看起来就是养尊处优的大小姐。精致的妆容，完美的身材，不管是长腿还是细腰，都叫人称绝。而她身上穿着的粗呢短裙套装，一看便是香奈儿的经典款式。甚至她手上拎着的包，也是香奈儿的限量款。

这样一个从上到下完美而精致的女孩，确实很像程令时那个世界的女孩。

邬乔盯着面前的电梯，上面的数字不停跳跃。

刚才隋宁乘坐的电梯因为还要上楼，所以他们就都没坐。

还没等邬乔心底开始慌乱，程令时已经伸手将隋宁的手掌从自己臂弯处拿开，声音冷淡道："别拉拉扯扯。"

"哼，果然是个坏人。"隋宁也不生气，娇滴滴说道。

她年纪不大，看起来跟邬乔差不多，应该处于大学刚毕业的阶段，所以说着这样娇滴滴的话，倒也不会显得过分装嫩，反而给人一种她跟程令时很熟稔，熟到可以随便跟他撒娇甚至吐槽他，也不怕他会翻脸。

容恒出来解围："你怎么突然来了？"

隋宁："我一直说要来你们公司参观参观，结果你们两位大合伙人死活不答应。"

容恒再次喊冤："能不能别每次都把我捎上，我真没有。"

"那就是这个坏人了。"隋宁横了程令时一眼。

邬乔一直站在旁边，却忍不住用余光看向隋宁。这样既会撒娇又性格活泼的女孩，即便是她，也很难生出恶感。

因为电梯还没到，所以隋宁还在不停说话。

好在都是容恒在接话，程令时几乎没开口。

直到隋宁看向邬乔，像是刚发现一般，盯着她看了好几眼，突然问道："我认识你吗？"

邬乔一愣，下意识摇头："不认识。"

隋宁微微皱眉，奇怪道："可是我怎么觉得你这么眼熟，好像在哪里见过？"

"我们真的不认识。"邬乔再次确认。

"可能是我认错了吧，也可能是你跟谁长得很像吧？"隋宁自言自语道。

邬乔抿嘴。

她知道，隋宁这话可能没有恶意，但是听起来，就好像是在说邬乔有一张很稀松平常的大众脸。

一直没开口的程令时，终于慢悠悠转头看着隋宁："你说她眼熟？"

“真的是眼熟。”隋宁还在坚持。

“那你说说看。”程令时的目光落在邬乔身上，眉梢一扬，以一种懒散而倨傲的腔调慢腾腾问，“你在哪儿还能看见这么漂亮的一张脸？”

众人目瞪口呆。

此刻，这应该是在场除了程令时之外的所有人，唯一能做出的反应。周围静谧到落针可闻的地步，伴随着凝固的气氛，还有就是无尽的尴尬。

作为当事人的邬乔，唯一能做到的就是保持面无表情。因为没有表情，就是她应对现在这个场面最好的表情。要不然她实在想不出什么话，来拯救自己“这么漂亮的一张脸”。

邬乔都不知道程令时是怎么能脸不红心不跳地说出这句话的，而她在脸颊过热之后，心底也开始翻涌沸腾。

她甚至不清楚自己现在应该高兴，还是尴尬。可是更多的感受，便是心脏又开始怦怦直跳。

“叮”的一声，这个清脆的声音，也仿佛将原本凝固的气氛一下冲破。

大家终于从那股震惊中挣脱出来。

隋宁看向邬乔，这次是真的认认真真在打量，方才她脸上的天真和娇嗔都不复存在，此刻她眼神中带着警惕和审视。

“你叫什么名字？”隋宁开口问道。

一听她这口吻，容恒暗叫不好：“行了，行了，他爱开玩笑，你又不是不知道。”

他原本是想打个圆场，把这事儿糊弄过去，可偏偏有人天生自带气氛破坏者属性，丝毫不知道“妥协”二字。

程令时目光还落在邬乔身上，脸上带着轻笑：“谁说我在开玩笑。”

这意思，倒也可以翻译成另外一个意思，那就是他真的觉得很少看见邬乔这么漂亮的脸蛋。

“电梯来了，要不咱们先坐电梯到楼下？”容恒一边给他使眼色，求求这位大爷，千万别在这时候说话给他增加难度了，一边直接拉着隋宁进了电梯。

隋宁似乎还想刨根问底，结果被拉进电梯后，她眼睁睁看着电梯门关上，程令时都没进来。

待程令时侧身，高岭突然说："我想起来，我还有个东西落在公司，我先回去拿一下。"

然后，他头也不回地逃跑了，只留下邬乔独自面对程令时。

"那个……"邬乔觉得自己有必要说句话，可她一张嘴，也实在不清楚自己应该说些什么，反而盯着程令时看了会儿，声音轻轻道，"谢谢。"

程令时饶有兴趣地盯着她看了两眼："这就感激涕零了？"

邬乔心想：倒也没到那个程度吧。

"我呢……"程令时语气悠然，带着不紧不慢，"就是见不得她胡说八道。"

邬乔也不知哪来的勇气，问道："所以你是真的打心底觉得我很漂亮？"她说完，场面气氛再次陷入凝滞，只是这次比刚才还要夸张。

邬乔忍不住别开视线，她这是吃了什么玩意儿，连这种话都敢说出口？可她听到他说这样的话，好像真的很开心。

难怪人家会说，被喜悦冲昏了头脑，她现在真的是完美重现。

邬乔觉得，他肯定不会搭理自己这种莫名其妙的话。然而在她重新按下电梯按钮时，耳边响起低沉的声音："我从来不说假话。"

邬乔盯着眼前的电脑屏幕，高岭和时宸坐在对面，大家正在讨论这次的竞赛情况。

她努力听着他们说话的内容，可大脑一直胡思乱想。

"乔妹，你觉得怎么样？"高岭问道。

邬乔："啊？"

时宸立即说："这个竞赛只有半个月的准备时间，所以准备工作挺着急的，晚上肯定需要熬夜……"

邬乔收敛心神，认真说道："我都没有问题。不如我们今晚就先定个概念。"

他们两个也没想到，邬乔会这么果决。

时宸不由得咋舌："今晚就定概念，会不会太快了？"

"时间一共就只有半个月，我看这次竞赛还要有平面图、剖面图、立面图和效果图。”

邬乔看着屏幕上的竞赛要求，问道:“效果图出图最起码也要两天时间。”

因为这次是小型美术馆项目，所以效果图渲染的时间，其实不算太长，但是也要留下宽裕的时间。

高岭说：“听乔妹的，咱们今晚就先定下概念，你们有什么想法吗？”

时宸面露难色，有些犹豫：“我暂时没什么好想法。”

“我倒是有个想法。”邬乔说道。

自从知道这个竞赛项目之后，邬乔脑海中就有一个构思，因为她上大学的时候，也做过美术馆的项目，只是那时候仅仅是交作业。

“我之前看过很多美术馆的设计案例，我最喜欢的设计，永远都与三个要素脱离不了关系。”

邬乔望着他们，坚定道：“光、水、自然。我最喜欢的一位设计师曾经说过，在他的作品里，光永远是一种把空间戏剧化的重要元素。”

随后邬乔打开自己的笔记本电脑，将她之前收集的案例一一给他们展示:“我觉得这些作品就真的做到了美术馆的极致。”

其他两个人一边听着，一边看着笔记本上的作品，显然他们对邬乔的想法也表示赞同。

“所以我对这次美术馆设计的想法，第一要素，就是通透的光线，以及变幻的光影。利用空间将自然之光最大程度地利用起来。

高岭：“我们可以利用高通透性的玻璃幕墙来实现。”

“线条简单的建筑设计也可以达到这种感觉。”时宸补充道。

他们两个对于邬乔的这个想法显然是完全赞同的，甚至还因为邬乔的想法不断迸发出灵感。

三人一直讨论，直到晚上十点才结束。

高岭送邬乔回家的路上，邬乔接到了程令时的电话。她想了下，还是选择接通电话。

“回家了吗？”程令时开口问道。

邬乔一怔，他怎么知道自己还在外面。但她还是如实说道：“正在坐同事的车回去。”

同事？这个说法把程令时逗笑了，他说："高岭的车？"

"嗯。"邬乔也不知道，自己为什么会心虚。好像生怕被高岭发现，给她打电话的人是程令时。

因为下班时程令时在电梯里那句石破天惊的话，至今让邬乔都有点蒙。

程令时："行吧，到家跟我说一声。"

邬乔又是一愣，她反问道："你打电话过来，是有什么事情吗？"

"哦，就是提醒你，"程令时想了下，语调淡然道，"明天别忘了交施工图。"

啊？就为了这个事情？

邬乔努力不让自己多想，可看起来，他说的这个事情，就像是随便找的一个理由。她还没来得及细想，对面已经挂断了电话。

反而是邬乔将手机重新收回包里的时候，开车的高岭似乎想了许久，才下定决心说道："男朋友？"

"不是。"邬乔解释说，"我是单身。"

高岭："那就好。"

邬乔转头，有些奇怪地看着他。

正好赶上前面的交通灯变成红色，高岭顺势将车子停下，他也注意到邬乔的目光，有些无奈地解释："这话我不是替自己说的，我这是……替老大说的。"

邬乔不解："为什么？"

高岭说："你要是有男朋友了，老大想要上位，岂不是要成小三？老大太完美了，我不忍心让他身上有黑历史。"

邬乔一时无言以对。

最后她憋了半天，才说："我跟程工，不是那种关系。"

"他都那样夸你了！"高岭语气夸张地说。

邬乔无奈地说："大概他就是护短吧，说不定下次你遇到这种事情，他也会这么夸你。"

这次轮到高岭说不出话了。

老大护短这事，他确实承认。

但是夸他？高岭又不由得想起，在电梯门前，程令时那句过分倨傲而又嚣张的，你在哪儿还能看见这么漂亮的一张脸。

这么漂亮……

这话，大概也就老大那性格才敢说吧。

邬乔到家后拿出手机，准备给程令时发信息。她抱着手机，仰躺在床上。

自从得知那封邮件是个乌龙，知道他并不反感自己送药，甚至还很开心，邬乔心底就再次升腾起小小的希冀，就像气泡般，一点点在心底被吹起来。就在她犹豫之际，手机响了起来。

屏幕上跳跃的“程令时”三个字，在她眼睛里一闪一闪。

邬乔立即坐起来，伸手按了接通。

“到家了？”程令时开口问道。

邬乔奇怪道：“你在我身上装了监视器吗？为什么我刚到家，你就知道了。”

程令时当然不会告诉她，是因为他给高岭打过电话了。

他闲闲地说了句：“要不你在身上找找看？”

“我找了，没有。”邬乔大概也是无聊至极，居然顺着他的话往下说。

程令时：“美术馆项目怎么样了？”

“初步的想法，我们都确认过了，概念图应该这两天就能出来，我们很……”邬乔习惯性地汇报道。

然后她的声音犹如卡壳，停在喉咙里。

不是，她怎么什么都交代了？

邬乔低声说：“你不会生气吧？”

“生气什么？”程令时语气平平道。

一般来说，资本家都是没良心的，恨不得一天二十四小时都压榨员工的时间。

虽然时恒并不是这种万恶的资本公司，但是员工私底下搞竞赛，老板知道了也该会不高兴吧。

虽然高岭一直跟她说，时恒鼓励员工参加竞赛，但邬乔也没真的问过程令时。

邬乔："我们参加竞赛的事情？"

"你们？"程令时笑了，"说说看，你和谁们？"

虽然她说"我们"两个字的时候，也没什么其他念头，但程令时却在听到这两个字之后，有那么一丝难以言喻的不爽，就好像他是被排斥在外的。

邬乔觉得这件事反正他迟早都会知道，就如实说道："我、高岭还有时宸，三个人组了队，一起参加竞赛。我听高岭说，公司是支持员工参加竞赛的。"

程令时："嗯。"

他回答得太过简短，邬乔听不出他的情绪，只是小心试探："你不会生气的吧？"

程令时："嗯。"

那就好了，邬乔心底还是松了一口气。

"行了，公司确实是鼓励员工参加竞赛，而且这对于员工在公司中的升职也会有帮助。毕竟不管是公司的项目，还是私底下参加的竞赛，都会成为你的作品。"

电话那头，男人低沉的声音正不断通过电流缓缓流向她的耳畔："作为设计师，最重要的就是你的作品。"

邬乔点头，立即说："嗯，我明白了。"

她也一定会好好打磨自己的作品，希望有朝一日真的能看见由她设计的作品落地。

"还有，你要是能够赢下这次竞赛，对于你的转正也会有所帮助。"

邬乔没想到还有这样的好事，当即雀跃道："真的？那我一定会努力争取赢下竞赛。"

她说完，对面沉默了许久，邬乔还特地把手机拿到面前看了一眼，发现通话确实还在进行当中，并未中途挂断。

终于，当她再次把手机放置在耳边，程令时的声音再次传来。

"能留在我身边工作，就至于开心成这样？"程令时说。

公司虽然确实支持他们以个人名义参加竞赛，但是也绝对不会允许他们耽误本职工作，所以邬乔他们都是在下班之后，才会讨论竞赛项目。

好在三人能偷偷留在公司里加班，借用会议室。

要不然每天都要出去找安静的咖啡厅，实在是挺麻烦。

邬乔还在画施工图，但是画稿始终离程令时的要求有差距，连一向信心满满的她都有些丧气。

直到一天早上，她刚在工位上坐下，程令时突然出现在最边上的工位上，在旁边的挡板上轻敲了两下："邬乔，收拾一下，待会儿跟我出门。"

邬乔抬头看他，立即道："好的，程工。"

邬乔简单收拾了下，拎起包就走了出去。

没一会儿，程令时再次从自己办公室出去，一见邬乔，扫了两眼，问道："你今天就穿了这个？"

邬乔低头，白色衬衫配上天蓝色短裙，脚上穿着一双白色细带小高跟，这是她在来时恒之前，特地买的一双鞋子。这双鞋子的鞋跟处于一种微妙的平衡，穿着上班，既不会很累，也能让她看起来修长轻盈，显得小腿很纤细。

邬乔虽然不是过分注重打扮的人，但在上班时，也会对自己衣着打扮有所注意。

等两人到了地下车库，程令时直接开上车。

邬乔这才有机会问道："我们去哪儿？"

"下工地。"程令时回答她的同时，车子已经平稳滑出了车位。

邬乔或许前阵子画多了停车场，这会儿看着对面的消防栓，突然说道："这个消防栓的设计，是不是有点儿问题？"

程令时轻笑："不错，这么快就发现问题了。"

邬乔本来也只是持怀疑的态度，没想到居然得到了肯定的回复。

程令时直接说道："这是所有停车场设计时的毛病，为了多留点停车位的面积，刻意将防火距离压缩到最小。我们这栋大楼当初建造时，应该也是这个问题。"

邬乔点头。

程令时缓缓将车子开往出口："虽然其他人也来过这个停车场很多次，但是从来没有人跟我这样说过。"

邬乔愣了下，突然直接道："这算作夸奖吗？"

虽然她话说出口了，却没敢看向旁边的人。

直到旁边传来男人略带着闷闷低笑的声音：“不用怀疑，这就是夸奖。”

车子在这时正好从停车场的出口驶出，原本有些暗淡的光线，突然变得明媚灿烂。

邬乔的心情也随着这样明亮热烈的光变得雀跃起来。

车子往前开了一段距离，程令时却转弯再次拐进了一个地下停车场，这是一家商场的停车场，就在他们公司附近。

邬乔本来想开口问去工地的事情，但是她突然想起，程令时可能还有其他的安排，于是便乖乖闭嘴。

程令时停好车子，直接说：“走吧。”

邬乔也没多问，跟在他身后上了手扶梯，直接到了一楼。

等两人进了一家专门卖鞋子的店铺，她进去一看，发现全都是女鞋。

精致而明亮的店铺内琳琅满目，摆着各式各样的鞋子。

这家运动鞋品牌是以舒服而出名的。

邬乔心想：他要买女鞋？买给谁？

就在她胡思乱想时，程令时转头看向她：“仔细看看，挑一双喜欢的。”

邬乔怔怔地看着他。

许久，她才低声问：“你是给我买的？”

“要不然呢？”程令时觉得她这个问题问得挺好笑。

邬乔站在原地：“为什么呀？”

程令时：“平时挺聪明一姑娘，今天这是怎么了？”

“我……”邬乔喃喃，低声说，“我是没想到。”

程令时：“待会儿我们去工地，你穿这样的鞋子，不出半个小时，脚一定会被磨破，倒不如先来买双舒服的鞋子。”

邬乔没想到，他会考虑这么细致。

她歉意道：“对不起，是我考虑不周到，耽误了时间。”

可他却并未说话，而是转身直接伸手拿起架子上的一双鞋，弯腰放在她脚边。

“试试。”

邬乔看着眼前弯着腰的男人，仿佛拥着无边温柔。

工地上，烈日灼灼，机器轰鸣。

目光所及之处，全都是戴着安全帽正在忙碌的背影。

邬乔穿着新买的运动鞋一下车，便感觉到外面的热浪扑面而来。

很快，她便跟着程令时先到了监理办公室。

对方一看见程令时，立即客气道："程工，实在不好意思，还麻烦您跑一趟。"

"应该的。"程令时说。

很快，对方将安全帽递了过来。

邬乔接过，说了声谢谢才缓缓戴上。倒是监理看她这么年轻漂亮，不由得好奇说："这位是？"

"邬乔，我们事务所的实习设计师。"程令时将帽子戴在头上，扣好后，又补了句，"也是我的徒弟。"

"哟，名师出高徒，邬工想必一定也是能力出众。"

邬乔头一回听到有人叫自己邬工，赶紧说道："钱监理，我只是个实习生而已，当不得这个称呼，您太客气了。"

钱监理哈哈一笑："有程工这样的名师，邬工的称号，你早晚当得起。"饶是邬乔这样淡然的性格，都被夸赞得有些不好意思。

很快，这位钱监理被叫出去，邬乔趁机戴好自己的安全帽。

不过戴完，她莫名说道："我发现有些人好像天生就是赢家。"

"哪些人？"程令时见她无端这么感慨，开口问道。

"你呀。"邬乔看着他。

程令时不由得一笑："说说看，我怎么就是人生赢家了？"

邬乔："你看看你姓程，别人都叫你程工，程工就是'成功'。"

然后她指向自己："我姓邬，以后如果真的有了建筑师的头衔，人家只会叫我……"

"邬工。"程令时默念了一句，随后低声又念了，"蜈蚣。"

刚念完，他忍不住轻笑了起来，胸腔起伏。

见邬乔露出些许气急的表情，程令时似乎也觉得不太好，伸手揉了下她的发顶："其实念得快，倒也没那么像。邬工，也没那么像蜈蚣。"

"谢谢你。"邬乔看着他，很认真地道，"这么费尽心思地找理由。"

程令时再次被她逗笑。他倒是没看出来，这姑娘还是个"喜剧人"。

好在很快，钱监理重新过来，几人一起前往工地。

这是邬乔第一次下工地，之前做设计都是在纸上或者软件上。真正接触到施工场所的机会少之又少。就连在建院实习也是一样，能去工地的机会都少。

因为在国内，一般都是土木工程的人下工地，很多建筑师可能只是在建筑落成时，才会到现场。大多数时候，都是坐在办公室里，与图纸和软件打交道。

邬乔默默跟在程令时后面，听着他跟工地上的其他人聊天。在听完之后，她才发现程令时对于工程中每个环节的掌握居然都这么透彻，甚至连工期的进度都了如指掌。

原来这次下工地是为了解决一些建筑上出现的问题。

驻场的设计师是建院那边派过来的，这个项目当初是时恒跟另外一个国内大型建院联手拿下的基建项目。

时恒建筑所这样的公司，是属于方案公司。虽然也有建筑资质，但是一般要竞标一些大型项目时，都会跟建院联手。强强联合，中标的机会更大。

这种方式在国内的竞标里极为罕见，很多时候，除了那种一条龙的超级建院，就连国外很多世界级明星建筑所，在国内拿项目时都会和别家联手。

很快，他们乘坐建筑内部的电梯来到了楼上。

这是一栋超高层建筑，此刻到达最上面一层，一走出电梯，看见外墙上只有钢架，没有挂任何外墙材料，两边的风呼啸而至。

站在这样的超高层建筑上，特别是还未建成的建筑，邬乔才知道，她居然恐高。

此时前面的程令时已经跟一行人走了过去，所有人都神色自若，常常跟建筑打交道的人对于这种楼宇早已习惯。只怕比这更高的建筑，这些人都上去过。

邬乔却不一样，她其实是隐隐知道自己恐高的。

之前刚来上海读大学的时候，周末大家约着一起去外滩玩，然后去了东方明珠塔。

大家一起乘坐电梯上去，塔上面就有空中玻璃。

很多人嘻嘻哈哈走了过去，唯有邬乔，她光是靠近，就开始脚底发软、心跳加速。

现在也是，其他人都已经走到了楼层边缘，外面就是钢架。

程令时正指着外面，在跟旁边的驻场设计师说着什么。

超高层建筑上的风灌进耳朵里，发出剧烈呼啸的声音。

邬乔远远看着他，就见他的衬衫被狂风灌得鼓鼓的，然后她的身体被风往前吹着，明明离建筑边缘处还很远很远，但她脑海中浮现的是自己被风掀下去的画面。

邬乔忍不住闭了眼睛，可是越是闭眼，那种恐惧感反而越被放大。

“那个……”突然身侧有个人，轻轻碰了下邬乔的手臂。

她睁开眼睛，看见一个陌生的年轻人，是工地上的一个工程师，戴着黑框眼镜，穿着短袖格子衬衫。

邬乔猛地倒抽一口气，反而有点儿吓到对方。

“你没事吧？”对方有些关切地道。

邬乔摇头：“没事。”

对方看着她猝然发白的脸色，再次开口：“你的脸色看起来不太好，是不是恐高？”

“不是。”邬乔想也不想地否认。

嘴上这么说，可她的脚犹如钉在原地，动也动不了。

对方一笑：“就算恐高也没什么，你是建筑师，来工地的机会少。”

“邬乔。”原本站在前面的程令时走了过来。

她以为对方喊自己有事，于是缓慢走过去，只是每走一步，脸上就白一分。

程令时抢在她走过来之前，快步到她身边。

他伸手将口袋里的车钥匙掏出来，递到她手中：“我有份文件在车上，你去拿一下。”

“好。”邬乔心底莫名松了口气。

她握着程令时递过来的钥匙，缓缓转身，走到电梯门口。

等她从电梯下来，后背已经湿透了，整个人仿佛从水里刚捞出来。她知道自己有些恐高，却没想到会这么严重。

邬乔站在楼底下，抬头仰望眼前的这栋高楼。

阳光正烈，她感到一阵晕眩。

邬乔握着钥匙，往回走。

程令时并没有交代需要什么文件，很可能是他看出自己的不适，才会给她找理由。

明明她是来工地上学习，结果他不仅给自己买鞋子，还照顾自己的恐高。邬乔格外愧疚，觉得自己拖累了他。

程令时的车子停在外面的临时停车场，所以邬乔准备先回车上。他当众说让自己去拿文件，她最起码还是要做做样子。

谁知在她准备回去时，正好碰上了几个人从外面进来。为首的是一个年轻男人，两人相对走过，突然，对方喊道：“邬乔。”

邬乔没想到在这个地方，除了程令时之外，还有人认识自己。

她循声看过去，有些愣住。

“你怎么在这里？”同样戴着黄色安全帽的男人，直接走到她面前。

邬乔盯着他，许久没说话。

男人笑道：“我是程东，你该不会是不认识我了吧？”

中国这么大，上海这么大，她也没想到在这里能遇到清塘镇的故人。

她摇头：“不是，只是没想到这么巧。”

“你怎么会在这里？”程东见她也戴着安全帽，更加惊讶。

邬乔解释：“这个项目是我们事务所设计的，所以我陪老板过来看看。”

“你现在是建筑师？”程东笑道。

“不是。”邬乔解释说，“我现在还没毕业，只是在建筑事务所实习。”

她说完，双方都沉默了一会儿。

程东好半晌才说：“你上大学之后，好像很少回家了。”

家？这个字，让邬乔产生了片刻的恍惚。

随后，她才意识到，他说的是她大伯母家里。

邬乔轻声说："上大学之后挺忙的，所以就很少回去了。"

其实是因为不好意思，她在大伯母家里待了那么久，上了大学，不想再继续麻烦他们了。

所以除了过年之外，邬乔都是能不回去就不回去。

程东点头，想了许久，突然道："我爸爸去世了。"

"啊？"邬乔抬头，望着他，声音极轻，"你节哀。"

"谢谢你的那笔钱。"程东又说。

父亲生病之后，程东担起家庭的重任，才知道原来父亲之前做工程亏了不少钱，几乎快把家底都填了进去，之后外面很多工程款都收不回来。

他母亲在医院照看他爸，他就一个人在外面收账。被人打过，也被人拦在门外过，当初和他爸称兄道弟的人，这时候全都不认账不说，居然还倒打一耙，说他爸爸欠钱不还。

程东几乎绝望的时候，邬乔回来了，也不知道她从哪儿得到的消息，给了程东一张银行卡，卡里面有五万元，那是当年她爸爸生病时，程东父亲借给她家的。

这么多年，邬乔一直没能力还上这笔钱，如今有了能力，却没想到是用在这个时候。

邬乔说："这笔钱本来就是应该我还的，拖了这么多年，是我要说对不起。"

程东苦笑，这么多年来，他也遇到不少人，可从来没有一个人，像眼前的女孩这样，让他念念不忘，难以自持。

只是他再也不是年少时那个不顾一切的少年，冲动又执拗。

其实邬乔还的这笔钱，他父亲早就说过不用归还。谁都知道她的情况，父亲早亡，母亲离开，一个人寄住在大伯家里，孤苦伶仃。

可偏偏也是她，在程东最绝望无助的时候，送来这样一笔钱。五万元可以维持他爸一个月的治疗费，可以让他有喘息的机会。更让他相信，这个世界上终究还有善良的存在。

程东盯着她的脸："其实我爸没挨多久就走了。"

“节哀顺变。”邬乔诚挚说道。

“早就过去了。”程东失声一笑。

邬乔却看着他，轻声说：“我知道，可是失去爸爸，不管什么时候提起来，心里总还是会隐隐作痛。”或许这也是她愿意跟程东聊这么久的原因。

若是年少那会儿，她远远遇见程东，肯定会立即掉头。

可如今，他不再是清塘那个被宠坏的少年，而只是一个在丧父之后努力打拼工作的年轻人。

她明白丧父的感受，也明白他的感受。

程东心底虽难受，却还是打趣说：“你这是存心想看我哭是吧？”

邬乔想了想：“你要是想哭也可以，想爸爸哭的话，不丢人。”

程东估计是听着她的话，实在哭笑不得。最后他转个话题：“你现在是在建筑公司？”

“明明是建筑设计事务所。”邬乔说。

程东对她的学校也早有耳闻，毕竟当年她考上大学，在小镇上很是轰动。

T大是国内最顶尖的名校，不管是谁家孩子考上，都会感到十分骄傲。

邬乔的那份喜报被贴在校门口。

程东还特地去看过。

“你呢？”邬乔出于礼貌，反问道。

程东哈哈一笑：“比不上你这个未来的大建筑师，我现在在做工程。”

见邬乔有些不解，他直接说：“就是俗称的包工头。”

“那也挺好的。”邬乔很认真说道。

她不是恭维，而是真这么觉得。

其实建筑师论收入这方面，完全比不上包工头，除非是到了程令时那个级别。当然这么年轻就能在建筑界出名的，也只有一个程令时。

程东见外面太阳太晒，拿出手机：“要不给我留个微信号吧。”

邬乔不好拒绝，两人直接加了微信。

等加完之后，程东问她：“你现在要去哪儿，我送你一程？”

“不用，我就去拿个东西。”邬乔指了指外面。

程东还是坚持：“别跟我客气，我送你过去。”

两人来回推拉时，不远处的电梯门再次打开，从里面走出一行人。邬乔因为背对着他们站着，并未发现。她只是再次拒绝说："我就去工地外面的停车场，直接过去就好。"

程东这才发现，自己理解错了，他原本以为邬乔这就要离开呢，原来真的只是去拿个东西。

他主动说："要不中午，我们一起吃个午饭吧？这么多年没见了。"

邬乔正要开口拒绝，却听身后传来一个懒散而敷衍的声音："她没空。"

她扭头，程令时已经站在她身后，邬乔问："你这么快下来了？"只见程令时掀起眼皮，扫了自己一眼。

邬乔也觉得她的口吻太过随意，赶紧补充说："我的意思是问题都解决了吗？"

"还没。"程令时没看她，反而是盯着对面的程东，他微眯着眼睛，神色莫测。

程东在见到程令时的第一眼，是震惊的。

过后，他见对方眼神不善，主动说："您可能不记得我了，但是我跟邬乔是同一个地方的。"

程令时被他这么一提醒，似乎有了那么一丝半点的印象。

他微拖着声音："你是……"

"我叫程东，我也是清塘镇人，以前我在清塘见过您几次。"程东主动说道。

不知是不是邬乔的错觉，她总觉得程东在跟程令时说话时，带着讨好和卑微。

程令时这次似乎真的想起他是谁了。

"是你。"他态度有些冷淡。

程东也有些意外，有些感激道："没想到您还能记得我。"

程令时双手插兜，微偏头，看着邬乔的方向，态度不冷不热："不是因为你，才记住的。"

程令时对程东最大的印象，也就是他欺负过邬乔。

他看对方出现在此处，问道："你怎么会在这儿？"

“我到这里来工作。”程东说。

程令时：“那我觉得，他们有必要审核自己的合作伙伴都是什么人。”

这句意外且强硬的话，让邬乔都为之一怔。

说完，程令时转身，往监理所在的方向走去。

“程总。”程东赶紧追上去。

但是在看见程令时的目光时，他停住脚步，听到程令时说：“离邬乔远点。”

邬乔本来也追了上来，却在听到这句话时愣在原地。直到程令时越过程东，直接将她拉走。

两人沿着工地上坑洼不平的路一路往前，不时会踩到尖锐的石子。即便穿着厚实舒适的运动鞋，依旧能感觉到磨脚。

“你为什么发脾气？”在两人停下后，邬乔再也没忍住问出口。

程令时凝眉望着她：“你记不记得当初他是怎么带着人欺负你的？”

邬乔想了下，解释道：“其实那时候他也年纪很小，顶多是叛逆，并没有对我造成伤害。”

“所以你不讨厌他？”程令时没想到，自己居然没得到想要的答案。

邬乔还真的认真想了许久。

她讨厌程东吗？其实程东对她来说，是被遗留在清塘上的记忆，她对他，只有重逢的淡淡感慨。既谈不上讨厌，也不谈上喜欢，所以她如实地摇头。

程令时盯着她：“那你喜欢他？”

邬乔神色僵住，简直不敢相信自己听到的话。

当然不是！可是邬乔不知道为何，看着程令时的表情，鬼使神差道：“他父亲去世了。”

程令时一怔。

随后邬乔淡淡地说：“所以我对他的遭遇，是感同身受吧。”

说这话时，她小心望着他的表情，仿佛想要寻出点蛛丝马迹。连邬乔都觉得，自己实在是疯了。居然为了确认程令时的心思，故意说这么模棱两可的话。

邬乔垂眼看着脚上的鞋子，心底再次鼓起勇气。

“你是因为……”程令时喉结微微滑动，声音很轻，“你父亲也去世了？”

邬乔能感觉到，他问出这句话时，透着些许艰难，仿佛生怕她还会再难过。

突然，邬乔觉得自己很卑鄙，居然用这种事情来试探他的心意，所以她当下轻笑：“其实过了那么久，我早已经不难过了。”

再大的伤痛，都会被时间治愈。

程令时看着她：“嗯，以后有我在。”

邬乔微怔，下意识问道：“有你在吗？”

“当然，我会一直……”

话音还未落下，他的视线落在她身后，程令时突然扑了过来，将她抱在怀里。

邬乔只感觉自己被他紧紧揽在怀中，一阵天旋地转后，身后传来巨大声音。

原本摆在旁边的钢管突然倒下，巨大的声音令周围人十分震惊。

站在楼上作业的建筑工人朝下面看了一下，便立即大喊道：“有人被钢管砸到了，快救人！”

邬乔被压在他的身下，感受着他身体的重量，却感觉不到他的动静。

“程令时。”她带着微微恐惧，轻唤他的名字，对方却没有丝毫回应。

“程令时。”她又喊了一声，可是依旧没有回答。

她伸手拥着他的身体，想起他未说完的那句话。

我会一直……保护你。

程令时，你是想要说这句话对吧？

周围的声音很大，吵吵嚷嚷，似乎工地上的人全都赶了过来。

邬乔抱着程令时的腰身，不敢轻举妄动。

直到有人将他身上压着的钢管搬开，打算过来抬他时，邬乔突然喊道：“不要动他。”

周围的人一愣。

“可能会造成二次伤害。”她带着哭腔阻止道。

邬乔小心翼翼，从他怀里爬了出来，她跪在他的身侧。

程令时或许也是被周围的声音吵着，眉宇微皱，看起来似乎有苏醒的迹象。

“打 120，快打 120！”她立即激动地向周围喊。

周围人回应说：“打了，打了。”

很快，钱监理赶到，他一听说工地上钢管砸到人，本来心里就塌了一块。现在一看砸到的居然是程令时，当即腿就软了。

“这怎么回事，程工怎么会被钢管砸到？”钱监理过来，蹲在旁边，见程令时闭着眼睛，他声音颤抖，“这是被砸昏迷了？”

邬乔知道自己这时候应该冷静，可是她眼泪扑簌簌地往下掉。

她根本不知道发生了什么事情，反应过来的时候，自己已经被他抱在怀里。

“别哭。”突然一个虚弱的声音响起。

邬乔低头，才发现他不知道何时睁开了眼睛。

她立即扑过去，凑在他眼前：“程令时，你没事吧？”

此刻，她不管不顾地喊着他的名字，仿佛只有这样，才能让内心更加坚强些。

“行了，我没事。”他居然直接坐了起来，姿势随意，两条长腿横在地上，一条腿平放着，另一条腿屈膝支着，手肘随意搭在膝盖上。随后他伸手揉了下太阳穴，显然他的头还是疼，并且疼得还有些厉害。

邬乔按住他的肩膀：“你不要乱动，等救护车过来。”

虽然她不是医学生，但是他明显是被钢管砸到了后脑勺，引发了短暂昏迷。都说人的后脑是最脆弱的，此刻看起来没有问题，但说不定脑内会有出血现象。

邬乔紧张不已，反而是受伤的本人在清醒之后眼皮微耷，清俊的脸庞上依旧是一副漫不经心的懒散表情，似乎是被太阳晒得有些迷糊。

“嗯。”程令时微掀眼皮，听着她的哭腔，闭了闭眼，“那你别哭。”

“我不哭，我不哭。”邬乔伸手抹掉脸上的眼泪。

好在程令时的情况看起来并不算特别糟糕。

邬乔心底的担忧和恐惧，比最开始时缓和了许多。

救护车是在二十分钟内赶到的。随车医生给他做了简单的检查，但也没办法准确判断，只说到医院里再做详细检查。

邬乔陪着他，上了救护车。

救护车的后车厢内，邬乔盯着坐在床沿的程令时。

她眼眶泛红，边缘带着微微的湿润，一副随时可以哭出来的模样。

“我说，”程令时看着她，语气慢悠悠的，“还没到这种程度呢，不至于。”

邬乔微恼，瞪着他：“你刚才都昏迷了，怎么会没事。”

她一开口，声音里泛着微微哭腔，尾音轻颤，像是有个小钩子，勾得程令时心脏都跟着她的声音一块儿轻颤。

程令时盯着她的脸，淡然一笑：“平时看你胆子还挺大，怎么这会儿就不同了？”

邬乔声音依旧带着微哽：“这不一样。”

说完，车厢里陷入安静。

“说说看。”程令时盯着她的眼睛，这姑娘是真的在强忍着情绪，泪珠已经在眼眶打转了，愣是没流下。这种时候，他其实不该再说下去，偏偏程令时也不知为什么，他还挺想问清楚。

他神色淡然道：“哪儿不一样了？”这话里依旧透着漫不经心。

邬乔低垂着眼眸，也不知在想什么，整个人是沉默的，本来以为她没想搭理他，不想却在最后听到她声音闷闷地说：“你要是真的有事，我岂不是要伺候你一辈子。”

“伺候”这两个字飘进耳朵里时，程令时险些被呛到。他忍不住偏头，沉默地盯着邬乔的脸，认认真真看了好一会儿，直到从胸腔内发出几声压低的笑声，低低的、闷闷的，带着悠长的气息。

“嗯，那你可跑不掉。”程令时说着这句话，心里恍惚了一下。

他微闭了闭眼睛，随后，他仿佛听到心底的响声。是什么东西，仿佛被打破了。它肆无忌惮地奔涌而来。而这样的感觉，并非这一刻才有，包括刚才注意到钢管倒下来，他毫不犹豫冲过去抱住她时，心底亦是同样的感觉。只是那时，这种感觉被牢牢锁在某个地方，虽然一直翻涌，却并未触及心底。

早在邬乔还是个小小少女时，程令时便认识她了。以至于有些事情，有些情绪，总是被模糊化，被一带而过，被有所忽略。

如今，心底的桎梏被打碎，随着那一声清脆的碎裂声，仿佛真的有所不同了。

到了医院之后，趁着程令时去检查身体，她还是给容恒打了个电话。

她不认识程令时的家人，这种时候，只能先联系容恒。

容恒接通，一听她说自己是邬乔，还愣了下："怎么回事？"

"刚才程工在工地上被钢管砸到了。"邬乔轻声说。

随后她听到"砰"的一声，是椅子摔在地上的声音。

容恒急道："你们现在在哪个医院，我立即赶过去。"

"谢谢您，容总。"邬乔微微安心。

"怎么会被钢管砸到？"容恒问。

邬乔愣了下，轻声说："程工是为了保护我，才会被钢管砸到。"

"啊？是为了保护你。"容恒明显一愣，然后说，"那没事了。"

等邬乔挂了电话，一个急匆匆的身影从电梯处赶了过来。

邬乔看到是程东，明显一愣："你怎么来了？"

"我开车跟着你们的救护车一起来的。"

"不是，我的意思是……"邬乔说到一半，略停顿了下，余下的话有些说不出口。

因为她想起来，程东和程令时好像还有些亲戚关系。

程东朝房间里面看了眼："现在情况怎么样？"

邬乔靠着墙壁，声音很轻："医生推着他去做检查了，应该是要拍脑部CT。"

她之前就跟随车医生强调过，他是被钢管砸到了后脑勺，并且出现了短暂的昏迷。

"希望没事。"程东皱眉。

他扭头看向邬乔，问道："你们离开之后，究竟发生了什么？"

邬乔没说话。

程东无奈地道：“我这么问，也是为了你好。”

“什么？”邬乔不解。

程东仔细看着她的表情，辨认了半天，这才惊诧道：“你居然真的不知道？”

“我应该知道什么？”邬乔实在不明白，他在打什么哑谜。

程东说：“我是怕这件事传出去，你会被程家责怪。毕竟他这种身份的人，就算掉根头发都会有风吹草动。

“咱们这种普通人得罪不起、也惹不起他们。”

他这种身份的人？

邬乔内心一震，问道：“他什么身份？”

“新加坡最大房地产公司沣盈集团的太子爷。”

听到程东的话，邬乔反而并不惊讶。

清塘镇上关于程家的传言，一直不绝于耳，都说程家后人曾远赴海外，直到三四十年前才重新归国。

邬乔以前对程令时的家境，只有模糊的概念。

她知道陈嫂还有管家，都对他毕恭毕敬，所以她也一直知道，程令时跟她并不是一个世界的人。

“我说这些，并不是为了吓唬你。”程东见她脸色不好，低声安慰道，“他受伤的事情，你顶多是连带责任，小心点就好。”

邬乔点头：“嗯，谢谢。”

“这里应该也没什么事了，不如你早点回去吧。”邬乔开口说。

程东：“钱监理吓得腿都软了，他自己不敢过来，才让我跟过来看看情况。我还是等他检查完再回去吧。”

很快，程令时被护士推了出来。

片子也很快出来了，确实是轻微脑震荡，需要留院观察一晚上。

程令时一听医生的话，不由得皱眉道：“我晚上还要飞往武汉，有个项目要……”

“我已经给容总打过电话了。”邬乔平静地开口道。

程令时转头看着她，邬乔淡淡地道：“我知道时恒不能没有你，正是因为我太清楚，所以我要保护好你的身体。在医生说你不能出院之前，我会一步不离地守在你身边。”

邬乔从未在程令时面前说过这么强硬的话。

此刻她这么坚定，带着义无反顾的劲儿，反而叫程令时一愣。

许久，只听他闷声一笑，才懒散道：“行，听你的。”

好在容恒及时赶到医院，立即安排程令时转到了一家私立医院，还安排了单独的病房。

在转院的路上，邬乔的耳边忍不住响起程东的话。于是她拿出手机，搜索了“沣盈集团”。

一查才发现，原来之前自己真的是想得太过简单。

网络资料上提到，沣盈集团是由一位叫程德全的商人成立，至今已传承至第四代。

虽然公司的总部在新加坡，但是近年来，业务已经大部分转移到中国大陆。

邬乔忍不住搜索了现在沣盈集团的董事长，看见对方的照片，居然发现，对方眉宇间确实跟程令时很像，都说儿子像母，可是程令时明显像父亲一点。

不过她没搜索到董事长夫人的信息，想来也是因为这位夫人并不是名人，又很低调，所以才会没什么信息吧。

邬乔靠着车窗，想起曾经的事情。

记得那时候，程令时离开清塘镇，邬乔的生活再次陷入一片平静，仿佛从未有这个人的出现。但她去程家大宅的次数，却还是悄然增加了。

那时候的理由挺充分，她喜欢看书，程家二楼的书房有很多藏书，大概有几千本，足够她看很久很久。

陈嫂对她很好，知道她喜欢看书，从来也不阻止。

邬乔看完书之后，会帮她干活，陪她聊聊天。偶尔也会从她口中，听到“程令时”这个名字。

陈嫂经常说小少爷是在美国上学，是一个叫哈佛的大学。

陈嫂虽然不知道哈佛大学有多好，但是她还是跟邬乔说：“据说这个学校，比清华、北大还要好。”

对寻常人而言，清华北大，就是他们仰望而遥不可及的存在，而这世界上，居然还有比清华、北大更好的学校。

邬乔当然知道哈佛大学，但也只是顺耳听过，对这个学校的了解，仅仅停留在这是一所世界级名校。

学校的课程很无聊，大部分学生都是趁机公费上网。

邬乔是属于那种不管多无聊的课都会认真听下去的学生。偏偏那天，她打开搜索引擎，在上面输入了四个字“哈佛大学”。

位于美国马萨诸塞州波士顿都市区剑桥市，是美国常春藤盟校，也是全世界最好的大学之一。

邬乔又搜了下从清塘镇到哈佛大学有多远，居然没搜出来。因为清塘镇太小，在地图上几乎就是个针尖大小的位置。不过倒是让她搜索出来怎么从清塘前往哈佛大学。从清塘镇坐车到上海，从上海浦东机场乘坐飞机抵达波士顿，从波士顿机场前往剑桥市的哈佛大学。

明明这么简单的三个步骤，邬乔看着，却觉得她可能一生都到不了这个叫剑桥的地方，更到不了那个叫哈佛的大学。

初中时，大家都很喜欢写日记。特别是班里的女生，几乎人手一本日记。

邬乔原本并没有写日记的习惯，她跟堂姐邬慧住在一个房间，对方总是喜欢翻动她的东西。

虽然邬乔提过几次很介意她的行为，但是邬慧每次就是冷眼望着邬乔，发出怪异的冷笑。

仿佛就在说，你寄住在我家，还好意思说这种话。

久而久之，邬乔很少会写日记这种私密性的东西。

可自从有了自己的小秘密之后，她买了一本崭新的笔记本，倒也不花哨。她每天都放在书包里，多数时间都是放在学校。

她怎么也没想到，那天上完体育课回来之后，发现好多人聚集在她桌子旁边。

再一看，她的笔记本不知怎么掉在了地上，而地上正好有一片水渍。

邬乔正要去捡，对面一个女生先弯腰，她捡起来时，不小心看到本子上写着的字。

她大声念道：“终有一天，我会去哈佛。”

“哈佛，哈佛。”

邬乔的脸颊在她念出第一个字时，便已经被气得涨红。

谁知对方不仅没收敛，反而在念完之后大声笑道：“邬乔，你野心这么大，清华、北大都容不下你了，居然还想要去哈佛。”

“哈佛这种学校，是我们这些人能去的吗？”

到了这一刻，邬乔不仅没哭，反而突然庆幸自己的胆小。

因为不敢在纸上写下程令时的名字。默默写下“哈佛”两个字，来替代他。满张纸上，都被写上了整整一页的“哈佛”。

终于有一天，我会去哈佛，会去见他。

年少时的妄想，只敢藏在心底，却还是被突然打碎。

有人明明白白告诉她，别做这样的梦，那样的地方不是你可以妄想的。

能够看得见的，是梦想。

无法追逐的，是妄想。

那个同学的嘲笑，她至今还能清楚地记得。

今天程东说的话也是，他说：程令时跟她不是一个世界的人。

其实她一直都知道。

可是她努力到现在，就是为了让自己摆脱从前的卑微和懦弱，她想要成为更耀眼夺目的人，想要成为建筑师，成为真正与他比肩、站在他身边的建筑师。

这一次，她不想再退缩，她想要勇敢一次。

邬乔回程令时公寓，替他拿换洗衣服。

容恒抓紧问道：“你怎么回事？我怎么听说，你是为了救邬乔，才受伤的？”

“不是。”程令时直接否认。

容恒怀疑道：“真不是？”

程令时嘴角微松，淡然道：“钢管倒下来，把我们砸了。你待会儿打电话给老钱，虽然我们跟他一直以来是合作的关系，但是他的工地上出现这种事情，一定要严查到底。”

“我懂，幸亏这次只是钢管从旁边倒下来，这要是从楼上掉下来，我可就……”

“见不着你了”这几个字愣是没有被容恒这种浑不懔性格的人说出口。

程令时神色有些严肃：“施工工地上的安全问题，是重中之重。宁愿耽误工期，也不能出一点事故。你也应该知道，工地上的事故率，对我们这些设计公司也是有影响的。”

容恒知道这个安全事故的重要性，郑重说：“放心吧。”说完，他就出去打了个电话。

谁知等二十分钟回来之后，他脸色非常差，直勾勾盯着病床上的程令时。

“我就知道你没跟我说实话。”容恒一脸恼火。

程令时没出声，只等着他嚷嚷完。

容恒气道：“人家老钱跟我说了，你是为了救跟你一起来的那个小姑娘，才会被钢管砸到。你把她抱在怀里，自己被砸了。

“真不是我唠叨，但是你是真不拿自己的身体当身体，你还记不记得，你胳膊里面的钢钉，到现在还没拿出来呢。你这次是命大，只砸到后脑，没有砸到旧伤。你一个设计师，万一断了胳膊，你拿什么做设计？”

容恒在病房里来回踱步，越想越生气。反倒是受伤的人，躺在床上，满脸不在意。

“我说你，英雄救美也不至于这样不顾自己吧。”容恒看他这副懒散的表情，更加来气，“不是，难不成你还真喜欢邬乔啊？”

终于，程令时缓缓抬头，朝他看了过来。

他清俊的眉眼，在这一刻，突然变得生动。他轻笑了起来，脸上带着一种惬意松弛，说话依旧是那副慵懒的腔调：“怎么，不行吗？”

第八章

受了委屈记得说

邬乔回了工地，将程令时的车开回医院。紧接着，又直接去了他的公寓。

医生让他留在医院观察一晚上，邬乔去他家里，帮他拿点洗漱用品。

本来容恒想来的，但是邬乔觉得照顾程令时，应该是她的责任。毕竟他是为了保护她才会受伤，于是她便自己来了。

程令时住的公寓，是上海这边最高端的小区，周围都是商圈，出行便利。

这是邬乔第一次来程令时家里，还是她独自一人过来，所以在楼下登记就花了不少时间。

幸亏她拿到了程令时的入户门禁卡，才得以进去。

邬乔打开门，从入口一进去，就看见一个巨大的客厅。客厅的尽头是落地窗，明媚的阳光洒落在整个客厅。

即便程令时家中的装修整体是冷淡而高级的色调，却很明亮，在阳光的笼罩下，被染上了几分温暖惬意。特别是客厅里摆着的纯白色沙发，看起来就柔软舒适，让人忍不住想要坐上去试试，沙发应该很软吧。

邬乔没敢多看，依靠着直觉向主卧走去。

程令时的衣服都摔脏了，她先在衣柜里找到他的衣服和裤子。正要转身去洗手间，给他拿洗漱用品，邬乔脚步突然顿住，她低头看了看手里的袋子。衬衫、长裤这些都有了，但好像……还缺一样更重要的东西。

她深吸一口气，弯腰去拉抽屉，找到第三个抽屉的时候，终于看见了崭新的内裤。

邬乔一眼没看，直接拿出来扔进了袋子里，又赶紧找了两双袜子。等拿完衣服，邬乔又去洗手间给他拿了剃须刀等必需品。她这才离开程令时家，重新前往医院。

到了医院，容恒还没离开。

一见她进来，他歉意道："还让你特地跑一趟，刚才应该我过去的。"

"容总，你客气了。"邬乔说道。

容恒一边说话，一边看向病床上躺着的人，温和笑道："是你别跟我客气才是，毕竟我以后还得多……"

一声清咳，打断了容恒的话。

程令时面色微沉："这两天我不在公司，你还不赶紧回去主持大局？"

"什么两天，你别以为我没听见，人家医生说了，你在医院观察一个晚上就行了。"容恒毫不客气地说，"你别想找借口偷懒啊。"

程令时："资本家的丑恶嘴脸。"

容恒："只要有我在一天，你就别想着撂挑子。"

"赶紧滚。"程令时不耐烦。

容恒确实是要走了，程令时晚上原本还要出差，现在这事儿落到了他头上。

走的时候，他叮嘱邬乔："有什么事情，立即联系我。要是联系不到我，就联系杨枝，她也算是个管事的。"

"好的，容总。"邬乔坚持把他送到电梯。

容恒进了电梯，看着门口站着的小姑娘，心底一叹：好好的姑娘，被一条"狗"盯上，这未来的日子哟。

邬乔也不知道是自己的错觉，还是怎么回事，她总感觉容恒看向自己的目光，充满了同情，应该是同情吧。但她也没多想，立即回了病房。

邬乔刚过去，就看见程令时下了床，她赶紧问道："要拿什么，我来帮你？"

听着她紧张兮兮的口吻，程令时被逗笑。

他指了指自己的额头："医生说了，我是砸到了脑子，不是瘸腿断胳膊。"

邬乔认真道："在医院里，最不能说这种忌讳的话。"

程令时打量了她一番，慢条斯理道："你哪年出生的来着？"

邬乔眨了眨眼睛，虽然疑惑，却如实回答道："1997 年。"

"哦，1997 年。"程令时缓缓点头，因为两人站得很近，他伸手时，邬乔没来得及躲避，手指已经敲在她额头上，"我还以为你是 1979 年出生的呢。"

邬乔这才明白，他是嫌弃自己刚才说的话太过老气。

她盯着他，声音缓慢而认真："原来人家说的是实话。"

"什么实话？"程令时笑着看她。

"就是说……"邬乔语调很慢很慢，带着温暾，"人都是越缺什么，越在意什么。"

越缺什么？

越在意什么？

程令时眉心一跳，眼尾微扬，黑眸幽深，直勾勾盯着她，透着迷人又危险的气息，就听他半带笑意问："说说看，哥哥缺什么？"

"年轻。"邬乔轻吐两个字。

这两个字，化身两把小尖刀，扎进了他的心脏。

程令时这次真的被气笑了，望着她说："邬早早，这是你第几次攻击我的年龄了？"

"我没攻击。"邬乔听着他这样叫自己，不由得低头，只是眼睫垂下时，还不忘辩解一句，"我这是实话实说。"

折腾了一个早上，已经快到下午一点了。

邬乔这才想起来问道："你想吃什么？我现在出去买。"

"不用，容恒已经让人送过来了。"

邬乔没想到容总连这点小事都考虑到了，心情不知为何有些低落。

"怎么了？"程令时见状，问道。

邬乔："应该我来照顾你的。"

邬乔心想：早知道就不给容总打电话了，他怎么把自己的责任都抢过去了。

原本程令时也只是随口一说，全然没想到听到这句话时会感觉挺遗憾。

突然，他又想起之前容恒跟他的聊天。

“你该不会真的喜欢邬乔吧？”

“怎么，不行吗？”

是啊，不行吗？这是他亲口说出来的话。一直以来被遗忘和隐藏的情绪，都随着这句话突破了所有界限。

其实在他眼前的邬乔，早已经不是清塘镇的那个小小少女。

她此刻站在他的面前，早已经摆脱了昔日青涩卑微的模样，就像一个正在冉冉升起的小太阳，蓬勃而又有朝气。

程令时呵笑了声，微拖着腔调，声音很慢很轻地问：“怎么了？”

邬乔原本低着头，想把快要落到地上的被子往上拉一下，却因为听到这句话动作停住。

她脑海中瞬间一片空白，待抬起头望向他的时候，眨了眨眼睛，有种一定是自己产生了幻听的感觉。

病房里安静得过分，只有对面的男人将视线落在她身上。

过了许久，邬乔回过神，有点儿不敢置信但又试探性地回答：“啊？”

程令时穿着一身蓝白色条纹病号服，宽大的衣服罩在他身上，让他整个人看起来舒展而又高大，他低头时，身后的阳光在他背后若隐若现。

病房里的一切仿佛进入了慢镜头画面。

她眼睁睁地看着程令时不断拉近的脸庞。他深邃的轮廓近在眼前，高挑的鼻梁上连一颗浅淡的痣都渐渐被放大，终于他停了下来。在开口前，嘴角先是上扬，这才漫不经心道：“没听到？”

邬乔顿了下，慢慢点头。她其实是想再听一次，确认是不是自己在妄想。

程令时眉眼微挑，又是那副懒散而又漫不经心的表情，就听他悠悠说：“这种小事，不需要你来做。”

这话里的意思邬乔不是不懂，可最终她还是假装不在意地说：“哦，好吧。”

等她抬头，就见程令时走到她带过来的那个袋子前，那里面是她去他家里拿的衣服。

他边打开边说："正好你拿了衣服，我现在去洗澡……"随着他手指把最上面的袜子拿出来，看到下面一层的内裤时，声音停住。

他盯着眼前的贴身衣物。

邬乔全然不知情，还问道："是不是有什么我忘拿了？"

"没。"程令时微微抿嘴，从胸腔里发出一声低笑，像是忍不住，"拿得还挺齐全的。"

邬乔正要说那就好，突然看见被他放在旁边的袜子，就想到放在袜子下面的那什么……

她脸颊瞬间涨红，喃喃道："你要洗澡的话，我先出去了。"

不等程令时开口，她逃出了门。

到了走廊上，邬乔伸手在脸颊边扇了扇风，脸上的燥热依旧退不下去。

邬乔在心中安慰自己，别那么没出息，就是一条内裤而已。要是她去沙滩上的话，满沙滩都是穿着短裤的半裸男，有什么了不起的。

邬乔倚靠着墙壁，脑海中疯狂涌出各种安慰自己的话，却在最后都尽数化为一句：可他们都不是程令时。

程令时穿着虽然都是以休闲为主，但一般来说，他还是喜欢穿长袖长裤。即便是在夏天，因为办公室里开足了空调，所以连短袖都很少见他穿，更别说他只穿内裤……

邬乔捂住自己滚烫的脸颊，低声道："别想了，那是你能看的吗？"

邬乔一直没回公司，到了快下班的时候，高岭给她打了电话。

他们这次美术馆的竞赛，快到了定稿阶段。

这几天，三个人工作之外的时间全部都贡献在这上面了。

邬乔低声问道："能麻烦你帮我把电脑送到医院来吗？"

"你在医院，生病了吗？"高岭一听这话，立即关切道。

邬乔："不是我，是我的亲戚。"

程令时受伤的事情，最好还是别让公司其他人知道，免得引起不必要的惊慌。

高岭这才放心道："行，行，晚上我给你送过去。你照顾亲戚的话，要不今天就我和时宸先讨论。”

“没事，我们到时候连线讨论。我这边应该不是很忙。”

七点左右的时候，高岭把邬乔的笔记本电脑送了过来，她所有资料都放在电脑里。

程令时的病房属于VIP级别，这个楼层很安静，出了病房，不远处就有个会客厅，里面摆着沙发，还有圆桌。

邬乔在程令时休息后，拎着电脑，小心翼翼来到了这个会客厅。

此刻除了病人外，来探访的客人已经很少了。

因为周围太安静，邬乔也不敢大声说话，都是尽量在打字沟通。

不知不觉连走廊上的灯都缓缓黯淡了下来。

邬乔盯着电脑，不停地跟高岭和时宸沟通。

这个周末，就是这次美术馆竞赛项目的截稿日期，邬乔不敢有丝毫松懈。后面要等时宸修改剖面图问题，邬乔坐在椅子上等着，不知不觉便趴在桌子上睡着了。

程令时因为休息得早，所以中途醒了过来，他伸手摸到床头柜上的手机，上面显示已经十二点四十五分了。

原来这么晚了，他掀开被子下床，却发现旁边陪护床上整整齐齐，连被子都没被铺开。

之前程令时不让邬乔留在这里，但是她坚持一直陪着他到睡觉的时候。

邬乔这会儿去哪儿了？

程令时打开病房门，走了出去，没走几步，就到了会客厅那边。只见整个会客厅，错落的沙发和圆桌，还有一个孤零零的身影。

她趴在桌子上，蜷缩成一团，面前的电脑屏幕早已经黑了。

程令时缓缓走过去，正要伸手去碰她的肩膀，却先碰到了旁边的鼠标。

于是屏幕亮了起来，设计图随之出现在电脑上，程令时看了一眼，握着鼠标，准备继续往下看下去。

谁知这一举动，却吵醒了正趴在桌上的邬乔。

邬乔也并未熟睡，只是太累了，趴在桌子上休息。

她茫然抬头，看见身侧的程令时，不由得惊讶：“你怎么醒了？”

下一秒，她眼底的睡意褪去，充满了紧张："是身体不舒服吗？"

"不是。"程令时温和垂眸，望着她说，"我睡醒之后，没看见你，就出来找你。"

邬乔这才放心地揉了揉眼睛，解释："我怕在病房里面工作，会打扰到你。"

"所以就一个人跑出来，躲在这里？"程令时盯着她脸上的困倦，低声问，"还是那个美术馆竞赛？"

"嗯，快要截稿了，所以我们还在做最后的深化工作。"

邬乔伸手捂住嘴巴，挡住自己的哈欠。

"能让我看看吗？"程令时问道。

邬乔一怔："你愿意？"

程令时把椅子拉出来，在她身边坐下："为什么不愿意？"

"我这是为了自己才参加竞赛，不是代表公司。"邬乔有些心虚。

程令时："你要是真的拿了奖，到时候奖金不是还要请我吃饭？"

"好。"邬乔淡定点头。

她打开自己的汇报文本，目前这一部分是交给她来做的。之前在幼儿园项目中，她的文本就被夸过排版和细节，是整个组里最好的。

这也是邬乔从大学时就养成的好习惯。

一开始她是跟着学长学姐一起做竞赛，真的是什么都不懂。

她一边看一边学，又琢磨着怎么做些力所能及的事情。于是邬乔便看了大量的标书文本，发现真正优秀的标书，排版布局都很清晰整洁，让人眼前一亮。

"你们这次的设计概念是什么？"程令时一边看，一边问道。

邬乔回答："美术馆是文化艺术交流的场所，我们一致认为，来美术馆的每一个观众，心中必然怀抱着对生活的美好期待，所以我们便以和谐为主题。"

自然与建筑的和谐，让参观的人达到内心的和谐，因此在美术馆设计中，构建的要素便是光、水、树木。

至于建筑设计，则是邬乔提出的现代极简造型，流畅简洁的线条，引入了中国古代“天圆地方”的概念。

美术馆整体呈正方形，却在入口处加入了半圆弧造型，并且将整面墙壁以玻璃幕墙填充，引入流动的光线。

美术馆的四周分布着一圈水池，而水池造型则为圆形，美术馆临水而立，倒映在水面上。

“你懂得取舍了。”程令时看完邬乔的设计图，缓缓说道。

这句话让邬乔一惊之后，随之而来的是欣喜。

她这是被夸了？

之后，程令时看了他们设计的功能区域。看完之后，他低声问道：“这次竞赛，不会给你们具体的功能规划，所以这需要你们自己去决定美术馆的每一处功能区域。你们的建筑造型在我看来没什么问题，但是美术馆最重要的就是功能布局，你们的流线分析从这里开始。”程令时伸手指着电脑上的图。

邬乔抬头看过去，就听他缓缓开口：“现代美术馆不再仅仅是艺术的载体和展示空间，它还承担着更多的功能。”

待她听下去，邬乔突然说道：“就像你之前设计的博物馆。”

结果，不提这个还好，一提到这个，邬乔便忍不住想起两人那次重逢的场景。

程令时原本也正盯着屏幕，待扭头看过来，邬乔这才发现，两人之间的距离近得可怕。

“我其实……”她慌乱中再次转过头，“很喜欢你设计的博物馆。”

邬乔没察觉到自己转头太快，不小心将长发扬起，从程令时的鼻尖划过。

程令时看着她柔和的侧脸，低头一笑。

没一会儿，时宸把图发过来，邬乔又将程令时提供的修改意见在群里说了一遍。

高岭：“乔妹，厉害呀。你这个修改，完全不是新手。”

时宸：“我们这是挖到宝了。”

高岭：“你的思路，堪称老大，我愿意称你为下一个天才设计师。”

时宸：“你争取把老大这个‘前浪’，拍‘死’在岸上。”

郧乔一时无言以对。

因为她是在电脑上跟他们联系，所以这一切都发生在程令时眼前，她连挡都没来得及，眼睁睁看着这两人隔着屏幕，在程令时面前放狠话。

“我没这个想法。”憋了半天，郧乔终于小声说道。

明明是他提供的意见，结果高岭和时宸以为是她自己的主意。见他不说话，郧乔还以为他不高兴了，赶紧说道：“我跟他们说，这是你的意见。”这句话，倒是终于让他再次开口。

“算了。”他朝屏幕上看了一眼，冷哼一声，淡然道，“不用解释。”

因为太晚了，郧乔赶紧跟高岭、时宸说了再见，打算明天再继续讨论。

两人重新回到病房，郧乔才发现尴尬之处。医院为了方便家属照顾病人，陪护床是放在病房里的。但程令时住的病房外面明明还有一个小客厅，可她的陪护床却就在他的病床边。

郧乔想了下，提议说：“要不我去外面睡。”

程令时轻掀眼尾，抬眸看着她：“不是说好照顾我的。”

郧乔心想：倒也是。她点了点头，就见他朝陪护床看了一眼，懒懒道：“况且，你睡在师傅旁边，不是应该挺开心的。”

郧乔不知道这男人什么时候会撩拨她一下，明明他在别人面前也不这样，但在她跟前，好像什么话都敢说出口。

好在郧乔现在也不像之前被他戏弄得毫无招架之力，她在床上坐下，淡淡地说：“有这么好看的小姑娘睡在旁边，是你比较开心吧。”

听到这话，程令时扭头看向她，眼底闪过不可思议的眼神。随后脸上浮起温柔又缱绻的笑意，视线不停往她身上扫，似乎没想到她会说出这么大胆直接的话。

与此同时，郧乔躺下，将被子拉到头顶，直接盖住脸。

因为她大概猜到，程令时又会用那种漫不经心的口吻，说：你，好看的小姑娘？

狠话放完就撤，她还是装作什么都没做比较好。

许久过去，郧乔耳边都没听到他的声音，心底正要松一口气时，就听到一片漆黑的空间里响起一声极轻的声音，伴随着浅浅的笑意：“也是。”

这一晚，连邬乔自己都没想到，她真的能睡着。本以为睡在他身边，这么近距离地听着他的呼吸声，难免会心神不宁、彻夜难眠。谁知她躺在床上没多久，就睡着了。

只是第二天醒来，邬乔睁开眼睛，望着不同往日的房顶，这才意识到，自己不在租的房子里，也不在宿舍。

邬乔扭头看向旁边，一张清俊而安静的睡颜豁然映入眼帘。

程令时的脸对着她的方向，轻闭着眼睛，依旧在睡觉。

邬乔下意识屏住呼吸，似乎生怕自己的呼吸声会把他吵醒。她盯着他的面孔，眼睛一眨不眨，直到程令时的眉心微蹙，快要苏醒了的样子。

邬乔被吓得立即闭上眼睛，开始装睡。

谁知等了半天也没有动静，于是她大着胆子再次睁开眼睛。

在她睁开眼睛的一瞬间，就与对面的那双眸子视线撞上，她发现，程令时正安静地望着自己，这一刻，她的心脏差一点停止跳动。

“早。”程令时盯着她，喉结轻滚。

邬乔垂着眼睛：“早。”

对面打了个哈欠，忽然说道：“你昨晚打呼了。”

邬乔几乎要窒息，下意识反驳：“不可能。”

“你怎么知道不可能？”程令时说道。

“我住在宿舍里，室友从来没说过我睡觉会打呼。”

程令时淡笑：“或许她们是不好意思说呢。”

不……不是吧。

在程令时笃定的口吻下，邬乔变得不自信起来，她开始回想自己睡觉究竟会不会打呼。

可她也实在没见过自己睡觉的样子。

怎么确定啊？

邬乔灵机一动，想起了郝思嘉。于是她偷偷摸摸从枕头旁边拿出手机，准备趁程令时不备问问郝思嘉。

郝思嘉是她五年室友，而且还是“夜猫子”，肯定是比谁都了解她的睡眠习惯。

只是邬乔不好意思当着程令时的面发信息，就在她想着该怎么偷偷询问时，对面的声音再次响起，不同于刚才声线里带着刚起床的微哑，这次，他说话间夹杂着明显的笑意：“逗你的。”

邬乔抬头，正要狠狠瞪他，就听他缓缓说道：“其实是我紧张。”

“嗯？”

“这是我第一次，早上一醒来……”程令时的视线再次落在她身上，悠悠道，“就看见一个这么好看的姑娘，躺在我眼前。”

邬乔闭了闭眼睛。

他这是在干什么？

邬乔有点儿弄不懂他的意思，她怕是自己想得太多，自作多情，但这个人又好像故意在释放什么信号。

一时之间，她也有些搞不懂。但是邬乔早已经明白了，这种时候，自己必须淡定，于是她认真道：“那你还真的挺可怜。”

听到这话，程令时不由得一笑。

“这么大年纪，还是个处男。”

程令时无语。

现在，他笑不出来了。

临近六月，也意味着毕业季的来临。

在美术馆竞赛项目的设计文本提交之后，邬乔也面临着毕业答辩。她忙完这部分，忙那部分，每天都有种怎么可能这么多事情的感觉。好在这两件事来得都挺快。

毕业答辩那天，邬乔特地提前在公司请了假。

程令时知道她要参加答辩，还问过需不需要多批几天假给她，好在邬乔从来不是“临时抱佛脚”的性格，因此她也不需要多请假，只是请了答辩的那一天。

答辩前一晚，邬乔提前回到宿舍。郝思嘉比她紧张多了，她的毕业设计反复修改了好久，老师那边才勉强通过。至于最后的答辩环节，虽然大家都知道是走个过场，不会太为难他们，但郝思嘉在宿舍里还是一直念叨。

“邬乔，我觉得我明天肯定过不了。我现在连毕业论文写了什么都不记得了，还有我的毕业设计，简直就是一坨‘屎’。”

邬乔神色淡然：“倒也不至于。”

郝思嘉无语地望着她：“你这是安慰人的态度吗？”

“要不你现在再把论文多看两遍，然后提前模拟一下？”邬乔给出中肯建议。

郝思嘉点头。

过了十一点之后，邬乔就上床休息了。

平时要是工作不忙的话，邬乔睡得都挺早，相较于现在比比皆是的熬夜人，她的作息真的犹如老年人。

谁知这次邬乔不知是想着明天的答辩，还是怎么回事，居然久久没睡着。直到底下的笑声吸引了她的注意力。

“你在干什么？”邬乔勾头看过去，发现郝思嘉正在看一部新出的综艺，她有些无语道，“不是要看论文的吗？”

“算了，算了，我先休息一会儿，待会儿再看。”

郝思嘉屈膝坐在椅子上，呆呆地笑了起来。

邬乔觉得自己是替她白担心了。就在她准备睡觉的时候，枕边放着的手机振动了两下。

她伸手摸出手机，打开微信，发现居然是程令时发来的。

程令时：“睡了吗？”

邬乔盯着微信界面，其实跟程令时认识这么久，她多少也有些了解他的性格，他并不是那种喜欢闲聊的性子。

邬乔还是乖乖回复：“没呢。”

发送完这条消息，邬乔盯着手机，还是又打了几个字：“是有事儿吗？”

等了片刻，那边的人都没回复。

邬乔打了个哈欠，打算放下手机准备睡觉，她确实有点儿困了。

谁知手机没放下，信息反而先来了。

邬乔垂眼看着屏幕上的回复，愣了一愣。

程令时：“晚安。”所以闹了半天，他发信息过来，就是为了说这两个字。

邬乔随手回复：“晚安。”打完字之后，她立即将手机放下，闭上眼睛睡觉。

可还没等她进入睡眠，手机再次振动。

还……有完没完了，邬乔心底带着微微恼火，拿出手机，就看见屏幕上居然还是那个熟悉的名字。只是这一次，她看完信息后愣住了。

程令时："明天答辩，加油。"

邬乔沉默地望着手机屏幕上的这句话，反复读了好几遍。又把上面的对话，重新看了一遍。

所以他发信息过来，其实是为了说最后这句话？

邬乔又看了一遍，突然笑了起来。这次，反而是她没再回复。

次日，邬乔一早就醒了，答辩是早上九点开始，分组进行。

邬乔叫醒郝思嘉之后，两人一块儿去了食堂吃早餐。

郝思嘉吃了一口食堂里的生煎包，感慨道："这个食堂里的饭，我现在真的是吃一顿少一顿。"

"别说得跟生离死别一样。"邬乔安慰她，"你要是想吃，随时都可以回来。"

郝思嘉："那还是算了吧，吃了五年食堂的饭我也是吃腻了。"

答辩的地址是在建筑系教学楼的四楼，她们是到得最早的一批，很快，其他同学也陆陆续续到了。

大五之后，大家都在忙着自己的事情，考研、实习、出国，跟同班同学见面的时间是少之又少。有些人甚至是开学以来，这次是第一次见面，不免有些热闹。

易百过来的时候，大家都不约而同望着他。只见郝思嘉在看见他时，凑到邬乔耳边，低声说："高富帅就是不一样。"

以前易百还算低调，在学生当中，即便打扮出众，但也不会过分奢华。但现在，他俨然与从前不太一样。

易百一身衣服，肉眼可见的昂贵。

学校是象牙塔，在学校时，同学之间的差距并不明显。一旦出了社会，即便是曾经朝夕相处的人，片刻间也会将你甩在身后，更别说易百这种天生便出生在终点的人。

邬乔要去洗手间，郝思嘉赶紧跟上。

“易百现在真的是不一样了，我听说，这次他是开着跑车回来的。以前我只知道他家里挺有钱，但是没想到有钱到这种程度。”

邬乔想起了那天在酒吧外面，他坚持要送自己回家。

郝思嘉说：“不过我也听说，他好像跟那个女朋友分手了。”

“哦。”邬乔对这件事并不太感兴趣。

“听说两人分得挺不愉快，那姑娘一直在找易百，我们班里的不少男生都被她骚扰了一遍，但是易百一直在躲着她。”

邬乔不太想知道别人的八卦，干脆开口说：“你的毕业论文看了吗？待会儿老师提问，你确定都能回答？”

被邬乔这么一提醒，郝思嘉险些再次陷入崩溃。

她也顾不得再八卦，赶紧回了教室，掏出打印好的毕业设计。

整个早上答辩进行得都很顺利。

邬乔的答辩也像她自己准备的那样，充分而又有条理。不管答辩老师问出什么问题，她都能条理清晰地回答上来，自然也不用担心结果。等她走出答辩教室，突然有种尘埃落定的感觉。

五年的辛苦，好像要在这一瞬彻底落下帷幕。

邬乔走出去没多久，手机响了起来。她拿出手机，就听到高岭兴奋而又激动的声音从电话那头传过来：“乔妹，我们入围了，这次竞赛有来自全国的八十四个提案，我们的设计得到了评委会的提名，可以进入第二轮。

“只有八家建筑公司得到提名，我们就是其中之一。”

电话那边高岭的话，犹如连珠炮般，在邬乔的耳边响起，听得她一脸蒙，最后她开口问：“我们进入第二轮了？”

“对，我们赢了。”

高岭笑道：“虽然还不能算完全的胜利，但是能够进入第二轮，已经足够证明我们设计的优秀。”

是啊，一共八十四份设计提案，他们的提案排在前八名。

等邬乔挂断高岭的电话之后，她低头看着手机。她觉得自己应该打个电话，跟谁分享一下内心的喜悦。

可是跟谁呢？

邬乔打开手机的同时，心底却已经浮出一个人的名字。当她拨出号码时，全然没想到，或许他早已经从高岭那里听到了这个消息。

或许，对程令时这样的人而言，一个小小美术馆项目的竞赛，甚至还都不是最后胜利的项目，并不值得这样开心，但是她就是忍不住想要……想要跟他分享，属于她的一点点、一点点小小的成绩。

“喂。”电话终于接通，那头懒散的语气传来。

邬乔的理智一下子回归。她愣在原地，半晌没开口，还是电话那边的程令时先喊道：“邬乔。”

“我，我就是想……”邬乔深吸一口气，一鼓作气往下说道，“告诉你一声，我们的美术馆项目获得评委会提名，可以进入下一轮。我们说不定真的能赢下这个竞赛。”

“恭喜。”程令时说道。

话音落后，电话两边都陷入沉默。

邬乔默默捏着手机，在想该不该直接挂断电话。

可程令时突然开口问道：“我是第一个吗？”

“什么？”邬乔没听到，然后又沉默了几秒。

电话那边，程令时一向散漫的声音好像多了几分真心：“我是第一个吗？你分享好消息的人！”

“当然。”邬乔想也不想地说道。其实她朋友很少，能够聊心里话的，好像就更少。而能够分享这样好消息的人，更是难找。

这样的回答让对面的程令时忍不住笑了起来，低低闷闷的轻笑声，顺着电流缓缓流淌进她的耳中。

“邬乔，恭喜你。”终于，程令时在电话另一端郑重地说道。

邬乔耳边听着他的话，抬头望着外面的天空，骄阳悬挂在天际，灼热而又明媚。

她的人生好像真的要告别过去，迎来崭新的未来了！

学校的毕业典礼定在六月初。

答辩没多久后，整个学校都进入了毕业季的氛围，毕业横幅在校园里随处可见，学校的二手论坛异常火爆，就连各种告白墙都有层出不穷的告白信息，大家都像是趁着毕业彻底释放自己。

邬乔还是不负众望地当选了建筑系的优秀毕业生。

竞赛的事，好在她前期准备充分，也不用担心会耽误工作。

因为公司有过规定，只要在竞赛上有突出表现，可以在公司内部申请奖励。

邬乔这次参与设计的美术馆项目，即便不能成为最后的中标设计，但应该会被选为优秀设计作品。她应该能够成功留在时恒建筑所。

至于郝思嘉，她从之前的建院离开，最近刚签了一家新的设计公司的三方协议。

T 大作为名校，建筑学院更是国内高校可以排前三的王牌专业，因此毕业生的就业问题压根不用担心。

组里得知邬乔要毕业，特别开心。

顾青瓷感慨说："年轻真好。"

高岭提议："要不我们给乔妹庆祝一下。"

"你就是想找理由吃吃喝喝吧。"顾青瓷翻了个白眼。

高岭："毕业可是人生大事，我当初毕业的时候，连喝了一个星期，差点儿没把自己喝进医院。"

顾青瓷扭头对邬乔说："乔妹，你别听这个人胡说八道，毕业典礼要跟父母一起庆祝。"

邬乔轻笑一声，并未说话。

一提到毕业的话题，所有人都有说不完的话。

邬乔趁乱问道："高岭，你是跟程工一个学校毕业的？程工毕业的时候是什么样子？"

"老大毕业的时候，那才叫一个风光，获得一级荣誉不说，那时候他已经在约翰·皮亚的公司里工作，甚至已经开始单独做项目了。"

约翰·皮亚乃是世界知名建筑师，他所设计的建筑都堪称地标级别。大胆的曲线结构，流畅的线条设计，独特的表现力，设计在全世界风靡，更是让他两次获得普利兹克建筑奖。

同时他也是程令时的老师，程令时的设计风格也不可避免受到他的影响。

在哈佛大学时，程令时就是约翰·皮亚的学生，后来他进入了对方的公司。

直到毕业两年后，程令时从约翰·皮亚的公司辞职，与容恒一起创立时恒建筑所。他的事迹和事业轨迹，其实邬乔早已经耳熟能详了，但她还是想要了解更多。

“老大的经历真不是一般人能仰望的。别的建筑师二十出头的时候，还在项目里打杂，可老大已经开始独自做项目。别人三十岁才是刚起步，老大三十岁已经功成名就。”

邬乔抬头，看向程令时的办公室。

他又没在公司，去外地出差了。

晚上下班回家，邬乔煮泡面的时候，接了个电话。

“姐，你毕业典礼是什么时候？”打电话的是邬乔的堂弟邬飞扬。

邬乔轻笑：“你问这个干吗？”

邬飞扬说：“当然是去参加你的毕业典礼。”

“你自己不用上学吗？”邬乔问道。

邬飞扬轻声说：“我就想去参加你的毕业典礼，请一天假的话，应该没事。”

“我跟你说过什么？”邬乔拿开泡面上盖着的平板电脑，坐了下来。

邬飞扬声音闷闷地说：“学业最重要。”

邬乔：“你知道就好。”

“可是姐，我要是不去参加的话，你岂不是在毕业典礼上连一个家人都没有？”

邬乔没想到他考虑的是这个，心底还是微微一热，说：“没事，其实我很多同学也没有家人来参加毕业典礼。”

“真的不用我去？”邬飞扬问道。

邬乔肯定道：“真的不用。”

“姐，你之前是不是又给我打钱了？”邬飞扬闷闷问道。

这两年邬家醋坊的生意不算好，大伯父之前又摔断腿，做了个手术，花了七八万元。

邬飞扬的生活费都是他自己打工赚钱攒的。他刚上大一，邬乔自己经历过那种咬牙打工的辛苦，所以给他打了一笔钱。

邬乔：“别觉得不好意思，那是要还的。”

邬飞扬大声：“那肯定的呀。”

双方都沉默了一会儿，邬飞扬轻声问：“你最近有跟我姐联系吗？”

“没有呢。”

邬飞扬叹了一口气：“自从她上次闹着不当护士，非要辞职去上海当什么网红，我妈就非常生气。后来她直接把我妈的号码都拉黑了，微信也删了，连我都联系不上她。”

“你也说了，你都联系不上她，她当然也不会跟我联系。”

邬慧的成绩一直不算好，所以高中毕业之后，她只考上了一所护理学院。她比邬乔提前一年毕业，原本在老家找了工作，谁知干了半年，实在受不了医院的辛苦，也没跟家里人商量，直接辞职。

大伯母知道后，狠狠大骂了邬慧一通。

后来邬慧也不知是认识了什么朋友，说她长得漂亮，可以当网红。

如今网络直播大热，当网红的人确实不少。但大伯母不太能接受这样的新事物，觉得工作不太稳定，朝不保夕。

邬慧在家跟父母大吵了一架，直接来了上海。其实之前大伯母也给邬乔打过电话，询问邬慧的情况。但邬慧打小就跟邬乔不对付，她不管有没有事，肯定都不会来找邬乔。

邬乔也试着给邬慧打过电话，发现她手机号码都更换了。

邬飞扬担忧地说：“我之前还能用微信联系她，但最近已经有两个月没她的消息了。”

“你要是实在担心的话，我帮你打听打听。”邬乔想了下，安慰道。

“那行。”邬飞扬声音明显开心了许多，“谢谢姐姐。”

挂断电话，邬乔盯着面前的泡面，已经凉了许多。

邬慧比她还大，二十三岁的人一气之下离家出走，不管是母亲还是弟弟都担忧不已。

以前住在大伯母家里时，邬慧总是各种不开心，抱怨连连。她抱怨大伯母生了邬飞扬，重男轻女，抱怨大伯揽下邬乔这个包袱。她欺负不了邬飞扬，便想方设法找邬乔的碴儿。

说实话，邬乔不喜欢她，但她羡慕邬慧。即便到了这个年纪，依旧有着任性的资本，依旧会有家人担心她。

大伯母表面上说，只要她走了就别再回来，可私底下依旧会跟邬乔打探她的消息。

就连邬飞扬，看起来他好像更喜欢邬乔一点，但他真的在意自己的亲姐姐。都说血脉亲情无法割断，邬乔偶尔也会想，为什么她就被轻易割断了呢？

毕业典礼的前两天，邬乔所在的班级找了个周末，举行了最后一次聚餐。这次所有人全部到齐。班长出手阔绰，让老板直接搬了三箱啤酒，据说是这次要彻底地不醉不归，谁都别想跑。

邬乔和郝思嘉两人也不可避免地被男生敬酒，好在大家对她们女生还算照顾，但是其他男生那可就彻底放开了。

就连平时温和的班长，端着啤酒直接说道："今天咱们班的男生，有一个算一个，要是谁能从这里站着走出去，那就是不给我面子。"

"班长，不至于吧。"

"就是，班长你这弄得跟生离死别似的，咱们以后还长长久久着呢。"

结果大家七嘴八舌刚说了两句，班长把啤酒罐往桌子上一放，哐当一声，吓得所有人都住嘴了。

班长环视一圈，沉声问："喝，还是不喝？"

这个问题，堪称当年"泰坦尼克号"里面，那个"跳还是不跳"的问题。

谁知第一个站起来响应他的，居然是易百。他直接举起啤酒，跟班长碰了下，淡声说："我先干为敬。"说完，他一口气喝完了罐里的啤酒。

"易百，你疯了吧，吹瓶呀！"他身边坐着的室友忍不住喊道。

但很快易百放下啤酒罐，他直接将啤酒罐口向下，示意里面一点酒都不剩。

有了易百的带头，余下男生再不好意思推托，一个个全都碰杯喝了起来。

大家相互敬酒，有些人也趁机将五年大学里的种种全都宣泄了出来。

如果说答辩是毕业的一个标志，那么最后一场的毕业聚餐，则更多是跟五年来朝夕相处同学的告别。很多人可能经此一别，真的一生再难相见。

郧乔看着比平时更加活跃的班长，忍不住问道："班长怎么了？"

"分手了。"郝思嘉轻叹一声。

郧乔有些惊讶："真的？"

班长的女朋友并不是建筑系的，而是隔壁医学院的，正好两个学院都是五年制，所以大家都说他们是天生一对。

郧乔偶尔会在学校遇到班长和他女朋友，两人看起来感情很好。他们大一刚入校没多久就在一起了，到现在已经足足五年，在所有人眼中，他们两个都应该是一毕业就结婚的那种情侣。

"班长深圳人，他签了广东的建院，然后他女朋友要留在上海读博，两人就没谈拢……"

对校园情侣来说，毕业之后的选择太过重要。喜欢的人去了别的城市，两人分隔两地，未来的人生目标也不再一致，因此干脆长痛不如短痛，在毕业之际彻底放开彼此。

郧乔轻叹了一口气，低声说："挺可惜的。"

郝思嘉感慨："幸亏我没在大学谈恋爱，要不然毕业分手太痛苦了。"

"没事，你说不定不用等到毕业……"

郧乔拍拍她的肩膀。

到了十点左右，大家还没喝够，班长干脆问道："要不去吃烧烤？"

"好好，今天晚上不醉不归。"

这一个提议，立即引起了大家的赞同。

众人刚走出饭店的门口，准备去找个烧烤店。

聚餐的地方，就在学校隔壁的美食街上，所以旁边也有很多烧烤店。

还没走多远，突然听到一个声音喊道："易百。"

原本几个男生勾肩搭背，这会儿听到声音齐齐回头。

陈宁宁背着一个小包，直奔而来，一把抓住易百的手臂，恶狠狠道："还躲我，还躲我，你还想躲到哪里去？"

易百没想到会在这里碰上她。他有些不耐烦地抬抬手臂，想要挣脱她的束缚。

"你还想往哪儿跑？"陈宁宁死命抱着易百，就是不松手。

易百皱眉："你到底想干什么？"

"我想干什么？我还想问你想干什么呢，当初是你追的我，凭什么你说分手就分手？"陈宁宁气急败坏道。

这么多天，陈宁宁一直在找易百，学校找不到，他公司也没有人，仿佛人间蒸发了一般。

陈宁宁知道易百一定是在躲着自己，所以在看见他的一瞬间，不顾一切地跑了过来，拽着他的胳膊，生怕一松手，他又消失不见了。

易百缓缓抬眼，朝她看过来，终于不紧不慢地说："哦，那对不起了，是我当初不该追你，所以我现在分手，你不是应该开心？"

其他同学都有些尴尬，按理说这种小情侣吵架，大家应该劝着点。可是上次陈宁宁在餐厅里当众给邬乔难堪，不少人都看在眼里，大家从心底里都觉得，易百分手这事儿也没什么错。

陈宁宁直接把自己的包从肩膀上取下，冲着易百砸了过去。这包虽然小，但是链条很重。

链条砸在易百身上，沉闷的响声听着有些瘆人。

郝思嘉拉着邬乔就往后退："这什么人啊，赶紧离远点，可别溅一身血。"

易百也没还手，任由她砸自己。最后还是跟陈宁宁一起过来的朋友实在看不下去，上前拉住她劝说道："算了，算了，这种人不值得。"

"我就是咽不下这口气。"陈宁宁其实长得挺漂亮，但是再漂亮精致的一张脸，在撒泼的时候，也无法让人怜惜。

易百的室友也趁机将人拉开，说道："既然分手了，就好聚好散，何必闹这么难看。"

"是我闹得难看，还是他事情做得难看？"陈宁宁指着易百鼻尖道，"说什么受不了我脾气差，我看就是之前给你情人脸色看，你看不过去吧。”

“什么？”易百脸上出现怒火。

陈宁宁冷笑一声，盯着他：“看看，看看，平时跟我在一起，像个‘死人’一样。我一提到你的‘白月光’，你可算是有反应了。”

“这是我们两个之间的问题，你扯什么别人？”易百冷漠道。

陈宁宁：“她是别人吗？要不是因为她，你会跟我分手吗？”说完，她扭头在人群中寻找，终于看见了站在最后面的邬乔。

“你躲什么躲，做了亏心事，以为藏起来就没事了吗？”陈宁宁似乎认定，就是邬乔才导致他们分手。

邬乔闭了闭眼睛，实在是觉得这个人不可理喻。她转头对郝思嘉说：“我们先回宿舍吧。”

“行，别跟这种人计较。”郝思嘉也不想让邬乔牵扯上这件破事，拉着邬乔就要走。

却不想陈宁宁这么偏执可怕，居然直接拦在她们面前，挡住她们的去路。

“你有病吧，赶紧让开。”郝思嘉发脾气道。

陈宁宁也不看郝思嘉，只盯着邬乔：“你敢说，你没在易百面前挑拨离间？”

“我敢说，我没有。”邬乔神色淡然。

陈宁宁一怔，没想到她这么笃定。

邬乔：“你跟易百之间的问题，我也敢说，跟我毫无关系。”

“我可算是第一次见到什么叫‘白莲花’了，”陈宁宁嘲讽说，“如果跟你没关系，为什么跟你吃过一顿饭之后，他整个人都变了。”

“问他，或者问你自己。”邬乔神色冷漠。说完，她拉着郝思嘉，往旁边走去。

陈宁宁还想再拦着她们，却被赶到的易百死死抓住手臂：“你能不能别闹了，不嫌丢人吗？”

“我不丢人，丢人的是你和她。”

“你要是还喜欢她，为什么要跟我在一起，你当我是什么?!”

易百盯着她："我跟你在一起的时候，我敢保证自己是全心全意。我之所以跟你分手，不是因为任何人，是因为你的性格让我难以忍受。"

陈宁宁没想到他居然当众说出这种话，她哭嚷道："你还是人吗？说这种话。"

"如果我不实话实说的话，你是不是就要一直这么追着我不放？"易百实在不想再和她纠缠下去，干脆一次性断了陈宁宁的念想。

终于，陈宁宁抬头望着他，恶狠狠地说："行，你别后悔。"说完，她转身离开。

回到宿舍里，郝思嘉还是很生气，骂道："那女生没病吧？上次那么对你，咱们就忍了，这次居然还这样。跟陈宁宁说过一万遍了，你跟易百没关系，她是听不懂人话吗？"

邬乔揉了揉脸颊："大概吧。"

她心想：大概是真的听不懂人话。

"难怪易百要跟她分手，遇上这种偏执性格的人，不论男女，遇到都赶紧跑。"郝思嘉心有余悸。

邬乔不想对陈宁宁多做评价，只说道："其实上次吃完饭之后，我就已经把易百的微信删了。"

"啊？"郝思嘉诧异，但是很快她点头道，"那也好，她想碰瓷都碰不到你。"

"两个人的感情问题，非要拉一个无辜的人下水。"

郝思嘉不管怎么想，都觉得是陈宁宁的问题。

邬乔说："算了，先去洗澡吧。反正马上毕业了，这种事情也跟我没关系了。"

郝思嘉说："本来也跟你没关系。就是毕业之前遇到这种事情，挺烦人的。"

两人没再多说，各自去洗漱。

邬乔也没把这件事放在心上，反而开始收拾宿舍的东西，慢慢将东西往租的房子里带。

至于用不上的，则是直接挂到了二手网站上。

毕业典礼的前一天，邬乔依旧还在公司上班，却突然接到郝思嘉的电话。

“邬乔，不好了。”郝思嘉声音紧张地道。

邬乔以为她出什么事了，立即说：“你先别紧张，出什么事了？”

“不是我。”郝思嘉深吸一口气，低声说，“是你跟易百。”

“什么？”邬乔皱眉。

郝思嘉：“我把帖子发给你，你先看看。”

很快，郝思嘉通过微信把帖子转发到了她的手机上。

邬乔点开链接，就看见一个标题。这是一个类似树洞的帖子。

远离极品前男友还有他的“绿茶白月光”，要不然会变得不幸。

看到这个标题，邬乔垂着眼，轻轻滑动手机页面。

对我而言，这是如同噩梦一般的事情。本以为大学时代会享受到甜甜的初恋，但是我这人很害羞，所以一直到快毕业，才终于遇到自己以为正确的人。只是没想到，这居然是噩梦的开始。

前任是学建筑的，因为我很喜欢建筑设计，所以是在一次展览上认识。得知对方跟自家一个学校，开心不已，顺便加了微信。没想到之后，他主动联系我，我当时真的开心极了，以为他是真的喜欢自己。一开始进行得很顺利，他约我出去玩，后来又告白，我们顺理成章在一起了。

直到他带我去参加聚会，我才知道，他有一个喜欢了三年的白月光，而我只是他用来刺激这个白月光的“工具人”。

我与那位白月光在洗手间遇到，对方直接嘲讽我，说我只是个备胎。

我只是想要好好喜欢一个人，我从来没有想要伤害谁，只想要一段属于自己的爱情，而不是在别人的故事里充当一个无足轻重的备胎。

底下全都是各种评论。

· 姐妹，你这个经历也太惨了吧。

· 我太能理解你这种感受了，因为我也是这样，前男友心里还有他的前女友，和我在一起只为了刺激对方。果然最后他们两个重新在一起，我至今还没恢复过来。

没想到这样的情况居然不在少数，也正是因为有这样的共鸣，一下子便引爆了这个帖子。

后来这个帖子又被发到论坛。

如果单单只是一个树洞帖，倒也不至于让郝思嘉这么神色紧张地给邬乔发信息。

因为帖子后续的走向，居然是扒出了当事人的隐私。或许很多人都会觉得奇怪，为什么这种帖子能扒出真人。除了发帖的人吐露的一点信息之外，网友真的足够神通广大。

昨天的帖子，居然今天就扒出来了当事人的信息。

邬乔翻到最后，看到学校和院系还有自己的信息时，不由得皱起了眉头。她想不通，为什么这些网友会这么神通广大?

郝思嘉又在此时发了信息："你不是没有易百的微信，所以我也把这个帖子发给他了。他找的女朋友，他得自己解决这个问题。"

郝思嘉："陌生电话千万别接，我看已经扒出易百和你的手机号码了。"

邬乔看着帖子，居然没有特别生气的感觉。明明成千上万条评论，都是在骂她，可她心情格外淡然，仿佛这件事跟她没什么关系。或许是她一直以来的性格原因吧，擅长隐忍，对于跟自己不是很有关的事情漠不关心，更不会在意其他人的诋毁。对她而言，这个帖子里说的都是假的。

邬乔从来没有嘲讽过陈宁宁，跟易百也一直保持着距离。她也从未给易百一点错觉或者暗示。

邬乔："没事，这种帖子过两天热度就会降低。"

郝思嘉似乎也没想到，她居然会这么淡定，又发信息：“你能这么想就好了，我还打算费尽心机安慰你呢。”

郝思嘉：“邬乔就是邬乔，不被这种小事影响一点点。”

邬乔确实没受太大的影响，她照常工作。但是很快，她手机响了，传来嗡嗡嗡的振动声。

旁边顾青瓷原本正在做设计，听到这个动静，有些诧异地问道：“乔妹，你不接电话吗？”

邬乔摇摇头，直接挂断。但是刚挂断这个电话，紧接着下一个就打了进来。一个接一个，没一会儿她的手机开始发烫。

“邬乔，是不是出什么事了？”顾青瓷离她最近，自然注意到她这边的状况不对劲。

哪有人手机这样频繁响的，这看起来就是被骚扰了。

邬乔摇头：“没事。”

见她不愿意说，顾青瓷也没办法追问到底。可邬乔没想到，这居然只是个开头。

邬乔将手机彻底关机，本以为就不会受到打扰。可下午的时候，前台突然在内部通信软件上给她发信息：“邬乔，前台有电话找你。”

邬乔起身，走到前台，此刻电话还没挂断，话筒被放在一旁，于是她举起来，轻声说道：“喂，你好，我是邬乔。”

“勾引别人男朋友，你这种人不得好死。”一连串的咒骂声传来，直冲邬乔耳膜。她还未回过神，又是“砰”的一声，对方挂断了电话。

大概是对方咒骂的声音太大，连两个前台小姑娘都听到了一点。她们有些诧异地抬头，看着邬乔。

反而是邬乔，把话筒举到眼前看了一眼，缓缓放好。

“谢谢。”邬乔放下，冲着前台说道。

随后邬乔转身，回到自己的工位。

没一会儿，负责前台的人再次发来信息：“邬乔，电话又来了。”

邬乔盯着电脑屏幕上弹出的消息，低头打字：“可以帮我直接挂断吗？”

“好的。”前台的人回道。

十分钟后，前台的人带着一种无奈而又有些崩溃再次发来信息：“对方一直打过来。”

邬乔抿嘴，深吸一口气，终于还是起身又去了一趟前台。只是这次接通电话后，对方似乎也没想到她会接电话，愣了一下才开口道：“好好当个人，当小三不得好死。”

邬乔语气坚定地道：“我不是什么小三，网上的帖子只是一面之词。”

对方大概也不想跟她纠缠，直接挂断电话。

前台的小姑娘想了想，还是小声问道：“邬乔，这个电话一直打进来，挺占线的。你能不能跟对方说说，别再打电话过来了。”

“对不起。”邬乔抱歉道。

公司前台的电话，不可能像她自己的手机那样直接关机。

毕竟这是公共设施，是自己牵连了公司。

可是除了道歉之外，邬乔一时间也想不到解决的办法。

很多网友听信一面之词，恨不得将所有的怒火和怨气都发泄在邬乔身上。

如果网络暴力是“滔天洪水”，那如今的邬乔就是任由洪水冲击的一叶扁舟。

如果不够坚强的话，就会被彻底打翻在这样的网络暴力之下。

邬乔站在前台等着，果然，没一会儿又有电话打来。

前台的姑娘见状，实在没办法，只能将这件事跟行政部那边说了。作为行政部的老大，魏媛很快从办公室出来。

“邬乔，我能知道，究竟发生什么事情了吗？”

邬乔垂眸：“抱歉，因为我的私事，影响到公司的正常上班秩序。”

魏媛之前也了解大概的情况，解释说：“我询问这个，不是为了打探你的隐私，只是想要帮你解决眼下的问题。”

邬乔点了点头，但身侧的固定电话再次响起。

电话的声音不断回响着，刺激着在场每个人的耳膜。

邬乔转身，伸手去拿话筒，准备再次接起电话，可她的手掌刚握住话筒，还没举起来，身后传来一阵急促的脚步声。

邬乔还没来得及转头，一只手已经覆住她的手背，压住了她准备举起话筒的手掌。

邬乔抬眸，程令时的脸赫然出现在眼前。

几天不见，他的黑发短了一点。两边的鬓发剃短了些，脸颊线条看起来更加干净流畅。

一张清俊至极的脸，乌眸透着一股冷意，整个人看起来桀骜而又冷漠，跟平时邬乔看见的那个总是漫不经心的人，仿佛是截然不同的两个人。

“程总。”

“程总。”

魏媛和前台的人看见突然出现的程令时，都是一愣。

两人立即低声问候了一句。

程令时没有说话，因为他已经直接抬手将电话线拔掉。

“报警。”刚拔掉电话线，程令时转头对魏媛冷声道。

魏媛有些诧异，反问道：“报……报警？”

“公司的员工遭受骚扰，你不报警，还等什么？”程令时侧着脸，这话是对魏媛说的。

周围人很多，可邬乔的眼里只剩下他的身影。

魏媛回过神，立即说：“好，我现在立即报警。”

程令时听到她的答复，脸上还是没什么表情，因为他已经转头看向邬乔。

他的身材修长而高挑，站在邬乔面前时，颇有种居高临下的感觉，特别是这次垂眸微睨着她，眼神变幻莫测。

“你，”程令时低沉的声线缓缓响起，“跟我进来。”

邬乔垂眸，跟在他身后。

他们经过公共办公区域的时候，不少人都在悄悄看着他们。

不少人已经知道邬乔好像被人骚扰，电话都打到公司前台了。

这种事情，在公司瞒不了多久。

等到两人进了办公室，外面还在交头接耳。

“我听说她当小三被人曝光了？”

“真的？不是说她跟程工……”

“我早就打听过了，她跟程总家有点儿亲戚关系，程工怎么可能看得上她。”

邬乔并不知道别人对自己的议论，她垂着脑袋跟着程令时进去。

一进办公室，邬乔刚在桌边站定，便低头说：“对不起。”

程令时没有坐下，他漫不经心地将衬衫上最高的那颗纽扣解开，脸上原本没什么表情，突然听到这话，被气得一笑，进而压着微恼的情绪问道：“说说看，错哪儿了？”

“我不应该让自己的私事影响到公司。”

邬乔如同认错的小学生般，认真检讨自己。

一声清晰而又嘲讽的笑声响起。随后，邬乔看到自己面前出现了一道阴影，程令时已经走到她面前，他想要发火，却又怕吓着她，最终还是咬牙道：“你当我是死人？”

什么意思？邬乔错愕地抬头。

“这种事情，你不知道跟我说？”程令时声音越发恼火。

邬乔抬头，就看见他那双明明漆黑却又过分亮的眼睛，就那么逼近自己。

“下次，”他抬手压在她脑袋上，明明想狠狠教训她，可最终还是变成了揉她发顶，轻柔道，“受了委屈，得知道叫人。”

第九章

可他不会喜欢我

程令时垂眸，感觉有些奇怪。他是在回公司的路上接到了容恒的电话，说是公司前台一直有人打电话过来找邬乔，看起来她好像惹上了什么麻烦。

容恒知道程令时的心思，一发现这件事情，他立即就给程令时打了电话。

“我现在还在外面，你不是正好在回公司的路上，赶紧去看看吧。”容恒说道。

程令时让司机开车回来，果然刚到公司，便赶上了邬乔在前台接电话。他此刻再次望向邬乔，沉默了片刻，还是问道：“邬乔，为什么不第一时间报警？”

“我只是觉得，这种事情，”邬乔想了下，低声说，“只要不去搭理，很快就会过去了。我相信清者自清。”

程令时望着她，轻笑了下，缓缓走到她跟前，弯腰道：“那你想没想过，比起被动等待，更好的方式是进攻。”

“还记得当初你是怎么对付董兆新的吗？”

程令时想到那时的邬乔，又不禁笑了起来。

那个站在酒店大堂闪闪发光的女孩，仰着头像个高傲的天鹅，不服输地望着对方，将对方给予自己的羞辱，毫不犹豫地还回去。是以今日，他依旧想要见到那样的邬乔。

邬乔沉默了好久，她再次抬起头，认真看着他，问道：“报警的话，我什么时候可以做笔录？”

T大毕业典礼当天，天气正好，碧蓝天空之上，万里无云。

偶尔吹来一阵清风，让穿着学士服、戴着学士帽的学生们感受到一丝凉意。不过即便是这样，往来不少学生手里都拿着小风扇。

大家在自己学院的方阵坐下，因为是在露天场地举办毕业典礼，连邬乔都朝天上望了一眼，忍不住说道：“为什么太阳这么晒？”

“赶紧用小风扇吹吹。”郝思嘉将小风扇对准她。

邬乔刚在位置上坐下，就看到不少人扭头朝她这个方向看过来。

郝思嘉也察觉到了，立即无语道：“这些人不会真信了网上的那些胡言乱语吧？”

“应该吧。”邬乔神色冷淡。

因为人太多了，周围熙熙攘攘，声音很大，邬乔倒是没听到别人对自己的议论。

郝思嘉低声说：“你报警之后，警察有没有说什么？”

“警察说调查的话，需要几天的时间，所以现在等着就好。”

见邬乔说得轻松，郝思嘉也放下心，她打气道：“放心，这种事情白的说不成黑的，现在网络上这些造谣生事的，逃脱不了警察叔叔的惩罚。”

“嗯。”邬乔点头。

邬乔确实很平静，报完警之后，她就一直安心等着。

毕业典礼的时间很漫长，在经历了校长讲话，还有今年邀请的嘉宾发言之后，终于进入了颁发毕业证书和拨穗的环节。

大家穿着学士服，依次排队上台，迎接大学生涯里最为重要的一个时刻。

典礼结束后，各个学院依次退场。到了场地外面之后，就是学校布置的毕业墙，上面密密麻麻签着毕业学生的名字。

许多同学在跟朋友、家长合影。

因为典礼开始得很早，所以邬乔和郝思嘉也没来得及合影。

典礼结束之后，大家开始合影。

邬乔和郝思嘉是班里仅有的女生，一直被其他几个男生拉着照相。

不少人似乎都知道邬乔的遭遇，但是大家毫无芥蒂，甚至几次有人想要开口安慰她，倒是被旁边的同学拦住。

这种重要的时刻，大家都不想去说不太开心的事情。

很多学生的手上都抱着鲜花。就连郝思嘉的父母，今天都来到了学校。

这会儿郝思嘉被她爸妈拉着拍照，她怀里抱着她妈妈一大清早亲自去花店挑选的鲜花，双手比“V”，望着摄像头，笑容灿烂。

邬乔没有家人来参加毕业典礼，所以就干脆充当其他同学的摄影师。没一会儿，额头上全都是细密的汗珠。

体育馆旁边的大树上，蝉鸣不断，拂过的风里都带着散不去的燥热。

邬乔在替一个男同学全家拍完照片后，便准备离开，她实在是太热了。

郝思嘉跑过来，直接从自己手中的花束里，拔出几枝鲜花，递到邬乔手里：“我昨晚还特地叮嘱我妈，一定也要给你买一束花，结果她还是忘记了。我的花分你一半，你不会介意吧？”

邬乔本来不想要，但是听到这话，反而握住花枝：“当然不会，谢谢你的花。”

片刻间，郝思嘉突然指了指不远处，惊讶道：“快看，快看。”

邬乔抬头，看到一个熟悉的背影。

“我们院长旁边站着的那个人，是程令时吧？”郝思嘉激动道。

邬乔颔首：“嗯。”

对于程令时的背影，邬乔实在太过熟悉，所以她一眼就认出了他。

此刻程令时依旧穿着一身休闲装，背影修长而挺拔，站在院长和学校几位教授的身边，显得那样年轻而又英俊。

“这就是青年才俊吧，这身材实在是绝。”郝思嘉嘀咕。

说话间，程令时扭头看了过来。

郝思嘉激动道：“他刚才是不是朝咱们这边看了？”

邬乔再次点头。

“你别光点头不说话呀。”郝思嘉又看了一眼，惊讶道，“他手里还拿着花，难道咱们系里还有他的亲戚？”

可是郝思嘉思来想去，最后转头看向邬乔："他该不会是为你来的吧？"

这次邬乔没有否认，而是直直望着对面那个已经缓缓走过来的男人。

在阳光下，程令时实在太过夺目，是人群的焦点所在，所有人的目光都忍不住投向了他。

但此刻，他却步履坚定，一步步走了过来。

郝思嘉再扭头时，看到这一幕，下意识地从邬乔身边退开两步。

程令时站到邬乔面前时，在场建筑系所有人，从院长到学生，都望着他们两人。终于他将鲜花送到她面前，懒散的声线透着几分严肃，沉沉道："邬乔，毕业快乐。"

邬乔的反应慢了半拍，她过了好一会儿，才从他手里接过鲜花。

她低头看了一眼，其实自己没跟程令时说过毕业典礼的时间，但是她跟公司请假时，是用这个理由报备的。说心底没有期待他出现，是在骗人。

可当程令时真的出现时，邬乔的一颗心又在扑通扑通跳个不停。

程令时拿过花之后，直接对还站在一旁的郝思嘉微笑道："同学，能请你给我们拍张照片吗？"

"当……当然。"郝思嘉说话都有些结巴了。她将自己手里抱着的花放下，拿出手机对准他们两个。

半晌，郝思嘉突然一咬牙，说道："你们离得太远了吧。"

邬乔一怔，哪儿有太远了，明明她的肩膀已经挨着他的手臂了。但她的念头还未消，肩膀上出现了一只手掌，她感觉到他的手臂微微收力，她整个人被揽在怀中。

"咔嚓"一声，相机将这一幕彻底定格。

郝思嘉拍完照，没敢靠近他们，反而站得远远的。

倒是程令时松开搭在她肩膀上的手臂，身体转了个方向，面对着邬乔。

那天报警之后，邬乔就请假回来准备毕业典礼。

两人一直没有见面。

程令时想了许久，还是开口说："那天我不该冲你发火。"

邬乔没想到是他先开口道歉，她立即说："没有。你没有错，错的是我。你说得对，我不应该遇到事情就逃避，是我应该谢谢你。"

邬乔心里默默补充道：这样很懦弱。也谢谢你，能把我骂醒。

程令时看着她诚心道谢的模样，心里犹如针扎，再次泛起密密的疼。

他停顿了许久，垂眸看她，喊道："早早。"

听到这个称呼时，邬乔心脏微微一跳，忍不住抬起眼眸。

程令时微微弯下腰，拉近与她的距离，眼眸直勾勾盯着她，这一刻邬乔甚至能看见他黑眸里她的身影。

此刻，他的眼中只有她。

"祝我的小女孩，从此一生坦途，前程似锦。"

初夏来临，T大校园里早已经树荫繁茂、树冠如盖，遮蔽着来来往往的行人。

靠近体育馆附近的栀子树，枝繁叶茂，一朵朵白色栀子花，安静缀在枝头，散发着清新素雅的淡香，让这个离别的时刻，也多了几分脉脉温情。

邬乔没想到，程令时会说这样的话，她的呼吸微微一窒。

待邬乔仰头望着他，过了许久，低声说："谢谢你，师傅。"

程令时伸手摸了摸她的脑袋。没一会儿，他直接带着邬乔过去跟院长还有几位教授聊天。

院长看着邬乔，笑道："咱们这位建筑系的王牌学生，在你公司表现怎么样？"

"如虎添翼。"程令时淡然一笑，随后说道，"邬乔最近刚参加辰安市举办的美术馆竞赛，她跟我们公司其他两位员工一起组队参加，目前设计方案已经进入前八了。"

众位教授一听这话，纷纷表示赞赏。

程令时眉眼带着笑意，说道："说来还是要谢谢几位教授，培养了这么优秀的人才，最后让我们公司捡到了宝。"

听到这话连院长也笑了起来。

教书育人，老师最想要看到的，不就是自己的学生能够成才。

院长说道："邬乔，虽然你在学校里表现一直很优秀，但是日后出了校园，进了公司，你要走的路还很长。你们程工是青年才俊，建筑界的后起之秀，你要跟他多学习。"

“谢谢院长教诲，日后我一定多向程工学习。”

因为邬乔一直是这一届学生里的第一名，之前又在几个竞赛里拿过奖，。因此建筑系不管是老师还是学生，基本没人不认识她。如今她的毕业典礼，程令时居然亲自过来，还给她送花，那些原本已经准备离开的学生也聚集在周围，甚至低年级的学生居然也赶来了。

程令时虽然是年轻建筑师，但是他的建筑风格大胆而又创新，他的建筑项目落地时，总能达到刷屏朋友圈的轰动效果。况且他在非常需要资历的建筑界，这么年轻就成名，难免会成为建筑学子的偶像。

不少人得知程令时在这边，便立即赶过来。

当第一个男生过来要签名时，其他人似乎也受到了鼓励，很快程令时就被人团团围住。

邬乔赶紧往旁边撤，打算自己悄悄溜走。

郝思嘉没一会儿也溜到她旁边，望着被学弟学妹们团团围住的程令时，小声问道：“你带笔了吗？”

“干什么？”邬乔不明就里。

郝思嘉：“要签名呀。”

好在最后郝思嘉还是克制住了，没真的去要签名，但她轻轻撞了下邬乔的肩膀：“你不是一直说程工只是你的老板？”

邬乔确实没跟郝思嘉说实话，因为她实在太了解郝思嘉的性格了。要真的让她知道，自己与程令时很小时就认识，她肯定会刨根问底。

“其实……”邬乔想了下。

郝思嘉突然捂住自己的嘴，一脸错愕地望着她：“你们在一起了？”

“不是。”邬乔赶紧否认，她就知道郝思嘉肯定会想歪。

“那他为什么会来参加你的毕业典礼？”郝思嘉轻哼了一声，“你可别跟我说他不是专门为你来的，这种话说出来就是在侮辱我的智商。”

邬乔一时无语。

郝思嘉见她不说话：“还是说他对你们建筑所的每一个实习生都这么好？”

终于，邬乔缓缓开口：“那倒没有。”

听到这个回答，反而是郝思嘉一愣："真的假的？"

"我要是说他对每个实习生都这么好，岂不是在侮辱你的智商？"

"那倒也是。"郝思嘉点头。

邬乔弯唇一笑。

程令时身边围着的人并不见少，反而有些人即便拿了签名也没有离开，还在询问程令时一些问题。

邬乔以为程令时那样倨傲的性格，不屑回答那种幼稚问题，可没想到他脸上不仅没有不耐烦，还挺耐心。

郝思嘉随口说道："你赶紧给我说清楚，要不然我今天不放你走了。"

邬乔想了下，如实道："其实我很小的时候，就认识他了。"

"啊？"

"没逗你，真的。"邬乔笑了下，眼睛看向程令时的方向，她小声说，"在我老家，那时候我才上初二，准确来说，是初二升初三的那个暑假。"

郝思嘉瞪大双眼："你这瞒得也太深了吧。"

"五年了，整整五年了。"郝思嘉竖起手掌，五指张开，晃了晃，说道："你居然能瞒得这么紧，一点口风都不露？我都不知道该说你口风紧，还是说你太可怕了，这都能瞒得住。"

邬乔被她的夸张形容逗笑，她轻声解释："其实也不是。"她说，"虽然我小时候就认识他，但是上了大学后，我们就失去了联系。整整五年都没有见过面，也没有联系过彼此。"

"该不会是上次那个展览才又联系上的吧？"听到邬乔这么一说，郝思嘉立即反应了过来。

邬乔点头："嗯，就是上次你非要拉着我去看的那个展览，我跟他重新遇到了。"

"哇，从小就认识，多年后重逢，这么有缘分，"郝思嘉伸手揽着邬乔的肩膀，兴奋道，"我怎么比你还激动。真的，你们要是不在一起，都对不起老天爷给你们牵的红线。"

"别这么说，他没有喜欢我。"

邬乔并没有被郝思嘉的激动感染，反而反驳了一句。

郝思嘉惊讶："为什么呀？我觉得他就是喜欢你，就算还没到喜欢那个地步，但最起码也是有好感吧。要不然他为什么非要过来给你送花？"

说着，郝思嘉突然眨了眨眼睛，小声问道："难道他是那种花心男人？"

"当然不是。"邬乔沉默了下，低声说，"我就是觉得，他应该不会喜欢我。"

"为什么呀？你长得这么好看，性格也好，而且多优秀啊。"郝思嘉一直给她打气道，"我觉得你就是当局者迷，刚才我给你们拍照的时候，他还主动揽你的肩膀呢。"

郝思嘉从细节开始找证据。

只是邬乔在岁月里等待了太久，早已经不像郝思嘉那样。她望着远处的程令时，轻轻说："我和他的差距太大了。"

不管是家庭还是个人。邬乔纵然是别人眼中长得好看又优秀的小姑娘，可是她的优秀在程令时的面前，便只是皓月之前的萤火之光。

远的不说，时恒建筑所里面的女设计师，不管是杨枝还是顾青瓷，都比她优秀。

"喜欢这种事情，又不是看条件，是看感觉呀。"

郝思嘉和邬乔说了这么久，听着她的话，沉默了片刻，突然问道："邬乔，你是不是喜欢他呀？"

因为到现在为止，郝思嘉听到的都是，"他不会喜欢我"。

明明是两个人的关系，她却只在说对方。

即便迟钝如郝思嘉，也在这时候听出了异样。

两人之间，仿佛连来往的风都停止流动，气氛变得缓慢而凝重。

郝思嘉知道邬乔的性子，沉默而又淡然。

就在她以为邬乔不会回答自己时，邬乔却突然开了口："是呀。"

是呀。

我喜欢他。

这两个字，邬乔走了这么远的路，经历了这么漫长的岁月，终于可以镇定说出口。

她喜欢眼前这个叫程令时的男人。

从一开始，那样耀眼温柔的人，陡然闯入她的生活。

她便一眼心动。

因为太想靠近他，便追寻着他的脚步。

一直努力前进。

典礼彻底结束，邬乔便想先回宿舍。

今天宿舍就要清空出来，因为时间关系，所以邬乔的行李都收拾得差不多了。

但是程令时还被人围着，她只能先在这里等着，总不能把他直接丢下吧。好在很快学院里的老师出面，让同学们都别再围着程令时。

程令时走向邬乔，松了口气。一低头，见邬乔在憋笑，他忍不住说："你也不知道去救我？"

"我怕被你的狂热粉丝淹没了呀。"

很快，邬乔又被老师叫过去，拍了一张合照。

程令时走到树荫下等着，谁知没一会儿树荫另一边也来了两个人。

很快声音响了起来。

"那个就是邬乔学姐吧，之前一直听说她的名字，第一次看见真人。"这是女孩的声音，倒没什么恶意，就是好奇。

一个尖细声音响起："对呀，我以为她都没脸来参加毕业典礼了呢，没想到还是来了。"

"是因为热搜的事情吗？"

之前邬乔的事情，不知为什么直接被送上了热搜，而且居然不断有人出来爆料，说她是建筑学院有名的"绿茶女"，从大二开始，就靠着自己长得漂亮，强行抱着建筑大神的大腿，参加竞赛。但是水平太差，最后还是没被国外名校录取。

总而言之，邬乔没有一点真才实学，都是靠着不断"抱大腿"上位。

一时间，邬乔好像成了新一代"绿茶女"的代言人。

"之前说她靠抱大腿上位，我还不信呢，谁知道今天程令时居然亲自来参加她的毕业典礼。"那个尖细的声音，啧啧了两声，"她进时恒才多久啊，就哄得大老板亲自来给她送花。”

这个声音说话间，充满了不屑。

程令时撇头，看见两个女生站在树下，不停地用小风扇吹风。

因为周围有灌木丛，所以她们也并未发现程令时。

短发女生也就是最先开口的人，握着小风扇悠悠道：“我看邬乔还拿了国家奖学金，应该是真的有能力吧。”

“你要是能哄到那些大神学长一直给你补课，你也能拿奖。”

这个尖细声音女生扎着马尾，马尾女继续扬扬得意道：“我之前认识一个学姐，她说邬乔在她们年级名声特别差，一直靠着各种手段拿奖学金。”

“唉，所以说‘绿茶女’混得就是好，在学校里抱男学长的大腿，进了社会，立即抱上自己老板的大腿。无往不利，我也想当‘绿茶’。”马尾女长吁短叹。

短发女生推了她一把，笑道：“得了吧，你有人家那长相吗？”

“没有，所以我没人家那么厉害呀。”马尾女哀叹。

程令时微垂着眼，站在一旁。他抬了抬眼，阳光从树荫缝隙里落下，洒在他肩上，让人不由得懒散起来。

校园里正处于离别的氛围，即将毕业的学生，在抓紧最后的时间，跟学校和老师同学做告别。

程令时扭头，看着不远处的邬乔还在跟同学拍照片。

邬乔暂时应该不会过来。于是程令时轻轻走了过去，那两个躲在树荫下的女生显然是在等人。

此时她们话题一转，已经聊起了别的事情。

所以程令时走过去，轻声喊道：“同学。”

两人同时转身。

在看见程令时的瞬间，这两人惊讶地瞪大双眸。

程令时唇线轻抿，抬手指了指马尾女生手里拿着的书，那是一本建筑概论，是最基本的建筑教材。

“那个能给我看一眼吗？”

马尾女其实在看见程令时时，心底是发虚的，可见程令时只是跟自己要书，便放松下来，一边笑着将书递过去，一边柔声说："我刚才还跟您要了签名呢，我的书挺……"

马尾女话音还没落，就见程令时打开书的封面，翻到他签名的那一页，然后直接将这页纸撕了下来。

两个女生错愕地看着他，就见程令时神色冷漠道："抱歉，我不想让我的签名留在一个私底下只会以诋毁别人为乐的人的书上。"

说完，程令时将书递回给对方。他低头看了眼上面的名字，说道："如果你介意我损坏了你的书籍，一周之内，我会派人送一本新的《建筑概论》给你。"

马尾女一副被吓傻了的模样，反而是她身边的同伴连声说道："对不起，对不起，我们不该背后议论您，我们没有诋毁您的意思。"

"是，你们可能没有诋毁我。"程令时无意为难两个女生，所以即便他心底带着火气，可说话时依旧平静而克制，"但是你们诋毁的，是另外一个女生的努力。

"在建筑界，女性建筑师被看低是常有的事情。她们的成就往往被掩盖，你们也是学建筑的，等以后工作，你就会知道，邬乔这样努力而又能压倒同年龄段男性设计师的人，应该成为你们职业道路上的明灯。她在学校所有的成绩，都是依靠她的努力，而不是所谓的抱大腿。"

两个女生都没想到，他会说出这样的话。

一时间，两人都羞愧难当。

程令时能跟她们说这么多，已是破天荒，所以说完，他便转身离开。

程令时以 T 的身份，在网络上跟邬乔聊天，他一直了解着她的生活和学习。多少次见到她半夜发邮件过来，偶尔听她提到自己又熬了一整夜，她所有的努力，都不该被辜负，谁都不可以。

回宿舍的路上，邬乔明显察觉到程令时的情绪不太好，平时他神色虽然懒散淡然，但是眼底总是挂着笑意，现在，整个人仿佛冻了一层冰。

邬乔问道："是有什么事情吗？"

"为什么这么问？"程令时好笑地望着她。

邬乔老实回答："我看你好像有点儿不开心。"

过了会儿，程令时忽然道："太热了。"

"啊？"

邬乔被程令时逗笑，原来他也会因为燥热的天气心烦意乱呀。

邬乔赶紧说："你先去车上等我吧，车里不是正好有空调？我把剩下的一点东西拿下来就行。"

"我陪你上去一起拿。"程令时坚持。

邬乔哪敢劳他大驾，摇头说："不用，我自己拿就行了，就剩一个箱子了。"

"小看我？"程令时挑眉。

邬乔这才说道："我住的是女生宿舍，旁边都是建筑系的学妹。你要是上去了，肯定又像刚才那样被团团围住。"

程令时想起刚才那一幕，果然犹豫了。趁着他出神的工夫，邬乔赶紧跑走："我去拿东西，等我下楼。"

程令时只能先去将车开到宿舍楼下。

好在今天是毕业典礼，所以学校对车进出校园管理得也没那么严格。

没一会儿，邬乔拿着箱子下来。

程令时下车，替她把箱子放在后备厢。

关上车门时，邬乔还笑道："你看，我就说只是一个小箱子。"

邬乔看起来很开心，似乎完全没有被网上的那些是是非非影响。反而是程令时看了她一眼，忽地开口："邬乔。"

"嗯？"邬乔抬眸看他。

"以后不管有什么事，"程令时垂着眼睫，盯着她，"你都可以告诉我，告诉师傅，告诉哥哥。"

我、师傅、哥哥。不管是哪个身份的他，都愿意。只是他好像更愿意以男人这个身份，倾听她的一切。

见程令时神色认真，邬乔虽不知发生了什么，还是认真点头："好，以后不管有什么，我都会告诉你，告诉师父，告诉哥哥。"

两人上了车，正要离开学校。

谁知辅导员打来电话，让她马上去一趟政教处。

郇乔一愣，还是把情况如实告诉了程令时。于是，他把车开到了政教处所在的办公楼门前。

郇乔下车，直接去了六楼。

程令时不放心，跟着她一起上楼。

刚到楼上，辅导员在电梯门口等着她，见到她身边的程令时还愣了下，有些尴尬道："程总，我单独找郇乔有点儿事情。"

程令时原本点头，准备让出空间，可是他抬头看见不远处走廊有一个穿着警服的人。

程令时先开口问道："是不是郇乔遭受网络暴力的案子有了进展？"

"这……"辅导员没想到，他居然也知道这事。

于是辅导员开口说："今天警方抓到了两个人，他们就是在网络上不停发文抹黑你的水军，但是这两人交代了幕后主使。"

说到这里，辅导员似乎有些难以启齿。

郇乔说："是我们学校的人？"

其实她已经猜到了是谁。

陈宁宁那天放的狠话，郇乔还犹在耳边。况且她跟易百的事情，只是普通的情侣矛盾，何至于会直接闹上热搜呢。想不到她倒是挺大方的，居然连网络水军都愿意买。

"今天警察来学校抓人，可是涉事的学生正好在参加毕业典礼，所以校方希望这件事能够低调处理。"

这次是程令时先开口："怎么低调处理？"

或许是听出程令时声音里的冰冷，辅导员有些不好开口了。

反而是郇乔不想为难辅导员，她知道老师夹在中间也很难做。她直接说："不是要处理吗？我最起码得先见见伤害我的人吧。"

学校特意把警察请到了大会议室里，郇乔一进去，就看见几个警察，还有坐在对面还穿着学士服的陈宁宁，以及陪在她身边的中年男女。那两个人看样子应该是她的父母。

这次的事情实在是严重，所以不仅两个学院的领导来了，校方领导也来了。

陈宁宁是美术学院的，她院系的老师一见邬乔进来，立即站起来开口说道：“这位就是当事学生吧，既然来了，我们可以坐下来好好聊聊。”

建筑系的主任也在，邬乔冲着他鞠躬，打招呼道：“教授你好。”

反而是警察看着程令时，问道：“这位是？”

“家属。”程令时轻声一笑，语气平静。

“既然双方都到齐了，我们就说说今天这个案子。”警察原本是想把人直接带到警局去调查，但是校方中途插手，所以警方才同意先调解。

警察简单复述了一遍案情，说道：“现在我们抓到两名嫌疑人，已经交代了，他们是受到T大美术学院陈宁宁的指使，才会在网络上以发帖的形式抹黑受害人。”

“警察同志，这网上吵吵架，怎么就牵扯到嫌疑人和受害人了？”对面陈宁宁身边坐着的中年女人忍不住开口。

对方保养得很好，看起来顶多四十出头的样子，衣着打扮更是得体又华贵。

看得出来，陈宁宁家境应该很不错，父母也应该有一定的社会身份。

陈父也缓缓开口：“确实，我也是有一些律师朋友的，我觉得现在这个事情，咱们还是以调解为主。”

说着，陈父看向邬乔，语气温和却又透着傲慢：“这位同学，你有什么要求尽管提出来，咱们都可以好好商量。”

“给钱吗？”邬乔平静问道。

会议室里的众人都不由得看向她，还穿着学士服的陈宁宁双手环抱在胸口，原本的满脸无所谓，在这一刻彻底化为嘲讽，望着邬乔。

陈父点头：“如果你有这方面的要求，我们也是可以满足的。”

“那怎么办？我不想要钱，我只想要她还我的清白。”

邬乔直直地望着陈宁宁。

陈父毫不犹豫地道：“行，我让她立即给你道个歉。”

“宁宁，还不快给你同学道歉。”她父亲看起来似乎是个明事理的人，立即转头对陈宁宁说道。

陈宁宁却气急，怒道：“我凭什么道歉，我说的都没错。”

邬乔望着她："都没错吗？我早就跟你说过，我跟易百毫无关系，结果你还是不顾一切地抹黑我。"

"宁宁。"陈父又压着声音喊了一句。

陈宁宁似乎挺畏惧她爸爸，终于开口，声音却如蚊子般轻："对不起。"

她一说完，会议室里不管是老师还是陈宁宁的父母，都松了一口气。

只有程令时的神色凝重，眼底透着隐隐怒火，碍于邬乔的态度，才一直隐忍不发。

"既然陈同学已经道歉了……"校方领导刚开口说话。

邬乔扭头看向坐在另一边的警察，客气道："警察同志，你们现在可以把她带走了。"

"你要我?!"

陈宁宁恼羞成怒，一下站了起来。

陈父立即将她按下，转头看向邬乔："同学，咱们不是说好了，陈宁宁向你道歉，这件事我们私底下调解。"

"私底下调解?"邬乔像是听了什么笑话。

邬乔直接拿出自己的手机，将什么东西调了出来。她把手机直接从桌子上推了过去，推到陈父的面前，说道："如果你们看了这些信息，还能认为陈宁宁这一句轻飘飘的对不起，可以弥补我受到的伤害吗?"

陈父和陈母都低头看着手机上的信息。

"就是你这种人，败坏了我们女生的名声。"

"亏你还是 T 大的学生，这么下贱。"

"赶紧去死吧。"

一条条短信往下拉，有种拉不到尽头的感觉。

自从邬乔的信息被扒出之后，她的手机号码曝光，一直有很多骚扰辱骂的短信。

陈父皱眉，最后放下手机，语气恳切道："邬同学，我很抱歉你遭受的这些事情。作为陈宁宁的父亲，我代她向你道歉。但是我也请你体谅一下我们家长的心情，陈宁宁今天毕业典礼，是她人生最为重要的一刻，你真的忍心让她进看守所吗?

“她的人生才刚刚开始，刚签了很好的工作，你忍心看着她从此背上这样的污点吗？你们都是同学，得饶人处且饶人。

“就像我刚才说的那样，只要你愿意和解，不管什么条件，我们都尽量满足你。”

陈父开始动之以情，晓之以理，仿佛郇乔不原谅陈宁宁，就是什么罪大恶极的事情。

明明受伤害的人是她，犯错的人是对方。

就连陈宁宁学院的老师都劝说道：“郇乔同学，你自己也是毕业生，应该明白在这样的时刻，对一个学生来说有多重要。我知道陈宁宁这次错得很离谱，只要你愿意和解，她一定会在下半辈子感谢你的宽容。”

建筑学院这边一直没开口。

显然，站在学校的角度，自然不愿意眼睁睁看着学生坐牢，肯定是想要大事化小、小事化了。

“你们这些人，”一直隐忍不发的程令时露出冷笑，“怎么有脸，说出这种话？”

郇乔坐在椅子上，扭头看着程令时。在这一刻，他轻轻握住了她的手掌，指腹在她的手指上轻轻蹭了下，似乎想要安抚她的情绪。

“见过道德绑架，但是没见过这样的道德绑架。受伤害的是郇乔，怎么，你现在是要把这个犯罪嫌疑人犯下的错误，怪到她身上？只要她不原谅，就是毁了对方的一辈子？”

程令时冷眼看着陈宁宁，眼神嘲讽：“毁了她的人，从来只是她自己。”

郇乔不想再跟对方纠缠下去。

正要说话时，房门突然被推开。

易百出现在会议室。他进来后，直接看向陈宁宁，说道：“陈宁宁，为什么你不说实话呢？我跟你分手，从来都不是因为郇乔，是因为你的贪得无厌。”

易百说道：“我跟陈宁宁在一起之后，她便一直向我索要礼物。光是第一个月，我就给她花了七万元。

“后来她变本加厉，居然偷拿我的信用卡，直接刷了二十万元。”

易百看着陈宁宁一家三口，继续说道："这笔钱我从未想过向你索要。"

"你这人怎么回事，居然敢这么诬陷我女儿，我们陈家也是有头有脸的人家。"陈母似乎受不了女儿被诬陷成"拜金女"，直接开口怒斥。

易百神色淡然地拿出了一沓证据："刷卡的记录都在这里，买的东西都是名牌包，这些应该也还在陈宁宁的行李箱里。

"你盗用我的信用卡，按理说我也可以送你坐牢，但是我不想做这么绝。"

易百失望地看着对方："可你居然会丧心病狂到这种程度。"

等说完这些，易百看向邬乔，突然深深一鞠躬："邬乔，真的对不起，因为我，才让你遭受这样的事情。"他脸上带着些许自嘲，说道，"也是我自己嫌丢人，不想让别人知道，我找的女朋友不是冲着我本人来的，而是冲着我的钱包来的。所以分手的时候，我只说是性格不合，让所有人都误会了。"

邬乔没有说话。事到如今，她只是扭头看着陈宁宁。

这一次，邬乔不再害怕。

因为她知道，自己不是孤立无援的。

程令时的手依旧紧紧握着邬乔的手，她望着对面的陈宁宁，眼神坚定："你的罪责，应该由法律来审判，而我也绝对不会原谅你。"

邬乔到了楼下，身上依旧冰凉。

会议室里的空调开得很低，冷气仿佛吹进了她的骨子里。

哪怕外面阳光正烈，邬乔依旧有些冷。也正是到了楼下，她才发现，自己还一直握着程令时的手，没有松开。

仓皇之间，邬乔正要松开，却没想到身侧男人不仅没顺势放开，反而直接将她拉进怀中。

邬乔没想到他会抱着自己。她张了张嘴，想要开口，却又不知说什么。

反而是男人的下巴轻蹭了下邬乔的发顶，声音贴着她的耳边，像是呢喃："邬乔，你怎么这么勇敢？"

邬乔讷讷道："也没有。"

可下一秒，男人的话，让她彻底愣住。

"我很喜欢。"

喜欢什么?

程令时直接将她送回家，让她今天在家休息一天，明天再去公司报到。

一回到房间里，邬乔先去洗了个澡。

今天的天气实在太闷热了，又穿着那样厚的学士服，邬乔早已经满身大汗。等洗完澡，她的思绪仿佛重新回到了先前——程令时将她抱在怀里。

邬乔尚且还能将拥抱看成是安慰，可程令时说的喜欢，是什么意思?

一时间，邬乔心乱如麻。

程令时偶尔散发的不确定的信号，都能在她心底掀起惊涛骇浪，让她久久无法平静。

邬乔也知道自己不该这么没出息，总是被他轻易影响。

五年不见，邬乔以为她可以忘记他，可以重新开始生活，重新学会去喜欢一个人。但这么多年来，她始终看不见别人。

程令时的名字，早已镌刻在她的心上。如果可以，她是否也能勇敢一回?

邬乔躺在床上，心里存着事情，在疲倦中不知不觉地睡着了。

直到她被一通电话的声音吵醒。

"邬乔，快看，警方那边出了通报。"

邬乔迷迷糊糊地打开郝思嘉给她发的链接，这是微博链接，好在邬乔有微博账号，虽然常年不发状态。

这个链接里是一则警方通报，蓝底白字，格外醒目。

日前接到受害人报警，关于受害人遭受网络暴力一案，经调查取证，发帖人陈某某因为个人情感问题，在论坛发布《远离极品前男友还有他绿茶白月光，要不然会变得不幸》一帖，陈某某为了扩大影响力故意捏造谣言，并且刻意在帖子内以另外一个ID"小白熊爱喝奶"泄露受害人邬某的手机号码、身份证号、学校、公司等信息，引导网友对邬某进行网络暴力。在调查过程中，警方还发现陈某某涉嫌雇用网络水军进行炒作，并且已经掌握了相关证据。

警方目前已将涉案的三名嫌疑人拘留审查。在此告诫各位网友，网络暴力不可取，你的每一次不当发言，都可能会给无辜者带去伤害。对于涉及网络暴力者，警方依旧保持追究其法律责任的权利。

郗乔是被吵醒的，原本还有些犯困。等把警方通报的内容读完，郗乔才轻轻点开下面的评论。

·居然都是假的……，还找水军炒作，我就说怎么一个挺普通的感情纠纷，居然能闹得这么大。受害人小姐姐也太惨了，无缘无故被泼了这样的脏水。

·这种女生莫不是脑子有问题吧?！就因为跟男朋友闹分手，就这样做，我突然能理解为什么这男生死活要分手了。在此多嘴一句，遇到这种偏执狂神经病，赶紧跑，跑得越远越好。

·我要给这位郗小姐姐道歉，在未知全貌的情况下，对她做了评判。希望国家能够好好审判这些网络水军。

·现在网友都只是枪吧，没脑子的人太多了。之前把受害人小姐姐说成什么第一“绿茶”，我看你们才是第一没脑子。人家水军还有钱拿，你们完全就是免费打手。

·对不起！我错了！我不该对小姐姐口出恶言。

·去看看人家校友贴出来的证据吧，那位郗乔小姐姐，哪有抱什么大腿上位。你能靠抱大腿，抱到年年都是第一吗？你能靠抱大腿得国家奖学金吗？女孩子真的太惨了，只是因为厉害，就要被污蔑是靠男人。小姐姐最棒。

郗乔看着底下的评论，有种说不出的感觉。她不知道这些说着对不起的人，究竟有多少人之前骂过她。可是对她而言，这是永远无法弥补的伤害。

一夜之间，她的努力、她的骄傲，居然全都成了别人的苦劳。她成了一个只会抱着别人大腿上位的人。明明那些竞赛，是她跟别人一起组队参加，到了别人口中，也成了她抱大腿才拿来的那些成绩。

邬乔不想责备这些人，却也不想原谅。这也是她当初最想做的事情，远离这些是非，做好自己就好。

这些是非在几天之后，都会烟消云散。那些人在发泄了自己的不满和恶意，就会忘记这一切。但是程令时却教会她用另外一种方式去面对，不要惧怕，勇敢解决。现在最起码，还有人在向她道歉。

邬乔觉得心里压着的那块石头，总算被搬开。

年少时困束着她的胆怯、懦弱，那些如同大树枝蔓般缠绕在她心底的念头，也在这些是是非非中，渐渐不再像以前那样根深蒂固。她好像不用再惧怕，因为始终有人愿意站在她身后。

邬乔本以为这件事到这里就已经告一段落。

没想到晚上的时候，郝思嘉又给她发了一条微博。

这次居然是一位已经毕业了两年的学长发的。

无意中发现，自己好像卷入了一场无端的网络暴力之中。关于三年前，我带队参加的建筑竞赛，居然成了攻击邬乔学妹的一个罪责。不管是我还是团队里的其他两个人，都不明白这个抱大腿之说从何而来？

当初我们是经过慎重考虑，邀请当时还尚在大二的邬乔学妹，因为我们知道她是全年级排名第一的学生，而且实践能力也不错。之后我们才发现，自己的选择是多么正确，因为她最后成了我们团队中的大脑。我们在“绿色建筑杯”里的设计概念就是她提出来的，之后再由整个团队进行深化。

设计团队里的每个人都有着各自的任务和职责，便是真的拿奖，也是我们所有人的努力。

邬乔没想到学长居然会为了这件事替自己发声。

郝思嘉发了语音过来：“乔，我早就说了，白的黑不了。你看连学长这么低调的人，都出来为你说话。你快看咱们建筑系的大群。”

建筑系有个大群，里面有很多人。邬乔虽然加了这个群，但平时群里刷屏太厉害，所以她一直是屏蔽状态。

郜乔点进去之后，发现大家都在讨论她这件事。

“美术学院的人疯了，这么诬陷我们建筑系的小仙女。”

“幸亏警察叔叔给力，要不然郜乔真的太惨了。”

“要不咱们也给郜乔写个联合声明？”

郜乔才知道，这会儿群里正在七嘴八舌地讨论要给她写联合声明，证明她绝非陈宁宁诬陷的那样。

郜乔这时候才赶紧打字：“谢谢大家，警察已经证明陈宁宁所写的内容是捏造诬陷，现在所有嫌疑人已经被警察调查，所以我希望这件事就到此为止。”

“我真的很感谢大家愿意出面为我澄清。”

“我想我永远都不后悔选择 T 大建筑系。”

虽然郜乔阻止了大家的联合声明，但是她接下来的话却让所有人都深以为然。

“T 大建筑系最厉害。”

“建院人帮建院人，感谢自己当初选择了 T 大建筑系。”

“你们说得我都心潮澎湃了。”

之后郜乔发现，这位学长的微博评论居然过了一万条，不少人都赶来再次跟郜乔道歉。

显然在警方和学长的双重声明之下，网友才知道自己错得有多离谱。

这次郜乔连评论都没看，她直接在“武林盟主争霸”群里开始说话。

郜乔：“出来干活了，干活了，还想不想拿奖金？”

郜乔：“这两天方案深化的方向有了吗？”

高岭第一个回复她：“现在？”

郜乔：“你有事？”

高岭：“我是担心你呀，有我跟时宸在呢，要不你再多休息两天？”

高岭：“乔妹，我们永远都支持你。”

没一会儿，郜乔问道：“你们也看见网络上的爆料了？”

果然，她这句话发出去，其他人都出声了。

顾青瓷："高岭，你果然是本组智商的'盆地'。"

时宸："乔妹，你别听他胡说八道。"

燕千帆："网络上这种是是非非，都是过眼云烟，只要身边的人相信你就好。"

柯霄："加油。"

邬乔看着大家对自己发的安慰信息，哪怕一个人在房间里，也忍不住笑出了声音。

最后，她发了个语音："谢谢大家。"

群里又迅速活跃起来，有说她太客气了，有继续让她放宽心的，也有笑嘻嘻活跃气氛的，邬乔的心情也早已在不知不觉中轻松愉快了起来。就连说话，都有了她平时没有的随意。

邬乔正式毕业之后，一回到公司，魏媛就开始跟她聊正式入职的事情。

魏媛笑着说："目前来说，两位总监对你的表现格外满意，所以我们想跟你签订正式的合同，不过按照公司惯例，还是有一个月的试用期。"

邬乔对于入职的事情，自然没有疑问。

"对了，我听说你们正在参加美术馆的竞赛？"魏媛笑着问道。

这不是什么秘密，邬乔直接点头："对，我们还在竞赛当中。"

"所以这一个月的试用期其实正好，这样到时候定级，说不定你可以直接定到 G2。"魏媛温柔说道。

时恒建筑所设计部里，设计师的级别从 G1 到 G7。

一般来说，新人员工都是 G1，在入职一年到两年，只要表现优异，都可以升到 G2，到时候不管是待遇还是福利，都会随之提高。

邬乔开心地离开魏媛的办公室。其实回到公司之后，她明显感觉到，大家看她的眼神有些变化。特别是其他组，大概也是看到了自己的争议吧。

即便警方已经出了通报，但是在别人眼里，邬乔大概也是个麻烦的人。

邬乔在回工位的路上，正好碰到杨枝。因为不在一个组里，杨枝平时跟她接触的机会不算太多。

杨枝是刚开完会，她直接拉着邬乔往外走："走走，陪我去抽根烟。"

邬乔眨了眨眼。

“我抽，你陪着。”杨枝伸了个懒腰。

邬乔笑了下，还是跟着她一起到了外面。

不过杨枝拿出烟之后，凑在鼻尖闻了下，惹得邬乔好奇道：“你怎么不点？”

“让你闻二手烟不太好。”杨枝笑了笑，把烟收进了烟盒里面，这才说道，“在公司怎么样？”

“很好，大家都对我很照顾。”邬乔轻笑着说道。

杨枝明白她不是在客气，很开心地道：“所以我早就说过，时恒是一家永远不会让你失望的公司。”

邬乔点头时，杨枝突然伸手抱了抱她。

在邬乔呆怔的时候，就听杨枝低声说：“就是想抱抱你。”

“其实从第一次见你的时候，我就觉得我们两个很像，我跟你一样，都是从小地方考到上海来的。不过我没你厉害，我的学校不是T大，不是建筑界的名校，所以我毕业之后，一直待在小公司里，看不到什么未来。”

邬乔望着杨枝，实在想不到，几年前的她比自己还要迷茫无助，甚至说出看不见未来这样的话。

“看不出来吧？”杨枝笑着说道。

邬乔点头。

杨枝一头浓密长鬈发，烈焰红唇，看起来飒爽又妩媚，浑身都透着自信。这样蓬勃而又有生命力的自信，让邬乔羡慕。

“相信我，遇到好的公司，比遇到好的男人还难得。”杨枝笑了起来，略有些傲慢道，“最起码我可以没有男人，却不能失去时恒。”

邬乔跟着笑了起来。

谁知她们笑的时候，旁边传来一个声音：“我好像听到有人在说我们时恒……”

没想到旁边走出来一个人，是容恒。

杨枝无语地翻了个白眼：“偷听别人说话，你没毛病吧？”

“怎么跟总监说话呢。”容恒轻啧了一声，有些不满，随后他说道，“在新人面前，给我点面子呀。”

“那你过来。”杨枝冲着他勾手指。

容恒缓缓走过来，杨枝伸手拉住他的胳膊，直接捏他耳朵，吓得容恒赶紧伸手握住她的手掌：“姑奶奶，你也太狠了，明知道我这儿是……”

说到一半，容恒停了下来，似乎碍于邬乔在场不好说出口。

哪怕对感情迟钝如邬乔，好像也察觉出了那么点不对劲。

于是邬乔及时地转过头，看向另外一个方向：“你们可以当我不存在。”

只是她刚转身，正好看到从前台那边走过来的程令时，他手里拿着烟，看起来也是想要过来抽烟。

这边有吸烟室，公司里抽烟只能到这边。

本来程令时还对邬乔会出现在这里感到很奇怪，他想到一个可能时，黑眸落在邬乔的手上，眉头紧蹙着，仿佛只要看见烟头出现在她手边，就能立刻将她吃掉似的。

好在程令时很快看见容恒和杨枝也在。

“你怎么在这里？”出于不放心，程令时还是多问了一句。

邬乔解释：“我陪杨工来的。”

程令时冷哼一声，抬头看向杨枝，语气不善道：“以后少拉着她做这种事。”

“做这种事？”杨枝一个字一个字说了出来，她无语道，“不就是抽个烟，你自己不也抽烟？”

“但是我不会让她陪我来抽烟。”程令时扯着嘴角。说着，他直接把邬乔带走，还不忘留下一句：“离他们俩都远点，都不是什么好人。”

容恒：“我又干什么了，我是冤枉的。”

杨枝：“你没抽烟，你来这边干什么？”

两人还在后面拌嘴，邬乔已经被程令时带着走出了好远。

等到了另一边，邬乔看着他手里还夹着的烟，突然开口说：“要不你也少抽点烟吧，抽烟有害健康。”

“管我？”

程令时轻声一笑，微拖着的腔调里，透着些许痞气，叫邬乔的心跳险些再次加速。

邬乔忍不住别开头："我就是好心提醒。"

"那是想管我？"程令时似乎想让她害羞，声音越发懒散，那种吊儿郎当的味道反而越发撩人，"还是不想管？"

第十章

我不会把你输掉

程令时刚刚的那番话要是放在以前，邬乔肯定是红着脸混过去了。因为她知道眼前这个人以逗弄她为乐，只怕就是想要看见她面红耳赤的模样。可现在，她强撑着心底想要逃避的冲动。

邬乔直接伸手，将他手里的烟拿了过来，冲他挥了挥：“那我就没收了。”说完，她扭身直接走了，丝毫没给程令时说话的机会。

程令时垂眸，望着自己空空如也的手指，方才那支烟就夹在他手指间，她是触着他的指尖把烟拿走的。

要是以前，邬乔绝对不敢。

程令时微掀嘴角，现在胆子变大了啊。

邬乔一路回到自己的工位，坐下后，一颗心脏还在怦怦直跳。她盯着电脑屏幕，看了半天。正好内部通信上有人传文件过来，她正要去握鼠标，这才发现手里还握着一支烟。

邬乔将烟拿起，突然也不知怎么想的，凑在鼻尖闻了闻，淡淡的烟草味道，不算刺激。

刚一放在鼻尖，邬乔赶紧拿了下来，左右看了看，好在没人注意到。她看着这支烟，一时间也不知道该怎么处理，于是最后，她将钱包拿了出来，将烟放在最里面的夹层。

到了晚上，邬乔跟高岭、时宸留在公司里，准备继续细化美术馆的项目。

阴沉了一天的天空，终于在夜幕彻底降临之后下起了大雨。暮色沉沉，整栋大楼不约而同亮起了灯。雨丝成幕，楼底下的汽车如长龙般，红色尾灯都变得模糊起来。

城市里嘈杂的声音，在此刻都被淹没在漫天雨声中。

邬乔的耳边只有周围偶尔响起的敲击键盘声。她忙完后，扭头看着外面。

清塘镇地处江南，是有名的鱼米之乡，常年多雨，一下起雨，天空就如扯不断的丝，缠绵柔软，透着静谧的美。

一直以来，邬乔都很喜欢下雨。在清塘时，她可以一个人坐在廊下看大半天的细雨。

来上海之后，生活节奏变快，她好像也没了欣赏雨景的心情。

“你们饿了吗？要不我点个比萨？”邬乔回过神后问道。

高岭和时宸两人不约而同地点头。

不远处会议室里，隐隐传来人声，显然会议还在进行中，并未结束。

下午五点左右，程令时就带着杨枝的组开会。他们刚承接了一个地标酒店的项目，据说这个项目是甲方指定要求程令时来接的，只是程令时自己的组还有另外的项目，所以就交给杨枝他们去完成。

“也不知道他们什么时候吃饭？”邬乔朝会议室看了一眼。

就在邬乔拿出手机准备点外卖的时候，会议室的门开了。

大家拿着东西走了出来，好几个人都忍不住伸了伸懒腰。

程令时走在最后面，杨枝在他旁边，两人低声说着什么，显然还在讨论设计方案。

“我们吃什么？”有人问道。

另一个人立即说：“不管吃什么，最好快点，我都要饿死了。”

大家七嘴八舌，正讨论要吃什么时，杨枝过来拍拍手：“不用想着点什么了，程工已经点餐了，待会儿就送到，所以大家稍等一下。”

“程工什么时候点的？也太贴心了吧。”

“程工最棒！”

一通夸奖之后，大家赶紧趁着晚餐到来之前继续做事。

杨枝到了邬乔三人这边，直接说道：“你们三个也不用再点晚餐了，也有你们的份。”

“那怎么好意思？”邬乔小声说，“我们留在公司，不属于加班。”

他们是因为不好找地方开会，所以才留在公司一起讨论项目，跟其他组的情况不一样。

杨枝笑道：“这钱你们程工出的，所以不管你们留在公司是不是为公司加班，都有饭吃就行了。”

“我就知道老大肯定舍不得我。”高岭一脸得意地说道。

时宸：“明明是舍不得我。”

杨枝无语地望着这两人，半晌，摇头叹道：“你们两个也好意思。”

刚说完，杨枝朝邬乔看了一眼，笑眯眯地说：“舍不得，确实舍不得。”

不过不是这两人，舍不得的可是另有其人。

大约过了二十分钟，外面传来动静，有个声音喊道：“来来来，都帮帮忙。”

众人抬头，看见容恒拎着大包小包过来。

几个男同事立即上前，就听一个娇滴滴的声音说：“还有我的，我的。”

这才发现容恒身后还跟着一个淡紫色连衣裙的女生，长发及腰，肌肤在灯光下白得发光，漂亮得像个瓷娃娃。

“隋宁。”杨枝皱了皱眉头。

因为杨枝站在离邬乔很近的地方，邬乔听出她的口吻，似乎很不快。

其他人都过去拿自己的晚餐。

有人惊呼：“居然是临江宴的菜，程工大手笔呀。”

邬乔抬头看过去，就见容恒带过来的是精致的包装袋，外面印着“临江宴”的字样，拿出来的是一个又一个黑色盒子，并不是那种普通的塑料盒，看起来是木质材料。

“哇，不愧是临江宴，连盒子摸起来都很高级。”另外一个人赞道。

同事笑道：“这话你应该等程工出来再说。”

“我说你们有良心没有，东西是我拿来的，怎么好话尽说给你们程工了。”容恒没好气地说道。

众人习惯了跟容恒打成一片，这会儿也不害怕，直接说："也谢谢容总，为咱们当了一回外卖小哥。"

"谢谢容总。"

容恒说道："还有饮料，都别忘了拿，每个人都有。"

反而是隋宁，在放下东西后，好奇地左右看了两眼。上次她来这边的时候就没进来，直接被容恒拉走了。不过她很快拿起桌子上的盒饭，问道："令时哥的办公室在哪边？我给他送过去。"

"别别，还是等他自己出来吧。"容恒赶紧阻止道。

可隋宁哪听他的话，拿着盒饭直接往各个办公室走。办公室上都写着职务和名字，所以她很容易就找到了。

高岭这会儿正好把东西拿了过来，顺手递了一份给邬乔："乔妹，我把你的也拿过来了。"

隋宁原本已经走到门口，正要推门，却因听到这话，扭头看过来。

邬乔也在看她，两人四目相对。

彼此都在看着对方。

只是隋宁很快将目光收回，仿佛根本不在意邬乔，而是直接转身，推开了程令时办公室的门。

杨枝站在旁边，将她的举动看得一清二楚。

"你认识隋宁？"杨枝问道。

邬乔低头："之前在公司的电梯那边见过一次。"

杨枝神色有些冷："容恒带来的？"

"嗯。"邬乔因为低头，所以没注意到杨枝脸上的不悦。

反倒是这边的程令时，早已经听到外面的动静，只是因为要回复一封邮件，这才没有立即出去。等他听到开门声，抬头看过去时，隋宁已经捧着盒子进来。

"令时哥，我给你送晚餐来了。"隋宁举起手里的盒子，娇俏笑道。

程令时神色不为所动，只是淡然收回视线，继续处理邮件。

隋宁微嘟着嘴："你怎么也不说话呀？"

"你怎么来了？"程令时总算开口。

隋宁气恼："你明知道我想听的不是这个。"

就在她还要纠缠时，容恒及时赶到了，他开门进来："宁宁，我送你回去吧。"

"我不回去，我第一次来时恒，我想多看看。"隋宁的眼睛好奇地在程令时的房间里打量。

直到隋宁看见程令时柜子里摆着的一个奖杯，立即笑道："我知道这个奖杯，是令时哥你第一次拿到的国际设计大奖，这个是2016年拿的吧？"

容恒笑道："你记忆力倒是挺好。"

"那当然了。"隋宁伸手撩了下自己的长发，得意道，"令时哥的事情，我都一清二楚。"

程令时正好回复完邮件，他站起来往外走。

隋宁急了："你不吃饭呀？"

走到门口的程令时回头，下巴冲着她点了点，眼睛却看向容恒："人你带来的，你负责送回去。"

"行行行，我负责，我负责。"

容恒知道他心底憋着呢，也不敢多说什么，立即就认下了责任。

程令时走到门外，隋宁正要追上去，被容恒一把抓住。

"你干什么？"隋宁不满道。

容恒低声说："你也知道，令时一直不想把感情的事情带入公司，你要是贸然出去，跟他拉拉扯扯，他岂不是更加反对你来公司？"

不得不说，容恒太会劝人了。

隋宁恨恨道："都怪你，说话没有一点用，你不是答应我爸爸，我可以来时恒上班的吗？"

"你们时恒到底有什么高贵的，我也是哈佛大学建筑系毕业的，有哪一点够不上你们招人的标准？"隋宁直勾勾地望着他。

容恒能怎么说？他难道要直接说，大小姐，不是你够不上招聘的标准，而是你对程令时的心思，实在是表现得太过明显。

容恒说道："我这么跟你说吧，公司里也不是没有女员工喜欢令时，但是谁要是敢直接对他表白，或者做出什么事情，基本的下场都是劝退。"

隋宁一时无语。

半晌，她理直气壮道："我跟别的女员工能一样吗！"

隋宁确实是不一样，隋家和程家是世交。

隋宁打小就喜欢跟在程令时的身后，奈何两人年纪差足有七岁，所以程令时全然当她只是个小孩。

以前隋宁年纪小，程令时对她尚且还有些纵容。

但自从隋宁很直白地表露出她对程令时乃是男女之情，程令时对她便是敬谢不敏。

容恒是局外人，看得清清楚楚。但他还是哄道："是不一样，你毕竟是令时看着长大的。"

"我最讨厌别人说这个了。"隋宁脸上突然泄气，她长得很精致，打扮又时髦，一颦一笑楚楚动人，就连此时微噘着唇，都有些娇憨。

容恒一个花花公子，生平最是怜香惜玉。虽然他也不会对隋宁有什么念头，但是他跟程令时的性格不同，他会哄着隋宁，程令时则是全然不会搭理她。所以每次遇到什么事情，隋宁都是先从容恒这里突破。

隋宁突然想到邬乔，直接问道："那天我在电梯里遇到的女生呢？看起来令时哥对她好像很不一样。"

不是说好了，不喜欢办公室恋情，更不喜欢在公司里牵扯到感情？

隋宁直接问道："为什么那个女生就能在你们公司上班？"

容恒心脏一跳，这才发现，小姑娘长大了，不好糊弄了。

"我不是早就跟你说过，她是令时的徒弟，令时当然会护着她一点。"

隋宁还是不信："为什么令时哥会愿意收她当徒弟？"

"大小姐，你这是十万个为什么呀。"容恒实在是要招架不住，赶紧低声说，"别问那么多了行不行，你想来上班的事情，我不是一直在想辙？"

"不用你来，我要进时恒，我一定是堂堂正正地进。"

隋宁是天之骄女，从小到大还没有什么是她想要却得不到的。即便是程令时，她也志在必得。在她看来，她跟程令时家世相当，她更是追随着程令时的脚步，同样学了建筑。她的目标就是要和程令时成为像梁思成和林徽因那样的夫妻，一同在建筑界留下各自的名字。

程令时直接走了出去，容恒带来的东西还摆在外面，大家都拿得七七八八。他找了一圈，终于看见自己要找的。

而原本正在吃饭的邬乔，看见放在桌上的手机屏幕亮了起来。

程令时：“过来。”

邬乔扭头，看见站在不远处的程令时。于是她慢吞吞站起来，走了过去。

刚走到他身边，就见程令时将手里的袋子递过来，说道：“给你的。”

邬乔顺势打开袋子看了一眼，一块杧果蛋糕出现在眼前。她转头看了一圈，发现好像……只有她有。

于是邬乔小声问道：“大家都没有吗？”

程令时微微挑眉，亏得他叮嘱容恒打包外卖的时候，一定要带一份甜点。这是临江宴的招牌，倒也不是钱的关系，是因为数量太少，每天只卖九十九份，卖完就没了。容恒能买到一份，都是靠着自己那张脸。

程令时缓缓凑近，贴着她的耳边，低语道：“这个，我只给早早。”

幸亏容恒放东西的桌子旁边正好有个装饰架，将两人挡住，这才没让别人发现。

邬乔左右看了一眼，生怕被人发现，就好像……他们在做什么见不得人的勾当。

等邬乔拿着蛋糕回到自己的工位上，这才慢慢回过神，心底有个地方正在不断发酵，有种后知后觉的劲儿，让她觉得晕乎乎。

待邬乔轻轻打开袋子时，明明盒子还盖得严严实实，可她觉得周围空气里都充盈着甜味。

正在邬乔考虑是在这里吃，还是带回家慢慢享用时，隋宁走了出来，她一眼就看见了邬乔手里握着的袋子。那还是她陪着容恒去买的，她当时笑话容恒，一个大男人喜欢吃蛋糕。

容恒是怎么回答她的来着，他说：“那你别笑话我，去笑话你的令时哥哥吧，他这人才是嗜甜如命。这也是他特地让我带的。”

容恒明明说，那是令时哥特地让他带的蛋糕，如今却到了这个女孩的手里。

隋宁觉得那个袋子一下子变得那样刺眼。她直接走了过去，正好听到高岭喊道："邬乔，之前你修改的地方，再发给我看看？"

隋宁也看到了高岭电脑上的图片。

"你们也在参加这个项目？"隋宁开口问道。

高岭没想到隋宁站在自己身后，差点被她吓一跳。

隋宁没等他回答，直接看着邬乔："我听说，你是令时哥哥的学生？"

邬乔在听到这句话的瞬间，微微皱眉。

从一开始，程令时都只是私底下教导她，毕竟他是整个设计部的总监，若是直接收邬乔为徒，难免会有偏袒她的嫌疑。所以邬乔一直很低调，这件事谁都没说。

隋宁是怎么知道的？

"不敢承认，还是不好意思承认？"隋宁见她不说话，轻哼一声。她是高高在上的大小姐，从小到大就从没受过气。偏偏在程令时这里，她不是排在第一也就算了，居然还被一个家世普通的女孩比了下去。

隋宁打小就在富贵圈子里，一眼就看出邬乔穿着打扮绝非出身富贵。现在早已经没了灰姑娘的童话，她也不会输给所谓的灰姑娘。

邬乔淡然道："没什么不好意思承认，也没什么不敢承认，因为这都跟你没关系。"她眼睫轻扫了扫隋宁。

哪怕隋宁是大小姐，邬乔也用不着奉承她。所以她的眼神，就差直接告诉这位天真的大小姐：你究竟是哪位？

"说来还真是巧合，我正好也入围了这个美术馆项目，我们应该都是入选的八组设计方案之一吧。"隋宁微抬下巴。

旁边的高岭和时宸对视了一眼，还有这么凑巧的事情？

容恒原本正要去找程令时，他还是想再劝劝，让程令时允许隋宁进入公司。除开其他因素，隋宁在设计上确实有天赋。谁知他立马就被杨枝叫了回来，说隋宁去找邬乔了。他回来时，正好撞见两个姑娘之间的对峙。

容恒赶紧上前，要把隋宁拉走。

隋宁却说："我话还没说完呢。"

"别人还要工作，我们出来说。"邬乔冷静道。

隋宁也无意将这件事闹得众人皆知，于是跟着她走到外面。

容恒跟在旁边，赶紧给不知去了哪里的程令时发信息。

隋宁说道："既然你是令时哥哥的徒弟，水平应该不差，不如我们打个赌怎么样？"

邬乔冷眼看着隋宁，不明白她为何突然挑衅自己。

"什么赌？"可莫名地，邬乔不想在这时候退缩。

"就拿美术馆的项目为赌注，我们都进入了第二轮，要是我赢了竞赛，你的位置立即让给我。"

隋宁眼睛紧紧盯着邬乔。

邬乔好笑道："我的位置？什么位置？"

"作为令时哥哥徒弟的位置。"隋宁虽然看似不谙世事，可她骨子里也是不服输，她说道，"如果你输了，就只能证明你不配当他的徒弟。"

邬乔反问："你要是输了呢？"

隋宁很痛快道："那我以后，就再也不提进时恒的事情。"

虽然这件事对邬乔并没有什么好处，但是她从来平和隐忍的性格在这一刻像是被彻底激发了出来。

邬乔不想输给对方。哪怕她可以选择不跟对方打这个无聊而又幼稚的赌，可她心头有股从未有过的冲动，让她吐口说道："好，你要输了，就再也别提进时恒的事情。"

容恒听着这两人的话，恨不得捂脸。她们怎么就这么有自信呢？

他忍不住提醒道："两位姑奶奶，这次项目有八位候选人，你们未必就能赢。"

"闭嘴。"

"闭嘴。"

这次，邬乔和隋宁居然难得异口同声。

既然约定好了，邬乔直接转身离开，可刚走到走廊尽头，一抬头就看见靠着墙壁站着的程令时，也不知他何时站在这里的。

程令时斜靠在墙壁，一双大长腿，在视觉上拉长到了极限。

邬乔眨了眨眼，一时有些怔住。刚才涌上心头的那股孤勇，在这一刻居然尽数化为泡沫。她有种想要逃跑的冲动。

“拿我做赌注？”终于，程令时站直身体，一步步走到她面前，垂眸看着她。

程令时的语气听起来淡然而又漫不经心，邬乔却从里面听出了危险。好像，只要她的回答让他不满意，他一定会把她生吞活剥。

邬乔直直地望着他，也不知哪儿来的勇气。

“我不会把你输掉。”

邬乔重新回到工位上，高岭和时宸面面相觑，不知道该说什么，反而是邬乔说道：“时宸，你能把这次入围的其他公司发给我吗？”

之前公示的八家公司，邬乔没太在意，扫了一眼名字就放下了。这是她的习惯，不过多关注别人，专注自己的设计。

时宸大概猜到，邬乔要这些资料是因为隋宁。

美术馆的方案一公布，因为只公开了几家入选的公司，这些资料是时宸自己去搜出来的，都是一些其他方面的设计作品，在网上可以搜到。

时宸做成了一份文档，直接全部发给了邬乔。

邬乔很快在其他七家公司里找到了隋宁的名字。

虽然主办方公示了八家候选设计团队，但是并未公布各自的设计作品，因此时宸又根据这些参赛团队的主创设计师，找到他们之前的作品。

隋宁是在一家叫 GAP 的美国建筑事务所，但是她居然是作为主创设计师。

“这个隋宁才多大，就是主创设计师了？”时宸震惊道，他在把资料发给邬乔的时候，自己也顺便看了一眼，没想到隋宁居然是 GAP 参赛团队的主创设计师。

时宸说道：“难怪我之前搜索隋宁的设计作品怎么都没找到，还以为她是什么新晋黑马设计师，合着居然是因为年纪太小。”

高岭喝了一口饮料，幽幽道：“我可以再透露一个她的消息。”

邬乔和时宸两人立即转头，盯着他。

“她是哈佛大学毕业的，是老大和我的学妹。”高岭说道。

时宸：“这你都能瞒得住，你到底是哪一边的？”

高岭赶紧解释：“我也没想到跟我们一起入围的这个隋宁，就是刚才那个隋宁，你也看见了，她年纪那么小，应该是跟邬乔同龄吧。我怎么会想到，她是主创设计师。”

“你对隋宁了解得多吗？”邬乔问道。

高岭：“听说过，但是真不太熟。她算是留学生圈子里的小公主，家里有钱，为人大方，听说她设计能力也不错，大学时参加了不少国际竞赛。”

小公主？邬乔轻垂下眼，她如杂草般生长，早已没什么好输的了，如今自然更是无所畏惧。

时宸忍不住好奇：“乔妹，你刚才跟她出去说了什么？怎么这一回来，就要对方的资料？”

而且时宸认识邬乔这么久，一直感觉她是自己认识的人里脾气最好的女生，仿佛什么都不能把她惹生气，温温和和，让人如沐春风。但现在，他居然能在邬乔身上感觉到一股杀气。

因为这并不是她一个人的比赛，邬乔没打算瞒着他们，她直接说道：“隋宁向我提出挑战，她说要是这次美术馆项目她赢了，我就得让出我的位置。”

“什么位置？”高岭和时宸异口同声问道。

邬乔抬头，一直以来平静而清亮的黑眸里，此时闪着一团火，热烈而又灼亮。

邬乔说：“作为程令时徒弟的位置。”

高岭和时宸登时睁大眼睛。

你们二位，这赌得是不是有点儿大啊？

“要是你赢了呢？”高岭小心翼翼问道。

邬乔：“她以后再也不提进时恒建筑所的事情。”

“所以这次……”邬乔盯着面前的电脑，美术馆设计方案正好被打开，她盯着看了许久，声音坚定道，“我一定要赢。”

隋宁被容恒送回家的时候，还是蔫蔫的。

容恒一边开车一边说道：“我一直劝你，不要发脾气，忍一忍，你又何必这么咄咄逼人呢？”

“你也觉得是我过分？”隋宁声音里带着哭腔。

刚才邬乔离开之后，程令时来了。

隋宁一看见他，质问道：“令时哥，你骗人，之前我爸爸让你带我，你不是说你很忙，没空教人？”

她这话一出，容恒心底咯噔一下。

他最怕的就是隋宁这个劲，小公主天生傲视一切，恨不得让全天下捧着她。

关键是容恒愿意哄着她，程令时可没这心情。

果然程令时扭头看向隋宁，眼皮动了动，表情依旧那样平静。几秒后，他淡声说：“难道要我直接告诉你爸爸，我只是懒得教你而已？”

隋宁没想到程令时会这么直接，当时就红了眼眶。她跟程令时认识太久，虽然之前程令时一直淡淡的，但是他性格使然，并不会太给人难堪，顶多就是不太热情。这是她第一次，被如此冷漠地对待。

“你就这么讨厌我吗？”隋宁心底难过，又很不服气地望着他，“我到底哪里比不上她？你为什么要对她那么好，明明我才是跟你一起长大的人！”

那个叫邬乔的女孩，究竟有什么过人之处？

隋宁恨恨地想着，不也就是一张脸而已。

程令时盯着她看了几秒，像是真的在认真思索这个问题似的。

为什么对她那么好？

明明隋宁才是跟在他屁股后面长大的人。

一开始是心疼吧，同样的年纪，隋宁拥有一切，邬乔却卑微而又努力。

隋宁只怕连黄鳝是什么样子都没见过。

她更不会知道，有个女孩曾经走在漆黑的小路上，拎着水桶，去摸黄鳝，只为了报答他的一次帮助而已。

那个女孩，哪怕一无所有，依旧想要给予他。

高高在上的小公主，永远不会体会到邬乔走到现在的辛苦。她轻轻松松拿来作为赌注的机会，也是邬乔拼尽全力才得来的。

程令时依旧记得，入围那天，邬乔开心的模样。

许久，程令时声音认真而又低沉道：“因为她值得。”

隋宁这辈子从未受过这样的气，她喜欢的人，却偏向另外一个女生。

“明明令时哥以前对我那么好。”隋宁还是没忍住，红了眼圈，容恒赶紧抽了一张纸递给她，她一边拭泪一边说，“我觉得自从阿姨离开之后，他就跟变了个人似的。”

“行了，不许再提这个。”此刻开着车的容恒，都不由得声音微冷了下来。

隋宁虽然在伤心，却很敏感地听出容恒的不满。

容恒跟程令时不同，他从来都是纵容她的那个人。

隋宁是真的怕了，一路上都乖乖的。

隋宁住在闹市区的花园洋房里，闹中取静。到了门口，容恒直接开门，让她先进去。反而是隋宁抬头，看着他欲言又止。

“好了，你回去。”容恒见她委屈的模样，有些无奈，“别想这么多。”

隋宁委委屈屈：“你不进去吗？”

容恒摇头：“我就不去了，你早点回去休息。”

很快，容恒重新上了车。隋宁站在门口，望着他上车，启动车离开。

隋宁慢悠悠往家走，伸手擦了擦眼角。

等进门，客厅里传来说话的声音，隋宁一听，有些诧异。

“爸爸，你这么早就回来了。”隋宁上前。

隋海铭作为集团公司的董事长，是出了名的工作狂，基本上都要十一点之后才会到家。这个点在家里看见他，隋宁都觉得吃惊。

“宁宁回来了，吃过了吗？”隋夫人柔声问道。

隋宁乖乖点头：“吃过了。”

隋夫人正要说话，却看见隋宁微红的眼角，神色一窒，露出些许担忧。她没有当着丈夫的面问出口。

“没事的话，我先回房间了。”隋宁有气无力道。

隋宁走后，隋夫人说道：“我怎么感觉，宁宁有些不开心。”

“小孩子情绪一天一个变化。”隋海铭回来得早，正在吃夫人亲手煮的馄饨，夸赞道，“我还是喜欢吃你包的馄饨。”

隋夫人轻笑：“只要你喜欢，以后都是我亲手包。”

见隋海铭吃得很开心，隋夫人这才又小声说道："不过宁宁刚才是不是好像哭过，我看她眼睛有点儿红红的？"

"哭过？"隋海铭这才上心。倒不是他不关心女儿，而是他太了解隋宁的性子，她不会让自己吃亏。

"要不待会儿你上去看看？"隋夫人劝道。

隋海铭点头。

大约半个小时之后，隋宁窝在自己房间的沙发上，听到外面的敲门声，闷闷道："谁呀？"

"我，爸爸。"

隋宁立即在沙发上坐好，说道："进来吧。"

隋海铭一进来，见她窝在沙发里，整个人还是无精打采的。

隋宁噘着嘴："爸爸，你找我有事儿吗？"

"小公主，这是怎么了？"

"我都多大了。"隋宁有些不好意思地说道。

隋海铭轻笑，伸手摸了摸她的头发："不管多大，都是爸爸的小公主。"

"我今天去找令时哥了。"隋宁伸手将沙发上的抱枕拿过来，抱在怀里，声音委屈道，"他已经有徒弟了。"

隋海铭皱眉："他有徒弟了？"

建筑界的师生关系很重要，顶级建筑大师的学生，一出道便自带光环。

程令时虽然还没有达到业界建筑大师的级别，但他是少有的后起之秀，不到三十岁便声名大噪。之前隋海铭想让程令时带隋宁，也是有私心的。

一来是因为隋宁确实喜欢程令时，两家还是世交，不管是程家还是隋家，都乐于见他们在一起。但偏偏程令时对此事十分冷淡。所以隋海铭想让隋宁跟在程令时身边，除了好好学习之外，也是为了近水楼台先得月。

隋宁点头，她一想到程令时说的那句话，心都要碎了。

隋宁不敢跟爸爸说实话，只得小声抱怨："我听容恒哥说，那个邬乔是T大的学生，她跟令时哥也是很久之前就认识，所以令时哥才网开一面，收她当学生。"

"邬乔？"隋海铭轻声念着这个名字，问道，"这个女孩多大了？"

隋宁摇头："我没问，但是应该跟我差不多大。"

明明她跟邬乔年纪相仿，偏偏程令时对她们的态度天差地别。

"我今天气不过，便跟邬乔打赌，用我们同时入选的那个美术馆项目打赌。"隋宁冷静下来，也不由得有些着急，她望着隋海铭说，"爸爸，我真的不能输。"

一旦她输了，她就再也不能提出进时恒。要是她赢了，就能彻底将邬乔从程令时身边赶走。

这场竞赛，她必须要赢。

"你想要的，爸爸什么时候没有满足过你。"隋海铭早已经双鬓微白，他望着眼前的女儿，柔声安慰道。

邬乔这一个星期除了正常工作时间之外，连午餐都不去吃了，都留在公司里优化修正图纸。

看邬乔这么拼，高岭和时宸连游戏也不好意思打了，陪着她一块儿拼最后这段时间。

邬乔知道他们团队的弱点，是在图纸上，平面、立面、剖面图上，所以邬乔反反复复察验，就是怕在图纸上出现错误。

邬乔没有去请教程令时，反倒是一直在问 T，以至于连高岭和时宸都知道她背后居然还有一个大神。

这天三人在办公室里一边吃汉堡一边聊天。

高岭说："乔妹的这位大神，像不像武侠小说里的扫地僧？看似平平无奇不起眼，但是关键时刻是力压群雄的厉害人物。"

"我也觉得，我们这几天遇到的问题，人家三下五除二就给我们解决了。"时宸服气地说，随后他看向邬乔，眨了眨眼，"乔妹，什么时候你把大神带出来，跟我们见见。"

跟 T 见面？

邬乔立即摇头，毫不犹豫地说道："不行。"

时宸泄气："为什么呀？"

对邬乔而言，T 是一个生活在虚拟世界的朋友，他永远在网线的另外一端，耐心听着她的各种小烦恼，她可以对他说任何想说的话，所以他也是绝对无法在现实中见面的人。

“你们三个居然又没去吃午饭。”杨枝走过来，有些惊讶。

高岭举起手里汉堡：“楼下的那些东西都吃腻了，正好吃个汉堡，换换口味。”

邬乔知道他们是陪着她拼命，心中有些过意不去，她开口说：“等竞赛结束，不管输赢如何，我都请大家吃大餐。”

“这是你们这次设计的虚拟演示？”杨枝歪着脑袋，看了眼高岭的电脑。

在建筑设计中，通过虚拟演示的方法，可以让人从不同角度观察建筑的布局特点，并且充分展示建筑的动态形象。这也是他们这次竞赛中最为重要的环节。

高岭在这方面是绝对的行家。

设计草案不会再更改，所以他们优化的就是虚拟展示部分，通过这种方式充分表达他们的方案。

“可以呀。”杨枝认真看了几眼，赞赏道，“你们这个建筑的设计外形挺吸引人，要是再考虑落地性和实用性，中标的可能性很大。”

“真的？”高岭开心道。

杨枝拍了下他的肩膀：“你又不是第一次做竞赛，听不出来我是哄你的，还是说实话？”

又说了一会儿，杨枝直接把邬乔拉走。

两人这次没去吸烟室，而是去了公司展示区的地方。

别看这里是公司最重要的门面，但基本上都是给外人看的，公司内部员工反而很少在这里逗留。

“杨工有什么事儿？”邬乔见她拉自己过来。

杨枝开门见山：“你跟隋宁打了个赌？”

邬乔眨了下眼睛，没想到这事儿她也知道，于是问：“公司很多人知道吗？”

那天邬乔还特地把隋宁拉到外面，就是不想让特别多人知道这件事。

“没有，我是从容恒那边知道的。”杨枝嫌弃地翻了下眼睛，“他这人嘴巴最不可靠，我随便一骗，他就什么都招了。”

郛乔：“嗯，是的。”

见只有杨枝一个人知道，郛乔心底还是松了口气。

杨枝有些没好气地说：“她也真是好意思。”

这句话显然不是说郛乔的。

“我不是在说你。”杨枝解释，见郛乔眼底泛着好奇，她干脆直接道，“我说的就是隋宁。”

杨枝提到她，似乎浑身不适，还用手指蹭了下鼻尖，烟瘾在这个时候也上来了。

“在认识这位公主之前，我一直以为建筑界这个行业，最起码靠的还是真才实学，”杨枝双手环抱在胸前，她英气妩媚的黑眸轻眨了下，才继续道，“结果这位小公主却是让我大开眼界。”

“你们这次竞赛，她那个团队，她应该是主创设计师的身份吧？”杨枝一副了然的模样。

郛乔点头：“对，她是主创设计师。”

那天大家一发现这个，都十分惊讶。

按理说隋宁跟郛乔同龄，二十三岁的主创设计师，只怕在全球建筑界都是凤毛麟角。

即便是当年的程令时，都未曾达到如此地步。

杨枝低声说：“你要知道，这个世界上，不是所有人都喜欢名声，也有很多人愿意为了金钱出卖自己的才华。”

听到这里，郛乔似乎隐隐已经有所理解。

“隋宁这个人，从大学开始参加竞赛，就无往不利，靠的不是她多有实力，”杨枝脸上微微嘲讽，“而是她多有钱。她团队里的队友都是大神级别，可是最后她的名字永远排在设计师团队里的第一。就像这次她是主创设计师一样。”

郛乔有些怔住，一时居然不知该说什么。

杨枝伸手拨了下肩上披着的长卷发，说道：“我知道你应该一时很难相信。”

“不是。”邬乔以为杨枝觉得自己不信她，赶紧解释。

杨枝却笑道：“当初我刚听到时，也难以置信，因为我自己是一点点靠着竞赛走到现在。”

所以她完全想象不到，原来这世界上，金钱可以如此无往不利。

她无法想象一个设计师，会甘愿将自己的设计作品让出。

“我跟你说这些，不是为了让你知道这个行业里有多少见不得光的东西，”杨枝郑重道，“我是为了让你做好心理准备。竞标这种事情，看似公平，但是每年都要爆出不知多少次内定的黑幕。隋宁既然敢那样放话，只怕她是稳操胜券。”

稳操胜券？

邬乔心底轻轻一塌，有种说不出的感觉。若是这次比赛，真的因为她输了的话，邬乔会觉得对不起高岭和时宸，还有就是程令时。她明明答应过，不会把他输掉的。

“谢谢你，”邬乔衷心说道，“愿意告诉我这些。”

杨枝轻笑了下，伸手揉了揉她的长发，轻声说：“谢什么，我永远站在你这边。”

邬乔知道杨枝是出于好心提醒。但得知这个消息后，邬乔始终有些不在状态，连开会的时候走神都被程令时看了出来。

会议结束，邬乔直接被程令时留了下来。

程令时斜靠在会议桌上，望着她语气懒散道：“刚才开会，想什么呢？”

邬乔乖乖认错：“对不起，师傅。”

程令时被这一声师傅叫得心底一麻。

这小孩了不得啊。程令时发现，邬乔现在好像也开始掌握了对付他的法子。

“是在担心竞赛的事情？”程令时问道。

邬乔知道自己实在不应该，再次认错：“对不起，我不应该在工作的时候走神。”

“记住了。”程令时站直身体，走到她面前，他伸手轻敲了下她的脑壳。

邬乔缓缓抬头，撞上他正落下的黑眸，见他眼神笃定而又张狂地说道：

“怕什么，我丢不了。”

邬乔听到这话，心底居然是一种说不出的奇妙。

明明应该是泛着甜的情绪，却又莫名带着点微酸，既开心他对自己这么好，可又酸涩他为什么要对自己这么好。被他喜欢着的人，一定会很幸福，因为他始终坚定而又强大。只是待在他身边，就会感受到无与伦比的安心。

程令时身上那种霸道强势，张扬而又嚣张，光是一句话就让邬乔的心跳动不已，一颗心的跳动频率早已经止不住地加速。

对于程令时的心意，邬乔早已经抑制不住，但是她在感情上始终无法像对待别的事情那样坚定而果决。这一次，她仰望着眼前的男人。

窗外的光带着夏日的燥热，那样的热烈。

在曾经密不透风的晦暗生活中，他是自己唯一的光。

现在，她想要伸手抓住这束光。

“师傅，要是我赢了，你能给我一个奖励吗？”邬乔直接问道。

程令时被她逗笑，轻声说：“什么毛病，打赌还上瘾了？”

邬乔直勾勾盯着他。

终于，程令时缓缓点头：“行。”

在忐忑和期盼之中，美术馆项目的竞标日，总算是到了。

邬乔才发现，自己居然又一次踏上了竞赛的路途。

难怪组里的人都说，设计竞赛会让人上瘾，灵感的碰撞，设计师之间的相互角逐，同场竞技，胜者为王。

出发的那天，程令时也正要飞往另外一座城市。

在前往机场的路上，程令时给邬乔发了一条微信：“上车了吗？”

邬乔：“已经坐上车了。”

他们三个人出去竞赛，算是公司批准的，但是差旅费肯定不会报销。

程令时：“加油。”

邬乔坐在车里，看着程令时发过来的两个字，低头一笑。

程令时：“除了你要的那个奖励之外，回来我有别的要给你。”

邬乔：“是什么？”

程令时："那不能现在告诉你。"

邬乔："你存心让我睡不着吗？"

程令时看着邬乔连发的几条消息，死活就是不松口。这么些天，他好像一直在循序渐进，生怕自己表现得太过吓着她。毕竟在邬乔心底，很可能只是把自己当成一个认识很久的哥哥。

要是这个哥哥突然说喜欢她，该不会被她当成是变态吧？

连程令时自己偶尔想想，都觉得自己这心思实在是有点儿坏。可是怎么办，他好像不想再忍了。

之前邬乔与隋宁打的那个赌，他之所以没有阻止，不是因为他不在意这个赌约，而是他觉得师傅这个位置，也没什么好抢的。

若是邬乔真的输了……

那他倒不如趁机把师傅这个身份换一下，比如说男朋友。

竞标地点在江城市中心的一个酒店，邬乔他们提前到达了地方。

时宸拎着他们这次竞赛的资料，是放在箱子里的，一路上他都抱着，生怕丢了。连高岭这么大咧咧的人，居然都没笑话他。

不管参加过多少次竞赛，真到了竞标的时候，都不可能一直平和。

这个美术馆项目并不算是特别大型的，不像中国国家美术馆那种国家级别的竞赛会吸引来自全球各地的建筑设计方案。

江城美术馆的竞争，大多还是国内建筑事务所的竞争。

至于邬乔他们，因为一开始这个项目公司没参加，他们私底下组队参加，但是他们在入围之后，还是以时恒建筑所的名义继续这一轮的竞赛。

谁知他们刚到会场没多久，突然接到消息，这次竞赛评审委员会有一位委员因为临时出了点事故，无法及时赶到现场。所以今天的竞标，因为委员会人数不够无法举行。

只能择日再举行。

邬乔左右环顾了一圈，发现已经来了好几家参赛团队，但并未见到隋宁。

对于这个消息，所有人的反应都很大，他们都已经抵达现场，却突然被告知要择日再比赛，这实在是出乎所有人的意料。

不少人参加过很多竞赛，但很少遇到这种情况。

众人显然不愿意接受择日再比的结果，这样的随意更改实在是太过草率。

“我们都按照你们的要求，在今天这个时间赶到这里参加竞赛，现在你们说不比就不比了，这不是在开玩笑吗？”

有性子急的人已经吵嚷了起来。

其他人也立即把主办方的工作人员围住。

“就是，我们为了这个竞赛熬了多少天，现在告诉我们不比了？”

“你们必须给我们一个说法。”

工作人员赶紧解释：“竞赛不是取消，只是因为评委会的委员老师突发疾病无法赶到现场。这种突发状况也是我们没有想到的。”

因为评委会的委员人数一般都是单数。七人或者九人，如今少了一位，就变成了八人，很可能在投票当中出现平分的情况。

为了避免这种情况，主办方只能择日再赛。

高岭他们虽然没有上前跟主办方理论，但站在后面，三人也面色凝重。

“我怎么感觉，有点儿出师不利。”时宸开口。

高岭皱眉：“闭上你的乌鸦嘴，我感觉你还真是不会说话。”

原来今天早上来的时候，因为外面天色有些阴沉，时宸还念念叨叨说，今天天气不够晴朗，希望一切都顺利。

结果到竞赛地点，还没开始比赛，就被告知择日比赛。

邬乔低声说：“我也觉得不太对劲。”

只是邬乔的不对劲，不是因为所谓的玄学，出师不利。她再次转头看了一圈，已经临近比赛的时间，其他候选团队基本都在场，但是她始终没有看见隋宁的身影。

邬乔参加的比赛虽然不多，但是这种临场出的意外总是让人心有余悸。

主办方只派出这一位工作人员通知，而且对方很年轻，一看就是被推出来的人，于是在场设计师们更加不满，居然没有一个人愿意离开。

工作人员也没办法，只能再去请自己的领导回来。

过了二十分钟，终于有领导姗姗来迟。

这是公建项目，是由政府主导的美术馆项目，出现的一位中年男子是规划局的领导，他一进来立即安抚道：“我知道今天这个决定确实让大家很失望，但是目前评审委员会的委员无法到场，我们正在紧急联系候补委员，最起码也要等到明天。”

“所以我们还得等到明天吗？”有人问道。

这名官员无奈点头：“如今候补委员还未确定，所以我们目前的安排是，待确定委员人选以后，重新决定比赛时间。在此我向诸位老师道歉，给大家造成了麻烦。”

对方的级别不低，跟刚才的年轻工作人员不一样，说话很有分量。他立即说道：“这次给诸位老师带来麻烦，所以我们可以全权负责大家的差旅费用。”

“抠门。”时宸吐槽了一句。

但是目前情况已然变化，众人也不得不接受主办方的决定。

晚上，众人就重新收到了主办方发来的邮件。

比赛将在这周六举行。

程令时发来消息：“我听说，你们的竞赛出了点状况。”

邬乔下午回公司一直在忙，都还没来得及跟他说这件事。此刻她躺在家里，回复道：“评委会委员临时出了状况，只能推迟比赛时间。”

程令时：“送你一句话。”

程令时：“好事多磨。”

邬乔没想到他居然会说这话，回复道：“借你吉言。”

程令时：“比赛时间重新确定了吗？”

邬乔：“嗯，刚才收到了邮件，定在这周六。”

之后，她随口问道：“你出差什么时候回来？”

程令时的工作确实是忙，几乎一半时间，不是在出差就是在出差的路上。

很多时候，早上还在上海，下午就到了北京，第二天又出现在深圳。

程令时：“想我了？”

邬乔放下手机，去洗了个澡。回来后，她看着手机里半个小时前程令时发过来的这条信息，陷入了沉默之中。

邬乔知道程令时并不是花心男人，相反，不管是邬乔的了解，还是她从其他人那里听来的只言片语，都让她确定，他绝非是会搞暧昧的人。可他这样踩在暧昧边缘的话，总让邬乔有种踩在云朵上的感觉，晕晕乎乎。

之后两天，程令时似乎真的忙，他什么消息都没有。

公司大群里，宣传部门在群里发了一条新闻链接，是程令时与其他几位建筑大师一起出席一个论坛活动的新闻。

邬乔点开，一眼就看见了新闻图里的程令时。

高挑的身高，让程令时看起来比别人足足高了半个头。他难得穿着一身正装，黑色西装剪裁妥帖，将他肩宽腰细的特点完全展露，至于西装裤包裹着一双大长腿，永远都让人无法忽视。

“咱们程工，这颜值简直是绝了。”顾青瓷感叹，之后，她似笑非笑地感慨，“就是不知道以后便宜谁了。”

邬乔假装没听到这句话。

周六时，邬乔他们再次出发，这次大家做好了万全准备。

好在到了会场，一切都正常。

邬乔也很快见到了隋宁，她一出现，就明显与别人不一样，富贵大小姐的穿着打扮格外显眼。

以至于还有人在竞赛的紧张气氛之中感慨道：“没想到设计师里也有美女。”

“我觉得坐在后面那姑娘，长得那叫一个好看。”同事不以为然道。

其实从邬乔进场开始，不知多少人早已经偷摸扭头看过来。

邬乔虽然只是一身职场打扮，衬衫和短裙，但是胜在脸长得实在是好看，柔和而温润的脸颊线条让她整个人看起来乖巧又娴静。

邬乔的五官美得精致，犹如墨笔精致绘制，虽然这样的漂亮不带攻击性，却依旧惹眼。

哪怕她现在安静坐着，也有视线从四面八方落在她身上。

隋宁一进来，很快就注意到了邬乔，理由跟别人一样，只因为邬乔太过漂亮。

哪怕隋宁天生心高气傲，什么都不服输，但是长相这种东西，实在是不公平。即便她精心打扮，却依旧抵不过对方的天生丽质。

好在隋宁坐下之后，很快看向前方。

对于这次的竞赛，大家都做好了充足的准备，所以就看临场发挥。

这次作品之前评审委员早已经看过，如今现场就是看优化的结果，以及设计师对于作品的汇报。

其实邬乔怀疑，在这之前，各个评委之间只怕心底早已经有了选择，所以这次各个作品的打分很快。

一般竞赛中，除了中标作品之外，还会评选优秀作品，以及荣誉作品。

这些竞赛作品会全部公布，也会成为设计师的代表作品之一。

虽然大家都是冲着赢而来的，但是即便不中标，也想好好表现，争取拿个靠前的名次。

汇报依旧是按照抽签顺序。

这次邬乔运气还算不错，抽到了第三个出场。而排在第二个的，就是隋宁团队。

只是邬乔没想到，身为主创设计师的隋宁并未上台，而是团队里一个年纪略长的男人上去汇报了他们的设计作品。

隋宁他们的设计草图，居然采用了复杂的全玻璃幕墙结构。

整体看起来像是一个闪闪发光的水晶场馆，外形确实是有点儿唬人，可是仔细一看全都是问题。能感觉他们的野心很大，但是整体建筑却给人一种华而不实的脆弱感。

他们的汇报结束后，邬乔便上台了。

之前邬乔参加的那次幼儿园竞标，是她跟组内同事之间的竞争，哪怕输了，最后选的也还是公司的设计方案。但是这次不一样，输了的话，就是输了。

邬乔在站起来时，朝不远处的隋宁看了一眼。很快她走到台上，将他们的设计方案展示在大屏幕上。

"各位评审委员好，我是来自时恒建筑事务所的邬乔。这次我们所设计的美术馆，主题理念是为了展现和谐之美。众所周知，美术馆承接的是文化艺术交流的责任，而我们的文化核心便是和谐。"

北京奥运会上，震惊世人的"和"字表演，至今令人难以忘怀。

建筑设计的理念，特别是美术馆作为文化艺术承载体的建筑，一般都会融合民族文化。

邬乔说的时候，对面的评审委员都听得很认真。

不知不觉二十分钟过去，邬乔的汇报结束。

坐下台下的高岭和时宸都不由得对她竖起了大拇指。

邬乔笑了起来，冲着评委鞠躬之后，下台回到自己的座位。

之后就是其他几个建筑团队的比拼。

在这时候，邬乔反而能够安心听着其他团队的设计方案。

之前他们只看到建筑团队的公示，而真正看到所有人的设计方案，就是在今天。这么多设计团队，每个人都拿出了展现自己灵感的作品。

不得不说，能够进入候补的作品，都有各自的长处。

邬乔偶尔在看见别人的设计作品时，也会被震撼，默默想着为什么自己没有想到这个呢。

等所有公司汇报结束，大家都安心等待着评审结果。

评审委员暂时离开，只留下其他几家设计团队。

邬乔正好趁着这个机会去了洗手间。

谁知这层楼的女洗手间正好在维修，邬乔只能去了另外的楼层。

邬乔没找到电梯，正好看见旁边的安全通道，于是便推开门从这边上楼。刚走了几步，就看见楼梯拐弯处居然站着一个人。仔细一看，是一个熟悉的面孔，好像是之前的一个评审委员。

对方好像是在这里接电话。于是邬乔停下脚步，没有再走上去。她听那人笑着说："您放心，这件事肯定没问题，包在我身上好了。"

"隋先生，您能亲自打电话给我，是我的荣幸。"

这人的语气很是客气，听起来甚至有些讨好。

好在这通电话很短，对方打完了邬乔才继续上楼。

很快，邬乔从洗手间回来，因为评委会的委员还没回来。

时宸左右看了一眼，小声嘀咕："我觉得这次，咱们前三应该是稳的吧。"

高岭哈哈一笑："低调，低调。"

邬乔跟着扬唇笑了起来："我觉得时宸说得有道理。"

不是邬乔过分自信，相反她一向很保守，但是在看完这些设计作品之后，邬乔觉得他们的作品，不管是从建筑外观还是实用性，都是八个候选作品里名列前茅的。

有些作品造型很吸引人，但是施工难度太大，华而不实；而有些作品则是太过保守，实用性有，却不够吸引人。

邬乔觉得时宸说得不错，他们的设计作品综合排名在前三，并不是自夸。他们安心等待着最后结果的颁布。

终于，会议室的大门再次被推开，几位评审出现后，主持人说道："这次的评审结果，就由我们评委会代表于亮先生揭晓。"

一个有些微秃的男人上前，邬乔盯着他，眼睛微眨。

这就是刚才邬乔在楼梯间遇到的人，原来他是这次的评委会主席。

在场所有人屏住呼吸，等待着他们的评审结果。

当听到中标单位是GAP设计团队时，人群中传来一阵欢呼声。

隋宁在自己组员的簇拥下，站了起来，她回头看向邬乔，微抬着下巴，尽显高傲。这一刻，她是赢家。

邬乔微微抿着唇，单手握拳，很快，对方在欢呼后重新坐下。

接下来是其他设计作品的情况。

当听到时恒建筑事务所的作品排在最后一名时，所有人都有些震惊，连高岭和时宸都不敢置信。

直到所有人拿到书面资料，低头看了起来。

高岭几乎是第一时间低吼："设计作品建筑外观与现有建筑高度相似，因此不予中标。"

这是什么意思？

邬乔茫然地低头，将这句话反复看了好几遍。

终于，时宸开口说："他们的意思是我们的作品涉嫌抄袭？"

这时候，大家也都拿到了评选结果。

评选结果里的各项分数都予以充分说明，但是所有人最关注的居然不是中标的GAP团队，而是排在最后一名的团队。

"原来是抄袭啊。"

"难怪我看他们的设计作品不该是排在最后。"

“大概是抱有侥幸心理吧，以为评委会看不出来抄袭。”

“他们还是时恒的吧，这么大名气的公司抄袭，真够丢脸的。”

明明那些人离得并不近，但是这些讨论声不断响在邬乔耳边。

高岭和时宸也都听到了这些声音。

这个设计方案，最初确实是由邬乔提出主题概念的，设计图也是她画的，因此肯定不存在抄袭行为。

高岭：“我要去问问评委会这些人，他们到底是怎么评审的！”

邬乔还站在原地，只是她并没有生气，而是盯着不远处的评委会成员和GAP的人。

GAP的人顺利中标之后，立即过去跟评审打招呼。隋宁站在所有人中间，作为主创设计师，享受着一切祝贺和恭维。

年纪轻轻便能带领团队赢下这样的项目，可谓是前途不可估量。

所有人都在艳羡地望着隋宁，看着这个出生在起跑线上，如今依旧还在领跑的人。而在另外一边，同样年轻的邬乔，她的职业生涯刚起步，便遭遇了毁灭性的打击。年轻的设计师因为急功近利，在设计竞赛中公然抄袭。

这样的消息一旦传出去，邬乔只怕从此声名狼藉。

时恒建筑事务所有一条明文规定，一旦设计师涉及抄袭，立即清退，永不予录取。

邬乔明白愿赌服输的道理，她没有隋宁那样深厚的背景，没有资本铺路，她可以因为这个行业内的黑幕被踩在脚下。她还年轻，输掉一次不可怕，她还有继续的机会。可现在她才明白，隋宁不只要赢她，还要毁掉她。

胜利者站在前方欢笑，而失败者只能任人践踏。

年少时，邬乔也曾梦想过世界广阔，可终究，她的翅膀还未展开，就被人彻底掰断。

很快，评委会的人要离开了。

竞赛落幕，各家欢喜各家忧愁。

没人会在乎邬乔究竟有没有抄袭，反正她已经被定下这样的罪名。

竞赛场地的大门被打开，那些给邬乔定下罪名的人，正步履轻松地准备离开。

高岭和时宸还在商量，该怎么驳斥这样的评价。

突然，身侧一直安静站着的邬乔，冲了出去。她直接冲到门口，拦在所有要离去的人前面。

“各位评委，想必你们对我都还有印象吧，我是时恒建筑所的邬乔。”邬乔说到这里，声音微顿，直到她眼神坚定道，“就是刚才被评定设计的建筑外观与现有建筑高度相似的设计师。诸位都是建筑界德高望重的前辈，我不敢有所不满，但是我想知道，我所设计的作品，与哪栋建筑高度相似，又相似在何处？”

“这个问题到时候会发到你的邮箱里，注意查收就好。”

一个评委率先开口。只是他所说的话，明明那样轻飘飘，却犹如一座大山，直接压在了邬乔头上。

他们压根就不在意她是否抄袭，或者说，他们根本就是别有目的，就是为了将这个罪名扣在她头上。所以此刻，哪怕邬乔不顾脸面，将他们拦住，也只得到这么一句轻描淡写的回复：到时候会发到你的邮箱里，注意查收就好。

“老师，您应该知道，抄袭对于一个年轻设计师，是多么重的指控，所以我希望我能够现在就得知我的作品抄袭了谁，又是怎么抄袭的？”

评委们显然也没想到，她一个小姑娘居然会这么刚硬，立即有人不耐烦道：“你现在在这里撒泼打滚有什么用，如果一开始你就把心思放在设计作品上，就不至于落得如今的下场。”

邬乔心脏直跳，但是她没有气急败坏。因为她知道，越是这个时候，越是要冷静。如今，能拯救她的人，只有她自己。

终于，评委会代表于亮不紧不慢地开口道：“这位小姐，我很明白你此刻沮丧的心情。但是评委会之所以这么评定，也确实是事出有因。我想这个原因，你自己应该知道吧。”

于亮这么说，就是逼着邬乔承认，她真的抄袭了。

邬乔咬牙说：“抱歉，于主席，我不了解。评委会既然说我的设计抄袭，那么我想现在就知道，我究竟抄袭了哪个建筑。至于刚才这位老师说的，事后发到我的邮箱，那这岂不是坐实了我的抄袭，我连一丝辩驳的机会都没有。”

这也是邬乔要拦住他们的原因。

这些评委都是从全国各地请来的专家，当然他们之间肯定有各种关系，到那时邬乔要是想再见到他们，确实难于登天。

现在所有参加这次竞赛的人，都知道她的设计作品抄袭，如果她现在不反驳，那么之后哪怕是澄清，流言也早已传出，足可以将她毁灭。

“我看你这个年轻人，不仅对建筑设计没有敬畏之心，也丝毫没有谦卑之心。”先前斥责邬乔的评委，再次开口说道，“你现在把我们拦在这里，不就是觉得我们冤枉了你？”

“我们这些人与你无冤无仇，你要是没有抄袭，我们难不成是在故意污蔑你？”

邬乔黑眸抬起，视线落在站在一旁的隋宁。她一副看好戏的眼神，显然，此刻邬乔的狼狈不堪，让她心里非常愉悦。她不仅赢了，还赢得彻彻底底。

从此以后，别人只知道赢得这次竞赛的是隋宁。而那个叫邬乔的人，不仅成了她的手下败将，还彻底被钉在了抄袭的耻辱柱上。

高岭和时宸也在此刻赶过来，但于亮已经摆出权威的姿态。他站在制高点，将邬乔训斥了一通，仿佛这一切都只是邬乔单方面在胡搅蛮缠。

邬乔还是坚持道：“我就是因为知道各位都是权威人士，所以才想要弄清楚，为什么我的作品会得到这样的评价？所谓的抄袭，都应该有证据来作为依据。所以我想问各位老师，你们做出这样的评判，究竟是有什么依据？”

此刻门后站着很多人，都是还未来得及离开的其他设计团队。

“这位小姐，你要是再不让开，我们可就要叫保安了。”终于，主办方的工作人员出面轻声劝道。

邬乔依旧站在原地一动不动。她不能让开，哪怕是“死”，她也要死得明明白白，而不是随随便便就被别人当作一个牺牲品，成为别人利益关系上的一颗棋子、一个工具。

邬乔望着眼前的这些人，她没有什么可输的。

见邬乔还不让开，这个评委恼羞成怒道：“就凭你一个连设计师资格都没拿到的人，有什么资格质问我们？你的作品有多处相似，我们没有当场说出，就是看在你还年轻，让你有改过自新的机会。没想到你居然蛮不讲理到如此地步。”

“赶紧叫保安把她拉走。”

“这种人也还好意思自称是设计师。”

周围嘲讽声传来，邬乔却觉得一点都不在意。她已经站在了悬崖边缘，哪怕狂风肆虐，她亦不会退后一步。

“她没有资格质问您，我呢？”一个清朗的声音在身后响起。

这一刻，所有人抬头望过去，除了背着来人而站的邬乔。

只见酒店的旋转楼梯上，一道身影正缓缓拾级而来，长身玉立，轻狂肆意，一步步走过来时，所有视线都只盯着他一个人。

邬乔耳边听到程令时的声音时，以为自己出现了幻听。可她看着对面的评委们，一个个犹如被定格在原地。

突然，邬乔没来由地安心。

程令时走到她旁边，微转头，低头看着她，仔细看了好几眼，终于邬乔也抬头。就几天没见，但她觉得他好像有些瘦了，更显得棱角分明，微微紧绷着的下颌线，透着几分冷漠。

待程令时转头看着对面，突然轻声一笑：“几位老师，她年纪小，确实没资格。但是他们参赛挂着的，是时恒建筑所的名号。不如就由我，代她向诸位请教，她的作品究竟有什么问题？”

这一刻，哪怕要与全世界为敌，他也会站在她面前保护她。

程令时的突然出现，让局面一下变得复杂起来。

原本这些评委是不屑搭理邬乔这样的年轻设计师的，他们是评委，个个德高望重，只要是他们觉得，就能轻易决定邬乔的命运。

但现在却不一样，程令时不仅出现，而且还代邬乔提出了异议。

在场的委员便再不敢拿出刚才那种高高在上的姿态。

此刻评委代表于亮出来打圆场：“程工，你也不要着急，对于这个结果，我们刚才就说过了，会将相似建筑发到小邬的邮箱里，你们回去可以好好看看。”

“没事儿，您可以现在就发到她的邮箱，我也可以就站在这里看，我不赶时间。”

程令时态度不卑不亢，完全不给对方糊弄过去的机会。

众位评委也发现了，今天程令时只怕是不打算善了。

程令时见他们不说话，又主动开口说：“各位评委老师，抄袭这种指控对一个年轻设计师来说，十分严重。我想各位都不忍心看到一个年轻设计师的未来蒙上阴影，所以几分钟的时间应该可以给我们吧。”

程令时都把话说到这份儿上了，要是再推托，就显得评委会心虚。

于是评委代表于亮开口：“不如这样吧，这里不是谈话的地方，我们先找个地方坐下来聊。”

邬乔心底猛地一松。

不管怎么样，对方总算给了她自证清白的机会。

很快，工作人员准备好了小会议室。

程令时正要抬步往前走，就感觉衬衫袖口被轻扯了下。他扭头看过来，邬乔仰着脸，望着他：“待会儿让我自己来，可以吗？”

邬乔知道自己人微言轻，这些评委全然不将她放在眼里，如今能让她给自己辩解，都是靠着程令时的面子，但是她想为自己努力一次。

纵然世界不公，她亦无所畏惧。

程令时低头，浅褐色的眼睛这一刻不再懒散、漫不经心，反而透着深沉，犹如海面上的旋涡，只是随意一瞥，就要将她卷进去似的。

这次，程令时轻轻点头，只简单一个字：“好。”

除了信任她，还是信任她。

很快他又轻声开口：“别怕，我就在旁边。”

会议室内，主办方安排评委会的人，以及邬乔团队还有程令时，一起落座。

气氛不算融洽，特别是对面几个评委脸上都有些不悦。只是这不高兴，究竟是冲着邬乔他们来的，还是冲着别的，谁也不知。

小会议室里面也有投影设备，连接上电脑后，很快，有人找出了号称邬乔抄袭的那个建筑。

因为网速不太好，图片又太大，打开时，屏幕中央的进度条转了好几圈。

邬乔心脏怦怦直跳，倒不是她对自己不自信，她知道自己是真的没有抄袭。但是这世界上，哪怕完全不认识的陌生人，都会有格外相似的一张脸，灵感的相似是解释不清楚的。

万一这个建筑的外立面，真的跟她的设计很像，邬乔只怕自己真的会有口说不清。

邬乔一直盯着屏幕，直到屏幕上终于一点点出现那张建筑的照片。

当照片全部加载出来，展示在所有人面前，邬乔内心就只有一个荒谬而可笑的念头。

就只是这样？原来所谓的抄袭指控，居然就只是这样？

不光是邬乔一个人，程令时在看到图片的瞬间，也被气笑了。但他没说话，因为答应这件事让邬乔自己解决。

程令时在实在气闷的情况下，伸手扯了扯自己衬衫的领口，依旧维持着冷淡的神色，安静地看着事情的发展。

至于高岭和时宸两人，看了不只松了一口气，更是被气得笑出了声音。

他们松气，不是因为不相信邬乔，而是出于跟邬乔同样的担忧，世界上相似的东西太多，灵感的“撞车”并不罕见，万一他们确实与别人的设计相似，即便辩解，看起来也更像是狡辩。

可现在他们看着这两张照片，心底是一模一样的想法：这也能叫像？

这个建筑是新西兰的一个博物馆，在 2016 年建成，并且在 2017 年正式投入使用。从时间轴上来看，这个建筑确实是早于邬乔的设计。

但从外观而言，光是极简造型的外立面，就跟高度相似扯上了关系？

他们觉得荒唐，评委却不觉得，反而有评委开口说：“这个建筑与你们的设计作品，都是采用外方内圆的设计方式，整体造型以方形为主，但在入口处采取的是圆弧形。”

邬乔强忍着怒意，但还是没有不礼貌地打断对方。

随后评委又用激光笔指着美术馆的水池：“还有你们的水池布局，这种圆弧形水池，跟对方也是一样的设计元素。”

评委又接着列举了美术馆内部的规划，以及各处展览区的布局相似之处，简直就是要将邬乔等人设计的作品“高度相似”的罪名彻底落实。

终于等评委说完了，邬乔轻声说：“老师，这就是你们的全部意见吗？”评委没想到，这时候她还如此冷静，也只得寒着一张脸点头。

邬乔站了起来，她走上去，将自己随身携带的U盘插到电脑上。幸亏她有个习惯，就是喜欢把所有资料都拷贝在U盘里，这样可以随身携带，不管是在公司还是家里，都能立即查阅自己的设计草图。这里面还存有很多资料，很多都是她在设计过程中找到，放在里面，以备不时之需。

没想到这个好习惯，居然真的救了自己。

邬乔打开U盘，直接调出了这次美术馆的设计理念。

“关于这次设计理念，刚才在汇报的时候，我只是简单地提了一下。”邬乔打开自己的资料，指着上面的字说道，“我所引用的，乃是中国古代便存在的‘天圆地方’概念。在古代这不仅是一种哲学思想，更是一种设计理念，在我国古代的建筑中便有所体现。”

邬乔随后打开图片，同样用激光笔指着上面：“比如天坛、地坛的设计，北方最典型的民宅四合院的设计，都运用到了这种‘天圆地方’学说。所以关于抄袭这个新西兰博物馆建筑外立面的指控，恕我无法接受，难道要说这种我国自古便存在的‘天圆地方’的设计理念，是起源于新西兰吗？”

高岭听到这里，憋住了笑意，但还是冲着邬乔竖起了大拇指。

评委会里的人也在这一刻面面相觑。

相较于评委会单方面的认定和怀疑抄袭，反而是邬乔的反驳才是有理有据。

邬乔看着他们的表情，知道自己这时候应该乘胜追击。她立即将其余几张图片也展示出来，说道：“各位老师，这也是我为了这次设计，所收集的中国古代建筑。从我最开始学习设计开始，我的老师便告诉我，我们中国拥有着最为伟大和源远流长的设计理念，很多设计即便到了今日，依旧不落后于世界。所以我在设计美术馆时，最先想到的，就是从我们瑰丽的文化中，寻求灵感。”

这要不是剑拔弩张的时刻，高岭和时宸都恨不得给她鼓掌。

这些评委以自身的权威来打压邬乔，可邬乔的反击更绝，她直接站在了绝对的制高点。

她的设计是从古代设计理念中寻求的灵感，传承的是中华文化。

现在哪个评委还敢再斩钉截铁地说，她的设计理念是抄袭新西兰建筑，这不就是相当于否定了“天圆地方”这个古代就有的设计理念？

一时之间，所有评委都说不出话。

方才还气焰嚣张指出邬乔设计上种种抄袭之处的那个评委，更是脸色冰冷。

邬乔直接从根源上解释清楚了自己的设计理念来源。毕竟评委会刚才也说了，她跟别人高度相似的，就是建筑外立面。

邬乔没收手，而是继续指向水池，说道：“这个博物馆的水池，是正前方以半圆弧形，与博物馆的正面圆弧，形成了一个椭圆造型。

“而我所设计的水池，乃是包裹着美术馆的一个圆形浅池，这样的设计正与我们古代流通的货币‘方孔圆钱’相似，依旧也是取自‘天圆地方’的设计。”

终于在听到这句话时，先前那个评委再次开口：“虽然你的设计理念可能取自‘天圆地方’，但是你的设计元素与对方重复太多，建筑立面，还有水池，总体上就是相似度很高。”

“照您这么说，只要元素相同就是相似，那么远的不提，就说贝聿铭先生所设计的苏州博物馆，也在建筑入口处设计了浅水池，还有安藤忠雄先生的水之教堂，难不成这个新西兰的博物馆都是先借鉴了他们？”

“荒谬。”评委猛地一拍桌子，怒道，“你简直是强词夺理。”

邬乔发现，对待别人的恶意，隐忍才是最大的纵容。

哪怕今天邬乔依旧逃不过被打压、被污蔑，但是她不能放任对方的恶行。

只有奋力反击，才是对自己最大的负责。

或许今天这件事，是她成为真正设计师路上的重要一课。但她不希望，往后余生想起今天时，充满的是悔恨。

她要勇敢发出自己的声音。

蝼蚁尚且能够以小搏大，哪怕她在这些人眼中，是卑微到不值一提的人，也依旧不想要放弃反抗。

就在气氛格外僵持时，突然一个轻笑声，打破了僵局。声音来自坐在最边缘的一个男人。

他戴着眼镜，看起来文质彬彬，一副学者模样。

他缓缓点头："不错，这种文化类的建筑，一贯便喜欢运用光与水的元素，临水而建，确实不是很稀罕。我再帮这位小朋友说一个，位于乌镇的木心美术馆，便是建立在湖面之上，也是运用了水的元素。"

邬乔眼角一跳，她本以为所有评委都已经有了默契，要将"抄袭"这个罪名扣在她身上。

可邬乔现在发现，好像并非如此。从刚才到现在一直反驳她的，也就是那么两三位委员。

此刻，邬乔看见对她攻击最凶的那个委员，朝着坐在中间的评委代表于亮看了一眼。

于亮依旧一脸淡笑，全程都没怎么说话，看起来很好说话。可是在他嘴角微扬起之后，那个攻击她的评委再次开口说道："老孟，刚才你可是同意了我们的评定结果，现在再这样说恐怕是不合适吧。"

随后他看向程令时，说道："我听闻你与这位程工的关系一直很好。"

邬乔心底彻底无语。

这个评委这是打算把替她说话的人打成程令时的关系户，这完全是在指责这位孟工是看在程令时的分上，才改了口替自己说话。

谁知这位孟工不紧不慢说："那你可说错了，刚才你们评定的时候，我就说过，我并不觉得这个设计有抄袭的嫌疑。你们是投票决定的，你们人多胜了，我才无话可说。"

孟工完全不给其他人面子，直接说出了评选时候的内幕。

几位评委哪怕是再不想发言，都突然觉得今天这事儿不简单。

一个小小的设计师，哪就至于这么追着扣帽子。连程令时都皱眉，忍不住想着这件事底下的肮脏。

而刚才只顾着想要澄清自己的邬乔，也在这时脑海中灵光一闪。

她在楼梯里遇到的于亮，还有听到他打的那个电话，在电话里，他说："隋先生，您能亲自打电话给我，是我的荣幸。"

突然，邬乔看着于亮，镇定地说出这句话。她的话音一落，于亮整个人神色都变了，带着警惕和惊惧的眼神，望着邬乔。

看到他的表情后，邬乔突然笑了起来。

她居然到现在才猜到为什么，她可真是太天真了。

一开始，邬乔还抱着一丝侥幸，认为哪怕资本真的强大，利益输送关系也不至于这般猖獗，可是现实比她想象的还要残酷。

有些人不仅一开始就占据天时地利，还要踩着别人。

邬乔知道自己没钱、没资本、没背景，今天要不是程令时为她争取到一个澄清的机会，她连自证清白都难于登天。

“于主席，还要我继续说下去吗？”邬乔问道。

于亮原本老谋深算的一个人，此时居然涨红了脸，气急道：“你在胡说八道什么？”

邬乔轻笑，随后她拿出手机。

她神色坚定地看着对方：“原本我不想说的，我只想证明自己的清白，证明我的设计没有抄袭，但是你要是这么咄咄相逼，只怕我不得不说。

“刚才在安全通道里，你所说的一切，我都已经录了下来。”

这句话让原本稳如泰山的于亮嘴唇颤抖。

终于，邬乔道：“各位评委，这次美术馆项目乃是江城的公建项目，是属于国有资产的招标，一切都应该秉持着公平、公正的原则。但是我现在怀疑，因为某种利益输送，我受到了不公正的对待。我会向江城市政府实名举报。”

邬乔看着坐着的几位评委，带着孤注一掷的勇气说：“我知道或许我的力量微薄，如果江城市政府不受理我的举报，那么我一定会将此事在微博上曝光，并且公布我手里的所有证据。”

邬乔的声音虽然充满勇气，却也带着颤抖。

程令时望着眼前的女孩，她是在用自己的职业生涯作为赌注。

程令时也缓缓站了起来，清冷的声音在会议室里响起：“作为时恒建筑所的总监，我亦无法接受我团队里的任何一位设计师被迫承受这样的污蔑，所以我会与她一起，共同就此次竞赛进行申诉。”

男人的话有力而不失气势，同样也说出了与邬乔共同进退的决心。

邬乔转头，看着对面同样站起来的男人，他一直遵守着约定，让她用自己的方式证明她的清白。而在这最后，甚至不惜押上自己的名誉，站在她这边。

他在她的天平上，将自己押了上来。

这样的话，在众位评委里引起了骚动。

他们只是受邀请来参加这次评审，本来以为只是一个简单的评选，却没想到会生出如此的事端。一时间，有些性子平和的评委心生怯意。

他们不想因为这事儿而惹得一身骚，从而影响自己的名誉。

特别是于亮等人，对于这个年轻小设计师的打压确实太过明显。

的确让人怀疑，这之间会有什么利益输送。

当然，拿到好处的人此刻想要跳船，也来不及了。可是完全无关的，却不想被牵连。

果然，除了孟工之外的一位评委，承受不住这样的压力，开口说道："我也觉得老孟说得有道理，这位小设计师的理念确实是出自我国古代的'天圆地方'，看来是你们误会她了。"

"至于这位小邬设计师，我想你肯定对于主席是有什么误会。一个竞赛，咱们不至于鱼死网破。"

这位明显是在打圆场，希望双方都能各退一步。

倒是孟工又在此刻开口："鱼死网破确实夸张了，但是我想问问大家，在证据如此不充分的情况下，就评定一个设计师的作品涉嫌抄袭，是否太过草率？"

"孟超良，你这话是不是太过偏颇了？"先前一直指责邬乔的那个评委再次拍桌。

孟工居然也不气，反而温和一笑："比起我的话，你们所谓的抄袭指控，才是更加偏颇吧。"

"好了，两位，都不要再争执了。"于亮突然开口，随后他看向邬乔，说道，"给我们评委会一点时间，重新考虑刚才你们所提供的证据。"

这是有转机了？

邬乔看了一眼程令时，就见他微微点头。

邬乔说："好。"

他们离开小会议室，让几个评委重新商量。

到了外面，高岭他们的面色总算缓和了下来。

高岭忍不住说道："乔妹，你刚才太猛了，真的，我都窒息了。"

"我也是彻底服气了。"时宸压低声音说道，"你刚才说要实名举报，我的心脏都快要跳出来了，没想到你这招居然真的直接制住他们了。"

程令时双手插兜，站在他们身边，带着淡笑望着邬乔。

高岭很有眼力见儿，直接将时宸拉走。

两人离开后，才有邬乔和程令时独处的机会。

明明刚才在会议室里，邬乔的发言那么慷慨激昂，现在居然一时无言。最后，她想来想去，问道："你怎么会过来？"

"出差结束，正好路过江城，想着你们今天在这边竞赛，就顺便来看看。"

面对这种此地无银三百两的说法，邬乔莫名觉得好笑。她故意道："这样啊，我还以为你是特地过来的呢。"

面对邬乔脸上狡黠的笑意，程令时脸上的漫不经心一点点消失。

程令时垂眸凝视着邬乔的脸颊，有那么一瞬间，他居然想要开口告诉她，他确实是为了她而来。

其实说了这话，也没什么可担忧的。

程令时眼底的笑意弥漫，是啊，有什么可担忧的。

哪怕她真的不喜欢自己，就从头追起。

就在程令时准备开口时，突然会议室的门被推开。

原来刚才他们一出去，小会议室里的评委之间陷入了无言。

孟超良第一个开口说道："诸位，我们这次过来只是作为竞赛的评委，难不成大家想把晚节都葬送在这里？"

"你胡说八道什么呢！"刚才那个评委是个急脾气的人。

孟超良轻声一笑："兔子急了还会咬人呢，诸位难道真的以为自己可以一手遮天不成？你说别人抄袭，别人连一声冤屈都不能喊？”

这句话果然让众人再次陷入沉默。

孟超良环顾一周，淡然道：“反正我之前是投反对票，我现在依旧是。若她真的实名举报，我倒是不在乎，但是我们当中的某些人，真的不怕被查吗？”

“一个小丫头片子，还想吓唬谁？”这个评委也是个不见棺材不落泪的性子，到现在还死鸭子嘴硬。

刚才替双方打圆场的评委也开口说：“我觉得老孟说得对，我们是来做评委的，不要为了这么一个小小的竞赛，让自己遗臭万年啊。”

其实他们也都猜到，只怕这后面真有什么交易。至于什么交易，他们也不想知道。

此刻这些没有利益关系的评委，便是要站出来与对方划清界限。

刚才邬乔他们还在，有几位评委不好说话，但是现在只剩下评委，一个个都纷纷表态了。

这么算下来，居然有一半的评委倒戈。

评委们也不傻，知道这次的竞赛没那么简单，还真不是那种身正不怕影子歪。

这种行业内黑幕，大家不说破还好，真有一个人不怕死，要挑出这种黑幕，鱼死网破，可真是说不准的。

邬乔方才的那几句话，确实对评委会的所有人造成了冲击。

在发现大势已去之后，评委们迅速地再次统一意见。

邬乔他们也没想到，评委们这么快会商议结束。

这次是孟超良代表全体评委开口说：“经过我们的一致讨论，认为邬乔提供的证据充足，确实是洗脱了她作品与其他作品高度相似的嫌疑，所以我们考虑对她的作品重新打分。”

谁知这次邬乔还没开口，程令时先说道：“不仅是重新打分，还要对她本人以及她作品做出书面道歉。我希望组委会能将这封道歉信，发至此次所有参赛团队的邮箱。”

评委们没想到程令时会提出这样的要求，但程令时这么做也无可厚非。

在宣布结果后，很多团队已经离开了现场，所以他们并不知道邬乔抄袭事件之后的结果。

而让评委会发出这样一封道歉邮件，也是为了让所有参赛团队都知道，邬乔以及她的作品，都是清白的。

以免日后再有人拿这件事出来兴风作浪。

评委们也没想到程令时居然如此强硬，有人正要开口，孟超良却抢在所有人之前开口说道："可以，既然是我们太过疏忽，理应做出这样的书面道歉。"

邬乔在听到这句话后，始终悬着的那颗心彻底放了下来。

她是清白的。她的作品也是清白的。

至于之后，他们想要怎么打分，邬乔已经不在乎了。

当他们走到酒店外面，阳光从头顶洒落，邬乔微仰着头，任由明亮而灼热的光线洒落在她的身上。

微风吹拂着她的长发，酒店旁的树木上，一朵白色小花，居然飘落在了邬乔的鬓发处。

突然，程令时俯身靠近，低声问："我问个事情？"

邬乔望着他的双眸，那样深邃而幽深，她眨了眨眼睛，心脏怦怦直跳。

"你真的有录音吗？"

"啊？"邬乔一愣。

随后，邬乔却突然明白他为什么要问这个问题。于是她笑道："没有，我诈他的。"

没有人怀疑兔子急了会咬人，但是也没有人知道，其实兔子也会骗人。

"我们早早，"程令时抬手，手指间擦着她的耳垂，伸手捏住那朵小花，"真的很聪明，也很勇敢。"

【未完待续】

不许暗恋我
下
蒋牧童 著
（全2册）
江苏凤凰文艺出版社

目录

汽车从零加速到百里的时间，尚且需要几秒，而她的心跳从平稳到剧烈跳跃，却只在瞬息之间。

第十一章

曾经试图表白过

当天晚上，邬乔就收到了组委会发来的道歉信，并且抄送给了所有参赛团队。

参赛团队里正好有高岭认识的人，当时就打电话来打听，这种被评委会认定抄袭的设计作品，居然还能逆风翻盘，实在是罕见。

高岭得意道："什么怎么回事，我们本来就是清白的。我们申诉之后，拿出证据，评委会迅速认可了，还同意给我们书面道歉。"

对面似乎说了几句客套话。

"小意思，小意思。"高岭笑说，"主要还是我们团队的设计师厉害啊。"

对面又说了句。

高岭立即拔高声音："年纪小怎么了，关键场合能镇得住场子！"

又跟对面客气了两句，高岭这才挂断电话。

之后，高岭立即在群里发消息："你们看见组委会的道歉邮件了吗？刚才已经有别家公司来跟我打听事情的经过了，我直接告诉他们，我们是靠真凭实据，证明了自己的清白。"

时宸："也有人跟我来打听。"

时宸："还是乔妹厉害，直接翻盘。要不然我都不敢想象，之后得多少人看我们笑话。"

原来不仅高岭有认识的团队，时宸也有。

毕竟参加这次比赛的，有好几家大公司。

大家相互之间多少都有些联系，可能是校友，或者是竞赛时经常见面，已经相互认识，抑或合作关系。

评委会评定他们的作品与其他建筑高度相似之后，其他团队因为竞赛结束，便提前离开了酒店。但实际上，大家都还在关注这件事，没想到晚上反转就直接来了。

邬乔看着微信里的聊天记录，说不庆幸是假的，幸亏当时她没有退缩。

今天在现场的团队，除了他们之外，足有七家，每个团队里都有好几个人。

在场所有人都见证了他们被评委会认定设计涉嫌抄袭。

要是没有今晚的这封信，他们势必会成为别人眼中的抄袭者。而别人也不会替他们保密，这件事一定会被宣扬出去。

时恒建筑所在业内本来就是明星建筑所，因为程令时一个人的光环，让整个时恒都处于所有人的关注之下。

这样的建筑事务所，一旦出了抄袭事件，势必会处于风口浪尖，甚至舆论的矛头会直接对准程令时本人。

那些因为程令时的成功而心生嫉妒的人，会毫不犹豫地抹黑他。

虽然评委会说过，会重新评分，但是邬乔也没指望能够中标，毕竟她那天的表现太过强势，甚至宣称要实名举报。

哪怕没有涉及利益输送的评委，也不会喜欢这样强势的设计师。

邬乔虽然渴望赢，但如今结果已经不是她努力就能决定的，她自己反而看淡了，就是对团队里其他两个人挺不好意思的。

大家一起努力的竞赛，因为邬乔自己的关系，差点被污蔑抄袭不说，如今所有努力都白费了。

三天后。

邬乔邮箱里面再次收到了组委会的通知，关于这次美术馆的竞赛结果作废。

主办方将在重新选择人员组成评委会后，对各个团队的方案再次做出评选。

当然，这次评选将由新的评委会直接做出选择，并不需要设计师团队再次赶赴现场。

对于这个结果，所有团队都出乎意料，但又有点在意料之中的感觉。或者说是因为这个竞赛已经给人带来了太多的意外。从邬乔团队的设计方案被认定抄袭，到当天晚上评委会作书面道歉，再到现在竞赛结果作废，大家惊讶之余，好像又没有那么惊讶。

强如建筑界的女魔头扎哈·哈迪德，都有在竞标胜利之后被废弃方案的挫败时刻。

废弃竞标结果这件事，在建筑界并不算太罕见。

邬乔不知道是不是因为那天自己要举报的说辞，对现在这个结果造成了影响。但不管如何，所有团队再次站在了同一条起跑线上。

主办方重新选择的组委会，会对八家候选团队提交的设计方案重新进行打分。

周末的时候，邬乔就被郝思嘉叫出去见面。

这是两人在毕业后第一次见面。

上海实在是太大，邬乔住的地方离郝思嘉住的地方，足有一个小时的车程，所以两人干脆选了个中间地段。

因为郝思嘉喜欢吃日料，所以她们就去了虹桥附近。

两人约在地铁站见面。

邬乔一出地铁，就被郝思嘉先抱住："我的乔，可想死我了。"

"不是天天联系吗？"邬乔被她逗笑了。

虽然她们没见面，但是每天都会在微信上联系。

郝思嘉目前也入职了一家建院，比不上时恒这样的明星建筑所，但好在待遇不错，所以她也挺满意的。

两人预订了一家日料店，价格有点儿贵。但是难得见面，邬乔也没太在意。

两人刚坐下，郝思嘉就开始抱怨："你知道吗？我妈居然给我介绍了相亲对象，她居然现在就开始催着我去相亲。”

邬乔愣了下，后知后觉地笑道：“那不是正好，你不是一天到晚说要找男朋友的吗？”

郝思嘉不仅是“追星族”，还是“二次元”，大学的时候，课业繁重，又把大把时间花费在自己喜欢的小偶像和“纸片人”身上，她也跟邬乔一样，一次恋爱都没谈过。于是她就遇到了大部分毕业党遇到的问题。

在大学的时候，父母都觉得他们还是在校生，并不着急谈恋爱，甚至还会劝说专注学业。

但是毕业后，家长恨不得开启八倍速，让她们迅速进入恋爱、结婚、生子的流程。

她们不再属于大学这座象牙塔。

一毕业，就彻底成为社会人，成为大人。

“我想要的是甜甜的恋爱，而不是这种把工作学历还有家境摆在一起的恋爱。”郝思嘉双手托着脸颊，叹了一口气，“反正我希望我结婚，是因为喜欢，而不是因为合适。”

喜欢？

邬乔听着这两个字，轻声说：“可是找到自己喜欢的人，太难了。”

“谁说不是呢。”

两人就着这个话题，开始有一搭没一搭地聊着。

“对了。”郝思嘉望着邬乔，欲言又止，最后还是下定决心问道，“我前几天听说一件事，是关于你的。”

这个事情，显然已经在郝思嘉心里存了好几天。

“有什么事就直说吧。”

见邬乔神色淡然，郝思嘉才说：“是一个同系女生跟我说的，她知道我跟你关系好，所以就来打听。因为她说你的工作之前好像遇到了点问题，参加的竞赛出了事情。”

邬乔想到这件事会传扬出去，只是没想到速度这么快。

不过也是，T 大建筑系是国内的老八校，还是最顶尖的建筑院系。

国内大型建院里有不少校友。

这种竞赛新闻本来就很多人关注，更别说还发生了这么大的事情。

“算了，好不容易休息，我聊这些工作的晦气事干什么，休息日就该彻底休息。”郝思嘉见她没有立即开口，还以为真出了什么大事，赶紧转移话题。

邬乔轻笑：“确实出了点事，没什么不能跟你说的。”

邬乔把这次美术馆竞赛的事情，从头到尾说了一遍。就连隋宁跟她的那个赌约，她都提及了。

等到她说完，郝思嘉忍不住张开嘴巴，露出惊叹的表情。

“这些评委会的人是不是有问题，平白无故就要冤枉别人抄袭，我看他们才抄袭呢！”郝思嘉火气一上来，音量都拔高了，“不对，他们也不是无缘无故诬陷你，说不定真的是被人指使。”

因为邬乔把她在楼梯间听到那个主席打电话的事情也说了出来，郝思嘉当即怀疑。

“你就应该举报这群评委。”郝思嘉气不过说道。

邬乔解释说：“其实也不是所有的评委都有问题，我想有问题的只是几个评委，其他评委只是觉得无所谓，反正我只是个名不见经传的小设计师。”

是啊，谁会在意这样的无名小卒呢，哪怕将抄袭的污水泼给邬乔，对他们而言，都是无足轻重的事情。

郝思嘉后怕道：“幸亏你老板及时赶到，程令时真的太帅了，不愧是我喜欢的建筑师。”

邬乔嘴角微微翘起，轻笑了下。

“不过，说真的，”郝思嘉低声说，“程令时是不是喜欢你呀？”

上次毕业典礼，郝思嘉就问过邬乔同样的问题。

那次邬乔给予了否定的回答。

邬乔觉得，他那样的人，不会喜欢她。

郝思嘉生怕她再次否认似的，立马开口说：“你也说了，他明明在外面出差，却非要去江城一趟，还说是路过。这怎么可能是路过，肯定是去见你的。知道你第一次参加这种大型竞赛，他是想要亲眼见证你的胜利。”

见邬乔不说话，郝思嘉反而越说越激动：“你们之间朝夕相处，而且他还愿意为了你得罪那些评委。不是我夸张，这种竞赛的评委肯定都是建筑界德高望重的人，反正最起码很有资历。”

“可见，在他心里，你肯定很重要很重要。”

郝思嘉连用了两个“很重要”，这句话犹如砸进了邬乔的心底。

“可是……”邬乔慢吞吞道。

郝思嘉打断她：“可是什么呀，喜欢就去表白，你刚才不是也说了，找到自己喜欢的人很难。”

“你都已经有自己喜欢的人，而且我觉得……”郝思嘉认真看着邬乔，“你应该不是最近才喜欢他的。”

之前邬乔在郝思嘉面前亲口承认过喜欢程令时，但是郝思嘉也并非什么都不懂，她了解邬乔，知道这人性子其实挺慢热。

大学开学之后，邬乔就跟宿舍里的人都很客气，就连郝思嘉这种大咧咧性格的人，都花了足足两个月才跟她混熟。

邬乔说过，她是以前就认识程令时，很可能，她从很早之前就喜欢程令时。

不得不说，郝思嘉将邬乔的心思猜得很准确。

“因为我还不确定。”邬乔低声说。

不确定对方是否也喜欢着自己，不敢轻易冒险，更不敢先开口说出“喜欢”两个字。

暗恋从来都是这样，患得患失。

因为害怕失去，干脆将喜欢彻底藏在心底。

很多暗恋，都是这样无疾而终的。

郝思嘉难得认真地盯着她：“邬乔，我本来觉得你是我见过最坚定、最果决的女生。你看你以前不管做什么，都从不犹豫。我知道，你肯定是担心跟他的关系，会因为表白这件事有所改变，可是不试一试，你又怎么知道不行呢？”

不试试，你又怎么知道不行呢？

这么浅显的道理，其实邬乔都懂。只是她独自在暗恋这条路上走了太久，久到她看不见头顶的光。

直到听到这句鼓励，邬乔才意识到，她真的懦弱了太久。可她的念头刚一闪而过，又苦笑了声，说道："其实我不是没试过。"

"你以前跟他表白过？"郝思嘉问道。

邬乔立即摇头。

几秒后，她又低声说："应该说，是试图表白过。"

只是这件事，却成了邬乔一直都不愿意再回想起来的记忆。

邬乔从未跟别人提及过，更是藏在心底，连自己都不曾回想起来。

本以为是在那个夏天惊鸿一瞥的少年，居然在第二年的夏天再次出现。

邬乔初三毕业后，很顺利地考上了市里最好的高中，但是学费同样不菲，她妈妈早已经失去了联系，不仅再未打钱回来，抚养邬乔的责任，也彻底落到了大伯和大伯母的身上。

大伯母抱怨不止，这种抱怨随着邬乔即将升高中达到了顶点。

于是暑假开始，奶奶便将邬乔接回了老家。

奶奶虽然年纪大了，却没有放弃劳作。

农村里的老人，没什么退休收入，又不想给子女增加负担。她在院子里种了水果蔬菜，自己吃不完，就会挑到镇上去卖。还偶尔从村里的代加工厂子里接点零散活计。

邬乔回家后，什么都帮忙做。

村里小厂子的老板或许是看邬乔可怜，又或许是知道她刚考上了市里最好的高中，正在烦恼学费的事情，居然愿意让她打暑假工。

于是邬乔便留在老家，每天早出晚归。

晚上六点多回家，天空依旧大亮。

那天邬乔刚到家，就见奶奶在厨房里做菜，她将拍黄瓜做好，支使邬乔说："把这个送到隔壁的戴爷爷那里。"

隔壁的戴爷爷也是个独居的老头，只不过他是后搬回村上的。因为性子有些古怪，跟村里人来往很少。

但邬乔很喜欢他，因为他很会做木工活，每天在自家院子里干活，要不是邬乔要打工，她能从早看到晚。

看着一块块木头成了精巧的物件，实在是很有成就感。

邬乔乖巧地端起盘子，直接去了戴爷爷家。院门虚掩着，里面依旧是熟悉的刨木头声。

她直接推门进去，喊了一声：“戴爷爷，我奶奶让我给您送拍黄瓜来了。”

老头就喜欢吃这个，再配上邬家酿制的陈醋。

天天吃都吃不够。

但邬乔没想到，推开院门，看见的并不是佝偻而苍老的脊背，而是一个陌生而修长的背影，只见对方手里拿着工具，弯腰刨木头。

大概是听到了喊声，他也转过头。彼此望着对方，同时陷入怔愣。

此刻在屋子里的戴爷爷也听到邬乔的喊声，掀开门口的纱帘，笑眯眯地说：“早早来了。”

邬乔捧着手里的盘子，恍如做梦。她实在想不到，自己会在这里看见程令时。

程令时穿着简单的白色T恤和长裤，手里拿着传统的木匠工具，不知是累的还是热的，白皙的皮肤泛着微红，连额头上也布满了密密的一层汗。只见他抬手，随意抹去额头上的汗水。

他低声重复道：“早早？”那种熟悉而又慵懒的腔调，带着漫不经心的笑意，他的眼睛始终盯着邬乔，轻声说，“是你的小名？”

本以为不会再见到的人，却再次突然出现在眼前。

邬乔除了惊讶，便是从心头生出的铺天盖地的惊喜，仿佛这是老天给她苍白的人生中，突然送来的一份巨大礼物。

后来邬乔才知道，为什么程令时会出现在这里。

原来戴爷爷是远近闻名的榫卯工匠人，程令时因为想要了解我国从古代便传承下来的榫卯技艺，便找到了这里。但是戴爷爷性情确实古怪，岂会轻易搭理这种小辈。

戴爷爷见程令时细皮嫩肉的，想让他知难而退，因此故意让他在大热天干活，但这个法子并未奏效。

程令时确实是养尊处优的小少爷，可他更是个百折不挠的性子，他想要得到的东西，哪怕历经千辛万苦，都绝不会放弃。

程令时来这里两三天了。邬乔因为早出晚归，居然没跟他撞上，直到今天来送东西。

“早早，你这个拍黄瓜送得及时。”老爷子伸手端过去，低头闻了闻，“这味道，正。”

老爷子端着盘子，转身回了屋子里。

程令时干脆朝那边喊了句：“老头，今晚能留我吃顿晚饭吗？你看我都在这里给你干了好几天的活了。”

“不行。”屋子里面毫不犹豫的冷漠拒绝声传来。

程令时一边摇头一边道：“这老头，抠门到家了。”

郧乔听着他说话，到现在还没彻底回过神。还是程令时率先回头，视线落在她身上，似笑非笑道：“小孩，不认识哥哥了？”

郧乔摇头。

“那怎么不叫我？”程令时故意打量着她，慢腾腾问道。

这时候，郧乔才小声地喊道：“哥哥。”

程令时内心这几天积攒下来的郁闷，似乎也随着一声软软的声音消散了不少。

“你家就住在附近吗？”

郧乔立即抬手，指了指隔壁：“就在旁边。”

程令时语气惋惜道：“早知道在隔壁，我就去找你蹭饭了。”

“哥哥，你什么时候来的？”郧乔实在是好奇，还是忍不住问了起来。

程令时这才说：“来了好几天了，结果……”

他停顿了下，猛地拔高声音：“光干活不给饭吃。”

郧乔这时候还真的小，真以为他是因为饿才这么抱怨，于是她心急道：“哥哥，我家就在隔壁，我奶奶刚做了晚餐。我带你去吃饭吧。”

程令时本来只是喊给古怪的戴老头听的，没想到先骗到的居然是她。见她眼底泛着的焦急，一时，他有些好笑又开心。

“你还真是……”程令时语气透着笑意，还是没忍住，伸手揉了揉她的头顶，“挺单纯的。”

郧乔早已是十六岁的少女了，岂会连这点话都听不出言外之意。终于她望向程令时：“哥哥，你是在说我蠢吗？”

那个夏天，大概是邬乔过得最无忧无虑的一段时光。

程令时几乎每天都开车过来，帮着戴爷爷做工，时间久了，再加上邬乔在一旁撒娇卖乖，渐渐老爷子也发现他是真的喜欢建筑，喜欢这门从古至今流传下来的榫卯技艺。于是他也不再犹豫，一点点教导程令时。

邬乔每天打工最渴望的事情，就是下班，她会跑到上气不接下气，飞奔回家。然后再假装不在意地在戴爷爷家门口路过，跟正在忙碌的程令时打个招呼。

半个月下来，程令时的皮肤似乎被太阳晒得稍微黑了点，不过仅仅也只是黑了一点点。

盛夏总是阴晴不定，明明中午还是艳阳高照，到了傍晚时分，便会天色阴沉，随即整片天空都暗了下来。

邬乔没想到今天会有雷阵雨，根本没带雨伞。

到了下班的时间，雨还是一直下，没有停的迹象，其他人都还在躲雨。

唯有邬乔望着外面不知何时才会停下的雨，干脆冲了出去。她怕自己回去得太晚，程令时就会离开。现在每天见到他，是她熬过疲倦一天的动力。

邬乔顶着暴雨，沿着屋檐下面，一路往前跑，想要赶回家。

青石板路被雨水一冲击，格外湿滑。

在邬乔跑到一个屋檐下时，突然听到大雨之下一阵微不可闻的声音，细细小小，像极了呜咽的声音。

邬乔一转头，看见一只灰色小猫趴在不远处。

大雨将它的毛淋湿了，它只是安静地趴在那里。

邬乔盯着它看了两眼，还是小心翼翼走了过去。果然在靠近后，她看见它后腿的毛上沾着红色血迹，难怪它只能趴在这里，原来是因为受伤了。

“来，别怕。”邬乔声音轻柔地哄道，说着，她伸手将小猫抱在怀里。

邬乔身上早已经湿透，也不怕小猫的爪子脏，干脆直接将它抱在自己怀里。

小家伙浑身的毛早已经湿了，身体一直瑟瑟发抖。

邬乔一边抚摸，一边轻声说：“乖，我待会儿带你回家好不好，先等雨停了。”

说着，邬乔感觉到头顶的雨好像消失了，但是耳畔滂沱的雨声，丝毫没有迟缓，于是她抬起头，一把黑色的大伞悄然挡在她的头顶，将她纤细清瘦的身体都纳入了这把伞的遮挡之下。

邬乔下意识回头，程令时举着伞柄，站在她的身后，似乎知道她要问什么，他主动开了口：“我问了奶奶，你出门时没有带伞，所以就来接你回家。”

邬乔轻轻“嗯”了下。

大雨冲刷着整个世界，那样大的雨声，遮蔽了天底下所有的声音，只剩下她越跳越剧烈的心跳声。

“这是？”程令时低头看着她怀里抱着的小东西。

邬乔的手掌托着小猫瘦小的身子，将它轻轻举到他眼前：“我在路边发现的，它好像后腿受伤了，一直在这里淋雨，看起来好可怜。”

程令时伸出手指，轻碰了下小猫的后腿：“应该是被夹了下，你要是不放心，我们把它带回去吧。”

“好呀。”邬乔声音带着愉悦。

一路上，她抱着小猫，走在伞下。

伞面被雨水砸出淅淅沥沥的声音，连绵不绝。

周围安静得过分，蝉鸣、蛙叫都被雨声阻挡，倒是她怀里的小猫醒了过来，叫了两声，声音细细小小，当真是小猫叫。

“早早。”突然程令时喊她的名字。

邬乔转头看向他。

“你打工是因为高中学费吗？”程令时语气有些低沉。

邬乔想起初三那个突然出现的奖学金，她微微抿紧嘴唇，许久才说：“也不是，我就是觉得暑假时间太长了，待在家里很无聊。”

她说谎了。

少年时的窘迫，是永远无法与世界轻易和解的存在。

哪怕一直从容面对当下贫穷的自己的邬乔，都不想让程令时再次知道自己的窘迫。

即便她在他面前，早已经无所遁形。

这个回答，让程令时没有再追问下去。

邬乔也随之松了一口气。

她把小猫救回去，发现它确实后腿被夹破了，好在只是伤了皮肉，看起来并未伤到骨头。于是邬乔便把它养在家里。

奶奶见她喜欢，也没说什么。

过了几天，程令时买了两袋猫粮还有小鱼罐头送了过来。

乡下的猫都是吃着主人家的剩饭剩菜长大的，哪里吃过专门的猫粮。

邬乔喂它食物时，看着它吃完，跑到程令时脚边，用头蹭了蹭他的裤脚。

"哥哥，它该不会知道是你买的罐头吧？"邬乔震惊于这只猫的狗腿行为。

程令时被她的话和猫的举动逗笑。

他弯腰，将腿边的小猫抱起来，伸手挠了挠它的脸颊，这才说："有没有觉得，它跟你很像？"

两个都是小奶猫模样，连声音都一样细。

邬乔望着他怀里的小猫，似感慨般轻轻点头："嗯，是很像。"

程令时低头，用手指在它背上轻挠了一下，惹得小猫咪舒服地轻轻叫唤，就在他扬唇准备说出想说的话：确实很像，都一样可爱。

他的耳畔却响起她低声呢喃："我们都无家可归。"

这一刻，周围的空气仿佛凝滞了。

程令时脸上的笑意顷刻间消失，他抬头直直盯着她。

邬乔这才意识到，自己居然把心里话脱口而出了。

程令时低垂着眼眸。他的喉咙里似乎被什么堵塞，过了不知多久，他强忍着问："为什么这么说？"

在片刻慌张后，邬乔反而坦然下来。

她伸手摸了摸他怀里的小猫，轻轻说道："本来就是，它流落在大马路上，我寄住在大伯家，我们都没有自己的家，不就是无家可归？"

自己的家。是属于她的，邬乔的家。

这世界上再也没有一个这样的地方了。

"我不是说大伯和大伯母对我不好。"邬乔红着眼，努力不让自己的眼泪落下，可声音却带着些许哽咽，“我就是想我爸爸了。”

这次郛乔没再提妈妈。

两人坐在老家的堂屋前，傍晚天空的火烧云是那样绚烂而美丽。世界如此宏大壮阔，可少女的心愿却那样卑微。

她仅仅只是想念自己的父亲。

程令时没再说话，他伸手将她的头轻轻按向自己的肩膀。

老旧的村屋前，两道轻轻依偎着的身影被夕阳无限拉长。

这一次程令时离开后，郛乔鼓足勇气问道：“哥哥，你能给我一个你的联系方式吗？”

“当然。”程令时拖着懒懒的尾音，“免得早早会一直想哥哥。”

郛乔嘀咕：“不许叫我小名。”

“早早，早早，郛早早。”

他连喊几声，仿佛故意逗弄她。

因为郛乔没有手机，所以程令时只给她留了邮箱，让她有事儿随时发邮件，他看见一定会回复。

程令时不知道的是，郛乔真的申请了一个邮箱，但那个邮箱里写着的邮件，尽数安静地躺在存稿箱中，从未发出过。

关于对他的思念，郛乔从不敢让他知道分毫。

郛乔第一次给程令时发邮件，她直到现在都记得分明，是在高考前夕，六月三号。

那时程令时已经从建筑学院毕业，成为一名建筑设计师。因为工作繁忙，他整整一年半没再来过清塘镇。他在遥远的美国，横跨着整个太平洋的距离。

郛乔也不知是高考即将来临的情绪波动，还是无法压抑的思念，在高考来临之前，她居然去了一趟学校不远处的黑网吧。她给程令时发了一封邮件，斟酌了许久，也只是询问他下次什么时候来清塘镇。

本来以为要好几天才能收到他的回复，所以郛乔发完邮件，就准备回学校，但她没想到她还没关掉邮箱，回复的邮件已经到了。

程令时在邮件里回复：“早早，你马上应该高考了吧。本来我打算在你高考时回去，陪你参加你人生最为重要的一场考试，无奈临时的工作变动，我只能将机票改到了六月十号。你不是说过自己从未看过大海，哥哥这次陪你一起去看海。”

这几年程令时虽一直在国外，但是他们的联系并未中断。

因为邬乔没给他发过邮件，所以后来他便会在每月第三个周六的下午打来电话。

那是邬乔从市里学校回家的日子。

这个电话不知从何时开始，但就这么一直延续下来。

他会问问邬乔的成绩，偶尔邬乔也会问他关于美国的事情，时间并不固定，可能几分钟，也可能半个小时。

那是一通能令邬乔期待整整一个月的电话。就连大宅里的陈嫂都惊诧，为什么程令时会对无亲无故的她，这么有耐心，这么好。

那时候的邬乔，尚在年少，心底充斥着各种天真想法，未尝没将这样的关心，当作是喜欢。于是她默默等待着，等到自己十八岁的到来。

邬乔以为只要她过了十八岁，就能向他表白。而这封邮件的到来，也将邬乔的期待推至了顶峰。

他远隔重洋，赶赴而来，只为她说过的一句话。

这样的幸福，让邬乔带着巨大的期待，参加完了高考。

高考结束那天是六月九号，当晚，邬乔就收拾了行李，其实她没什么东西，就一个行李包，几件衣服而已。

邬乔收拾完东西，就跟大伯母说了声，毕竟是她第一次出门。

大伯母知道邬乔是要出去玩，或许是刚高考完，她也并未苛责，只是叮嘱了两句，就同意了这件事。

反倒是邬慧，在房间里堵住了邬乔，她直截了当问："你跟谁一起去玩？程东吗？"

"当然不是。"邬乔否认，她说，"我早就说过，我跟程东没关系。"

邬慧打量了她几眼，突然又说："该不会是那个程家的少爷吧？"

程令时之前从美国寄了几次东西回来，家里人都知道，程家那个小少爷对邬乔很好。不管是因为什么原因，大伯和大伯母都没多说什么。

或许谁都不会觉得，他会对邬乔有什么不良居心。

邬乔没说话，邬慧却觉得自己猜对了，她猛地冷笑两声：“我说你该不会是喜欢人家吧？”

心事被戳中后，邬乔依旧抿唇沉默。

“该不会真让我说中了吧？”邬慧望着她，怨气冲天道，“你知道你这叫什么行为吗？你这是癞蛤蟆想吃天鹅肉。”

同是堂姐妹，邬乔成绩好，长相漂亮，偏偏身世惨淡，邬慧一直很嫉妒她。她不明白，为什么程东也好，程家那个高高在上的小少爷也好，从来没有正眼看过她，眼里只有邬乔。

之前程令时回清塘镇时，邬慧也借口去程家送醋。可那个人只是淡淡地看了她一眼，眼底连一丝波澜都未起。

此刻邬慧得知，邬乔很可能是被程令时带出去旅游，嫉妒几乎要溢出，她伸手碰了碰邬乔的胸口，讥讽说：“你是癞蛤蟆，人家才是天鹅。你指望他喜欢你，就是异想天开，是妄想！”

对于邬慧的口不择言，邬乔早已经习惯，只当她是发疯。

第二天，邬乔便迫不及待地出门了。

清塘镇的入口处，有一棵足有几百年树龄的老树，为了保护这棵树，周围特地围了一个花坛。

邬乔就坐在那个花坛旁，安静地等着程令时。

他说过，自己会在六月九号晚上乘坐飞机回来，十号就会到清塘。

不管是几点，她都想让他第一个看见自己。

她还想要趁着这次机会，勇敢一次，她要亲口告诉他，她喜欢他。

于是邬乔就坐在那棵老树下等着，一直从白天等到天黑。

那一天有多漫长，邬乔早已经忘记。她只知道从日出到日落，随着日落渐临，她的心也如同那落日般，一点点陷入沉寂，直至变成灰烬。

邬乔再一次被失约。

邬乔第一次被失约，是她的妈妈。

那时候妈妈说过，只要在大伯家里等待两年，妈妈一定会回来接她，可是妈妈再也没回来。

她的心在那两年间，一点点陷入绝望，然后才逐渐认清自己被抛弃的现实。

而这一次，她没用两年的时间，从早上等到深夜，直至凌晨十二点，周围万籁寂静，而比黑暗更加寂静的，是她的心。

邬乔在那一天觉得，她这一辈子，都不会再有期待了。

因为没有期待，就不会失望。

或许程令时是临时有事才来不了。

或许他的工作再次出现变动。

或许……

可不管多少理由，邬乔只知道她又成了被失约的那个人。

她背着背包，回到家里。

当打开房门，看见邬慧惺忪迷离的睡眼，瞬间瞪大盯着她，是在疑惑为什么她会突然回来。也是在这一瞬，邬乔想起了她的讥讽。

原来邬慧也没说错，一切，都是她的妄想。

第二天邬乔就离开家里，出去打工。

当妄想清醒后，邬乔重新回归现实。大伯母早就说过，他们只会供养自己到高中，所以大学的学费和生活费都需要她自己去赚。

学费还好，可以申请助学贷款，但是生活费需要她打工赚取。也正是从这儿开始，她彻底失去了跟程令时的联系。

邬乔再也没去过程家大宅。

上大学后，邬乔除了寒假回来几天，几乎不会再回清塘镇。

她的妄想在那一天的等待里，彻底清醒了。

她将那个喜欢过的人，彻底地藏在了心底。

郝思嘉并不知道这段过往，所以她才会毫不犹豫地鼓励邬乔勇敢表白一次。

见邬乔沉默这么久，郝思嘉小声说："那为什么你最后没表白？"

"我也不知道。"邬乔摇头。

关于那次的失约，邬乔从来没问过程令时，哪怕是两人重逢之后。

就好像这是微不足道的一件事，早已经随着时间消失，并未影响他们分毫。唯有邬乔永远不敢轻易去回想那个夏天。

满怀喜悦的少女坐在那棵大树下，翘首以盼。

从黎明至深夜，日升日落，她却没有等来自己期盼的那个人。

邬乔从来没怪过程令时，除了爸爸之外，他就是对自己最好的人。明明他们之间并无关系，不管是同情也好，心疼也好，他都是这世界上最关心她的人。

这也是邬乔只喜欢他的原因。

她觉得她再也不会遇到程令时这样的人。

在她一无所有的时候，那样关心她。他就像那个夏天里上天送来的礼物，抬眸浅笑，伏案作画，都被她的视线追逐着。

从十五岁开始，他就是她不可言说的少女心事。

她对他的感情比蜜糖还甜，比柠檬还涩。

邬乔倒不是怕，只是她总觉得自己一直挺不顺利的。努力想要争取的东西，好像总是够不着。别人伸伸手就能拿到的，她得一直努力。

就连喜欢一个人也是这样。

他仿佛永远在天边，离她那么远。

即便是现在，两人朝夕相处，她依旧还在胆怯。

郝思嘉虽然不知道她具体遇到了什么，却很心疼，轻声说："邬乔，如果说这辈子，我最希望谁幸福，我自己都不是排在第一位。我最希望你能幸福开心，得到你想要的一切。"

邬乔眼角湿润，有些忍不住说道："你是存心想看我哭吗？"

郝思嘉伸手摸了摸她的脑袋："把你的眼泪，留在你的婚礼上。"

"啊？"邬乔瞪大眼睛。

"我觉得你就是太在意了，才会这么犹豫不定，不如你就当再给他一次机会？"郝思嘉也被自己的话逗乐，她冲着邬乔握了握拳头，"勇敢乔乔，不怕困难。"

邬乔再次被逗笑，那点情绪全都被冲散。

果然跟姐妹约会，时间总是过得很快。

两人下午在商场逛街，哪怕一向对自己抠门的邬乔，都经不住郝思嘉的怂恿，买了两条裙子。

郝思嘉一直夸她："我要是有你这种身材，恨不得一周换七套不重样的衣服。"

邬乔还是有些犹豫，说道："我感觉那个裙子有点儿太贴身了。"

平常邬乔即便买裙子穿，也都是宽松款的，顶多是露露腿。

这次郝思嘉非怂恿她买一条包臀裙，邬乔身材是那种凹凸有致的，穿这种裙子，也穿出了前凸后翘的效果。

"不是说好了，给程工一个机会？"

邬乔心想，这是给他一个机会吗？这怕不是直接勾引了吧。但是不知为何，邬乔很难再说出反对的话。

邬乔好像真的在郝思嘉这么胆大妄为的鼓励下，变得有了那么一点勇气。

周一早上。

大家或许还沉浸在周末的放纵里，来的每个人脸上都透着一股精力不足的疲倦，有人更是一边打着哈欠一边喝着手里的咖啡。

顾青瓷就是其中一员，她捂着嘴巴说："早知道昨晚就不追剧了，我看到两点才睡。"

"你都多大的人了，还一天到晚看那些甜宠剧。"高岭吐槽。

顾青瓷无语："就是因为现实中太多你这样讨厌的人，我才只能在剧里寻求我男神的安慰。"

"对了，乔妹怎么还没来？"旁边的时宸说道。

一般来说，邬乔不会踩点上班。她住得挺远的，所以害怕上班迟到，都会提前来。

"不知道呢，我发个微信消息问问。"顾青瓷看着手机上的时间，还有两分钟就到九点了。

虽然时恒采取灵活的上班时间，但是没有项目的时候，大家还是老老实实打卡。

顾青瓷的消息还没发出去，邬乔已经到了，她拎着包，几乎是一路小跑进来，有些无奈道："早上地铁出了点故障，幸亏我立即去坐公交车，才没迟到。”

“地铁 2 号线对吧，我都看见上热搜了。”

顾青瓷一边说话一边抬头，然后愣住。她呆呆望着邬乔，居然还不由自主地吞了下口水。

邬乔尴尬地笑了下，赶紧在自己工位上坐下，见顾青瓷还盯着自己看，她凑过去小声问道：“是不是很怪？”

邬乔也有些后悔，早知道应该不听郝思嘉的怂恿。这种有点儿性感的打扮，实在不适合她。

“怪什么呀，大美女就该这么穿。”顾青瓷激动得差点拍桌子。

邬乔被她吓了一跳，再次问道：“真的可以？”

“邬乔，你再这样说的话，我就要怀疑你故意炫耀了。”顾青瓷看出来她是真不习惯，所以故意这么说逗她。

邬乔一边打开电脑一边说道：“我不是炫耀，我就是不太习惯这样穿。”

她穿衣服一直以简单舒适为主，很少会买特别时尚性感的，是真的不适合她的性格。

“真的好看，我觉得你不应该被束缚，这样的不适合你，那样的不应该。你不去尝试的话，你怎么知道什么是适合你、什么又是不适合你的呢。”

明明知道顾青瓷说的是衣服，邬乔思绪却被带偏。好像冥冥之中，大家都在鼓励她。

程令时到了公司之后，迅速将大家召集起来开会。

目前组内的项目都在稳定进行中，有些项目临近尾声，有的也开始进行新的项目。

会议开了一个小时左右，大家将手头的工作都汇报了一遍。

等散会后，邬乔回到位置上，就发现自己邮箱里有一封刚发来没多久的邮件，发送者是江城美术馆项目的主办方。

邬乔随手点开，就看见上面写着的“恭喜您”三个字。

她迅速往下看去，发现在所有候选团队里，时恒建筑事务所的名字排在第一位。

这是什么意思？

明明是这么简单的意思，可是真的看见了，邬乔反而不敢确定。

邬乔握着鼠标的手掌在轻微颤抖。在这颤抖之中，她迅速拉到邮件最下面，这封邮件还带了附件。

她下载后，看见上面是这次评比的所有明细结果，像是为了显示新的评委会，一切都是从公平、公正的角度出发。

这个附件里将所有候选团队的技术分、商务分都列了出来。

这次时恒建筑所的名字，依旧还在第一位。

第一。

这是不是意味着，他们中标了？

邬乔脑海里刚划过一个念头，一个巨大的吼声，在整个办公室里响起，高岭喊道："邬乔，时宸，你们快看邮箱，快看！美术馆的竞赛结果出来了，我们是第一！"

原本周一早上还有些死气沉沉的办公室，被这一声喊得彻底清醒。

竞赛赢了？

排名第一？

大家纷纷抬头朝这边看过来。

邬乔紧紧盯着面前屏幕的同时，轻轻点头："我已经看见了。"

"我看看，我看看。"时宸压根顾不得打开自己的邮件，直接蹿到高岭的电脑旁边，看着上面的邮箱内容，一字一句念道，"恭喜你们，在竞赛中取得排名第一的好成绩。经评委会一致认定，你方成功获得江城美术馆设计权。"

"啊啊啊啊！"时宸更是夸张地大叫。

可是对于他们的狂喜，所有人都只是含笑望着，没人会这时候责备他们打扰到别人。

顾青瓷也立即凑到邬乔旁边，看着她的电脑。

"厉害呀，乔妹，你们这是绝杀，逆风翻盘。"顾青瓷知道他们这个项目的内部情况，之前还帮着邬乔骂过，"我真没想到，这个竞赛最后居然是这个结果。"

是啊，谁会想到呢。

所有人都觉得，即便他们洗刷了抄袭的嫌疑，依旧不会赢下这个竞赛。

邬乔那天态度太过强硬，甚至还要实名举报。

一般来说，即便换了一批评委，但是肯定也会听说内幕，甚至是江城主办方那边，为了避免不必要的麻烦，应该也不会选择他们。

哪怕只是给他们排个第三、第四的名次，邬乔他们也绝对无话可说。

毕竟能走到第二轮的候选团队，都有两把刷子，邬乔在现场听到汇报时，亲眼看过别人的设计作品，都是很优秀的作品。

邬乔也没有那样的自信，说自己一定能赢。

中标的选择，除了建筑外观，还有实用性以及环保性。况且审美这种东西，是格外主观的，有些评委喜欢他们的建筑理念，有些评委就会弃之如敝屣，因此不确定的因素太多。

邬乔不说早已经放弃，但基本上也是抱着基本赢不了的态度。

如今情况却峰回路转，他们赢了。

他们赢下了这次竞赛。

邬乔以前也赢过竞赛，可那些竞赛都是比赛性质的，不管设计的建筑多么华丽，从未落地过。

但是这次不一样，江城美术馆将成为她第一个落地的建筑。

第一个！

光是这么想着，即便冷静如邬乔，都开始忍不住地颤抖。

邬乔忍不住看向程令时的办公室，百叶窗将办公室遮挡得十分严实，她根本看不见里面的情况，可莫名地，邬乔总觉得他此刻正在看着自己。

他也会欣喜她的成功吧。

程令时此时确实站在百叶窗后面，他听着外面时宸和高岭的吼声，手里握着的手机也正好接通。

“这次真的谢谢您。”程令时低声说道。

对面的声音响起，很熟悉，居然是孟超良，他笑道：“说什么谢，下次咱们竞标遇上的时候，你记得让让我这个老人家。”

孟超良不仅是建筑学院的教授，也有自己的建筑设计公司。

程令时笑了起来：“您这么老当益壮，不至于要我这个后辈让。”

“你这个后生，可是快把我们这群老头子‘拍死’在沙滩上了。”孟超良冷哼一声。

程令时依旧是一声轻笑，却郑重道：“孟工，这次是我欠您的，日后您真有用得着我的地方，只要您开口，程令时定当全力以赴。”

听着他这么郑重的承诺，孟超良倒是说：“你也别着急谢我，这次你那个小朋友能中标，还真不是我的功劳。”

“怎么会，要不是您提出辞职，并且说动评委会其他几位委员同您一起请辞，结果不会这么轻易更改。”

原来邬乔事情发生之后，程令时便找到孟超良，晓之以理动之以情，让他决定请辞。孟超良是除了于亮之外，分量最重的一位评委。他一走，还带走了其他几位委员。江城市建局那边，便知道这次竞标只怕有内幕。

后来又了解到了邬乔的被抄袭事件，便立即明白是评委会中有人在操作竞标结果。

于是市建局当即接受孟超良的建议，更换了所有评委。

新的一批评委重新选定后，在没有利益操控下，邬乔他们的方案以本土化的设计概念，以及实用性和环保性，成为第一选择。

“我说你给这个小朋友出头，也不仅仅是因为她是你公司的员工吧。”

不得不说，孟超良虽然年纪大了点，却依旧目光如炬。

“让您看出来了。”程令时笑了下。

随后男人的声音再次响起，听起来漫不经心却又极其认真地说：“您说的这个小朋友，是我喜欢的人。”

很快，江城那边电话联系邬乔等人，说了后续签约等事宜。

邬乔忙完这些之后，就听到有人闹腾着让他们请客。

这会儿邬乔才想起，这次竞赛的奖金是二十万元。因为这个竞赛是他们自己参加的，虽然挂了公司的名字，但是公司也有规定，并不会分成。

对时恒而言，这样的竞赛取胜，更多的是宣传公司。

这不，结果刚公布，宣传部门已经开始准备发新闻稿。

下午的时候，邬乔他们三人直接订了下午茶，请全公司的同事。

因为行政那边之前订过，所以邬乔就请行政帮忙，选了一家性价比还不错的店，不仅订了奶茶饮料，还有各种蛋糕点心。

东西送来的时候，邬乔发现程令时的办公室门紧闭着。好像他中午去吃午饭后，就没再来公司。

邬乔招呼同事们来拿东西，正准备留一份给程令时，就见他和容恒两人到了公共办公区域。

容恒见这满桌子的饮料和甜点，不由得笑问："今天这是什么好日子？"

"容总，您还不知道呢？邬乔他们赢了江城美术馆的竞赛。"有个同事口快，直接替邬乔说道，还不忘夸赞一句，"这种内定好的竞赛，能逆风翻盘，真的太厉害了。"

容恒正要笑，突然他意识到什么，低声说："江城美术馆？"

"对啊，就是江城美术馆，今天最新结果刚公布，邬乔他们赢了。"

大家七嘴八舌，让容恒迅速弄清了现在的情况。

容恒一边接过饮料，一边感慨道："没想到你们真赢了。"

"程工。"邬乔把饮料递给程令时。

旁边有个同事见状，突然大声问道："程工，您有没有要说的？"

"我说什么？"程令时忽地一笑，"恭喜你们。"

这句恭喜，他是看着邬乔的眼睛说的。

结果旁边同事居然不满意，都在起哄说："程工，您这个说得太简单了。"

"就是，这么激动人心的反转，程工，您应该多说几句啊。"

程令时冲着他们举了下手里的饮料，说道："我觉得这个竞赛对我们最大的启发，就是在绝对实力面前，即便遭遇内幕，也依旧能反败为胜。"

"而我们时恒……"此刻所有人都停下手中的事情，抬头望向他，只听他轻声说，"每个设计师都拥有这样的绝对实力。"

一句话，虽语气平静，却不失气势，直接激起了所有人的一腔热血。并非所有人从一开始就麻木，愿意接受所谓的行业潜规则，他们只是被迫接受，在日复一日中，渐渐熄灭了心中的那团火焰。

如果可以，大部分人都愿意秉承着心中的那团信念。

每一个初学建筑的人，都曾经有过这样的信念，要让中国的建筑引领世界潮流，要让中国建筑师的名字响彻整个世界。

如今程令时这一席话，叫许多人再次想起心中早被隐藏的理想。

说完之后，程令时拎着饮料走人，毕竟他待在这儿，不少人连饮料都不好意思来拿。

“你跟我来一下。”他对邬乔说道。

邬乔点头，立即跟上，一起去了他的办公室。

关上门，程令时说：“今天人事那边来问我，关于你的转正问题。”

邬乔没想到他聊的是这个，立即说：“我不是下个月才转正？”

“对，是下个月，但是原本按照公司规定，应届毕业生入职的级别应该是 G1。”程令时含笑看着她，“但是你表现太过出色，在这次美术馆的竞赛中胜出，所以人事询问我的意见。”

“什么意见？”邬乔下意识问道。

程令时说：“是否应该让你直接跃升至 G2 级别？”

邬乔盯着他：“那你是怎么回答的？”

“人才难得，同意。”程令时一双浅褐色的眸子，轻轻落在她身上，眼底噙着懒洋洋的笑意。

邬乔嘴角轻轻上扬，低笑说：“你是全天下最不拘一格的老板。”

对于这句突如其来的吹捧，程令时靠在椅背上，忍不住笑了起来。

邬乔得知这个好消息，带着开心准备离开。在她拉开门把时，程令时却又喊道：“邬乔。”

在邬乔扭头看过去时，就见他微抬下巴，嗓音低沉：“新裙子，挺漂亮的。”

啊？

邬乔几乎瞬间拉开玻璃门，落荒而逃。

回到工位上，她摸了摸自己的脸颊，还是烫的。

邬乔也不是没被人夸赞过，但是她没想到程令时连这个小细节都注意到了，一般来说，都是女生比较在意穿着这些。

早上开会时，他一副目不斜视的样子，邬乔还以为他也是“直男”。压根不会像郝思嘉说的那样，被她迷得挪不开眼睛。

容恒没多久来到程令时办公室，他感慨道：“没想到美术馆这个项目，居然真的让邬乔他们拿到了。我听说这次主设计师是邬乔，这姑娘真挺厉害的。”

“以后别再带隋宁来公司。”程令时抬头看他。

容恒见他表情严肃，赶紧举手：“我跟你说过，每次都不是我带的，是那丫头非要跟我来。你说我也不太好拒绝。”

“那就离她远点。”程令时声音冷淡。

容恒皱眉：“不是吧，你还真要跟隋宁划清界限？”

程令时本来不想说这个，有点儿在背后议论别人是非的嫌疑，但是有些事情，由不得他不开口。

他直言道：“这次竞赛，原本的第一是隋宁团队。”

“你的意思是隋宁拿了第一，是内定的？”容恒一直挺忙的，只知道这个竞赛挺乱的，但是也没来得及深入了解。

“邬乔还被诬陷抄袭。”程令时态度还算克制，沉吟片刻，这才说，“于亮这人我了解，老狐狸一个，轻易不会得罪人。他与邬乔从来没接触过，为什么非要在这种竞赛上给她扣上一个抄袭的帽子？必然是背后有人指使。”

邬乔那天说的在安全通道撞见于亮的事情，并不是假话。她只是没来得及录音罢了。

事后，程令时也询问过邬乔，她确实清楚听见于亮称呼对方隋先生。

容恒皱眉，对于隋宁做的有些事情，他其实是清楚的。只是有些不相信，她会恶毒至此。

犹豫半晌，容恒还是问道：“你事后有跟隋宁联系过吗？”

“你是想说，我有没有去质问过她？”程令时略有些无语地望着容恒，反问，“你是三岁小孩吗？你以为隋宁会跟我说实话？”

容恒面露尴尬，这倒也是。

程令时靠在椅背上，神色颇为冷淡，他伸手捏了捏眉骨，露出一丝疲倦。

“容恒，别再把隋宁当小孩了，她早已经不是我们记忆中的样子了。”

容恒苦笑一声，说道：“你知道的，我不太有办法拒绝她。”

“那就慢慢远离她。”程令时郑重其事道。

“对了，正好有个事情，跟你商量一下。”程令时将他叫住，说道。

下午四点，公司所有人都收到了行政部发来的通知。

本周四和周五两天，公司将在榕月山庄举办团建活动。收到这个通知后，就有人忍不住欢呼出声。

“五星级酒店的团建，时恒，这辈子只要你不负我，我定不负你。”

顾青瓷激动地恨不得抱着电脑大叫。

旁边的高岭居然还故意说：“怎么又是榕月山庄，今年年会也是在这边举办的吧。”

“你要是不想去，就别去。”檀启说完，转头对旁边的柯霄说，“霄宝，我们两个这次还是住一个房间吧。”

柯霄神色冷漠：“不行。”

檀启：“口是心非。”

顾青瓷倒是很开心，她说：“之前组里就我一个女的，我只能和行政部的同事一起拼房间，这次我要跟乔妹一起睡。”

反而是邬乔看着上面的团建时间，说道：“居然是周四和周五。”

“对吧，这个时间绝吧，一般来说，很多公司团建都会占用周末休息的时间，但是我们老大偏不。”顾青瓷伸出手指轻摇了两下，格外得意说，“老大说了，拿出两天时间，时恒并不会因此倒闭。”

普通公司的团建，都是占用员工周六周末的休息日，因此很多员工不仅不想去团建，甚至很反感。

“我们的团建就是吃喝玩乐。”时宸说。

这是邬乔第一次遇到公司团建，之前在网上看到的，都是各种吐槽。轮到自家公司，居然是所有人都迫不及待地想参加。

邬乔上网搜了下榕月山庄，看见旅游软件上挂出来的每日房价，不由得倒吸了一口气：“这个房价好贵。”

“没事，咱们老大有钱。”顾青瓷还是凑过来小声说，“榕月山庄是老大设计的，这个酒店的老板特喜欢老大，所以设计完成之后，就一直给老大优惠。咱们公司的年会和团建，没少在那边举行。”

邬乔这才发现，自己好像真的进了一个“神仙公司”。

晚上，邬乔把这件事告诉郝思嘉，郝思嘉连发了五条语音，一边控诉自家建院抠门，一边羡慕时恒居然这么大方。

郝思嘉："乔啊，我觉得你真的是好眼光。"

郝思嘉："程令时这个男人太值得托付终身了。"

郝思嘉："他连对员工都这么大方、这么好，我觉得他对自己的老婆肯定会更好。"

邬乔看着她发来的微信。

从这个角度来看，确实很新奇，可是逻辑好像又挺正确，完全没毛病的样子。

榕月山庄是在离上海两个小时车程的地方，所以公司直接包了两辆大巴车，统一接送员工。愿意自己开车的人，也不强求。

邬乔没有车，便选择坐公司大巴。

顾青瓷跟她一起，其他几个男生据说嫌还要来公司集合，直接开车走了。

早上九点之前，邬乔到了公司，发现大家明显不太一样。

平时里都是职场打扮的人，这会儿都穿起了想穿的衣服。男生还好，顶多就是穿了条短裤和拖鞋，女生的打扮那可就花样百出。

之前那个闹出事情的实习生周雯雯，直接穿了一条黑色吊带裙。

不得不说，她身材确实是好，清瘦又高挑，皮肤被黑色一衬又显得很白皙。

别说邬乔一眼就注意到她，大家都在夸她这一身打扮好看。

虽然之前，因为程令时下发通知的事情，周雯雯丢了点脸，但是程令时这人作为老板绝不会翻旧账，更不会给谁穿"小鞋"，那次事后，周雯雯发现自己并没有被针对，便慢慢放下心来。

在时恒这个公司，待得越久，就越是舍不得离开。

顾青瓷到的时候，看见大家的打扮，再看了看邬乔身上的白 T 恤和牛仔短裤，忍不住说："乔妹，团建你穿这么低调干什么？"

"不是说有漂流吗？"邬乔专门问过，有这些游乐项目。她很喜欢漂流，所以想着穿着方便点。

顾青瓷一阵无语，最后放弃："没事，你这样也很美。"

两个小时确实不算长，众人在午饭之前抵达。

大家把箱子拿到楼上房间之后，便下来吃午饭，午饭是酒店内的自助餐，种类丰富，大家吃得都很开心。

下午，大家在微信群里开始叫人去漂流。

大巴车没有离开，依旧在酒店外面等着，所有人到齐之后，就向峡谷开去。

这会儿所有女生都是装备齐全。

“你看见我们组的其他男生了吗？”邬乔问道。

顾青瓷摇头：“我给他们发信息也没回，这群男人不知道去哪儿逍遥自在了。”

他们直接被车带到了玩漂流的地方，群山环绕，翠绿色的树林覆盖在山体之上，偶尔鸟鸣声清脆，车子越往山里开，就能听到汩汩水流声，仿佛从山上流淌而下。

习惯了城市里的钢铁森林，乍然见到真正的苍翠群山，大家都忍不住扭头看着窗外。

到了地方，大家沿着山道往上走。

漂流是从山顶往下漂。等到了山顶，大家分配好船只，从上面依次滑下来。

中途，顾青瓷被吓得尖叫连连。反而是邬乔镇定又开心，她是在水乡长大的，这里的环境跟清塘挺像的，邬乔玩得非常开心。

从山顶滑下来，大概需要十几分钟。大家刚从漂流船上下来，就有人喊道：“前面有人在攀岩。”

邬乔顺着有人指着的地方望了过去，就见一个黑色身影挂在陡峭的岩壁上，身姿修长。此刻他正握着石头，不知是太滑还是什么缘故，突然脚下一松，整个人除了手臂还抓着面前的石头，几乎是挂在峭壁上。

“啊，小心！”

明知道这人身上挂着安全绳，但还是有人忍不住害怕地叫出声。

邬乔微眯着眼睛，看着那人修长的身体，就那么悬在半空中。不得不说，这腿真挺长。

下一秒，这个人另一只手臂用力，抓住头顶的石头，紧接着他整个人灵活而有力地倒悬挂在山壁。

“哇，这什么臂力！”顾青瓷惊呼一声。

底下已经开始有人给他拍掌叫好。

邬乔定睛一看，碰了碰顾青瓷：“那是不是高岭他们？”

邬乔有点儿近视，偏偏害怕漂流会冲坏隐形眼镜，所以什么都没戴。以至于这会儿听见叫好的声音，才恍惚觉得那个身影有些熟悉。

“还真是，走走走，去找他们。”顾青瓷笑着说道。

她们走过去时，邬乔还盯着悬崖边的男人，在这里攀岩应该很难，隔壁一起的人早已经放弃，唯有他，快要攀到崖顶了。

他身姿舒展，手长脚长，那样陡峭的山壁，对他来说，似乎很轻松。

等她们走到山的边缘的时候，顾青瓷问道：“给你们发信息怎么也不回？”

“这不是跟老大来攀岩，没信号呀。”高岭解释。

程令时？

邬乔转头看了一眼，都没发现他的身影，然后她脑海中电光石火般闪过一个念头，也跟着抬起头，望向山壁。

只见那人穿着一件黑色T恤，还有黑色长裤，打扮跟寻常的攀岩爱好者没什么区别。

这一刻，一直在攀登的人，终于到了顶点，他扭头往下看。

邬乔也是在这时，看清楚了他的脸。

原来是程令时。

很多刚参加完漂流的同事，特别是女同事，这才发现她们刚才一直讨论的攀岩小哥哥，居然是自家老板，面面相觑之余，又在心底不停大喊好帅。

程令时平时在公司，基本都是长袖长裤的严实打扮。

他身形修长，虽说男人最好的身材就是穿衣显瘦、脱衣有肉，显瘦这点，公司上下确实都看见了，但是大家谁都没看过他“脱衣有肉”这一面。

如今他人还挂在悬崖壁上，那流畅而结实的手臂肌肉线条，早已经让底下骚动不已。

程令时爬到了最顶端，似乎从上面拿了什么东西。拿到后他便松手，直接从山壁悬降了下来。

这一下真让不少人尖叫起来。特别是漂流这个地方，不只是时恒建筑所的员工，也有其他来玩的游客。

胆大又年轻的漂亮小姑娘居然直接等在了程令时降落的地方。

“现在小姑娘胆子也太大了吧，这直接就要微信了？”顾青瓷看着对方拿出手机的举动，直接震惊起来。

邬乔心脏微缩，忍不住望着那个女孩，穿着一身JK制服裙，扎着漂亮的丸子头，整个人青春洋溢，站在阳光下，跟程令时似乎也有些般配。

邬乔正盯着看，旁边顾青瓷猛地推了她一把，喊道：“老大。”

程令时抬头，他明显是看见了邬乔，一边解开身上的安全绳一边开口，似乎对那女生说了什么。

女生脸上露出失望的表情。

程令时已经抬脚朝这边走过来，走到邬乔面前，他直接说：“抬手。”

邬乔听话地伸手，就见他直接将手里的东西放在她手上：“拿到的小玩意，送你了。”

邬乔垂眸，望着手心，上面居然是一枚徽章。

“这是？”她低声问道。

旁边的高岭已经过来：“这是这里的纪念徽章，我听刚才那人说，每年拿到的人，不超过十个。老大，你厉害呀。”

原来这个攀岩的地方为了噱头，特地搞了个纪念徽章。据说每次都藏在不同的地方，需要攀岩的人去找。

因为很少人真的能拿到，所以还真让他们打出了名气，引得不少攀岩高手都专门过来找徽章。

大家早已经习惯了程令时对邬乔的偏心，但是高岭偏偏还不服气地说：“我也想要这个徽章。”

邬乔瞬间握紧手心，一副生怕他来抢的担忧模样。

程令时掀了掀眼皮，轻轻吐出一个字：“滚。”

众人立即笑起来，谁知刚笑完，就听不远处有人惊呼：“小心啊，救命啊，有人落水。”

这里的水流湍急，大家只看见河面上有个人在挣扎。可是瞬间，她就被冲出去两三米远。

大家转头看过去，听到公司的同事大喊：“是周雯雯掉下去了！”

与此同时，景区的救生员也往水里扑。但邬乔身边站着的男人也已经冲了出去。

一道黑色身影直接跃入水中。

“哎呀，老大怎么跳进水里了？！”顾青瓷着急地直跺脚。

就在她说话间，程令时已经直接游向还在河里挣扎着的周雯雯，周围几道身影都在 奋力朝她游过去。

程令时身高手长，又是原本靠周雯雯最近的人，在十秒内已经游到周雯雯身边。

周雯雯的双手一直在河面上挥舞，整个人眼看着越漂越远，越漂越沉底。旁边一只手，突然抓住她的手臂，将人拖出水面。

溺水的人突然抓住浮木，拼了命地伸手抓着这只来救她的手。

程令时游到她身边，沉声道：“别慌。”

可周雯雯现在哪里还听得进去他的话，恨不得整个人都攀在他身上。

程令时又一次被她往水里拽的时候，他直接伸手掐住她的脖颈，让她不至于托着自己入水。好在很快景区的救生员也赶到，左右两个人直接将她托起。

这下周雯雯发现自己被人救起来，终于从慌张中慢慢镇定了起来。

几人直接将她拖到岸上。

周雯雯猛地咳嗽了两声，这才看清楚身后救自己的人，居然是程令时。这一下可是直接突破了她的心房，小姑娘带着细弱哭腔喊道：“程工。”

一声喊完，竟再不管不顾，直接在众目睽睽之下扑进了程令时怀里。

这会儿她全身湿漉漉，差点儿被淹死，也实在是可怜。

邬乔也知道，这不该是吃醋拈酸的时候。

周雯雯这也算是从鬼门关里走一遭，害怕是正常的，人在极度害怕时，想抱离自己最近的人，也是正常反应。

可眼睁睁看着周雯雯双手抱着程令时的腰，邬乔还是没办法说服自己大度。她希望程令时赶紧挣脱开来，明明知道她自己其实也没立场，邬乔心底还是默默这么想着。

“天啊！”顾青瓷在旁边低声说了一句，也不是吐槽，就是下意识的反应。

邬乔眨了下眼睛，程令时也如同听到她心底的声音那样，直接伸手将周雯雯的双手拉开，并且喊道：“顾青瓷。”

“在。”顾青瓷被喊到名字，下意识答道。

程令时让周雯雯坐好，直接从地上站了起来，吩咐说：“你带周雯雯去休息一下。”

顾青瓷本来下意识想回一句：为什么让我去？

可顾青瓷低头一瞧，看见周雯雯那双在水里泡过的大眼睛，此刻含情脉脉朝程令时望着，她立即道：“行，老大，你放心，这事儿交给我了。”

“来来，你们帮我搭把手，快把雯雯扶起来啊。”顾青瓷招呼其他女同事。

大家也是刚缓过神，刚才确实都被吓得够呛。

这会儿上前，左右各一人将周雯雯扶起来，就要往前走。周雯雯被扶着往景区的医务室走，但还是忍不住回头看了一眼。

顾青瓷一把扶住她，柔声安慰：“雯雯，你现在最重要的就是好好休息，不要胡思乱想，没事的。”说完，就把周雯雯直接带走了。

人一窝蜂走了不少，只留下其他几个男人还在。

邬乔朝程令时看了一眼，见他从上岸开始，就一直伸手在捏自己的右手臂，她还是没忍住，走过去问道：“你手臂怎么了？”

“没什么，可能刚才上岸的时候，不小心碰到了。”程令时神色淡然。

邬乔：“要不要也去医务室看看？”

“不用，没什么大事。”程令时甩了下手臂，似乎在证实手臂很灵活。

见他还能甩手，邬乔也算是稍微放了点心。

“玩得怎么样？”程令时垂眼，笑着看着她。

邬乔如实说：“本来很开心，要是没这个意外的话。”

她说完，又觉得自己这话说得好像有点刻薄，赶紧解释："我是觉得周雯雯挺可怜的，本来是来放松休假的，结果被这么一吓，估计都没什么心情了。"

"这里还有山地越野，要不要去开？"程令时提议。

邬乔一愣，下意识看着他胳膊："你的手臂没事吗？"

程令时直接将手臂举了起来："没事，走吧。"

邬乔跟在他身边，看着不远处还没走的高岭等人，问道："要叫他们一起吗？"

"吵死了，不叫。"程令时拧眉，直接拒绝。

邬乔笑了起来："我还以为你已经习惯了呢。"

毕竟程令时带这个组挺久了，据说最晚进组的时宸都已经来了两年，这个组实习生倒是来来往往过不少，但是能留下来的少之又少。

据说是程令时眼光太挑，轻易不会在组里招人。

程令时双手插兜，嗤笑了声："我怕是这辈子都习惯不了，早知道就不招这么多男的了。"

邬乔见惯了他掌控一切的模样，头一回见他这么抱怨，这样子还挺接地气的。

"你衣服要换吗？"邬乔问道。

其实她身上也湿了，不过被晒了这么久，都快干了。不过她还挺想换衣服的。"

程令时点头，邬乔立即欢快道："我也正好要洗澡换衣服，不如我们二十分钟后集合。"

景区现在配套设施都挺齐全，不仅有洗澡的地方，而且还都是单人间。

洗完之后，外面还有镜子和吹风机。

邬乔头发又长又密，光是吹头发就花了五六分钟，也还只是半干。

她慌慌张张出来，生怕程令时等太久。

出去之后，到了约好的地方，却没看见他的身影，邬乔左右眺望了两眼。

又等了两分钟，她拿出手机，准备给他打电话，肩膀上就被什么东西轻拍了下。

邬乔一扭头，看见一瓶冷饮近在咫尺，这么热的天气下，饮料瓶身上覆盖着薄薄水汽，泛着清凉。

邬乔伸手抓过："谢谢，原来你去买饮料了。"

程令时见她脸颊发烫，透着一种不正常的红，伸手摸了下："刚玩过水，你该不会是发烧了吧？"

邬乔握着饮料的手臂僵硬在原地。一时，竟是举着也不是，不举也不是。

不是，他摸自己的脸怎么能那么自然？

可是程令时的态度太过自然，仿佛就真的只是关心她是不是生病了。邬乔觉得自己要是再追问一句的话，好像会显得特别刻意。

邬乔强压着心脏剧烈的跳动，假装不经意道："我没事，应该是刚洗完澡。"

"头发怎么没吹干？"程令时偏头，看了一眼她披在肩上的长发。这一头乌发，在阳光下黑得近乎到了鸦青色，跟黑缎子似的，让人忍不住想要摸摸。

邬乔有些苦恼："我头发太多了，一直都吹不干的。"

"也好。"程令时想了下，点点头。

说着，他已经转身往另一个方向走去，那边是玩山地越野的。

邬乔跟在他旁边："好什么？"

程令时微微撇了下嘴角："熬得了夜，扛得住脱发的危险。"

邬乔抿嘴笑了起来，然后她下意识朝他头发看了过去，谁知他正好偏头，正好撞上他那双浅褐色的狭长眼眸。

"放心，哥哥跟你一样，也扛得住建筑行业的摧残。"

邬乔好久没听到从他嘴里说出的"哥哥"两个字。

此刻乍然听见，邬乔心底还是会下意识地酥麻。连空气里都仿佛是蜜糖融化后的味道，泛着散不开的甜味。

玩山地越野的人不少，很多女生都是跟男朋友来玩的，小情侣一辆车，既能玩乐又能促进感情。于是他们过去时，工作人员下意识将他们当成是一对情侣。

"最后一辆双人座的越野车，正好适合你们情侣。"工作人员拍了拍车子。

邬乔抢着说道："我们不是情侣。"

可她说话的同时，程令时的声音也响起。

程令时说："我们还不是情侣。"

工作人员听到这否定的回答，也有一丝尴尬，但他立即说："这边也还剩几辆单人越野车，你们随意挑选。"

邬乔没说话，因为她还在想程令时说的那句话。

其实他们两个说的话，就差了一个字。

一字之差，却犹如天差地别。

还不是情侣？

邬乔是女孩子，一向心思细腻，况且又是涉及程令时的事情，此刻恨不得将他说的这句话反复掰开揉碎去理解分析。这句话好像有一种说不出的暗示意味。

好在邬乔还是及时控制自己的胡思乱想，主动说："我想自己骑一辆。"

两人骑一辆的话，她只能坐在程令时的身后，也没什么意思。

程令时也没劝阻，只是在工作人员拿来护具的时候，亲自把安全帽拿过来，给她戴上，他手指一边扣着帽子，一边说："你第一次开这种车，速度要慢，不许太快。"

"嗯。"邬乔心底已经有了点止不住的兴奋。或许是难得出来放松，连她都忍不住想要疯狂一把。

很快，一个教练带着他们两人出发。

山地越野车开起来，一开始速度并不算快，邬乔也是头一次玩，一直在适应。巨大的车轮，仿佛能碾轧一切不平的山路。

程令时似乎为了配合她，始终不紧不慢地在她身侧。

开了一段之后，邬乔的胆子大了起来，越开越快，哪怕道路崎岖，她依旧一路向前，山风带着燥热扑面袭来，不远处是从山上顺流而下的溪流。

迎面是山风，耳畔是清泉，邬乔忍不住扬起嘴角。

她习惯了紧绷的工作和生活，这是难得不用去想什么、自由自在去玩的时刻，她感觉到前所未有地放松。

明明车子带起了地上的尘土，嗓子和鼻子里都进了灰尘，她依旧还想加快速度。

心底被压抑着的情绪，在这一刻被彻底释放。

原来她身上也有冒险属性。

她再也不压抑自己的小心翼翼，彻底放纵了起来。

邬乔不自觉加快油门，速度越来越快。旁边紧跟着她的程令时，都忍不住皱起了眉头。原本他想提醒她慢点，可一转头，看见安全帽下，那张一向平静柔和的面孔扬起的灿烂笑容。

他居然舍不得提醒了。

山地越野车一路往前，终于身后的教练忍不住喊道："前面是下坡路段，下坡的时候，千万不要着急，也别害怕，方向盘稳住了就行。速度慢点，最好慢……"

他话音刚落，邬乔的车头猛地打滑，整个人重心没稳住，身体不由得往后倒。

程令时原本开在她后面的地方，瞧见这情况，立即开车追了上去，他把越野车开到了最快速度，他的车头快要靠近她时，喊道："邬乔。"

"别靠近我。"邬乔感觉到自己快要控制不住车子了。

她拼命地踩刹车，可这段路是下坡路段，车子根本刹不住。眼看着下一秒车子要侧翻，邬乔认命地准备跳车。

旁边的人却先她一步，从车子上跳下。

程令时直接跑到她的车边，在千钧一发之际，将她的车身抓住。车子的刹车系统，终于也起了作用，将车子稳稳地停下。

邬乔感觉到自己的身体回到了座位上。

她愣了好几秒，才朝程令时看过去，看着他有些惊慌的表情，她几乎下意识说："对不起。"

这一声带着哭腔的细弱道歉声，也让程令时从惊惧中回过神，他第一时间打量她的身体，身体没受伤，就是脸色很白，看来被吓到了。

"对不起。"邬乔再次开口，她太放纵了，她应该小心点的。

她垂下眼睫，满脸愧疚。倏地一只手掌贴过来，拽过她的手臂，直接将她拉到自己怀中，他滚烫而热烈的气息，瞬间铺天盖地地袭来。

“我带你来这里，是想让你开心。”程令时的声音贴着她的耳边，缓缓响起。

片刻，他喉结微滚：“不用道歉。”

出现意外，并非她的本意。

程令时心疼的是，她下意识说出抱歉的模样。

在他离开的这些时光里，邬乔有多少这样垂头说着抱歉的时刻。

程令时曾经没意识到，最近却越来越意识到，当初自己的决定有多离谱。

教练赶过来时，程令时才慢慢松开邬乔，他伸手拍了拍她的手臂：“行了，这种越野项目本来就难免有意外。”

邬乔点头，原本心底弥漫如潮水般的内疚，居然在不知不觉中退散了。

邬乔悄悄看向他，男人的侧脸轮廓实在是深邃，从脖颈到下颌，紧绷而又流畅，黑色 T 恤露出的一截脖子，意外的白皙。

程令时正在跟教练说着话，喉结上下滑动，明明弧度圆润，却总给人锋利的感觉。

很多人都说喉结是男人最性感的部位。

邬乔以前不懂，现在好像有那么点懂了。

她看着看着，不由得咬紧嘴唇。

他不能再对她这么好，还总是这么逗弄她了。

她真怕自己会忍不住……忍不住对他表白。

第十二章

给哥哥一个机会

下山时，邬乔一路都开得很小心，总算是有惊无险地回去了。

谁知到了还车的地方，邬乔才发现程令时的手臂被划了一道很长的伤口，是刚才在扶住她车子时擦伤的。

邬乔大惊失色："你受伤了，怎么也不说。"

"没事，回去擦个碘酒就好了。"反而是程令时不太在意。

邬乔岂能让他这么糊弄过去，好在景区这边东西还配备得挺齐全，不仅有碘酒，也有纱布。

工作人员拿给邬乔的时候，还笑着说："我们这是专门给客人准备的，你尽管用。"

邬乔小心给程令时擦了碘酒，又要用纱布裹上。

程令时赶紧拦住："这样弄得太显眼了。"

"可是本来就很严重啊。"邬乔不妥协，最后两人各退一步，邬乔只是将擦伤的那个地方用纱布挡住。

因为上药的事情耽误，他们快到天黑才赶回酒店。

大家乘坐大巴先回去了，反而邬乔是最后回来的那个人。

邬乔是坐程令时的车到的。

他们刚到酒店门口，就遇见了容恒。他是刚打高尔夫回来，跟别人玩了一身水的狼狈不一样，他戴着白色鸭舌帽，一身休闲打扮，像极了韩剧里走出来的贵公子。

“我说你们这是去哪儿玩了呢？”容恒笑眯眯望着他们。

直到他视线落在了程令时的右手手臂上，那里的白色纱布太显眼，想看不见都不行，他当即道：“程令时，你怎么跟我保证的，你不是说会好好爱护这条胳膊，你就这样对它的？”

程令时微掀眼皮：“这是我的手臂。”

程令时的意思是让他废话少说。

容恒被他的态度刺激得更加不爽：“你可是建筑师，靠手画图吃饭的，你要是不想要……”

“怎么那么多废话，赶紧走。”程令时似乎怕容恒再说出什么，伸手直接把人拽走了。

他一只手臂勾着容恒脖子往酒店里走，另一只手在半空中挥了挥。

这是在跟邬乔道别。

可是邬乔紧紧盯着程令时的右手手臂，心底却一直有疑惑未消。

晚上，公司特地在酒店宴会厅里订了位置，打算一起聚餐。

富丽堂皇的宴会厅里，桌子已经摆好了。

程令时跟其他几位合伙人是坐在一起的，邬乔跟自己组员一起坐。

顾青瓷一见到她，便笑嘻嘻问：“越野车好玩吗？”

“啊？”邬乔愣住。

顾青瓷凑到邬乔耳边：“下午我们坐大巴车回酒店，然后你不是一直没回来，高岭他们就来了，说你和老大去玩山地越野车，不坐大巴回去了。”

邬乔确实没想到这个，她回去时，大巴已经不见了。

“你都没看见周雯雯那张脸。”顾青瓷同情道，“她的脸比她从水里被捞上来的时候还要白。”

邬乔赶紧说：“算了，别说这个。”

顾青瓷似乎也意识到，拿人家落水的事情打趣挺过分的，赶紧转移了话题。

晚餐的时候，大家吃吃喝喝，气氛很愉快。

中途，邬乔一直盯着程令时他们那桌。只不过这次，她的眼睛始终在容恒身上。

容恒一向长袖善舞，这种时候，就是他代表公司讲话，就连员工敬酒也都是他在喝。他酒量似乎很好，一杯又一杯下去，也不见醉。

邬乔心底暗暗着急，心想：这人都不上洗手间的吗？

终于被她看见，容恒往门外走去。

她也借口上洗手间，跟了出去。

两人一前一后，邬乔看着他进了男洗手间，便在外面拐弯处等着。

过了会儿，脚步声响起。

容恒的脸出现在邬乔眼前，她立即打招呼："容总。"

"邬乔，没喝多吧？"容恒好脾气地看了她一眼。

邬乔赶紧摇头。见容恒要走，她咬咬牙跟上去问道："容总，我能问您一件事吗？"

"你说？"容恒依旧那副笑眯眯的模样。

但邬乔总觉得，他好像看透了自己。

这时候邬乔也顾不上心虚，直接问道："程工的右手到底怎么了？"

容恒听她问完这句话，突然站定。

"你是故意在等我吧？"他淡定反问。

邬乔知道自己肯定是藏不住了，干脆承认："对，我是故意在等您。所以您能告诉我，程工的右手到底怎么了吗？"

"不能。"容恒斩钉截铁。

邬乔有所准备，还是不免失望，她忍不住说："容总，我问这件事，并非是想要打探程工的隐私，我只是……"

她嘴唇微张，终于发出细小而坚定的声音："关心他。"

"我知道。"容恒轻笑了下，他说，"只是这事关令时，我无法透露太多。"

"对不起，打扰您了。"邬乔望着他，轻声说道。

容恒颔首，抬脚往前走，只是走了两步，他突然回头说："我知道你是关心她，所以我能跟你说的就是，令时曾经受过一次伤，很严重。"

受伤？

邬乔怔了怔，突然，她脑海中划过一个近乎荒唐的念头。

邬乔喊道："是五年前吗？"

容恒的脚步停下，他再次转头看着邬乔，似乎在打量她到底是知晓真相，还是猜的。

可是邬乔直勾勾地盯着他，祈求他给自己一个答案。

终于容恒慢慢点头，真的是五年前。

邬乔这次再也不管不顾，她直接跑到容恒面前，声音近乎哀求道："求您告诉我，他究竟受了什么伤？"

"这对我真的很重要。"邬乔微微哽咽。

容恒震惊地看着她，许久，他低声说："是车祸，再多的细节我真的无法透露。"

他不能说的原因，也是为了保护程令时。

一个建筑师的手臂很重要，他知道现在很多人都在盯着程令时，企图找出他的弱点。如果真的让人知道，他的手臂受过很严重的伤，肯定会就此大做文章。

哪怕手臂如今已经丝毫不影响他的设计能力，但这也会成为程令时的弱点。

邬乔低声说："是在六月发生的吗？"

这次容恒真的傻眼了。连他都弄不懂，这姑娘到底是知道真相呢，还是又是猜的？

可是连续蒙对了两次。这也实在太奇怪了，而且两次都是精准的时间。

容恒没有回答她，可是从他惊讶的表情里，邬乔已经得到了答案。

他在五年前的六月出了车祸。

虽然不知道是六月的哪一天，可是邬乔猜想，应该是那封邮件发出之后，甚至很可能是他准备回国的那天。

那时候的邬乔也没有手机，程令时根本无法联系到她。

后来邬乔为了躲避程令时，上大学后再没去过程家大宅，连清塘镇都很少回。

这么多年来，原来她居然都在误会他。

他并非故意失约，而是真的无法赶回来。

邬乔突然觉得自己好蠢。

为什么一开始没有问清楚呢？或许是太过害怕吧，很怕程令时像她母亲一样不辞而别。

一开始妈妈不打电话回来，邬乔也很担心，一直等。等了半年，实在等不了，她便偷偷坐车去了自己外婆家里。

外婆跟着舅舅一起住，住在另外一个市，十几岁的小姑娘，一个人坐车，直接就找了过去。

邬乔本来是想问问外婆和舅舅，妈妈有没有跟他们联系。

可到了地方之后，发现家里大门紧闭着，邬乔只能去问邻居。

邻居见她年纪这么小，便好心告诉她："他们家搬到县里去了，听说他家女儿在新加坡赚了大钱，直接寄钱回来，让他们到县里买房子了。"

邬乔愣愣地听完这句话。原来妈妈不是出事了，也不是失去联系，她只是单纯地不要邬乔了。

也是从这时，邬乔才发现，刨根问底并不是个好习惯。

有时候对于没有兑现的承诺，不要去追问，因为一旦追问，受伤害的或许是自己。倒不如假装这一切都从未发生过。

之后邬乔便对什么事情都淡淡的，唯独意外的就是程令时。

后来程令时的失约，让邬乔越发看淡一切。

她以为自己不在乎，就再也不会被伤害。

她本来只是想要用不在乎来保护自己，却没想到她错过的是这个世界上对她最好的一个人。

再次回到座位上，邬乔整个人都是浑浑噩噩的状态。大家聊的话题，她一概都没听进去，脑海里始终在想这件事。

吃完晚饭后，公司在酒店里开了唱歌的包房，谁要是想去，便可以直接过去。还有酒店里的酒吧，这会儿也正热闹。

明天还有一天时间，大家都是"夜猫子"，压根不想早睡。

邬乔被顾青瓷拽着，想早回去都不可能，于是她们直接去了包厢。

因为人多，包厢开了不止一间，连着好几间房，都是时恒建筑所的人。

左右两边的包厢非常热闹。

原本光鲜亮丽的建筑师们，似乎在这一晚要彻底释放平日里的压力。也不知是凑巧还是约好的，隔壁包间和这个包间都在唱同一首歌。

邬乔被挤在沙发的最里面，手里端着一杯洋酒，酒里加了点红茶，也不知是什么喝法。

反正她抿了一口，就觉得不喜欢。

但是架不住周围的同事多，你敬一口，我敬一口，邬乔还真喝了不少。正好郝思嘉又给邬乔发信息。

郝思嘉知道她今天来团建，就来打听进展。自从被她知道，邬乔喜欢程令时后，恨不得一天问八百遍进展。

邬乔没说关于这个误会的事情，只说了今天下午一起去开了山地越野车。

郝思嘉：“如果他这都不是喜欢你的话，姐妹，他就是在耍流氓。”

郝思嘉：“邬乔，听我的，借着这个机会抓紧表白。”

郝思嘉：“你现在喝酒了吧，要是喝得不够多，就再多喝点，酒可以壮人胆。”

邬乔望着面前摆着的酒杯，这次她不用别人劝，直接倒了一杯酒，灌了下去，连灌两杯酒后，旁边顾青瓷都吓一跳。

“邬乔，你干什么？”顾青瓷忙把她手里的酒杯夺下。

邬乔却已经在她夺走酒杯的瞬间，站了起来，她望着对面的屏幕。

同事刚点上的《死了都要爱》又响了起来，大家今晚好像要跟这首歌杠上，循环两遍了。

撕心裂肺的曲调再次响起——

别一开怀就怕受伤害

许多奇迹 我们相信 才会存在

死了都要爱

不淋漓尽致不痛快

感情多深 只有这样 才足够表白

死了都要爱

……

如果她对他的爱意，真的到死都不会消失，又何必要在这一刻惧怕呢。

邬乔曾经以为自己最不愿回首的往事，如今看来，竟只是一个尘封多年的误会而已，这一刻，误会解除，她除了迷惘之外，还隐隐有一股冲动。

这样的冲动，早已经在她心底扎根。

在与他重逢的这些日日夜夜里，不断被滋养，终于在这一刻破土而出。

她想告诉他，她喜欢他。

一秒钟都不想再等的邬乔，起身就离开了包厢。顾青瓷跟上来，却被她一把按住，邬乔神色凝重地看着顾青瓷："我现在要去做一件对我来说很重要的事情，所以你不用跟来。"

"真不用？"顾青瓷看着她的表情，不放心道，"你要去干什么呀？"

邬乔眼神坚定："去做一件非常非常重要的事情。"

顾青瓷眼睁睁看着她离开包厢，回想邬乔的眼神，什么重要的事情，需要那样的表情和眼神？

难道要去炸碉堡？

对邬乔而言，此刻她的行为无异于炸碉堡，孤注一掷，将她和程令时这么多年的关系都押了上来。

如果成功，她会得到她想要的。而失败的话，她也将一无所有。

只是邬乔没想到，光是找程令时这件事都很难。她本来以为他跟容恒在一起，可是几位合伙人在酒吧的卡座里喝酒，压根没他的影子。

邬乔站在酒吧二楼的阳台，正准备直接打电话给他。

没想到，就看见楼下两个人的身影。

程令时走在前面，而他身后有个人追了上去。

于是邬乔毫不犹豫一路往下跑，她喝了点酒，走路微晃，却还是及时追了下来。这边正好靠近泳池，后面有很多躺椅。

邬乔从躺椅这边一路过去，他们两个居然没发现自己。

周雯雯也特别紧张，她结结巴巴道："程总，今天真的谢谢你救了我。"

"不用谢。"程令时声音冷淡。他似乎不打算多留，双手插在兜里，声音懒散而又冷漠，"你要是没事，早点回去休息。"

你要是没事?

周雯雯等了程令时一晚上，怎么可能没事。眼见着他要走，她猛地喊道："程令时，我喜欢你。"

这一声让原本快要走过来的邬乔突然站定在黑暗中，她听到自己的心脏开始剧烈跳动，不知是酒精刺激的，还是被这句突如其来的表白刺激的。

"我知道我只是个小小的实习生，配不上你，但我就是想告诉你，我喜欢你。"

一旦开了口，接下来的话，好像也容易了许多。

周雯雯看见程令时站定在原地后，急忙把接下来的话说出了口。

邬乔捂着胸口，似乎觉得自己的心跳太快，会被站在不远处的两人听到。

"嗯。"程令时冷淡地应了声。

邬乔的一颗心被吊了起来，什么意思，他是不打算拒绝?

可下一秒，程令时清冷的声音再次在夜色里响起："我不喜欢你。"

意料之中的回答，终于让邬乔松了口气。

可邬乔这口气还没松完，程令时又说："你来时恒最重要的事情应该是完成你的工作，而不是别的。以后这种无法承受后果的话，不要随便说出来。"

一阵风恰好吹来，山里的昼夜温差很大。

有种凉意直扑邬乔脸颊。

邬乔刚才被酒精刺激的冲动，这一下完全消失了。

邬乔看着远处因为被无情拒绝而在啜泣的周雯雯，她觉得自己好像错过了一个最好的时机。

邬乔蹲在躺椅后面，一直等到周雯雯离开才起身。

她慢慢回到自己的房间，脑子里仿佛被一下子塞进了好多东西，又多又乱，连她自己都快理不清头绪了，以至于她洗完澡就直接在床上睡着了。

第二天邬乔醒来时，已经早上十点左右了。

她打开手机，看见郝思嘉发了好多条微信。

郝思嘉：“一夜都没回我信息，我的乔，你现在是不是进展太顺利了？”

郝思嘉：“还没回，该不会真是我想的那样吧？”

邬乔靠在枕头上，想了许久还是回复了郝思嘉。

邬乔：“让你失望了，什么都没发生。”

郝思嘉：“你没去告白吗？”

邬乔没将周雯雯的事情说出去，毕竟偷听人家的告白已经挺不道德的了，她不应该再到处宣扬，郝思嘉不认识对方。

下午团建结束，大巴将他们重新送了回去。

邬乔再没看见程令时，自然也没遇见周雯雯，仿佛昨晚的事情，都是她的一场梦。

到了周一早上。

邬乔到了公司依旧提不起精神，那天晚上，她鼓足了所有的勇气，想要告白，结果最后却草草收场。

她一个人激动了半天，彷徨了半天，以至于一直到现在，都没彻底缓过来。

中午顾青瓷去见甲方没在公司，邬乔只能一个人去楼下吃午饭。

邬乔去了一家日本拉面店，这家店铺是用挡板将用餐区域隔开的，很适合不喜欢热闹的人。

邬乔坐在位置上，正准备吃东西，就听到隔壁传来窸窸窣窣的声音。

一开始声音还算克制，后来越来越大，以至于最后大到邬乔都能听出这声音是谁发出的。

“我说周雯雯今天怎么没来呢？”这是前台姑娘的声音，邬乔挺熟悉的。

另外一个声音她不太熟，但也是个女孩的声音：“她居然敢对程总表白，是觉得在公司待腻了吗？”

“我觉得是她不太会做人吧，她组里的同事没提醒过她吗？”

前台姑娘：“估计提醒了，她也没当回事吧。又或者以为程总救了她，就会对她另眼相看？”

“也真是够天真的，在时恒待的人，谁不知道呀。”这个声音似乎觉得很无语，笑了下，低声说，“咱们公司有条不成文的规定。”

邬乔在不知不觉中停下了筷子。

终于旁边那个声音拉长调子，故意怪声怪气道：“不许喜欢某位程姓合伙人。”

说完，隔壁两人同时笑了起来。

邬乔将手里的筷子越握越紧。

“现在好了，她不信邪，直接被扫地出门了。”那个声音再次幸灾乐祸道。

前台姑娘：“程总本来就特别讨厌公司里的女生追他，之前谁敢动这个心思，基本都待不久。要不然，公司里这么多单身姑娘，谁对程总没点心思啊。”

“就是，要不是因为这个，程总还轮得到她追呀，估计早被人抢走了。”

两人讨论着，不知是惋惜更多，还是看笑话更多。

“以后这种无法承受后果的话，不要随便说出来。”

邬乔握着筷子，难怪那晚他会说这样的话，说了喜欢他，就要被赶出公司吗？

邬乔一颗心如坠深渊，旁边再讨论什么，她都听不下去了。

很快，她起身离开面馆。

邬乔回公司的时候，进了电梯发现杨枝居然在里面。

杨枝一看见邬乔，盯着她的脸瞧了半天，关心道：“怎么回事，脸色这么不好？”

看见杨枝的瞬间，邬乔想起她曾经跟自己说过的话。

于是邬乔问：“杨工，你之前跟我说过，你可以没有男人，却不能失去时恒？”

那是在邬乔毕业后正式入职时，杨枝对她说的话。

她还说，遇见好的工作，比遇见好的男人还要难。

杨枝挑眉：“对呀，怎么了？”

电梯里的数字正在一层层往上跳，终于抵达二十六楼。一打开门，时恒建筑所的 logo（标志）就挂在对面墙壁，那样耀眼夺目。

这一刻，仿佛有个锤子在她心头落下。

男人和工作，邬乔当然先要工作。

只有先保住了工作，她才能有站在他身边的资格，有喜欢他的资本。

因为美术馆项目的签约，邬乔他们又去了一趟江城。

回来之后，郝思嘉又约了邬乔一次。

之前团建那么好的机会，郝思嘉以为邬乔肯定会把握住，结果她什么都没做，之后好像也不太想提这件事的样子。

气得郝思嘉放弃宝贵的周末，要来找邬乔问个清楚。

两人这次约了个人气很高的餐厅，早早就需要过去排队。

两人坐在角落等着叫号。

郝思嘉迫不及待问道："你现在究竟什么情况？不是说好了，把握住这次团建的好机会？"

"有这种想法的，不止我一个人。"邬乔心不在焉道。

"啊？"郝思嘉瞪大双眼，直接问道，"什么情况？"

邬乔也确实想找人倾诉，她一贯安静内敛，喜欢将心事藏起来，很少会说出来，但是藏在心底的事情多了，总想找个宣泄口。

于是邬乔小声把周雯雯告白的事情说了一遍，但她没提及周雯雯的名字。

"她告白她的，你表白你的呀。"郝思嘉性子急，小声说，"程工对你，怎么可能跟对她是一个态度啊。他拒绝了这个女生，未必会拒绝你呀。"

郝思嘉这个"未必"说得着实有些心虚。

邬乔不在意地笑了："其实跟她表白的事情没什么关系，主要是……"

"是什么？"见邬乔又顿住，郝思嘉不由得着急。

邬乔这才将自己无意中听到的事情，犹犹豫豫地说了出来。

听到周雯雯被开除，郝思嘉也愣住了，她吐了吐舌头："程工这也太狠了点吧，见多了油腻老板想方设法占漂亮女员工的便宜，第一次听说这种的。"

"他应该是不喜欢公私不分吧。"邬乔替他说话。

"不过这样也好，最起码证明，他绝对不是花心的性格。"郝思嘉撞了下邬乔的肩膀，说道，“而且当他女朋友的人，肯定很幸福。”

邬乔笑了声：“为什么？”

郝思嘉：“他这样的人，周围肯定不少莺莺燕燕，结果你看，都不用女朋友出手，他自己直接斩断了桃花。

“有些男人，哪怕一点都不喜欢对方，但只要女生有所表示，也会顺水推舟，就好像觉得有便宜不占有问题一样。”

邬乔语气坚定：“他才不会这样。”

虽然都说男人有劣根性，很多看似完美的好男人、好丈夫的人设，不断被推翻。但邬乔就是对程令时有这份自信。

他这人看似懒散不羁，特别是跟邬乔在一起时，没什么正形，看起来不正经得很，可其实他在时恒其他员工心里的模样，跟在邬乔面前不一样。

对别人，他是一出现就会让空气都凝滞的伏地魔上司，而在邬乔面前，他总能用漫不经心的语气，说出让她面红耳赤的话。

有好几次邬乔都想拍下来，让其他人都看看，他那副闷骚又浪荡的模样。

“所以啊，我才一直这么支持你追他，这种好男人，该把握的时候就得好好把握！”郝思嘉简直就像邬乔加油后援会的终身荣誉会员，无时无刻不在鼓励邬乔。

邬乔垂下眼睫，轻声说：“本来我也想勇敢一回，结果刚一鼓作气，就直接被扎漏了气。”

如果说周雯雯赶在邬乔之前表白，让她往回缩了一点点，那么后来周雯雯的下场，就让她心底仅剩的那些勇敢尽数付诸东流。

邬乔也不是没怀疑过，会不会是那两个同事夸大其词，所以她还特地跟顾青瓷旁敲侧击询问过，发现之前公司确实有这样的事情。

据说是有个女生，长得特别漂亮，自信满满，对程令时紧追不舍，结果进公司没一个月就离职了。

虽然时恒并未硬性规定不允许办公室恋情，但是程令时的种种表现，都让大家觉得他应该是很反对。

几次下来，还真没人再敢对程令时有想法了。

即便是有，也是藏在心底，不敢表现出分毫。

“要不你再试试？”郝思嘉还是不死心道。

邬乔摇摇头：“我不想拿工作冒险，如果他真的不喜欢我，我贸然表白的话，岂不是给他出难题？”

程令时不喜欢将工作和私生活搅和在一起。

要是告白的人是邬乔，他到底是应该一视同仁，还是网开一面，谁也不敢确定。

“这种时候，你还考虑这个？”郝思嘉伸手环住邬乔的脖子，摇了摇头，“不过你为什么一直很肯定他不喜欢你啊？”

这个问题，郝思嘉在毕业典礼那天也问过。

邬乔记得当时自己的回答是他们之间差距太大了。

现在邬乔想了想，认真说道：“大概是因为，我很小的时候就认识他了。他又一直对我很好，所以我搞不清楚现在他这样对我，是因为喜欢我，还是依旧拿我当小孩子哄。”

这么一说，郝思嘉好像也有点明白邬乔的纠结。

因为认识得太早，关系早早被固定在认识的哥哥和妹妹。要是一时想要转变成情侣，确实有点儿困难。

郝思嘉抓了下头发，突然说道：“可你之前不是说，你们整整五年没联系过，一直到校庆那次才重逢。我觉得中间隔了这么久，你跟以前又变化那么大，他不可能再把你当小孩子。”

邬乔眨了眨眼，又觉得她说得有些道理。

“万一……”

“别万一了，不说别的。”郝思嘉伸手，在她面前做了个“S”的动作，笑嘻嘻地说，“光是你现在的身材都跟从前天差地别了吧，要是他还强行把你当小孩，那就是耍流氓。所以你再仔细想想，他对你有没有那种暧昧的举动。”

其实邬乔现在也不是那么确定。

团建那天，程令时将自己登山拿到的徽章直接送给了她。虽然不是什么贵重的东西，但邬乔从这样的小细节里，感觉到他对自己的不同。

特别是那天程令时疑心自己生病了，直接伸手在她脸颊上探了下温度。

邬乔总感觉，他好像用这种暧昧的肢体接触试图打破什么。

见她发呆，郝思嘉好奇道："是不是想起什么了？"

"有这么一件事，但是我也不是很确定。"邬乔低声道，"不是我不自信，而是我怕自己会错意，说不定对他来说，就是很寻常的举动呢。"

不是早就有人说过，人生有三大错觉：手机在振动，我能反杀，还有就是他喜欢我。

对邬乔而言，她怕自己陷入这样的错觉里，越陷越深，最后发现他压根不喜欢自己。

郝思嘉叹了一口气，只是刚叹完，她猛地抬头："要不你别这么被动了，我觉得与其在这里猜来猜去，不如你去试探一下他。"

"试探一下？"邬乔好奇道，"怎么试探？"

"让他吃醋。"

邬乔瞪大眼睛，发出疑惑："啊？"

郝思嘉一扫之前的丧气，兴奋道："凭我多年的看剧经验，一般男女主角想要在一起，就必须要被刺激一下。只有刺激到位，才能戳破这层窗户纸，顺理成章地在一起。"

邬乔不耻下问："我怎么才能刺激他？"

"你就透露一下，有人在追你？"郝思嘉顿了下，又说，"要不直接来一剂猛药，透露你有喜欢的人，他一紧张，肯定会有所行动的。"

"万一弄巧成拙呢？"邬乔担忧。

"应该不会吧。"郝思嘉犹豫了下，但很快又恢复坚定，鼓动道。

郝思嘉母胎单身至今，现在居然给邬乔追人出谋划策。

真正是一个敢讲，一个敢听。

对于郝思嘉的这个提议，邬乔一直没什么机会实行。

毕竟邬乔也不可能主动跟程令时说，自己现在有喜欢的人，或者说有人在追她。只怕程令时要把她当成神经病看待吧。

七月来临，美术馆项目的奖金发了下来，交完税后，几人都分了好大一笔钱。还有就是邬乔的转正手续正式办妥，直接以 G2 的级别入职，创下时恒实习生里最快升职纪录。但好在她是凭着中标项目得到了现在的薪资待遇，所以也没有同事说酸话。

周末的时候，正好赶上顾青瓷的生日。

顾青瓷大方地邀请全组的人一起参加她的生日宴。邬乔早早买了她之前提过的键盘，接近两千的价格，让邬乔小小地心疼了下。

顾青瓷在会所里包了个大包厢，地址早早发给他们了。

键盘挺大的，邬乔一路抱着过去。

在门口时，会所的保安还特地让邬乔打开看看，这是生怕她带什么攻击性武器进来。

邬乔被服务员一路带着，前往顾青瓷订的包厢。刚到门口，就听到里面吵闹的声音，明显是顾青瓷的声音，她气急败坏道："你们要是敢挂，我就跟你们拼了。"

推门进去，宽阔的包厢里早已经被布置起来，马卡龙粉和纯白色气球充斥着房间，各处尽显粉嫩可爱，正中央的水晶吊灯散发着明亮的光线，让这一切显得梦幻而唯美。

邬乔站在门口，只见顾青瓷正拦着几个男生往墙上挂东西。

"这是我的生日宴会，我不许你们挂！"顾青瓷吼道。

邬乔这才看见高岭和檀启手里拉着的红色横幅，是那种随处可见的红布条横幅，因为过分淳朴的模样，实在跟眼前的梦幻布置不搭。

"这可是我们送给你的礼物。"高岭笑嘻嘻。

顾青瓷恨不得一巴掌拍死这人，恨恨道："好土，谁过生日送这个，你们就是纯心给我添堵。"

见顾青瓷反应这么激烈，邬乔朝横幅上看过去。

正好这会儿檀启和高岭将横幅拉直，上面的一行字露了出来——

祝：顾青瓷女士芳龄永继，仙寿恒昌

邬乔没忍住笑出声，顾青瓷转头正好看见她。

"乔妹，你快来帮我，把这东西扔出去。"顾青瓷喊道。

邬乔走过去，把礼物递给她："生日快乐，青瓷。"

"谢谢我的乔。"

顾青瓷开心地接过礼物，伸手抱了下她。邬乔的到来也让顾青瓷顾不得跟那些男人计较，最后那条横幅还是被挂了上去。

充满梦幻的布置，配上这么一条红布横幅，有种不伦不类的滑稽感。

作为今晚的寿星公，顾青瓷是最忙的人。她不仅请了公司的同事，还请了自己的朋友。她的朋友多是女生，大家都是年轻人，哪怕之前不认识，坐在一起很快也就混熟了。

即便邬乔这么慢热的性格，都跟别人聊了起来。

邬乔左右看了一眼，没见到程令时。

邬乔也没好意思问顾青瓷，干脆放下心，融入欢快的氛围里。

这个包厢特别大，还有一个小舞台，上面摆着一张高脚椅和话筒，这是给人唱歌用的。顾青瓷被大家起哄上去唱了一首歌。之后有想唱歌的人，也直接过去唱歌。

邬乔一开始还坐在中间，后来大家的位置换来换去，她慢慢往角落坐了过去。

"你是青瓷的朋友吗？"突然旁边一个年轻男生凑过来问道。

因为房间里的音乐声实在是太大，说话的时候，除非凑到耳边，否则压根听不到旁边的人在说什么。

对方凑过来时，邬乔虽然生理觉得不适，却出于礼貌没有往后躲。

邬乔轻轻点头："是啊。"

"以前怎么没见过你？"对方对她很热络，不停找话题。

邬乔说："我跟她认识的时间短。"

年轻男生问道："你们怎么认识的？"

他再次凑过来，房间里的尖叫声、音乐声交织成一片，实在是难以听清楚他的话。

程令时推门进来的时候，正好看见这一幕。

包厢的角落，漂亮的小姑娘旁边坐着年纪相仿的男人，两人不仅坐得很近，甚至男生此刻还凑到她耳边，似乎在耳语什么。

明知道是错位效果，但从他的角度看过去，就好像是男生正要吻她。

这一幕尽收眼底后，程令时薄唇微抿，原本脸上漫不经心的表情，瞬间收敛，取而代之的是阴沉不悦。

程令时的视线紧紧盯在郧乔身上。

谁知小姑娘这次始终没发现他的出现，依旧还在认真听着旁边人说话。

顾青瓷率先发现他，赶紧过来迎程令时，惊讶道："老大，你怎么来了？"

"你不是在群里发了信息？"程令时理所当然道。

顾青瓷失神地眨了眨眼，她确实发了，但是没指望程令时能来参加啊。之前他都是直接让助理把礼物给他们。

谁不知道老大挺不喜欢这些场合，连公司里的应酬，都是能推给容恒的就推。

"没准备请我？"程令时斜睨她一眼。

顾青瓷猛地摇头："老大你能来，简直就是令这个包厢蓬荜生辉。"可她马屁还没拍完，程令时已经直接迈开步伐，往房间的另一头走去，郧乔就坐在那边。

一开始郧乔感觉到身边坐了个人。但今晚她旁边的位置，来来回回不知道换了个多少人，她也没当回事，只是感觉到沙发随着这人的坐下，往下微微一塌。

直到一只手探了过来，直接端起摆在郧乔面前的玻璃杯。

"那……"

郧乔开口说出第一个字时，看见乍然出现在眼前的面孔，登时噎住。

他怎么神出鬼没的？

程令时没理会郧乔眼底的惊诧，两根修长的手指捏着杯壁，晃了一圈，慢腾腾问道："喝了多少？"

"没喝。"郧乔如实说，"这是第一杯。"

郧乔酒量一般，这杯酒到她手里，也就是被抿了两口。

程令时像是得到满意答复，方才沉沉的脸色松弛了些后，只见他仰头将杯中的酒一饮而尽，在郧乔震惊的眼神中，他将酒杯放回桌上。

郧乔无声地说道：那是我的酒。

在邬乔眼底的震惊还未散去时，程令时又伸手在她发顶揉了下，声音懒懒散散却透着宠溺：“乖。”

邬乔倒是习惯程令时这副懒散的模样，可是一直坐在邬乔旁边的小伙儿这会儿却尴尬了起来。

小伙子忙不迭站了起来，有些歉意道：“我去点首歌，你们坐，你们坐。”

可怜的小伙子还以为自己无意中搭讪了别人女朋友，尴尬得无处遁形。

对方一走，邬乔才后知后觉反应过来。

程令时刚才为什么要喝她的酒？

邬乔冲着他望过去，此刻程令时的视线轻轻落在那个离开的男生身上，唇角轻勾，露出一抹笑，只是这笑意里带着那么点得意。

所以程令时这是在打击情敌？

这个念头从出现在脑海开始就横冲直撞，最后在脑海中炸开，直炸得邬乔晕头转向，明明也没喝多少，却仿佛已经先上头了。

程令时俯身过来，正要说话，突然房间里灯光一黑。

所有人陷入黑暗中，只剩下大屏幕上散发的光亮，还有从外面推进来的一束烛光，服务员将事先准备好的蛋糕推了进来。

大家纷纷起身，开始跟着一起唱生日歌，向寿星顾青瓷送上祝福。

顾青瓷闭着眼睛许完愿，直接将蜡烛吹灭。

这时包厢里的灯光才重新亮了起来。

顾青瓷切蛋糕的时候，几个朋友围在她旁边，有个女生忍不住问道：“青瓷，最后那个人是谁啊？你朋友吗？”

“哪个？”顾青瓷弯腰将蛋糕切开。

朋友又说：“就是那个穿黑色衬衫的啊。”

黑色衬衫？

顾青瓷扭头看了一眼，包厢里人虽然多，但是一眼扫过去，她还真看见一个穿黑色衬衫的，那就是坐在邬乔身边的程令时。

顾青瓷颤着声音问：“你问这个干吗？”

“我之前不是一直让你帮忙介绍男朋友，这么帅的，你居然藏着掖着，该不会是想自己捷足先登吧。”朋友半真半假地打趣，但是听得出来，她对程令时确实感兴趣。

顾青瓷手里的蛋糕刀差点都被吓掉了。

可没等她说话，旁边另外的朋友也讨论起来。

“原来你也注意到了，他一进门，我眼睛就挪不开了。”

“你们都不许跟我抢啊。”

“那可不行，青瓷跟我关系最好，她肯定给我介绍。”

顾青瓷恨不得举双手投降，她哀求道：“几位姑奶奶，别开玩笑了。”

“谁跟你开玩笑了。”朋友不乐意道。

虽然大家都是用开玩笑的语气在说，可心底的小心思却瞒不住，显然是个个都对他有兴趣。只不过是碍于面子，还没开始下手呢。

顾青瓷也看出来，她们真不只是说说而已，于是她立即说：“真别闹，这是我老板。”

“你老板？”

“这么帅吗？”

大家再次异口同声，明明两句话是不同人说的，却那样默契，可见这也是她们最想问的问题。

顾青瓷双手合十：“真是我老板，你们可别去勾搭，要不然我以后在公司还怎么混啊。”

“他结婚了？”朋友疑惑道。

顾青瓷摇头。

刚摇完，顾青瓷后背被拍了下，就听到有声音再次说：“那你怕什么，要是咱们谁当了你的老板娘，明天就让你升职加薪。”

“明天？”对面的女生笑了，望着同伴说，“你该不会是想今晚就搞定他吧。”

顾青瓷再也受不了她们的玩笑，正色说：“真别搞，我老板不是一般人能追上的。”

虽然这些是她朋友，可万一真惹恼了程令时，到时候倒霉的就只是顾青瓷一个人了。

“瞧不起姐妹啊。”朋友故意拆台说。

顾青瓷见她们一个个摩拳擦掌的样子，只能使出绝招，她低声说：“不是我瞧不起你们，其实是我老板有喜欢的人。”

“不会是他旁边坐着的那个女生吧？”

众人不约而同望过去，就见他旁边坐着一个穿着浅绿色连衣裙的女生，灯光下，精致秀气的五官漂亮而惹眼。

两人坐在一起，并没有说话，但有种莫名的和谐，仿佛在他们之间有道屏障，阻隔了别人，只剩下他们自己。

一瞬间，周围安静了许久，没人说话，刚才借着开玩笑的口吻说出的真心话，这会儿全都变成了酸涩。短短时间内，她们从心底小鹿乱撞到跌入深渊，这滋味，还真够绝的。

直到有个人嘀咕说：“我就说这么完美的男人，怎么可能没女朋友。”

顾青瓷心底连连说了好几个对不起，她知道邬乔和程令时并没有在一起。只是为了让这帮女人死心，她才不得不这么说的。

生日宴的氛围实在是热闹，很快连邬乔他们都被拉着一起玩游戏，依旧是之前的骰子游戏。

邬乔先前在酒吧里被顾青瓷教会了，她一贯聪明，这种简单的游戏更是不会难倒她。于是旁人接连输，唯有她和程令时两人稳稳赢，丝毫不受影响。

输家的惩罚是真心话和大冒险。

这里的道具充足，桌子上就有个盒子，只要按下，里面就会出现挑战内容。

输的人抽到的惩罚，简直是千奇百怪。

终于邬乔喊出十九个“六”点时，被人叫开后，她输了。

旁边檀启兴奋地说：“乔妹，我可算逮到你了，选什么？”

“真心话。”邬乔毫不犹豫地说道。刚才有个抽到大冒险的女生，居然是让她到包厢门口，要第五个经过这里的男人的微信。

邬乔宁愿选择真心话。

很快，有人将问题抽了出来，只听对方笑了下，大声问道：“你一共谈过几段恋爱？”

邬乔松了一口气，回答：“没有。”

几乎所有人都是不信的。

邬乔认真地说："真的没有。"

大家还是不信，顾青瓷赶紧出来打圆场，说道："乔妹刚大学毕业，她是真'母胎单身'，下个问题，下个问题。"

"这个不能算她过呀。"有个女生起哄说。

"就是。"说话的都是女生。

还有人盯着顾青瓷，显然是在指责她前后不一致。刚才不是还说程令时喜欢的是邬乔，本以为这两人是一对，结果人家姑娘说自己没谈过恋爱。

这会儿顾青瓷也不敢解释啊，她哪儿有胆子说程令时是单恋邬乔。

这种话说出去，顾青瓷怕自己真的死无葬身之地。

好在有个人又问："换个问题，没谈过恋爱，总有过喜欢的人吧？喜欢的人是怎么认识的？"

原本一直坐在邬乔旁边神色懒散的男人，终于缓缓抬起眼睫。

程令时偏头看着邬乔，显然是对这个问题也挺有兴趣。

邬乔微舔了嘴唇，她能感觉到程令时在看她。

喜欢的人是怎么认识的？

那年夏天，邬乔送醋去他家里，然后给他泡了一杯糖分过量的咖啡，就这么认识了。

"网上认识的，我刚读大学时，对建筑一窍不通，多亏有了他，我才能熬过来。所以我才慢慢……"

包厢里都在听着她的声音，微带着笑意的声音，说到最后，似乎被染上了一丝羞涩。

邬乔知道自己没办法在这里说出实话，慌乱之下，她居然把素未谋面的T抓过来当了挡箭牌。

或许就是因为从未见过面，邬乔才能说得这么坦然自若。

说完后，大家总算勉强放过她。

邬乔伸手去端面前的酒杯，她确实是故意这么说的，刚才那一瞬间，她想起了和郝思嘉说的那些话，与其猜来猜去，倒不如去试探一下。

邬乔将杯子举到唇边，微微转身，想要偷瞄一眼程令时的反应。然后，正好撞上了他的视线，四目相对，彼此都直直地盯着对方。

鄔乔望着程令时，他脸上确实是震惊，但好像又不止惊讶，更多的是复杂到叫她看不清的表情。

可是程令时的表情越是这样不对劲，鄔乔的心跳越快。

难道真让郝思嘉说中了，他的心思让自己试探了出来？

终于，程令时起身，顺带着将鄔乔从位置上拉了起来："我们不玩了，你们继续。"

大家面面相觑，谁也不敢说话。

随后鄔乔被他一路拉着往外走，虽然心底紧张，却并不害怕。

两人到了外面，一直走出去好远，远到周围静悄悄的，空无一人，程令时这才松手停了下来，他转头看着鄔乔。

这处的灯光比较暗，他的脸颊半掩在光影里，表情影影绰绰。

鄔乔安静地等着他开口。

"你喜欢的人……"程令时语气平静地开口，说了一半，他又沉默了几秒，这才继续问道，"叫什么？"

这要鄔乔怎么回答，她都没问过 T 真正的名字。

想到这里，鄔乔声音温柔地说："我喜欢叫他 T。"

这语气暧昧得让程令时不由得往前跨了一步，此刻他脸上表情一目了然，依旧是那种古怪到让鄔乔根本猜不透，他到底是吃醋呢，还是没吃醋。

她故意说得暧昧，好像 T 是他们之间的亲昵称呼。

鄔乔有些心虚地低头，她把这辈子都没吹过的牛，在今天一晚都吹完了。

程令时："你喜欢 T？"

鄔乔有些犹豫，不知该不该点头，她怕自己真的弄巧成拙。

没等鄔乔回答，程令时再次轻笑一声，极其清楚地嗤笑，带着一丝不可思议的语气："你居然喜欢 T？"

你居然喜欢 T？

鄔乔听着他这样古怪的语气，就好像她喜欢 T 是什么荒谬到让人不敢置信的事情，这听起来很可笑吗？

虽然郧乔也确实是在骗人，但他的口吻让她微微不爽。

她喜欢别人这件事，是让他觉得这么可笑？

郧乔深吸口气：“你这是什么意思？”

程令时缓缓开口，却又顿了几秒，这才微弯着唇，带着笑意轻声说：“就是觉得这个消息很意外。”

郧乔抿嘴：“很意外吗？”

程令时瞥了她一眼，正要点头，就见郧乔抬眸打量了他一眼，慢吞吞说：“你该不会以为，我要说的人是你吧。”

这次郧乔边说边盯着他的表情。

程令时的脸从刚才的半阴影里被拉了出来，头顶冷白调的光线落在他脸上，那样清楚明了，仿佛连一丝表情都逃不过郧乔的眼睛。

他听到这句话，明显是有点儿惊讶，但是这惊讶里，又带着一丝漫不经心的笑。

程令时直直盯着她看了几秒，而后忽地垂下眼，又浓又密的长睫压在眼睑上，将郧乔所有的打量，都挡在了他的视线之外。

他这到底是在意，还是不在意啊？

郧乔心里又没底了。

却不想程令时突然轻笑了声，他重新抬起头，望着眼前的小姑娘：“不行吗？”

程令时心想：以为你喜欢的人是我，这么想不行吗？

郧乔迅速联系自己说的话，还有他的回答，理清了这两句话之间的意思。

当拨开迷雾后，似乎真的能看得更清楚，郧乔明明整个人是微微颤抖的，偏偏还故作平静道：“你想得倒挺美。”

“真的只是我想得美？”程令时慢慢靠近她。

他一靠近，郧乔就忍不住往后退。后面正好是墙壁，她的后背贴在墙面上，冰凉的墙体透过轻薄的衣裙，似乎让她不断上升的体温慢慢降了点。

郧乔垂眼，望着地上，语气无所谓道：“本来就是啊。”

反正她是绝对不会先承认自己喜欢他。

“邬乔。”程令时轻声喊她。

邬乔顺势抬头，这才发现，不知不觉，他们之间的距离，被拉得极近，他狭长的浅褐色眸子倒映着她的影子。

年轻确实是好，程令时发现离这么近，她的皮肤细腻得如剥了壳的鸡蛋。

她的唇瓣涂了唇釉，嘴唇的颜色娇艳欲滴，看起来很好亲的样子。

程令时的视线在她嘴唇划过时，跟着而来的这个念头，让喉结有些不受控制地滚了滚。

“你能不能……”

给哥哥一个机会，让我也喜欢你。

即将说出口的话，被一阵急促的铃声打断。

程令时愣神时，邬乔已经提醒道：“你的手机好像响了。”

这么不合时宜的电话，打断程令时说到一半的话。

他微微一摇头，一边拿出手机，一边想到，看来连老天爷都生怕自己太着急吓到她。之前一直想要循序渐进的想法，在这一刻险些被打破。

而且最重要的是，他还没想好怎么摊牌。

告诉她，自己就是T。再告诉她，不管是T还是程令时，都喜欢着她。可这些念头，在低头看到手机上的号码时，顷刻间冷下了脸。

连邬乔都在这一刻感觉到了他身上的低气压。

“我接个电话。”程令时低声说了句，便往旁边走去。

他走到不远处，接通了电话。

只是只有对方在说话，他安静地听着，邬乔好奇地看了几眼。

终于程令时开口说了一句话，不过隔得有点儿远，邬乔没听到。但看他的表情，透着一股邬乔从未见过的冷漠还有嫌恶。

这引得邬乔更是好奇。

这个电话很短，就几分钟的时间，程令时便挂断了。

他走回来后，整个人气压极低，但在走到邬乔面前时，嘴角轻扯，看起来是想露出一个笑容，只是太过勉强。

邬乔忍不住说：“你要是不想笑，不用勉强。”

程令时微微抬眸，下颌线都是紧绷着的。

终于邬乔又说了句："要不然这样还挺丑的。"

"丑？"程令时长这么大，还是头一回别人对他说这个字呢，原本挺低沉的气氛，被他一声轻笑打破，"我真的丑吗？"

他边说边把脸送到邬乔面前，仿佛要让她仔细看看。

邬乔心底偷偷骂了一句。

不过程令时神色明显放松了些，没了刚才那种刺骨冰冷，仿佛全天下都辜负了他的冷漠感。

"走吧，送你回家。"程令时直接说道。

邬乔："这么早？"

这才刚到十点呢，倒不是她不想走，但顾青瓷的生日宴这不是刚开始吗？

程令时转头："还不想走吗？"

"不是，我得跟青瓷打个招呼再走吧。"邬乔说道，她其实也不是很喜欢玩闹。

她生性就不喜欢闹腾，喜欢一个人安静待着。

他们回去跟顾青瓷打了个招呼，便离开了。

顾青瓷本来想送他们到门口，但被程令时冷淡拒绝，她也不敢多说，只小声道："老大，就麻烦你送乔妹回家了。"

"嗯。"程令时淡然点头。

有了他这话，顾青瓷也放心下来，跟邬乔挥挥手，目送他们离开。

到了楼下，工作人员把程令时的车子开了过来。

因为代驾还没到，所以两人站在门口先吹吹风，不管是程令时还是邬乔，都喝了几杯酒。

邬乔低着头，不知在想什么，就听到旁边一个若有似无的声音喊道："乔妹。"

"嗯……"她正习惯性地回应，蓦地转头看向身侧的男人，他偏头看着自己，嘴角微扬，邬乔睁大双眸，不自觉地疑惑道，"啊？"

邬乔心里泛着疑惑：是他在叫自己？

邬乔眨了下眼睛，声音嗫嚅道："你为什么这么叫我？"

"我不能叫？"程令时故意说道，"他们不是都这么叫的。"

组里的其他人确实都是这么叫邬乔的，整天乔妹短、乔妹长，程令时不知道听了多少遍。她每次都乖乖地应下来，弄得程令时几次也差点儿跟着一块儿叫。

今晚酒气上头，正好就多了几分浪荡。

邬乔板着脸："就不能好好叫名字吗？"

"早早。"她刚说完，男人便故意拖着腔调慢悠悠地喊道。

这一声比刚才那句乔妹还要放荡不羁，惹得不远处站在门口的保安小哥都看了过来。

邬乔生怕他再说出什么惊天动地的话，赶紧把人往旁边拖，结果这人笑得越发风流。惹得邬乔都要怀疑，今晚这酒里怕不是加了其他东西吧。

好在代驾终于赶到了。

两人坐上后排，程令时这才收敛。

他这人就是这样，在邬乔面前风流又懒散，时不时说的话让她面红耳赤，可是有外人在，他便又变成那副淡然沉稳的模样，反正绝不会让邬乔在别人面前难堪。

这次依旧是先把邬乔送到家里，年代很久的老小区，在黑夜里安静蛰伏着。

邬乔下车后，停下的车子并没有直接开走。

这种老小区绿化基本是没有的，邬乔又是住在离大门最近的那栋楼，所以程令时坐在车上就能看着她一路慢悠悠走进单元楼里。

又过了两分钟，楼上的某一个玻璃窗的灯光亮了起来。

看见她安全到家，程令时才轻声说："好了，现在走吧。"

"您还挺细心的。"司机猜到他是看着邬乔进小区，一边开车一边说，"对女朋友真好。"

程令时原本已经闭上眼睛，听到后面这句话，缓缓抬起眼皮："女朋友？"

"对啊，您和您女朋友真挺配的。"代驾笑哈哈说道。

终于程令时"嗯"了声，再次闭上眼，只不过这次他轻声说："是挺配的。"

不管多愉快的周末都会结束，迎来重新上班的时候。

果然，在经历了疯狂周末后，光是他们组里就有两个人迟到了，是檀启和柯霄。

柯霄冷着一张脸，檀启还在他旁边一直说："我就说了，开车肯定会迟到的，坐地铁还快点。"

这两人住在同一个小区，柯霄有车，檀启每天都是蹭他的车上班。

终于柯霄被念叨得忍无可忍，怒道："那从明天开始，你就一个人坐地铁。"他是酷哥性格，平时话少，这次看起来是真被惹急了。

很少被柯霄这么吼的檀启，在震惊之余也怒道："行，不坐就不坐。我以后要是再坐你的车，我就是狗。"

其他人没想到，这两人说着说着还急眼了，面面相觑。

众人心想：劝吧，估计这会儿都在气头上。可是不劝吧，好像又显得太冷漠了。

最后，大家还是决定不劝了，反正这俩人认识这么多年，什么狠话没放过。

快到中午的时候，时宸发出一声哀号。

"干什么呀？吓我一跳。"顾青瓷伸手摸了摸耳朵。

时宸指着手机："我的天，沣盈集团的董事长居然突发疾病住院了。"

"你家亲戚？"燕千帆见他表情痛苦，关切地说道。

时宸哭丧着脸："我买了沣盈的股票，本来早上大盘都在涨，沣盈都涨了五个点，结果刚才消息一披露，直接往下掉，估计下午就得'绿'了。"

"你买了多少股票？"燕千帆同情问道。

时宸说了个数字，大家都纷纷投以同情。

顾青瓷说："不是说鸡蛋不要放在一个篮子里，你为什么买这么多呀？"

"他们公司上半年的业绩可是遥遥领先的，谁能想到突然出这种事情啊。"

邬乔对于炒股不太懂，但还是安慰说："我觉得董事长入院，只会引起一个短期的震荡吧，说不定人家就是身体不舒服呢。"

“乔妹，你不懂，这种上市公司内出现重大变故，都需要公告。要真的只是小毛病，我觉得他们肯定不会发这个公告的。说不定，这次问题还挺严重。”

顾青瓷摇头：“看来不管多有钱的人，都逃脱不了生老病死。”

“可不就是，这个沣盈集团总部在新加坡，但是这些年在国内发展得特别好，据说创始人家族资产超过千亿元。”

“这么多钱，好厉害。”

“给我一个亿，我立马辞职不干了。”

大家听到这么多钱，纷纷发出感慨，也不是羡慕，这种级别的富豪，他们连羡慕都懒得羡慕了。

中午大家去吃饭，邬乔和顾青瓷一起回来时，就看见公司待客沙发上坐着一个男人。

虽然对方长相英俊，确实是吸引人，但是更让人瞩目的是他身边带着的四个保镖。

穿着清一色黑西装的保镖，安静地站在旁边。

保镖身高都超过一米八不说，黑西装更是有种紧绷感。

坐在沙发上的男人则是安静地翻看着一本建筑杂志。

顾青瓷瞪大双眼，小声问道：“什么情况？我们公司被人追债了。”

正好前台的人端着茶点过去，待端到桌边时，低头看着杂志的男人抬眸轻笑：“谢谢。”

他一抬头，邬乔和顾青瓷都看清了他的脸。

男人戴着一副金边眼镜，半长的短发往后梳着时，露出饱满的额头。

刚才邬乔她们并未看见他的正脸，只是见他坐在那里的气势，还有身材，便下意识觉得这应该是个长相英俊的男人。

此刻这张脸抬起来时，仿佛是要印证她们的想法没有错。

“好帅呀。”顾青瓷贴着邬乔的耳朵，小声说道。

邬乔赞同地点了点头。

“小曼，这是谁啊？”前台小姑娘端完茶点准备回去的时候，被顾青瓷拉住。

小曼压着声音说："程总的朋友。"

"老大的朋友？"顾青瓷诧异，又朝对方看了一眼。

这次顾青瓷像是有什么新发现似的，拽着邬乔的胳膊激动道："乔妹，你有没有觉得，他跟老大长得很像呀。"

邬乔点头。

其实从这个男人抬头的一瞬间，邬乔就觉得他长得跟程令时很像。

虽然他坐在那里，身形也极像，但在抬头时露出的脸颊轮廓，更是有种如出一辙的相似感。

"这不会是老大的哥哥吧？"顾青瓷小声问道。

邬乔说："你对程工，有多少了解？"

顾青瓷眨了眨眼睛，有些结巴道："我就知道老大家境特别好，高岭在美国就认识老大。他说留学生都住小公寓的时候，老大住的就是那种带游泳池和网球场的房子了。"

因为这件事，时恒的人都默认程令时家境很好。况且还有容恒，他倒是没藏着掖着，所以公司里的人都知道他特别有背景。而程令时和容恒是一块儿长大的，因此大家就默认程令时家也是富豪。

至于程令时有钱到什么程度，就不太清楚了。

邬乔望着对面的男人，心头有一种奇怪的感觉。

她喜欢程令时这么多年，可是好像对程令时印象从来没有清晰过。

没一会儿，容恒回来了，估计是公司里有人给他打电话。毕竟对方带着这么多保镖过来，确实挺吓人的。

等容恒看见人，一下子松了口气。

"我说你怎么来了，也不提前跟我说一声。"容恒很熟稔地跟对方打了招呼。

对方轻笑一声，反问："令时呢？"

容恒立即说："出差去了啊。"

"出差啊。"对方温和地点了点头，直接又在沙发上坐了下来，慢悠悠地说，"那我就坐在这里等着，什么时候他出差结束了回公司，我什么时候离开。"

“望之，这不太好吧，多影响你的身份啊。”

男人轻笑：“没关系，等自己的弟弟，没什么可丢脸的。”

众人本以为容恒回来能把人劝住，结果最后居然变成容恒跟着对方一块儿坐在沙发那边。

邬乔想给程令时发微信，可是手机拿出来犹豫了半天。

最后邬乔还是偷偷发了一条：“公司来了一帮人，是来找你的，但好像有点儿来者不善。”

谁知一直没等到回复，反而很快程令时的身影出现了。

“老大回来了。”也不知是谁低声说了一句。

因为时恒的装修设计多是采用了玻璃材质，好处自然是通透明亮，当然也没什么遮挡，基本上从她们的位置就能看见待客沙发那边的情况。

程令时神色淡然地走过去，两人见面，倒是没有大家想象中那种剑拔弩张的气氛。

“你怎么来了？”程令时确实很淡然。

反而是一直坐着的人站了起来，开门见山：“走吧，跟我去医院。”

“程望之，”程令时冷静喊道，“你应该是最了解我的人。”

程望之看着他，低声说：“令时，这次他真的病得很重。我是不想你以后后悔，毕竟他只有你这么一个儿子。”

听到这句话，程令时笑了起来，是近乎冷漠的嗤笑：“我说过，就当我死了吧。”说完，程令时转身，直接往公司外走。

如果今天不是程望之亲自过来，他是不可能出现在这里的。程望之跟别人不一样，他自小父母意外去世后，便是在程令时家中长大的。他们虽是堂兄弟的关系，但是对程令时而言，程望之是亲哥那样的存在。

“拦住他。”程望之说道。

身后的几个保镖立即上前，容恒赶紧拦住：“望之哥，这可是在公司，咱们不能这么硬来吧。”

容恒劝说道：“这可是令时的公司，他是尊重你，才不跟你动手。”

程望之看着他，还是让自己的人退了回来。

程令时再次走出去的时候，邬乔没忍住，直接跟了上去。

邬乔一直追到电梯口，看见他正要下楼。

“哥哥。”邬乔脱口喊道。

程令时扭头，并没有立即踏进电梯，他站在那里，望着她低声说：“回去上班吧，我没事。”

邬乔看着他的神色，还有身上那股低气压，好像全都在说，他现在心情很不好，很不好。

但是很快，电梯门再次打开，他走进电梯里。

邬乔也准备转身回去，可是当她扭头，看见他垂在腿边紧紧握成拳头的手掌，突然心底涌起铺天盖地的心疼，几乎要将她淹没。

程令时垂着眼，思绪无意识地发散，却听到“叮”的一声，是电梯门重新打开的声音。

原来在电梯要关上的最后一刻，邬乔用手挡住电梯，直接挤了进来。

程令时的脾气瞬间冲了上来：“你知不知道这样很危险，亏你还是设计师，你知不知道自己的手有多重要。”

“我想陪着你。”邬乔仰头，直勾勾看着他的眼睛。

这一句话，让程令时所有的火气，顷刻间烟消云散。

第十三章

毫不遮掩的偏心

电梯门关上后，便急速下行。

程令时看着邬乔，失笑：“你知不知道，你现在这是什么行为？”

邬乔沉默，随后小声说：“旷工。”

“当着老板的面旷工。”程令时视线依旧落在她身上，语气没了方才的气急，变得不紧不慢起来，“胆子还挺大啊。”

“公司规定，无故旷工三次者，直接开除。”

邬乔勾了下手指，眼睛望向程令时，带着一丝商量的口吻问：“所以老板，我可以请假 吗？”

“请假？”程令时没想到她玩起了先斩后奏这招。

邬乔直言：“有个人很不开心，我得去哄。”

她得去哄他呀。这句出乎程令时意料之外的话，让他心头一软，方才被激起的一腔冰冷，此时再次慢慢消融。

“你也知道，我有多珍惜我的工作。”邬乔见他的嘴唇没像之前那样抿得笔直，似露出一丝笑意，乘胜追击道，“但是这时候，你比工作更重要。”

“所以老板你可以准许我半天假期，让我去哄一下站在我面前这个不太开心的人吗？”

程令时这次彻底笑了起来。

他轻声说：“允许。”

正好到了负一楼，两人直接出了电梯，边往他车子走，邬乔边问道：“你想去哪里？”

“不是你哄我吗？今天你决定。”程令时侧过头，一副今天你说了算的态度。

邬乔直接伸手：“车钥匙给我。”

程令时从口袋里掏出钥匙，放心地递给她。邬乔直接坐上驾驶座，将车子开出地库。出去之后，她说：“车子的音响在哪里，放点音乐听，车程还挺长的。”

很快，车子里响起悠扬的歌。

“你要是觉得累，可以先歇一会儿。”邬乔说。

程令时扭头看着她，见她车子确实开得很平稳，他问道：“什么时候学的开车？”

邬乔：“大一暑假的时候，你放心吧，我车技真的很好，我还代驾过呢。”

程令时“嗯”了声，其实他还有很多想要问的。但他又知道一切，知道她这几年是怎么度过的。

不知不觉间，程令时好像真的累极了，跟邬乔说了几句话，便闭上眼睛睡着了。

大概过了一个小时，邬乔将他叫醒。

程令时睁开眼睛，因为他的头歪向车窗的位置，第一眼就看见了不远处码头上的渡轮，他愣了下，就听身侧的小姑娘说：“我们得去坐船。”

“坐船？”程令时轻声说。

邬乔声音有些兴奋：“我们时间正好，离最近的一班船，还有十分钟开船。”

他们在现场买了船票，跟着其他人一起登上渡轮。

因为是工作日，旅游的人并不是很多。

很多人看起来更像是在工作，当然也有小情侣，但看起来多是大学生。

他们上船之后，程令时低头看着船票上的目的地“嵊泗列岛”。

当轮渡缓缓驶向远处，周围的空气仿佛都跟在城市里呼吸到的不一样，带着微咸的空气，海风拂面而来。

今天的天气很好，湛蓝的天空万里无云，映衬着海面都是一片碧水。

轮渡往前行驶，在水面划出白浪，浪花翻腾。

程令时望着不断翻滚的碧波，似乎真的将心底的沉重一点点卸去。

程令时并非擅长发泄的性格，应该说他从小什么事都喜欢藏在心底，哪怕受了再大的委屈，从来也都是无所谓的模样。

况且他如今也到了而立之年，更不可能像个轻狂少年那样，一遇到事情大吼一通。

此刻他站在轮渡栏杆旁，周围潮湿海风扑面而来，似乎真的正在慢慢吹散他心底的沉闷。那些积压在心底，早已是陈年旧岁的伤痕。

他并不是没有经历过这种时刻，而且对他的人生而言，今天这件事根本不算什么。

两人到了岛上，邬乔一路拉着他。

她对这里并不是很陌生，居然直接将他带到悬崖边。

他们一路开车又坐船，抵达岛上的时候，正好赶上了夕阳西下。

遥远的天际线是海面与天空的交接线，天空并不再是纯粹的湛蓝，傍晚时分出现的火烧云，像是打翻的调色盘，赤红、橘红交织成一片，漂亮而又热烈。连海面都褪去了冷色调，被染上了一层赤橘色调。

两人站在悬崖上，听着底下海浪一遍遍拍打着峭壁。

“我上大学的时候，第一次班级秋游就是来这里。”邬乔眺望着远处，那次是她第一次看见大海。

在看见的一瞬间，她忍不住想，难怪那么多人的愿望是看一次大海，她不能免俗。

“对不起。”突然，身侧的程令时说道。

邬乔转头，一脸茫然：“怎么了？”

“之前答应过你，要带你看大海的。”程令时看着她，认真说道。

邬乔在这一刻彻底愣住。

她一直以为只有她一个人，是那样眷恋着过去，将旧时光里发生过的事情，一遍又一遍地回忆着。

因为太过喜欢，所以从不曾忘记。

那些属于他的记忆，虽然被刻意藏在心底，从未宣之于人前，未曾告诉过任何一个人。

可那些回忆，仿佛在岁月的摩挲下，凝结成一颗又一颗珠子，被她小心翼翼珍藏着。

她一颗都不愿丢掉。

就连他曾经答应过她，要带她一起看大海的约定，邬乔都清楚地记得。但她从没想过，他也还记得。

一时间，邬乔眼眶红润，眼泪险些要夺眶而出。

于是她立即转头望着远处天际，拼命睁着双眸，死死盯着，眼睛一眨不眨，让眼泪无论如何都不要掉下来。

“邬乔，我……”程令时想要开口解释。

特别是在看见她如此情态，他就知道，她心底还一直记着，甚至这可能早已经成为她心底的一根刺，也是未曾跨过去的遗憾。

邬乔却打断他：“不要跟我说对不起，对我而言，你从来不是应该跟我说对不起的人。”

对我而言，你是最重要的存在。

她黯淡而苍白的年少时光，因他而明亮起来。

“我们不要再提过去的事情了好不好，勇敢地往前看，不要被过去所牵绊住。”

女孩清亮的声音响彻耳畔，似乎也拂去了他心底的阴霾。

天边夕阳柔和的光亮洒在她的脸上，那束光也同样照进了他的心底。

两人一直到晚上十点左右才回家。

邬乔回到家里，洗了澡之后，还在想着下午的事情，那个跟程令时长相有些像的男人是谁，又究竟发生了什么事情。

不过邬乔没有问程令时。

此刻回到家中的程令时，从洗手间里出来，用毛巾一直擦头发。

随后他进了书房，打开电脑。

当他登入邮箱之后，打开已收邮件的那一栏，全部都是同一个名字

“Wuqiao”。

他用鼠标将邮件往下拖，邮箱里面存着好几年的邮件，数量可能有上千封。

不知不觉，他以T的身份陪伴了她这么多年。

程令时终于打开了新邮件，在键盘上开始敲击。

邬乔也没想到，大半夜会收到T的邮件。因为手机上就有邮箱软件，所以只要有新邮件过来，会在第一时间收到通知。

邬乔打开后，看见发来的邮件内容，猛地从床上坐了起来。

T：“我在上海，想跟你见一面。”

邬乔盯着屏幕上的邮件看了又看。这是五年来，T第一次提出想跟她见面。

见面？

从网络上最熟悉的陌生人，变成线下可以见面的关系？这个念头一在邬乔心底出现，她就摇头。

于是邬乔小心翼翼回复：“为什么？”

T：“想见你，非得有一个理由吗？”

如果说第一封邮件还没让邬乔多想，如今新的这封邮件让邬乔愣住，她仔细看着邮件，本不想多想，但是这封邮件的口吻又让她不得不多想。

邬乔微咬着唇瓣，犹豫了半晌。

终于她还是下定决心，回复了消息。

原本程令时在发完邮件后，去冰箱里拿了一瓶冰水回来，他拧开后坐下，一边喝水一边去点收到的邮件，心底还想着这姑娘会怎么回复自己。

直到他看见她回复的邮件，嘴里还未来得及咽下去的水险些吐出来。

Wuqiao：“T，对我而言，你是最重要的朋友。这么多年来，你始终给予我帮助，让我成为更好的人。我一直很感谢有你的存在，但是我还是希望我们最好能保持纯粹的朋友关系。现实中的见面非我所愿，希望你能理解。”

程令时也将这封邮件来回看了两遍。

看到最后，连他自己都笑了。所以他这是被发了“好人卡”？特别是那句“最好能保持纯粹的朋友关系”，她之前在别人面前说喜欢T的呢？

这时候程令时才发现，自己好像被带入了一个误区。

那就是他以为邬乔真的喜欢 T。但其实这姑娘就是拿他当了个挡箭牌，随手敷衍别人。

所以那天她为什么撒谎?

除非是因为她有不得不撒谎的理由，比如她如果说了实话，会被在场的人猜到她喜欢谁。

他还清楚地记得，那个问题是，喜欢的人是怎么认识的?

当拨开迷雾时，哪怕真相再荒唐，那也是真相。况且这件事看起来好像也并不是那么荒唐，毕竟他不也是喜欢着她。

于是程令时毫不犹豫又发了一封邮件。

邬乔抱着手机，虽然是随意刷着论坛，但是心里一直存着事情。

直到邮件通知从手机顶端出现。她立即点开，赶紧看里面的内容。

T:“所以你有喜欢的人吗?”

啊?

邬乔原本心底还抱着一丝侥幸，还想着不会吧，虽然现在网恋确实是挺多的，听起来也不是多离谱的事情，但是之前 T 从未对她表现出一丁点儿的异常。

这怎么……

邬乔再次咬唇，绞尽脑汁地想，该怎么回复呀。

终于她小心打道:“有。”

当她打完字之后，咬咬牙还是点了发送。

那边的程令时本以为自己已经够冷静，能面对她发送过来的一切消息。

但再次打开邮件时，他还是有种不知该怎么形容的奇妙又荒唐的感觉。

Wuqiao:“有，还记得我之前跟你说过，邀请我去他公司上班的那个人吗? 也就是我现在的老板，其实他是我认识很久的哥哥，我喜欢的人就是他。”

邀请她上班的人。

现在的老板。

认识很久的哥哥。

要是一个条件对上了的话，程令时还能说一句可能是他，也可能不是他。但是足足三个限定条件，都跟他完美匹配。

他再也不怀疑，邬乔说的这个人就是他。所以这次究竟是她的真心话，还是又一次被拉出来当挡箭牌的说辞？

深夜的书房里，程令时一个人坐在椅子上，突然笑出了声。

他这个工具人还真是好用。

程令时干脆问道："你真的喜欢那个人吗？不会是因为他对你好的缘故？就像你说的，他总是在关键时刻帮你，或许你可能是崇拜？或者是感激？"

邬乔本以为，自己发过去之后，T应该不会再回复。

没想到这么快，他又回复了。

等看到邮件，邬乔有种不知道该说什么的感觉。

难道她会分不清喜欢一个人的感觉吗？况且她不是刚喜欢上程令时，她从很久之前就喜欢着这个人，他不在时，心心念念地想着他。她甚至傻乎乎地在网上查询过，怎么才能考上哈佛大学。

虽然后来发现，那不过是自己的痴心妄想。

邬乔："喜欢和崇拜，我分得清；喜欢和感激，我也分得清楚。我可以清楚地告诉你，我是真的喜欢他。"

或许是因为网友的关系，不像在现实生活中她从不敢轻易将对他的喜欢说出口。

这么多年，知道的人也只有一个郝思嘉而已。

他早已经成为她心底的神祇，容不得有半分的诋毁。

这次T终于没再回复，邬乔也松了一口气。但是心底也有忧伤，只怕她以后再也没办法跟T这样毫无负担地相处了。

原本对邬乔而言，T是她倾诉的对象，是一个值得依靠的朋友。

即便他们从未见过面，但只要他的邮件出现，就带给她无比的安心。

如今，只怕这份安心要离她而去。

邬乔虽然遗憾，却也无奈。

她在感情上，除了对程令时犹豫之外，对其他人从来都是果断拒绝。对方一旦表现出好感，邬乔都会直接说清楚。她不想让别人误会，也不想耽误对方的时间。

可惜这次的对象是 T，她心底终究还是不舍。

邬乔第二天去公司，顾青瓷还问她昨天怎么突然离开公司。

邬乔只能随便找了个理由。

顾青瓷小声说："我还以为你是跟老大一块儿出去的呢。"不过她打量了邬乔，关心道，"你怎么有点儿黑眼圈啊，是不是没睡好？"

"嗯，有点儿失眠。"邬乔揉了下脑袋。

昨晚 T 的那几封邮件，还是对邬乔造成了不小的影响。

她一向作息规律，昨晚居然失眠到一点多才睡着。

虽然她不喜欢 T，但失去一个这么多年来足可以称为她精神导师的朋友，邬乔确实有些难以接受。

她知道男女之间没有纯粹的友情，之前 T 没有任何表示，她可以毫不顾忌地将他当成自己的朋友。

现在只怕一切都变了。

到了晚上，因为组里之前一个项目需要修改，大家都在忙这件事，一时间都没下班。一直到了十点，邬乔的手机响了起来。

邬乔看见是邬飞扬的名字，有些奇怪，但还是接通了。

刚一接通，就听邬飞扬说道："姐姐，你能现在去找一下我姐吗？刚才她给我打电话，说需要十万元，问我有没有，要得很着急。"

"十万元？"邬乔震惊，"她要这么多钱干吗？"

邬飞扬："我也不知道呀，我也没有这么多钱。而且她电话里的声音很大，好像还有什么人在吵架，我怕她出事。"

邬乔深吸一口气："你把地址发给我，我现在就过去。"

"姐，你小心点。"邬飞扬无奈地说。

邬乔："嗯，我知道，你别管了，交给我就好。"

邬飞扬本来也不在上海，这事只能交给邬乔去处理。很快邬飞扬从微信上将地址发给了邬乔。

她立即用地图搜了下，应该是一间酒吧，附近还是酒吧一条街。

幸亏邬乔的工作刚完成，所以她立即收拾东西准备离开公司。

旁边的顾青瓷听到她打电话的内容，忍不住关心道："乔妹，没事吧？"

"没事没事，我得先走了，我改好的图已经上传到工作群里了。"

顾青瓷赶紧拦住她："我听你电话里提到了钱，真没出事？"

"邬乔，有事儿跟我们说一声。"高岭见状，也说道。

邬乔笑了下："真没事，待会儿程工要是问起我，就帮我说一下，说我有事先走了。"

"你有什么事？"程令时正好从办公室里走了出来。

顾青瓷赶紧说道："乔妹好像家里出了点事。"

邬乔没想到程令时会在这时候从办公室里出来，她急忙走到他身边，说道："程工，我的工作已经完成了，现在可以先离开吗？"

"你知道我要问的不是这个。"程令时垂眸。

邬乔无奈，只得小声说："是我堂姐遇到了点事情，我现在得去处理一下。"

"嗯，走吧。"

邬乔听到这句话松了一口气，可她刚转身，身侧的男人跟了上来。

她扭头望着程令时，对方坦然说："你觉得我会让你一个人去处理？万一遇到危险呢。"

邬乔抿了抿嘴，原本想要说不用他陪同的话，也到了嘴边却没说出来。

程令时让邬乔直接用手机导航，两人开车前往，因为过了交通高峰期，晚上的街道并不算拥堵。

半个小时左右，两人就赶到了那个酒吧。

邬乔直接给邬慧的手机打电话，但是对方一直没接，两人只能进酒吧里找，可是找来找去都没找到人。

"要不直接报警吧？"邬乔找了两圈还是没找到，忍不住说道。

程令时冷静地说："她是成年人，这么短时间没接电话，还没到可以失踪立案的时间。"

毕竟也没证据显示邬慧现在遇到了危险。

邬乔心底无奈，还是忍不住找了起来，终于在她又一次拨打电话后，那边接通了。她着急道："邬慧，你在哪里？"

“邬乔。”那边声音突然响起来，但是离得有点远，听起来好像手机并不在邬慧身上。

邬乔立即问：“你在哪儿呢？”

那边直接说了一个地方，好在这个地方离酒吧不算远。

开车几分钟就到了，但到了地方，邬乔就觉得这应该是个鱼龙混杂的地方。连她都惊讶，上海还有这样的地方。

整条街道都是各种各样的铺子，霓虹灯一亮，交织成一片五颜六色的灯光海洋。

邬乔还是打开导航，才能找到这么个地方。

程令时走在她前面，终于两人来到一个烧烤店门口，上面写着“新鲜烤鱼，一条99”的大灯箱，正放在店铺的侧面。

店里的墙面上贴着一整面菜单，旁边还有一个水箱，看起来是放鱼的。至于另外一边的羊肉串炉子，一直没停下来。

即便已经晚上十一点，店里还有两桌客人，看起来是个正常的店铺。

邬乔心底稍稍松了一口气，或许邬慧只是跟人起了点小冲突，没什么大事儿。可她刚这么想着，烤鱼店旁边那条幽深乌黑的巷子里响起了叫骂声。

“这女人从后门跑了，还没拿到钱呢。”

“别跑，让我抓到你，你就完了。”

直到邬乔听到一个熟悉而凄厉的女声：“我妹妹已经带钱来了，你们还想干吗？”

这个是邬慧的声音。

“你妹妹带来钱，你跑什么？”

邬乔再也顾不得巷子黑暗，直接往里跑。

程令时一时没拦住，赶紧跟了上去。

巷子确实很深，一直到尽头，邬乔才看见几个男的把一个女生堵在那里，只见染着黄发流里流气的男人伸手不停地打蹲在地上的女生的头。

“不想赖账，你跑什么？就你长了两条腿，信不信我把你的两条腿敲断了。”

蹲在墙角抱头的女生，一直在哭。

邬乔看到这一幕，怒道："你们干什么？"

这巷子的尽头没有刚进来的地方那么黑，不远处一盏昏黄的灯光照亮着这边。

"关你什么事，我跟自己女朋友闹着玩呢。"黄头发男人又伸手拍了下蹲着女生的脑袋，"女朋友，你说是不是呀？"

一直蹲着的人此刻抬起头，在看清楚邬乔的脸后，哭的声音更大："邬乔，快救我，邬乔。"

"哟，原来是认识的人啊，这就是你妹妹？"黄头发男人饶有兴趣地在邬乔的脸上打量，最后色眯眯说道，"没想到比你漂亮多了呀。"

邬慧这辈子最恨的就是别人说邬乔比她强，但此刻她也顾不上这么多，哭喊道："邬乔，邬乔。"

"钱带来了吗？"黄头发男人直接问道。

邬乔看着他们，一边说话，一边默默拿出手机："她到底欠你们什么钱？"

"这女人弄丢了我们的东西，居然还想跑。"

邬慧这会儿见邬乔来了，毫不犹豫说道："他们冤枉我，给我下套。那条项链根本就是假的，他们还冤枉我，说是我弄丢的。"

邬乔闭了闭眼睛。她就知道邬慧认识这些三教九流的人，准没什么好事。没想到连这么低级的骗局，她居然都能遇上。

"好，报警吧，要是她弄丢的，我们一定赔偿。"邬乔直接说。

对面的人好像被逗笑了，他直接说："小妹妹，你跟我闹着玩呢。你要是没钱，那你别蹚这浑水了。就让你姐去想办法，还钱给我们好了。"

"我不要，我不要。"邬慧大声吼道。

按照邬乔跟邬慧的关系，她是绝对不想管对方的事情。但大伯和大伯母把她养到那么大，不管他们是否有过怨言，她是在那个家里长大的。邬乔实在做不到眼睁睁看着邬慧沾上这种事情。

现在网贷陷阱重重，一旦惹上，很多人都是背负着几十万元甚至上百万元的债务。

"行，不就是十万。我给你们，不过我没带那么多现金，转账行吗？"邬乔认真问道。

对面居然想了下，直接同意道："行，赶紧的。"

邬乔松了一口气，看来他们也不是什么穷凶极恶之徒，就是一群不成气候的小混混。

邬乔冷笑，一旦她转账，这帮人敲诈勒索的证据就有了。

谁知蹲在地上的邬慧却说道："你们根本就是在敲诈我，那条项链哪里值十万元！"

"你闭嘴。"邬乔气急。

但是面前的黄头发男人却好像回过神，他望着邬乔："我说你该不会是想转账之后，再去警察局告我敲诈吧？"

在这一刻，邬乔简直无语到极致，这就是有"猪队友"的感受吧。

邬乔冷静说："我不会，你们不是想要赔偿，我给你们赔偿，人我带走。"

"还敢说没有，我看你是……"黄头发男人唾沫横飞，一张嘴仿佛臭得如同十年没刷的厕所。

只是他这一句话没能骂完，因为旁边的程令时毫无征兆地出手了。

程令时一脚直接踹在他胸口，直接把人踹出去老远。

旁边站着的几个小弟，都被这一幕吓到，没等他们反应，程令时几步上前，直接将躺在地上还没来得及爬起来的人从地上又拽了起来。

这次黄头发男人跟他面对面，这么近的距离，黄头发男人眼睁睁看着这么一张英俊清冷的脸逼近自己。本来以为这个男人没什么胆量，是邬乔随便找过来凑数充场面的，他一直站在这边没说话，肯定是个胆小之人，

可现在黄头发男人整个人像是个垃圾袋般，被提溜了起来。

两人之间的身高差了不止半个头，程令时低头望着对方，那双浅褐色的眼睛不再温柔平静，盛满戾气，随时都要溢出，望着黄头发男人的眼神也如同在看什么脏东西。

"你刚才骂谁呢？"程令时声音暗哑。

随着一声提问，黄头发男人直接被撞到了身后墙壁。

他的脑袋直挺挺地撞上去，沉沉的闷声让周围站着的人都觉得痛。

"你们还愣着干什么呢?!"黄头发男人终于记起来，自己可是带了人的，而原本光站着看的人也终于记起来，自己跟谁是一边的。

几个人冲过来，程令时脸上也丝毫没有表情。

刚才程令时的狠劲儿，这些人都看见了，他们又不是什么亡命之徒，顶多就是街头巷尾让人讨厌的混混。所以他们哪怕冲上去，心底还是有点儿畏惧的。反而占据上风的是程令时，看得出来，即便面对三四个人，他依旧游刃有余。直到身后那个无人看管的黄头发男人不知从什么地方摸出了一根棍子，居然直冲着程令时。

邬乔刚好看见，在喊着小心的同时，直接扑了过去。但她也不是全然没准备，她将手里紧紧握着的防狼喷雾直接对准对方。但是没想到这个黄头发男人在大喊之余，棍子也跟着甩了过来，一阵风扑面刮了过来。

邬乔本以为自己要被结结实实打到，可是她却在最后一秒被拉到了一个怀抱里，程令时关键时刻将她拉到自己怀里。

但程令时因为躲避不及时，棍子直接打在了他肩头。

他立即疼得闷哼一声。

对方的棍子也落到了地上，邬乔的防狼喷雾，还是喷到了黄头发男人的脸上，这会儿他一直在哀号。

邬乔捡起地上的棍子，直接对准他劈头盖脸地打了起来："就你也敢打程令时，他的手要是出事，我一定不会放过你！"

与此同时，熟悉的警笛声终于响了起来。

这帮混混还想跑，但是警察已经及时赶到。

邬乔手里的棍子也落了地，她立即到了程令时身边，紧张地抓住他的手臂："你的手没事吧？"

"没什么。"程令时脸上的痛楚已经消失。

邬乔却不放心，还是说道："我们现在就去医院，你的手不能再出事了。"

这一句话终于让程令时抬头。

他望着邬乔："你知道我的手……"

"那年你是不是因为受伤，才没有赶回来见我？"邬乔仰着头问他。

程令时没想到她居然都已经知道了，他低声说："我不是故意失约的。"

"我知道，我知道。"邬乔的眼泪其实已经流下来了。

从知道真相开始，她就明白，当年他并不是故意失约。

他知道承诺对她而言，有多重要，知道她曾经被亲生母亲辜负，再经不起一次失望。所以当他在病房里苏醒过来时，第一句问的就是，现在是什么时候。

当得知已经是三天之后，程令时拼了命要打电话回来。

可是陈嫂去了一趟邬家，邬乔已经再次离开。

之后，陈嫂不管去几次邬家，都没再见过邬乔。

邬慧这会儿也终于站了起来，见邬乔哭了起来，小声说道："邬乔，对不起。"

"你知不知道，他是个建筑师，手臂对他来说有多重要。"邬乔恶狠狠地望着邬慧，这是她第一次对邬慧用这么狠厉的口吻，"要是他出事了，你和那些人，我一个都不会放过。"

邬慧被她吓得一个字都不敢再说，邬乔这么恶狠狠护着他的模样，看得程令时有些怔住。

但放完狠话后，邬乔的眼泪一直在落，看得程令时都要叹气。

"对不起，我不该让你来的，你以后不要再为我受伤了。"邬乔的自责已经彻底将自己淹没，她一直道歉，"我不应该连累你的。要是你的手，还是因为我受伤……"

程令时连声喊道："邬乔，邬乔。"

他喊着她的名字，终于在最后一刻紧紧握着她的肩膀。

他俯身望着她："我没事，还有，不要一直说对不起了。我应该庆幸我今晚陪你一起过来，要不然我怕会发生让我这辈子都追悔莫及的事情。"

要是她真的因此受到伤害，他一定会后悔。

幸好，这次他依旧在。

他伸手将她脸上的眼泪擦掉，柔声说："好了，别哭了。"

周围有各种嘈杂的声音，停在巷子口警车尖锐的鸣笛声，还有警察呵斥几个流氓的声音交织在一起。昏黄色的路灯照着这一切的发生，仿佛要将眼前的场景置于一部不真实的旧电影里。

他们两个安静站在一处，仿佛与周围这样混乱的一切隔绝开来。

直到旁边的警察喊道："那边那两位，你们也跟着去一趟警局吧。"

“抱歉。”程令时微露歉意地看着喊话的民警，问道，“可以稍等我两分钟吗？”

程令时垂眸，喊道：“邬乔。”

听着他喊自己的名字，邬乔抬起头，但在撞上他视线的那一刻，她的心脏没来由地重重一跳，仿佛感觉要发生什么。

“本来我想找个好时机，结果找来找去，好像一直在错过。”程令时眸色极沉，浅褐色眼眸仿佛正慢慢流动着旋涡，要将她深深地吸进去。

“我不想再等了。”这次他的声线不再是那种慵懒，什么都不在意的腔调。相反，这样认真而低沉的声音，是她从未听过的。

“不用对我觉得抱歉，不用觉得连累了我，这一切我都心甘情愿。”程令时依旧盯着她，这一刻她仿佛连眨眼的动作都要忘记，因为她怕自己一眨眼，就要错过他说的话。

程令时微微俯身，语气前所未有地认真：“因为我喜欢你。”

待他说完这句话，在众目睽睽之下，凑近邬乔，轻轻吻住了她。

纵使兵荒马乱，他亦无法抑制这汹涌爱意。

邬乔本就因为那句突如其来的告白错愕得愣在原地，当程令时俯身过来吻住她的唇时，她内心竟是一片空白。

周遭铺天盖地都是他的气息，唇瓣上意外地湿润与柔软。

随之而来的，是心脏“扑通、扑通”的剧烈跳动。

她被程令时告白了？

程令时说喜欢她？

这不是做梦吧。

应该不是吧。

在回过神之后，邬乔脑海里瞬间涌入千头万绪，除了最初的慌乱，余下的竟全都是不真实感，就像一个在沙漠里走了很远很远的人，已经快要放弃寻找绿洲的希望，可眼前突然出现了一片绿洲，还有汩汩水源。她不敢上前确认，生怕眼前出现的这片绿洲是又一个海市蜃楼，不过是虚妄的幻想罢了。

可是旁边的警察叔叔再次提醒说：“两位，可以走了吗？”

这下邬乔不用掐自己的手臂或者打自己的脸，来试试这到底是不是在做梦了。也正是如此，邬乔才后知后觉地意识到，刚才程令时亲自己那一下，岂不是所有人都看见了？她脸颊爆炸般涨红。

“你……”邬乔抬头望向他，应该要指责一下吧，哪有人表白的同时，还直接亲人的，这岂不是要流氓的行为。

谁知程令时再次靠近她，他的气息近在咫尺，带着滚烫。

邬乔忍不住想要退后，闪躲。

程令时已经低声歉意道：“抱歉，实在没忍住。”

说是道歉，但是他声音里好像也没听出多少歉意，反而有一种要是再给他一次机会，他还是敢这么做的坦然。

邬乔终于还是忍不住说：“哪有你这样的。”

“头一回追求女孩。”程令时垂眸望着她，声音里带着笑意，“是我的错。”

邬乔有点儿招架不住他的注视、他的笑意，明明他突然表白，又突然亲她，站在她的立场应该稍微生气一下，可是邬乔心底真的生不起一丝丝恼火生气的念头。

迎面拂过的夜风里，似乎都带着微微甜。

果然，夏天是她最喜欢的季节。

那年夏天，他出现在她的生命里。而这个夏天，他居然跟她说出了他喜欢她，她曾绝望地以为，他永远不可能对她说这两个字。

“两位，谈恋爱的事情，可以稍等一下吗？麻烦你们先跟我们去一趟派出所。”

终于，站在不远处的警察叔叔再次忍无可忍地说道。

邬乔慌慌张张，正要开口，可垂在腿边的手指被身侧的人捏住，她一愣神的工夫，反而是旁边人抢先开口说：“不好意思，耽误了您的时间，我们这就随您回派出所。”

邬乔的手指先是被捏住，随着他说话的工夫，手掌被一点点握在掌心，然后被包裹住。

回去的路依旧是来时那条非常黑的巷道。

程令时握住她的手掌，直接将人牵到了外面那条老街。

周围的店铺还是灯火辉煌，而警车突然到来，虽然引来路人的回头，倒也没引起什么围观。

至于黄头发男那帮人，早就被警察抓住，就连邬慧都已经在警车上安静坐着。

这会儿谁都没了先前的嚣张气焰。

因为警察只开了一辆警车过来，几个小混混和邬慧坐在上面，就没邬乔和程令时的位置，于是警察让他们先在马路边等着，已经联系同事再开一辆车过来。

邬乔这会儿才想起来问道："是你报警的吗？"

时间这么晚，警察不可能来得这么及时。

"嗯，你跟他们说话的时候，我打了110报警电话。"程令时冷静说道。

邬乔还是抱歉道："对不起，我刚才不应该直接冲进巷子里。我应该跟你一起报警，然后等警察来的。"

或许是听到邬慧的哭喊声，让邬乔一时有些紧张。

人在情急之下，难免会判断不准。

反而是程令时看着邬乔说："我以为你跟你堂姐，关系并不和睦。"

"嗯，一直都不太好。"邬乔轻声说道。

如果说这个世界上谁是邬乔最厌烦的人，或许隋宁都排不上第一位。毕竟隋宁跟她只有两次交锋的机会，况且邬乔最后还在美术馆项目上彻底赢了。对隋宁而言，她是胜利者。

可是邬慧对于她，是年少时无法挣脱的噩梦。

"自从我到了大伯家里，就一直跟邬慧住在一个房间，对我而言，她就是我年少时最想摆脱的人。"邬乔苦笑一声，"可偏偏听到她出事，我也无法做到漠不关心。"

即便邬飞扬打电话来问她，她完全可以推托一句，她没找到人。反正也没人知道，她根本没找过。

可惜邬乔虽然厌恶邬慧，却无法真的做到坐视不理。

"如果不想做你讨厌的事情，不用刻意为难自己。"程令时声音清冷。

或许程令时天生淡漠，压根不会因为这种事情自责，所以他唯一要考虑的就是邬乔。他直言道："你这个堂姐交友复杂，若是下次还有这样的事情，你不能再参与。”

“嗯，这次之后，我会打电话给大伯他们，让他们把邬慧带回去。”

“教导她，不是你的责任。”程令时伸手在她头上揉了一下。

邬乔低声“嗯”了下，随后她轻笑：“我也没那么大的能力，去教导一个成年人。”

很快又一辆警车到了，邬乔和程令时上车。

到了派出所之后，双方开始录口供。不出意料，这帮小混混丝毫不承认向邬慧敲诈十万元的事情。

反倒是邬乔先笑了起来，她直接掏出自己的手机交给警察。原来之前她没来得及打电话报警，就是因为在录音。

程令时就在邬乔隔壁做笔录，转头看过来。

邬乔挥了挥手机：“自从发生上次的事情之后，我发现口说无凭，最好还是以录音为证。”

上次美术馆项目中，邬乔明明撞见对方与一位隋先生打电话，却苦于没有证据，最后只能豁出去才反败为胜。

这次，邬乔汲取上次的教训，直接将对方叫嚣的时候都录了下来。

这段录音放出后，不远处还在叫嚣着自己被冤枉的小混混，一个个面无人色。

“两位警官，我并不是法律相关的专业人士，但是我想知道，这件事能不能构成敲诈罪？”邬乔冷静问道。

“你这个女人诬陷我，是你堂姐偷了我们的东西，你……”黄头发男人当时就忍不了，拍着桌子站起来。

邬乔冷眼看着他，仿佛在看什么脏东西。最终，邬乔他们因为是自卫，录完口供，很快就被放了出来。

至于那帮混混，因为涉嫌敲诈，没有一个被放走。

邬慧临走时，警察叮嘱她，二十四小时都要开机，以免后续的案子还要她继续配合调查。

三人一起出了警局，邬乔才想起来他们的车子还停在先前那个地方。

“你在这里等着，我去把车开回来。”程令时说道。

邬乔说："还是我来开车吧，你刚才差点儿受伤。"

这一晚上，程令时都在为她们的事情忙来忙去。

程令时摇头："就几分钟的路程，没关系。"

正好邬乔也想跟邬慧聊聊，便没有再坚持。等他一走，邬慧盯着他的背影，看了好久，突然说："他是那个程家大宅的少爷？"

邬乔怔住，她没想到邬慧居然还记得程令时。

"你怎么会记得他？"邬乔说道。

邬慧哑然失笑："你该不会以为，就你一个人注意到他了吧？你知不知道，当时他出现在清塘镇没多久，我们学校好多女生在QQ群里一直讨论他。

"还有人故意在程家大宅附近转悠，就为了见他一面。"

小镇上的少女，芳心懵懂的年纪，突然犹如从天而降般出现一个如同从电视里走出来的男人。有钱、长得好，光是这两点，就足以让不少女生脑海里浮现一出灰姑娘和王子的童话故事。

"谁知你居然捷足先登了。"邬慧看着她。

邬乔深吸一口气："我没有捷足先登，我只是帮大伯母去程家送醋的时候，才碰巧认识他的。"

"何必这么在意，反正现在你还是最大的赢家。我没想到这么多年过去，你们居然还会在一起。"邬慧无所谓地说道。

邬乔说："其实我不需要对你解释什么，但是我们之前并没有在一起，我也不是什么赢家。"

在邬乔的生命里，从未一直一帆风顺，她所承受的，旁人也不会理解。

暗恋的苦，从来都只有一个人知道。

邬慧发自肺腑说道："你知道为什么从小到大，我一直都不喜欢你吗？我就是讨厌你这种好像什么都不在意的模样。跟你比起来，我妈一直说我像小孩，说你懂事，还让我一直学你。"

"你住哪儿？我叫车送你回去。"邬乔没搭理她的冷言冷语。

邬慧如同一拳打在棉花上，她硬邦邦说道："今晚的事情，谢谢你。不过你是怎么知道的？"

"飞扬打电话告诉我的。"

邬慧嘀咕："这个臭小子。"

"你打电话给飞扬，让他给你十万元，他一个大学生怎么可能有这么多钱？"邬乔越想越觉得不可理喻。

邬慧开口说："我也是一时情急，才会给他打电话，不是故意想连累你。"

或许是邬乔今晚救了她，邬慧说话还算客气，并没有像从前那样充斥着各种冷嘲热讽。

"你已经是成年人了，我想你应该知道什么叫谨慎交友，飞扬之前跟我说过，大伯母来过上海找你，但是一直联系不上你，如果你还有良心，最好给他们打个电话。"

邬慧心底终于生起了不耐烦："你知不知道，我为什么在家里待不下去了。就是因为他们一直拿你跟我比较，你是T大的学生，毕业之后就会成为大建筑师。而我呢，一个不入流的护理大专生，毕业后待在医院里，一个月工资三千左右，还要被各种病人家属欺负，你以为我为什么辞职？

"病人的点滴回血了，我去迟两分钟，对方家属一个巴掌就扇在我脸上。"

邬慧从身上摸了半天，似乎想找什么，随后她扭头问道："你有烟吗？"

"没有。"邬乔深吸一口气。

虽然之前邬慧学习成绩不算好，但好在大伯母管得很严，她压根不敢胡来。

邬慧："反正我是不可能再回去的。我爸妈没什么文化，他们就觉得当护士稳定，以后嫁人的时候算是个资本。你都不知道我在家里一年，相亲的人都已经见过十个了。我也才二十三岁，凭什么你可以在上海这样的大城市扎根，我就必须留在那么小的清塘镇。"

一番话说下来，邬乔沉默不语。

她虽然不喜欢邬慧，却突然觉得她说得并没有错。

结婚生子，或许是父母对于她们最美好的期待。

可是天地广阔，没有人的世界应该被拘束在某一个地方，也没有人的脚步应该被困住，她们应该拥有属于自己的理想。

"好，你要出来闯，我不管你。但是你不应该跟这种三教九流的混混在一起，要是你真的出事，你以为大伯和大伯母会不伤心？到时候他们只会更加自责，为什么自己没有把你留在清塘镇。”

两人之间陷入沉默。

没一会儿，邬慧说：“我已经没有住的地方了，今晚能不能在你那边借宿？”

邬乔深吸一口气，邬慧直接说：“要是不行，就算了。”

邬慧直接往前走，大踏步离开。

邬乔望着她的背影，脑海中有无数的画面滑过，爸爸去世的时候，邬慧抱住她，伸手摸了摸她的头发。

那好像是邬乔能想到的，她们之间仅有的温情时刻。除此之外，她们之间永远都充斥着嘲讽、冷漠、敌视，不过多半情况都是邬慧对她态度不好。

邬乔是闯入邬慧家中的外来者，因为要多养她一个，压缩了邬慧的很多生活空间，明明可以多买一条裙子，明明可以不用被责骂那么多。

生活就好像是一个巨大的盒子，你永远都不会知道，下一秒出现的是什么。就像邬乔，哪怕脑海中还没有主意，可是身体已经冲上前去。

邬乔将已经走到派出所门口的邬慧一把抓住，低声说道：“这么晚了，你跟我回去吧。但是我只收留你一晚上，明天要么你去找新的住处，要么我打电话给大伯，让他把你接回去。”

“嗯。”邬慧脸上的妆因为之前哭得厉害，脱落得差不多了，眼睛周围的妆更是糊成一团。

邬乔从包里找出湿纸巾，递给她：“擦擦吧，太丑了。”

邬慧接过纸巾，拿出手机对着自己照了照，号叫道：“你怎么不早点提醒我！”

两人站在派出所门口，等着程令时的车子。

“走吧。”邬乔说道。

她们两个走过去，邬乔刚拉开后门的门，就听驾驶座上的男人瞥了她一眼，立即说：“前排。”

邬乔愣了下，就见程令时转头看着她：“陪我坐前排。”

站在她身后准备等着上车的邬慧，也听到这句话，往后退了一步。

邬乔从后排走向副驾驶，重新打开副驾驶的门，坐了上去。

邬慧上车的时候，就看见坐在驾驶座上的人偏过头来，用手拉出安全带替坐着的邬乔系上。

车子启动后，刚开始特别安静。谁也没开口说话。

过了一会儿，邬慧深吸一口气，客气道："程少爷，今晚谢谢你，陪邬乔一起来。"

"不用谢。"程令时开着车，自然也没回头，而是声音冷淡地应了一声，"不用叫我程少爷，现在没有这种称呼。"

邬慧被这话噎住。

邬乔看着前方的街景，嘴角微扬，一副想笑又不好意思笑的模样。

"你堂姐住在哪里？"程令时问道。

邬乔说："她今晚住我家，直接去我家就好了。"

"你家？"程令时皱眉。

邬乔："她说自己的住处暂时没办法回去。"

程令时："我来打电话，给她订个酒店。"

邬乔一怔，连后排坐着的邬慧脸色不由得"黑"了下来。

程令时这嫌弃的意思太过明显。

邬慧就是再迟钝都感觉到了。

邬慧终于忍不住："你什么意思？"

"邬乔明天还有工作，她的床那么小，你们两个肯定睡不好，何必非要挤在一起。"程令时仿佛没听出邬慧声音里的恼羞成怒。

他声音冷静又低沉，说出的话还真的格外有说服力，好像他确实就是出于好心。

"我们公司正好与凯宾酒店有商务合作，这个月对方赠送的可以住两天的房间还没用，如果你不嫌弃，我可以安排你去住。"

邬慧一听居然是五星级酒店，立即笑了起来："会不会太麻烦你了？"

"不会，正好邬乔家附近就有一家，待会儿我可以直接送你过去。"

果然这么一安排，邬慧毫无怨言，开开心心地去了。

在凯宾酒店给邬慧办完入住之后，邬乔就被程令时带走了。

等到了门口，邬乔才问："我们公司真跟凯宾有商务合作？"

"嗯，确实有，G4 级别以上的设计师出差，就是这个商务标准。"程令时淡然说。

邬乔这才松了一口气。

程令时确实没骗她，时恒确实跟五星级酒店有合作，只不过送的房间是假的而已。

"谢谢你啊，其实她跟我将就一晚上，也是可以的。"邬乔轻声说道。

程令时双手插兜："是我不想让她出现在你面前。"

"为什么？"邬乔有些诧异。

他浓密的长睫垂下，浅褐色的眸子似有什么情绪一直被努力压抑着，终于他轻声说："早早，我不想让你不开心。"

哪怕那是你的亲人，但是如果她让你变得不开心，他也不希望对方出现在她眼前。

邬乔没想到会是这个理由。

她喉咙微哽，这样肆无忌惮的偏爱，是那样滚烫，烫得她心尖颤抖。

这大概就是她始终喜欢这个男人的原因。

他毫无遮掩的偏心，对她，从始至终都是。

两人重新上车，这次是回邬乔的家。

因为酒店离这里挺近的，几分钟的车程，车子直接停在了小区门口。

老小区住的很多都是老人家，早睡早起。

这会儿从外面看，整个小区黑漆漆，楼上楼下的窗户里，还亮着灯的住户并不算多。至于这个点才回家的，更是没几个人。就连门口保卫室的灯，都是暗暗一盏。

邬乔解开安全带，想了下，还是郑重说道："今晚真的谢谢你。"

"嗯。"程令时似乎很平静。

邬乔推开车门："那我先回家了。"

可她刚下车，旁边驾驶座上的男人跟着下来。

邬乔刚把副驾驶这边的门关上，就看见他一步步走到自己面前。

"你还没有给我答案呢。"程令时走到她面前，他琉璃般的浅褐色眸子一眨不眨地盯着她，浓密的长睫都未挡住他眼底流露出的情绪，如滚滚流水般溢出的温柔，还有藏不住的喜欢。

原来那句话说得真的很对——

这世上有三样东西是藏不住的：贫穷，咳嗽，还有爱。

邬乔明知故问地装傻道："什么答案？"

程令时似乎对她的回答并没有太多意外，反而依旧直勾勾盯着她。

邬乔发现不对劲，这人明明并不是那种多情的眼睛，怎么这一刻看人，眼底仿佛有小钩子似的，一直在挠她的心底。

程令时吐字缓慢而又亲昵地问："我喜欢早早，那么早早呢，喜欢我吗？"这么直接的方式，让邬乔根本就是避无可避。

她当然是喜欢他的。

可偏偏到了这个时候，她反而无法直接说出口。

程令时安静地看着她，眼神柔和，丝毫没有催促，等待着她要说出的答案，自然还透着那么一丝气定神闲。仿佛他一定会得到，他想要的那个答案。

邬乔看着他的模样，又想起自己这么多年，好像一直独自承受着各种暗恋的苦，无人倾诉，无人分享。

明知道这并不是他的错，毕竟喜欢他是她自己的事情。

可当从他口中得到相同的答案时，邬乔心底居然也忍不住泛起了委屈。

你为什么不早点喜欢我？

你为什么让我等你这么多年？

难怪都说，被偏爱的才会有恃无恐，当亲耳听到这份偏爱，她心底的彷徨和无措都在这一刻消失殆尽。反而她拥有了，和他站在同一条起跑线的机会。

现在，不再只是她喜欢着他。

他也同样喜欢她，所以她不用害怕，也不用担心。邬乔忍不住想起郝思嘉说的那句话，男女之间，最重要的是推拉，在你来我往的阶段中，谁占据了上风，谁就将赢得这场爱情的胜利。

以前邬乔从来不敢将自己跟他放在同一个天平上。

现在，她可以了。于是她微抬起下巴，慢悠悠说："你喜欢我，我就一定得喜欢你吗？”

程令时眉梢轻扬，显然是有些惊讶。

好在程令时很快收敛表情，点头赞同，虚心请问：“那请问，我怎么样才能让你也喜欢我呢？”

“不是都说，男追女，隔座山，最起码你得翻过一座山吧。”邬乔淡然说。

程令时这次真被逗笑了，邬乔皱眉，于是他立即停住笑意，郑重点头：“行，我争取翻山越岭，早点把你追到手。

“让早早也喜欢哥哥。”

邬乔紧紧抿着唇，她怕自己有一丝松懈的话，就会忍不住露出笑意，被他看出端倪。

“行了，今天我就不要求上去喝杯水了，你早点回去休息。”程令时伸手，在她脸颊上轻轻捏了下。

邬乔对于他这个逗小孩般的举动，有些不满：“不要这么捏我的脸。”

见她真的转身要走，程令时拖着腔调，轻叹一声：“还真不请我上去喝杯水啊？”

邬乔扭头看他：“女生的房间，不是那么轻易进的。”

“也是。”程令时赞同地点头，他含笑看着她，略有些苦恼说，“那就等下次再证实吧。”

“证实什么？”邬乔奇怪了。

程令时清了清嗓子，似是忍笑，最后慢腾腾道：“看看你房间里的床，是不是真像我说的那么小。”

“她的床那么小，你们两个肯定睡不好。”邬乔这才后知后觉意识到，他在邬慧面前说的那句话有多暧昧。

说得就好像他见过自己房间里的床一样。

甚至还睡过……

夜深人静，一向喧闹且隔音不太好的老小区，早已经一片安静。

邬乔刚回家时，还格外冷静。冷静地去洗澡，冷静地擦头发，冷静地换了一身睡衣出了洗手间，这才躺倒在床上。

明天九点上班，现在已经晚上十二点了，她应该快点睡觉。

要不然明天早上会起不来。

可是——

她怎么睡得着呀。

邬乔在床上扯过被子，抱着来回滚了好几圈，最后她趴在枕头上，脸紧紧地埋在枕头里，直到呼吸不畅，才猛地抬起头。

邬乔心中何止是心花怒放，简直犹如数万支礼炮不间断地在心头绽放。自从察觉到他可能对自己有意思，一直到现在真的确认，邬乔整个人就如同从地面一直飞越了地平线。

她仰躺在床上，双脚在半空中不停地乱蹬，仿佛这样才能宣泄心底的激动。

她拉过被子，将自己整个人裹在被子里，然后闷笑了两声。

太傻了。

邬乔这辈子都没做过这么傻的事情。于是她再次让自己平复心情，暗示自己明天还要上班，上班才是最重要的。

天大地大，工作最大。

可是邬乔闭上眼睛，眼前就浮现起程令时的样子，还有嘴唇上似乎依旧停留着那一刻的柔软与温热。

还是睡不着，邬乔睁开眼睛。

她拿起放在床头的手机，虽然知道这个点已经比较晚了，但她还是忍不住想要给她的“军师”发信息。

邬乔：“睡了吗？”

邬乔：“今晚发生了一件事。”

邬乔：“嗯，就是程令时说他喜欢我。”

邬乔：“我到现在都不敢相信这是真的，我刚才还在洗手间拿东西扎了一下自己，是疼的，但就是特别没有真实感。”

她也不知道自己怎么了，就特别亢奋，哪怕一个人在房间里，还是想笑。

不过她发完，又觉得自己好像确实太激动了，发完再看这些消息，羞耻心又再次慢慢涌了上来，于是她一条又一条地缓缓往回撤。

结果刚撤到程令时说喜欢她那条，消息栏的其他信息突然往上一跃。

因为来了新的信息。

郝思嘉："啊啊啊啊啊……你为什么撤回啊？"

郝思嘉："别动，别动。"

于是邬乔还真的停止了撤回消息的举动，又过了几秒，郝思嘉又开始发信息。

郝思嘉："我就说他喜欢你，信我没错吧。"

郝思嘉："以我多年'嗑CP'的经验，他看你的眼神，我真的不会看错。"

郝思嘉："祝福我宝。"

邬乔看着郝思嘉发来的微信，这才发现，原来有人一起分享快乐，就连快乐都有了加倍的效果。

郝思嘉："没想到，你居然比我先脱单，我也想要甜甜的爱情。"

邬乔看到这条，眨了下眼睛，小心回复："那个，我们还没有在一起。"

郝思嘉："什么？"

郝思嘉："光表白不在一起，这是在耍流氓呀。"

邬乔见她误会了，赶紧解释："是我的原因。"

郝思嘉再次表达出自己的疑惑。

邬乔："是我没有答应他，我也不知道自己当时脑子里在想什么，我就是觉得他一告白我立即就答应的话，好像有点怪怪的。"

这次郝思嘉直接发了语音过来："可以呀邬乔，虽然你是个完全没谈过恋爱的小新手，但是这处理完全不亚于爱情高手的手段呀。就该对他冷淡点，免得让他觉得自己追你一点困难都没有。你想想呀，你都喜欢他多少年了，让他努力追你，有什么错。"

邬乔听得头皮一紧，也用语音问道："但这样会不会显得我有点儿做作啊？"

"不会，当然不会。"郝思嘉赶紧先发了一条语音稳住她。

然后郝思嘉直接一个语音电话打了过来。

郝思嘉理所当然道："现在不就流行那种做作的女生？你呀，就是太乖了，我认识你五年了，我都没见过你无理取闹过一次。说真的，很多男人就吃这套。"

邬乔还是不放心："万一他不吃呢？"

郝思嘉："你观察一下呀，随机应变，该懂事就懂事，该撒娇的时候就撒娇。"

邬乔躺在床上，望着头顶，上海一到夏天，房间里就特别容易潮潮的。

她住的地方又是老小区，墙角的地方有一点儿水渍，看起来并不是很明显。

不过这墙壁早已经从白色变成微微泛黄的颜色，原木色的家具，透着的并不是小清新的味道，而是那种老家具的模样。

虽然邬乔已经竭力将房间收拾得很干净了，却依旧挡不住周围一切的简陋破败。

邬乔望着周围，突然轻叹一口气："你说他会不会只是一时兴起，你不知道，今晚的状况特别乱，我感觉他表白好像被赶着一样，特别冲动。"

"说说情况。"郝思嘉刚才光顾着尖叫呐喊，丝毫没想到这事儿。

邬乔将今晚的事情，一五一十说了一遍。

当听到程令时在所有人面前，跟邬乔表白，甚至是当着警察叔叔的面，亲了她的时候，郝思嘉失声尖叫："这男人太有男人味了吧。你居然还会怀疑他是一时兴起？他都在警察叔叔面前跟你表白了，这还不够认真？

"哪个坏男人敢当着警察的面耍流氓啊？"

逻辑好像确实是这样。

邬乔想了下，忍不住笑了起来。

郝思嘉说："邬乔，我发现你一遇到他的事情，就容易不自信。但是你想想，你可是大美人，你这样的姑娘，喜欢你才是他的荣幸。

"邬乔，哪怕面对再喜欢的人，都要保持住你的人设啊。你记不记得，我们大四的时候，你第一次组团队刷竞赛，那时候正好遇到一个清华团队的。对方是得过好几个设计大奖赛的大牛团队，我们这边就你一个算大神，结果你怎么样，每天云淡风轻，查资料、做设计，特别淡定，还一直给我们加油鼓气。说我们 T 大的学生，根本不比清华的差，还说他们一定会是我们的手下败将。"

那次他们确实拿到了一等奖，清华的团队屈居第二。

邬乔虽然看似温和，却从来都不怯弱，她如同珍珠般，虽并不张扬，却光华内敛。

“谢谢你，郝思嘉同学，我永远都庆幸大一选床位的时候，选到了你旁边。”邬乔衷心说道。

郝思嘉：“谢就不用了，你要是实在想谢我，你就看看你们家程工有没有什么兄弟，肥水不流外人田，到时候我们姐妹变妯娌，相亲相爱一辈子。”

“你别说，他还真的有。”邬乔慢悠悠说道。

郝思嘉激动：“真的呀，帅吗？”

邬乔点头：“帅，很帅，戴着一副金丝眼镜，是那种斯文禁欲系的。”

“那不就跟你家程工一样，斯文又禁欲。”郝思嘉说。

邬乔像是没听懂这话，还特地又问了句：“斯文禁欲？你说程令时？”

“怎么了？他不是吗？”

邬乔差点儿被逗笑：“他当然不是。”

这男人从来都不是那样的，风骚又爱逗弄人才是他吧，虽然乍一看他好像确实挺清冷，可是一张嘴，邬乔觉得自己压根招架不住他。

她也是靠着自己一贯淡然的假象强撑着。

两人一聊就聊了大半个小时，眼看着时间直奔凌晨一点，邬乔先撑不住了。

她虽然时常熬夜画图，但是大部分时间作息还是规律的。况且郝思嘉明天也要上班，她不能一直拽着人家聊个通宵吧。

邬乔主动道了晚安，彼此不再聊天。

这次再躺下来，或许是因为已经倾诉过，她内心积压的所有情绪都倾泻而空，反而自己格外平静，很快就睡着了。

第二天早上，邬乔起床刷牙。换完衣服，她坐在镜子前，准备迅速化一个淡妆。谁知在选择口红上，遇到了点困难。她的口红不算很多，但是基本颜色都有。

她性格温和素雅，就连妆容都是这样，清清淡淡，没什么攻击性。

她伸手选了一支红色的口红，好像太正式太艳丽，不太适合。紧接着又拿出一支豆沙色口红，但这并不是属于夏天的颜色。

选来选去，邬乔还是选了自己最喜欢的一支樱桃红口红，口红是固体唇膏，拧开盖子，旋出膏体时，上面带着一点点细微金闪。

邬乔涂好后，望着镜子里的自己，满意一笑。就在她收拾东西准备下楼时，手机突然响了。

她拿起来一看，屏幕上是程令时的名字。

这么早？

邬乔接通后，也不知该说什么，干脆等他先开口，好在程令时确实在接通的一瞬间先说话："收拾好了吗？"

"啊？"邬乔一愣。

程令时："我在门口。"

门口？

该不会是她家小区门口吧。

可是那边已经先挂断了，邬乔实在是有些捉摸不定，于是她拎上包赶紧下楼。

她走到楼下，往大门外每次程令时送她回来时车子停着的地方望过去。

那辆显眼而张扬的黑色车子果然停在那里。

工作日的早上，不管是上班的人还是上学的人，来来往往，都是行色匆匆。倒是那辆车不紧不慢地停在那里，看起来并不着急，安静地等着人。

邬乔一路小跑过去。

她直接弯腰敲了敲驾驶座的车窗，玻璃很快往下降，露出一张好看的脸。

邬乔虽然知道他在等自己，还是震惊地问道："你怎么一大清早到这里来了？"

"既然是想追你，这翻山越岭的第一步，应该是接送上下班吧。"

邬乔直接被程令时说愣神了。

半晌，她才有些结巴地说："你……你要接送我上下班？"

邬乔心想：这怎么可以！

邬乔小声说："我们在公司怎么可以那么高调？"

这样的行为，不是明摆着把邬乔放在"火上烤"？

程令时说："公司大楼前面有个小巷子，我把车子停在那边，然后让你下车。"

"那也不行。"郳乔还是坚持。

她总觉得这样太冒险，万一被哪个同事看见呢。

她跟程令时的身份不对等，她只是刚进公司的小设计师，他是整个时恒的创始人，即便他们两个是出于喜欢才在一起，可是难免会引起议论。而那些议论，最终会落在她身上。

坐在车里的男人此刻推门下车，他看着郳乔："是我考虑不周。"

"没有。"郳乔小声说。

程令时继续问她："你平时怎么上班？"

"坐公交车，37 路车正好到公司。"郳乔毫不犹豫说道，她没看时间，却也知道差不多该上车了，于是她说道："谢谢你专门来接我。"

程令时这次却没挽留，反而弯腰钻进车里，直接拎出一个灰褐色纸袋子。

"早餐，三明治和牛奶。"

郳乔后知后觉地接过，就听程令时说："好了，快去上班吧。"

"我先走了。"郳乔挥挥手，立即跑向公交站台。

在之前的公司时，郳乔需要先坐地铁，再转公交车，后来去了时恒，反倒是方便了，直接坐公交车就好。

她过去的时候，特别幸运，37 路车正好在站台等着。

大家一窝蜂地往上挤，郳乔是在最后才上车。

座位肯定是不用想的，就连扶手她都是找了好一会儿才找到一个合适的地方抓。

等她抓住扶手，这才有工夫低头看自己另一只手拎着的纸袋子。

郳乔一脸满足地看了好几眼纸袋子。

从她家到公司足足有十站路，一路上上上下下好几回，郳乔终于被挤到了靠近车窗的位置。

在一个红绿灯路口，郳乔抓着扶手，无聊地看着前面的红绿灯，就听旁边两个女生在说话。

“这个车是保时捷吧？”

“是啊，怎么了？”

“豪车的车速都这么慢的吗？我看它都跟我们一路了。”

邬乔后知后觉地转头，朝着停在旁边的那辆黑色保时捷卡宴看过去，明明这个位置她没看见车牌，也看不见里面开车的人，可邬乔却知道，这就是程令时的那辆车。

当公交车再次启动，邬乔就盯着那辆保时捷车，果然，它一路都跟着公交车。

终于在拐弯时，邬乔看见了车头悬挂着的车牌。

她以为他会先走，没想到，他居然用这种方法护送她上班。

真是有够纯情的啊！

邬乔本以为程令时表白之后，在公司里肯定明里暗里要戏弄自己，说不定越发明目张胆，可是她没想到，程令时反而比之前收敛多了。

这天早上到公司，他立即通知开会，整个组的人去了公司的一号会议室。一上来就是在聊最新的一个住宅项目的修改问题。

结果一个阳台的问题问了所有人，他们居然到现在还没修改好，程令时坐在办公桌的另一端，大家坐位置时，都是习惯性地围绕着他坐，而且都会稍微隔一个位置，显得他一个人有点儿高处不胜寒，好像那就是他的王座。

此刻程令时坐在那个位置，低头翻阅手里打印出来的设计图，一张一张，纸张哗哗作响，感觉每翻一下，都是砸在在座每个人的心上。

“诸位。”程令时缓缓开口，大家纷纷抬头看过去，就见他轻扬手里的设计图，“你们做设计的时候，都是用脚在思考吗？”

邬乔忍不住舔了下唇瓣，虽然她在时恒有几个月了，但是程令时在她心里，从来都是强大而包容的形象，虽然要求极严格，但是并不会过分恶劣。或许是她来公司之后，程令时不仅经常出差，而且也有意收敛，所以造成了她跟别人认知之间巨大而不可调和的差别。

对邬乔来说，程令时是温和又宽容的师傅，但是对别人而言，他简直就是时刻竖立在时恒办公室上方的大魔王。

现在大魔王慢慢露出了真实面目。

众人屏住鼻息，程令时将所有设计图压在桌子上：“如果下次谁再敢在开会的时候，拿出这种图来浪费我们每个人的宝贵时间——”

他并未直接把话说完，而是在话尾以冷哼结束。

他的威胁之意不言而喻。

大家面面相觑，又不知道谁这么胆大，居然敢把随便糊弄的设计图拿到会议上。

“这次阳台方案，我看了一遍，就以邬乔的这个图再进行深化。”最后程令时拍板定案。

邬乔脸上刚松了一口气，他直接扭头看过来：“这次业主的要求是要以横厅为主，尽可能扩大阳台的通透性，你比他们好的地方，在于你基本做到了业主要求。但是这个方案，也只是众多平庸方案里唯一还算可以的。”

程令时就差直接说出，他只是从一堆垃圾里面挑选了一个稍微不那么差的。

方案被选中的喜悦，彻底在邬乔心底消失殆尽。

此时他看向邬乔的眼神，都跟别人是一样的，淡然、冷静，透着一丝不苟。

邬乔可真是一点儿都不担心，这男人会为了她徇私。

“大义凛然”这四个字，可真是没有谁比他更适合。

中午的时候，顾青瓷和邬乔在楼下买咖啡，进入七月之后，一过了中午，整个人都会懒洋洋的，提不起劲儿，所以邬乔会在楼下咖啡厅买一杯冰美式。

顾青瓷：“我终于破案了，你知道老大早上发火的设计是谁交上来的吗？”

“谁？”邬乔弯腰，看了看玻璃橱柜里摆放着的精致蛋糕。

顾青瓷：“时宸那个笨蛋。”

邬乔有些不敢相信：“他真的随便画的图？”

“可不就是，你想想咱们组里，高岭和柯霄都是做结构的，老大骂的肯定不是他们，燕千帆是个老实人不可能乱来，至于檀启，你别看他平时嘻嘻哈哈，但是他有柯霄看着，不会做错什么事情。”

组里剩下的就是两个女生，顾青瓷和邬乔。

邬乔的方案被程令时选中了，肯定不是她，顾青瓷也不可能，她算是整个组里最被程令时器重的人。

这么看来确实是时宸。

邬乔小声说："会不会弄错了？"

"我今天特地去看了他的设计图，别说老大看了不爽，就是我也无语。"顾青瓷有些无奈道，"其实我觉得时宸的天赋真的很好，不过他好像有点儿心不在设计上。"

邬乔想起来，之前他们一起做竞赛，还是忍不住替时宸说话："可是我们做竞赛的时候，他还是挺认真的。"

"那是因为你们做的竞赛有奖金，第一名有二十万元呢！"顾青瓷叹了一口气，"我也不是说喜欢钱不好，而是时宸有点儿太想赚钱。我总怕他有一天万一走偏了。"

顾青瓷和时宸共事这么久，而且组里氛围这么融洽，她是真的担忧时宸。

"其实想赚钱没什么吧，我也喜欢赚钱啊。"邬乔笑了下。

她确实是喜欢，而且还是个挺抠门的。

从邬乔上大学开始，就一直在打工，而且每年都会拿到奖学金，五年下来，不仅没用家里一分钱，还存了小十万元。

邬乔知道，这点钱要想在上海买房子，犹如天方夜谭，但是她还年轻，早晚她会在这座城市拥有一栋属于她自己的房子。

邬乔还在盯着眼前的小蛋糕，她嘀咕了下："吃了会长胖，算了。"

"就你这样的身材还怕胖？"正好她们点的冰美式做好了，顾青瓷一边伸手去拿咖啡，一边夸张说道。

邬乔也去拿自己那份，说道："减肥，是永恒的事业。"

两人帮其他人也带了别的咖啡，所以还要继续等。

正好玻璃门被推开，一个高挑的身影走了进来，她们两个还没看见，反而是另外两个在等着咖啡的人先喊道："程总。"

这家咖啡店离公司很近，价格也不算太贵，所以很多人都喜欢直接下来买。

在这里遇到程令时，她们两人都没想到。

其他人还没什么，邬乔先心虚了起来，但是她这人越心虚反而越扛得住事儿，直接打招呼说："程工，你也来买咖啡啊。"

程令时掏出钱包，他这人说年轻，其实做事也老派。这会儿还是喜欢用信用卡，直接从兜里掏出钱包，看见她们两个，淡然道："买过单了吗？"

"买过了，您不用跟我们这么客气。"邬乔一边捧着咖啡，一边说道。

程令时看着她一副好下属的姿态，静静倚在点单柜台旁边，就在邬乔绞尽脑汁想着要不要再找点话题显得不那么突兀的时候，谁知旁边有个声音插进来："程工，我们还没买单呢。"

声音来自刚才先喊他的两个女同事，两人笑眯眯地望着程令时。这人倒是没了今天早会上那副可怕的模样，直接让她们两个随便点，之后再次拿了卡递给服务员。

两个女生笑呵呵地谢过他。

程令时转头问顾青瓷："你那个幼儿园的项目，施工图画得怎么样了？"

"差不多了，还有点儿需要修改的地方。"顾青瓷毕恭毕敬道。

程令时："这周施工图交过去，从下周开始，我们要全力准备天湾项目了。"

两人随意聊起工作的事情，全程他一眼都没多看邬乔，就好像前几天刚表白的人不是他。

不过也只有邬乔知道，这几天眼前这个男人早上晚上跟她一起回家。早上他还勉强让她坐公交，晚上这几天都是加班到九点之后，直接被他塞进车里。

不由分说的那种，强势得以为他已经成了邬乔男朋友。

晚上回家之后，程令时还非要跟她微信聊天。

甚至昨晚，非要邬乔答应他，这个周末去看电影，让她挑一部电影院里正在上映的，她想看的，他来买票。

没一会儿，顾青瓷去那边拿服务员正在打包的咖啡。

程令时站在她旁边，压着声音问："电影选好了吗？"

"没有。"邬乔直勾勾地望着对面，强忍着说，"我好像不太想看电影。"

“嗯，那你喜欢玩什么？”他看了她一眼，好脾气地问道。

郇乔：“我周末的时候，就喜欢在家里睡觉。”

顾青瓷正往这边走过来，她手里拎着的褐色纸皮袋里装的是其他人要的咖啡。

“我可不想平时给资本家打工，周末还要陪资本家玩。”说完，郇乔直接上前，挽着顾青瓷的手臂，还不忘冲着他挥手，甜甜道，“程工，再见。”

程令时望着郇乔转身离开的背影，勾了下嘴角，脸上虽然依旧是漫不经心的表情，但被长睫轻遮的眼睛忍不住弥漫着笑意。

下午的时候，郇乔因为要交一份平面图，敲开程令时办公室的门。

“程工，你看看这个修改方案。”郇乔客气地把方案递了过去。

此刻程令时办公室里的百叶窗是拉开的，或许是为了防止男女纠纷，公司规定，不管哪个男上司让女下属进入办公室，都要拉开窗帘或者打开房门。

毕竟这对双方都挺好的，以免引起不必要的误会。

郇乔把东西递过去后，他低头看了眼，顺手从桌上笔筒里抽出一支铅笔，开始在草图上勾画。

没一会儿，程令时的修改意见就已经画在图上了。

郇乔每次看见他的修改意见都觉得惊叹。不管什么样的图到他手里，仿佛只要一眼，他就能看出设计里的不合理部分。

“还为今天早上会议里的事情生气呢？”程令时突然开口问道。

郇乔本来还一直很严肃，完全摆出公事公办的模样，谁知他自己先扯到了这个事情。她摇头说：“不生气，设计图没画好，你骂我们本来就是应该的。”

程令时听出了她的口不对心，忍住笑意，漫不经心地掀起眼睑，开口说道：“郇乔，我不想骗你，其实我根本不是你想象中的温柔大哥哥。说真的，你在时恒这么久，也应该听过他们背地里怎么说我的吧。之前你刚来公司的时候，我确实刻意收敛自己的脾气，现在呢，也不是说不想装，就是想让你知道，程令时这个人究竟是什么样的。

“其实我也担心过，担心你越了解就发现，我压根不是你想象中的那个人，没有温润如玉，也没宽阔胸怀，我还挺怕你失望的。”

邬乔怔住，她是真的没想过程令时会说这个问题。

其实暗恋不就是这样，一直以为自己喜欢的那个人，可是后来渐渐就发现，喜欢着的那个人，竟是源于自己想象的他。

这也是为什么，有些暗恋即便梦想成真，却依旧走不下去的原因。

邬乔想了想，低声说："我没有。"

她也不是对程令时今天说的话感到生气，她只是有些懊悔，自己没能做得更好。明明她可以做得更好。

"还有就是，我今天确实失望，但不是因为你。"程令时脸色微沉，能让他说出"失望"这两个字，可见他心底确实是太过失望。

"邬乔，能留在我组里的人，都是拥有绝对设计天赋的人，我知道成为建筑师这条路或许会很枯燥，但是我希望你们每个人都能好好珍惜自己的天赋。"

邬乔听着这话，心底忍不住一暖。

这个世界，理想太过沉重，大家都奔赴现实。但是也有人始终追求理想，坚持不懈。

"或许时恒并不是你最终停留的地方，但我希望程令时这个名字，不要永远遮盖你。"

他早已经站在顶峰，目光皆聚焦于他一人，光芒万丈，但是这一刻，他却只希望她也应该光芒万丈。

邬乔听完一席话，握着要修改的设计图，准备拉开门出去的时候，突然听到身后的人问道："真不去看电影？"

方才那种关于理想的豪言壮语还未彻底消散，心底热血还在沸腾，突然听到这么一句话，邬乔只觉得煞风景。

邬乔："我不跟不是男朋友的男人单独看电影。"

第十四章

他像天上的星辰

晚上回家，邬乔洗完澡，打开电脑，继续画之前在公司没画完的平面图，没一会儿手机里收到信息，发件人居然是邬慧。

邬慧：“我已经找到工作了，也跟我妈联系了，谢谢你没把这件事告诉她。”

之前邬慧在酒店住了两天，就去投奔朋友了。

邬乔也没管，她是成年人又不是小孩，自己犯不着跟前跟后。况且她帮邬慧，也只是出于大伯养了她这么多年。

虽然邬乔她妈一开始留了点钱给大伯，但是那点钱也就顶多够一年邬乔上学，之后大伯母虽然一直抱怨，却还是让她读了高中，最后正常地上了大学。

邬乔就算不是为了邬慧，也算是报答了大伯母他们这几年的照顾。

毕竟奶奶去世后，邬乔能倚靠的，只有大伯家。她盯着微信看了几眼后，还是没有回复信息。

不过临睡前，邬乔打开手机，查了查最近正在上映的电影，种类还挺丰富的，不仅有好莱坞大片、国产爱情片，还有小众的惊悚片。种类挺丰富的，算是应有尽有了。

邬乔点进去那部小众惊悚片，没想到评价还不错。不过她看了一眼排片量，好像不算很多，毕竟受众面比较窄。

邬乔退出软件后，继续看着面前的平面图，忍不住笑话自己，前脚刚放完狠话，后脚就开始搜索最近的电影。

邬乔自己好像也变成了口是心非的人。

邬乔准备放下手机时，程令时的微信发来："早点休息，不要熬夜画图。"

啊？

他怎么知道自己在熬夜画图？

邬乔："你怎么知道我在画图？"

这头把驾驶座椅背半放下去的程令时，一边仰躺着一边将手机举起来发信息。站在车外正在抽烟的容恒弯腰问道："我问你的那事儿，你考虑得怎么样了？"

"不用考虑，没可能。"

见程令时忙着发信息，压根不搭理自己，容恒"嘿"了一声，说道："我说你干什么呢，以前也没见你这么爱看手机。"

"追人。"

容恒原本慢悠悠地抽着烟，这下好了，听着这话，直接给他呛得连连咳嗽。

他不敢相信似的扭头，问道："追谁呢？"

不过问完这话，他也觉得自己问的简直是废话。

"邬乔？"

程令时的身体直接坐直，将手机放在车子挡风玻璃前的那块中控台上，从旁边置物柜里拿出烟和打火机，他车门也没关上，就这么大敞着。

程令时点燃烟，就坐在那里抽了起来。

"要不然还有谁？"程令时咬着烟，轻笑了声。

他伸手将衬衫上的纽扣解开一颗，刚才两人过来聊新项目的事情，不过进展不是很顺利。时恒的要求太高，而且又是业内顶尖的设计费，对方犹犹豫豫，一边放话自己不差钱，一边又扭扭捏捏地想要压价。

程令时是搞设计的，商务上的事情，他真不想管。

谁知容恒也不知道发什么神经，非要拉着他一块儿过来。

容恒这会儿又觉得不对劲，他问道：“听你这意思，乔妹这是没答应你？”

“嗯。”程令时应了声，手指捏着烟深深吸了口。

“不会吧，乔妹居然还没答应你，我还以为你们两个早就是郎情妾意，合着是你一头热呀？”容恒啧啧了两声，虽然说起来是替他可惜，但是口吻别提多幸灾乐祸了。

他早就说过，程令时这样的，迟早得有人给他苦头吃，才能让这个男人知道，什么叫作现实。

容恒好奇道：“你这打算追到什么时候？”

“什么时候她点头，就到什么时候。”程令时挺淡然的。

容恒嗤笑：“你就这么确定自己能追到？”

“你以为我是你？”

听到这里，容恒不由得说道：“真的，令时，我说的你考虑考虑，又不是让你去干什么。就是见你爸一面，到时候咱们上千万元的设计费到手，你又何必非要这么死活不低头呢。况且我这次也去医院了，我不知道你多久没跟他见面了，真的，你爸老了。

“还记不记得我们小时候，我还一直说想跟你换爸爸，那时候你爸真的意气风发，又帅又有钱。”

程令时扭头：“他出轨之后，你还想换吗？”

容恒被噎了下，他叹了口气：“你知道吗？前两年他被查出癌症的时候，来找过我一趟。他知道你是绝对不可能跟他见面的，所以就跟我说，他觉得自己这是遭到了报应。”

程令时忍不住冷哼，他慢慢吸着手里的烟。

“就因为他要死了，我就该原谅他所做过的一切？”程令时闭了闭眼睛，眼前浮现出的是那个从窗边纵身一跃的身影。

程令时冷漠道：“等他真的死了再说吧。”

容恒也不敢再劝，生怕自己多说两句，他再跟自己翻脸。毕竟程家的事情他也看得一清二楚，程令时所遭受的一切，他几乎就是个见证者。

“不过我以为你被这件事影响后，这辈子都打算孤家寡人地过一辈子呢。”

容恒把烟抽完，扭头看向坐在车里的男人。

程令时的面孔被隐匿在车里，影影绰绰，许久他开口说：“我以前也是这么以为的。”

八月初的时候，整个公司都在忙着中国建筑高峰论坛的事情。

程令时作为此次受到邀请的知名建筑师，会在峰会第一天上台演讲并且接受媒体的采访。而且这次峰会还会签订一些合约，以体现中国建筑行业依旧处于红红火火的向上阶段。

也是在这几天，邬乔拿到了之前美术馆项目的奖金，扣除各种费用并交税之后，她自己拿到手的就有五万元。

钱打到卡里的时候，邬乔看着自己瞬间突破十五万元的存款，别提多有成就感。况且这个美术馆给她带来的，不仅仅是这五万元奖金，还有她在时恒的级别，一下子就被定到了 G2。

基本工资每个月就多了三千元，还有年终的奖金。

邬乔一个刚毕业的建筑生，能拿到这样的月薪，实在是出乎她的意料。以至于她的快乐太过明显，连晚上程令时送她回家时都看了出来。

等红绿灯的时候，程令时歪头看她：“什么好事儿，笑成这样？说出来，让我也开心开心？”

“美术馆的竞赛奖金到了，我分了五万元。”邬乔还真说出来了。

邬乔知道对程令时而言，五万元连他一块表的表带都买不了，但是她就是开心，特别开心，就好像朝着自己的小目标一点点靠近。

程令时跟着一笑：“奖金到账还挺快。”

“对啊，高岭也是这么说的，他说一般这种奖金，都是三个月之内到账。我们一个多月就拿到，确实是挺快的。”

程令时看着她脸上欢快的神色，脸上扬起懒散笑意：“恭喜了。”

“谢谢。”

到了她家附近，邬乔非要请程令时吃饭。今天两人都加班到八点多，虽然之前在公司吃了一点，但也都没怎么吃。邬乔住老小区也有老小区的好处，周围有很多卖食物的店。有一家蟹黄面馆，特别好吃，之前还上过美食节目，算是一个网红餐厅。

他们到的时候，已经没什么客人了。

两人在没人的桌子上坐下，邬乔询问了程令时的意见之后，点了两份店里的招牌蟹黄面。之后两人就坐在凳子上安静等着。

程令时伸手将面前的筷子拿出来，在碗里倒了水，把筷子涮了涮。

“这地方你没问题吧？”邬乔又问了一遍。

程令时挑眉：“我有什么问题？”

邬乔心底小声嘀咕，还不是怕你不适应，从她认识他开始，他就是住在深宅大院里的小少爷，如今更是所有人眼中的成功人士。这种小门小店，她确实怕他会不适应。

“我下工地的时候，跟工人们吃一样的盒饭。”程令时毫不在意道。

程令时还真没夸张，别人都说他有背景，其实真不是。程家确实有钱、有背景，但是他跟家里老早就断了联系，他爸更是明确反对他读建筑设计。

他不差钱，是因为他妈留了一笔钱给他。但是他真不像别人想的那样一帆风顺，一开始他们拼命搞竞赛，就是因为没有项目。

大的项目需要投标获得，大建院和明星事务所肯定中标的机会更大。小的项目则是靠人际关系。所以他们必须要拼，一次竞赛不成，就两次；两次不行，就一百次。

时恒刚成立的那两年，他们做了近百个竞赛项目。

他几乎都快把公司当成了家，没有假期，没有亲人需要陪伴，只有工作。

这话把邬乔说得一愣，她真想不出来，程令时吃盒饭的样子。

程令时见她一脸疑惑，直接说：“工地上最受欢迎的盒饭是鸡腿饭，我吃过最香的鸡腿是在一个住宅项目上。那个住宅是大平层，主打豪宅，所以业主财大气粗。”

一般来说，建筑师并不需要一直下工地。但是程令时一直秉持着，作为项目的设计者，每个建筑师都应该亲自下工地，要是没有实地考察，了解项目的一切，与纸上谈兵有什么区别。

邬乔不知道其他事务所的情况，反正在时恒，不管男女设计师，都得下工地。

她又想起之前，程令时带着她一同前往工地，他为了保护自己，还被倒下的钢管砸到。那时候邬乔还不知道他手臂上有旧伤。

“最近有一部小众的惊悚片，马上就要下映了。”邬乔慢悠悠地说道，对面的程令时抬头望着她，就听她小声说，“我一个人还挺不敢看的，要不要一起去？”

程令时闻言，还是忍不住笑了起来。

邬乔被他笑得有点儿不爽，忍不住说：“有这么好笑吗？”

“其实不会找理由的时候，不用找的。”程令时真诚地说道。

邬乔一时无语。

她突然想起来，他们之前一起去过密室，她把这件事给忘了。

因为建筑高峰论坛的事情，所以他们把看电影的时间约在了周末。

高峰论坛是在这个周三正式开幕，会议为期三天，其间不仅有国内的大牌建筑设计师，还有国外知名设计师也会亲临会场。

这种会议也并不仅仅是开会，其间还会有一系列的合作达成。

各大公司都对这个峰会很看重，况且公司内部的竞争也挺激烈，毕竟也不可能谁都带过去，能去的不是公司高层就是被器重的人选。

邬乔本来没什么想法，但是听说顾青瓷去年跟着程令时去过，今年应该不会再去，她心底还有点儿蠢蠢欲动。

因为按理说程令时会带一个自己的组员，作为助理随行参加，至于别的一起参加的人，不是副合伙人级别的，就是资深设计师。

在峰会开始之前，时恒公布了这次参加会议的人选。

邬乔的名字就挂在最后面，而且她确实是作为程令时的助理参加。好在去年已经有一个顾青瓷，所以这件事也没引起轩然大波。

晚上回家的时候，邬乔特地把自己的衣服找了出来，选来选去，选了一件黑色小礼服，有点儿正式，但是又没那么死板。

这件衣服是她之前在一个比赛里拿奖时买的。

周三是峰会开始的第一天。

前一天公司已经在微博、公众号预告了，时恒建筑事务所会参加此次峰会。程令时在建筑界的名气，还有他的年轻帅气，一直是大家关注的焦点。

最关键的是这次峰会也引入了直播，所有会议全程直播不说，建筑师的采访环节也会进行现场直播。

消息传来时，高岭感慨道："直播这阵风是真的避不了了，看来连咱们老大都要开始靠脸了。不说别的，到时候大家齐聚直播间给老大送礼物，务必把人气给我顶到最前面。"

"这次直播是央视的正规直播，你以为是你平时喜欢看的那种直播吗？"顾青瓷哼了声，还故意忸怩声音，学女主播娇滴滴的样子。

高岭："别诬陷我啊，我可没看过女主播。"

顾青瓷冷笑以对。

到了正式开会的第一天，邬乔一大清早去了公司，因为会议就在上海，所以他们只需要从公司乘车前往展馆就行。

这次会议是在一个国营的展馆里，据说场地很大。

这次不仅程令时会参加，容恒、杨枝和另外两个设计师以及公司宣传部的老大，大家都一并过去。

邬乔作为程令时的助理，一直在核对他的演讲稿，这可是他今天演讲的时候要用上的。

为了防止稿件出问题，邬乔还特地在手机上也保存了一遍，哪怕稿子真丢了，也可以照着手机读。

到了会议的场地时，看见不少媒体已经到了，不少人拿着照相机对准这边。

这种会议虽然不像娱乐圈的发布会那么吸引人，但是媒体一定会来的，毕竟这种新闻要上正规的新闻版面。特别是建筑界的媒体，有一个算一个，全部到场。

程令时的采访就有三个，不仅有官方的直播采访，还有一个杂志和一个建筑网站的个人专访。其实提出采访要求的媒体有七八家，这还是经过公司内宣部门审核过的。

这些媒体的采访大纲，早已经交了过来。

邬乔不是宣传部门的，所以这些大纲和回答的问题，都是公司宣传部搞定。

现在这些资料都在邬乔包里，毕竟作为女生，她可以随身携带包。程令时总不能自己拎着这些演讲稿和采访大纲到处跑吧。

会议流程里还有个红毯环节，因为不需要大家全都参加，所以最后就变成了程令时和杨枝一起去走红毯。

邬乔在旁边看着时，拿起手机忍不住拍了几张照片，结果一看，全都是拍的他一个人，邬乔生怕不好交代，又赶紧拍了两张杨枝单人在红毯上的照片。

进了会场，因为会议还没正式开始，大家都还没入座。

设计感十足的大厅内，灯光璀璨，衣香鬓影，每个人都谈笑风生。就连舞台的装饰，都不是那种传统的大红大蓝风格，而是极现代化的舞美设计，舞台正中央是一块巨大的 LED 屏幕，此刻大屏幕上正在播放这次峰会的宣传片，一栋又一栋建筑物一闪而过，犹如一双脚带着他们浏览着中国各地的代表建筑。

邬乔进入主会场之后，并没有四处乱逛，而是小心跟在程令时身后。

程令时一出现，便有不少人主动过来打招呼。

邬乔随意看了几眼，发现居然有不少国内知名设计师也在这里，而且还有不少外国人混在人群里，不仔细看还真的不是很显眼。

随着中国经济越来越强盛，城市化的进展越发迅速，光是各地的超高层建筑就层出不穷。

就连建筑界都有一句话，建筑的未来在中国，所以国际上的知名建筑事务所都在中国开设了分部。

没一会儿，邬乔就看见了好几家国内顶尖建筑所的老板过来跟程令时聊天，这些可都是建筑界的顶尖人物。

邬乔也发现了，哪怕是在同一个会场，也有群分。

程令时身边站着的，都是国内知名事务所总监级别的人物，那些小公司小事务所只怕连边儿都挨不上。

邬乔本来就是抱着长见识的心态前来，此刻她才发现，自己是真的长了见识，光是能见到这么多行业金字塔尖的人物就值了。

不过会议还没开始，邬乔还是决定先去上个洗手间。

这次会议还挺贴心的，洗手间的标志弄得很大，于是她直接过去，很快便又回来了。谁知到了主会场门口的时候，有个人准备出来，一下撞到了她。

邬乔手里的包掉到了地上，里面的东西也随之飞了出来。

“对不起。”对方连连道歉。

邬乔因为黑色小裙子有些短，只能一边蹲下一边拼命拉着裙子，对方赶紧说：“我来帮你捡东西吧，你别蹲下了。”

遇上这么尴尬的情况，邬乔也有些无奈。

虽然是对方撞到了她，但是因为他的贴心，邬乔也不好说什么。

于是她站在原地，等着对方把东西捡起来递给她。很快，对方捡起东西，邬乔在他抬头的一瞬间，才发现有些眼熟。

“你是顾东？”邬乔下意识问道。

对方一笑，将稿件递过来，轻笑道：“你认识我？”

“当然。”邬乔说道，对方是这几年在美国崭露头角的设计师，她说，“你的‘鲸游’我看过之后，一直觉得很惊艳。”

“你是哪个公司的？我们交换个名片吧。”顾东说道。

邬乔睁大眼睛，居然结结巴巴起来：“你要跟我交换名片？”

邬乔心想：怎么办，她没有名片啊。

“对不起，我没有名片。”邬乔说道。

邬乔没好意思直接问“能不能加个微信”，这么问的话，实在是太没礼貌了。

谁知反而是顾东直接说：“要不加个微信？”

邬乔这次真的是吃惊到张了张嘴。就在她犹豫的时候，一个声音直接替她回答：“不可以。”

邬乔抬头就看见一身黑西装的程令时缓缓走过来，他直接走到邬乔身边，看着对面的男人，说道：“介绍一下，邬乔，时恒建筑事务所的新人设计师。”

顾东沉默地望着他。只听程令时以一种懒洋洋又有些骄傲的口吻说：“我的徒弟。”

“令时，没想到这么多年过去，你还是一样的性格，霸道又强势，即便她是你的徒弟，你也没有决定她交友的权利吧。”

程令时双手插在兜里，眉眼透着前所未有的冷淡。

顾东含笑，已经将手机拿了出来，示意邬乔加他的微信。

邬乔说："很高兴能见到你，微信就不用加了。"

顾东见状，居然格外体贴地说道："虽然我还不知道你的名字，但是我觉得你不用因为害怕就拒绝多一个朋友。毕竟中国有句老话，多个朋友多条路。"

邬乔摇头："我不加你微信，不是因为我害怕他。"她扭头看着依旧嘴角抿直的男人，显然她拒绝加微信的话，也没让他心情好点儿。

直到邬乔轻声说："我只是不想让他不高兴。"

顾东愣住时，旁边的男人嘴角终于一松，眼底浮起得意而满足的笑意。

邬乔跟着程令时往里走，此时高峰论坛已经快要开始，还有十分钟不到，大家都开始陆续往座位上走。

容恒在看见他们的第一时间，立即迎上来，看着程令时说道："令时，你知道我刚才看见谁了吗？我居然看见……"

"顾东。"程令时淡然地将他的话打断。

容恒睁大双眼，怔怔道："你已经知道了呀。"

程令时神色淡然，居然还透着淡淡笑意，容恒越看越觉得不对劲。

反而是邬乔主动问道："你们都认识顾东？"

"别多问，问就是冤家路窄。"容恒露出不太爽的表情。

邬乔认识他这么久，知道容恒这人是个长袖善舞的，不管什么时候，都是嬉皮笑脸的模样，让人看着亲切。但是这会儿，他脸上的表情是冰冷而透着厌恶的。容恒显然并不喜欢顾东，甚至是很不耐烦对方。

容恒说："我听说这次他是代表 GAP 来参会的，原来之前说的 GAP 从美国找的新合伙人建筑师就是他呀。烟雾放这么大，弄得我还四处打听。要早知道是他，我才不打听呢。"

"行了，先回座位上吧。"程令时直接说道。

谁知刚转身，容恒突然说道："快看那边。"

邬乔顺势看过去，就见对面不远处，有一行人刚进入会场，准备入座。

为首的人，邬乔发现自己居然还都认识。

身穿藏蓝色西装的就是刚才遇到的顾东，而在他身侧、一身精致套装的年轻女子，正仰头与他说话，两人站在那里，吸引了不少的目光。

那个年轻女人居然是隋宁。她的脖子上挂着今天高峰会议上的参会证，站在顾东身边与他交谈。

邬乔看过去时，隋宁仿佛有了点感觉，下意识抬头朝这边看过来，于是隔着小半个会场，彼此望着对方。

自从美术馆项目之后，隋宁确实再也没来过时恒建筑所。

容恒嘀咕："隋宁怎么跟他在一起？"

"开幕式快开始了，我们准备入场吧。"程令时直接说道。

容恒这才没管，直接跟着程令时一起入座。因为程令时是大会特别邀请的建筑师，所以他的位置靠近主席台，就在第一排的位置。

旁边坐着的就是这次主办方的领导，程令时坐下后，左右的人便主动跟他寒暄。

邬乔偷偷看了一眼，第一排坐着的所有人里，除了他之外，最年轻的也起码有四十岁。

唯独他一个过分年轻的人坐在那里，因此就更加显眼。况且他这样的长相，不知多吸引摄影师，前排的摄影师几乎快要把镜头对焦在他的脸上。

这种比较正规的建筑高峰会，其实没什么粉丝。顶多也就是跟建筑有关的人才有点儿兴趣，而且能看直播的，就是建筑学院的学生了，可能是提前得知自己喜欢的建筑大拿也会参加，这才去看直播。

直播间的人气特别惨淡，正在观看的不到十万人。

这还是大平台正规新闻媒体的直播间，底下弹幕更是少得可怜，送礼物的更是不可能有了，顶多就是送点不花钱的礼物，还有就是不断点点"心"。

谁知摄影师将镜头对准程令时后，原本平静如死水的直播间，好像突然被砸进了一块大石头。

"这个小哥哥是谁，这也太好看了吧。"

"摄影师大哥，别把镜头挪开，就给我对准小哥哥的脸。"

"不是说建筑界没有帅哥的吗？我是一个学生，你们别想把我骗去学建筑。"

“前面的都给我克制点，也不看看这是什么直播平台，这么多人都看着你们呢。”

没一会儿，直播间的人气居然轻松突破了十五万，紧接着就是二十万。短短几分钟的时间，原本完全没人气的直播间居然愣是刷出了不小的热度。

邬乔原本并不知道这一切，还是郝思嘉给她发的微信。

郝思嘉：“你今天去参加那个建筑高峰论坛了吗？”

邬乔低头回复：“参加了啊，你也来了？”

郝思嘉：“我哪有资格啊。我们建院虽然也去了，但除了所长还有两个资深建筑师，别人都没机会去。”

郝思嘉：“我是看见这张图，才给你发微信的。”

很快，两张截图发了过来，进度条转了几圈后，图片终于变得清晰。

邬乔这才发现，原来是一张微信群的讨论截图。

“你们看今年建筑高峰论坛的直播了吗？有个路人帅哥可太好看了，是哪个公司的啊？”

“我也看见了，求介绍，他的出现真的是打破了‘建筑界没有帅哥’的传言。”

讨论底下是另外一个人发过来的截图，正好是程令时的脸。

这种高峰论坛没那么多花里胡哨的东西，就连美颜开得都没那么夸张。但是摄像头下的男人，在这么近距离拍摄的情况下，不仅表情清冷，光是坐在那里，就自带了一种大帅哥的完美氛围感。

“等等，你们讨论了半天的，这人该不会是程工吧？”

“程工？思嘉，你认识？”

邬乔愣了下，她没想到直播间因为对准程令时的那么几分钟，居然引起了这么大的关注度。

郝思嘉：“前面那几个讨论的，都是做后勤工作的，所以都不怎么认识程工。”

郝思嘉：“我一看见照片的时候，就有点儿想笑。”

郝思嘉：“我好想告诉她们，这位大帅哥是我姐妹的追求者。”

邬乔赶紧回复：“别，你可千万别这么说。”

虽然程令时现在确实是在追求她，但要是这种话传出去，不管是什么结果，听起来好像都是邬乔有点儿不识时务。

郝思嘉：“放心吧，我懂。”

被郝思嘉这么一说，邬乔也觉得有些好奇，她偷偷下载了直播软件，点进去就发现，建筑高峰论坛的直播间居然被安排在了首页，于是她顺势点了进去。

此刻镜头对准的还是舞台上的主持人。

主持人正好结束了开场白，正在依次介绍此次会议的赞助商，还有参与的诸位领导。

因为要介绍领导，所以直播镜头顺势对准了舞台下面的第一排观众席，不少领导和受邀的知名建筑师都是坐在这一排。

程令时坐在最左边的位置，虽然已经是第一排的边上。但是他这个年纪的人能坐在这里的，也只有他一个人。

程令时安静坐在位置上，他一身西装笔挺，即便坐在那里，也能看出来他身材匀称修长，剪裁完美的西装妥帖地裹在他身上，显得肩宽腰窄。

虽然镜头只是顺便扫到了程令时，但是太过优越的长相，让他即便身处镜头的角落，依旧可以成为最吸引人的存在。

邬乔盯着手机屏幕，哪怕平日里总是看见他，可此刻透过手机，隔着屏幕，却是另外一种不一样的感觉。

其实程令时不说话的时候，整个人的气质是偏冷淡的那种，这大概也跟他的长相有关，狭长的眼尾微微上挑，高挺而狭窄的鼻翼，以及那双此刻正微微抿直的薄唇。

他本身就是消瘦的身材，脸部的线条深刻且立体，处处透着英气。

屏幕上不仅弹幕很多，还有很多花哨的特效，连程令时的脸都被挡住了。

邬乔正要找怎么屏蔽特效，谁知旁边的杨枝瞧见，笑着低声问：“邬乔，你居然还喜欢看直播？”

“这个直播，我也是第一次看。”邬乔尴尬地笑了下，立即准备关掉。

谁知杨枝伸手按住她的手机，凑过来看了一眼："等等，我看看都说什么呢。"

等杨枝看清楚弹幕上各种对程令时的夸赞，登时笑了起来。她压着声音说："我之前就说过，程工搞设计，可惜了他这张脸。"

"你们说什么呢？"容恒坐在她们旁边，见她们一直低头耳语，也偏头看过去。

杨枝斜睨了他一眼，轻声道："说你怎么一直非要跟着我们坐。"

容恒被她轻讽了一句，居然也不生气。

直播间的人气不断上升，负责直播的工作人员却有些为难。

在介绍领导环节结束之后，就有领导上台讲话。

按照程序来说，工作人员是应该把镜头对准讲话的领导，可是一对准领导，直播间的人气就往下掉，但是镜头一转，对准程令时，直播间的人气就不停往上涨。

这弄得工作人员都不知如何是好了。于是这位聪明的工作人员将镜头对准领导几分钟，然后偷摸又转向程令时。

整个开幕式，就靠着程令时偶尔出现在直播间的脸，愣是让一个冷门的建筑高峰论坛直播，冲上了直播平台首页的人气榜。

中午的时候，主办方给参加的人员发了自助餐券。

所有人都可以在隔壁的酒店用餐，因为程令时下午也有一场演讲，所以大家并未离开，而是选择前往酒店吃午餐，然后等待下午场会议的开始。

这家酒店的自助餐还算可以，就是一下子过来用餐的人太多，一时连位置都不太好找。

时恒众人总算在一个角落找到了一张空桌子。

大家将东西放下后，起身去拿东西。

邬乔因为不怎么饿，便直接去水果吧台拿了点水果沙拉，她也没想到会在这里遇到隋宁。

按理说，这样的大小姐应该看不上这种自助餐。

两人站在水果吧台旁边，邬乔伸手拿起面前的夹子。

隋宁面无表情地从她身边走过，可是下一秒，她扭头看着邬乔："我听说，在美术馆项目上，你把一切都推给我还有我爸爸？"

"推给？"邬乔被这个词逗笑了。

邬乔说："难道我被污蔑抄袭，不是你的杰作？"

隋宁气恼："我没那么恶心。"

邬乔淡然地将一块凤梨夹到盘子里，然后转头看着隋宁，语气冷淡而讥讽："别说得这么肯定，要不然你很可能直接骂到了你爸头上。"

"你居然敢诋毁我爸爸！"隋宁气急，上前一步，似乎是想对邬乔动手。

邬乔气定神闲地看着她，这才左右看了一眼，轻声道："隋小姐，这么多人看着呢，你该不会想借着峰会的热度，也上一次热搜吧。

"热搜标题我都替你想好了，富家千金被揭真相，恼羞成怒打人，要是不想丢人，就别装出这副模样。还是你觉得你们隋家可以一手遮天到掩盖一切？你以为你们做的那些不入流的事情，别人就真的不知道吗？如果你还是一定要玩这些两面三刀的不入流把戏……"

邬乔上前一步，站在离隋宁格外近的地方，她微微倾身，头凑近隋宁的耳朵边，声音微微压低，虽然轻缓却透着莫名的危险："我一定奉陪到底。"

隋宁没想到她会说出这样的话，一时怔在原地。

邬乔的长相属于那种江南小姑娘的柔婉精致，连说话的语调都软软糯糯的，不管做事还是说话都慢条斯理，看起来就是脾气很好的女孩。

只是有时候一旦跟"好脾气"这三个字沾上边，有些人就会觉得你软弱可欺，肆无忌惮地蹬鼻子上脸，以为你不会反抗，也不敢反抗。

隋宁虽然跟邬乔接触不多，却不会觉得自己看走了眼。但这一刻，邬乔的气息向她袭来，微妙而清冷的淡香透着的并不是一贯的柔和，而是暗藏着冷漠，像是贴着隋宁的皮肤直接往她心底钻。

邬乔轻笑了下，随后转身，拿起放在旁边的托盘直接离开。

邬乔回去时，其他人还没回来，只有杨枝坐在位置上。

杨枝低声问："那位大小姐又跟你说什么呢？"

"聊了点之前那个美术馆项目的事情。"邬乔微微一笑。

杨枝知道这个项目的内幕，当即嗤笑一声："她还好意思跟你提美术馆的项目？我可是真的没见过如此厚颜无耻之人，仗着自己家有钱，抢了多少人的机会。现在居然还不择手段到为了得到项目，直接诬陷别人抄袭。她可真够厉害的。”

邬乔说：“不过她说美术馆的事情跟她无关，听她的话，好像我被指控抄袭的事情，跟她没什么关系。”

“信她的鬼话！”杨枝冲着她眨了眨眼，诧异道，“你该不会真的要信她的话了吧？”

“当然不会。”邬乔说，不过她说道，“只是我看她好像并不是在说谎。”

杨枝：“即便你抄袭的事情不是她亲口吩咐的，也一定跟她有关，所以她可一点都不无辜。”

邬乔笑了起来，举起手里的橙汁：“仙女所见略同。”

“来来，我们两个仙女干一杯。”

两人相互碰了一杯，邬乔这才说道：“我一直在想，哪怕她真的不知道这件事，也不代表她无辜。毕竟那些评委跟我无冤无仇，为何要将抄袭这个帽子扣给我？无非是为了给她让路。”

“公主出巡，闲杂人等退避三舍。”杨枝讥讽一笑。

邬乔跟着笑了下，这才想起来问道：“对了，你知道顾东吗？”

“顾东？”

“就是鲸游馆的那个设计者。”邬乔提醒说。

鲸游馆是三年前在芬兰落成的一座公共设施场馆，当时落成之后，就因其独特的形式，“鲸鱼”的建筑立面，在全世界引起了不小的讨论。而作为华人设计师的顾东，也成为继程令时之后，第二个在全球范围内引起关注的华人设计师。

杨枝犹豫了半晌：“他呀。”

“我见程工和容总都很不喜欢他的样子？”邬乔问道。

杨枝抿嘴轻笑了下：“你最主要想问的是程工吧？”

邬乔这点小心思，确实没能逃过杨枝的眼睛。

“其实我也不太清楚，不过我听容恒提过，顾东之前在美国的时候，跟程工是同一个老师，而且还都在他们老师的建筑事务所里工作过。顾东的年纪比程工大，算起来他应该是程工的师兄。”

杨枝抿了一口面前的咖啡，低笑说：“但你也知道，我们的程工年少成名，没到三十岁就超过了建筑界的一群人，当然也是狠狠地把这位师兄甩在了身后，所以你能想象到这里面的恶心事了吧。”

邬乔点头，自从美术馆项目之后，她发现，在这个世界上，并非只要她做好自己的事情就行了。有时候她将自己做到了完美，但是别人依旧会借机非难她。

“反正也是因为发生了什么事情，也是从那时候，程工才决定回国，创立自己的建筑事务所。”杨枝作为公司的老员工，虽然不能说什么事情都知道，但是大部分的事情她还是清楚的。

邬乔陷入沉默。

直到杨枝猛地冷哼一声，邬乔抬头问：“怎么了？”

杨枝下巴冲着某个地方抬了抬，嘴角微撇，露出嫌恶的表情：“有些人真的是死性不改，风流浪子，迟早要死在女人手里。”

邬乔朝她下巴抬的方向看过去，就见容恒正站在角落与隋宁说话。

哪怕离这么远，都能看见容恒一脸无奈的样子。

邬乔忍不住问道：“容总看起来跟隋宁的关系更好？”

虽然隋宁明显喜欢的是程令时，但是容恒明显是更纵容她的那个，就连之前两次隋宁到时恒，也都是容恒带来的。

不过容恒对隋宁更像是妹妹，没有丝毫男女之情。

杨枝似乎有些烦，她用叉子戳了戳面前盘子里的意面，低声说：“他啊，就是个死脑筋，别人稍微对他好，就一直记在心里。”

久而久之，便成了容恒无法摆脱的枷锁。

此时隋宁正在质问容恒：“容恒哥，难怪这么多天你都没联系我。你该不会也觉得，邬乔抄袭的事情是我一手策划的吧？”

容恒没想到这么多天下来，她居然事到如今才开始追究。

“隋宁，这件事已经过去了，你又何必要再提起。”容恒有些头疼，听着他说的话，隋宁就立即明白，他心底只怕也是认定了是自己做的。

隋宁：“她算什么东西，你以为我会为了陷害她做这种事情？”

容恒当真是有些忍不住，他说道：“一般来说，评委会是不可能轻易就认定参赛团队抄袭的，邬乔他们团队又与评委会无冤无仇，评委会为何要一直咬住她不放？”

“所以连你也以为是我做的？”隋宁气急。

容恒没想到，她会一直揪着这件事不放，而且还会这么说，他压低声音说：“真的跟你无关？”

“当然了。”隋宁冷笑，“她不过也就是个刚毕业的设计师，凭什么跟我比。”

她是高高在上的天之骄女，有钱、有家世，就连邬乔最能引以为傲的高学历，都抵不过她，邬乔凭什么能跟她比。

容恒深吸一口气，他实在不想在这个问题上再跟隋宁说下去。

因为他跟杨枝他们的想法一样，即便不是她本人，只怕也有她父亲在其中插手。容恒比其他人还要了解隋宁的父亲，知道他有多护短。

隋宁母亲在她十几岁时就去世了，她父亲一直将她捧在手心里。

这样的掌上明珠，隋海铭自然是要给她铺就一条平坦大道。

哪怕隋宁已经出生在终点，她的家世依旧在给她提供各种便利。

“谁说她不能跟你比。”一个消失很久的身影终于出现。

容恒之前一直找他没找到，这才被隋宁堵在了门口。

两人听到他的声音，都是立即扭头看向旁边，看见程令时走了过来，他神色还算如常，但只有他自己心底才知道，这时候他是强压着心底的戾气，才让自己看起来没那么生气。

程令时凝眸，看着面前的女孩，低声问：“你当初学建筑时，就是抱着这样的心态吗？”

隋宁此时眼眶也微红了起来，反问：“难道我说错了吗？”

“两位，两位，这儿可不是什么吵架的好地方。”容恒生怕他们在这里直接吵起来，赶紧站在中间挡住他们。

程令时微垂着眼睛，轻笑了声，只是这笑声里大多是嘲讽。

“你有什么好指责我的？我靠我爸爸，可她不也是靠你吗？”隋宁觉得格外委屈，她说，“我家世好是我的错吗？她没有，那是她的问题。”

难道要她抛弃家世，跟别人傻乎乎地站在同一条起跑线吗？

程令时："家世确实不是你的错，但是利用你的家世打压别人，就是你的错。别说这件事跟你有关系，即便跟你无关，或许你也应该问问你父亲。"

从邬乔开始，每个人都在跟她说到她爸爸，哪怕隋宁刚才还理直气壮，如今只怕也心底清楚，美术馆的事情真的有自己爸爸的参与。

隋宁气急，推开面前的容恒，直接冲了出去。

容恒无奈："你又何必非要说得这么直接。"

"受委屈的不是你的人。"程令时毫不避讳地说，"要是杨枝遇到这样的事情，希望你也能这么淡然。"

"我没说我不站邬乔啊，这件事上我是无条件地站乔妹。你没见我最近连隋宁的电话都不敢接了，还有，关杨枝什么事啊？"

程令时懒得搭理他，直接转身离开。而这一切都被不远处的邬乔和杨枝看在眼底，在程令时走过来之前，杨枝压低声音说："你猜程工对隋宁说什么了？"

邬乔摇头。

杨枝得意一笑："他肯定是帮你说了隋宁，你信不信？"

不过这个话题，在程令时到了邬乔这边时，戛然而止。

大家并未再提到隋宁，而是讨论今天下午的会议，杨枝说道："对了，你们听说了吗？宁安市有个区要进行总体规划，估计最近就会发布招标计划。"

"没用，这个地方之前就说过规划的事情，到头来，还不是好几年没动静。"容恒摇了摇头。

这种大型城区的规划项目，几乎是所有大建筑公司都盯着的"香饽饽"。

可关键问题是，这种旧城区的改造计划，可不是一两个部门能够决定的，这是涉及整个城市发展的大规划。

因此不到项目彻底成熟时，谁也不敢打包票。

杨枝："反正要是真的招标，我的组必须参加。"

"先内部比稿，谁赢谁上。"程令时后背靠着椅子，整个人依旧是那副懒洋洋的模样，没了上午在会场那股子正襟危坐的清冷劲儿。

邬乔觉得自己还是习惯程令时这种，对待什么都是懒懒散散，但是一切尽在掌握的劲儿。

杨枝不服道：“比就比，到时候我们这些人，说不定还真能乱拳打死你这个老师傅。”

“邬乔。”程令时没搭理她的话，反而懒洋洋喊了一声邬乔的名字。

邬乔抬头，看着他。

程令时下巴微扬，声音拖着腔调，格外懒散道：“有人要打死你师傅呢。”

旁边的杨枝和容恒都服了，都不想再搭理他。

下午的时候，几人重新回到会场，下午有程令时的演讲。

不得不说，早上他的那几次露脸，还真带来了不小的流量，再加上后来官方直接将这个直播间安排在了首页，所以流量一直在往上涨。

邬乔坐在位置上，被人在身后轻轻拍了下肩膀，她回头一看，就看见一个戴着帽子的男生。

因为对方笑着冲着她招手，邬乔便起身，跟着他走到座椅后排，就听对方说道：“你是程工的助理吧？我想把下午的流程跟您对一下。”

“跟我？”邬乔诧异，她来参加会议的身份，确实是程令时的助理，但是好像也没什么人知道。邬乔猜测是因为对方是主办方的工作人员，才会知道。

邬乔小声说：“跟我对流程？不是应该跟程工对吗？”

“这不是没看见程工，就麻烦您跟我过来对一下吧，其实就是说一些上台后要注意的事情，还有就是演讲稿的问题。”

邬乔看着他身上挂着的证件，确实是主办方工作人员的证件。

于是她跟着对方走到外面，两人一直走到安静的地方。对方拿出下午的流程表，说了一些要注意的情况，邬乔拿出手机用心记下。确实核对流程很快，邬乔将要注意的点都记下来。

对方笑了下：“好了，就这些注意事项，记好的话，咱们就回去吧。”

邬乔点头，转身离开。

就在两人走到拐弯的时候，一个人直挺挺地撞了过来，然后邬乔就感觉自己身上一湿，她当即第一反应就是，自己今天这是怎么了，这么招人撞，早上她就是被顾东撞了下。

原本邬乔还以为是水洒在了身上，谁知一低头，发现是咖啡。

“对不起，对不起。”对方也是个年轻女生，瞧见自己闯祸，连忙道歉。

邬乔深吸一口气，闻着自己满身的咖啡味，不由得有些无语。

幸亏她今天穿的是黑色的小礼服，咖啡渍泼在身上，不注意看的话，还真不容易看出来，但是味道实在是有些大。

她总不能带着满身咖啡味再回到会场吧。

最倒霉的是，刚才对流程的时候，邬乔将程令时的演讲稿拿在手里，她被这个女生撞了一下，咖啡正好全泼在了他的演讲稿上，实在是有点儿倒霉。

“我车上带了衣服，要不给你换上吧。”女生带着歉意说道。

邬乔摇头：“不用了，我去洗手间擦擦好了。”

好在这个男生说道：“隔壁酒店有吹风机，不如我带你去那边借一下吹风机，要不然你的衣服这样不行啊。”

邬乔中午就是在隔壁酒店吃的午餐，所以知道酒店应该有这些东西。

她低头看了一眼，离会议开始时间还有二十分钟，她想了下，还是摇头：“算了，我还是自己去洗手间整理一下吧。”

她到了洗手间，随意用水擦了擦自己的衣服，味道虽然去了不少，但是那份演讲稿还是没能幸免，邬乔只能将稿子扔掉。

主办方这边应该有打印机，她待会儿出去找一趟就行了。

邬乔低头离开时，先前那个女生居然回来了，她闯进洗手间，手里拿着一个吹风机，庆幸道：“幸亏还能找到你，我去隔壁拿了吹风机回来，你赶紧找个地方，先把衣服吹干吧。”

邬乔看着她跑得满头大汗的模样，有些诧异，这才小声说：“谢谢你。”

“你说什么谢谢啊，是我的错啊，都怪我走路不小心，才把咖啡洒到你身上的。”对方温柔说道。

不过邬乔看了看，周围好像都没什么能吹衣服的地方。

那个女生指了指前面，说道：“我看前面好像有个保洁阿姨打扫卫生的房间，他们放了好多机器在里面，要不去那边吹吧，你应该不嫌弃吧。”

邬乔跟着她走过去，这才发现里面确实有个小房间。

“我在外面等你吧，你把衣服脱下来吹，这样干得比较快。”女生一脸愧疚地提醒。

邬乔笑了下，走进去关上门。

没一会儿里面传来吹风机的声音，邬乔将门反锁，也没把衣服脱下来，只是将裙摆微微撩起来，用吹风机把刚才她水洗过的地方吹了又吹。

温热的热风吹拂在身上，这里又没有空调，没一会儿她身上便起了一点薄汗。

邬乔也没敢多吹，吹到半干后，就准备离开，毕竟她还得去打印演讲稿。

谁知她放下吹风机时，伸手去拧门，才发现里面的锁被打开了，但是她拉的时候，第一下没拉动。

她以为是门太沉，自己没使上力气，于是又拉了第二下，还是没拉开。又试了一次后，邬乔发现不是因为她力气小，也不是因为门里面锁着了，好像是外面出了问题。

邬乔不再抱有侥幸心理，她立即伸手去包里翻手机。

可是翻了半天，最后她将整个包的东西都倒出来了，这才发现并没有手机。

好在邬乔还不算太过慌乱，拼命想着自己的手机可能丢的地方，好像是洗手间。刚才那个女孩拿了吹风机过来，她的手机就放在洗手台上。

原本她是想自己拿着，但是对方将吹风机塞在她手里后，又一直催促她赶紧去吹裙子，然后她就把手机忘在了洗手间里面。

“开门。”

“开门，有人吗？”

邬乔不死心地喊道，虽然她心底早已经知道，不会有人回应她了。那个女孩子之所以找来吹风机，不是因为内疚，而是为了将她关进这个地方。而邬乔看不见的是，在这个杂物室的走廊前，有个明黄色的牌子正摆在过道前面——前方维修。

“还没找到邬乔吗？”程令时问道。

杨枝摇头，着急说：“我给她打了电话，一直都没人接听。她刚才还在这呢，我就是看见熟人寒暄了两句，结果回来她人就不见了。”

“继续打电话。”程令时沉声说道。

很快，杨枝突然说：“程工，你马上就要上台了，你的演讲稿呢？”

程令时脸色微沉：“在郧乔那里。”

杨枝叫了一声，随后她立即说：“我让公司赶紧把你的演讲稿再传过来一份，我去再打印一份。”

“来不及了。”程令时低头看了一眼手表。

好在宣传总监就在旁边，但是她哭丧着脸说：“这次的稿子虽然是我们写的，但是最后修改的时候是程总自己改的，所以终稿的原件应该在程总自己的电脑里。”

“那就打电话让人去程工电脑里找。”杨枝说。

可是在杨枝说话间，已经有工作人员走了过来，这是请他上台了。

谁都没想到，中途会出现这么大的纰漏。

杨枝都跟着着急起来，她说：“可以把程工的演讲，挪到下一个吗？”

工作人员不知缘由，但是听到这句话，却立即说道：“那可不行，我们的流程是不能更改的，况且早上程总人气那么高，我们也早早在直播间预告过了。这要是突然更改嘉宾，直播间里只怕要‘爆炸’。”

现在的直播间跟早上可不一样，早上就是寥寥几人，连人气都没破十万，但是现在整个直播间的人气已经突破了百万，很多人早已经在直播间里蹲守程令时。

杨枝和宣传总监都在跟工作人员协商，可是对方只是个小工作人员，哪儿能决定这么大的事情啊。

“你们这个工作人员也太不靠谱了，怎么能一个人带着演讲稿消失呢？”在听到理由之后，对方连连抱怨。

杨枝解释道：“我们也在找她，她肯定不是这么不负责任的人，说不定是出了什么事情。”

“还是报警吧。”杨枝说道。

一听说要报警，工作人员也有点儿慌乱，特别紧张地说：“她可能是在洗手间呢，才不见了一会儿，不至于就要报警吧。”

对方也是怕报警闹大，会影响这次峰会。

程令时沉声说："你们继续找人。"

杨枝扭头问道："程工你呢？"

程令时站在后台，看向不远处的舞台，主持人已经开始在热场了，他抬手将之前脖子上解开的那颗纽扣重新系上，一瞬间仿佛有魔力般，他身上那股慵懒散的气息消失殆尽，只剩下清冷禁欲。

"该我上台了。"

众人震惊，就连容恒都想阻止，说道："没有演讲稿太冒险了，你这要是万一中场卡顿，连个提醒你的人都没有。"

"我会带手机上台，你们让公司的人从我电脑里找到这次演讲稿，直接发到我微信里。"程令时淡然说道。

容恒见状，这才点头。

不远处的观众席里，因为主持人已经说完了自己的词，这时候应该是程令时上台。但是台上许久还是没有出现他的身影。

坐在隋宁身边的顾东轻声一笑："看来时恒好像出了点状况。该不会这次演讲都要取消了吧。"

隋宁冷眼望着舞台。

这么大的舞台，这么重要的峰会场合，要是程令时出了纰漏，只怕明天所有的报道就会将这个峰会的焦点转移到他的失败上来。

不仅台下有些等不及，就连直播间的弹幕都一直在催促。

"怎么回事啊，一直不上台？"

"就是，等着看我男神。"

"要不是为了看帅哥，我会蹲一个建筑高峰会的直播？我疯了吗？"

就在台下和屏幕前都处于缓缓骚动时，工作人员再次催促了一遍。

程令时看着容恒和杨枝，低声说："你们继续找人。"

话音微顿时，程令时微垂着眼看着杨枝，语气很温柔："找到她的时候，告诉她，不要担心，也不要自责，我会搞定的。"

说完，他迈步走向舞台。

此刻台下掌声雷动，他在掌声中走到了舞台上。

在寂静无人的走廊深处，一连串砸门的声音从一个窄门的后面传来，偶尔还夹杂着一连串喊话的声音。

“有人吗？有没有人，我被锁在杂物间了！”

邬乔知道自己被锁在这里，是有人故意为之，只怕一时半刻真的没什么人来解救自己，可是她还是想要试试。

结果敲了半天门，不管邬乔怎么喊，果然还是没人来。

先前那个女生应该对这里很了解，所以她知道哪里没人经过。大部分来这里的人，都只会出现在主会场，还有最开始的大堂。要不然顶多就是去个洗手间，而邬乔倚在门边，想了下自己刚才过来的路径。

因为裙子湿掉了，那个女生又突然拿着吹风机出现，邬乔确实没多想。

毕竟她以为自己只是简单来参加一个建筑峰会，谁知道居然还有这种宫斗戏码等着自己。她靠在门板上，脑海中的思绪在这一刻彻底联系了起来。

那个找她对流程的工作人员，也很可疑，应该说他跟后来出现的女生是一起的。

一个将她从会场里引出来，一个利用撞到她的机会，顺势将咖啡泼到她的身上，于是两人一唱一和，让她去隔壁酒店里。

邬乔还记得那个男生明确提出有吹风机的事情，但是她顾及时间，也因为对方是个男生，便拒绝了那个提议。

就在她独自前往洗手间清理衣服上咖啡渍的时候，那个女生拿着吹风机折返，因为对方是女孩，又特意拿着吹风机回来，邬乔肯定不会怀疑对方有恶意，很自然地就听从了对方的建议，到了这个小杂物间里吹衣服。

这么一套组合拳，还真把邬乔给打蒙了。

即便自己之后真的拿到视频证据，证实对方刻意将她关在这里，但是哪怕报警，只怕警察都不会受理这个案子。即便受理，也顶多是口头批评。

毕竟她只是被关在了这个屋子里，又没有受到什么实质性的伤害。

况且这两人为什么要冲着她来？

稿子！

邬乔原本还靠在门边，此刻突然想到演讲稿，程令时的演讲稿还在她手机里，现在她的手机也丢了。他们也不知道自己现在被困在这里，肯定会一直等她回去送稿子。

邬乔想到这里，再不敢耽误，又是用力撞门又是拼命大喊。但是这里属于展馆的偏僻处，就连保洁阿姨这会儿都已经去了别的地方，要是等保洁回来开门，只怕已经过了程令时的演讲时间。

邬乔只能转头去看看杂物间里究竟有什么能撬开门的工具，可是她找了半天，不是扫帚就是拖把，还有就是抹布。

打扫的工具是应有尽有了，但是能撬开门的工具却没有。最后邬乔从角落里找到了一个很大的钳子，应该是那种大力钳。邬乔双手握着钳子，直接对准门锁的地方一下又一下地砸了下去。

邬乔弄不开门锁，只能直接砸坏。她用双手握住巨大的钳子，一下子砸过去，门上的把手立即歪了一半。

邬乔不再顾忌会不会破坏门，钳子对准门锁直接砸了上去。

巨大的声响还真的引起了远处如同无头苍蝇一样找人的几个人，特别是为首的杨枝，低声说：“你别动。”

身后跟着的另外一个设计师无奈道：“不是要找人的？”

“你没听见声音？”杨枝诧异。但她说完后，两人同时噤声，没想到还真有砸门的闷响声，好像是什么东西砸在了门上。

“这边。”杨枝急切道。

从程令时上台的一瞬间开始，底下的观众就将所有的目光都投向他。

“各位来宾，大家下午好，我是程令时，我是一个建筑师……”这句话还未说完，场下已经再次响起掌声。

“建筑师是我们在座很多人的身份，也正是因为建筑，将我们联系在一起，让我们此刻坐在一起。而我今天演讲的主题，是一个早已经被众多前辈所思考，并且深入探索过的主题。

“我们的城市未来的建筑，将走向何处。”

掌声再次响起，而一旁负责直播的工作人员紧紧握着手里的设备，生怕自己的手抖一下，影响到屏幕另一边上百万的网友。

直播间的人气从程令时出现那一刻就迅速飙升。从最开始轻松突破十万，到后面工作人员只顾盯着不断往上跃动的数字，感觉自己的心跳都要随着直播间上方的数字狂跳。

虽然工作人员已经预料到今天下午这场演讲将会创造这个直播间里一个新的人气纪录，但是谁都没想到，网友对待程令时是如此的疯狂。

屏幕上站在舞台上的男人，身姿挺拔地站在那里，挺括而剪裁完美的西装，紧紧包裹着他的身体。他站在演讲台的后面，清冷而俊逸的面孔那样专注而认真。

他侃侃而谈，言语风趣且轻松，举手投足皆透着一份淡然，时不时能引发舞台下众人如雷般的掌声。

此刻依旧还坐在位置上的顾东和隋宁也正看着舞台。

隋宁虽然神色还算平静，可是眼底透着止不住的委屈，程令时越是意气风发光彩夺目，她便越是不甘心。明明她才是最早喜欢他的人，可他就像是一颗闪烁在天空的星辰，她只能抬头仰望。

顾东轻笑："看来你的计划没成功啊。"

"怎么，打算撇清关系了？说得好像不是你出的主意。"隋宁扭头看向他，一脸嘲讽。

顾东闲闲地跷着二郎腿，轻摇了摇头，反而望着隋宁轻笑说："怎么会，只是有点儿可惜，我们两个第一次的合作，好像不是很成功。"

说实话，顾东的长相并不算很出众，相较于程令时，他的颜值顶多是清秀。

哪怕就是容恒，也有一张能足够匹配他花花公子性格的俊脸，所以不管是容恒还是程令时，在外在条件上都能够碾压顾东。即便是在国外，大家喜欢的长相，也都是程令时那样的。

因此在程令时光芒的掩盖下，程东显得那样平平无奇。

但顾东偏偏有一颗野心，他想要成为世界级的建筑师，他要让华人建筑师的历史上写上属于他顾东的那一页，而且还要是浓墨重彩的一页。

这是顾东从清华毕业后，一心申请去美国交流的原因。在他看来，美国拥有全世界先进的建筑学概念，出色的老师，宽阔的平台，在那里他一定可以大展拳脚。

可惜他的预想与现实，实在是相差甚远。

哪怕他在国内是最优秀的那批学生，但是在美国，他面临的是来自全世界最优秀的学生。即便他靠着自己的学历进入知名建筑事务所，却无法得到重用。就在他心头的那团火逐渐熄灭，以为自己即将平庸度过一生时，程令时突然出现。

同样是中国人，程令时却没有自己这种郁郁不得志的困窘，他一进入事务所便参加了一个超大型的公共建筑设计。他的才华，他的灵感，都在这个项目里施展得淋漓尽致。

哪怕如今顾东在 GAP 遇见了跟当初程令时年纪一样大的隋宁，同样都是二十三岁的年纪，但是隋宁是靠着她父亲和家族财富的保驾护航，才能成为公司最年轻的主创设计师，而程令时却是纯粹靠着极致的个人才华，打败了美国事务所里的那些人。

于是顾东的斗志和野心再次被激发，他不再死气沉沉，他将程令时看作自己的假想敌，哪怕对方从未给过他冷眼。

顾东拼尽一切，哪怕丢掉自己的良心，总算走到了如今的位置。他所设计的鲸游馆让他一举成名，哪怕此时程令时早已经在世界各地有了好几处建筑代表作，但是顾东知道，只要自己跟紧程令时的步伐，他一定不会太差。

此刻顾东微眯着眼睛，望着台上意气风发的男人，其实有些时候他也感谢对方，要不是程令时出现，只怕他此时还在美国的建筑事务所，甘心当一个廉价而好用的画图工。

只可惜胜利者注定只有一个人。

总有一天，他会踩在对方头上，获得前所未有的成功。

又是一声巨响。随着一个东西在眨眼间飞过来，邬乔的眼睛下意识紧闭着，但是她还是感觉到脸颊一热。待她伸手去摸，发现手上赤红一片。

一块被砸坏的铁片，刚才擦着她的脸颊，飞了过去。她的脸颊开始火辣辣地疼了起来。

鲜血顺着脸颊一直往下流。

邬乔抬脚狠狠踹向门板，随着一声巨响，门被踹开的同时，门外的人也终于在此刻赶到。

杨枝他们站在走廊，看着邬乔拎着巨型大力钳慢慢走出来。穿着黑色小礼服的女孩，长发微乱，额头上布满一层密密的细汗，脸颊上有一道明显的划痕，正在不停地往下流血。

“邬乔，你没事吧？”杨枝急道。

邬乔轻笑着摇头：“我没事，别担心。”

杨枝上下打量了她一番，见她除了有点儿狼狈之外，看起来确实没什么大问题，她有些惊讶地说：“你怎么会在这里？”

“我被关在这里面了，只能使用暴力毁坏门锁。”邬乔举了下手里的巨型钳子。

杨枝看她那么纤瘦一个人，举起大力钳，只觉得眼前一花，她赶紧说：“你脸上还流着血呢，还是赶紧处理一下吧。”

“程工的演讲稿还在我这。”邬乔着急说道。

杨枝松了一口气，笑着说：“老大真的太料事如神了，他让我给你带一句话。”

“不要担心，也不要自责，他会搞定一切。”

邬乔听到这话，思绪万千，想笑但是眼眶又那么热，他总是知道她最担忧什么、最害怕什么。

或许爸爸还在时，她尚且还未形成这样的性格，但是自从去了大伯家之后，她最害怕的，就是成为别人的负担。

邬乔一直努力做到最好，不想让自己拖累别人，今天的事情也一样，要是因为她，搞砸了程令时的演讲，那么她会自责又挫败，觉得一切都是自己的错。

杨枝见她表情微松，赶紧劝说：“你这个伤口，还是先去包扎一下吧。”

“不着急，杨工，我能请你帮个忙吗？”邬乔柔声问道。

杨枝赶紧点头：“当然可以，什么事你尽管说。”

“你帮我发个微信给容总，让他在会议结束的时候，帮我拖住隋宁。”

杨枝：“啊？”

很快杨枝反应了过来，她直接将邬乔拉到旁边，压低声音问道：“你是怀疑隋宁？”

邬乔简单把那两个人的事情说出来，听得杨枝脊背直发凉："这个女人到底想干什么？她以为自己是谁啊！"

"实在不是我疑心病重，除了她之外，我真的想不出第二个人了。"

邬乔轻轻倚在墙壁上，她从刚才到现在一直在砸门，这会儿缓过神，有种虚脱感，整个人累到手臂都快要抬不起来。

"行，我这就给容恒发信息，把她留下来，到时候跟她当面对质。"

杨枝一边气恼一边开始拿出手机发微信。

等发完之后，杨枝冷哼道："哪怕没证据，也别让她轻易逃脱了。这次是把你关在小黑屋里，下次指不定能干出什么事情呢。

"我本来以为这个小公主顶多就是娇气点、矫情点，仗着家世利用各种特权，没想到她连这种事情都能干出来。"

邬乔抬手又摸了下自己的脸颊，吓得杨枝赶紧阻止。

"你这个伤口可不浅啊，千万不能留疤啊。"杨枝担忧地说，她凑过来仔细看了两眼，又松了口气说，"好在伤口比较短，而且是在脸侧边，应该没什么大事。"

邬乔跟着杨枝去处理了下伤口。

等两人往回走时，会议正好也结束了，下午的这场会结束得还挺早，程令时的演讲结束后，会场里的观众正在往外走。

明亮的走廊上人头攒动，一眼望过去全是人。

邬乔安静地站在一旁等着，虽然她站在角落，看起来不起眼，但是路过的人都忍不住朝她还有她手里握着的那个巨型钳子看过来。

杨枝实在没忍住，小声说："邬乔，你怎么还一直拎着这个大力钳啊？"

她这会儿可真的有点儿被吓到了，这姑娘本来看着是温和好脾气的。

可是有句话说得好，兔子急了还会咬人呢。隋宁这可不是第一次了，之前那次抄袭的事情，邬乔就没抓住她的把柄，后面也没找过隋宁的麻烦。

结果邬乔忍下来了，对面却还来继续挑衅，这真是是可忍孰不可忍了。

待会儿邬乔该不会拿这个大钳子去敲隋宁的脑袋吧。光是想象一下那个画面，都觉得太过血腥，杨枝忍不住闭了闭眼睛。

人群一直在往外走，因为主会场就在二楼，大部分人都嫌电梯太慢，直接从楼梯下去了。很快，偌大的会场人越来越少，到最后是三三两两地往外走。

“好了，他们出来了。”杨枝收到容恒发来的信息，说是他要跟隋宁出来了。

虽然他不知道杨枝为什么发这个，但是她让做的事，容恒是没办法拒绝的。

几人刚走到门口，隋宁还在偏头跟容恒说什么，就看见一个纤瘦的身影直接走了过来，挡在她面前，开口说道：“隋宁，聊聊？”

隋宁被突然冲出来的人吓了一跳。待看清楚是邬乔，她直接冷笑：“我跟你有什么好聊的？”

“是吗？”邬乔微微一笑，直接将一直拎在手里的巨型大力钳扛在了肩膀上，她轻柔和缓道，“我觉得我们有必要深入地聊聊，中午的时候，我对你说的话，你好像一句都没听进去。”

旁边的两个男人看到这种状况，俱是一震。

特别是容恒，他觉得自己对邬乔也算熟悉，平时她在公司里就是出了名的好脾气，性格温婉可亲，又因为是江南小姑娘，不管说什么，感觉都软乎乎的，透着一股吴侬软语的腔调。

结果现在，邬乔手里举着巨型大力钳，站在隋宁面前，说要跟她聊聊。

这场面太过让人惊讶，且透着一股子不敢置信感。

要不是亲眼所见，容恒一定不会相信。

隋宁明显也被吓了一跳，她望着邬乔搭在肩上的大力钳，哪怕牙关轻颤，依旧咬牙道：“你这是在恐吓我吗？你要是敢对我动手，我就立即报警。”

“好呀，报警，正好查查看，究竟是谁把我关了起来。这个地方这么多监控，真的要查起来的话，应该不难。我们就看看，到底是谁在贼喊追贼。”

容恒听得一头雾水，终于忍不住问出来：“什么把你关起来？邬乔你被关在哪里了？”

“一个放杂物的小房间，特别偏，幸亏邬乔一直用这个钳子砸门，弄出了很大的动静，要不然我都找不到那边。毕竟那个地方摆着一个警示牌，说是正在维修，闲人免靠近。”杨枝毫不客气地说道。

容恒扭头看向隋宁，用眼神询问。

隋宁嗤笑一声，满不在乎道："谁知道她干了什么事情，被别人这样整。只不过是被关在小黑屋罢了。"

随后隋宁瞥了一眼邬乔，轻蔑中带着无所谓，笑道："不知道警察会不会管这种小事儿呢。"

这句话说得太过肆无忌惮，几乎就是承认，这事儿确实是她干的。而且她说得也对，事情确实太小了，警察即便真找到那两个人，能说什么，对方说不定还会来一句，我都是跟她闹着玩呢，确实不可能对隋宁造成什么影响。

邬乔笑了下，似乎早已经预料到隋宁的态度，她将扛在肩上的大力钳拿了下来。

这个举动让隋宁更加开心。

隋宁扭头看着容恒："容恒哥，要是没事，我就先走了。"

容恒面色铁青，直勾勾地盯着她，问道："真的是你吗？"

"容恒哥。"隋宁不怕得罪邬乔，甚至她根本不想掩饰，她的态度高高在上，从始至终都不觉得对方有资格跟自己争什么。但是见容恒这副表情，她还是不由得心虚了起来。

就在隋宁要解释时，邬乔突然喊道："隋宁。"

隋宁又转头看向邬乔的方向，而不知何时，邬乔已经离她那么近，以至于当她手里拿着的巨型钳子掉下来时，隋宁几乎只是傻傻地望着，完全忘记了躲避的动作。

那个刚才把门都直接砸碎的巨钳顶端，直直地砸向了隋宁的脚背。

"啊……"伴随着钳子砸落在地上的声音，隋宁尖叫出声。

一旁的容恒紧紧握着隋宁的手臂，有些惊惧地望着地上的钳子，而因为容恒及时出手，勉强逃过一劫的隋宁更是被吓得浑身发颤。

邬乔依旧轻笑着望着她，眼神泛着轻嘲，以一种极漫不经心的语调说道："抱歉，手滑了，没拿住这个钳子，差点儿砸到你。"

隋宁此刻脸色煞白，心底更是大惊。

直到邬乔同样以一种漫不经心的口吻说道："也不知道警察会不会管这种小事儿呢。"

同样的话，邬乔分毫不差地还给了隋宁。

周围安静得不像话，似乎所有人都被邬乔这一行为震住。隋宁眼神惊恐地望着邬乔，这一刻，她眼前的女孩，依旧一头乌黑长发，秀丽精致的脸庞依旧柔美，是那种不带一点攻击力的漂亮，但是隋宁第一次对眼前的人心生怯意。

一直以来隋宁都瞧不起邬乔，觉得对方不过只是有张漂亮脸蛋的普通人，家世普通，能力也不过如此，跟她比起来，简直是天差地别。隋宁一向自视甚高，她瞧不起这些普通人，特别是邬乔这样的，觉得她不过是仗着漂亮脸蛋的优势，给自己捞好处。所以她才会同意顾东的提议，因为顾东早上看见邬乔包里的新闻稿，便误以为邬乔只是程令时的助理。

顾东自己参加过无数次这种会议，知道这种演讲稿一般都是助理负责拿着的。

让邬乔离开会场，会令程令时措手不及，要是能搞砸他的演讲是最好的了。

如果搞不砸，最起码也让邬乔倒霉。

顾东是奔着搞砸程令时的演讲，而隋宁是奔着让邬乔倒霉的目的，她想让程令时知道，邬乔就是个不堪大用的人，在这种场合掉链子，固然程令时会丢脸，但是他一旦丢脸，一定会迁怒于邬乔。

他们计划得很好，邬乔也被如愿拖住，没能赶到会场。

可是程令时的演讲依旧完美到无懈可击，哪怕并没有演讲稿在手上，脱稿的他，在舞台上依旧侃侃而谈，意气风发。

隋宁到此刻才发现，邬乔身上的坚毅和那股子狠劲儿，是她没有的，也永远不可能有。

她是温室里娇养长大的玫瑰，不受风吹雨打，她永远都不会明白，荒野上孤独的小树是如何长大的。没有大树的遮风挡雨，也没有大树的庇护，只能自己默默地扛过风雨度过日晒，一点点努力往上生长，直到长出属于自己的枝叶。

就在几人相对无言时，一个身影从旁边走了过来，他弯腰将地上的大力钳捡了起来。

程令时其实很早之前就来了，他下台后，跟其他几位领导聊了几句，就过来了。

只是他站在后面，安静地看着邬乔的应对。

经过这么多次，他知道邬乔早已经不是从前那个任人非难的少女，她早已经学会了保护自己。

果然，她与隋宁对质，三言两语就让隋宁几乎承认这事儿跟她有关。至于之后那个落下的钳子，也让他有些震惊。

程令时将钳子捡了起来，在手里掂量了下，这才转头看向隋宁，声音平静而冷淡："我说过，人应该保持基本的敬畏之心。这个世界并非事事都如你所愿，如果你依旧选择不择手段的话，那么早晚有一日，这个东西就不是险些砸到你的脚。

"它会直接砸在你的头上，让你为过往的所有一切，都付出代价。"

这个世界从来都是平等的，或许有人觉得自己有钱有势，可以为所欲为。可即便在最黑暗的地方，都会有一丝光明出现。

更何况他们脚下站着的这片土地，从来不畏惧任何强权。

周围的人都散得差不多了，隋宁几乎是在绝望中，羞愤离开。就连曾经会护着她的容恒，都在这一刻冷眼望着她，眼底充满了失望。而程令时在说完那句话之后，就再也没有望着她。

他本来眼中就没有她，如今只怕就只剩漠视和厌恶了。

程令时低头看邬乔的脸颊，伸手摸了下伤口边缘："这是怎么回事？"

"砸门的时候，铁片不小心崩到了脸颊上。"邬乔轻声说道。

这会儿她的语气又是那样温柔轻慢，仿佛刚才狠到要拿大钳子砸人的不是她。

程令时伸手直接拽着她的手腕："我带你去医院。"

"我还是先把这个还回去吧。"邬乔指了指他手里的大钳子。

程令时又掂了下，笑道："这东西还挺沉的，真敢拿它砸人啊？"

"砸脑袋肯定是不行，砸脚的话，怎么也得让她疼上十天半个月。"邬乔轻哼了下，语气里透着笃定。

要不是容恒及时拽了那一下，邬乔敢肯定，自己这钳子肯定能砸到隋宁的脚背。伤筋动骨肯定是不可能，顶多就是脚背乌青一片。就像隋宁笃定，哪怕警察来了，自己也不会有事一样。郧乔也是一样的笃定，对方既然先要起无赖，玩这一套，自己也没必要再讲什么尊重，反正都是小事儿，就看谁受的伤多。

程令时被郧乔领着，一路走回那个小杂物间。

这个地方确实偏僻，都这会儿了，还是没人发现她把门砸坏了。郧乔进去，把大钳子放回原本的位置。

谁知郧乔转身走出去，到门口时，就看见程令时挡在门口。

他闻着里面浓重的消毒药水味，沉声问："他们就是把你关在这里的？"

方才他还能克制几分，但是这一刻，心底的怒气几乎积攒到顶点。

"是啊，谁让你这么受欢迎呢。"郧乔见他脸色铁青，想要活跃下气氛，故意说道，"有人为你争风吃醋成这样，是不是挺满足的？"

可是郧乔话音刚落，她的手臂就被一把握住，紧接着那个破了大半的门板，被再次合上。

原本应该是门锁的地方，被砸出了一个巨大的洞。而透过这个洞，能看见两具正紧紧纠缠在一起的身体，程令时将她抵在门上，郧乔仰头看着他，程令时的手掌捧着她的脸颊。

他右手大拇指轻轻摩挲着她伤口的边缘，虔诚而又小心翼翼。

郧乔被程令时这样轻柔的动作弄得有点痒，便只好安静地望着他。

"我不要别人，也不喜欢她们为了我争风吃醋。"程令时的眼睛直勾勾地望着她，原本浅淡如蒙着一层曦光的浅褐色眸子，此刻那样灼热而虔诚。当他的嘴落在她脸颊伤口上时，郧乔觉得她的心脏都在跟着颤抖。

"郧乔，跟我在一起吧。"

他的嘴唇贴着她的脸颊，几乎是呢喃地吐出这句话，紊乱的气息喷在她的伤口上。

郧乔只剩下颤抖，她似乎一个字都无法说出。

那样清冷而高高在上的男人，此时以一种谦卑的姿态，摩挲着亲吻着她的伤口，原本就微热的那一段伤疤，现在几乎滚烫。

"我不想再等了，跟我在一起。

“就现在，答应我。”

程令时一边亲着一边又一声声地问着，终于邬乔在他的嘴唇再一次拂过伤口时，颤着声音说：“好，我答应你。”

邬乔心底的话还未喊出来，嘴唇却已经再被封住。

只是下一秒，两人身体一晃，要不是程令时及时抱住邬乔，只怕两人都要摔倒。他们同时转头，只见那个被邬乔砸了一半的门，终于在两人抵着门纠缠的时候彻底功成身退。也就是在这时候，姗姗来迟的保洁阿姨看着这扇完全被砸烂的门，惊慌地喊道：“这门怎么回事？”

“阿姨，你别着急，这门是我砸的。”邬乔赶紧说。

阿姨一脸无语地望着她：“小姑娘，你好端端的砸这个门干什么啊，砸成这样，这可是要赔的啊。”

站在邬乔身侧的男人，一把握住她的手掌，两人十指相扣地举在半空。

程令时：“我是她男朋友，我来赔偿。”

第十五章

一直等待这一天

两人跟展馆这边商议好了赔偿之后，程令时直接揽住她上了车。早上她是坐公司的商务车过来的，他是自己开车来的。

邬乔系好安全带，这才想起来问道：“我们去哪儿？”

车子已经驶离停车场，就听程令时说：“医院。”

“我的伤口没事的，之前已经清洗过了。”邬乔之前一时没找到酒精，便用湿纸巾清理了下伤口。

好在那个铁片不算太大，伤口还没手指的一节指节长呢，就是有点儿深，所以之前才会流血不止。

“还是先去医院。”程令时不由分说道。

邬乔见拗不过程令时，况且人家又是开车的那个人，只能不再劝阻，但过了会儿，她慢悠悠道：“待会儿我们到了医院，医生看见我的伤口，该不会对我说，这位患者，幸亏你来得早，要不然你这伤口就该痊愈了。”

一本正经的口吻，说出这样的话，就连程令时都被逗笑了。

程令时问道：“真不想去医院？”

邬乔没想到他居然没有再坚持，认真点头：“真没必要去，我回去的时候，买个碘酒擦一下，再贴个创可贴就好了”

“那好。”程令时点头。

邬乔看他果然换了个路线，没再沿着方才的那条路继续开。

她心底不由得有些奇怪，因为程令时并非轻易能改变想法的人，原本她以为照着他性子里的霸道强势，一定会坚持带她去医院。

“你这么霸道的人，居然也会被我轻易说服？”连邬乔自己都诧异到问了出来。

程令时正在开着车子，虽然视线看着前方，却淡然开口：“我现在不是你的上司，是你的男朋友。所以男朋友不用霸道。”

邬乔抿嘴，强忍住扭头看他的冲动。

“男朋友”这三个字，哪怕是从他口中说出来，都有一种不真实的感觉。她坐在车里，看着两边不断往后滑过的街景，脑海中的记忆一帧一帧地开始浮出。

太多的记忆唤起了无数感慨，最后反而什么话都说不出口。

于是邬乔干脆闭嘴。

程令时的车子一直开到了邬乔家小区的附近，他已经来过许多次，对于周围的店铺还挺熟悉，直接开到了一家正在营业的药店门口。

“你在车上等我。”留下这句话，程令时才推门出去。

邬乔坐在这里，看着他进了药房。

邬乔握着手机安静地坐在车里，一直到现在，她依旧还有种飘飘然的感觉，虽然之前程令时就说过喜欢她，但是喜欢和在一起好像又是完全不同的感觉。

在一起就意味着彼此真正进入对方的生活，成为不可或缺的一部分。

此刻她一个人独留在安静的空间里，情绪彻底被放大。

直到手掌里传来的振动声将邬乔拉了回来。她低头看了一眼，是郝思嘉发来的信息。

郝思嘉：“程令时这场演讲……”

郝思嘉：“真的是太帅了。”

郝思嘉：“你都不知道我周围的女同事有多疯狂，居然有人已经上网搜索你们时恒招不招人了。”

郝思嘉：“这是想要近水楼台先得月啊。”

邬乔被郝思嘉这一连串的微信“轰炸”完，看完却只是笑了起来。她一个人坐在车子里面，外面大街上喧哗吵闹，却丝毫不影响她心底一直在翻腾的情绪。

邬乔回复：“那就告诉她们，别想了。”

邬乔：“他已经有女朋友了。”

之前听程令时说“男朋友”三个字，她有种害羞又古怪的感觉，一直心心念念的人突然成了她的男朋友，暗恋成真的感觉太过微妙。

此时邬乔低头盯着屏幕看了会儿，嘴角弯起时，周围的空气都染上了一丝甜味。

对面几乎是在同时疯狂了起来。

郝思嘉：“姐妹，是我想的那个样子吗？”

郝思嘉：“啊啊啊……是吧，是吧。”

邬乔隔着屏幕都能感觉到郝思嘉的震惊和兴奋，虽然之前邬乔跟她说过程令时表白的事情，但是两人还没在一起。

邬乔：“嗯，是你想的那样。”

郝思嘉：“你这口吻也太平静了吧。”

邬乔一怔，看了看自己回复的微信，口吻是有点儿平淡，但是她一贯如此，不是那种很兴奋和活泼的聊天风格。

郝思嘉：“你可是和程令时在一起啊！”

邬乔隔着屏幕，又被逗笑了。

但随后，郝思嘉发来了一张截图，她点开一看，居然是程令时的百度百科。长长一张图拉下来，各种头衔、各种建筑代表作，以及他的辉煌事迹。

郝思嘉：“人家可是拥有百度百科的男人，而且说实话，他就是建筑界的‘顶流’。”

邬乔：“哇，哥哥真棒。”

邬乔：“啊啊啊啊……跟哥哥谈恋爱，真的太幸福了。”

郝思嘉：“我的拳头已经硬了。”

邬乔一直低头跟郝思嘉发微信，丝毫没注意到程令时已经从药店出来走到车边，甚至打开了车门。

不知是开车门的声音太小，还是她太专心，居然没发现程令时已经上车了。

直到程令时瞥见她手机屏幕上的字眼，突然开口说："哥哥？"

"啊？"邬乔被这突如其来的声音吓得手机当场掉了下去。

程令时见状，弯腰伸手，帮她捡手机。

邬乔吓得立即抓住他的手掌，声音微颤道："我自己捡就好了。"

程令时看她满脸写着"心虚"二字，不由得一笑，倒也并未深究。

邬乔一拿起手机，赶紧按了一下旁边的按钮，让屏幕暗了下来。偷偷做完这个动作，她才轻轻吐了一口气。

程令时已经拆开买来的碘酊还有棉签。

他说："我打电话问过我当医生的朋友，他说你的伤口确实不用去医院，但是消毒是必须的。"

"嗯。"邬乔看了他一眼，安静点头。

程令时用棉签蘸了蘸碘酊，邬乔立即伸手接过瓶子："我来拿吧。"

邬乔说话时，程令时已经靠了过来，男人周身的气息太过强烈，席卷而来时，邬乔忍不住握紧了手里的瓶子。她忍不住屏住自己的呼吸，生怕自己的气息喷到他的脸上。

邬乔脸颊的伤口正好在另外一边，她自己侧着坐好，程令时越靠越近，于是她的眼睛不自觉地瞪大，越瞪越大。原本一双明亮动人的大眼睛，此刻因为一直瞪着，不自觉开始有泪水渗出。

当程令时退回去，主动拉开两人的距离，邬乔眨了眨眼："涂好了？"

不知是他的动作太轻柔，还是因为别的什么原因，她没感觉到一丝疼。

"嗯，涂好了。"程令时从她手里拿回碘酊，拧上盖子，在邬乔转身拉开副驾驶上的镜子查看伤口时，慢悠悠地说道，"我怕再不涂好的话，有人会憋气到晕倒。"

邬乔原本手指刚搭在脸上，一瞬间，指甲险些掐进肉里。但随后她茫然地眨了眨眼睛，故作镇定道："谁？谁憋气了？"

程令时转头，跟她的眼睛对上后，眼睫动了动，勾了勾唇瓣道："我。"

听到他毫不犹豫的声音，邬乔抿嘴，有那么点尴尬。但是转念，又不由得感慨，难道这就是男朋友的自觉吗？

他这么倨傲又轻狂的人，邬乔以前也不是没想象过他谈恋爱的模样，大概依旧会维持那副散漫的模样，什么都不在意。

可是哪怕见过猪跑，吃到嘴里的猪肉还是不一样的。

程令时并非是她想象中那种谈了恋爱什么都要自己做主，霸道强势得什么都听他的，相反他好像会更多倾听邬乔的意见。

寻常霸道总裁大概就是，不管不顾都要带她去医院。生怕不这样的话，体会不了他对自己的重视。可他更愿意耐心倾听她的意见。

明明是小细节，却正正砸中了邬乔的心底。

或许她从最开始喜欢程令时，就是因为他从来都是这样骨子里至死温柔的人吧。

程令时重新系好安全带，这才侧头看向她："突然吗？"

邬乔又是郑重一点头。

"我可是一直等待着这天呢。"程令时眉梢轻扬，语调悠扬而缓慢。

邬乔在这一瞬间，脸上的笑意微微顿住。

一直等待着……

邬乔不知道程令时等了多久，但是她知道，有个小姑娘从十几岁的那个夏天，就进入了漫长的等待，她渴望长大，渴望那个喜欢的人能回来，渴望他能同样喜欢自己。

大约在时光中，等待的时间太过漫长。

当她梦想成真时，这份喜悦中还是带上了一层淡淡的苦涩。

他永远都不会知道，自己喜欢了他，一整个青春。

当然，邬乔也不打算告诉他。她希望程令时看见的是闪光耀眼的邬乔，而不是那个在时光里默默等待的卑微女孩。

邬乔并没有立即回家，而是被程令时带着去吃了一顿晚饭。

这次没在她家附近的小店，而是去程令时找的餐厅，那种看上去就很浪漫昂贵的高级餐厅。虽然不是周末，但是人依旧不少，而且这家餐厅还得提前预约。

不过他打了个电话，就顺利带着她上了楼。

“你认识这家店的老板？”邬乔好奇地问道。

程令时说：“你也认识。”

邬乔眨了眨眼睛：“该不会又是容总吧？”

在看见程令时肯定地点头后，邬乔不由得感慨：“容总也太喜欢投资餐厅了吧。”

“我一直说他是主业厨师，副业建筑师。”程令时按了电梯里的楼层按钮，四十二层楼的楼高，可以想象餐厅的景色一定很好，说不定还能俯瞰上海的夜景。

果然到了楼上，站在门口的领班立即上前：“程先生，你的位置已经安排好了。”

邬乔跟在程令时身边，一直走到窗边，果然这里是一个集美景与美食于一体的餐厅。她在窗边坐下，就看见窗外的夜景，这里离黄浦江很近，能看见江边的建筑早已经亮成一片暖黄色调。

江面上不时有游轮驶过，上面亮着五颜六色的灯。

邬乔指着江面上的游轮笑道：“我刚来上海的时候，就跟同学一起坐过这个游轮。那时候我们看着江边两岸的这些建筑，还说早晚有一天，这座城市也会留下属于我们的作品。现在想想真可笑。”

越是年轻便越是无所畏惧，豪言壮语，层出不穷。

如今想想，当真是不知者无畏。

“为什么会可笑？”程令时看着她，轻描淡写道，“我第一份工作是在纽约，当时我在纽约时，也曾说过我会让自己的名字留在纽约这座城市。就在两年前，我所主持建造的纽约国际大厦正式建成投入使用。”

邬乔知道程令时说这个并非是在炫耀，而是告诉她梦想的重要性，天才如他也曾有过白日做梦的时候，但是他用能力将自己的梦想变成了现实。

邬乔端起面前的果汁，因为程令时一会儿还要开车，两人就没点酒。

她认真说道：“谢谢你的安慰，我争取早日也让上海这座城市有一个地方，刻着邬乔的名字。”

“一定可以。”程令时端起杯子，轻轻碰了下她的杯壁。

这家餐厅主打的是粤菜，上菜速度还算可以，没一会儿就上了第一道菜，是一道他家的特色，龙虾为主材料，周边脆脆的，反正很好吃。

郧乔认真说：“我觉得容总做厨子，比做建筑师有前途。”

“很好。”程令时略扬了扬下巴，“我也是这个想法。”

郧乔笑了起来。却不想，他微拖着腔调，声音又沉又慢：“真不愧是情侣，连想法都这么一致。”

郧乔原本又咬了一口食物，还没来得及享受，差点儿被呛到。

她瞪大双眼，盯着他，这人是怎么做到脸不红心不跳说出这种话的？

两人一边吃饭一边小声聊天，气氛融洽而温馨。

直到先前那个领班走到程令时身边，小声说：“程先生，隋夫人听说您也在这边用餐，想请您过去一趟。”

隋夫人？

郧乔对这个“隋”字，简直都快有应激反应了，一听到就格外敏感。

“让我过去一趟？”程令时微微蹙眉。

领班似乎也有些无奈，但是估计又不敢得罪隋夫人，这才过来传话。

郧乔没说话，反倒是程令时想了下，说道：“你先在这里坐一会儿，我过去一下就回来。”

对方估计是长辈，又主动邀请，他不好拒绝也是正常的。

郧乔乖乖点头，程令时又叮嘱说：“我很快就回来。”

看得出来他很担心自己，所以郧乔摆手：“快去吧，早去早回。”

程令时起身，跟着领班前往隋夫人所在的包厢。

没想到包厢里只有隋夫人一个人。

“令时来了。”对方一看见他，主动起身。

程令时颔首：“隋夫人，好久不见。”

“确实是很久没见你了，你这几年都没怎么回新加坡。”隋夫人温柔地说道。

程令时一向对长辈很客气，哪怕对方莫名的寒暄看起来很奇怪，他依旧如实道：“工作繁忙，所以没时间回去。”

程家在新加坡这么多年，基本根基都在那边。偏偏程令时却因为母亲的关系，从小就是在上海和新加坡两边跑，甚至他的国籍都是跟随母亲的中国籍。

“你隋叔叔自从调任到这边之后，我也一直没时间回来，今年才有空跟着一起过来。知道你也在上海，一直想请你吃个饭。”

对于她的这份客气，程令时婉言道：“您跟我不用这么客气。”

虽然他现在对隋宁失望至极，却并不打算迁怒隋夫人。他知道对方重心一直在照顾家庭上，对于外面的这些事情，应该是并不清楚的。

“对了，我刚才看见你带一个女孩子过来吃饭，她是你女朋友呀？”隋夫人似乎是随意聊起这件事。

程令时忍不住蹙了下眉，以为对方是因为隋宁才会过问这件事。毕竟隋宁喜欢他这件事，并不算秘密，两家长辈之前还打趣过，干脆让他们联姻。

只可惜程令时对这一套联姻的老把戏丝毫不感兴趣。

程令时连程家的沣盈集团都不想要，又怎么可能牺牲自己的婚姻，和别家强强联合。但好在他的教养还是让他温和回复：“对，是我女朋友。”

隋夫人露出一个轻笑：“你女朋友很漂亮。”

对于她的称赞，程令时确实有些意外，本以为她是为了隋宁，现在看来，好像并不是那么回事。

“谢谢，我会向她转达您的夸奖。”

“不用，不用。”隋夫人连说了两遍，在惊觉自己的失态后，她轻笑说，“我就是觉得，你们很般配，看起来她应该是个很好的女孩子，希望你们以后会幸福。”

这么一连串的祝福说下来，饶是程令时性格淡然沉稳，都有些疑惑。

“我就是许久没看见你，所以特地请你过来打个招呼，我就不耽误你们小情侣了。”隋夫人又是一笑，近乎找补般地解释道。

程令时点头，又说了两句，便起身告辞。

当他走到包厢门口时，下意识地扭头看过去，只见隋夫人坐在位置上，偏头看向窗外的夜景，只留下线条柔和温婉的侧脸。

程令时慢慢往回走，他快走到位置上时，就见不远处坐着的邬乔，也是侧着头看向窗外的风景，他盯着她的侧脸，唇角浅浅勾起。

心底泛起无限的温柔。

这是他的女孩了。

他单手插兜，抬脚准备走过去，可是电光石火间，脑海中有个东西好像突然串联了起来。他原本抬起的脚硬生生地落在原地。

程令时站在不远处，就那么安静地望着鄔乔的侧脸。

他是建筑设计师，虽然不是专业学美术出身，但是手绘是基本功，况且他对线条又是那样敏感，哪怕他对人体素描并不熟悉，但是那种熟悉的感觉，像是在他脑袋里狠狠打了一下。

包厢里的隋夫人，坐在窗边的鄔乔，本应该是风马牛不相及的两个人，却因为这过分相似的脸颊轮廓，好像在他脑海中突然重叠了起来。

清塘镇里的传闻，程令时并非没有听说过。

陈嫂就跟他说过，鄔乔的母亲出国打工后，便再也没有回来。

“当妈的多狠心啊，说是去了新加坡打工赚钱回来还债，结果去了就不回头，鄔乔这么乖的孩子都不要。狠心，太狠心了。”

“可是我怎么觉得你这么眼熟，好像在哪里见过？”

“可能是我认错了吧，也可能是你跟谁长得很像吧？”

这是隋宁第一次见到鄔乔时，对她说的话。

程令时也被自己荒唐的念头逗笑，这怎么可能呢。可隋夫人刚才奇怪的举动，又怎么解释呢？程令时其实与她也不过是数面之缘，对方是隋宁父亲隋海铭的二婚妻子，她嫁给隋海铭的时候，程令时已经是个少年。

很快他又去了美国读书，所以对她真的仅仅是见过。

这种认识的程度，不足以在餐厅里遇到时，让她特地请自己过去。

可是哪怕再荒谬的想法，当一切巧合都吻合时，就不再仅仅是巧合了。

鄔乔单手托腮，看着窗外的夜景，待收回目光时，就看见对面的程令时站在那里，不知道在想什么，就是没过来。

她冲着他挥了挥手。

程令时站在那里，眼神晦涩而深沉地盯着她，终于他慢慢走了过来。

他没有坐回对面自己的位置，而是在鄔乔旁边坐下。

看着他有些深沉的神色，邬乔一愣，抿了抿唇，小声问道："怎么了？"

程令时没有说话。

不知道发生了什么事情的邬乔，心底有点儿不安，她忍不住拽了下他搭在椅子扶手上的手指，微抬眸望着他的脸，有点儿莫名难受，又问道："是见了谁？"

"没事，只是一个不太重要的人。"程令时终于开口。

邬乔听着他的声音挺沉的，好像有什么东西压着，她也不知道他去见了谁，但还是忍不住想要安慰他，她用手指轻轻挠了下他的手掌心，小声说："你看新上来的菜，我一口都没吃，就等着你呢。"

她声音轻轻软软，像是说着什么小秘密。

程令时扭头看向桌上的菜，确实是一点都没碰，依旧是华丽精致的摆盘模样。

他心底有种说不出的滋味，比什么时候都酸涩。

哪怕他自己遭遇了那么多事情，他作为男人，都是一笑置之。可是偏偏，当知道她身上所发生的事情，那种愤怒在心底快要压不住，就快要彻底爆发了。

"这么好吃的菜，你也不想吃啊？"邬乔不死心地又轻轻拽了拽他的手指。

她手掌心冰冰凉凉的，贴着他的手背，一点点渗透进来，似乎安抚住了他即将爆发的怒气。

邬乔全然不知道发生了什么事情，她只是想要让程令时别那么不开心。

终于程令时深吸一口气，敛起脸上的情绪，唇角微弯，而后温柔地吻了吻她的唇，声音低哑而肯定道："早早，你以后会幸福的。"

什么呀？邬乔被他突然亲了一下，感觉有些莫名其妙。又听到这么一句话，更是被逗得笑了起来。但她还是很给面子地点了点头。

邬乔是第二天回公司的，不过她到了公司，发现但凡撞上她的人，看见她都眼神古怪。她自己做贼心虚，还以为自己跟程令时在一起的事情，全公司都知道了。

直到顾青瓷拎着包过来，小声问道："乔妹，你怎么这么快就来上班了？"

“我为什么不来上班啊？”邬乔诧异。

顾青瓷说：“你真的没事？”

邬乔这才知道，原来昨天在会场发生的事情，昨天就在公司传开了。

“听说你为了保护老大的演讲稿，被关了起来。这帮人真是太恶毒了，想让老大在那么大的场合丢脸，幸亏有你，誓死维护老大。”

半晌，她无奈道：“是程工自己临场应变能力很强，就算没有稿子，依旧能把控住整个演讲。这功劳真不是我的。”

邬乔昨天一出来，杨枝就让她别慌。

果然后来她上网搜了下，发现程令时的演讲，依旧是她手里那篇稿子的题目，而且跟稿子上的内容相差无几，哪怕有微小的出入，也是他自我补充的部分。

可见这篇演讲稿虽然是宣传部门那边写的，但是程令时自己做了最后的修改。

他早已经将稿子的内容铭记于心。

“这事儿是谁回来说的啊？”邬乔好奇问道。

顾青瓷说：“一开始我们也不知道，后来是跟你们一起去会场的两个设计师说的，也是替你跟老大打抱不平吧。真的是欺人太甚，我听说把你关起来的是那个隋宁？”

“没什么证据。”邬乔说。

顾青瓷：“她可真是的，这是对程工因爱生恨了？”

邬乔摇了摇头，这也是她想不清楚的地方。虽然隋宁是针对她，但是这样做明显对程令时的影响更大，要不是程令时应对得好，这恐怕是他建筑生涯的一大黑历史。

“这种感情观是真的可怕，这都什么年代了，还玩得不到就毁掉的那套啊。”顾青瓷一边摇头一边说道，“你说她那种要风得风、要雨得雨的大小姐，何必要吊在我们老大这一棵树上。”

邬乔作为从小到大也只吊在程令时这一棵树上的人，实在是没什么发言权。

不过顾青瓷很快说道：“不过也是，老大这种男人，实在太罕见了。隋宁那种‘白富美’，肯定不会找穷小子吧。但是普通富二代她也看不上，像我们老大这种家世好本人更厉害的男人，确实是凤毛麟角。

“况且老大还有颜，你知道这次高峰论坛的直播吧，老大那场演讲的直播，都破两百万人气了。”

邬乔想了下，说道：“可能是沉没成本吧。”

“啊？”顾青瓷怔住。

邬乔说：“喜欢一个人太久，投入的感情越来越多，很难接受自己的失败。于是就不停地加注，想要反败为胜，可是最后只有满盘皆输的下场。”

虽然感情不该计算得失，可是只要是人，都会计较。

自己倾注了太多的感情，一时间根本没办法收回。况且隋宁十分看不上邬乔，觉得自己怎么可能输给一个家世普通的女孩，最后便越来越偏激。

从隋宁做项目的手段上，就可以看出，她是不介意使用手段得到项目的。因此在感情上，她也不会坐以待毙。越是高傲的人，越是无法接受输给她认为不如自己的人。

这并不是什么让人开心的话题，邬乔很快便开始忙手头上的工作了。这阵子他们都在忙之前项目的收尾工作。

上午依旧是时恒普通而繁忙的一天，每个人的电脑都亮着，键盘声不绝于耳。

现在做设计的，电脑都变成了主要的工具。打眼一看，不知道的还以为他们是什么 IT 公司，而不是建筑公司。

邬乔正在电脑上画平面图，她从九点开始，一直画了一个多小时都没歇着。所以当搞定一部分之后，她终于忍不住伸了个懒腰。

谁知她双手往上用力伸的时候，就看见不远处几个人，显然是刚进公司。

为首的男人朝这边看过来，将她的动作尽收眼底，很快，他脸上露出了笑意。

不知是看见她笑的，还是被她伸懒腰的模样逗笑的。

这是两人确定关系之后，邬乔第一次在办公室里看见程令时。

虽然之前他表白后，邬乔也在办公室里装作一切如常的样子。但昨天过后，两人的关系更进一步，不再是单纯的上司和下属、师傅和徒弟，还多了一层男朋友和女朋友的关系。

程令时身边站着的人，似乎也注意到他的目光，顺着看过来，笑道：“邬乔。”

邬乔这时也注意到了对方，是她认识的人。

“邬乔，在这边工作怎么样？”秦钟直接走了过来，跟她打招呼。

邬乔站起来，很恭敬道：“秦老师，好久不见，我都挺好的。”

“我听说你刚进时恒没多久，就又赢了一次竞赛啊。”秦钟温和说道。

邬乔没想到秦老师居然也知道这件事，有些不好意思：“不是我一个人赢的，是我跟组里的同事一起组建的团队。”

“不管怎么说，你都是T大最优秀的学生之一。”

程令时转头看着他，懒散道：“到我这儿教书育人来了。”

其他人转头看着这边，似乎都对秦钟很陌生。

程令时倒是直接开口说：“大家先停一下，想必你们之前应该了解过，我们时恒邀请了一位专门从事古建筑修复和建造方面的专家。之前一直没什么机会给你们正式介绍，正好今天秦教授百忙之中终于有空莅临公司，所以大家认识一下。

“秦钟，T大建筑系副教授，也是时恒建筑所的副合伙人，他的工作组乃是主做古建筑的修复和保护，所以有对古建筑有兴趣的，可以跟他请教。”

程令时说完，办公室里响起雷鸣般的掌声。

在掌声停下后，秦钟才轻声一笑道：“能够与这么多优秀又年轻的设计师一起工作，是我的荣幸。”

很快，邬乔被叫进了程令时的办公室。

秦钟就坐在程令时办公室里的待客沙发上，一看见她的时候，立即起身说：“邬乔，我看过你之前美术馆的那个竞标方案，加入了中国古建筑理念，做得很好。”

程令时懒懒地靠在椅背上，一只手搭在椅子扶手上，神色是一贯的漫不经心。

邬乔瞧他不说话，便轻声道：“谢谢秦老师的夸奖。”

“邬乔，我就不跟你兜圈子了。之前你不是我的学生，所以我没办法多说，但是你有没有想过，换个建筑方向？”秦钟开门见山。

邬乔是真的被震惊到了，她眨了眨眼：“换什么方向？”

“比如古建筑设计和修复？”

这下让邬乔更加惊讶，之前她一直学习的都是现代建筑的设计。她知道随着中国国力的强盛，建筑审美越来越能影响到全世界。而且经过这么多年的发展，中国建筑不再像最开始那样，大范围运用西方的设计风格。

很多建筑师越来越多地在自己的设计中加入中国古代山水田园的建筑风格，让国人也能够更加接受这样的建筑风格。

“我没想过。”邬乔如实说道。

秦钟笑眯眯说道：“那就好好想想，其实我一直觉得，以你的年纪，并不应该着急工作，读研或许更适合你。”

程令时终于面无表情地开口：“我说你够了吧，挖墙脚挖到我的人。”

“这是我的学生。”秦钟说道。

程令时不冷不热地回了句：“这是我的徒弟。”

好在秦钟也只是提个建议，并非让邬乔立马就改行，不过他还是肯定道：“你的美术馆设计，不仅我，院里的其他几位教授也都看过了。大家都对你赞赏不已。”

邬乔没想到这件事居然被学校里的教授们关注，一时间有些受宠若惊。

“只是一个竞赛而已，我没想到老师你们也会关注。”

秦钟轻笑，他说：“毕竟某人亲自转发到朋友圈里，我能看不见吗？”

邬乔一怔，有些不明白。

程令时却扯了下嘴角，语气慵懒道：“你这个大学教授当得越发碎嘴了，课堂上都不够你说的吗？”

很快程令时直接让邬乔回去工作。

到了工位上，邬乔咬着嘴唇在自己的位置上犹豫了半天，终于看向旁边的顾青瓷，问道：“青瓷，你的手机能借我用一下吗？”

“拿去。”顾青瓷直接递了过来。

邬乔点开微信，点开通讯录，正要找程令时，却发现顾青瓷把他们组的所有人都标记成了星标朋友，她一眼就看见了程令时的头像，于是她点开了他的朋友圈。

她往下拉了两下，就看见了一条转发的微信消息。

“江城美术馆竞赛，我的人赢了。”

这么轻狂又傲慢的话，确实是他说出来的。

邬乔立即点开这条微信的评论，因为顾青瓷跟程令时有不少共同好友，所以不仅有好多点赞，还有不少评论。

“没赢过？”

“你们时恒真厉害，项目一个接一个地投标成功。”

“恭喜程工，果然是强将手下无弱兵。”

直到程令时在这条下面又回复了一句：“应该是名师出高徒。”

邬乔看了一眼时间，这条朋友圈应该是美术馆公示出来没多久，他们赢了竞赛之后，很快主办方那边在媒体上发布了新闻。

当时邬乔也转发了朋友圈，但是她并没有刷到程令时这条，于是她立即拿出自己的手机。

在她自己的微信里，点开程令时的朋友圈。

当翻到同样的日期时，她发现并没有这条，所以应该是程令时屏蔽了她。

他屏蔽了自己？

“乔妹，怎么了？”顾青瓷见她拿着两个手机在一起比画，好奇地问道。

邬乔立即摇头，将顾青瓷的手机还回去，低声说：“没事，就突然发现了一个小秘密。”

本来她以为程令时的性格，从来张扬轻狂，毫无畏惧。偏偏发个夸奖她的微信，居然不好意思让她看见，还挺不像他的。

中午的时候，程令时跟秦钟一块出去了，秦钟本来想叫她一起吃饭，被邬乔拒绝了。

“你老师叫你去吃饭，你怎么不去？”顾青瓷诧异。

邬乔才奇怪道：“你忘了，我跟你约好中午吃拉面的。”

顾青瓷瞪大眼睛：“所以你是为了我拒绝的？”

“那不然呢？”

“乔妹，你是我见过最不重色轻友的人了。你都不知道，我好几个朋友，只要一谈恋爱，就跟失踪了一样。想约她们出来吃个饭，都一直男朋友、男朋友地念叨个不停，好像没了男朋友，就不能独立行走似的。”

“等一下。”邬乔打断她，小声说，“什么重色轻友，我是拒绝我老师的邀请。”

顾青瓷轻轻撞了下她的肩膀，笑嘻嘻：“行了，你就别跟我装了。”

邬乔一脸茫然时，顾青瓷凑过来说：“你跟老大，我都看出来了。”

这一下，当真是把邬乔唬住了。

她立即做贼心虚地左右看了一圈，好在周围的人都忙着去吃饭，压根没注意她们这边，况且顾青瓷说话的声音也挺小的。

“你什么时候知道的？”邬乔几乎是耳语般地问道。

邬乔昨晚才答应程令时，也就只跟郝思嘉一个人说过。不是她不信任顾青瓷，而是她想在公司里保持低调，可老板女朋友这个身份，实在是低调不起来。

本来她是程令时的徒弟，已经让人觉得程令时偏心自己。要是在徒弟身份上再加上一个女友身份，只怕所有人都会认定她所取得的一切都是靠着程令时。

邬乔知道这是跟程令时谈恋爱必然会面对的非议，所以在她没有足够能力之前，希望一切都保持低调。

两人此时已经走出了公司，所以顾青瓷也不用特地压低声音，她说道：“你跟老大之间那种气场就不对劲啊。之前我也是组里唯一的女生，但是老大从来没用那种眼神看过我。”

对于顾青瓷说的眼神、气场这些微妙的词汇，邬乔还是有些诧异。

直到顾青瓷说：“好吧，其实是之前有一次加班，我看见老大在拐角那边等你。”

邬乔问：“别人知道吗？”

顾青瓷说：“你放心，我一个人都没说。而且我们组里的都是钢铁直男，他们根本不懂男女之间那种微妙又暧昧的气氛。只有我这样心思细腻的少女，才能充分地感受到。”

“今天中午的拉面，我请客。”

邬乔说完句话，顾青瓷立即说：“我帮你保守这么大的秘密，你就请我吃拉面呀？”

“吃还是不吃？”邬乔问。

顾青瓷：“吃。”

下午回去之后，午休时间还没过，大家都懒懒散散地坐在自己位置上，有人趴着睡觉，有人干脆组局玩游戏。

整个办公室里格外安静，只有空调的声音轻轻响起。

邬乔拿着平板电脑，在浏览国外最新的建筑，她没什么爱好，连游戏都不怎么打。直到手机响了起来。

邬乔一边盯着平板，一边拿起来，就看见微信有一条新信息：“到安全通道来。”

邬乔看着那个熟悉的头像，下意识地左右一看，明明没人关注，她依旧觉得心虚。很快，她慢悠悠放下平板，从桌子上的纸巾盒里面抽了几张纸，一副假装要去洗手间的模样，从位置上站了起来。

邬乔走到了开放办公室的边缘，有两个方向，一个是通往公司洗手间，一个是通往前台。

安全通道在公司的外面，所以她脚步放轻，直接往前台走去。

前台两个小姑娘正低着头，不知道嘻嘻哈哈在说着什么。

邬乔赶紧走了出去，一路往安全通道走过去，等推开门，发现并没有人。

她眨了眨眼，难道不是这个安全通道？

谁知楼下突然传来一声轻咳，于是她大着胆子往楼下台阶走去，在到了中间平层台时，就看见倚在下面那层楼梯扶手旁的男人。

他手里拎着东西，仰头望着她，两人视线对上，男人直勾勾地望着她，仿佛能在她身上盯出两个洞。

邬乔深吸一口气，假装不在意地下楼。

谁知下到离他还有两层台阶的时候，他直接伸手，一把抓住她的手臂，直接将她整个人拽了下来，邬乔当即身体失去了平衡，吓得轻声呼叫。

下一秒，她整个人直挺挺地扑进他的怀里，隔着一层夏天的薄衫，直接面对面地撞在一起，原本没什么心思的男人，当即就乱了呼吸。

“软玉温香扑满怀”，原来就是这种滋味啊。

邬乔紧紧贴在程令时怀里，原本就因为从台阶上被拽下来有些紧张，此刻再听着耳边他急促又沉重的呼吸声，她的心跳也立即紊乱了，怦怦乱跳起来，全身血液仿佛都在乱窜，脸颊、耳根，能红的地方全都红了个遍。

“别动。”程令时抱着她，哑声说道。

邬乔原本想挣脱他的怀抱，被这一声吓得也不敢再乱动。

不知过了多久，程令时把人松开，将手里的东西递给她：“出去吃饭，顺手买的。”

邬乔一看，又是蛋糕。

她一边接过一边小声嘀咕：“你这是想把我养胖啊？”

“那是最好了。”程令时上下打量了她几眼，略顿了下，说道，“你不觉得你这样有点儿太瘦了？之前天气预报说上海刮台风，我就开始担心你。”

邬乔气急：“你就没一句好话？”

“我下午得出去一趟，下班之前应该回不来，所以晚上就不能送你回家了。”没想到，程令时没回答她这句话，反而说了这个事情。

邬乔对这个倒没什么奇怪的，他是经常不在公司的。

“我可以自己回家。”邬乔突然说，“你该不会是特意回来跟我说这个的吧？其实微信上说一句就行了。”

谁料，程令时突然长叹了一声。

此时他已经松开了她，两人之间有些距离，他略弯腰凑近，视线与她的眼睛齐平，带着一种无奈而又忍无可忍的口吻说：“我说你这人……”

邬乔瞪大双眼，心想：她怎么了？

就在她等着他再开口时，他突然伸手将她拉了过去。

“我就是想见你啊。”无奈的声音里，带着无限的温柔。

邬乔晚上回到家，一个人在家画图。

快到十一点的时候，没想到程令时给她打了个电话，他下午出去之后，就一直没跟邬乔联系，邬乔也怕自己打扰他工作，连微信都没敢发。

这会儿程令时电话一打来，她立马接通：“喂。”

哪怕只有一个字，也能听见她声音里的欣喜。程令时坐在车里，听见她声音的时候，嘴角不自觉扬起，他伸手勾住衬衫，漫不经心地解开最上头的那颗扣子。

“下来吧。”程令时温言道。

邬乔叫了一声，就听见手机那头传来椅子腿在地上摩擦的声音，“咿呀”一声。

那边电话也没挂断，不知是忘记了还是就没挂，程令时就听见那边开门、关门的动静，最后还有下楼声。

程令时推门下车，他停车的位置就靠近大门口。

从这个方向正好能看见邬乔单元楼的门口，耳边的声音还在继续，“砰”的一声，是单元门被关上的声音。

一个白色身影出现在程令时的视线内。

她一路跑过来，从大门口经过时，还跟看门大爷打了个招呼，等她一溜烟跑过来的时候，男人已经倚在副驾驶这边的车门旁等着她。

邬乔跑过来，程令时看着她飞舞的裙角，手臂都要张开了。

可是小姑娘到他跟前的时候，硬生生停在原地，一脸腼腆地望着他，问道：“你怎么来了？”

程令时低头看了一眼自己的手掌，硬是给他自己逗笑了。

见他笑，邬乔还觉得奇怪，问道：“怎么了？”

“你这是不是少跑了两步？”程令时歪头，冲着她看了一眼。

邬乔眨了眨眼，还有点儿蒙地问道：“什么少跑了两步？”

她刚说完，就看见对面的男人伸开双手，姿态明显，这是要让她扑进自己的怀里。他也没开口催促，就单拿眼睛看着她，整个人懒洋洋的，一副愿者上钩的模样。

邬乔不是没瞧过他这副浪荡模样，从前她还能假装不在乎，可眼前的男人现在是她男朋友，是不一样的身份了。

犹豫了两秒后，邬乔上前，轻轻抱住他的腰，也没贴太近，蜻蜓点水一样地抱了下腰，赶紧又松开了。

“我说……”程令时又慢悠悠地开口，“你长得这么乖，怎么连撒娇都不会呢？”

邬乔好像天生就不会这些，小时候就是乖、嘴甜，但要是让她娇滴滴地说话撒娇，她确实是不太会。而且她好像天生容易尴尬，不好意思在大庭广众之下抱他，也不好意思主动跟他亲近。

程令时伸手将人紧紧抱住，低声说：“下次看见你对象，热情点。”

“我会慢慢努力的。”邬乔脸颊贴在他的怀里，声音轻柔。

程令时担心外面有蚊子，拉着她上了车，没想到一上车，居然又给她递了东西。不过这次是水果，一个盒子里装着的车厘子，深红到近乎紫的颜色，颗粒饱满，看起来就很好吃。

“已经洗过了，可以直接吃。”程令时声音挺淡的。

但是邬乔心底如海浪般汹涌而至，他好像特别喜欢喂她，不管什么时候，总会给她带点东西。邬乔心底其实是很感激的，因为这样的小东西，她收起来没有心理负担，之后她也可以做出同样的回报。

喜欢从来不是一味索取，而是双向的奔赴。

“你这个小区，会不会有点太老了？”程令时突然开口说道。

邬乔：“还好啊，这种老小区周边都挺方便的。”

“我是怕这种老小区的治安没保障。”

邬乔似乎有点儿明白程令时的意思，赶紧说：“我住得很好，真的很好。”

见她坚持，程令时暂且没再提这个事情。

邬乔将装着车厘子的袋子放好，这才想起来问道：“对了，我今天发现一件事。”

“什么事？”

“你是不是之前转发过一条我们在美术馆得奖的朋友圈？”

她也没迂回，单刀直入，别说这话还真把程令时问得愣住了，他想了下，说道：“是早上秦钟说的话？”

邬乔：“当然不是，是我有证据。”

“什么证据？”程令时这会儿还没想承认呢。

“我借了顾青瓷的手机，从她的微信打开你的朋友圈，结果她可以看到那条微信，我却不可以。”

程令时终究还是没忍不住，他伸手捏了下自己的眉心，直到他无奈地笑了下，轻声说：“那我要说那时候我就对你别有所图呢？”

程令时也觉得自己挺可笑，本以为自己一直把她当小孩看待。

但其实真没有，以前十几岁的小姑娘，终究与眼前已经变成半熟女人的小姑娘，是天差地别的。他没想到自己挺没出息的，本以为自控力不错，却还是一步步沦陷。

本来转发那条微信，不算什么大事，毕竟是自己公司的人。

结果也说不上什么，或许是不想叫她那么早察觉自己的心思，居然搞个朋友圈转发都要屏蔽她。

邬乔吃惊地望着他，半晌才小声呢喃：“不可一世的程令时，居然也有这种时候。”

她说完，就发现程令时含笑看着她。

“看什么？”她嘀咕。

下一秒，程令时已经倾身过来，他将她抱在怀中，直接吻了下来，他含住她的唇瓣，动作不粗鲁也不轻柔，是那种密密麻麻的吻，铺天盖地下来，一瞬间就将她的呼吸占去了大半，让她忍不住重重呼吸。

邬乔从来不知道，接吻这件事，让人如此着迷。

他反反复复吻着她的唇瓣，勾弄她的舌尖，动作旖旎暧昧，尽显风流。就连她自己都被带着，不知不觉沉沦其中。

那一晚，两人坐在车里，反反复复亲吻对方，丝毫没感觉到时间的流逝。

一进入九月，整个上海都没那么燥热了，早晚凉气大，连蝉鸣声都没了夏日里的嚣张。初秋之后，头顶的天空都变得格外明亮。

邬乔一大清早就赶到了高铁站，她看了眼手里的信息。

上面是她昨晚刚买好的票，目的地是宁市。

清塘镇是宁市底下的一个古镇，从宁市到清塘镇大概一个小时的路程。她买的是早上八点的高铁票，差不多十点到宁市的高铁站。

郚乔没坐公交车回清塘镇，而是直接打了一辆车。

车子经过一个小时的行驶，缓缓驶入了山里的一个墓园，这是清塘镇唯一的墓园。郚乔下车之后，手里抱着一束花。这是之前路过花店时，她让司机停下，自己下去买的。

早上天气还算晴朗，结果她在高铁上的时候，就下起了小雨。

这会儿小雨依旧淅淅沥沥，郚乔直接下车往墓园里走。到了门口，正好碰上了看门的老大爷，这位大爷瞧着她一个小姑娘孤身一人，转身回了自己的值班室，从里面拿出一把伞追了出来。

“姑娘，姑娘。”大爷跟在后面喊了两声，这才把郚乔喊住。

郚乔转头，就见大爷把手里的黑色长柄伞递了过来，说道：“把伞带上，可别淋湿了。”

“谢谢。”

很快郚乔转身沿着台阶往上，老大爷站在她后面，看了一眼，轻轻摇头。守在这个墓园的老人已年过古稀，看淡一切。但是每次来墓园的人都有一份属于自己的悲伤故事，他只盼着这些活着的人能够安乐幸福。

郚乔一手撑着伞，一手抱着手里的小雏菊。一直走到第二个平台，往右走，第七个墓碑就是她爸爸长眠的地方。

郚乔以为过了这么多年，她的内心应该平静了，可是不管来多少次，不管什么时候来，她还未走到墓碑前，眼眶便已经湿润。

终于，她走到了那块安静竖立着的墓碑前，第一眼看见的就是墓碑上放着的花束，新鲜的且娇艳欲滴的还沾着刚落下雨水的花束。

郚乔错愕地看着这束突如其来的花，直到她慢慢弯腰，仿佛用尽全身力气靠近这束花。里面并未放着卡片。她直勾勾地盯着这束花，然后她将自己带来的花放下。

她扔掉伞，直接抱着这花就往台阶下跑。

下雨天的台阶格外湿滑，郚乔匆忙跑下来，中途还真的摔了一下。但她丝毫没在意，站起来就继续往前跑。

一直到了大门口，郚乔站在墓园的大门口，左右看了一眼，路上空荡荡的，只有漫天的雨丝砸下。

“小姑娘。”守园大爷正在屋子里听广播，就看见先前那小姑娘抱着一束花出现。

邬乔轻声问道：“大爷，请问今天早上，除了我之外，还有别人来过吗？”

大爷想了下，肯定地说：“有啊。”

小地方的墓园，除了清明节之外，并不热闹。

每天也就顶多只有两三个访客，有时候一天都看不见一个外人。所以一天来几个访客，守园大爷都看得一清二楚。

“请问，是什么样的人？”邬乔声音微颤地问道。

“之前九点多的时候，来了一辆黑色的车，那车子就停在那边。”大爷指着外面的一块空地，那就算是墓园的停车场了，他想了下，继续说道，“当时就从车里下来一个男的，看起来应该是个司机，后排是个女的。”

“年纪我还真说不准，看着像四十来岁，穿着一身黑，长头发，模样是长得真好。不过进园子的就只有那女的一个人，司机一直站在外面等着。”

邬乔茫然地看着守园大爷，脸上不悲不喜。

她如同石化般站在原地，还是将守园大爷吓得不轻，喊道：“小姑娘，小姑娘，你没事吧？”

“我没事。”邬乔回过神。

她低头看着手里的花，突然狠狠地将花摔在了门口的地上。这里正好有一摊积水，鲜花摔下去的时候，脏污的积水喷溅在花束上。

纯白色花朵沾上脏水，格外显眼。这花束里也都是小雏菊，小雏菊的花语是深藏在心底的爱。对邬乔而言，父亲永远是她深藏在心底、不敢轻易触碰的伤口，也是她永远都尊敬和爱着的人。

“这花怎么扔掉了？”守园大爷怪可惜地说道，“不管怎么说，也都是人家的一片心意。”

邬乔低头看着这束花，声音轻而坚决：“她不配。”

她不配！

永远都不配！

她凭什么用小雏菊，凭什么玷污小雏菊，深藏在心底的爱，她凭什么敢这么说！

邬乔最后还是捡起花束，走到一旁，直接扔进了最近的垃圾桶里，然后头也不回地重新前往墓碑。

等到了墓碑前，邬乔从包里掏出纸巾，哪怕天上下着细雨，她依旧给墓碑上的照片擦了擦。邬建中墓碑上的照片，选的是那年他评选上学校优秀教师时拍的照片。

邬乔其实跟他长得并不是很像，但他是邬乔生命里最为温暖的回忆。

因为爸爸还在的时候，她只需要无忧无虑，可是他离开后，她便成了无法推卸的包袱，从一个地方滚到另外一个地方。

其实邬乔很少会回忆自己的过往。

生活总在继续，过度沉溺在从前的悲苦之中，只会让自己自怨自艾。

“爸爸，我又来看你了。上次还是清明节，那时候我还没毕业。但是现在我正式毕业了，我进了建筑界最厉害的时恒建筑事务所，而且我还赢了一个竞赛，很快我的名字将刻在美术馆的门口。”

“爸爸，我一直有乖乖听话，认真长大，你在天上的话，也会看见吧。”

邬乔说着说着，眼泪就落了下来。

很快，她擦掉眼泪，轻笑了下：“还有，我谈恋爱了。”

“他是我这一生唯一喜欢过的人。我知道你肯定要笑话我，我才这么小，现在说一生是不是太早了。可是从我体会到‘喜欢’两个字的时候，就是因为他。这么多年，兜兜转转，他居然也喜欢我。

“因为我们两个在一起的时间还很短。所以这次我没办法带他来见你，但我答应你，如果可以，我一定把他带来。

“爸爸，你也会喜欢他的。”

邬乔之前在网上看过一个话题，是女孩子第一次带男朋友回家，各种啼笑皆非的状况，总是让人忍不住会心一笑。

可是她大概永远都没办法看见这样的一幕。

她的父亲永远长眠于此，哪怕有一日，她真的带着程令时前来，他能看见的，也只是一座冰冷的墓碑，和一张永远在微笑的照片。

邬乔再一次看着墓碑上的男人，潸然泪下。

她在墓碑前站了一个多小时才离开。到了门口，她再次回到值班室，将手里的雨伞还给了守园大爷。

“谢谢您，大爷。”

老大爷笑了笑，摆手说：“不用客气，现在来墓地的人是越来越少了，你是哪个亲戚去世了？”

“我爸爸。”

老大爷有些怔怔地望着她，乡下老人家并非有意冒犯，只是习惯性地寒暄两句。或许是因为邬乔太过年轻，守园大爷怎么都没想到会是她爸爸。

当她转身离开时，老大爷看着她的背影，又是重重叹气。

邬乔回到大伯母家的时候，家里已经在做饭了。大伯正坐在院子里，用金箔纸叠金元宝，邬乔走过去，喊了一声：“大伯。”

“回来了。”大伯抬头看着她。

邬乔低头看了一眼，蹲下去，伸手拿过来一张，很快便折了一个金元宝。

“多叠一点，待会儿给你爸爸和你爷爷奶奶烧过去。”

邬乔蹲在一旁，默不作声地叠着金元宝。

没一会儿，大伯母从厨房里看见她：“邬乔回来了，快快，先去洗洗手，马上吃饭了。”

“等一下，让她把这点叠完了，还得给她爸烧过去呢。”

邬建华一辈子都没什么主见，处处听大伯母的话，唯有这时候大伯母才不敢说话，安静地看着他们两人叠元宝。

元宝叠完之后，大伯找了个盆，就在院子里烧了起来。

邬乔安静地将自己叠的东西放进盆里。

耳边是大伯的絮叨和叮嘱：“老二，你要是缺什么，就托梦跟我说。实在不行，就托梦跟邬乔说，还有你跟咱们爸妈在底下，好好保佑我们邬家的三个孩子，不求他们大富大贵，只要平平安安就好。”

东西烧完，邬乔这才去吃饭。

今天是她爸爸的忌日，这世上除了她之外，也只有大伯才会这般惦记了。

三人吃饭时，有些沉闷。

邬乔如今常年不着家，跟大伯和大伯母也说不上什么话。大伯母问道：

“我听飞扬说，你跟慧慧在上海见面了？”

“嗯，她挺好的，你们不用担心。”郭乔勉强说道。

她刚来这里时，最想逃离的就是这个地方，后来长大才发现，这是世界上唯一能给她遮风挡雨的地方。

想了想，小时候最多抱怨的无非就是养她多花了多少钱。

但是真正该抚养她的那个人，将她扔下了。

她该怨的、该恨的，应该是那个人。

可是这么多年过去，她只希望一切都维持现在的状况，已经离开的人，不要再回来了。

郭乔下午又去了一趟奶奶的墓地，奶奶去世之后，便与爷爷一起葬在老家附近。

处理好这些事情后，郭乔才启程回上海。

她订了晚上六点的高铁票，八点到了上海，便乘坐地铁回家。只是在高铁上光顾着睡觉，居然忘记充电，所以手机早早关机了。

郭乔乘坐地铁又转了一趟公交车，这才到了家门口。

谁知她刚到小区门口，就看见门口围着一堆人，门口警车上的灯在夜色中来回闪烁，格外显眼。

郭乔好不容易挤到里面，问道：“请问，这是怎么了？”

“哎呀，可不得了，听说有个女孩子被杀了，满屋子都是血，连楼梯上都是，吓人得很。”旁边的一个阿姨拍了拍胸口说道，一脸后怕。

另外一个大爷无语道：“咱们这个小区房价该不会要跌了吧？”

“不可能吧。”阿姨当即反驳。

大爷说：“怎么可能不跌，这多吓人，不过最惨的还是这家房东，好好的房子变成了凶宅。别说租了，卖都卖不掉。”

郭乔抬头眺望着里面，这才发现，被拉了警戒线的，居然是她住的那个单元楼。

大家挤在门口，都望着里面。

很快，又来了几辆车，一行法医模样的人出现，穿着白大褂的警察一出现，似乎更加印证了凶杀案的传闻。

邬乔发现自己一时半会儿是回不去了。

不过她也没办法，毕竟相较于她只是回不去家，有个人连生命都丢失了。或许是因为今天去了墓地看爸爸，邬乔发现自己的情绪起伏很大。一时间，竟有些不想再留在这里。

邬乔叹了一口气，转身往外挤，可是她刚往外走了两步，就听到身后一个熟悉而焦急的声音："警察先生，我女朋友就住在这栋楼，她一直没接电话，我要进去看看。"

"不行，现在这栋楼已经被封锁了，除了警察之外，任何人都不能进。"

"我女朋友她好几个小时没接电话了，我得确认她平安。求求您让我进去。"

邬乔立即回头，当她挤到最前面，就看见一道熟悉的身影，他正站在那里，想要闯进小区里，却被两个警察死死拦住。

明明平时那么骄傲而轻狂的人，此刻却那样卑微，在这么多人的围观之下，哀求警察。

"你要是再这样，我就要拘捕你，告你妨害公务了。"警察斥责道。

邬乔眼眶一下红了，她立即冲了过去，将他抱住："程令时，我在这里，我没事。"

他转身将她抱住，双手将她紧紧地抱在怀里，仿佛要将她勒进自己的身体里，再也不松开，一刻也不。

"对不起。"邬乔感觉到他身体的颤抖，她几乎能想象到他有多害怕。

当两人重新上车，程令时刚在驾驶座上坐下，便立刻伸手将她的手抓住。

"我今天回了一趟清塘，今天其实是我爸爸的忌日。"邬乔解释道，因为今天是周末，所以她也没跟程令时说这件事。

之前他发微信过来，她也是寻常回复。他们还约了明天去看新上映的一场电影，片子是邬乔选的。

程令时突然说："你想喝水吗？"

邬乔愣了下，转头看着他，见他脸色还是有些苍白，忍不住说："我去买吧。"

“不用，我去买。”程令时推门下去，直接走向前面的便利店。

邬乔也不知道怎么办，只能先找出数据线，在他车上充电。手机开机以后，手机屏幕响了起来，然后短信、微信、电话提醒，像疯了一样进来。

邬乔最先点开微信群。这才发现他们组的小群，已经有“99+”的讨论了。

于是她点进去，开始从头开始看，早上还都是一堆拉人打游戏的信息，到了晚上，画风急转。

这是高岭发的一个截图，是讲述上海小区凶杀案的事情。

高岭：“这姑娘也太可怜了吧。”

檀启：“哪个小区的？”

高岭：“我看了下，好像是东苑新区的，这小区好像是老小区，真惨。”

没一会儿，顾青瓷回复：“什么？”

顾青瓷：“是东苑新区吗？乔妹好像就住在那里。”

高岭：“不是吧？”

高岭：“我看了新闻，好像真是东苑新区。”

顾青瓷：“我给乔妹发个信息问问。”

一开始大家还算正常，过了两分钟，顾青瓷：“我给乔妹发微信，她没回。打了电话，又是关机，你们谁还能联系乔妹？”

这下群里的人差不多全都出来了。

燕千帆：“先别急，说不定邬乔出门玩去了，逛街手机没电了。”

高岭：“我打了，也是关机。”

高岭：“顾青瓷，网上爆料说凶杀案是15幢楼的，是一个年轻小姑娘。”

顾青瓷：“……乔妹好像就是住15幢。”

高岭：“你别好像啊，到底确不确定啊？”

顾青瓷：“打电话问问行政，乔妹进公司的时候，肯定登记了住址。”

柯霄：“先别慌，不会有事的。”

直到终于有一个熟悉的名字出现。

程令时：“我去找她。”

虽然邬乔之前大概猜到发生了什么事情，但是看到群里的聊天记录，才知道程令时经历了什么惊心动魄的过程。

在新闻上突然发现女朋友的小区里发生了凶杀案，甚至还是同一栋楼。与此同时，邬乔还一直没有接电话，手机更是关机状况。

只怕是个人都要疯掉了，难怪刚才连一向那么骄傲的男人，都用那么卑微的口吻，请求警察让他进去，邬乔不敢想象要是方才自己没出现，他会怎么办。

邬乔深吸一口气，立即推门下车。

程令时是去往旁边的一家全家便利店，她走过去时，发现男人并未进入便利店内，而是正站在门口抽烟，他手指里捏着一根香烟，猩红的点在夜色中明明灭灭。

邬乔走过去，仰头看着眼前的男人。

"对不起，我不是故意关机的。我今天回了一趟清塘镇，回来的路上，手机就没电了。"她再一次解释说。

程令时狠狠地吸了一口烟，便将它按灭在路边的垃圾桶上。

很快，他转身看着邬乔，她就站在不远处。

邬乔有些不敢看他，她光是想想刚才他所经历的事情，便觉得他一定快着急疯了。直到她的视线落在他身上穿着的T恤下摆处，看见外露的衣签。

她缓缓走上前，伸手拽着他的衣服，这才确认，他衣服真的穿反了……

"怎么了？"程令时见她拉着自己的衣服，轻声问道。

她听到这句话，反而鼻尖一酸："你是不是吓坏了？"

"可不是。"一直那样骄傲的男人，终于克制住手掌的颤抖，伸手将人抱在了怀中，他的下巴抵在她头顶，低声说，"你得对我负责任，不许再有下一次。"

邬乔轻"嗯"了一声。

程令时笑了起来，这一笑全身都在轻轻颤抖，她大概永远都不知道，刚才在看见她的一瞬间，他浑身都在颤抖，就连手掌都在不自觉地抖动。

他借口来买水，就是为了找个地方抽烟，舒缓自己浑身的僵硬和颤抖。

当他赶到小区里，看着门口聚集的人群，还有隔着大门的单元门口前被警方拉起来的警戒线，他曾经无数次站在同一个地方，看着邬乔走进那个单元门。

可是今天却有无数的警察聚集在这里。

程令时想要冲进去，亲自确认她的安全，他没办法听从警察的安排再等等。

他从来不知道后怕这种情绪居然这样恐怖，冷汗从后背一阵阵冒起，那种几近疯狂的情绪瞬间占据大脑，让他连思考的力气都几乎没有。

“一定不会有下次了。”邬乔小声保证。

程令时又用力抱紧她，这才低声应了下。

很快两人重新上了车，邬乔看着小区依旧热闹的门口，有些无奈地说：“看来今晚我不能回来住了，我打个电话给郝思嘉。”

她拿起还在车上充电的手机，准备给郝思嘉打电话，却被程令时一把按住。

他浅褐色的眸子牢牢盯着她的脸颊，面无表情地看着她，低声说：“你是真的没把我放在眼里啊？”

邬乔“啊”的一声，这是什么话？

邬乔说：“我没有啊。”

“这种时候，你第一个求助的不应该是你的男朋友吗？”程令时沉声说道。

“可我要去她家借宿啊。”邬乔小心翼翼瞥了他一眼，小声呢喃道，“我总不能去你家借宿吧。”

“为什么不能？”程令时像是听到什么天大的笑话，反问道。

邬乔立即瞪大双眼，声音有些结巴：“可、可是……”

让邬乔去程令时家里住，她确实不好意思，哪怕他们是男女朋友。

“你不想去？”程令时见她这么犹豫。

邬乔小声说：“我就是觉得不太方便吧，毕竟你习惯独居。”

程令时听到这话，当场被气笑出声，他目光沉沉盯着邬乔，居然还点了点头：“邬乔，我真的觉得你是全世界最体贴男朋友的人，到了这种时候，你居然还考虑我习惯独居。”

他嘲讽的意思太过明显，邬乔想装傻都不行。

倒不是邬乔没听懂他的意思，只是她生性保守，总觉得他们刚交往没多久，她突然去程令时家里住，好像有点儿不太好的样子。

但是程令时这次并不打算再做贴心男朋友，去征求她的意见。

他直接启动车子，就开走了。

一路上邬乔小心翼翼地偷瞄他的脸色，虽然车厢里没有光亮，很昏暗，路边两旁的路灯不时照进来的暖黄色光线映在他的脸上，如同流动着的光影，明灭交替，还是能看得出来他脸色不太好看。

邬乔主动承认道：“其实我是不好意思，这是我第一次去男朋友家里住。”

她没有交往过别的男朋友，程令时是她的初恋。

之前邬乔别说是去男生家里住，就连电影都没跟男生单独看过一场。她的大学生活里除了室友之外，走得近的全都是女孩。

以前跟学长一起做竞赛时，有个学长喜欢她，但又不敢单独约她，便经常借着讨论竞赛，邀请大家一起去看电影、聚餐和唱歌。邬乔一开始还去参加过两次，后来发现那个学长的意图之后，她除了正经讨论竞赛，再也没有参加过，以至于建筑系就传言，她是“铁壁女”，铜墙铁壁的那个“铁壁”。

大家都在等着会有哪个男生攻破她这座堡垒，可是直到她大学毕业，都没谈过一次恋爱，所以刚才她才会有些惊慌失措。

正好遇到了红灯，程令时停在斑马线前，他盯着红灯，缓缓说道：“这也是我第一次带女朋友回家。”

邬乔抿嘴，有点忍不住想笑。

程令时余光似乎察觉到，他靠在驾驶座上，单手握着方向盘，满脸的浪荡不羁：“笑什么？”

瞧着他一副风流浪子的模样，邬乔终于忍不住小声说：“哥哥，你也太纯情了吧。”

邬乔之前其实来过一趟程令时家里，就是之前他为了救邬乔，被钢管砸中后脑勺，因为当时确诊是轻微脑震荡，所以医生让他留院观察一晚上，她就过来帮程令时拿换洗衣服。

程令时开着车直接进入了小区的地下车库，邬乔看着左右车位上停着的车，全都是各种豪车。等两人进了电梯，房子是那种电梯入户的户型。

邬乔上次过来时，就惊叹过这边小区的私密性。

两人刚出了电梯，邬乔说道："幸亏来自星星的你，不是这种房子，要不然男女主角都碰不着面。"

"什么？"程令时凝眉，一副"你在说什么"的表情。

邬乔解释："就是一部韩剧，一个大明星和'外星人'谈恋爱。大明星住在外星人的隔壁，有一次她喝醉酒回家，结果按了男主家的门锁，然后两人就在各种接触下，最后成了一对情侣。"

这种邻居变情侣的故事，还真不算是罕见。

程令时听到后，嗤笑了一声："大明星连电梯入户的房子都住不起吗？我建议她要不换个小区，要么换个脑子。"

对于程令时的不解风情，邬乔也不想纠正。

随着他们进门，玄关的感应灯已经亮了起来，柔和的光线洒落下来，明亮又不刺眼。

邬乔跟在他身后，到了换鞋子的地方，程令时直接拆了一双新的男士拖鞋，放在地上，说道："今晚先将就一下，明天再给你换女式拖鞋。"

哪怕上一次来过，但当邬乔再一次进入这栋房子的时候，依旧忍不住瞪大双眼。

她上次来是在白天，走马观花般看了一眼客厅。

这次她再次站在客厅里，不同于之前白日里自然光线的明亮通透，这次亮起的灯光，是介于明亮与淡黄之间的温柔光线。

室内的白色巨大沙发，线条简约，一看便是设计师作品。而沙发旁边就是一整面的落地窗，此刻华灯初上，霓虹显现，外面俨然成为光影海洋，漆黑的夜幕被霓虹映照成华丽色彩，这是属于上海的夜色。

邬乔安静地站在原地，望着外面的夜景。

直到程令时问道："你是不是还没吃饭？"

"嗯，你呢？"邬乔轻声问道。

程令时："叫外卖的话，不介意吧？或者我可以给你煮面？"

"我来煮吧。"邬乔主动说道。毕竟今晚要在这里住宿，她觉得自己勤快一点也没什么。

但最后程令时还是决定叫外卖。

好在东西很快就送来了，居然还是机器人送上来的。

邬乔看着门口的机器人，有些震惊："机器人？"

"这里的物业一般都会用智能机器人帮业主送东西，这样一来，既能保证业主的隐私，也能保证效率的提高。而且设计师当初在设计小区的时候，应该也是有这种智能化的考虑，所以小区的动线设计很合理。"

邬乔感慨地点头。于是她很认真地问起了小区当初的设计，程令时也挺细心，一一回答她的疑惑。

"我觉得未来的建筑，应该也是智能时代，我们在考虑建筑设计的时候，应该比我们的前辈们更要考虑到智能化的运用。"邬乔听完后，分析说道。

终于程令时忍无可忍地夹了面前的糖醋小排骨，直接放进她碗里，说道："我希望这个家里，在下班之后，没有工作。"

邬乔一阵无语。

要是容恒在旁边，只怕也要跌破眼镜，这居然会是一个工作狂能说出的话？

第十六章

邬乔我们回家吧

吃完晚餐之后，邬乔想帮忙收拾东西，谁知电梯那边又有了动静。程令时直接走到那边，很快就拎回来两个袋子。

他递给邬乔："我让人帮忙买的衣服，你待会儿试一下合不合适。"

邬乔没想到他会这么细心，连这个都考虑妥当。

这么热的天气，她也没带换洗衣服过来。

当她接过袋子，就看见有一个袋子里面有个很明显的标识，是某一国际知名内衣名牌的 logo。

程令时就站在不远处的吧台旁，他拧开一瓶水，喝了一口后，整个人懒懒地靠在那边，见她站在原地，低笑一声："要不先去试试？"

这话听起来暧昧且透着那么一点调戏，是属于男女朋友之间的那种拉扯。邬乔也发现，程令时这人其实一直都这样，在外人面前，总是一副冷淡又沉稳的模样，透着一股子冷傲的深不可测，可是一旦跟邬乔在一块儿，他身上那些浪荡属性，全都被勾了出来。

邬乔："要不我还是洗完澡之后，再试试。"

"也行。"程令时又喝了一口水，直接走过来，说道，"我带你去洗手间，你先洗个澡，毕竟在外面奔波了一天。"

邬乔转头看了一眼厨房里的碗筷，问道："不需要我帮忙收拾吗？"

“这点小事？”程令时表情懒散地瞥了她一眼，轻笑说，“瞧不起我？”

程令时直接把人带到了洗手间，因为是客房洗手间，一看就是那种没人用过的。

邬乔洗完澡出来，发现厨房里没有人，就连客厅也没人。

她不知道程令时去了哪里，只能先在客厅等着。

窗外依旧是一片繁华热闹的夜景，邬乔微湿的长发披肩，安静地望着窗外，因为程令时住的是高层，所以底下马路上的汽车都变成了小小的，唯有明亮如火的车灯，连绵成一片，宛如一条在街道上起伏着的赤龙。

“呀”的一声响起，邬乔转头往后看。

程令时从书房里走出来，看见邬乔站在窗边，轻笑道：“洗完了？”

邬乔乖乖点头。

“我想了下，邬乔，我觉得你那个小区不能再住了。”程令时声音低缓，认真开口说道，“刚才我看见了警方出的通报，是杀人案，而且就在你家楼上。”

邬乔刚洗完澡，也没顾得上看手机。

她惊讶道：“杀人案？”

“虽然警方还没有披露具体案情，但是在你住的小区里，甚至就在你的单元楼里，发生了凶杀案，我觉得不管怎么样，你都不能再回去住了。”

邬乔有些纠结，她说：“可是我跟房东签了一年的合同，这才住了半年。”

这个房子是她之前实习的时候租下来的，后来虽然换了公司，但是好在去时恒的路程跟原来一样，所以她就一直住在这边。

小区确实是老小区，住户也多是老年人，但是胜在房租便宜，是邬乔能够承受的范围。

本来能够在这里住很久，谁知居然撞上了这种事情。

程令时说：“其实我这里倒是有个建议。”

“嗯？”邬乔好奇地看着他。

然后程令时如同变魔法般拿出一份文件，直接递了过来，邬乔接过，第一眼就看见封面上的四个大字“租房合同”。

邬乔翻开合同扫了几眼，立即有种啼笑皆非的感觉，她抬头看向程令时：“你要把客房租给我？”

她怎么都没想到，程令时的建议是这个。

等她继续往下看，看到房租是每个月两千元的时候，她更是惊讶。

因为这个价格正好是她现在这个房子的租金。

她的房子是合租的，她租的是一个小单间，说实话，房间挺小的。但是程令时家这个地段还有条件，租给她才两千元，这真的不是开玩笑吗？

“我呢，倒是想免费租给你，但我知道你肯定不会愿意。”程令时实在太了解这小姑娘的心思，性格太要强。她还小的那会儿，程令时不过帮她赶走那些骚扰她的小混混，小姑娘就敢大黑夜一个人跑到沟里去摸黄鳝卖钱，就为了请他吃饭，还了这份人情。

要是他说免费让她住，只怕这姑娘转头就要走。

现在这是给双方一个合适的台阶。

“这怎么可以……”果然邬乔还是下意识否认，她小声说，“这次的事情，毕竟只是个意外，实在不行，我换个小区住。”

程令时低声说：“邬乔，你先听我说，我知道这次是意外，但是你想过没，这样的意外我不希望看到第二次是发生在你身上。而且……”

他突然顿了下，轻声说：“我想跟我女朋友每天都见面。”

“可是我们每天都一起工作。”邬乔看着他，不可思议地拧眉，“要是我真的跟你住在一起，你不会很快就厌烦了吗？”

这句话彻底让程令时黑脸，他垂眸看着她：“这该不会是你心底的真实想法吧？”

“我没有，我不是。”邬乔立即否认。

程令时靠近，微微低头看着她，眼尾上挑：“邬乔，我从很久以前就知道你有多独立坚强，我知道你肯定不会接受怜悯和施舍，所以我给你这份租房合同，不是出于这些，而是出于喜欢。我希望能给我喜欢的姑娘一种安定感。我这里你愿意住多久，就住多久。况且就当是提前……”

他眼神含笑，声音越说越低，最后近乎是温柔的呢喃，以至于最后一句邬乔都没听清楚，但是心头怦怦直跳，连带着耳鬓都开始发热。

邬乔握着手里的合同，其实她怎么会不知道程令时的好意呢。

这种房子，别说单间两千元，只怕两万元都租不到。况且程令时住的地方，离公司只有二十分钟的距离，她每天光是上下班花的时间，都可以减少两个小时。她每天早上不用七点不到就起床，光是想想都是一件幸福的事情。

可是眼前这份合同也是一个“烫手山芋”，她要是真的搬过来，算什么？

同居？还是合租？

邬乔不敢接这份合同。

邬乔不算是拧巴的性格，偏偏遇到这种事情，由不得她不拧巴，她没办法直接拒绝他的温柔，也没办法做到那么坦然地接受。

“邬乔。”程令时温柔而正式地喊了她的名字。

邬乔想了下，小声说：“我得考虑一下。”

程令时直勾勾地盯着她，似乎还想要说服她，但是最终也只是忍了又忍，将说服的话吞了回去。

晚上，邬乔睡在客房里，说实话这里的床比她租的房子都要大很多，被子又软又舒服，躺在床上如同躺在云堆上。

可是一想到程令时就睡在隔壁，邬乔还真有点儿睡不着。

她拿出手机，之前开机后，她就迅速回复了大家的信息，包括郝思嘉看见警方通报之后也给她发来了微信。

此刻她又将群里的聊天记录翻了出来，停留在程令时的那句他来找她了。

邬乔躺在床上，闭上眼睛，却怎么都睡不着。一直以来，她都觉得这世界上早已经没有真正爱她的人，连本应该最爱她的父母，都早已经远离而去。

可是现在程令时重新出现在她身边，在她年少时，他就是自己的支柱。

如今他更是在危急关头，唯一一个会不顾一切来找她的人。

第二天早上，不到八点邬乔就醒了。

她长年作息习惯保持得很好，即便是周末也不会过分贪睡，只是她起床之后，也不知干什么，因为这不是自己家，要是去准备早餐的话，好像显得有点儿太随便。

邬乔干脆又在床上赖了一会儿，一直等到八点半才起床。

谁知她推门出来，就听到厨房那边有动静，邬乔好奇地走过去，直到看见开放式厨房里站着的身影，男人背对着她，正拿着手里的一瓶东西在仔细研究。

或许也听到了脚步声，他转身，眼睫微抬盯着她："醒了，去洗漱吧，正好可以吃早餐。"

"嗯。"郇乔有点儿不好意思地点头，赶紧冲到洗手间洗漱。

她洗脸刷牙的速度挺快，很快就都搞定了。

等郇乔重新回到厨房的时候，才发现锅上正熬着粥，一股香味已经在厨房蔓延。

"好香啊。"郇乔有些没想到，嘀咕了一句。

程令时大概也没想到她会这么快，所以抬抬下巴指向一旁的餐桌："先过去等着吧。"

"有需要我帮忙的吗？"郇乔认真问道。

程令时也认真回答："没有。"

郇乔干脆站在旁边，程令时见她不走，也没催促，而是转身掀开锅盖，用汤勺舀了一点粥，吹了两下，居然直接走过来送到郇乔嘴边："来帮忙尝尝味道。"

勺子里的粥并不烫，凑到她嘴边，郇乔就下意识张开，一口喝了下去，浓郁的皮蛋和肉混合着的鲜香味道。

郇乔咽下去后，点头说："好喝。"

"那就不用再加调料了？"程令时说道。

他转身回去，关掉燃气。郇乔拉开旁边的碗柜，将里面摆放整齐的碗拿了出来。程令时家的厨房，大概是那种不做饭的人都会喜欢的厨房。

宽敞而合适的料理台，洗碗机、蒸箱、烤箱全部都内嵌在柜子里。

一旁的冰箱是那种黑色镜面玻璃款，走过去亮得能照出人的影子。

郇乔将碗拿过去，程令时盛了一碗粥，直接往外端："有些烫，你把筷子拿过来吧。"

郇乔听话地把筷子拿过来，程令时已经将两碗粥摆在桌上，又去将之前蒸好的点心都端了过来。

"居然还有虾饺？"郇乔惊讶道。

程令时轻笑："之前阿姨帮忙买了放在冰箱里的，你也喜欢吃虾饺吗？"

邬乔点头，这才发现他好像也很喜欢粤菜，之前带她去吃饭的那家餐厅也是一家高档粤菜馆。

"你喜欢粤菜？"邬乔主动问道。

其实她跟程令时分开这么久，对彼此了解已经没那么多了，所以她想要了解他更多，对面的程令时无奈地轻笑了一声："之前一心只想拼工作，饮食不太规律，坏了胃，所以吃不了辛辣的东西。粤菜比较养生，适合我。"

邬乔没想到会是这个理由，眼底流露出心疼，她说："难怪我都没见过你吃辣的。"

"没事，都是小毛病。"程令时用最淡然的语气，说着最让人心疼的话，他说，"我这人挺耐折腾，就是个胃痛而已，没什么问题。"

邬乔最见不得他这种淡然的口吻，她有些焦急道："胃病都是慢性病，最重要的是要好好养着，按时吃饭。"

"那怎么办，我早上一个人懒得给自己做饭。"

邬乔这才发现，他的发言，居然又是在引诱自己来和他一起住。

她用勺子舀着碗里的粥，默不作声。

直到程令时又开口："要是有个人住在这里监督我的话，大概我每天早上都会按时吃早餐。"

"只是需要人监督你？"邬乔故意问道。

"其实我更愿意每天都这么做早餐。"程令时被她这么问着，忽然一笑。

邬乔一怔。

对面的男人慢悠悠说道："给我女朋友吃。"

邬乔握紧手中的勺子，心头一阵阵翻涌。

其实不管是从前还是现在，她跟程令时相处都很舒服。

他对她总是那么好，从来没有给过她负担感，每个举动都如同拿捏到了恰到好处的分寸。邬乔不知道这样的分寸是天生的，还是经过他的细心拿捏。

但是她跟他在一起，真的很开心很舒服。

终于她低声说："房租要怎么交啊？"但是刚说完这句话，邬乔又补充道，"我们是合租，不是同居啊。"

哪怕听到这句话，程令时依旧很给面子地点头，声音懒懒道："你说了算。"

下午的时候，程令时打了个电话回来，直接说道："走吧，帮你搬家，我已经联系好人了。"

"联系人？"邬乔震惊了下，立即说，"不用的。"

"跟我还客气？"程令时双手抱胸看着她。

邬乔忍不住笑了下，解释说："不是跟你客气，而是真的不用，我没多少东西的。"

程令时明显是不信的，虽然他没看过邬乔住的地方，但是女生说自己没什么东西，就跟她们约会不会迟到一样，不太可信。

邬乔见他明显不信，干脆也没再阻止。

两人一块儿回了邬乔住的小区，经历了昨天的惊吓，今天整个小区都重新回归了平静，就像一块石头掉进河里，一开始溅起了水花，可是水花终究还是会消失。

倒是邬乔住的这栋单元楼，显得死气沉沉，毕竟是在这栋楼里发生的命案。所以整栋楼几乎没什么人，不知是关上门在家，还是已经离开了家里。

邬乔用钥匙打开门，程令时跟着她一起进去。

那种老小区经典的原木色装修，整体看起来都很老旧，邬乔的房间就在进门的左首边，一打开门，一个不到十平方米的房间出现在眼前。

房间里的家具除了左边一排柜子，就剩下一张桌子。

桌子上摆着邬乔的日常用品。

程令时左右看了一眼，这才发现邬乔居然真的没跟他客气，她是真的没什么东西。邬乔指了指桌子旁边的椅子，轻声说："要不你先在这里坐一下，我收拾收拾东西，应该会很快。"

"我帮你一起吧。"程令时看着这个小屋子，心底不免生气心疼。

别人即便毕业了，也可以有父母依靠，只有她一个人孤身在这座城市打拼。

邬乔指了指屋子里的东西，说道："我这个小屋子一眼望到头，能有多少东西呀，你就乖乖坐在这里，我自己收拾就好。"

毕竟是小姑娘的东西，程令时也确实不太好上手，干脆在一旁看着她。

程令时站在旁边看着她收拾东西，实在没忍住，问道："你怎么这么少的东西？"

"我刚刚断舍离了啊。"邬乔说道。

程令时虽然没瞧见过别的女生搬家，但也知道女生的东西都不少，但是邬乔拿了两个行李箱出来之后，柜子里的衣服居然就收拾得差不多了。

邬乔又将之前搬家时的纸箱子拎了出来，重新弄好后，往里面塞东西。

邬乔这断舍离是真的断得太彻底了，一年四季的衣服，就装了两个行李箱和一个箱子。她连一件多余的东西都没买，唯一的电器就是平时烧水的一个小水壶。

不到一个小时，邬乔就把东西收拾妥当了。

程令时安排的搬家工人也上来了，两个工人看着屋子里的几个箱子，居然愣住了，还问了句："就这么点东西？"

到了楼上，邬乔总算明白，为什么人家工人会那么问。

因为程令时居然给安排了一个很大的货柜车厢，足可以搬一家三口行李的那种车子，因为地址早就给了他们，所以程令时直接开车带着邬乔回去了。

两人到家没多久，搬家的货车也跟着到了。

来回一收拾，等彻底弄好，已经是下午五点钟了。

邬乔的房间就在程令时的隔壁，光是卧室的面积，就赶上之前她那套房子的客厅了，是她之前卧室的三倍大，于是她那么点东西，在房间里更显得少了。

程令时靠在门框边，看着她像个小蜜蜂似的，来来回回地收拾。

本来她还问他是不是有什么事，见他只是笑，邬乔也不搭理他了，自己忙自己的。

谁知邬乔最后把毛巾往客卫拿的时候，路过门口，手臂一下被旁边的男人抓住，整个人被按在了门板上。程令时俯身凑近，几乎是贴着她的脸颊，低声问："晚上想吃什么？"

邬乔愣住，不过就是问个晚饭吃什么，为什么要用这种姿势？

她赶紧伸手推了他一把，低声说："随便，你想吃什么？"

程令时估计也就是戏弄她一下，被她一推就松手了，之后跟着她到了洗手间，看着她把自己的个人洗漱用品整齐地摆放在洗手台上。

家里洗手台的风格是特别现代又冷硬的，纯黑色的盥洗台，就连旁边的花洒和那些洗浴用品也都是纯黑色的，一看就是那种只有男人住的地方。洗手台突然被摆上了女孩的牙刷、洗面奶和毛巾，看到这儿，程令时心里生起一种莫名的愉悦感。

邬乔的毛巾是奶粉色的。明明外表挺淡然的一姑娘，依旧摆脱不了小女孩的偏好。

程令时看着洗手台上摆好的东西，嘴角微微抿直，轻笑出声，惹得邬乔扭头看他，忍不住问道："你怎么回事呀？"

"就是觉得有点儿神奇。"程令时轻声说。

邬乔："我住在这里神奇？"

"我从来没跟女孩一起住过，第一次看见有小姑娘的牙刷和毛巾摆在家里。"程令时声音微哑地望着她，那双一贯清冷的淡褐色双眸，此刻亮如星辰，正稳稳地盯着她的脸颊。

邬乔心底也是同样的想法，他们好像都为彼此奉上了许多的"第一次"。

当晚，邬乔跟着程令时去了附近的超市。

两人买了一车的东西，结账的时候，邬乔将早早掏出的手机递过来，让店员扫自己的付款码，这次程令时倒是没跟她抢。

"邬乔，你看见刚才那个收银员的眼神了吗？"程令时拎着东西，到了地下车库时，突然说道。

邬乔说："什么眼神？"

"感觉是挺惊讶的眼神，大概是没想到我们在一起，我居然是被包养的那个人。"程令时边说边勾了下嘴角，伸手将人揽在怀里，低声问，"女朋友，你觉得我像被包养的那个吗？"

邬乔哭笑不得："超市结个账而已，怎么就扯到包养了？"

"是啊，所以你下次能不能别这么快结账，给我点机会？"程令时低声问道。

邬乔知道他想说什么。

她别开头，小声说："我就是想做点自己力所能及的事。"

"嗯，我知道。"两人走到了车子停着的位置，程令时松开她，从兜里掏出车钥匙，一声轻响后，后备厢的门也跟着升了起来。

邬乔虽然手里没拿东西，但还是跟着程令时走到了后备厢前。

程令时将东西放到了里面，突然伸手捏了下她的脸颊，语气舒缓而懒散道："说起来，论工作资历呢，哥哥比你早了好几年，所以工作的时间长了，确实有点儿存款，所以麻烦你不要每次都让别人觉得我在吃软饭。"

大名鼎鼎的程工吃软饭？

邬乔觉得自己就算再长三个胆子，都不敢这么想。

可偏偏他说得那么理所当然，还用轻松的口吻调侃他们之间的问题。

邬乔发现自己确实太过紧绷了，她总是斤斤计较，不想占他的便宜。她感觉只有这样做，才能显得自己在这段关系里并不弱势，可是他们之间本就有着如"马里亚纳海沟"那般大的差距，早在她跟他在一起的时候，她就应该明白了。

想到这里，邬乔点头："我知道，但是我就是想在力所能及的地方也回馈你一点。"

程令时原本准备将后备厢的车盖直接拉下来，他们的车子停在靠墙的车位，后备厢盖被抬了起来，将两人遮得严严实实，而左右更是没有人。

程令时终于没忍住，直接将人拉到自己怀里，俯身凑过来，丝毫不给她拒绝的机会，弯腰吻上了她的唇，这个吻又急又冲，他全身血液都在她那句话的刺激下，翻涌了起来。

这个小姑娘从始至终都是他当年认识的那个善良的女孩。

哪怕在最有限的条件里，她依旧愿意给他最好的回馈。

程令时的唇离开她时，手掌抚在她的脸颊，额头贴着她，哑声道："你为什么永远都这么好呢？"

邬乔没想到他会对自己说出这句话。

原本不习惯在公共场合亲热的邬乔，在红着脸的情况下，小声说："明明是你好啊。"

程令时伸手抱着她，这里是商场的地下车库，来来往往的车辆很多，不时有汽车从他们前面行驶过去，但是两人被后车盖挡着，犹如躲在一个小小的空间里。

不知过了多久，程令时终于松开她，伸手在她脑袋上轻轻地揉了几下。

“好了，我们回家吧，郛乔。”

坐上车后，郛乔眼睛望着前方，耳边却一直都在响着他刚才的那句话。

“我们回家吧，郛乔。”

从爸爸去世后，郛乔便一直都在等待妈妈回来接她，哪怕是在大伯家里生活了那么多年，可那终究不是她自己的家。

小时候，她几乎每晚都在做梦，梦到妈妈突然回来。她用柔软细腻的手，轻轻拉着自己的手，温柔地说：“我们回家吧，郛乔。”

可她终究没能等到妈妈对自己说这句话。

后来郛乔渐渐长大，她便当作自己的家早已不复存在。这个世界再也没有一个能被称为家的地方，她住的地方顶多就是个房子而已，不是她自己的家。但她没想到，她在程令时的口中听到了这句话。

别人都说小时候心心念念的东西，在长大后，哪怕重新得到，都不再是曾经想要的。可是不管过去多少年，当郛乔听到这句话时，心底依旧是甜的。

虽然听起来恬不知耻的，但是她觉得，如果她有一个家，她希望是跟这个叫程令时的男人一起。

郛乔搬家这事儿，她谁也没说。回到自己房间里，打开电脑画图，画到一半的时候，突然打开了邮箱，跟 T 联系已经是两个月前的事情了。

自从 T 的那封约她见面的邮件发出后，郛乔就再也没有主动给他发过邮件，自己也再没有收到过 T 的邮件。

虽然这么多年的关系就这么断了很可惜，可对郛乔而言，更可惜的是，她没办法在明知道对方可能喜欢自己的情况下，还若无其事地跟他联系。

郛乔一向都知道避嫌，不管什么时候，只要对方透出那种喜欢的意思，她都会自动回避。

说她敏感也好，自作多情也好，她只是觉得既然不喜欢对方，就该坚决点，不留一丝情面才是最好的处理方式。

第一个工作日的早上，郛乔还特地定了闹钟，准备起床做早餐。

谁知她刚推开门，就正好撞见走出来的某人，两人对望一眼，居然异口同声说道："你怎么这么早就起床了？"

程令时走过来，伸手捏了捏她的脸颊："我不是说过，我愿意每天早上都给我女朋友做早餐？

"现在才七点不到，你起太早了，要不再回去睡一会儿。从这里到公司，开车不到二十分钟。"程令时低头看了一眼手表。

邬乔摇了摇头："反正都起了，我跟你一起准备早餐吧。"

其实早上吃得都挺简单的，冰箱里有食材，不需要很长时间就能做出三明治。邬乔洗漱完之后，走到厨房，看见穿着一身正装的男人站在黑白色调的厨房里忙碌着，他背对着邬乔，高大的身躯站在料理台前，宽肩长腿，有种性感又温馨的氛围感。

"你今天有活动？"邬乔知道程令时很少穿这么正式的衣服。

刚才她走过来，就看见沙发上放着的西装外套，这么热的天气，居然还带上了外套。

程令时说："之前设计的博物馆今天正式开馆，我受邀过去参加开馆仪式，待会儿过去，应该下午就能回上海。"

"哪个博物馆？"邬乔好奇地问道。

程令时："就是那个博物馆。"

听见他这么模棱两可的回答，邬乔更加好奇地追问："到底哪个呀？"但是刚问完，她脑海中浮现出一个建筑的模型，然后有一股被称为尴尬的情绪，迅速地弥漫到她脸上。

"我觉得这个博物馆过分强调自身的建筑外观设计，而与周围建筑格格不入，真正好的建筑，可以特立独行，但它应该融于环境。"

还记得当初跟程令时重逢，就是在学校里举办的时恒建筑所的展览上。

当时邬乔就是站在一个博物馆的建筑模型旁，程令时主动走过来，她以为对方没有认出自己，在自己的小心思下，大言不惭地说出了对这个博物馆的批判。

这个博物馆的建筑设计方案刚出来时，不管是媒体还是建筑行业内，都对博物馆的建筑外立面讨论很多，有人认为它极具未来科技感，大胆运用了曲线设计，让整个建筑显得格外梦幻。

但也正因为这样，有人抨击程令时是为了标新立异，为了哗众取宠，才如此设计。

这个设计是伴随着争议一直在进行，有人视作神作，有人摒弃如垃圾，之前在 H 市成功落地，但是一直没有开馆。

“居然才开馆吗？”邬乔怔了怔。

程令时一边将锅里的煎蛋倒在盘子里，一边回答道：“本来一个建筑从前期设计到后期的投入使用，就会经历一个很漫长的过程，博物馆这个建筑从设计到今天正式开馆，今年是第三年，其实这个速度在当今世界，也只有中国才能完成。”

邬乔想起了自己的美术馆建筑，不由得轻笑道：“是不是三年后，我也能看见我的美术馆建成？”

“应该可以。”程令时将盘子端起来，邬乔立即拿起旁边的牛奶开始喝。

等两人坐下，邬乔这才抬眸，小心翼翼地打量他的神色，倒是程令时一直在专注吃东西，反而是她自己憋不住说道：“其实我之前说的那番话，并不是真心话。我很喜欢你的博物馆设计。我觉得相较于那些千篇一律的东西，你总是能给人带来惊艳和震撼。要不然那天我也不会一直站在那个博物馆的建筑模型前。”

程令时终于懒洋洋地抬起头来，往椅背上一靠，整个人虽然看着懒散，但是坐在椅子上气势却不减，他盯着邬乔，问道：“这次是真心话？”

“真心话，比陨石还真。”邬乔认真点头。

程令时也不是说不信，他停顿了一会儿，缓缓说：“那天听了你的话之后，我回去翻了翻自己的设计图。”

不……不是吧？

邬乔被说得一愣，她的话至于杀伤力这么大吗？

“不信？”程令时见她愣住，语调慢腾腾地问道。

邬乔：“不是，我就是觉得你不应该相信我胡说的话。”

“作为设计师，谁会对别人的评价无动于衷呢？”程令时声音微哑道。

邬乔开始后悔开启这个话题了，早知道今天场面这么尴尬，当初就不该说那些话。

她真不是那种喜欢主动挑事的性子，没想到为数不多的几次，居然都被翻了旧账。

是啊，作为设计师，谁会不在意别人的意见，如果有一天她的美术馆项目真的建成，要是有个人跟她说，她的设计一无是处，只怕她也会难受。

每个建筑设计都如同建筑师的孩子，每一张平面图、立面图都耗费着他们的心血。

“对不起。”邬乔低头认错。

“为什么道歉？我还没说完呢。”对面的程令时端起咖啡，轻抿了一口，微拖着腔调，懒散而缓慢地道，“我回来后翻了翻图纸，就觉得日后你一定会改变看法，重新认同我的博物馆设计。”

邬乔发现自己又被他戏弄，终于忍不住瞪了他一眼。

“我先送你去公司。”程令时见状，也不戏弄她了，伸手揉了下她的长发，温柔地说道。

早上程令时去参加博物馆的开馆仪式，而待在公司的大家都在忙手头上的事情。

邬乔去茶水间倒水时，正好撞上隔壁组的一个设计师，正在跟旁边的同事抱怨：“刚才来了个老太太，说什么要找设计师做设计。前台就给我们组长打了电话，组长派我过去接待，我本来以为是个有钱老太太找到我们这里。

“谁知我坐下之后，她跟我说什么，说她攒了一笔钱想盖房子，纪念她丈夫，但是她只攒到了盖房子的钱，没什么设计费给我，但是可以把她丈夫一生的心血都送给我。”

这个男同事喝了一口水，语气不善道：“结果我一问什么心血，她说她丈夫一生积攒下来的建筑手稿，还都是关于榫卯结构的心血。她还说她丈夫是榫卯技艺非遗传承人。

“老太太心意是挺好的，就是现在木结构这种东西，在中国根本行不通，哪怕建个民房都得用混凝土，所以我觉得还是别费这个事儿了。”

邬乔一直在旁边听着，终于忍不住说：“她只是想要纪念自己的丈夫。”

“但是她丈夫也不是什么建筑大师，要是什么梁思成和贝聿铭这样的大师，手稿才有价值呀。”

邬乔深吸了一口气，这才没重新出口反驳。虽然她对于男同事说的话很不认同，但也不想在这里跟他吵起来。

好在对方倒了咖啡，便离开了茶水间。

邬乔端着水杯往回走，还没走到一半，突然掉转了方向，走向前台，她看着前台小姑娘立即问道：“刚才是不是有个老太太来过？”

“对呀。”前台小姑娘也觉得稀罕。

他们这样的建筑公司，合作的要么是财大气粗的甲方，要么就是政府部门，毕竟时恒主要做的就是公建和大型建筑，哪怕接商业住宅，都是对方捧着钱上门。况且他们的设计费跟业界其他建筑所比，极其高昂。就算偶尔有私人业务，也都是富豪名流之类的，像这样朴素的老太太，还真是挺少见的。

邬乔忍不住问道：“她走了多久？”

“五分钟吧。”前台小姑娘说道。

邬乔问清楚了对方的穿着和打扮，前台小姑娘见她这么上心，忍不住说：“邬乔，你该不会是想接下这个项目吧？”

前台小姑娘跟邬乔年纪差不了多少，平时关系不错，她劝道：“刚才我请韩老师过来接待了一下老人家，你都不知道韩老师之后跟我发了多大的脾气，说我完全是在浪费他的时间。他还说这种案子以后别往公司里接。”

前台小姑娘委屈道：“这案子哪儿是我往公司里接，是老太太自己找上门来的，难不成我还把人家往门外推啊。”

“老人家留下联系方式了吗？”邬乔轻声问。

前台小姑娘起身，把台面上放着的登记簿递给邬乔，轻声说：“你还真想接啊？”

“不是，只是想了解一下情况。”邬乔笑了下。

很快，邬乔便给老太太打了电话，好在那边很快接通，一个有些苍老的声音传来：“喂。”

“您好，我是时恒建筑所的设计师。”

或许是邬乔的声音温柔，对面也一下拔高了声音：“你们愿意接了？”

“您已经离开了吗？”邬乔问道，“我想跟您见一面，再详细聊聊这件事。”

“我快到公交站台了，我不住上海市区，我住在乡下。”老太太轻轻叹了一口气，用一种极小心的口吻问道，“小姑娘，如果可以，我能现在就过来跟你说这个事情吗？”

邬乔明白对方的意思，她找到时恒，甚至来到这里，应该是问了很多人，甚至转了很多趟车，立即说道：“那您等我一下，我现在就过去。”

邬乔顾不得将自己的水杯放回工位，把水杯直接留在前台，便跑了出去。

她一路跑向老人所说的那个公交站台，但是发现站台上等车的都是年轻人，她左右看了一眼，正要拿出手机再打电话，就被人从后面轻轻拍了下手臂。

“小姑娘。”一个苍老的声音传来。邬乔转回了头，只见老太太手里举着一瓶矿泉水，上面还冒着冰凉的水汽，一头花白头发的老人家，打扮得朴素且干净。

当邬乔低头看见她手臂上挎着的包时，眼泪差点儿夺眶而出，因为她奶奶也有一个这样的包。

“小姑娘，麻烦你跑这么远的路，喝点水吧。”老奶奶将手里的矿泉水塞进她的手里。

明明只是便利店里两元一瓶的矿泉水，但邬乔拿在手里，却那样沉。

晚上回家后，邬乔想了许久，还是敲响了书房的门。

“怎么了？”程令时走过来开门，见她一脸严肃的模样。

邬乔忍不住舔了下唇，低声说：“其实，我今天接了一个项目。”

“接了一个项目？”程令时一怔，因为邬乔是他组里的成员，所以她手头上的项目和进度，他都是一清二楚的。

至于公司的新项目确实是有，但是并没有交到邬乔手上。

在程令时的注视下，邬乔开口说道：“今天公司里来了一个老人家，她提出想要建造一个木结构建筑，来纪念她的丈夫。她的丈夫是榫卯技艺的非遗传承人，但却在三年前准备建造这个建筑时，因为胰腺癌去世了。”

“所以你就接下了？”程令时皱眉。

邬乔立即说：“我觉得这个项目确实是太小了，所以我想通过私人名义接下，我向你保证，我一定不会耽误日常工作。”

设计师接私活，每个公司都有这样的情况，很多老板也都是睁一只眼闭一只眼。

程令时当然不会计较这件事，但是他没想到，邬乔居然会接这种木结构的设计。

程令时说：“我觉得你要慎重考虑，虽然木结构建筑在国外很流行，但在现在的中国并不算是主流设计，这里面牵扯到太多。你如果想要挑战，我可以……”

“我不是想挑战什么。”邬乔抬头望着他，她低声说，“我其实一开始也只是想跟她聊聊，看看能不能有什么帮忙的地方。我知道她这样的老人家，能找到我们公司，肯定是经过很多努力。”

在见到老太太的那个瞬间，邬乔想起了她奶奶。

“你还记得戴爷爷吗？”邬乔问道。

程令时点头，当然记得，那个古怪又厉害的老头是清塘镇上最厉害的手艺人，当年程令时为了跟他学习榫卯技艺，还在他家里干了两个月的活。

“那老头说，我以后哪怕是个厉害的建筑师，也不会是个好的中国建筑师。”程令时轻声说。

邬乔没想到戴爷爷居然跟他说过这种话。

“大概他觉得我学在美国，以后也一定会留在美国，他说我考虑建筑的方式，只有西方的，没有中国的。”

邬乔怔住。

“但这老头肯定没想到，你也会成为建筑师。”

两人同时想起记忆里那个古怪的老头，竟是感受到了共同的温暖和柔软，那个夏天是属于他们的夏天，哪怕炎热也依旧是记忆里闪着温暖的夏天。

这一刻，邬乔望着他的眼睛，突然意识到，还记得那个夏天的，并不止她一个人，他也同样记得。

终于程令时露出淡笑，手掌搭在她的发顶：“既然接下了，就好好去做。”

“老头觉得我做不成的事情，我觉得你可以。”

这世界上大概再也没有什么比“信任”这两个字，更让人心暖和激动。

邬乔本以为接下这个项目，必然会遭受一些挫折，可她没想到程令时居然格外支持，在她提到柳爷爷的时候，甚至不惜以贬低他自己的方式鼓励她。

这位奶奶姓商，她去世的丈夫姓柳，这是昨天邬乔跟她聊天时，了解到的基本情况。

第二天，她便跟商奶奶联系，她听到后面各种嘈杂的声音，便问道："奶奶，你家里是有人吗？"

商奶奶笑了下，柔声说道："是中介带人来看房子了，我啊，准备把现在这套房子卖掉。"

"为什么？"邬乔诧异。

商奶奶慢悠悠说道："其实老柳在的时候，就打算这么做了。我们膝下没有子女，他设计了一辈子的建筑，我教了一辈子的书。要房子呢，也没什么用处，所以他之前就想把房子卖掉，想把所有的钱都拿去盖他想要盖的那个房子。"

因为柳爷爷的手稿只有一份，商奶奶昨天并未带在身上。

商奶奶并不懂建筑上的事情，她只是怀着一份赤忱，想要替亡夫完成最后的心愿。所以邬乔和她约定好，周末去她家里一趟，亲眼看看那份手稿。

周末的时候，邬乔收拾好东西，刚开门就看见程令时从书房出来，他看见她一身打扮，还有身上背着的小包，问道："要出门？"

"我跟商奶奶约好了，今天去她家里看看柳爷爷留下来的手稿。"

等程令时问了地址，一听皱眉道："岂不是还要过江？"

商奶奶住在离这里极远的地方，邬乔之前搜索过地址，最起码要两个小时才能到，来回得四个小时。

"我开车送你去。"程令时边说边往自己房间走，还不忘说道，"等我换个衣服。"

"不用这么麻烦的。"邬乔下意识说。

程令时本来已经快走进房间，听到这句话，居然直接停了下来，扭头直勾勾盯着她，那双浅褐色的眸子竟染上沉沉的一层雾气，情绪变得低落。

邬乔眨了眨眼睛："我需要男朋友送。"

见她一下猜中自己在意的点，程令时倒也没跟她计较，只淡淡留下一句："下不为例。"

说完，他走回房间，只是房门并未关严。

程令时撇头看了她一眼，慢悠悠道："你要是非想要看我换衣服，其实我也不介意。"

邬乔心想：她介意啊。

不等他再说一些羞人的话，邬乔转身就走了。

她站在客厅里等了两分钟，听到走廊里传来声音。她扭头看过去，就见程令时穿着黑色卫衣和黑色长裤，本来黑色就显瘦，他那双大长腿被裤子包裹得愈加修长、笔直。

哪怕邬乔天生一双细腿，都忍不住要嫉妒他。

不过还别说，他这一身是真显年轻，丝毫看不出来他是三十而立的人，特别是他现在还没来得及打理头发，头发干净又带着点凌乱，身上居然有那么一丝意气风发的少年气。

这模样谁看了都得说帅。

邬乔心底的情绪一时被挑乱，赶紧别开脸，假装淡定。

程令时却已经站停在她面前，直接伸手拉起她的手掌，手指穿插进她的五指缝间，十指相扣，微微弯下腰，故意贴着她的耳畔低声说："走了，女朋友。"

其实邬乔的耳朵一直挺敏感的。不知道他是发现了这一点，还是故意的，他总会有意无意地贴着她耳畔说话。

邬乔故意握紧他的手掌，没想到她这个此地无银三百两的举动，彻底把程令时逗笑了。两人走进电梯，他还在笑。

这一路上开车，因为跟喜欢的人一起，路上说着话，居然很快就到了。

商奶奶住的房子是个老小区。

两人按照门牌号找到了老奶奶家里，敲了几下门之后，里面总算有了动静。

老人家一见门外的人，直接喜笑颜开，关于替亡夫完成心愿这件事，时恒不是她找的第一家建筑设计公司。之前她找的公司，人家得知她的来意后，都劝说她放弃。毕竟这件事对设计公司来说无利可图，实在没人愿意接这个活。

商奶奶朝程令时看了几眼，他立即说："我是邬乔的男朋友，特地陪她过来一趟。"

"哦哦。"商奶奶笑眯眯地打量着她，转头对邬乔说，"你这个男朋友帅的嘞，真是好看，乔乔你眼光真好。"

老太太这么直白的夸赞，让邬乔都有些哭笑不得。

反倒是程令时一笑："是我眼光比较好。"

商奶奶听了这话，笑得更开心："也是，也是，乔乔这个女孩子，长得漂亮，心地也善良，我找了这么多家公司，他们都说让我放弃，觉得这是不可能的，就她一个人主动给我打电话，说要帮我想想办法。"

邬乔直接说道："奶奶，我可以问一下，柳爷爷生前是想做什么样的建筑吗？"

"我也不懂建筑，但是我总听他念叨着，他想给老家的孩子们建一个图书馆。"柳奶奶给他们倒了水，坐下后，回忆起来，"他是他们村里第一个大学生，那个年代上大学，可是天大的事情。他说要不是乡亲们的帮助，他根本读不了这个书。"

柳爷爷是新中国成立之后的第一批大学生，那个年代能从农村走到城市的人，都是很有才的。

虽然柳爷爷在建筑界并没有什么大名头，那也主要是因为他在二十年前就进入了乡村，主要研究榫卯建筑。这样的中国古老建筑，其实已经逐渐被淘汰了。

一开始他也在上海的大建院里，要是他按部就班地工作，只怕到退休后，一个总设是有的，但是他是从农村出来的人，他心心念念的一直是他的乡村，还有那些被遗留在乡村里的古老建筑智慧。从建院辞职后来的十几年他东奔西跑，都是在做研究。

"他说榫卯乃是中国建筑最重要的部分，是老祖宗留给我们的宝贵财富，不该到了这个时代就被我们丢弃了。这些年来，他四处拜访那些手艺人，自己也拜师学艺，终于被认证成为榫卯技艺的非遗传承人，只可惜他还没来得及实现自己的心愿，便因为癌症去世了。

“他之前一直说自己还年轻，我总说他也快七十岁的人了，不要总是那么拼，谁知他跟我说，在建筑这个领域，七十岁依旧是创造的高峰期，结果还没等到他完成他这辈子最得意的作品，他就已经去世了。”

邬乔低声说：“商奶奶，我可以看一下他的笔记吗？”

“当然可以。”

很快商奶奶从屋子里拿出一个透着年代气息的箱子。程令时立即起身上前帮忙，等将箱子放在桌子上，一打开，里面是一本又一本的笔记。

邬乔瞠目：“奶奶，这就是你说的柳爷爷的手稿？”

她本来以为手稿是一个笔记本，可是现在看来，这岂止是一本笔记，这是一箱子的笔记。

邬乔和程令时两人都有些迫不及待，一人拿起一本笔记，翻阅了起来。一打开笔记，迎面而来的便是一手刚劲有力的笔迹，一开始是用钢笔记载的内容，后面便是随手用铅笔画的手稿图。

那种老一辈工作者严谨认真的风骨，光是从笔迹上就能感受到。

邬乔迅速翻阅手中笔记，又低头看向其他手稿，这才发现每本笔记上都标注着时间，第一本是从1981年开始记录的，距今已经有四十年了。而从2000年开始，记录内容便以榫卯技艺为主，老爷子在笔记上甚至写了长长一大段话，来感慨这样令人惊叹的技艺。

> 虽然一直知晓榫卯，却并未真正地接触。如今偶然认识一位老手艺人，方才知道这门手艺的精湛和巧妙，单单是构件上采取的凹凸相结合的方式，便能让两块木头严丝合缝，达到天衣无缝的程度。
>
> 如今的国家建筑事业高速发展，所有的城市都进入了钢筋水泥的时代，这样古老的技艺早已经无人问津，实乃可惜、可叹、可悲！

邬乔看着眼前这段话，老先生当年写下这句话时，那时国家正处于高速发展的时候，所有的城市恨不得一夜拆光老旧的建筑，让整个城市都重新焕发生机。在那种物欲的冲击之下，古老的便是落后的。

程令时见邬乔神色凝重，缓缓走过来，低头看着她手里拿着的这本笔记。上面写到这样一段茫然而又悲愤的话：

> 二十年前的国家所有人都渴望发展，所以一直有句话，我们这代建筑师，处于一个最好的时代，也处于最坏的时代。因为时代的高速发展，到处都在拆除老旧建筑，一个个新地标拔地而起。没有人会在乎古老的技艺如何，更没有人去惋惜。

邬乔茫然地望着程令时，低声问道："所以我们现在还来得及吗？"

拯救这门技艺，这话太大，邬乔承受不起。但是可以去做一点力所能及的事情，比如说完成一个一辈子都在保护国家传统技艺的老人的心愿。

两人一起翻阅了剩下的几本手稿，终于在最后一本里看见了柳爷爷所写下的一段话：

> 我希望银湖村里的所有孩子，都能像城里的孩子那般，在明亮又干净的图书馆里看书。我从银湖村走出来，当年是靠着父老乡亲的帮助，才有了今日。所以希望在我有生之年，也能帮助我的家长、我的乡民。

邬乔看到这里，眼眶不禁微热。

柳爷爷有生之年并未看见自己亲手建造的图书馆在他的村庄矗立起来，而邬乔想要帮他完成这个心愿。

"您就是因为这个，才一直想要找人完成他的心愿？"邬乔抬头望着商奶奶。

都说年纪大的人泪腺已经不发达，轻易不会落泪，可是商奶奶还是落泪了，她说："他一辈子只有这个心愿。"

邬乔正要点头，便听身侧的程令时说："好，我们一起实现老爷子的这个心愿。"

两人离开商奶奶家。

邬乔这才来得及问他："你刚才说的话是什么意思？"

"我看了手稿，也看了老爷子的初步构思，他是想建造一个完全木结构的图书馆，我也想参与这个项目。"程令时直勾勾地盯着她。

半晌，他笑了起来："邬乔，我这个年纪要说理想，是不是有点儿可笑？"

邬乔下意识地摇头。但是对面男人眼底噙着那种不拘和轻狂，哪怕笑意再散漫，依旧透着意气风发，他弯腰望着邬乔，低声说："但是邬乔，我必须要说，你要接的这个项目，让我想起了当初学建筑时的理想。"

或许他也如同其他人一样，在世俗的名利之中，渐渐迷失了本心。

可好在初心依旧，只是这一刻觉醒也并未为时已晚。

这么多年来，他所做的项目是为了公司，为了利益，为了养活那么多人，但是极少人会问是不是他所喜欢的。

若是不喜欢中国的建筑方式，他当年为什么要去戴老爷子那边拜师？

明明养尊处优的人，却一连干了两个月的活都不叫苦。

只不过为了在建筑界成名，他选择了更为快捷的方式，他的才华、他的天赋，足可以让这个世界为他喝彩。但是现在，他想为自己喝彩一次。

好在一切遗憾都还未晚，他不必像这位柳爷爷一样，只能抱憾终身。

他还来得及为他自己、为邬乔实现一次梦想。

谁知对面的邬乔突然冲着他伸出手，轻声说："程令时，到我身边来。"

程令时一愣，这是当初他在T大时，邀请她加入时恒，对她说的那句话，这一次，轮到邬乔对他说了。

程令时心底滚烫，如同火山喷发，他伸手抱住她，紧紧地搂着，低声将那天未说出来的话，在这一刻说了出来。

"我们一起建造一个理想世界。"

哪怕这句话狂妄，却依旧热血。

初心不死，热血沸腾。

因为程令时想要一起做这个项目，所以最后他亲自出面，以公益项目性质接下了这个项目，基本上就是设计费全免。

容恒知道这事后，直接来找程令时："我听说你要接一个木结构公益性质的建筑项目？”

“嗯，这件事我已经做了决定，我知道公司确实很忙，需要我负责的项目很多，但是这个项目主要是邬乔在做，我是共同设计部分，不会是……”

“等等。”容恒立即抬起手，阻止他继续说下去，他说，“你该不会觉得我是要阻止你吧？”

程令时挑眉：“不是？”

“你以为我就是那种只会见钱眼开的？”容恒过来直接在他肩膀上捶了一拳。

很快，容恒直接将自己手机拿出来，找出一篇评论文章，递给程令时：“看看吧，H 城博物馆开馆之后，就立刻有建筑评论的媒体大肆抨击你。”

程令时低头迅速浏览了一遍，文章一开始倒是赞赏了博物馆设计的新颖和未来感，但是随后笔锋一转，就开始抨击程令时此人完全西方化，身上丝毫没有中国式建筑理念，其间还列举了他到目前为止所有的代表建筑。

当然末尾，这位评论员不忘提到国内目前在山水园林等中式建筑上十分有造诣的建筑师。

“看见没，咱们建筑界现在也搞拉踩这一套，你这个博物馆的设计在网上反响很好，这几天一直在刷屏朋友圈和各大社交媒体，结果就有人迫不及待地跳出来踩你一脚。”

容恒目前基本上已经不再做建筑设计，他作为时恒商务和宣传这部分的负责人，对于这些评论文章都很敏感，基本上看一眼就知道，这是有人花钱找人写的稿子。

特别是博物馆刚开馆，他跟馆方也联合发了一系列通稿。

博物馆希望吸引人流量，容恒自然是为程令时造势。

本来势头正好，突然出现这么一篇“浇冷水”的稿子，要只是浇冷水也就算了，这个稿子后面提到的建筑师居然还有顾东。

容恒无语道：“他顾东才是这种人吧，他当初是在国内上的建筑大学，结果你看他现在只提自己哈佛时期的研究生生涯，对自己本科只字不提。还有他的设计风格，跟中式建筑有一分钱的关系？”

程令时风头正盛，跟他扯上关系，哪怕是争议，也会引起讨论。

这个时代，流量为王，哪怕在建筑师这个行业也是，功成名就的建筑师受人关注，无数甲方捧着项目上门。

同行相欺，哪个行业都不例外，即便建筑师这个看起来充满艺术和严谨的行业，也无法打破惯例。

程令时：“行了，一篇文章而已。不过你支持我接这个项目，该不会也是因为这个吧？”

“只是觉得你难得有想要接的项目，况且这种木结构建筑，你确实没尝试过，既然这篇文章贬低你的设计从未有过中国式建筑理念，那这次就让他们惊艳！”容恒站了起来，走向他，笑了起来，“令时，舞台已经搭好，我相信你会让所有质疑你的人闭嘴。”

“不是我。”程令时冷静地望着他，淡然道，“是我们。”

容恒一怔，眼底正要浮上感动。

容恒心想：不愧是兄弟，到这会儿居然还想着他呢。

结果，程令时清冷的声音再次在偌大的办公室里响起：“我和邬乔。”

邬乔是那种说干就干的性子，程令时也是。两人决定接下这个项目之后，便立即去了一趟柳爷爷的老家，那是G省一个偏远市里的小山村。

好在中国基建已经独步世界，就连通往这样贫困村庄的路，如今都铺上了柏油路。

两人从高铁站出站，立即乘坐提前订好的车子，花了几个小时，赶到了村里。

一路上风景秀丽，让一直生活在平原地带的邬乔都不由得看得有些瞠目。虽然江浙一带也有山，可跟这里的大山大河比起来，相差甚远。

两人到了村里，直接联系了当地领导。

领导知道柳爷爷想给村子里捐建图书馆的计划，本来以为柳爷爷去世了，这件事也就不了了之，谁知突然又有人给他们打电话，说是想要在村子里实地考察一下，商量一下图书馆的建造问题。

这不领导一大清早就在村口等着，眼看着到了中午，终于看见一辆白色的车子卷着尘土驶了过来。

待车子到了跟前，停下后，车上下来两个人。

领导打眼一瞧，居然有些发怔，不是说好了会有两个建筑师过来？

他虽然是个领导，但也不算是什么大文化人，对建筑师的概念就是盖房子的人，村里盖房子的人那可都是请的老手艺人，年纪大才叫人放心。

这车上下来的一男一女，要说年轻那是真的年轻，至于长相，更别提了。

老村长这辈子都没见过这么好看的长相。他贫乏的词汇量在脑海里找了两圈，怎么也找不到形容词，反正就是比那电视里的明星还要好看。

不远处村头坐着的老太太们，这会儿还在闲聊没散场，瞧见这边过来的人，纷纷看过来。

邬乔一下车，就将周围的环境尽收眼底。

银湖村是因为村子附近有一个极大的湖泊，每到夜晚湖面波光粼粼，宛如银色仙湖而得来的名字。这个名字是村里的人骄傲。

正因为这个银湖，市里不少人都会过来玩，村里还办了好些个农家乐。

站在银湖村的入口处，三面环山，此时刚至秋日，山上的青绿色还未褪去，依旧一幅郁郁葱葱的盎然景致，倒是村头的田地里，即将到收获的季节，种满的庄稼泛着金黄。

银湖的地势颇高，所以村子里的灌溉都靠着这个大湖，好几条人为开垦的沟渠，蜿蜒而至，犹如一条条纤细的银飘带。

领导上前跟他们打招呼，程令时自我介绍之后，又介绍了邬乔。

“这个事情，以前柳老师说起过，我们村委会当时还决定把之前一块空地拨给他，结果后来柳老师得了癌症去世了。”说到这里，领导惋惜地叹气，“柳老师一辈子连个孩子都没有，所以他去世之后，我也不好意思再打扰他的夫人。”

商奶奶跟她说过，是因为自己的原因，他们才没有孩子。但是柳爷爷心甘情愿陪着她，告诉她，即便没有孩子，两个人也可以幸福生活一辈子。果然他们两人相濡以沫了一辈子。

正因这样深厚而真挚的感情，商奶奶才会宁愿要卖房，也想帮柳爷爷完成最后的心愿。

或许邬乔就是因为被这份感情感动，才会想要帮助商奶奶。

这次他们过来，主要是考察整个村庄的自然生态和建筑生态，毕竟要兴建一个建筑，不仅关乎建筑本身，还关乎周围的环境。

领导带他们在村子里绕了一圈，邬乔一边拍照一边记录。

最后两人到达村委会当初打算批给图书馆的一块空地，据说是给村民们休闲娱乐的场所，上面还有几样健身器材，也是别的企业以前捐赠的。

不过都没什么人用，空地角落长着野草，器材在风吹日晒下早已经表面剥落，布满了铁锈。而旁边不远处就是村里的小学，学校还是挺新的。

“这个小学是我们刚翻新的，政府投资了一部分钱，然后我们村里集资了一些，还有一些也是靠社会上的捐赠。”领导说到这里，小心翼翼看向他们，轻声说，“其实建这个图书馆，我知道柳老师肯定也是要花费不小的心血，但是我们村子里刚建了这个学校，只怕是没什么办法再帮上忙。”

当初要建学校的时候，村委会也是每家上门动员，费了很大的力气。

如今再要建图书馆，只怕村民们也不乐意，毕竟都是辛苦打工的人。

“没事，资金方面我们会解决的。”程令时淡然道。

领导一听喜笑颜开，中午的时候非拉着他们一块儿到家里吃饭，或许是早就跟家里人说好了，他们到的时候，一桌子的菜都做好了。

邬乔看着桌子正中间炖的整只鸡，知道农村人朴实好客，杀鸡待客，是最大的礼数。

吃饭的时候，领导的妻子一直招呼他们吃东西。

邬乔这么饭量小的人，都吃了两碗饭。之后他们又在村子周围测量和拍照，拍了一个多小时，便准备返程。

没想到领导居然挽留他们，让他们在村子里住上一晚，说：“别看我们这个地方穷，但是环境还是很好的，后面那个银湖旁边有个农家乐，是我儿子跟人合伙开的。你们要是不嫌弃，晚上可以去那边住，我们银湖的环境很优美的。”

程令时正要婉言谢绝，谁知领导突然来了句：“那个环境很适合你们这样的小情侣。”

“您看得出来我们是情侣？”程令时突然一笑。

领导立即道：“我这双眼睛还是很厉害的，刚才那边的路不好走，你这个眼睛就一直盯着她，生怕她摔倒。”

邬乔没想到老村长居然观察得这么仔细。

不过他们两人婉言谢绝了好意，毕竟之后图书馆建造也还需要他们过来。

上车之后，他们两人坐在后面，司机在前面开车。

车子晃晃悠悠地开出村子，邬乔原本偏头看着车外，突然没忍住，扭头问道：“刚才领导说你眼睛一直盯着我，真的吗？”

“这你也信？”程令时瞥了她一眼，神色懒散。

邬乔被反将一军，噎得当即没话说了。于是她重新别过头看向车窗外，闷沉沉的模样，惹得程令时低头一笑。

终于他伸手将两人之间的扶手抬起，这车子是个房车，司机看不见后面的情况，他将人搂在怀里，在她耳畔轻啄了下：“真的呢，你就不能假装不知道，给哥哥留点面子？”

“我问的话，让你没面子？”邬乔觉得他这个逻辑实在有点儿不通。

“一个大男人成了望妻石。”他在她耳畔轻声说道，声音明明懒懒散散，却没来由地滚烫，让邬乔心头为之一跳，而后邬乔意识到“望妻石”三个字的意思后，突然笑了起来。

“还是挺有面子的。”程令时见她笑，声音微拖长。

到上海的时候，已经晚上十二点了，他们是乘坐最后一班高铁回来的。

早上程令时是开车来的高铁站，所以两人在地下车库取了车子，很快车子驶上了高架。只是相较于白日里的车水马龙，此刻显得尤其安静。从高架上看着两旁的灯光，明亮闪烁，犹如映在夜空中的银色光带。

邬乔想了许久，还是低声问道：“你之前说，资金的问题我们来解决？”

原本这件事他们只是受委托的一方，邬乔已经以免设计费的公益性质接下了这个建筑设计，但她没想到程令时居然决定承担建造的资金。

“一般来说，这样的项目都是公益性质，要是想要建成，就要找到愿意出钱的赞助商。”程令时手握着方向盘，语气轻松地说道。

邬乔说：“我们是要自己去找赞助商？”

“木结构建筑最大的成本其实就是木材，之前国家为了响应全球气候变暖，严禁对再生资源过度砍伐，但其实树木长到一定的树龄，特别是三十年到四十年的树木是适合砍伐的。因为对这样的树林来说，树木所吸收的二氧化碳和排放的二氧化碳是差不多的。”

邬乔对于木材并没有太多的研究，没想到程令时随口就能说出这样的话，于是她说：“就像一片水域一样，流动的水是活水，若是长年不动，就会成为死水。”

森林也是同样的道理，只有不断地栽种培育新树木，才能更好地保护森林。

“要是我们使用装配式建筑，是不是可以进一步降低成本？”邬乔问道。

这几天她也并非什么功课都没做，自从准备接下这个设计后，她就开始收集资料。好在她一贯喜欢在网上看全世界各地的建筑，因此很快就找到了国外木结构的主要案例。

程令时点头：“对，其实装配式建筑在国外很流行，特别是木结构装配建筑，很多设计师对于木结构的设计方式，都是装配为主，就像传统的搭积木一样，通过结构将原本独立的部件连接在一起。这样的话，不仅可以降低施工成本，也可以大大缩减施工时间。”

“或许这可以成为我们设计最大的噱头。”邬乔说道。

她说道：“我之前看过一个新闻，是高架桥的更换，当时的噱头就是一夜之间让整座高架桥完成改造。其实就是利用装配式建筑的特点，将所有独立部件都在工厂中生产完成，利用现在的高科技电脑技术，将每个部分都打造得严丝合缝，到了最后的组装部分，反而是最快的。”

其实那座桥哪里是一夜之间平地而起，而是前期做好了一切准备工作。

正好赶上红绿灯，程令时将车子停在红灯前，放松地扭头看向她，浅褐色眼底含着淡淡的笑意，低声说：“看来你已经有了想法。”

“有了一点点。”邬乔伸手比了下。

在外奔波了一整天，邬乔虽然身体很疲倦，但是头脑好像依旧很兴奋，一路上在说自己的构想，一直到小区的地下车库，车子停下来，她才跟着停下来。

邬乔下车后，驾驶座上的男人却没动弹。

她伸手敲了敲车窗，玻璃缓缓降下，她问道：“怎么不下车？”

这人才总算给面子一般，懒散地从车上下来，他们虽然出去了一趟，但因为计划好晚上回上海，所以也没带什么行李，也就带了相机和测量设备。

邬乔走到后备厢，准备把东西拿出来，就见他走过来，伸手打开后备厢，身上的白衬衫袖子被卷了几道，露出一截修长白皙的手臂。或许是他手臂很白，小臂上分布着的青筋有些明显，一道道更显得清瘦有力。

程令时弯腰将后备厢里的设备拎了起来，冲着她懒散地一抬下巴："你知道刚才你说话的样子有多……"

他故意一顿，果然邬乔禁不住他勾引一样，问道："多什么？"

程令时上前轻轻抱住她，嘴唇贴着她的耳畔低声说："迷人。"

都说这个年代最没用的就是理想，可是那些沉溺于物欲的人永远都不知道，拥有理想并且愿意为之努力的人到底有多闪闪发光。

最起码在程令时的眼中，那样自信而侃侃而谈的邬乔，如披星光，夺目耀眼。

因为找赞助商这事儿，邬乔实在帮不上忙，所以她现在能做的，就是看完柳老师笔记本上的内容，然后准备设计方面的事情。

好在邬乔一向擅长读书，柳老师这些年的心血，居然花了不到半个月，她就整理了一大半。连程令时看着她电脑里的资料，都忍不住感慨。

"厉害了，这已经是我这一周在朋友圈刷到的第三个去打卡的人了，看来老大设计的这个博物馆，真的要火了呀。"顾青瓷举着手机忍不住感慨。

旁边的高岭一听这个，立即来了精神，椅子一转："我朋友圈也有，还有人专门来打听，问我这是不是我们公司设计的。"

"这个博物馆离上海挺近的，要不咱们周末也去打个卡？"顾青瓷问道。

檀启："那还是算了，我觉得我还是跟老大打卡吧，我感觉他快红了。"

"对对，我大学的直系学妹居然来问我，我们公司还招不招实习生。"燕千帆无奈地摇头，他说，"我本来以为她是冲着我们公司来的，结果居然一直问我关于老大的事情。"

"之前那次直播，老大就被不少人关注了，毕竟这么帅的建筑师堪比史前生物，谁会不好奇呢。"顾青瓷慢悠悠说道。

倒是邬乔看着博物馆的照片，却有了新的打算。

周末原本说的是程令时带她出去约会。两人在一起之后，正经的约会好像就那次吃饭，之后都是忙得脚不沾地。

“你想去看看那个博物馆？”程令时在听到她想去的地方时，有些惊讶。

邬乔点头：“其实我对图书馆、博物馆这类的人文类建筑，一直都很感兴趣，之前设计的美术馆也是。”

大概是这样的建筑不会涉及太多的利益纠葛，反而是更纯粹专注地在设计。

既然她想去，程令时也没意见，于是两人直接开车过去。

从上海到 H 城挺近的，两个小时的车程，两人九点多开车过去，十一点到那边，先吃了个午饭，这才前往博物馆。跟繁华快节奏的上海不同，H 城是个上千年的古城，整个城市有一种安定淡然的气质。

两人到了博物馆，这才发现居然有很多人。跟一般冷清的博物馆还不同，这家光是门口就有不少人。

邬乔这才发现程令时给博物馆所设计的大门造型奇特，充满未来感，特别是外立面玻璃幕墙，仿佛一只来自未来时空的眼睛。

当人站在幕墙前面时，犹如随时都能被吸入进去。

邬乔站在原地看了好一会儿，突然说：“你设计这个博物馆的时候，有想过自己的建筑可能会变成别人打卡的地方吗？”

或许是当今社交媒体太发达，打卡成了一个时髦的词汇，好吃的餐厅需要打卡，好玩的地方要打卡，就连好看的建筑都会被拍照打卡。随之应运而生的就是出现了很多网红产品，建筑界自然也没能逃出这股浪潮。

这些年来的网红建筑层出不穷，特别是涉及商业领域，比如商场或者酒店这样的地方，很多甲方开发商甚至会拿着在社交平台上看到的建筑图，要求设计师参考设计。

这也是很多外国知名建筑师的设计会被抄袭的原因。

“没想过。”程令时摇了摇头。

前面正好两个高中生模样的小女孩嘻嘻哈哈地在拍照，两人都穿着现下女高中生特别爱穿的 JK 制服，一个人在幕墙前摆着姿势，另外一个则给对方拍照。

两人终于轮流拍完，邬乔以为她们要结束了，就见一个小女孩走过来，轻声问道："姐姐，你可以帮我们拍照吗？"

"当然可以。"郚乔笑了下。

两个小女孩站在玻璃幕墙下，两人站在那只玻璃造型的眼睛前，开心地用手臂比了个爱心的造型。

"谢谢你，姐姐。"小女孩接过相机，满意地看着郚乔替她们拍的照片。

郚乔摇摇头，就听小丫头突然望着她和程令时，问道："姐姐，需要我帮你和哥哥也拍一张照片吗？"

"不用……"郚乔正要拒绝。

程令时突然伸手揽住她的肩膀，语气淡然道："谢了。"

他直接把自己的手机递过去，本来打算揽着郚乔走过去，谁知就听小姑娘嘀嘀咕咕说："怎么也没有美颜相机啊？这个原相机拍出来很难看的。"

程令时一时有些无语。

郚乔知道他这种男人，手机里必然不可能有美颜相机这种东西，于是赶紧把自己的手机递了过去。

小姑娘心满意足地拿着手机，替他们拍了好几张还不够，又说道："姐姐，你跟哥哥也比一下我们刚才的那个姿势呀，用手臂比爱心，那个姿势比较亲密。"

两人同时看向对方，眼底都有一种无奈，但是好像又拗不过小姑娘的好意。就在郚乔认命地抬手时，身侧的男人突然伸手将她抱住，弯腰吻在她的额头上，对面的小丫头愣住，紧接着手忙脚乱拍了一张照片。

"你吓到小孩子了。"郚乔仰头，无奈地轻笑。

程令时低头看着她，目光如水，低声道："我只是觉得，这样才比较亲密。"

郚乔没想到，他跟一个小孩都要计较，赶紧去把小朋友手里的手机拿回来，连忙说了几声谢谢，拉着他就走了。

两人在博物馆里逛了一圈后，快要出去的时候，正好看到有个休闲吧。据说里面有一款网红饮料，很受欢迎，于是郚乔想要尝一尝味道。

程令时去买饮料时，郚乔就听到两个叽叽喳喳的声音，抬头一看，就是之前在门口遇到的那两个小姑娘。

因为周围没位置，邬乔邀请她们一起坐。

两个小女孩果然是高中女生，而且是高二学生，两人都是学美术的，其中一个未来的目标就是当建筑师。

邬乔听着她的理想，不由得笑了起来，说道："那你要加油，建筑师可不是那么好当的。"

"姐姐我能问你一个事情吗？"

邬乔："你说。"

"姐姐，你是怎么找到哥哥那么帅的男朋友的啊？"扎着马尾辫的小姑娘，一脸认真且好奇地问道。

虽然邬乔知道程令时确实长相很优秀，但是她以为这种高中小女孩，不会欣赏他这种清冷又成熟的类型，毕竟现在在小女生群里红的都是小偶像，都是那种看起来又可爱又听话的模样。

邬乔故意问道："你觉得那个哥哥帅？"

旁边披着长发的女孩惊呼："姐姐，你觉得哥哥不帅吗？"

"姐姐，你眼光太高了吧。"马尾辫女孩同样点头。

见邬乔没说话，马尾辫女孩感慨说："姐姐，你都不知道我刚才看见哥哥的时候，差点儿呼吸都停止了，我都没在现实中看过这么帅的人。"

她的同伴也点头："我也是，我也是，我本来还想偷拍他的呢，但是怕被发现。"

"对，这个哥哥看起来不太好说话的样子。"

程令时一贯是这样，不笑的时候，整个人看起来冷傲又疏远，让人轻易无法靠近。

反而是邬乔，不管是长相还是气质都是那种带着亲和力的，要不然两个刚认识她的小姑娘也不敢就这么叽叽喳喳对她的男朋友评头论足。

不过她们也只是单纯地在夸程令时。

"其实呢，这个哥哥不只长得帅哦。"邬乔看着不远处的男人，那种从心底冒起被称之为炫耀的情绪，好像怎么都压不住，她轻声说，"他还是个很优秀很有才华的建筑师。"

"哥哥他是建筑师？"马尾辫女孩惊讶地瞪大双眼。

郐乔轻笑说："对呀，哥哥还是很厉害的建筑师呢。"

本来郐乔想说程令时就是这个博物馆的设计师，可是好像在小朋友面前显得太过炫耀，她还是忍不住按下了这样的情绪。

但是看着面前的小姑娘惊讶而崇拜的眼神，郐乔仿佛看到了从前的自己，那时候的她也是这样望着程令时的吧。

"姐姐，你可真是太厉害了，居然能找到哥哥这样的男朋友。"小姑娘到最后居然说出这样一句感慨的话。

正巧程令时回来，他直接端回来四杯饮料。

两个小姑娘惊讶了下，没想到他会给自己买饮料，两人赶紧说了谢谢。

"聊什么呢，这么开心？"程令时睨了两个小姑娘一眼，眉眼中挂着懒散笑意，他手臂搭在郐乔的椅背上，脸颊微偏，有些好笑道，"隔那么远，就听见你笑了。"

郐乔故意道："我不告诉你。"

"哥哥，我们是在聊你，我在问姐姐，怎么样才能找到你这么优秀的男朋友。"

郐乔瞬间瞪大眼睛，现在的小姑娘都不得了，大概是喝了程令时买的饮料，居然毫不犹豫地转头讨好起程令时，简直是又机灵又可爱。

"是这样呀。"程令时扭头，看着在自己怀里的姑娘，脸上笑意渐浓，他直勾勾地望着郐乔，末了，淡笑道："那我也允许你们问我一个问题。"

两个小姑娘同时啊了一声。

"你们可以问我，"就听程令时微拖着腔调，慢悠悠说，"为什么会找到姐姐这样漂亮又优秀的女朋友。"

听到这句话时，郐乔瞬间好像就被自己怦怦的心跳声淹没了。

转眼，到了十一月。

一篇中国最美建筑的文章将 H 城博物馆彻底送上了热搜，这个从落地使用就一直引起路人打卡的地方，最终在山呼海啸般的流量下，彻底爆红。

各大社交媒体上，关于博物馆的打卡教程，就有几千上万篇。而各大短视频平台上，各路网红争相前往打卡，晒出来的视频点赞就超过百万。

而这篇文章，之所以引起这样的关注，更大的原因是作者用了大半篇幅在讲程令时设计这个博物馆的幕后故事。

当然要是文章里不配上程令时那张在办公室里拍摄的照片，想必也不会引起这样大的关注。只用一张照片，就将他再次送上热搜。

照片上的男人安静地站在充满设计感的办公室里，阳光洒落在他身上，这张脸轮廓干净且利落，眉宇间透着清冷淡然，眉骨优越，浅褐色的眼眸比窗外的阳光还要耀眼夺目。

这样一张脸，红得透透彻彻。

原本程令时在建筑界名气就很大，只不过他之前是红在建筑圈里。但这一次在大众层面上，他算是彻底红出了圈。

网上铺天盖地都是关于他的新闻，就连前段时间，他参加建筑高峰论坛的直播视频都被网友翻了出来。

那次直播就有点儿小出圈，结果这篇文章彻底成了他的出圈利器。

因为有视频为证，他确实就长这样，而并非“照骗”。

一时间，连网友都惊呼：现在建筑界都已经竞争这么大了，是不是不长成这样，都不好意思自称知名建筑师。

远在H城，一个高中校园里，两个小姑娘一脸兴奋地头靠头看着手机上的新闻，半晌，扎着马尾辫的女孩说：“原来姐姐真的没骗我，这个哥哥真的是个厉害的建筑师。”

随后马尾辫女孩肯定道：“但我觉得，那个姐姐肯定也很厉害，我相信她以后也一定会出名的。”

网上铺天盖地都是程令时的新闻，连时恒建筑所的员工都激动了好久。

邬乔却反而更沉静了，她不再因为程令时的优秀而忐忑不安，思考自己到底配不配得上他。

她好像一下子从以前的那种桎梏中解脱了出来，曾经惶惶不安，仰望着他和自己之间的差距，如今这一切都不再是她的困扰了。

她永远会记得，那天博物馆里他说的那句话。

“因为不会再有比她更好的人了。”

第十七章

学着爱一个姑娘

随着程令时在社交媒体上的爆红，各种邀约不断，近年来各种明星参与建筑改造的节目层出不穷。之前就有电视节目邀请程令时，只是被他推了，这次邀约再次涌来。

综艺节目就不说了，还有几家建筑类媒体和杂志纷纷发来专访的邀约。

这几家建筑媒体都是他们平时打交道比较多的，哪怕程令时不想接受采访，以容恒的性格也不想跟这些媒体交恶。毕竟他们这样的明星建筑师公司，接的项目基本都是靠着程令时的名气。

本来程令时在业界就已经够大牌了，但是如今他更想推公司里的其他设计师。

“这次采访，我本来是想让你带着邬乔，但是邬乔毕竟年纪太小，又是刚出校园没什么作品，所以我觉得你带着杨枝会更好些。”容恒靠在他的办公桌旁边，笑着说道。

程令时将手里的电容笔放下，往椅背上一靠，脸上透着懒懒散散的笑意，不太上心地说道：“你决定就行了。”

“我这不是怕邬乔有意见嘛，毕竟现在人家身份不一样了。”

整个公司里，唯二知道他们关系的，就是容恒和杨枝。

其实程令时也没跟容恒说，就是容恒随意惯了，两人之前都是单身，容恒偶尔一人不想在家里，就直奔他家来了。

那天容恒正好弄了瓶好酒，又是周末，夜深人静，偏偏还没人找他组局。于是他拎着酒瓶，直接就上程令时家里来了。

他有程令时家里的密码，在楼下直接输了密码就上楼，连卡都不用刷。

容恒拎着酒瓶，刚从电梯里出来就喊道："出来，出来，哥们儿给你带了一瓶好……"

最后那个"酒"字还没说出口，就见一个穿着睡衣的姑娘从厨房里端着一个水杯走了出来，吓得容恒赶紧说："抱歉，抱歉，我走错了。"

说完，他赶紧转头，但转着身就发觉不对劲。

程令时的家，他没来过一百次，起码也来过五十次吧，怎么可能会走错。

直到身后那个姑娘小声喊道："容总？"

容恒听着这熟悉的声音转头，就看见邬乔站在吧台旁边，有些吃惊地望着他，两人四目相对，都从对方眼中看到了震惊。

"邬乔？"容恒以为自己看错了。

终于一直在书房里的人听到外面的动静，姗姗来迟。

"你怎么来了？"程令时看见容恒倒没多惊讶，只是以一种挺无所谓的口吻问道。

要不是容恒离他够远，只怕手里的酒瓶都要扔过去了。他居然还好意思问自己怎么来了，他要是再不来，这两人连孩子生了，他都不知道呢。

不过容恒这人脾气再大，也不会冲着姑娘发，他望着邬乔，还挺乐呵呵地问道："邬乔也在呢，要不一起喝一杯？"

邬乔看着他手里拎着的酒瓶子，摇了摇头。

程令时走过来，看了一眼邬乔杯子里的咖啡，叮嘱道："晚上不许喝咖啡，免得睡不着。"

"我没喝，就是有点儿渴，出来倒点水。"邬乔心底也挺惴惴不安的。

因为邬乔也实在搞不懂容恒的情况，对方好像有点儿太淡定，难道程令时跟他说过他们住在一起的事情？

要不然容恒不至于这么淡定吧。

好在这时候，容恒开口替她解开了疑惑，只见容恒用一种挺平淡的口吻问道："邬乔什么时候搬过来的？"

"你先回房间吧，不是说那个手稿快要整理好了吗？"程令时伸手摸了摸她的脑袋。

邬乔觉得程令时好像特别喜欢摸她的头发，每次都让她有种被逗弄的感觉。但看着容恒有点儿危险的眼神，邬乔觉得还是应该把地方腾给这两个老男人，只是她回了自己房间，刚回手关上门，就突然有种莫名其妙的感觉。

不对劲啊。

明明她才是正牌女朋友，她心虚什么呀。

客厅里，容恒仰着脸望向程令时，深吸一口气，努力让自己冷静。可他就是冷静不下来。

"你金屋藏娇都不跟哥们儿说一声的？"容恒气鼓鼓地望着他，怒道，"二十多年了，我们俩打小就玩在一块儿的关系，一起读书、一起创办公司，我一直当你是生命里最重要的人。真的，程令时，你在我心底就是这个。"

容恒竖起大拇指。

程令时站在原地瞧着他表演了半天，转身走到旁边茶几上，从上面摸出一包烟，冲着他举了起来："来一根？"

容恒恶狠狠地盯着他，半晌，突然憋不住般说道："来一根。"

两人也没去楼下，而是去了北边的那个小阳台，两人站在阳台上，外面冷月如霜，满天星斗，城市的夜空难得看见这么闪亮的星海，特别是在霓虹灯的衬托下。

身处高层，一到夜晚，过往的风都变得格外呼啸。

"我说你居然连这事儿都瞒着我。"容恒似乎真来了脾气，烟也不要他点，直接从程令时手里将打火机抢了过去，因为风大，他手掌半握着，挡住过来的风，打火机的火苗被吹得来回晃动，最后还是将烟给点上了，猩红的光点在手指间闪动。

"你都说了是金屋藏娇。"程令时低垂着眉眼，嘴里叼着烟，手都没拿一下，咬着吸一口，再慢悠悠往外吐，身上那股子浪荡又痞懒的气质，简直太帅了。

也就是邬乔没在这里，要不然只怕她看到这场景也会觉得程令时帅。

容恒回头，明知道从这儿压根看不见邬乔的房间，还是忍不住问道：“你们在一起了？”

“要不然呢。”程令时睨了他一眼，低笑道，“你以为我是那么随便的人？”

没在一起的姑娘，怎么可能出现在他家里？

容恒这会儿似乎缓过神，他望着程令时说道：“看不出来啊，我还以为你这脾气，注定是单身一辈子的命运呢。”

程令时知道他这是故意讥讽自己，也不恼火，慢悠悠地伸手将烟从嘴边拿了过去，转头望着他，淡笑道：“那是你，我可没有呢。”

两人沉默了一会儿，只听一个慢悠悠的声音在夜色中响起，语气一如既往的懒散：“我可是有人要的。”

容恒这次难得没跟他杠上。

“说真的，我一直以为你是‘不婚族’呢，特别是你家发生那事儿，像我们这样的家庭，可能很难有正常的感情生活。”容恒嘲讽一笑，大概也觉得这个话题太难过了，立即转头问道，“你说，爱一个人什么感觉？”

他们这样的人，打小就受家庭的影响，看惯了身边的那些分分合合。

相较于所谓的爱情，身边很多长辈的婚姻因为利益结合，反而会更加牢固。倒是因为爱情结婚的，没几个落得好下场。

程令时的父母就是最典型的例子。

两人相识于大学，爱得轰轰烈烈，当初不顾所有人的反对都要结婚。他父亲甚至为了他的母亲拒绝了自小订下的婚约，两人山盟海誓，矢志不渝。

只可惜，爱得越热烈，到最后分崩离析时，也就越惨烈。

不仅是程令时，容恒也是一样。

他们生在名门，本该锦衣玉食、生活美满，可是掀开外层光鲜亮丽的袍子，里头的龌龊与恶心，是外人所不得窥见的。

程令时和容恒走到了两个极端，一个是身边从没有女人，一个是身边女人不断。

从一开始程令时确实不相信爱情，因为他眼睛看见的、耳朵听见的，都在告诉他，爱情是这个世界上最不真实的东西，它只是脑子里多巴胺分泌的产物，会造成短暂的欺骗，让你误以为爱情可以天长地久，就像从树上采摘下来的鲜花，一开始所有人都被它的娇艳欲滴吸引，但是花朵渐渐枯萎，心底的渴望和占有也跟着消失。

然后爱情就这样短暂而快速地结束。

程令时深吸了一口气，仿佛要将烟吸至肺部，他轻声说：“不知道。”

容恒震惊地朝他看了一眼，突然被狠狠呛了一口，连连咳嗽。在他的咳嗽声中，程令时再次开口说：“但是我正在学。”

没人教他怎么去爱一个人。

所以他想要慢慢去学，学着爱一个姑娘。

靠近阳台的那个走廊拐角处，一个身影安静地靠在墙角，突然眼角有一滴泪落下。

邬乔本来不是想偷听，只是怕他们两个发生什么争执。结果却听到两人的这一番对话。

她突然好想知道关于他的一切。

容恒虽然知道他们在一起的事情，但是他知道程令时和邬乔的心思，都不想在公司太高调，也就帮着保守这个秘密。

要是平时采访这种小事，容恒确实是自己就决定了。但是现在他也得考虑邬乔的心情，毕竟这可是自己哥们儿认定的姑娘。

好在邬乔对此也是没有丝毫意见，反而在容恒跟她聊完之后，认真说道：“容总，其实这种事情你不用跟我商量，您是老板直接决定就好。就资历来说，在我之上的还有青瓷和高岭他们，就算没有杨工，也轮不上我的。”

最后是容恒一脸震惊地点头。等把人送走之后，他望着邬乔的背影，突然啧了下。

怎么最后这谈办公室恋情的当事人，个个大义凛然，都是一副公私分明的模样，他成小人了？

不到一个月的时间，邬乔将柳老师留下来的所有手稿都整理了一遍，有些柳老师画在本子上的榫卯结构图，她也一并复刻了下来。

就连程令时都惊讶于邬乔的速度。

邬乔一边整理这些手稿，一边就在想着这个木结构图书馆的概念草图。

她其实也看了很多国内的木结构建筑，因为国内这些年的建筑理念，木材的成本始终高于钢筋水泥，而且高层建筑始终都是钢筋水泥结构。但是这几年国家开始提倡木结构建筑，主要也是因为木结构的环保和绿色。

至于程令时似乎有意将概念这个部分交给她来负责，他更感兴趣的反而是榫卯的结构部分，邬乔整理好资料之后，他便一直研究。

之后更是找了秦钟，因为秦钟是古建筑方面的专家，因此认识很多老师傅，特别是榫卯结构方面的专家。

秦钟没想到程令时一向是做现代建筑设计的，居然突然对这种木结构榫卯建筑有了兴趣，甚至还不惜亲自参与设计。

秦钟说："我说你怎么突然转了性，以前你可是对这些一点儿兴趣都没有。"

"这次设计概念邬乔来出，我只负责榫卯结构部分。"程令时淡然道。

秦钟突然说："我说你是不是对我这个学生有点儿什么企图啊，你有点儿太明显了呀。"

谁知一旁的容恒刚听完，直接哼笑出了声。

容恒笑完，秦钟才察觉不对劲，他低声道："该不会是我想的那样吧？"

"你想哪样了？"容恒故意问道。

秦钟伸手直接抵在容恒的胸口上，这一下差点儿让容恒一口气没喘上来，容恒捂着胸口揉的时候，对面的程令时端起酒杯，冲着秦钟举了下，轻笑道："敬秦老师。"

秦钟听着程令时这么喊自己，也是彻底明白了。

秦钟确实没想到，自己的朋友居然跟自己的学生谈了恋爱，他想了半天，还是无语道："你这属实是老牛吃嫩草行为吧，你知不知道邬乔在我们T大建院是什么样的存在，建筑系女神，毕业那会儿，我们学校表白墙上全都是她的名字。"

"这话我就不爱听了，邬乔是大美女不错，我们令时那也是建筑男神好吧，你看看现在网上那帮程太太，哭着喊着要嫁给我们令时。"容恒当即不愿意，立即替程令时说话。

只不过容恒这话，听着反而是打趣更多。

秦钟说："我这边倒是确实有做榫卯结构的老师傅，不过你也知道，现在做这种结构的太少，基本上都是用在修复古建筑上。新建的建筑，倒是挺少的。”

不过说起这个来，秦钟可就有话抱怨了。

他说：“前两年我去日本交流，你们也知道，日本的木结构做得可比我们好多了，特别是他们弄了一个叫‘河合继手’的东西。这玩意就是咱们的榫卯结构，但是日本人通过创新，赋予了一个新的名字。”

三人都是建筑人，哪怕是这会儿在一块儿喝酒，谈起的居然也是建筑相关的事情。

“所以郧乔想要做一个纯榫卯结构的中式建筑。”程令时望着他们两人，声音笃定道，“我觉得她会成功。”

郧乔知道程令时晚上出去了，但是没想到他会喝得一身酒气回来。

她听到外面有动静，一出来就看见程令时将外套扔在沙发上，就开始解扣子，衬衫的扣子一颗又一颗地解，他脸颊微红，浅褐色的眸子上蒙着一层水意，又偏偏是一副面无表情的模样。

他解开第三颗纽扣才转头看见郧乔。

两人四目相对，视线在半空中相撞。郧乔眼睛落在他的胸口，这才发现他的胸膛是那种结实而有肉的类型。不得不说，程令时是她见过身材最好的建筑师。

有时候她觉得这男人实在是太受老天爷偏爱了，才华、容貌、气质一应俱全。

“你喝酒了？”郧乔轻轻移开视线，哪怕两人住在一起，但是依旧保持着纯洁的室友关系，虽然亲密举动也有，但都只是浅尝辄止。

程令时一直很尊重她，从来不会强迫她做什么。

哪怕偶尔她也能感觉到他身体的反应，但他都还是恪守住最后那道防线。

只是今晚，他的眼神太过灼热，哪怕她已经挪开视线，依旧能感觉到那股滚烫而强势的视线，于是她逃避地说道：“我去给你倒杯水。”

郧乔赶紧往厨房走去，但刚从他身边擦肩而过时，她的手臂被牢牢拽住。紧接着他伸手将人抱住，两人严丝合缝地贴在一起，程令时似乎感觉到她的紧张，在抱着她的瞬间，就贴着她的耳畔低声轻笑了起来。

男人的声线本来就沉，这会儿泛着懒散浪荡的笑意，如同带着钩了，一点点钻进她心尖，让她的心脏怦怦直跳。

“抖什么呢？”程令时像是故意折磨她一般，低声问道。

邬乔垂眸，但是下一秒她的脸被他捏着下巴抬了起来，拇指在她的唇瓣上摩挲，长年画图让他的手指格外粗糙。邬乔仰头时，他已经吻了下来。

两人之间先是唇瓣相触，但是很快，男人已不满足于此。

他长驱直入撬开邬乔的唇齿，强势而不失暧昧地扫荡着，反复吮吻，柔软的触感伴随着那种让人面红耳赤的声音，这个吻异常深情。

邬乔经过这么多次实践，本以为自己不会因为接吻而呼吸困难，可是今晚的程令时像是要把她吃下去那般，吻得越来越深。

她只觉得天旋地转、腿脚发软，最后两人直接倒在沙发上。

白色沙发有些凉，邬乔穿着睡衣直接压在上面，他的手掌烫得像一团火，贴着她的腰间像是要撩起火来。

在两人躺在沙发上后，他不再满足于唇齿间。

他轻咬了一口邬乔的下巴，在邬乔迷迷糊糊之际，这个吻逐步往下。

邬乔微仰着脖颈，头顶暖黄色的灯光落在她的脖颈间，本就白到发光的肌肤，犹如被上了一层浅黄色釉，有种瓷实而华丽的脆弱感。

邬乔终于没忍住轻呼了一声，这声音像是一颗小石子砸了下来。

程令时本就没有多醉，但是酒不醉人人自醉，特别是当邬乔出现在他面前时，他倒宁愿自己是醉着的。

他微抬着头，一条腿半跪在她身侧，一条腿站在地面上支撑着。

整个人身上那股清冷禁欲的气质全部消失殆尽，微乱的短发，半解开的衬衫，让他如同夜晚出现的妖鬼，撩人心弦，让人不自觉沉溺其中。

望着这个模样的他，邬乔的心尖不住乱颤。

程令时低头，咬着她的耳垂，声音低哑：“下次哥哥再喝酒，你离远点。”

这声音像是从喉咙里挤出来的，不难听，反而因为语调格外慢，显得很魅惑。

说完，他翻身躺在旁边的沙发上，邬乔松了一口气。

只是等她低头，才发现自己的睡衣纽扣居然已经松了两颗，于是她从沙发上跳了起来，直接冲到厨房，以最快的速度将冰箱里的水拿出来。

“你喝点水。”邬乔将水瓶放在茶几上，头也不回地走了。

听到走廊上传来的关门声，一直半闭着眼睛的程令时这才睁开眼睛，他不是圣人，也不是什么柳下惠，自己对喜欢的姑娘有想法、有欲望那是正常的。但是程令时之前让邬乔住过来，是为了更好地照顾她，不是为了哄小姑娘，所以他有耐心等着那一天的到来。

程令时伸手将茶几上的冰水拿了过来，一口气喝了小半瓶，低头望着水瓶，低笑一般地自言自语：“这怎么能足够啊。”

喝冰水只怕是消不了他的火，还是得洗凉水澡。

邬乔没想到程令时居然找了两位榫卯结构的老师傅，所以现在这个项目，是邬乔负责整个设计概念还有建筑外立面的造型设计，反而是程令时负责结构方面。

至于找赞助商的事情，程令时一直胸有成竹，邬乔也就没再担心，她一直在专心建筑设计的问题。

邬乔不知道为何陷入了设计的怪圈，越是想要做出好的方案，越是没有灵感。她光是概念草图就画了一堆，可是还没跟程令时说起来，自己就觉得行不通。

特别是他们这个项目还不是说建就能建，哪怕是捐赠给银湖乡，但是涉及这么大的项目，也要拿出前期的概念方案到政府部门审批，这样才能推动整个方案的落地。但是她迟迟找不到好的概念切入点，一时间设计到了瓶颈期。

晚上她正在家里画图，就接到了邬慧的电话。

两人虽然在同一座城市，但是上次的事情之后，也没有联系。她们彼此都是在对对方的怨念中长大，哪怕现在都成熟了，也不能成为什么和谐的姐妹关系，所以平时都是能不联系就不联系，以至于邬乔一接到她的电话，第一反应就是有什么不好的事情。

“有事？”邬乔冷淡问道。

邬慧听出邬乔的冷淡，但是也没在意，因为她现在有更重要的事情，她直接问道："邬乔，你跟你妈妈见面了吗？"

邬乔猛地握紧手机。明明有很多年都没听到别人提及这个人，但这一刻，她的心脏还是不自觉一缩。

"什么？"她语气镇定道。

邬慧一愣，说道："我今天在医院见到一个女人，虽然很多年没见了，但我真的一眼就认出了，那绝对是你妈妈。"

"你认错了吧。"邬乔作为当事人，反而比她冷静。

邬慧说："怎么可能，那你是没见过，你要是见到了就会知道，我肯定不可能认错的，她长得就像……"

对面顿了会儿，突然用一种兴奋的口吻说："中年版的你。"

"你打电话过来，就是想说这个？"邬乔口吻淡然。

邬慧这才听出她声音里的意思，有些不敢置信道："你怎么这么冷静？"

要不然呢？邬乔低头看着自己画出的草图，问道："你要是没别的事情，我就先挂了，我还有工作。"

"你就一点都不想知道你妈妈的事情？"邬慧问道。

邬乔的眼睛始终盯着图纸。

现在的她拥有了自己想要的一切，喜欢的工作、喜欢的人，她不再是清塘镇上那个苦苦等待着奇迹的小姑娘。

"不想。"

邬乔并未在意邬慧说的话，对她而言，离开的那个人早已经消失在她的生命中，即便重逢，也不过是最熟悉的陌生人罢了，而她现在必须要做好自己的工作。

原本邬乔的设计进展一直缓慢，程令时并未给她太大的压力，但是就在这两天，程令时告诉她，他已经找到了一家极其可靠的赞助商，但是对方想要看过他们的设计方案，再决定是否资助这个项目的推进。

因为这个项目是邬乔的私心，想要完成柳爷爷的遗愿，没有甲方，必须要靠自己找到赞助商，否则项目在银湖乡政府那边都无法通过。所以在公司里，邬乔几乎一整天都不说话，完全达到了忘我的程度。以至于程令时都准备找她聊聊，想要开解她，让她别这么大的心理压力，没想到反而是邬乔先过来找他。

鄔乔直接敲门进了他的办公室，说道：“程工，我可以跟你聊聊银湖村项目吗？”

“你有想法了？”程令时见她的表情，忍不住笑道。

鄔乔点头，她说：“之前我一直因为榫卯结构的问题，想要将这个项目做成那种仿古建筑，因为只有这样的建筑，仿佛才能体现出中国建筑的精髓。

“但我觉得自己好像走进了一个误区。”

程令时点了点头，他说：“不错，榫卯结构确实是老祖宗留下来的东西，但是不代表我们必须完全按照这个思路来。”

“之前我的想法是，做成一个山水园林式的图书馆建筑，就像苏城博物馆，以水为媒，以传统苏式园林的建筑风格为底，打造出一个现代新中式的建筑风格。”鄔乔认真说道，“我不得不承认，大师的建筑确实让人印象深刻，并且得到了所有人的称赞，因为他在古典中选择了创新。”

让现代与过去相结合，打造出一个让所有人都惊艳的新中式风格。鄔乔之前就是在这个思路里进入了死胡同。她知道要是建造一个完全仿古的图书馆，并不是她想要的效果，而且整个建筑会显得格外保守，她想要从古典中突破。

“中国的山水园林建筑风格，一直还影响着现在，以至于我在想设计概念时，完全陷入了死胡同，我被自己架在这个框架里，以至于迟迟无法突破。”

程令时听着她的话，双眸直勾勾望向她，轻声说：“那你现在有新的想法了？”

鄔乔点头，她说：“我选择正面突破。”

既然自己在古典框架里出不来，那么就彻底抛弃这个框架，让自己站在更高更远的地方，俯瞰一切，那么所有的问题自然而然便解决了。

鄔乔说：“其实我们这个建筑应该放在木质建筑、榫卯结构这两个特点，特别是榫卯结构才是我们整个建筑的核心概念，所以建筑外立面的设计概念，并不应该局限于仿古建筑。”

程令时问道：“那么现在的方案你想好了吗？”

"这是我的概念草图，我觉得这个图书馆，不仅是柳爷爷留给银湖村孩子们的礼物，更是一个老建筑师留给全世界的一份礼物。所以我想要以积木为主题，就像小孩子搭建的积木玩具一样，我们在银湖村也搭建一个孩子们的书香乐园。"

邬乔将自己的概念跟程令时细细道来，经过这大半年的成长，她早已经不惧怕任何目光。

此刻哪怕程令时的目光始终盯在她的身上，邬乔依旧能够侃侃而谈。

"我觉得这个方案……"程令时听完后，沉思了许久，弄得邬乔的心脏仿佛被冷不丁提起来，直到他轻声说，"很好。"

邬乔脸上刚露出笑意，就被他一杯冷水泼了下来。

"我觉得好并没有什么用，因为这次的决定权并不在我手上。"

"连这么挑剔的程工都觉得我的方案好的话，那么我相信，我可以说服任何甲方。"邬乔自信地看着他说道。

程令时微微蹙眉，禁不住笑道："我有那么挑剔？"

"程工，我觉得你应该适时地倾听一下普通员工的心声。"邬乔诚心诚意地提出建议。

谁知程令时丝毫没有因为她的话气恼，反而轻笑道："也是，看我找女朋友的眼光，就该知道我有多挑剔。"

邬乔一怔。

"我只喜欢最好的。"程令时靠坐在椅背上，明明整个人是坐着的姿态，却有种格外的压迫感，连带着这句看似笑言的话，都格外掷地有声。

我只喜欢最好的。

所以，你就是最好的。

邬乔在定好概念图之后，程令时便给她配了两个实习生，还有一个助理绘图员，专门帮助她画这次设计的平面图、剖面图，毕竟他们要尽快将全部图纸画完，在十一月底之前，拿给甲方过目，说服对方投资。

顾青瓷他们也知道邬乔最近忙的这个项目，是纯粹公益性质的。

众人虽然帮不上什么忙，但是偶尔也会给点意见。

不过这种木结构建筑，还是全榫卯的结构，完全超出了他们的能力范围。

顾青瓷说:“我之前去故宫看过，去过之后，就觉得自己此生学建筑，只怕比不上我们的前辈，看看我们现在画图靠什么，全都靠电脑软件，只要输入一个参数，很快所有数据都会出来。”

“你这样说，显得我们这些做结构的很没用。”高岭忍不住念叨。

高岭是公司最资深的结构师，这些年他跟程令时配合，创造了一个又一个经典的建筑，之前在洛城竣工的一个纯钢结构的艺术中心，最近刚入围了全世界级别的建筑师大奖。

顾青瓷:“那倒也没有，现在的这些钢结构也是老祖宗们没见过的，不过我觉得乔妹这样的设计能够保护老建筑。毕竟钢筋混凝土建筑已经太多了，这样的木结构设计更加困难。”

“行了，行了，你再这样替我吹嘘下去，我觉得明天我就该领普利兹克建筑奖了。”邬乔被顾青瓷逗笑，难得轻松地说道。

顾青瓷正色道:“乔妹，苟富贵，勿相忘。”

“放心，当我站在领奖台上的时候，我一定会把你们每个人的名字都念一遍，我一定会感谢大家的。”邬乔笑道。

顾青瓷立即说:“我要放在第一个。”

高岭:“我第二个。”

于是其他几个人赶紧不落人后地抢着要排名，好像邬乔明天就要站在建筑设计大奖的领奖台上了。

十一月中旬过后，邬乔突然发现一件事，那就是程令时的生日快到了。

他生日是十一月二十二日，属于天蝎座，邬乔觉得他是挺典型的天蝎，面黑心更黑的那种。

虽然程令时这阵子忙着这个木结构建筑的事情，但是也丝毫没落下其他建筑。

每天公司大大小小的会议，都有他的身影。越是靠近这个男人，邬乔就越明白他身上有着多么巨大的能量，仿佛永远都有着用不完的精力。

眼看要到程令时的生日，邬乔越来越紧张，她一直在想该送什么样的生日礼物。

那天正好是周末，邬乔借口跟郝思嘉出门逛街，下午就去了蛋糕工坊。

这家蛋糕店还提供学做蛋糕，邬乔专门在网上查询过，因为从一个月前她就开始过来做，不知道是不是她还挺有天赋，居然半个月就将翻糖蛋糕学得有模有样。

邬乔今天过来，准备做一个蛋糕。蛋糕模型是她早就准备好的，就是让程令时爆红整个网络的H城博物馆的模型。

邬乔在公司拍了照片，又找了数据，自己偷偷做了个一比一的缩小模型。她带到了蛋糕店这边，请蛋糕店的师傅教她怎么做这个模型。

好在翻糖蛋糕现在的技术格外厉害，之前邬乔在网上查过国际上得奖的那些翻糖蛋糕，基本上连头发丝都能做出来。所以这个建筑并不难做，对于蛋糕师傅是不难，但是邬乔这个初学者可就费工夫了。

邬乔学了一个多月，不知道做坏了多少翻糖。光是学习和这些损坏材料的钱，都够买十几个翻糖蛋糕了，但她还是想要亲手做一个蛋糕给他。

眼看生日到了，邬乔下午早早就过来，跟着师傅做最后的准备。

师傅看着邬乔系好围裙，一脸严肃的模样，忍不住笑道："我觉得你这么用心，哪怕做得不是很好看，你男朋友也一定会感动的。"

邬乔盯着面前的翻糖笑了下，说道："那您可说错了，您都不知道他是多挑剔的人。"

要是师傅听到他那番他只喜欢最好的宣言，只怕就不会这么说了。

好在经过三个小时，在蛋糕师傅的协助下，邬乔看着面前这个完美复原了H城博物馆造型的蛋糕，突然有些感动，就连蛋糕师傅都忍不住让她拍张照片留念。

等邬乔拎着蛋糕回家时，刚到小区那栋楼的门口，没想到就看见两个熟悉的身影。

隋宁仰头望着程令时，似乎在跟他说什么。

程令时依旧满脸严肃的模样，但是很快，隋宁将手中的盒子递了过去。

邬乔盯着他的手掌，心底默念：别接，别接。

果然，程令时低头看了一眼，摇了摇头。

隋宁虽然脸上露出失望的表情，但还是仰起头勉强笑了下，紧接着她又说了句，邬乔离得太远，并没有听到。

“令时哥，我知道我之前错得很离谱，我不应该因为嫉妒邬乔，就对她做出那样的事情。我真的很想说声抱歉，你能原谅我吗？”隋宁低声呜咽了下。

隋宁的眼睛很大，蒙上眼泪时，变得格外楚楚可怜。

“你对邬乔做的事情，你不应该问我能不能原谅你，因为我的原谅并不重要。”程令时低头看着她，神色依旧挺冷淡的，“真正重要的应该是邬乔。”

隋宁轻轻抽泣了下，小声说：“我可以跟她当面道歉的。”

“以我对邬乔的了解，她应该不需要。”程令时垂眸望着她，“她应该只希望你以后远离她便好。”

隋宁脸色一白，她实在没想到，程令时会对自己说话那么不客气。

“令时哥，我知道自己错得很离谱，可是你忘记了吗？我妈妈去世的时候，只有你陪在我身边，你说你能懂得我的难过，你愿意一直陪着我。”隋宁抬头望着他，这一次眼泪真的从她的眼角落下，“为什么连你都说话不算话呢。”

“不是我说话不算话，是我们都长大了，你不是也不记得我不过生日这件事？”程令时垂眸望着她手里的蛋糕。

隋宁脸上楚楚可怜的表情彻底僵住。

她……

“我真的不是故意的，你别……别生气。”隋宁立即解释，她说，“我就是太乱了，你一直不理我，还把我电话都拉黑了。我想跟你道歉，我知道你不喜欢我，但是最起码我还是你的妹妹，从小到大你都对我那么好。”

隋宁越来越急，声音里透着仓皇。

“真正对你好的人，是你的家人。”程令时语气冷淡，他望着隋宁低声说，“其实我对你态度的改变，从来不是因为邬乔。”

这句话让隋宁不解起来。

隋宁疑惑道：“那是为了什么？我到底哪里做错了？”

“你不该学建筑的。”程令时盯着她，眼底透着一种复杂的神色。

不可否认，邬乔的事确实影响了他对隋宁的态度，但是从一开始，在隋宁还没针对邬乔时，程令时便已经对隋宁的态度有了改变。

只因为隋宁对待建筑的态度，程令时一直觉得，一个建筑师可以平庸、可以无能，这个世界上能够功成名就的建筑师毕竟在少数，但是用尽一切手段、踩着别人的心血上位的设计师，是他所无法接受的。

或许在他还把隋宁当成一个天真的小女孩时，她早已学会利用自己的身份和特权，压榨那些走投无路的设计师，将他们吃干抹净成就自己。

隋宁这几年来所做的事情，特别是她爸爸帮她做的事情，程令时多少有些了解。这也是当初他全力反对她进入时恒的原因。

他不希望自己一手创立的事务所，被这样乌烟瘴气的行为所污染。

隋宁紧紧咬着嘴唇，低声说："说到底你是看不起我。"

虽然程令时的话并没有说透，但是隋宁听懂了，她知道程令时指的是她买稿的事情。她之前毕业设计的那份优秀作品，就是买了一个中国留学生的作品。

对方走投无路，她给钱，最终她得了名利，对方拿到了钱。

"你以为郧乔就一定会比我成功吗？"隋宁望着他，眼底透着不服输。

程令时低声说："我不知道你和郧乔的未来谁会成功，或许你可以靠着你的家世和你所谓的手段，比郧乔收获更大的名声，但是在我心中，她依旧是最出色的那个人。"

隋宁再也听不下去了。

她从来都是高高在上的骄女，哪怕踩着别人上位又如何，这个世界本来就是弱肉强食，谁让对方没有资本呢。

隋宁从来都没觉得自己错了，直到这一刻也是。

她本来是抱着最后试一试的态度来跟程令时求和，她习惯了在程令时的身边，追随着他的脚步，可是现在这个人将自己挡在了他的世界之外，让早已经习惯了他的一切的隋宁措手不及。

当她听到程令时对自己的评价，她就彻底明白，他们两个人注定是无法回到过去。

既然是这样，她依然倔强地仰着头说道："我会让你知道，我才是更出色的那一个。"

说完，她头也不回地离开。

邬乔一直站在远处，看着他们两人交谈结束，隋宁气愤离开，程令时站在原地。

本来邬乔是想等程令时上楼，自己再回家。毕竟这样好像显得自己在偷听他似的，但是很快，她手机响了起来，她伸手拿出来一看，居然是一条微信。

程令时："不回家吗？"

邬乔正要回复，又收到了第二条消息。

程令时："过来。"

邬乔这才明白，程令时早就发现了她，于是她从小区的灌木丛后面慢悠悠地走了出来。

刚走到程令时面前，她立即解释说："我不是故意偷听你们说话的，我只是走到这边，发现你们站在楼下。"

"要不然，你想让我带她去楼上坐坐？"程令时似笑非笑地看着她。

邬乔立即说："当然不行。"

这下邬乔才明白，为什么程令时会跟隋宁站在楼下。

她不管隋宁是什么样的心情，但是看着自己的男朋友跟别的女人这么明显地划清界限，邬乔心底还是有种说不出的愉快。

邬乔挽着他的手臂，直到程令时的眼睛落在她的另外一只手："那是什么？"

一个很明显的盒子，虽然外包装什么都没有，但是看起来就是蛋糕盒子。

程令时眸色一深，就听邬乔说："没什么，我们赶紧上楼吧。"

邬乔心底有些无奈，她本来还想给程令时一个惊喜的。

谁知道在楼下就撞上他了，蛋糕盒子这么大，她藏都不好藏。

程令时还想说话，邬乔已经拉着他直接上了楼，而不远处一个并未走远的身影站在路的尽头，看着邬乔拉着程令时的手进了单元大堂内。

隋宁在看见邬乔的一瞬，心底犹如彻底寂灭。

曾经所有的期望、欢喜和小雀跃，都在这一刻消失，她喜欢了这么多年的人，从来没将她放在眼中，就连他说的话，也不过是针对她而言。

隋宁望着邬乔手里拎着的蛋糕盒子。

原来他不是不过生日，他只是不想要她的蛋糕而已。

几分钟后，落叶随风飘落，最后落在被摔烂在地的蛋糕上，原本精美的蛋糕，此刻与泥土和落叶混合，彻底成了一团垃圾，就像被彻底抛弃的真心。

邬乔到了楼上，准备将盒子先偷偷放起来，结果还没等她找借口，就听程令时问道："这盒子里的东西是给我的？"

"什么给你的呀。"邬乔有点儿结结巴巴，还想把盒子藏起来。

但程令时已经伸手将盒子直接拿了过去："怎么藏着掖着，难道就真不指望给我了？"

等他拿过去，放在桌子上，一打开，一个跟博物馆一模一样的模型出现在眼前。这个博物馆的设计，是程令时日日夜夜熬出来的，房梁结构、建筑造型，每一根线条他都铭刻在心底。

透明的塑料盒子下面，大大的浅蓝色蝴蝶结系在顶端，下面便是博物馆造型的翻糖蛋糕。

程令时弯腰将盒子缓慢地转了一圈，发现眼前虽然只是个翻糖蛋糕，但是造型真的做到了跟博物馆的一比一缩小复刻。

"你找人做的？"程令时轻笑。

邬乔眨了眨眼睛，低声道："瞧不起人是吧，第一次送给男朋友的生日礼物，你觉得就不能是我亲手做的？"

这次轮到程令时惊讶，他眼尾轻勾，那双干净而凌厉的浅褐色眸子，在暖黄色的灯光下，蒙上了一层特别的温柔，他的声音低哑："你自己做的？"

不得不说，他心中正惊叹这个翻糖蛋糕的完美。

终于他看见旁边摆着的小卡片，上面写着一行小字：

献给我心目中最完美的建筑师，程令时。

程令时将那行字看完，终于轻转视线，还是那双浅褐色的眸子，视线在她脸颊上扫过，头顶依旧是那束温暖的光线，客厅里走廊内，平日里寻常的灯光，在这个夜晚都被染上了一丝暧昧与温柔的气息。

周围静谧异常，只有他的视线那样深情而炙热地望着她。终于邬乔像是从他的眼神里找到了勇气，她忍不住问道：“哥哥，我能问你一件事吗？”

“什么事？”程令时嘴角微扬。

邬乔虽然顿住了，但是那个问题早已经在心底藏了许久，或许从很多年前，或许从一开始，她就想问。

“为什么你从一开始就对我那么好？只是因为同情吗？”邬乔目光灼灼地盯着他。

程令时低头，两人的距离骤然拉近，那股熟悉的气息萦绕在她的周围，空气里明明那么安静，却又仿佛飘浮着什么东西，让她的血液渐渐灼热，心脏也随之剧烈跳动。

直到程令时的声音响起：“邬乔，虽然这是我第一次回答你这个问题，但是我要说的每一个字，都是我的真心话。”

邬乔的心脏疯狂而剧烈地跳动着，而她也仰头望着他的眼睛。

“因为你是我的小太阳。”

你或许永远都不知道，曾经的你，对我意味着什么。

冷风瑟瑟，泛黄落叶不时从树上飘落，整座城市从明媚秋日转向冬天，仿佛只在一瞬间，街面上的行人都纷纷穿上了厚实温暖的外套。

上海的冬天依旧繁华热闹，南京路上永远人流如织，外滩旁吹着冷风拍照的行人，依旧络绎不绝，遇到阴霾天时，江边那些摩天大楼的顶端楼层，被云层分割，犹如悬在半空中。

外滩江边的万国建筑群，彰显着十里洋场的旧情怀。而另一边的摩天大楼群，白日里充斥着现代化上海的先进，到了夜晚华灯初上之时，仿佛融入了百年上海的变迁。

邬乔每次来到外滩，就觉得这里仿佛是上海百年变迁的见证者。特别是两旁的万国建筑群，明明这些建筑并非出自同一个建筑师之手，也不是在一个时期建造而成，但是连绵的建筑群却有一种惊人的和谐，相似的建筑色调，各有迥异的建筑特点，光是风格就有着英国古典式、法国古典式、巴洛克式、哥特式。

邬乔站在待客室的玻璃窗前，眺望着外面的外滩，再次陷入惊讶。

不管来多少次，她依旧会惊艳于这些建筑之美。

“两位，请喝茶。”一个工作人员端着茶杯进来，客气地说道。

邬乔立即转头走过去，接过茶杯，同样温和地说：“谢谢。”

“我们约了九点半，现在时间已经到了，请问还要等多久？”程令时垂眼看了一眼手腕上的表。

对方一听这话，立即扬起职业而客气的笑容解释说：“不好意思，程总前一个会议还未结束，所以要请您在这里暂等片刻。”

好在程令时无意为难对方，听到这个解释，就没再说话。反而是邬乔在工作人员离开之后，深吸一口气，朝外面看过去。

他们所在的会议室是纯玻璃式墙体，百叶窗没关起来时，能够清清楚楚地看到外面，从这里望过去，是一个极大的开放式办公空间。

整个办公区域的氛围，说实话跟时恒没什么区别。

员工坐在各自的工位上面，正在忙着新一天的工作，敲击键盘的声音，偶尔打电话的声音，还有不时转头跟隔壁同事交流的声音，嘈杂的声响交织成了每一个忙碌的早晨。

邬乔收回目光时，才说道：“我没想到，你找到的赞助商公司，居然是沣盈集团。”

她话音刚落，就见程令时微微挑眉，他问道：“你了解过沣盈集团？”

“之前时宸买了沣盈集团的股票，因为沣盈的董事长突发疾病住院，弄得股票大跌，他在办公室里哭号了好久。”

程令时原本脸上还挂着笑意，却在听完这句话之后，嘴角扯直，突然变得冷漠。

邬乔一向很懂得察言观色，他脸色一变，她就察觉到了。

不禁反省，她是不是说错了什么？

半晌，邬乔解释说：“其实时宸上班没炒股的，就是那天突发情况，他抱怨了两句。”

她居然以为他是因为时宸上班开小差的事情不开心。

程令时被她的小心思逗得有点想笑，在唇角松弛后，他才发现自己心底方才的沉重，俨然消失殆尽。

之前邬乔问他，为什么会对她那么好？

他告诉她，她是自己的小太阳，小姑娘当时的表情明显是不太相信这句话的。

“你对泮盈了解多少？”程令时突然问道。

邬乔眨了眨眼，说：“我也没多了解，就是之前听时宸说，这是一家在新加坡创立的公司，但是后来回归国内。哦，他还说公司的创始人家族非常有钱，有上千亿元的资产。”

“难怪你会找泮盈来当赞助商。”邬乔左右看了一眼，压低声音，“是因为他们人傻钱多吗？”

见她狡黠的模样，程令时配合地点头：“差不多吧，人傻钱多。”

两人小声说话之际，玻璃门被推开了。

一行人从外面直接进来，邬乔赶紧站起来，在她转身的时候，看见领头男人的模样，戴着金边眼镜，留着半长的短发，还有那英俊的长相，以及那股扑面而来温和却不失强势的气质。

一般来说，这样长相的男人总是让人过目难忘，更何况是邬乔这样的好记性，她一眼就认出对方是去过他们公司的那个人。

当时他带了好几个保镖在公司，弄得顾青瓷以为是公司惹上了什么大事。

“你好，我是程望之。”对方居然没看着程令时，而是直接伸手跟邬乔打招呼。

邬乔愣了几秒，这才慌忙伸出手，握了握顾望之伸在半空的手掌。

“程总您好，我是时恒建筑所的设计师邬乔，很荣幸能来您的公司。”

听她这么说，程望之微微扬唇，露出一抹安抚的轻笑，温柔说道：“很期待听到你们的设计方案。”

在对方再次露出温柔笑意后，邬乔心底炸开了花。这位程总未免太温柔了点吧。

好在邬乔一向矜持，在他这样温柔的攻势下，也只是笑了笑，只是她再次转身时，发现旁边的程令时一副不太爽的表情。

邬乔深吸一口气，赶紧露出职业的笑容。

邬乔一向不太在意男人的长相，除了程令时之外，她还没因为哪个男人这么心跳加速过。连她都不知道，为什么方才看见程望之那样温柔的笑容后，心脏会怦怦直跳。

待她再次看过去，这次程望之与程令时站在了一起。

邬乔看着身形相仿的两个男人面对面地站着，从她的角度看他们的侧脸轮廓，那次在时恒初见程望之时的感觉再次袭来，那种如出一辙的相似感。

邬乔终于明白，为什么刚才程望之温柔一笑，她会那么紧张。

因为那样的笑容跟清塘镇上那个温柔的少年程令时笑得一模一样，她的心脏因此随之一动。

沣盈集团的程望之、清塘镇的程氏家族，这两者之间有什么关系?

邬乔感觉自己脑海中好像有一个念头，正在慢慢被证实。

随着沣盈集团的众多高管落座，会议室里那种严肃的工作氛围慢慢袭来，邬乔知道自己马上要面临一场大战，不应该再想乱七八糟的事情。有些事情哪怕要问，也不急在这一时。

很快，会议室里有行政人员过来，帮忙打开投影仪和电脑，邬乔将自己带来的U盘插到电脑上面，点开PPT。

这次方案会议，程令时之前跟她说过，银湖村图书馆项目能不能成功，在此一举。

邬乔知道找这种公益项目的投资方很难，毕竟这是一个纯粹出力出钱最后还不一定能讨好的项目，因此程令时虽然说得轻松，但她知道一定不好找投资方。所以这次她准备充足，面对这一场战役。

设计师的每一次方案汇报，就像是一场战役，她必须用自己的才华、语言，打败对方的质疑和犹豫，让他们彻底同意她的设计。

邬乔在一次又一次的方案汇报中，磨炼了自己的意志。

当投影仪和电脑都弄好后，邬乔站在台前，她的目光看向对面坐着的众人，突然一股压力袭来，她知道自己这一刻代表的不仅仅是自己，她现在做的一切，都是为了不辜负一个老建筑师几十年的心血和遗愿。

“这次银湖村图书馆的项目，是一个公益项目，目的是为了让身处乡村的小朋友们，也能够有一片自己的书香学海。这也是此次项目最初的设计师柳保山柳老先生的遗愿。

“我们的设计最初的概念便是打造一个完全木结构的建筑，而这个建筑的灵感来源，便是献给孩子们的童年礼物。建筑的外观犹如一个被打开的宝藏盒子，因为我们的主旨是创造一个纯粹的现代木结构榫卯建筑，因此内部所有的材料皆是以木材为主，而所有的框架结构都是以最传统的榫卯结构连接。”

在座的很多人在听到这里的时候，就已经有些坐不住了。

大概是邬乔的设计理念实在是有悖于现在的建筑理念，毕竟对很多外行人来说，钢筋、混凝土才是保持一栋建筑稳定性的最大功臣。

木结构这种建筑，做个乡村小木屋也就算了。

谁敢有胆子让她按照完全木结构来建造一个图书馆。可坐在正中央的程望之一脸饶有兴趣的模样，所以其他高管只能先等邬乔介绍完方案再提意见。

邬乔知道底下有很多人心底有着各种各样的质疑，但是也有人明显露出感兴趣的模样，毕竟钢筋混凝土的建筑不仅在上海这座城市比比皆是，在全世界的城市里都有许多。

设计师想要创新，只能不停地在建筑外观上突破，以至于现在有了很多形状奇特的建筑，不管是标新立异还是设计创新，都有些惊世骇俗。

反而是邬乔在结构和建材上突破了，光是从这一点上看，很多人都不如眼前这个年轻的设计师。

邬乔继续说道：“我知道现在很多人对于木结构有很多质疑，而我们建造这座图书馆的目的，也是为了传承过去中国辉煌的建筑历史，让过去能够在现代重生。因此我们在打造全木的内部结构时，在建筑外墙上则是采用了玻璃幕墙，这样的建筑设计可以让图书馆不仅仅只是一个纯粹的仿古建筑，而是一个过去与未来相结合的建筑。

“在图书馆的外墙，我们还搭建了一个螺旋式的楼梯，这样的楼梯可以方便孩子们直接抵达图书馆的观景平台。因为银湖村一向被称为银月之村，图书馆外的这个螺旋阶梯也寓意着孩子们登上书山之路，走向更为广阔的天地。”

这是邬乔从小镇一路努力到今天，对其他同样出身乡村的孩子最好的祝福。她希望每个乡村里的孩子，都有更为广阔的天空。

当邬乔说完时，会议室里沉默了许久。

邬乔最初的紧张早已经在不知不觉中消失殆尽，等到她发言结束，在座的其他人开始提出心中的疑惑。

大家最关心的就是图书馆的结构稳定性。

有个平头高管问道："邬设计师，现在建筑都是采用钢材原料，你们以全木结构作为建筑主要结构也就算了，但是在连接方式上还采用纯粹的榫卯结构，会不会太过突进冒险？"

"诸位老师觉得故宫牢固吗？"邬乔反问道。

众人听到此话一愣。

邬乔轻笑道："故宫作为全木结构建筑群，到目前为止已经存在了超过六百年，难道它不比现在世界上任何一栋钢筋混凝土的建筑更为牢固吗？"

对于这个稳定性的问题，邬乔也并非只有这一个例子。

她打开自己的另外一张图片，说道："诸位请看这张照片，这是在汶川大地震期间，一个大约两百平方米的木结构建筑。在地震之后，除了部分裂缝之外，结构安全性完全没有受到影响，依旧还能正常使用。"

"这个装配式建筑方式，你知不知道现在依旧有很多人在质疑，你这次的建筑，不仅是全榫卯结构模式，还要采用这样的预制装配式建筑方式。"

总而言之就是一句话：冒险，太冒险了。

邬乔毫不露怯，胸有成竹道："我觉得预制装配式建筑的安全性，早已经在国内外都被证实过了。特别是国外装配式建筑公司，早已经形成了建筑材料设计、制作以及装配的一整套完整程序，而随着国家政策的鼓励，我国也出现了这样的龙头企业。

"更何况相较于传统的建筑方式，在现场进行的'湿法作业'、混凝土和砖块混合作业，会让现场出现大量的灰尘。银湖村是一个未经污染的传统绿色小乡村，我们建造图书馆是为了给予孩子们一个安静而干净的读书环境，而不是破坏环境。

"更何况装配式建筑，能够最大程度减少建筑能耗，从而压缩这次项目的成本。

“这样既绿色又环保还节能的建筑方式，我认为最适合这个项目。”

接下来对于其他关于木结构的防火防震问题，邬乔也是拿出数据，以事实说话，一一击破对方的质疑。

这样不卑不亢又有理有据的方式，让最初对她有偏见的人都忍不住点头。当她回答完所有问题，结束自己的汇报时，台下突然响起了掌声。

邬乔原本在低头关电脑，并不知道掌声从何处响起，是谁第一个鼓掌的，但是当她抬头时，所有人都用掌声回应了她这次汇报的结果。

“邬设计师的方案十分精彩，但是我觉得应该给我们一点时间来考虑这个项目的可行性。”程望之望着她，之后便让自己的助理带他们到办公室休息。

这次邬乔发现，助理居然把他们带到了程望之的办公室。

这个举动好像也是在告诉邬乔，他们之间确实有着某种关系。

“那位程总是？”邬乔还是没忍住，转头看着程令时说道。

程令时伸手在她头顶摸了下，柔声道：“你刚才表现得很好，如果我是甲方，我一定会被你说服。”

邬乔笑了下，就听他又说：“他是我堂哥。”

“难怪。”邬乔点了点头。

“但是这个项目并非由他一人决定，他只是给了我们一个机会，真正投资与否，我想还是要看你的设计方案。”程令时眼眸盯着她，很认真道，“你的‘银月之约’一定会成功。”

“银月之约”是这个项目的名字，是柳爷爷与孩子们的约定，也是她与柳爷爷超越时空和生死的约定。

因为对方迟迟没有宣布结果，邬乔坐了半个小时，喝了两杯水，终于还是忍不住去上了个洗手间。

这层楼好像是高管办公室居多，因此很安静。

邬乔到了洗手间，进了隔间，很快准备起身出来，没想到就听到外面交谈的声音。

“我刚才听你们一直讨论程总办公室里的大帅哥，那是谁呀？”一个陌生的女声响起。

邬乔眨了眨眼，心想：程总办公室里的大帅哥？这个程总应该指的是程望之吧。

另外一个女生说："这你都不知道，咱们正经的太子爷呀。"

"太子爷？"

另外一个女生说道："董事长的亲生儿子，可不就是我们正经的太子爷？说实话，这位太子爷才是真正的集团继承人。"

"那他怎么没在公司？"第一个女生好奇道。

另外一个女生说："你消息可真够闭塞的，集团里很多人都知道啊，人家可是知名建筑师，全世界都有名的那种，自己的领域做得那么出色，大概也就不想回来继承家业了吧。"

"建筑师？叫什么名字？我搜搜看。"第一个女声说。

"程令时，你上网搜一下，特别有名。前阵子他设计的那个博物馆，被称为国内最美博物馆，在网上特别红，好多人过去打卡呢。当时他在网上爆火时，总裁办那边还怕他身份被网友扒出来，做了一套公关预案呢。"

"真的呀，他网上居然还有这么多粉丝，这长得也太帅了吧。"第一个女生明显是之前不太关注这些的，这会儿还疑惑道，"不过这位小程总还真打算一直当建筑师啊，他会不会回来跟咱们程总争权？"

哪个公司都会有八卦，特别是这种涉及公司高层的八卦，大家都很好奇。

后一个女生明显是消息灵通的，她轻嗤了声，压低声音说："我跟你说，你可千万别出去乱说啊。"

"行，行，你赶紧说。"

"这位小程总跟咱们董事长的关系很不好，据说父子两个的关系势同水火的那种。"

第一个女生一惊，声音都激动到颤抖："怎么回事？该不会又是什么豪门恩怨吧！不过我没听说过董事长有什么桃色新闻啊？"

"你没听说过，可不代表没有。"这个女生往外面看了一眼。

对方清晰的声音终于隔着门板传来："听说小程总的亲妈是跳楼自杀的。"

这一刻，邬乔的心脏犹如被紧紧攥着，连呼吸都变得有些困难。

“真的假的，自杀？”外面的声音明显也是震惊。

“这还能有假呀，当年都上了新闻，只是后来又被压了下来，十几年过去了，现在好多人都不知道了。反正之后，小程总就跟董事长一直不对付。要不然也不会连我们公司好多员工都不知道我们真正的太子爷，其实是这位大建筑师。”

两个女生又聊了一会儿，这才离开洗手间。

邬乔坐在马桶上，久久回不过神。

一直到程令时给她打电话，邬乔才离开洗手间。

她站在无人的走廊上，深吸一口气以后，又深吸了一口气，可是心底压着的沉重感，却怎么都无法消散。

她居然一直都不知道程令时经历了什么。

一直以来，她都单方面从他身上汲取温暖。

在清塘镇，他是那个温柔又善良的哥哥，是她最初的光。

邬乔一直以为程令时才是那束照亮她黯淡人生的光，所以当他之前说自己是他的小太阳，她一直觉得他是在哄自己。

她从来都不知道，当年他为什么会突然回清塘镇。

当邬乔重新走回办公室时，程令时正站在里面，准备给她打电话。

“我们去会议室吧，他们商量的结果出来了。”程令时见邬乔表情有些不对劲，还以为她是担忧对方会拒绝投资，弯腰靠近她，低声说，“邬乔别害怕，不管怎么样，我都会让你……”

他话还未说完，邬乔伸手将他抱住。

面对小姑娘突如其来的热情，程令时愣了下，终于还是伸手将她抱住，柔声问：“怎么了？”

听着耳畔他的声音，邬乔觉得自己挺没用的，明明是想安慰他，却反而让他担心自己。

邬乔仰起头，望着程令时，那双浅褐色眸子里的深情和温暖，看得她心头非常软，她终于下定决心开口：“程令时，我会用我的余生让你幸福。”

这样过分直白的话，让男人一怔。半晌，他用尽全力才勉强维持住表情，轻声问："你这是在跟我求婚？"

办公室里静谧而温暖，通透的玻璃幕墙让整个房间在冬日里都充斥着金色的阳光，邬乔抬眸，感觉空气中细小的颗粒在飞舞，而她的心跳根本缓不下来。

"你就当……"邬乔说着，忍不住咬了下唇。

办公室的门突然被敲响，邬乔赶紧松开手，往后退了两步。

程令时有些惋惜地看着她，似乎还想听她说完这句话。

"程工，会议已经有了结果，所以我们程总让我来请你们下去。"是之前带他们过来这间办公室的人，应该是程望之的助理。

邬乔低声说："程工，我们还是赶紧下去吧。"

程令时瞧着她这副模样，知道这姑娘是准备逃过这次，假装刚才自己说的话都不存在了，不过他也不着急，反正之后有的是时间。

两人跟着助理一起重新回到了楼上的会议室。

两人到了之后，会议室里的硝烟似乎刚散去，有些人脸上还挂着有些不服气的神色。邬乔安静地走进去，只当没注意到这里面的暗流涌动。

在他们坐下之后，对面的程望之站了起来，说道："刚才经过内部投票，我正式宣布，银月之约图书馆项目，最终以五票通过。"

邬乔猛地握紧手掌，心中雀跃不已，扭头看向身侧的程令时。

程望之宣布后，会议室里立即响起了掌声。但是掌声没了之后，坐在左首边的一个中年男人忍不住朝程令时看过来，说道："令时，不是江叔要拿长辈范儿，这个项目既然程总一力推进，咱们做下属的也不好反对到底。你作为设计师负责人，可一定要把好关，毕竟咱们沣盈集团投资的项目，可不能出重大事故。你虽然不在公司，但到底也是董事长的亲儿子。"

这话说得太直接，惹得会议室里所有人的眼睛都在程令时和程望之两人之间来回张望。

在座的高管里面，没有不知道程令时身份的。

这位江董事显然是跟程望之不对付，毕竟在他看来，程望之名不正言不顺，董事长病后，他就在公司里排除异己。所以他三言两语就想要挑拨这两人之间的关系，似乎巴不得程令时回集团，跟程望之争权夺利。

这种董事长病重的敏感时期，公司里人心惶惶，大家对于程家内部的关系自然更加关注，这会儿整个会议室里再次弥漫着那种紧张的氛围。

邬乔微蹙着眉头，连她都察觉出这个江总的来者不善。

程令时微抬眼睫朝对方看过去，语气格外淡然："江总，不管我是谁，只要是作为设计师，我一定会对我的每一次设计负责。"

"不过这次的设计是由这位邬乔设计师负责，而我也只是把握项目的大方向。"

这句话使得整个会议室犹如炸开了锅。

当即有人反对道："这怎么能行，先不说她是女设计师，就说她的这个年纪，只怕是大学毕业没多久吧。"

今天邬乔知道是来做现场方案汇报，所以特地穿了成熟的职业套装。但是她的长相摆在这里，虽然不至于到稚气未脱的地步，但对建筑师来说，她还是过分年轻了。

至于对女性设计师的偏见，从来都没消失过。虽然如今社会看似进步，可是对于女性的质疑从未消失，职场女性更是受到种种隐性或者明显的歧视。而作为年轻又是女性的邬乔自然也逃不过这种偏见感。

"就是啊，这也不是个小项目，怎么能交给她呢。"

"太年轻了，难怪做的设计这么冒进，这完全是冲着出名去做的设计。"

会议室里的议论声不断，对于邬乔的质疑再次袭来。

刚才她上台汇报时，大家都将注意力集中在设计的问题上，大概也是觉得她这么年轻，不可能是一个项目的设计师，顶多也就是负责讲解 PPT 的，但他们没想到，程令时还真敢把这么大的项目交给她。

程令时也没恼火，淡淡扫了一圈坐着的人："诸位，这个项目从最初便是由邬设计师一手促进，而且女性设计师在设计领域从来都不是弱势群体。相反她们比男性更为细腻，对待设计也更加专注。银湖村项目是一个没有利益、只为了情怀而出发的项目，我想她比任何一个男性设计师都要适合。"

先前那个江总突然说道："还有这个项目工期，你们方案上写着百日工期，该不会是真的想在百天之内将整个图书馆建成吧。这农村盖个两层小楼都要两个月，你们这个是不是太过冒险？"

邬乔主动站了起来："这个问题就由我来向大家说明，众所周知，装配式建筑的一大优点就是工期短，我们会在前期利用3D建模，将建筑的构件模块化。这样建筑材料都可以在工厂中进行生产，包括木龙骨的拼装连接，从而使整个建筑实现更高程度的自动化和机械化。

"所以一百天的工期，并非我夸大其词，而是我们经过充分的预估，准确得出的数据。"

江总似乎没想到这么一个小丫头也敢反驳自己，当即又要说话。而一直安静地坐着听着他们双方辩论的程望之，终于在此刻开口："江总，此次投票结果已出，五票赞同，四票反对，所以这个项目我们已经决定投资。你该不会是想言而无信吧？"

"程总，投票结果在这里，我不会反对，但是我现在反对的是让这么年轻的小丫头当总设计师，这实在是太离谱了。"

程望之看着他，双手搭在会议桌上，声音淡然而强势："我相信程工的眼光，他既然说合适，那么我们期待就好。"

不管底下这些很有资历的董事多么不愿意，但是程望之在集团内部依旧有一锤定音的决定权。

"银湖之约"项目的设计权最终落到了邬乔手中。

如果说江城图书馆是她事业的起点，那么银湖之约将是她设计事业里最为重要的一个转折点。

散会之后，其他人陆续离开，只有程望之还留在会议室，他低头回复了一条信息。很快他抬头看过来，语气稀松平常道："中午一起吃个饭吧。"

"不用。"程令时正要拒绝。

程望之说："不是请你，我是想请邬小姐一起共进午餐。"

"我？"邬乔有些惊讶，立即说道，"程总您太客气了，您这么忙，我就不打扰了。"

"要是请时恒建筑所一般的设计师吃饭，我确实是没空。"程望之站了起来，缓缓走到邬乔面前，再次露出那种温柔的笑容，"但如果是请我未来的弟媳妇吃饭，我很有时间。"

邬乔眨了眨眼睛，居然被这理所当然的态度唬住了。

她又一次确定，这两人确实是兄弟。

最终三人还是一起在外滩旁边的一家餐厅吃饭，地方是程望之助理预约的。

到了餐厅后，程望之主动替邬乔拉开位置。

这种过分绅士的举动，让邬乔非常震撼。

“谢谢。”邬乔脸颊一红，赶紧低头。

坐在旁边的程令时冷嗤了一声，伸手拿过菜单，偏头问道：“想吃什么？”

程令时语气温柔，丝毫没顾忌程望之坐在对面，反而是邬乔有点儿不好意思，这是她第一次谈恋爱，见男朋友的家人，还有点儿手足无措。

“你们是怎么在一起的？”程望之突然问道。

程令时原本低头看着菜单，听着这话，抬头看向他：“打听那么清楚干什么，查案呢？”

“我只是想知道，我这个一向目中无人的弟弟，究竟是怎么被征服的？”程望之朝邬乔看了一眼，眼含笑意。

这个话有点带着戏弄，邬乔一时不知该怎么回答。倒是程令时似乎不想她为难，直接说道：“我先喜欢她，追求她的。”

程望之：“利用职务之便？”

“有完没完了！”程令时直接将菜单合上了，抬头冲着他说道。

邬乔生怕他们吵起来，赶紧说道：“也不是，我们是相互喜欢，他从来没有逼迫过我，也没有利用职务之便。”

见邬乔这么紧张的模样，程望之立即说道：“抱歉，我无意让你紧张，这只是我们兄弟俩相处的方式。”

“挑挑看，想吃什么，不用搭理他。”

邬乔这才放下心来，她低头看菜单的时候，就听程令时冷笑道：“你别看他现在这么道貌岸然的，他当初可是利用职务之便，趁机接近我嫂子。”

“令时，我们现在是要进入相互揭短的阶段了吗？”程望之看着他，平静问道。

程令时轻嗤一声，微微挑眉，张狂而又肆意，一副“你又能拿我怎样”的表情。

程望之转头看向邬乔，正要说话，突然他顿住了，之后低声喊道：“邬乔。”

邬乔听到程望之喊自己的名字，下意识抬头，结果她一抬头，发现程望之一直盯着自己看。

“怎么了？程总。”邬乔也不知道自己该怎么称呼他，只能依旧喊着程总。

程望之正在打量她的长相，这张脸与记忆中画纸上的那张脸终于重叠在了一起，他恍然而又惊讶道：“原来你就是那个小女孩。”

“什么？”邬乔没听懂他的意思。

程望之轻笑一声，转头看向程令时，眉宇轻抬。

“程总说的是什么？”邬乔眼看着他们两人眉来眼去的，忍不住低声问道。

程令时垂眸，语气淡然道：“不用搭理他。”

明明他说得理所当然，但是邬乔看他摸了一下鼻尖。只怕连程令时自己都不知道，每当他心虚时，就会摸一下鼻尖。

邬乔突然忍不住好奇起来，从程望之的角度，所知道的事情。

第十八章

将她的委屈弥补

南方潮湿，哪怕到了冬季，依旧阴雨连绵。邬乔去了一趟郊区的工厂，回来时正好赶上下雨，程令时给她打电话时，她正站在大门口等着出租车，冻得瑟瑟发抖。

“怎么不让公司的车送你去？”程令时皱眉。

公司有商务车，一般设计师出去，都会有车子接送。

邬乔笑了一下：“隔壁组昨天就去了别的市，金师傅到现在还没回来呢。”

“我来接你。”程令时当即说道。

邬乔赶紧说：“别、别，你给我报销打车的钱就行了。我叫的出租车应该快到了。”

程令时在那边半晌没说话，邬乔还以为他不愿意，无奈地说：“你该不会是要发挥资本家的本质，连这点打车费都舍不得给可怜的员工我报销吧。”

“报。”程令时轻声说。

邬乔也只是说说而已，很快挂了电话，又等了几分钟，总算是约到了车子。

一上车，车内的暖气铺天盖地袭来，将她整个人包住，原本快要冻僵的手臂和腿，也渐渐缓过了劲儿。

大概过了一个小时，邬乔才到公司。

这会儿已经快到下午两点，早过了午饭时间。

她从车上下来后，将手里的包抱在怀里，这里面装着电脑和各种打印的图纸。

谁知她往公司大楼走，但是路上的一辆电动车却直接横冲直撞过来，邬乔在看到对方时，连忙往旁边躲避。

但对方不知在干什么，车头居然直挺挺地朝她撞了过来。

虽然在最后时刻对方拼命刹住了车子，但是邬乔手里抱着的包还是被撞飞了出去。

包里的电脑掉了出来，里面的图纸四散飞舞，很快又沾到了雨水，贴在了地面上。邬乔顾不得身上的疼痛，弯腰去抢电脑，图纸还可以再打印。要是电脑进了水，那就完蛋了。

她半跪在地上，将电脑从地上抱了起来。旁边骑着电动车的男人一看她站了起来，便重新扶稳车子打算逃跑。

“我说……”邬乔直接抓住他车子前方的车篮，目光冷静地望着对方，“撞了人就想跑，这不太好吧。”

“你不是都没事吗？”骑着电动车的人似乎生怕邬乔赖上他，强词夺理道。

邬乔冷眼望着他，没有松手：“撞到了人，最起码要说一句抱歉吧。”

骑车的男人松了一口气，赶紧说道：“对不起。”

对方身上穿着雨衣，邬乔则连把伞都没有，她没打算让对方赔偿什么，只是不想纵容这种行为。

在对方道歉后，邬乔松开手让对方离开。

这才弯腰去捡地上的图纸，纸张一沾上水就被泡开了，眼看着已经不能用了。但是邬乔也不敢把这么重要的图纸随便乱扔，只能一张一张捡起来。

就在她弯腰捡图纸时，有一把伞悄然出现在她头顶。她抬眸看到了头顶这把黑色雨伞，不由得笑了起来：“我说你不会是一直等着我吧。”

邬乔边说边笑着转头，她以为是程令时特地下楼来接自己。

谁知转身就看见一个穿着驼色羊绒大衣的女人，腰间系着腰带，哪怕年过半百，依旧保持着完美而纤细的身材。

眼前的这张脸年轻得有些过分，乍一看顶多四十多岁的模样。长鬈发、线条柔和的鹅蛋脸，还有那双与邬乔有些相似的眼眸，此刻黑眸上覆着薄薄的水光，好像随时都能落下泪。

直到她尾音发颤地喊道："早早。"

邬乔眨了眨眼睛，雨势渐起，雨水打在伞面上，还夹杂着周围的喧闹声。

可是这一刻这些声音仿佛都消失了，只余下这个声音。

"你没事吧，妈妈看看你，有没有被撞到？"宁桢的声音急切而又关心，真的像一个妈妈看见自家的孩子被车撞倒后那种自然而然的着急。

邬乔突然一笑，她刚才一直在淋雨，此时雨滴还从眼皮上滑过，滴了下来。

她重新弯腰去捡地上的图纸，宁桢穿着高跟鞋，一直替她撑着伞，直到最后一张图纸从地上被捡起来。

邬乔没有再看她，直接阔步走向公司的大楼。

宁桢连忙撑着伞追了上来，声音哽咽道："早早，早早，你今天下班有空吗？我想和你谈谈。"

原本大步流星往前走的人，一时顿住脚步。

她一停下，两人面对面，宁桢这才发现原本记忆中比她矮半个头的少女，如今竟比她还高出了些许。明明是那样柔和清润的眉眼，此刻却透着冰冷和淡漠。

"聊什么？"邬乔淡然问道。

宁桢被问得怔住。

邬乔心想：聊什么？聊聊这么多年她为什么离开这么久才回来，还是聊聊她抛弃自己亲生女儿的事实？

邬乔看了宁桢一眼，问道："你是在跟踪我吗？"

"我没有。"宁桢连忙摇头，她小声说，"我只是偶尔会在这附近逛逛。"

自从宁桢知道邬乔在这边上班之后，因为她家离这里并不算远，所以她几乎每个下午都会过来坐坐。虽然知道这样并不能撞见邬乔，但是有几次，还真的被她走运碰上了。

邬乔有时候是一个人出来，急匆匆地走过去。

有时她身边跟着同事，说说笑笑地离开。

宁桢就坐在楼下那个咖啡店靠窗的位置，从那里正好能看见大门口进进出出的人流。

她也知道自己这样的守望没什么用，可她就是忍不住想要试试运气，想要见见邬乔。

“早早，你头发都湿了，要不我们先找个地方坐坐？”宁桢眼睛含着祈求看着她。

邬乔垂眸望着她，眼底倒也没有不耐烦，而是一种被冰封的状态，冷静、淡漠，仿佛眼前站着的并不是她多年未见的母亲，而只是一个寻常的普通人。

“这里是我公司附近，别在这儿坐，找个远点的地方。”邬乔冷静说道。

宁桢没想到她态度会改变，当即喜形于色，连连说道：“好、好，我打电话叫司机过来，我们找个地方坐坐。”

在司机到之前，宁桢一直替邬乔撑着伞。她几次想要开口说话，可是在看见邬乔冷淡的表情时，还是咽了回去。

这么多年未见，哪怕是血缘至亲，也早已经只剩下陌生感。

好在车子很快来了，邬乔直接上车。

司机听了宁桢说的地址，安静地驾驶着车子，哪怕这会儿宁桢心底有多少话想说，也只是安静地等待着。

又过了二十多分钟，车子行驶到一条花园里弄，旁边是成片的花园洋房。

因为下着雨，外面没多少人。

车子停在路边后，宁桢先下车，她拿着伞走过来想替邬乔撑着，但被邬乔淡淡推开说道：“带路吧。”

这家咖啡店是宁桢闲暇时租下来开的，就是为了跟自己的朋友有个安静聊天的地方。

店铺开在花园洋房里，周围是各种精致低调的店铺，这里是上海市中心唯一一片保留的花园洋房，这里的房子只租不卖，不过单单是租金便足够吓人。

宁桢这种玩乐似的开咖啡店，实在是有够奢侈的。

两人进门时，玻璃门上挂着的铃铛，叮铃响了两下，提醒里面的店员来了客人。

“夫人。”店员一抬头看见宁桢，开心地笑了起来。

里面有好几个店员，都是小姑娘，年纪不大，看着跟邬乔差不多。

宁桢小声说：“楼上也有地方，要不我们上楼？”

宁桢询问的口吻有点儿过分卑微，惹得旁边的店员忍不住抬头看向邬乔，而在目光中心的邬乔淡然道：“就在楼下吧，我没那么多时间。”

“好、好。”宁桢点头。

邬乔已经直接走到窗边的位置坐下，虽然是下雨，但是店里并非没有人，相反还坐着好几桌，都是年轻漂亮的姑娘。

这会儿不是对着刚端上来的点心拍照，就是在自拍。配合外面下雨的氛围，确实是个闲暇又舒服的打发时间的方式。

“夫人，你们要点什么？”店员将菜单拿了过来。

宁桢看着对面邬乔的模样，小心说道：“早早，店里的‘下午甜心挞’挺受欢迎的，要不你也试试这个吧？”

邬乔没有说话。

“那就再来一杯热可可吧，你刚才淋了雨，得喝热一点的东西。”

宁桢扭头问店员：“店里有干净的毛巾吗？拿一条过来。”

店员正要点头，就被邬乔打断：“不用了，我们有事说事吧。”

宁桢无奈地笑了一下，将菜单重新递给店员，示意她们尽快把东西端上来。

店员一走开，两人之间再次陷入沉默。

多年未见，连聊天的话题都不知该从什么地方开始。

相较于宁桢的紧张，邬乔更多的是无所谓，她扭头看着窗外，外面下着雨，路上行人稀疏。

她们这边相顾无言，倒是吧台那里响起低低的议论声。

“那个女生是谁啊？”一个店员好奇地问道。

刚才负责开单的店员有些忍不住低声说：“不知道，但是夫人看起来好像很怕她，一直在看她脸色。”

另一个短发店员说：“长得是漂亮，但是看着很冷漠，我还挺心疼夫人的。”

邬乔并不知道店员对自己的评价，她只是安静地待着。

终于还是宁桢忍不住开口说：“早早，我一直都想见你的，但是我……”

说到这里，宁桢的眼眶就红了起来，她声音哽咽了起来：“我真的没有脸见你，我知道你肯定很恨我，不会原谅我。我是一个不合格的妈妈。”

宁桢的眼泪不断落下，她伸手拽了桌子上摆着的纸巾，别过头擦掉眼泪。

邬乔的目光早已从窗外转移了回来，落在她的身上。她眼神平静地望着对方，任由宁桢眼泪掉落，心底却掀不起一丝涟漪。

宁桢或许也知道自己的眼泪并不会引起邬乔的心疼。很快，她停下了哭泣，低声说：“早早，我就是想见见你，我知道自己或许没有这个资格，但是妈妈真的一直都想见你。”

听着宁桢内疚而痛苦的声音，邬乔眼皮轻掀，正好店员在此刻将点的热可可和咖啡端了上来。

邬乔伸手摸了摸热可可的杯子，冰凉的手指立即被温暖了些许。

宁桢的眼泪一直没停止，好像是她有天大的委屈。

“见我干什么呢？”邬乔淡声问。

宁桢埋着头，动了动唇，终于小声说：“我知道你现在是个建筑设计师，看到你这么优秀，妈妈真的很开心。”

邬乔几乎都被逗笑了。她眼睫垂下，将唇角抿直，慢慢开口说：“我很优秀，你就很开心？”

她的声音很缓很慢，宁桢慌乱中摇头：“我不是那个意思，我只是替你高兴，你大伯他们把你养得很好。妈妈一辈子都会感激他们的。”

宁桢的声音越说越小，越说越心虚，最后不敢再说下去，她有什么资格说这些话呢？

“那你就没想过……”邬乔声音很平静地说，“万一大伯他们家不愿意养我这个累赘呢？”

宁桢张了张嘴，却未发出一点声音。

鄔乔转头望着窗外，上海的雨总是让她想起清塘镇，她用力抿着唇，压住声音里的一切情绪，平静说道："在大伯家时，大伯母对我百般挑剔，邬慧也总是讨厌我、折腾我，邬慧可以去玩，我得帮大伯母干活。上高中的学费，是我自己去打工赚的，但是我从来没抱怨过，就算到现在，我也没觉得他们亏待我。

"因为我从来不是他们的责任。"邬乔缓缓转过头，这是她第一次直勾勾盯着宁桢，眼底出现了剧烈的情绪，"我，是你的责任。"

宁桢失声痛哭了起来，眼泪不断落下，她不再是那个高高在上的贵夫人，整个人看起来狼狈而又痛苦。

"对不起，对不起。"宁桢低声哭诉，一直道歉，她紧紧握着手里的纸巾，像是抓住什么浮木般说道，"都是我不好，是我的错。"

"我以前一直都在想……"邬乔微微歪头，眼底露出迷惑，打量着对面的宁桢，"到底为什么？为什么你不要我？"

"是不是我做错了什么？"

这应该是每个被抛弃的孩子都会经历的过程，想不明白为什么本该是世间最爱护自己、最保护自己的人，会头也不回地将她丢下。因为想不明白原因，所以最后会把责任揽在自己身上。

邬乔小时候一直在想，是不是我不够听话，妈妈才会不要我，难道是我做得不够好？

这样的念头日复一日、年复一年地折磨着她，直到将所有对于母亲的期待和依赖都磨灭在岁月之中，邬乔才彻底想明白。

"一开始我真的想不通，以为一切都是我的错，我是一个累赘、一个包袱，我给所有人带来了麻烦。"邬乔的情绪也渐渐有了变化，眼角泛红，声音不自觉泛着冷意，"后来我想明白了，不是我的错，我只是遇到了一个……"

邬乔眼眸直勾勾地望着她，声音一字一顿："自私、不负责任的母亲罢了。"

这个道理其实并不难懂，但是邬乔却花了很长的时间，才跟自己和解。

宁桢摇头，她拼命摇头："早早，妈妈不是不想管你。我出国之后，拼命地打工，我想早点回来跟你团聚。只是我后来生病了。"

宁桢开始跟她诉说自己到了新加坡之后的生活。

原来她一开始过去，只是务工，但是宁桢当年也是本科毕业的大学生，她努力学习英语，离开工厂去了一家酒店，也就是在这个酒店里，她生了一场重病。

“要不是我现在的丈夫，我只怕早已经没命了。”宁桢垂眸，她不敢看着邬乔的眼睛，她知道自己说这些话，显得她在狡辩，但她还是抱着一丝希望，说道，“我病了很久，一直没有收入，我也不敢打电话回来，怕一听到你的声音就会撑不下去。”

“后来我病好了，有了收入之后，我将钱打给你舅舅，让他去看你。可是我不知道他居然丧心病狂到连自己亲外甥女的钱都要吞。这么多年来，我给他的钱，他给自己买了房子，送自己的儿子去上大学。”

邬乔面无表情，仿佛听的并不是关于自己的事情。

宁桢的家人对她来说，早已经不是亲人，况且连亲生母亲都对女儿不闻不问，所谓的舅舅贪钱也不过是有样学样罢了。

“那你为什么不联系我？”邬乔问道。

宁桢正要解释，突然她包里的手机响了起来，听到铃声，她立即伸手去拿。在她将手机拿出来时，邬乔别过头看见屏幕上“宁宁”这个名字，应该是个女孩的名字。

“妈妈，你在哪儿呢？”

因为离得太近，宁桢又在慌忙之中，不小心点开了免提，电话那头一个轻快的声音传来。

邬乔在听到这个声音的时候，登时浑身一僵。

“我在店里。”宁桢也发现手机开了免提，正要将免提关掉。但是邬乔却抢先一步按住了她的手腕，让她没办法关掉免提，手机就那么平放在桌子上。

“这样啊，正好你让店里做五十杯咖啡，送到我公司。”对面的人又轻笑着说道。

宁桢手腕被邬乔按住，也不敢动弹，最后只能匆匆说道：“好，我知道了，那先挂了吧。”

电话挂断，宁桢看着邬乔的表情，也不敢说话。反而是邬乔问道："这是你现在丈夫的女儿？"

"对。"宁桢点头，小心翼翼看着她，轻声说道。

邬乔轻声说出两个字："隋宁？"

宁桢瞪大双眸，有些不敢置信地说道："你认识她？"

"我得走了。"邬乔不想再多说什么，特别是在得知宁桢居然是隋宁的继母时，邬乔有种命运在跟自己开一个天大的玩笑的感觉。

她的母亲不要自己的女儿，却对别人的女儿那么好。

虽然她们这通电话只有短短几句话，但是邬乔却能感觉到她们的关系很融洽。

邬乔也差不多猜到，为什么后来宁桢不联系自己了。宁桢嫁入豪门之后，恨不得隐瞒自己所有的过去，只怕她的存在也被宁桢隐瞒到底，所以她才不敢直接联系邬乔，而是通过自己的哥哥打钱回国。

只可惜宁家人大概是一脉相承的冷血和自私。

一个为了自己的荣华富贵，直接抛弃了亲生女儿。

一个贪了自己亲外甥女的生活费和学费。

邬乔要起身，宁桢却伸手抓住她的手臂，低声哀求道："早早，我知道自己错得很离谱，但是我们还有时间是不是，我希望你能给我一个机会，让妈妈在以后的日子里补偿你。"

"补偿我？"邬乔垂眸看着她的手掌。

宁桢哀求道："我希望你能理解一个母亲的心。"

宁桢手指修长而细腻，保养得当，手指上还戴着一枚蓝宝石戒指，富贵又华丽，完全匹配她如今贵夫人的身份。

邬乔突然狠狠甩开她的手掌，推开椅子。

椅子腿摩擦地面发出的巨大声响，引得店里所有的人都朝这边看过来。

"各位，这位女士是从我十三岁开始就抛弃我的妈妈，现在她回来了。"邬乔站在店内，声音讥讽而冷漠地说道，"她说让我理解一个母亲的心。"

咖啡店里不管是客人还是店员，都一脸震惊地看着邬乔。

宁桢面色苍白，一副随时要昏过去的模样。

邬乔垂眸盯着宁桢的眼睛，平静地说："不好意思，我理解不了。"

"还有你有没有一次，哪怕是一次，想过你的女儿，想起她已经失去了她的父亲，如果连母亲都失去了的话，她该怎么活下去？"

"对不起，对不起。"宁桢失声痛哭，这一刻她残存的侥幸都消失不见。

邬乔轻嘲地看着她："我知道我要是不跟你聊一次，你不会死心的。所以今天是我第一次跟你聊这个，也是最后一次。因为我不想再看见你假惺惺地跟我说，对不起我。

"迟来的对不起，比草还要轻贱。"

在所有人震惊又错愕的目光下，邬乔转身离开。

宁桢坐在椅子上，埋头失声痛哭。

邬乔离开时，对面街道上有一辆跑车停了下来，隋宁正好在附近，所以直接开车过来。谁知刚到路口的时候，就看见邬乔的身影。她握着方向盘，有些惊讶地望着这边。

很快邬乔上了路边的出租车，离开了这里。

隋宁又在车里坐了一会儿，这才下车，往宁桢咖啡店的方向走过去。刚到了店里，店员看见她过来，一副看见鬼似的被吓了一跳。

"妈妈在吗？"隋宁问道。

店员眨了眨眼睛，大气不敢喘的模样，直到隋宁又问了一句，店员才说："夫人在洗手间。"

"先给我一杯咖啡。"隋宁吩咐道。

宁桢从洗手间里出来时，眼眶还是通红的，任谁看了都是刚哭过的模样，店员过来告诉她，隋宁刚到店里。

宁桢有些犹豫，打算回去补点妆，将眼上的红肿遮盖。可还没等她转身，隋宁居然已经找了过来："妈妈，你上个洗手间，怎么那么久？"

"没什么，你先回去吧，我还在跟她们说你要的咖啡的事情。"宁桢垂着眼，柔声说道。

隋宁皱眉，突然问："你哭过？"

"没有，我就是眼睛里突然进了虫子，然后就……"宁桢找借口。

隋宁："胡说，你就是哭了，谁还敢给你气受？为什么……"

话说到一半，隋宁突然想起方才在路边看见的人。

此刻再看着宁桢的脸，隋宁好像有种第一次见她的感觉，这样相似的脸型，几乎如出一辙的眉眼，还有身上那股子淡然如水的气质。

“你跟邬乔是什么关系?”隋宁脱口问道。

宁桢抬起头，先前邬乔听到隋宁的声音，就立即说出了她的名字。

隋宁不得不小心翼翼问道：“你跟邬乔认识?”

“你们真的有关系?”隋宁见她并未否认认识邬乔，当即冷笑出声。

宁桢擦了擦眼角，承认道：“乔乔是我的女儿，亲生女儿，是我这么多年来一直没有尽到照顾她责任的女儿。”

隋宁站在原地，如遭雷击。半晌，她直直地望着宁桢，声音怨恨而无助：“你是邬乔的妈妈?”

“你怎么能是邬乔的妈妈，你怎么会是邬乔的妈妈?!”

隋宁不停地念叨，连宁桢都听出了不对劲，她急急问道：“宁宁，到底怎么了?”

“怎么了？你知不知道邬乔抢走了谁?”隋宁突然睁大眼睛，像是发现了什么重大的秘密，她说，“我知道了，我知道了。”

宁桢一头雾水，反问道：“你知道什么了?”

“邬乔是故意抢走令时哥的，她知道我喜欢令时哥，她就是故意的。”隋宁转头看着宁桢，声音又急又气，“她是因为你，她知道你嫁给了我爸爸，所以不服气，想要抢走令时哥，折磨我，让我痛苦。”

隋宁从来没听说过宁桢有女儿的事情。

宁桢摇头道：“怎么可能，这不可能的。”

“我要去告诉令时哥，我要让他知道邬乔的真实目的，她根本不是出于喜欢才跟令时哥在一起的，她是为了报复我，报复我们家。”隋宁扭头看着宁桢，“也是为了报复你。”

隋宁转身就要离开，宁桢立即拦住她的方向：“宁宁，我求求你别去。”

“你居然帮着她?”隋宁看着宁桢，没想到从来对她百般呵护的人，居然会拦着她，不过她很快点头说，“也对，她到底是你的亲生女儿，我算什么。”

宁桢哀求说："不是的，早早一定不会是因为你，她跟令时两个人早就认识，她怎么可能是因为你呢？"

"你也知道他们在一起的事情？"隋宁居然很机敏地听出她话语里的漏洞。

宁桢愣住，之前她在餐厅里遇到程令时和邬乔，还特地请了程令时过来聊天。其实当时她就是想问关于邬乔的事情，但是她也没敢多问。

那时候宁桢就见两人关系亲密，况且一男一女出现在那种有情调的餐厅里，哪怕不是情侣，最起码也是有些好感的。

隋宁原本跟宁桢的关系很好，最起码也是融洽的。可是在这一刻，她发现所有的一切都分崩离析，所谓的和谐不过都是表面罢了。

隋宁不再理会宁桢，转身就走。

宁桢赶紧上前追赶，可是隋宁直接上了车子，飞驰而去。

生怕隋宁闯祸的宁桢着急不已，可是她又没有程令时的手机号码，想来想去，只能先给容恒打了电话。

邬乔没有回公司，而是直接回家了，她在回去的路上，给程令时发了个信息，随便找了个理由跟他请假。

她知道自己现在回公司，情绪肯定很不对劲。

邬乔不想让程令时知道这些事，这些令人厌烦的事也会影响到程令时的情绪。

回到家之后，邬乔洗了澡，换了一身干净衣服，就拿出电脑，继续开始工作。只是电脑打开后，眼前的图纸她一遍遍看着，却怎么都入不了脑子。

程令时在办公室里收到邬乔的请假信息，看了半天，还是给她打了电话，很快那边接通，声音很低："喂。"

"你声音怎么了？"程令时很敏锐地问道。

邬乔轻声说："刚才回来的路上淋了点儿雨，头挺疼的，所以我想今天下午请个假。"

"你现在在家吗？"程令时说着已经起身，他说，"我现在就回来，家里的药在偏厅那个柜子的第二个抽屉里面，感冒药和温度计都有，你先量一下体温，我马上就到家。"

“别、别。”邬乔说,“我已经洗了个热水澡，也吃了点药，马上就休息了。你不用回来，我睡一觉就好了。”

程令时哪里放心，表面上哄着说：“你先睡一觉吧。”但是挂完电话，他直接往外走。

正走到公司门口，就碰到匆匆而来的容恒，一把拉住他，说道：“你要去哪儿？等一下，隋夫人居然给我打电话，说有要紧的事情要见你。”

“隋夫人要见我？”程令时皱眉。

容恒也有些想不通，说道：“我刚才也问了，她电话里没说，只说马上就要赶到我们公司了。”

话音一落，电梯停在这一层的声音响起。

两人同时往电梯口看了过去。就见隋宁从电梯里出来，她抬头望着站在门口的两人，惊喜道:“令时哥，你在这里正好，我有重要的事情要跟你说。”

“我现在有事，要离开公司。”程令时一心挂念着邬乔，压根不想逗留。

隋宁却拦住他的去路，急道：“你必须要听我说，我告诉你，那个邬乔根本不是你想象中那样单纯，她跟你在一起，根本就是为了利用你。”

果然，程令时的脚步停了下来。

“这件事我知道说来话长，但是你一定要相信，我所说的每一句话都是真的。”隋宁见他停住脚步，知道他肯定也关心这件事。

隋宁紧紧抓住程令时的手臂，仰头道：“邬乔，其实是……”

就在此刻，另一部电梯也响了一声，停了下来，门刚打开，一个中年女子冲了出来，她几乎是一下抓住隋宁的手臂，哀求道：“宁宁，求你跟妈妈回去吧。”

宁桢叫来司机，送自己到程令时的公司，可始终还是晚了一步。

隋宁狠狠甩开宁桢的手臂，将刚才那句没说完的话抢先说了出来：“她是妈妈的女儿。”

容恒发蒙，看着她们，一头雾水。

倒是程令时转头看了一眼公司，开口说：“这里不是说话的地方，你们跟我过来。”

程令时直接将几人带到了公司的一间空会议室。

“这到底是怎么回事？”容恒抵不住好奇，率先开口问道。

隋宁直接说道：“邬乔是妈妈抛弃的女儿，而她知道我跟妈妈的关系之后，就抢走令时哥，她做这一切都是为了报复我、报复妈妈。”

“啊？”容恒震惊，他看了看垂眸落泪的宁桢。

这位现任的隋夫人当年确实挺让人意外的，据说她当初只是个普通的酒店服务员，只因意外与隋宁父亲相遇后，居然成功上演了一出灰姑娘的童话故事。她成功嫁入了隋家，并且这些年一直稳稳坐着隋夫人的位置。

此时再看着宁桢，容恒才发现她在长相上确实跟邬乔有几分神似，是那种很明显的母女长相。

“不是这样的。”宁桢摇头，她看着程令时说，“令时，早早是什么样的性子，你应该很清楚。这么多年来，她什么人都不靠，考上了T大，成了设计师。她不会因为故意报复我，就跟你在一起。”

“她当然不会。”程令时冷淡说道。

宁桢听见他这么说，突然松了一口气。

反而是程令时看着隋宁，淡然道：“你要跟我说的重要事情就是这件事？”

隋宁睁大双眸道：“令时哥，你不要再被她骗了，你这么理智的一个人，为什么要听信她的花言巧语。”

“你以为我刚认识邬乔吗？”程令时看着面前的两人，语气温和，他说，“我从她十五岁就认识她，我比任何人都知道她是什么样的人。”

“还有，我早就知道她跟您的关系。”这次，程令时望着宁桢。

程令时这人看似轻狂不羁，其实骨子里透着教养，对待长辈，他从来都是态度温和，绝不会轻易说出什么过分的话。

可是看着宁桢此刻的眼泪，程令时却只觉得可笑。他直勾勾地盯着宁桢，声音冷漠道：“如果您知道她是怎么长大的，您就不应该只是哭。”

宁桢抬头望着程令时，眼底充满愧疚。

“从这一刻开始，您就应该带着对她的内疚活着，一分一秒都不能忘记。”

伴随着程令时的声音，宁桢本就苍白的脸色变得更白，直至毫无血色。

程令时知道自己不该是审判宁桢的那个人，可是那个清塘镇上总是孤独无助的少女身影，一直浮现在他的脑海中，无法消散。

“您应该羞愧到下半辈子都寝食难安、夜不能寐！”

郜乔吃了感冒药之后，感觉眼皮越来越重，哪怕开着电脑，脑子也犹如生锈了一样，连一丝思考的能力都没了。最后她趴在电脑桌前，迷迷糊糊睡着了。

郜乔在心底暗示自己：只睡一会儿，就睡一会儿，图纸还得继续修改呢。

直到门外传来声音时，郜乔都没有察觉。

直到来人弯腰将她从椅子上抱了起来，郜乔这才勉强睁开眼睛，看着眼前近在咫尺的脸颊，低声问：“你怎么回来了？”

“不是说好休息的，怎么还在画图？”程令时微蹙着眉头问道。

郜乔微噘着嘴，撒娇道：“我不画图的话，谁画啊？”

不知是不是这感冒药的药效太过明显，她感觉自己的眼皮沉得都抬不起来了，闭着眼睛说：“你知道的，没人帮我。”

只是这一句话，仿佛并不是在回答程令时。

程令时将她抱到床上，弯腰，低头亲了亲她。

会议室里，他转身离开时，宁桢用哀求的声音说道：“令时，请你好好对早早。”

“这件事不劳您费心。”程令时握着会议室的门把手，低声道，“我会用余生把她以前受过的所有委屈，都弥补回来。”

寂静的房间里，两人躺在床上，安静地待着。

直到程令时低声喊道：“早早。”

“嗯？”半梦半醒的小姑娘，带着惺忪的睡意低声回应道。

“余生你就只是程令时的早早了。”

郜乔睡到晚上十点才醒来，一觉醒来，肚子里感觉空空如也，大概是睡得太舒服，整个人在床上翻了个身，身体和心理上的沉重都在这时候消失殆尽。

她伸手拿了放在床头柜上的手机，看了一眼时间，掀开被子起身。

谁知刚起床往客厅走，就闻到一股弥漫在屋子里的香味。

邬乔走过去，发现厨房里的炉子上正熬着汤，不断翻滚的汤汁，不断冒出的热气，让人感觉无比温暖。外面下着的雨依旧没有停歇，透过厨房的窗子，看见模糊的雨幕下，路上来来往往的车辆。

邬乔出神时，一个温暖的怀抱从身后袭来，将她整个人揽在自己怀里。

“起来怎么也不叫我？”程令时贴着她的耳畔，声音低哑得让人面红耳赤。

邬乔望着窗外，低声说：“难怪大家都想买房子，这样的冬夜里，外面下着雨，家里有一盏灯，一锅炉子上炖着的汤，感觉好温馨。”

这是她早已经忘记的属于家的温暖。

程令时声线无比温柔道：“你要是喜欢，我以后经常给你做。”

“这可是你说的，我记住了。”邬乔这次没跟他客气，笑着说道。

“睡了这么久，饿了吧，我先给你盛汤。”程令时说道。

邬乔点头，准备帮忙拿碗，却被程令时赶了出去。

等程令时将汤端出来，她发现锅里炖着的是猪肚鸡汤。雪白的浓汤，弥漫出来的鲜香味道，已经足以让人迫不及待地想要尝尝。

“这个汤是你自己炖的？”邬乔喝了一口，发现很鲜，忍不住惊艳道。

程令时将米饭以及重新热了一遍的菜端了上来，有些无奈道：“加热一遍可以算是我做的吗？”

这么复杂的汤，确实不是程令时做的，是他让人送来的。

“可以，怎么不可以了。”邬乔非常给面子地说道。

这汤实在是太鲜了，邬乔忍不住又喝了两口，这才问道：“你什么时候回来的？”

邬乔只记得自己迷迷糊糊要睡着时，程令时回来了，她也不确定具体时间，但好像并没有到下班的时间。

“下午的时候。”程令时随手给她剥了一只虾，放在了碗里，问道，“你现在还头疼吗？”

“睡了一觉就没事了。”邬乔轻笑。

程令时之前就量过她的体温，知道她并没有发烧，所以也没太担心。

两人吃着饭，程令时见她手边的汤碗空了，直接伸手拿过来，替她重新装了一碗汤，邬乔看着他习以为常的举动。

他们两个人在一起之后，邬乔一直是受照顾的那个。每次从这样的细微处，都能看出他的温柔。

“我今天见了一个人。”邬乔看着他的脸突然开口说。这一刻太温馨，竟让她生出了想要倾诉的欲望。

程令时有些惊讶，但还是问道：“谁？”

“我应该叫妈妈的人。”邬乔语气平淡而缓慢地说道。

程令时心底有种说不出的感觉，心疼、酸楚，还夹杂着说不出的满足。因为他知道邬乔的性格跟他一样，都是那种什么事情都喜欢藏在心底的人，绝不会轻易说出自己的心事。但是现在，她却对自己说出了这件事。

可见她心底，自己是最重要的人。

在意识到这一点后，程令时唇角不觉带上了一丝笑意。

邬乔低声说：“哥哥，你应该知道我家的事情吧？”

程令时在清塘镇住过一段时间，想要知道邬乔的事情，并不难。也一定会知道，她父亲去世后，她被妈妈丢在大伯家里。况且之后程令时还在她奶奶家旁边，替戴老爷子干了好一阵子的活。

“之前我回家替我爸爸扫墓的时候，发现他墓碑前有一束鲜花，那时候我就差不多猜到她回来了。”邬乔手里的勺子在碗里搅弄了下，低声说，“直到今天我在公司楼下碰到她。”

“她在公司楼下等你？”程令时皱眉。

邬乔说：“她大概早就知道我在这边上班，她就在楼下咖啡店那边等我，然后今天我跟她见面了。”

程令时眉头紧蹙着，虽然邬乔的语气很平静，可是对方是她十多年未见的亲生母亲。

面对一个抛弃了自己十多年的母亲，她怎么可能会这么冷静。

“然后我就跟她聊了聊。”邬乔突然笑了下，脸上露出轻松的表情，“我觉得跟她聊完之后，我应该可以彻底放下了。”

程令时伸手握住她的手掌：“早早。”

“我以前一直以为，有血缘的才是家人，可是现在看来，即便有血缘关系，也并不是一辈子的至亲。”邬乔轻声说，“我其实早就没有妈妈了。”

邬乔不是不承认，只是觉得不管什么事情的结束，总该有个正式的落幕。

今天的见面好像就是她那个等待已久的落幕。

不管以后宁桢是富贵也好，贫穷也罢，都跟她无关了。

邬乔并没有伤春悲秋的时间，周一，她作为时恒建筑所和沣盈集团的代表，前往银湖村，正式讨论这次图书馆建设的问题。

因为这个项目是公益性质，所以直接跟政府部门对接。他们与银石县政府接触之后，对方听到他们这个项目是公益计划，自然是举双手赞同。甚至直接说，他们可以在银湖村内任意选址建造图书馆。

这种公益项目，政府当然觉得越多越好，所以两天之内，彼此就签好了合同。

回到上海后，他们专门去拜访了一次商奶奶。

邬乔特地将在银湖村拍的照片给商奶奶看了。虽然现在图书馆还没建起来，但是她没想到这件事居然会这么顺利。

“乔乔，真的谢谢你，谢谢你。”商奶奶眼眶微红，不停地看着邬乔的手机。

商奶奶年事已高，一直没能再去银湖村，那是她丈夫的家乡，也是柳爷爷直到去世前都心心念念的地方。

本以为他的遗愿最终只能成为遗憾，可是没想到，却被邬乔以这种最为圆满的方式实现了。

“我们商量过了，最迟明年三月份竣工，到时候您若是方便，我们想邀请您一起去银湖村参加竣工仪式。您都不知道，我这次过去的时候，很多小朋友都围着我问，是不是真的要给他们盖图书馆。”

邬乔想起在银湖村里的事情，就不由得笑了起来。

小朋友们刚从学校里放学，就正好看见他们在村里考察，或许是他们的长辈说过这件事，一群小朋友居然也不怕生人，跑过来问他们，是不是来帮村里盖图书馆的？

看着一张张天真无邪的小脸，邬乔突然明白了柳爷爷的不舍。

假如有一天她有了能力，也希望能够帮清塘镇做一点事情。

他们去看完商奶奶之后，程令时开车带着邬乔回家。两人进了小区地下停车库之后，邬乔下车正要回家，没想到却被程令时一下拽住了。

“怎么那么着急啊？”程令时问道。

邬乔一脸茫然：“下车了还不回家？”

“有个东西正好给你。”程令时说。

邬乔怔住：“在这儿？”

“对，在这儿。”程令时直接将人拉着往旁边的停车位走了几步，这个小区是上海最豪华的小区，地下车库堪称是豪车展览馆。

不过才走了几步，就看见了宾利、劳斯莱斯和保时捷这些豪车。

直到两人在一辆全新的沪牌奔驰前停了下来，程令时低声说：“因为牌照挺难弄的，所以耽误了点儿时间，不过好在赶在了圣诞节之前。”

邬乔眨了眨眼，有点儿不太明白他的意思。此时，程令时已经从兜里拿出了车钥匙，拉起她的手，说道：“我们在一起以来，都没正式给你送过礼物。所以不许拒绝我。”

邬乔低头看着手里的车钥匙，犹如烫手山芋，说道：“这怎么能行。”

虽然她对这些车没什么研究，但是最起码长了眼睛，面前这辆奔驰，少说也得五十万元起步，这能是普通礼物吗？

“我不能收。”邬乔连连摇头。

邬乔本来住在他家里，就是占了天大的便宜，虽然说情侣之间不能算得太清楚，但是她知道自己没办法给予程令时对等的东西，所以一直以来她都有些担忧。

好在程令时除了平时生活里对她的照顾，倒也没送给她什么天价礼物，这让邬乔安心不少。

没想到今天，他居然一出手就是一辆车。

“邬乔，我是在以结婚为目的跟你交往。”程令时突然看着她，定定说道，突然他脸上闪过一丝无奈和委屈，问道，“你该不会只是想跟我玩玩吧？”

邬乔完全没想到还有如此倒打一耙的人。

程令时慢悠悠说：“我一直认为，正式交往的意思，就是我们可以分享彼此的一切。”

邬乔愣了下，有种快要被他的逻辑说服的错愕感。

“那我岂不是占大便宜了。”邬乔看着他，面带无奈道。

程令时眼睑微抬，视线在她身上扫了两下，微拖着的语调有点吊儿郎当说道：“那也不是，还是我比较赚。

“因为我有了一个这么好的女朋友。”

这句话带着微热的气息钻进邬乔耳中，让她耳骨跟着发烫。

年末不仅会议多，各种活动更是层出不穷。就连手机里的商家促销短信，都比平常更频繁了，特别是圣诞节的到来，让年末的气氛一下被烘托到极限。

郝思嘉在微信里抱怨，圣诞节连个约会的人都没有。

邬乔直接说：“你想去哪儿玩，我陪你呀。”

郝思嘉：“不是吧，你家程工难道没有安排？”

邬乔思考了一会儿，心想：好像也是。

邬乔有些歉意道：“那要不我们这个周末约一下？”

郝思嘉：“算了，最近我也好忙，这是我毕业以来参加的第一个大项目，虽然我也只是项目上的一颗小螺丝钉，但我还是在家加班吧。”

郝思嘉：“我的乔啊，我真的佩服你，你才刚毕业不到一年，就作为设计师做了项目。”

银湖村的项目虽然目前还没对外正式宣布，但是邬乔私底下有跟郝思嘉聊过，只是透露有这样一个项目，没说具体的事宜。但郝思嘉还是惊讶不已，毕竟设计师这个行业是个讲究资历辈分的行业，哪怕再有才华的设计师，都要经历好几年的苦熬。

能在三十岁之前成名的，都算是天才设计师。像程令时这种三十岁就拥有自己的设计事务所，并且有不少代表作的，那更是凤毛麟角。

晚上，程令时回来，两人吃饭的时候，他突然说：“周末你应该没别的事情吧，我需要出席一个晚宴，你陪我一起吧。”

“晚宴？”邬乔眨了眨眼睛。

“一位长辈的寿宴。”程令时说道。

这真是邬乔没想到的，她犹豫道：“你要带我去？”

程令时被这话逗笑，反问：“你是我女朋友，我不带你去带谁去？”

邬乔没再说话，心思已经不在谈话上了，寿宴她参加过，但是这种豪门晚宴规格的，她还真的没有参加过，穿什么，戴什么，应该都有讲究吧。

“我都没有晚礼服。”邬乔小声说道。

程令时笑了起来：“你就是在担心这个？”

“那不然呢。”邬乔托着腮，认真说道，“说实话，我是愿意陪你去的，但是我好像没什么适合的衣服。”

这个倒真不用邬乔担心。

因为到了晚宴当天下午四点的时候，家里突然来了一群人。

邬乔看着造型师的两个助理，将满满一衣架的礼服从电梯里推了进来。紧接着她就被安排坐了下来，化妆，做头发，选礼服，这些事情在很短的时间内就完成了。

直到最后造型师将一只黑色的盒子小心翼翼打开，说道：“这里面的首饰是程先生特地为您准备的，我这一路上担惊受怕，恨不得找个安保公司护送我过来。”

当邬乔打开盒子的时候，才明白她为什么要这么说。

这是一套成套的钻石首饰，摆在盒子正中间的是一条项链。满钻的项链，精致而华丽，而最引人注目的就是正中间那颗切割完美的黄色梨形钻石。

因为今天外面是阴天，所以下午四点就开始暮色深沉，此刻房间里开着灯。平日里温暖柔和的暖黄色灯光，照在这颗梨形钻石上，折射出锐利的锋芒，光彩夺目，如同璀璨星河般。

程令时临时有事儿，出去了一趟，回来的时候，屋子里的人正在收拾礼服。

“邬小姐正在调整礼服。”造型师助理见他目光在搜寻人，赶紧解释道。

程令时点头，说道：“我的衣服在哪儿？”

助理将他的西装递了过来，男士的西装三件套，黑色永不过时，程令时去了自己的房间换衣服。

等他出来时，刚从走廊走到客厅，就看见站在窗口的人。

邬乔一身朱砂红丝绸晚礼服，礼服布料上没有一丝多余的刺绣，但是胜在干净利落的剪裁，无肩带的裹胸设计，露出她修长白皙的脖颈，更是将她优越的肩颈线展露无遗。腰间系着一条繁复华丽的腰带，与干净的礼服缎面形成极致的反差。

因为邬乔侧身站着，能看见礼服从大腿根部开始侧开，恰到好处地露出她的双腿。

窗边的人似乎感觉到他的到来，便忍不住转头。

程令时正好看见她脖子上挂着的那条项链，他缓缓走过去。

邬乔在他走近时，便清楚看着他眼底露出的惊艳。她微歪了歪头，低声问："怎么了？"

"你今晚一定是最美的。"程令时伸手捏了下她的脸颊。

邬乔被他夸得笑了起来："那是你对女朋友有滤镜吧。"

"不是，不管谁看见都会这么说。"程令时肯定道。

邬乔穿上外套时，程令时突然说："我都有点儿后悔了。"

"为什么？"邬乔扭头看着他。她今天戴的耳饰有点儿长，一扭头就如同一道波浪在耳畔划过。

程令时被这道"波浪"吸引了目光，紧紧盯着她的脸颊："因为太美了。"

邬乔想，这世上应该没人能拒绝自己男朋友的赞美吧。

两人到的时间并不算晚，但是宴会里已经有不少人了。所以当他们踏进场地的那一瞬间，就已经有目光不断朝他们看过来，不管是程令时还是邬乔，两人过分优秀的长相，再加上站在一起的效果，俨然成了宴会厅里最大的亮点。

很快，宴会的主人亲自过来跟程令时寒暄。

这位主人姓韩，与程家算是世交，因此他一过来，便说道："令时，你这可算是给了韩叔叔的面子，亲自过来参加我的寿宴。"

"韩叔叔您客气了，是我应该的。"程令时微微一笑。

这位韩叔叔很快将目光落在邬乔身上，程令时已经直接介绍说："这是邬乔，我的女朋友。"

女朋友，不是女伴。

虽只有两字之差，却有着天差地别的差距。特别是离程令时站得比较近的人，听到他的介绍，心底也暗暗惊讶。

程令时虽然久不在这种社交场合露面，但是最近泮盈也算是动荡不断，特别是程望之在集团内部大刀阔斧改革，不少老人都被排挤出了核心管理层。

程家的八卦消息，大家都在讨论。

程令时作为泮盈正儿八经的太子爷，却不回家继承家产，而自己创办了建筑事务所。

虽然他的成就在建筑业内已是极为成功，但是时恒不管是规模还是资历上，跟泮盈比起来都是天差地别。

“郎才女貌，真是般配。”这位韩叔叔看起来挺好说话，还笑眯眯地问道，“邬小姐是做什么工作的？”

邬乔说：“我也是建筑设计师。”

“原来也是建筑师，那看来咱们中国建筑界又要出一对梁思成和林徽因了。”韩叔叔打趣说道。

邬乔立即谦虚说：“我不过是刚入行的设计师，还在学习中，怎么敢比肩两位建筑大家。哪怕就是跟程工比起来，我也差得远呢。”

这个程工脱口而出之后，对面韩叔叔一愣。倒是程令时慢悠悠道：“她平时就是喜欢这么叫我。”

程令时一副“我们情侣之间的小情趣而已”的坦然态度，邬乔比不上他这种泰山崩于前而面不改色的厚脸皮，脸颊一下就红了。

因为寿星还要招呼别人，所以大家简单说了几句之后，程令时就带着邬乔去旁边吃东西了。

邬乔看了一眼周围，低声问：“你不需要跟别人寒暄一下吗？”

“为什么要寒暄？”程令时低头看着长条桌上的餐点，这种宴会上，都是顶级名厨烹饪，他一向喜欢甜点。

邬乔被他这种坦然的态度震惊：“真没事？”

“没事，我们只是来替韩叔叔庆生，用不着搭理别人。”

郚乔原本预想的是她要面对各种各样的人，不断假笑，可是没想到，程令时比她还会偷懒，干脆谁也不搭理。

他这副满不在乎的态度直接感染了郚乔，两人干脆心安理得地开始挑选吃的。而不远处，宁桢远远看着郚乔，心底有些安慰，又有些心酸。

宁桢安慰的地方是，没想到程令时会真的带郚乔来这个寿宴。对她而言，她花了五年时间，直到怀了小儿子之后，才真正被隋家所接受。

一旁不知从何处回来的隋宁，看着宁桢一直盯着郚乔的方向看，早已经怒上心头。

从程令时进来的那一刻，她就已经注意到他们两人，不仅是她，整个宴会厅的人都注意到了。

程家那个离经叛道不愿继承家业的儿子，突然出现在这个宴会上，身边还带了一个年轻又漂亮的女人，这样的情况早已经引起所有人的讨论。甚至还有知情的人，一直看着隋宁的方向。

程家和隋家一直想要联姻的事情，并非是个秘密，很多人都以为，隋宁早晚是会嫁给程令时的，毕竟他们这样的人家，不管结婚之前谈多少前任，最终结婚还是谨慎又谨慎。

可是没想到，程令时直接将人带到了这样的社交场合，两人看起来还那样般配又形影不离。

隋宁神情冷漠道："还真以为野鸡也能飞上枝头？"

听到这话，宁桢脸色一白，但是身侧的隋宁慢悠悠地扭头看向她，低声说："不过别人我不知道，但是她的话，就还挺有家学渊源的。"

宁桢做小伏低这么多年，好不容易收服了隋宁。

可是当隋宁知道郚乔是宁桢女儿这件事后，两人的关系就此降至冰点。

宁桢养尊处优这么久，多少年没再听到别人的冷言冷语，没想到居然直接在这里听到了隋宁的嘲讽。

"宁宁，你有什么不开心，冲着我便好了。"宁桢低声哀求道，"你别为难郚乔。"

隋宁嗤笑一声："她算什么，我犯得着跟她计较吗？"

宁桢微咬着牙，明明听到这样的话心如刀绞，却不敢反驳。

隋海铭回到她们身边，见两人都面色不对，淡然问道：“怎么了这是？”

“看见让人讨厌的人，碍眼。”隋宁气恼。

隋海铭顺着隋宁视线的方向看过去，此刻程令时正偏头靠近郧乔，两人站得极近，也不知在说什么，相视一笑，那种甜蜜又温暖的氛围，任谁都看得出这是一对热恋期的情侣。

“何必为了不重要的人生气。”隋海铭到底还是疼爱自己的女儿，他伸手拍了拍隋宁的肩膀，“你是我的女儿，要什么样的男人没有，是程令时没有福气罢了。我本来以为他跟他爸爸不一样，没想到也不过是个没眼光的。”

隋宁伸手挽住他的手臂，微噘着嘴，隋海铭又低声哄了几句。

宁桢站在一旁听着，手足无措，她想要反驳程令时没有福气这句话。他也很有眼光，她的早早是这个世间最好的姑娘，喜欢早早才是有福气。

可是这么多年来，哪怕宁桢给隋海铭生了儿子，看似在隋家站稳了脚跟，可是她没有家世，没有背景，与其说隋海铭当年娶了她，倒不如说是她母凭子贵。

隋海铭明明知道郧乔是她的女儿，却还是当着她的面说出这样的话。

宁桢心底只剩下苦涩。

郧乔吃了点东西，用手包里的手机看了看自己，赶紧说：“我去个洗手间。”

之前造型师千叮咛万嘱咐，让她一定小心口红掉落。可是吃东西难免会擦掉一点，所以她得赶紧去洗手间补个妆。

“要我陪你一起吗？”程令时低声道。

郧乔瞪了他一眼：“别闹。”

很快，郧乔在服务员的指引下，去了宴会厅外面的卫生间。今晚宴会设置在一个酒庄内，所以除了他们这些客人外，再没有别人。

因此周围都静悄悄的，即便到了洗手间，也是空无一人。

等她重新出来，再次踩上地上柔软的地毯，穿过走廊时，却发现旁边就连着酒庄的外面，不远处就站着几个人，灯光下亮起火光，看起来是出来抽烟的一群人。

刚才她去洗手间时，这些人还没过来。

邬乔垂着头，安静地走过去，谁知靠近时，就听到议论声。

“真打听清楚了？”

“早打听清楚了，就是他公司里的一个小设计师，没什么家世背景。”

“不是吧，沣盈的太子爷啊，就看上这样的女人？”

“这有什么奇怪的，麻雀变凤凰，灰姑娘嫁入豪门，他家又不是没有，现在沣盈 CEO 程望之，就是程令时那个堂哥，不也是娶了灰姑娘。”

“他们兄弟俩是不是就喜欢这样的女人？”

“我估计是，古代公子哥不就喜欢救风尘，他们这虽然不是救风尘吧，但是也差不多了。一个没钱没势却长得漂亮的穷姑娘，那种心理是挺爽的啊。”

“不过说实话，长得漂亮是真漂亮，我刚才盯着好几眼，真不比我交往的那些网红差。”

“得了吧，你少寒碜人家了。你交往的那些网红，哪个没整过容啊，网上看着是个美女，结果真人一看，脸上全都动过刀的。我都不知道你怎么下得去嘴的。”

这些男人在一起聊的，无非就是钱、车子、女人。

一开始还能克制点，这越往下聊就越不入流。

正好有个女孩的声音插了进来：“我看程家的长辈是不是太纵容他们了，程令时没妈也就算了，程望之家庭健全，父母居然也能容忍。也不知道家中长辈是怎么允许他们这样胡来，让他们娶这样出身的女生。”

先前那个主动提起网红的男生又开口说：“可不就是，我妈就跟我说过，不管我和几个网红交往，玩玩可以，但是结婚是不可能的。唉，之前我妈还不管我，结果最近她也开始管了，还非要押着我去相亲。要是我相亲的女朋友有这个长相，说真的，结婚我还是愿意的。”

“滚吧，你们这些男人，全都是见色起意。”

“不过这个也未必能结婚吧，不说了，是女朋友而已。”

“就是，这女朋友多的是，老婆可就一个。真等她嫁入程家再说吧。”

“我觉得未必没机会，毕竟前面不是已经成功了一个，程家现在掌权的那位，不就娶了一个完全没家世的人。我觉得今天这个女生要是跟那位取取经，说不定还真能成啊。”

“别说，万一人家就是组团来的呢。

“那厉害了呀，一个已经上位成功了，现在这另一个眼看着也要上位了，她们应该开个班啊，没准还真能赚大钱。”

几人被这话逗得哄然大笑。

听着声音，应该都是年轻一辈儿的男男女女。

邬乔都不知道，这么短时间内，自己居然被别人编派了这么多。

她抬手摸了下耳垂下的耳饰，深吸一口气后，缓缓抬眸，望着那边吞云吐雾的众人。

当她正要抬脚走过去时，却被人拍了下手臂。

邬乔转头，看见一个完全陌生却长相十分明艳而张扬的女子冲她眨了眨眼睛。

就见对方冲着她一笑，然后凑过来，贴在她耳畔说：“我就是那个已经上位成功的女生。”

程望之的妻子？

邬乔一怔，就见对方柔柔一笑，在她耳边轻叹一声说：“姐姐跟你说哦，这世界上你总是会遇到很多坏人。”

听着她有些悲伤的声音，邬乔反而想笑。

“不过呢，对待坏人……”对方冲着她眨了眨眼睛，柔柔一笑，“遇见了就该打。”

对方明明是那样明艳又动人的大美人，又带着微微笑意，可是邬乔愣是从她的眉宇间看出了杀气腾腾。

凛冽寒冬，光是门开了一丝缝隙，都能灌进一股子穿堂冷风。

烟雾缭绕的地方，众人的嬉笑声依旧还没停止。也不知道是谁将旁边的门打开了，惹得身侧的人不住抱怨：“快把门关上，我快被冻死了。”

“不过说真的，这程家还真是越来越堕落了，都找的什么……”

这个话题居然还没结束呢，这人刚起了兴头，一边叼着烟一边吊儿郎当说话，直到身侧的同伴瞥见那个身影，吓得瞪大双眼。

“什么玩意儿，那种出身的都能嫁进去。”最终他还是把剩下的话说完。

可他说过之后，四周寂静无声，有种格外不正常的死寂。

“我说你们干什么……”这人一扭头，看见了对面冷眼望着自己的女人。

来人穿着一条极显身材的银色流苏长裙，裙子紧紧包裹着身体，哪怕身上有一丝赘肉都遮盖不住。银色流苏在灯光下如同流动的湖水，波光粼粼，耀眼夺目。

“阮……”对方在看见阮冬至的那一刻，彻底怔住。

阮冬至却丝毫没给机会，下巴微抬，抬手撩了下耳畔的长发，讥笑一声，表情微敛，望着说话这人：“徐定坤，之前你一脚踏三船，被你的几个网红小女朋友打了，你这么快就忘了？我以为人总会吃一堑长一智呢，你这智商到底是停留在什么阶段了？”

站在吸烟区的众人，这会儿哪怕手上还有烟没吸完的，也不敢再动弹。

一阵冷风袭来，不知什么时候，居然开始下雪了。众人身上穿着的都是参加晚宴的礼服，薄薄一件衣服，寒风入骨，刺得所有人一阵战栗。

可就是这样，居然没人敢动弹，硬生生将这颤抖忍了回去。

“你现在嫌人家网红不好了，当初谈恋爱的时候，不是挺开心的？怎么当我们是没看过之前你被撕时候的聊天记录？哦，对，你也没少花人家钱吧，之前你那两个小女朋友不是都让你还钱呢，钱还了吗？”

这个提到网红的男生，也算是个小富二代，之前在网上混得挺好的。

谁知突然间就被几个小女朋友联手撕了，聊天记录晒出来一看，发现这个富二代完全不是想象中那么高高在上，反而处处迎合别人。更是哄得几个女朋友给自己买鞋子买衣服，弄得网友都嘲讽他到底是不是富二代。

提到这个事情，在场有人想笑，可是阮冬至瞥了这人一眼。

“还有你，你也好意思笑？小小年纪心思不放在正经事上，背后嚼舌根倒是有你一份。你要是把这些精力放在念书上，倒也不至于连国外三流大学的毕业证书都拿不回来，读个大学要转三次学。”

这个年纪不大的小男生被嘲讽得当即面红耳赤，半晌都说不出话。

阮冬至的视线在众人之间扫了一圈，最终落在了刚才说最多的那个女人身上，那双亮如星辰的眸子，轻眨了两下：“我们程家长辈怎么样，轮得到你来插嘴？我倒是要问问你家长辈，是怎么教育自己孩子的，背后两面三刀，玩得挺顺手啊。平时冬至姐、冬至姐叫得这么亲热，你说说看，我是个什么出身？”

这女生大概是没想到，她真就这么倒霉，在背后说人坏话，被正主逮了个正着。她一张脸羞得通红，支支吾吾：“冬至姐，我……我不是那个意思。”

“我这个出身，怎么敢担得起你这么叫。”阮冬至语气淡然而嘲讽，犹如一根针直直地扎进对方的心头。

见对方埋着头，恨不得一头扎进地上的缝里，阮冬至似乎还没觉得解气，盯着对方，笑得云淡风轻道：“你想知道我家长辈，为什么会允许我先生娶我？”

“我、我不知道。”女生赶紧摆手。

阮冬至轻撩了下耳畔的长卷发，声音妩媚而动人：“那没办法，他就是喜欢我，喜欢到非我不娶。”

站在旁边的郚乔差点儿被逗笑。

偏偏阮冬至这样的脸说出这样的话，居然还让人觉得挺有说服力。

这次阮冬至上前一步，她身高腿长，又穿着高跟鞋，站在女生面前，颇有种居高临下的姿态，她微垂着眼眸，方才脸上一直泛着的笑意，终于在这一刻彻底消失，变成了彻底的嘲讽：“就算我教你，你学得会吗？”

阮冬至这一通嘲讽，不偏不倚，没放过任何一个在背后嚼舌根的人。

连郚乔都要拍手称赞，这么长时间下来，她也发现，遇到这种人，如果不还以颜色，对方不会觉得她们是宽宏大度，只会觉得她们果然是那种出身卑微的人，软弱又可欺。

阮冬至跟他们打交道的时间更久，更是知道这个道理。

这边的骚动，到底还是引起了注意。

一开始也不知道是谁，去把寿星的儿子请来，毕竟这是人家的寿宴，闹起来好像不太好看，所以便请主人家过来调和。

谁知寿星的儿子韩奇，这会儿正好跟程令时和程望之站在一块儿喝酒。

别人偷偷来告诉韩奇这件事时，他当即怒道：“怎么回事，哪个不长眼的冲撞我嫂子了？”

三人一块前去察看情况，还没等到跟前，就远远听着一个略带委屈的声音："我们家是不如你们这些人家有钱，但是我父母也是含辛茹苦把我养大的。他们要是知道我还得听你们这些人的闲言碎语，他们得多伤心。"

邬乔原本听着这位明艳姐姐正在嘲讽那群人，谁知语气一转，阮冬至又变成一副楚楚可怜的模样了。

邬乔心道：这是怎么了？

结果邬乔就听到身后再次传来声音："嫂子，这都是怎么了？"

韩奇是个急性子的人，当时就冲了过来，挡在阮冬至的面前，随后程望之走到她身侧，直接伸手揽住她，柔声问道："怎么了？谁给你委屈受了？"

"没事，望之，我真的没事。"阮冬至轻轻摇头，一副受了委屈的样子，这模样连邬乔看了都忍不住要心疼起来。

当然前提是她没听到阮冬至刚刚说的那些嘲讽的话。

程令时一见阮冬至这般模样，当即走到邬乔面前，低声问道："你没事吧？"

"我……"邬乔犹豫了下。

阮冬至转过身，看了邬乔一眼，语气委屈道："令时，都是嫂子不好，没替你照顾好邬乔，让她受了这样的委屈，听了那么多闲言碎语。嫂子在这里跟你说一声对不起了。"

程令时："嫂子，这怎么能怪你呢。要说怪，那也是要怪说闲言碎语的人。"

程令时扭头朝在场那些人看过去，目光冷漠而危险，看得这些人心惊肉跳。

阮冬至添油加醋的一番话，成功引起了韩奇的愤怒。他当即怒道："你们这些人干什么呢？我爸爸的寿宴，你们在这儿给我找事儿，还在这儿说我嫂子坏话！"

"算了，也没什么，无非就是那些话，我这种出身的人，怎么能嫁进程家。"

果然阮冬至话一说出口，不论是程望之还是程令时，脸色都变了。可想而知，这帮人说的应该不止阮冬至一个人，还包括邬乔。

"你们这帮人什么毛病啊，我嫂子什么出身？知名大律师，人家做的案子都是上市公司的项目，你们这种只靠家里的蛀虫，也配议论我嫂子？"

这一帮人被阮冬至嘲讽之后，还要被韩奇辱骂，完全没了反抗的余地。

“算了，这种话我听多了。”阮冬至语气落寞，伸手拉着程望之，低声说，“我们走吧。”

程望之看了这几个人一眼，金丝眼镜后的那双黑眸落尽了冷漠：“若是下次再有人敢说这种没脑子的话，就别怪我不客气。”

说完，程望之直接揽着阮冬至离开了此处。

看着他们这一走，韩奇在原地急得直跺脚：“望之哥，嫂子，你们别生气，别跟这种人一般见识。”

“我们也先走了。”程令时牵着郧乔的手，带着人就离开了。

韩奇气得转头看着这帮人：“行，你们厉害，一个个就喜欢说别人是吧。我看你们回家怎么交代，就图个嘴巴痛快，也不看看你们配议论人家吗？”

郧乔被带走后，程令时一边走一边问道：“他们说什么了？”

“也没什么，就说我配不上你呗。”郧乔态度坦荡，真是一点儿也不生气。

“关他们什么事！”程令时冷笑，转头看着她，低声说，“你别放在心上。”

他这话逗得郧乔一笑，轻声说：“我才不在意这种人的话呢。”

“不过你嫂子没事吧？”郧乔问道。

程令时：“那你得问她了。”

两人只看见站在前面的人，此刻穿着银色流苏裙的人仰头跟程望之说着话，郧乔见过程望之几次，但她一直觉得，对方骨子里有种倨傲和淡漠。虽然跟她说话时也很温和，但是却不好接触。

可这一刻，程望之垂眸望着眼前的女人，眼底的温柔快要溢出。

“你都不知道，我刚才骂得他们哑口无言，然后你们一过来，我说的那些话，直接让他们不敢顶嘴了。”阮冬至得意道，她一向不是吃亏的主，况且还是个律师，论嘴皮子上的功夫，她可是谁也不输。

程望之摇头，伸手在她鼻尖刮了下：“调皮。”

程望之见郧乔他们过来，说道：“你应该已经见过郧乔了吧。”

“第一次见面，就让你见笑了，我是阮冬至，这位英俊又潇洒的……”阮冬至故意朝程望之看了一眼，转头对郧乔说，“程令时先生的嫂子。”

邬乔一怔，随即笑出了声。

阮冬至是那种疏朗又大气的性格，三言两语间，哪怕是邬乔这样慢热的性子，也对她充满了好感。

“你就别叫我嫂子了，显得好老气，直接叫我冬至就好。”阮冬至叮嘱道。

程望之摇了摇头，忍不住说道：“你可千万别把邬乔带坏了。”

“那不会，我感觉邬乔这种性格的，才是真正闷声干大事的人。”阮冬至微抬起下巴。

几人重新回到宴会厅，阮冬至刚要伸手去接服务员递过来的酒，就被程望之伸手拍了下她的手背，低声说：“忘了你答应我要戒酒，然后备孕了吗？”

阮冬至收回手，转头看着邬乔，笑眯眯问道：“你们打算什么时候结婚？”

“啊？”邬乔一怔。

阮冬至微叹了一口气，红唇翘起，靠近她耳畔，低声说：“这就是找老男人的问题，你还风华正茂，他就快到了老来得子的年纪了。”

邬乔强忍着笑意：“倒也不至于吧。”

“你们差几岁？”阮冬至好奇道。

邬乔如实说：“七岁。”

阮冬至眨了眨眼睛，突然说道：“那你岂不是刚大学毕业？”

“我今年六月份刚毕业。”

阮冬至朝程令时投去同情的目光，低声笑了起来：“那看来某人有的等了。”

“谁说的？”程令时慢悠悠喝了一口杯子里的酒，他转头看着邬乔，淡然道，“我的小姑娘，你会让我等很久吗？”

邬乔看着他的眼睛，轻声一笑：“不会。”

阮冬至端着盛着果汁的杯子，一脸蒙地望着程令时。

之后的宴会时间里，邬乔都是跟阮冬至他们待在一起，气氛倒也一直挺轻松愉快。

直到邬乔看见不远处的宁桢，对方一直朝她看过来，以至于连阮冬至都忍不住低声说：“那个隋夫人今晚好奇怪，一直在看我们。”

“隋宁该不会还没对令时死心吧？”阮冬至打趣道。

可是说这话时，宁桢已经往这边走了过来，她看见邬乔，欣喜道：“乔乔，你也来了。”

阮冬至没想到她居然认识邬乔，视线在她们两人之间来回转了两圈。

“冬至，我能跟乔乔单独说两句话吗？”宁桢祈求地看着阮冬至。

阮冬至询问地看了一眼邬乔，就见她轻轻点头。

邬乔不想让人听到她和宁桢说的话，干脆走到角落里。

“早早，看得出来令时这孩子对你很好。”宁桢满脸欣慰地说道，“我希望你们能一直幸福，虽然程家也是……”

“你到底想说什么？”邬乔看着她问道。

听到邬乔这么问，宁桢一时怔住，没想到从旁边传来一个男人的声音：“你母亲的意思是，程家家大业大，你若是真的能嫁进去，也该小心谨慎些。”

邬乔转头看着出现的中年男人，对方人至中年，倒也不像其他中年男人那样大腹便便，反而身材高大挺拔，看得出来，保养得也不错。

“你怎么来了？海铭。”宁桢吃惊道。

隋海铭是宁桢的第二任丈夫，也是隋宁的父亲。

在得知宁桢是隋宁的继母之后，邬乔不是没上网搜索过对方，也看过隋海铭在网上的照片。而对这个人更深刻的印象，却是因为江城美术馆的那个项目。

对方一手操控评委会，险些毁掉邬乔的职业生涯。

邬乔冷漠地看着他，微微咬牙道：“这应该不关你的事。”

宁桢张了张嘴，没想到邬乔会这么说话，她随即朝隋海铭看了一眼，解释道：“海铭，其实早早一直挺认生的，她平时不是这样的。”

“不是什么样？”邬乔被这话逗笑了，她看着宁桢说，“你知道我平时是什么样吗？”

对于邬乔的质问，宁桢哑口无言。

“邬小姐，说起来我们虽然不是一家人，但是你母亲毕竟已经跟我结婚。所以我也只是作为长辈，给了一句建议而已。你若是不喜欢，便当作没听见就好了。”

隋海铭并不生气，反而气定神闲，几句话说下来，便让邬乔瞬间成了不知好歹的人。

邬乔望着对方："我可以听建议，但也要看对方是谁。"

"不知天高地厚。"隋海铭终于还是冷下了脸。

宁桢不知道为何他们会这么不对付，当即就说道："早早，妈妈下次再联系你，好不好？"

"不用，你就好好跟这种人一起生活吧。"邬乔转身就要离开。

"邬小姐，我劝你不要以为跟程家那个小子在一起，就可以一辈子高枕无忧，这么不知好歹！"隋海铭看着邬乔，声音不高不低。

邬乔停住脚步，扭头看着他："所以呢，那么你以为隋宁在你的保护下，就可以一辈子踩着别人吗？"

隋海铭神色阴沉地盯着她，但是邬乔却丝毫不在意，哪怕对方身份、地位都高过她又如何。

"江城美术馆，哪怕你收买了评委又如何，即便你给我强加上抄袭的罪名，想要毁掉我，但是终究这个世界不是你可以一手遮天的，我还是赢了隋宁，赢下了江城美术馆的项目。"

邬乔直勾勾望着隋海铭，昂起头，一副毫不服输的模样。

"隋先生，我除了所谓的出身不如你的女儿，什么都比她强。"

邬乔昂首阔步走开后，看见程令时就站在不远处等着自己，她走过去抱住他，程令时伸手摸了摸她的脑袋，轻声说："没事吧？"

"没事，我们可以回家了吗？"邬乔问道。

程令时握住她的手掌，柔声说："可以。"

刚才程令时一直站在远处看着，并未上前，他知道邬乔自己可以处理好。此刻两人都没再看不远处的隋海铭和宁桢，径直离开了会场。

过了圣诞节不久，就到了元旦。

邬乔他们决定正式在元旦这一天，公布银湖村这个项目。

沣盈集团一向重视公益，所以为了这个项目，他们还联络了各路媒体。正好有个节目做的是国风系列主题的节目，邬乔这个图书馆是全榫卯结构，正好契合了传承中国古老技艺的特点。因此节目组决定对整个图书馆项目进行跟拍录制。

之前程令时因为 H 城博物馆在微博上走红后，他微博粉丝瞬间涨了几百万。时恒公关部的同事一直希望他能发条微博，毕竟这年头，谁不喜欢流量呢。

程令时一直没发微博，就是想将第一条微博给他和邬乔的银湖之约项目。

一切都准备就绪，只待元旦早上正式对外发布。

全榫卯结构，装配式建筑方案，还有最当红的建筑师保驾护航，这一切吸引人的元素，注定让这个项目从一开始就会成为大众关注的焦点。就连邬乔自己，都从几天前就开始紧张。

直到十二月三十号，这一年的末尾。邬乔在准备着银月之约最后的资料，因为明天会有一个采访，毕竟概念图公布之后，大众肯定会有很多好奇的地方。负责采访的人已经提前将采访大纲发给了邬乔。

周围电脑键盘上发出轻响，大家都在专注自己的事情，就连邬乔也是，但是随后她的思绪就被旁边的人打断了。

顾青瓷失声尖叫，引起了办公室里所有人的关注。可是她转头看着邬乔，脸色苍白，一脸惊慌的模样，让邬乔有种不好的预感。

“邬乔，你的设计创意被偷了。”

顾青瓷伸手将自己的电脑转向邬乔，此刻电脑上打开的是一个刚弹出的新闻链接，标题巨大而醒目。

GAP 设计师隋宁，注定要惊艳世界的全木质榫卯结构建筑挑战！

第十九章

T原来就是“时”

“这到底是怎么回事？”容恒在程令时的办公室里来回转了三圈，还是一脸恼火地说道。

半个小时之前，GAP设计公司全网发布通稿，正式宣布公司设计师隋宁将与江城市政府合作，在江城市最贫困的乡村，建造一所全木质结构的小学。

这间学校将采取中国最传统的榫卯结构方式，并且将在九十九天工期内完成项目。

邬乔同样坐在办公室里，程令时电脑上开着这篇新鲜出炉的采访稿，里面的内容，他们每个人都读了一遍。

乡村、全木质榫卯结构、装配式建筑方式，九十九天工期，这一条条项目里最让人惊艳的亮点，居然全都撞上了。

如果对方不是隋宁，邬乔或许会觉得这是一场误会。可是在看完这篇新闻采访稿，特别是看到江城这个地方，邬乔知道，隋宁就是冲着她来的。

江城美术馆，隋宁明明已经利用黑幕成功胜出，却被邬乔成功翻盘，不仅让评委会收回了对邬乔设计抄袭的指责，更是在之后的重新评选中，邬乔所设计的方案赢下了最终投标。

江城是隋宁败给邬乔的地方，这就像是一个挑衅。她仿佛在告诉邬乔，她在江城输了一次，就要在江城这个地方赢回来。

“我要给隋宁打电话，问问她，这到底是怎么回事。”容恒也一直在跟进这个项目，他同样认为，这个项目会让邬乔一战成名。

虽然邬乔本人并不在乎出名与否，但是程令时一直在为她铺路。

不管是哪个行业，拥有名气的人都拥有更大的选择权，建筑界更是如此。

程令时依旧坐在椅子上，在听到这句话后，撩起眼皮看向面前的电脑：“就算打电话过去，你以为她会跟你说实话？”

容恒声音微怒：“就算是撞了设计创意，也不至于撞成一模一样吧。”

“你真的觉得只是撞了设计吗？”程令时声音冷静地问道。

容恒深吸一口气，他当然知道方案不可能会这么相似。其实设计相似这种事情，并不算罕见，特别是投标同一个项目时，很多设计师喜欢结合当地的人文背景，因此在创意上会有所雷同。但是哪怕再雷同的创意，落实到真正的设计上，也会有不同的表达方式。

特别是建筑，不同的建筑师就会拥有不同的建筑语言。用料、结构、线条，都会造成建筑被表达得天差地别。

但是邬乔的这个设计并非是投标项目，而是一个公益项目，事先未在任何地方披露过这个项目，如今面对这样的结果，大家心底都浮现了同一个念头。

程令时：“有人泄露了邬乔的设计。”

邬乔从头到尾一直没说话，在听到这话时，眼睛眨了眨。

“你是怀疑问题出在我们公司？”容恒问道。

邬乔立即说：“我觉得不一定，我之前带着这个方案去过沣盈汇报，当时他们公司里有不少高层看过图书馆项目的设计。”

邬乔沉默了许久，低声说：“或许，是从这里泄露的呢。”

如果真的是从沣盈集团那边泄露的，那就意味着不是时恒出了问题。

因为时恒每个项目组的分配问题，各个项目组之间并不会交叉，每个组都是对自己的项目负责，因此隔壁组在做什么项目，大家除了只知道项目名称，其余一概不知。

邬乔这个项目，一直是处于保密阶段，也就只有组内的人才知道她在做。如果问题真的出在时恒，那么就一定是出在她自己组里。

这种情况，也是邬乔最不愿意看见的。

从邬乔进入时恒开始，大家就一直那么保护她、帮助她，组里更是犹如一家人一样，就连她说起组里的氛围，都让郝思嘉羡慕不已。

对她而言，组里所有人不仅仅是同事，更是朋友。

没想到邬乔说完她的猜测后，反而是程令时摇头："可能性不大，我们与沣盈的合作，公司里除了容恒之外，就没有别人知道。至于沣盈那边，你虽然给他们做了汇报，但是有些项目的细节，他们并不知道。"

程令时伸手指了指电脑，此刻界面上正放着隋宁说的一段话。

"一榫一卯，三十年的坚持，我从许老先生的工匠精神中，学习到了中国古代建筑的精妙和杰出。"

这段采访内容是指隋宁这次建筑灵感的来源，完全是因为一位坚守榫卯建筑三十年的老先生，她被对方的工匠精神所感动，这才决定将这次公益项目设计成木结构榫卯建筑。

"不仅设计创意，就连创意的来源都一样，最重要的是邬乔在沣盈集团的汇报当中，虽然提到了柳先生，但也只是一带而过。关于柳先生的故事，她并未清楚讲过。可是在这篇采访稿中，隋宁不仅提到她也遇到了榫卯匠人，更重要的是对方还毫无保留地将三十年来所收藏的笔记交给了她。"

所有关于这个项目的细节，居然尽数变成了隋宁的。

如果说隋宁也有建造木结构的想法，并不稀罕，但是她的设计从创意到内容，居然跟邬乔如出一辙。

况且对于隋宁私底下的所作所为，在场几人都一清二楚。要是说她买通谁，偷了邬乔的设计，他们谁都不会觉得惊讶，反倒只是觉得这确实是隋宁能干出来的事。

只是现在，他们没有证据证明这样的猜想。

"刚才电视台的人已经打了电话过来，他们也看到了今天的新闻，问究竟是怎么回事？"容恒一脸头疼的表情，他说，"这个项目我们还联系了不少媒体，明天就要对外公布。"

突然，程令时放在桌子上的手机响了起来，他低头看了一眼手机，伸手拿起来接通。

邬乔看他并没有说话，应该是在听着对方说话。

“我们也正在沟通这个问题，我一定会尽快给你一个答复。”

这通电话时间很短，也就两三分钟，挂断之后，没等他们发问，程令时直接站了起来，说道：“程望之给我打了电话，他已经在网上看见了新闻。沣盈将会重新审查这次合作。”

“不是，望之哥是什么意思？是我们的设计创意被抄袭，他……”

“有证据吗？”程令时冷淡问道。

容恒无言以对。

程令时：“现在所有的一切都只是我们的猜测，在没有真正的证据之前，她抢占了先机，先我们一步对外公布了这个建筑计划。况且沣盈现在也并非是他一个人说了算，他也必须跟董事会和股东交代。”

隋宁公布的时间，看起来都是刻意选好的，只比他们提前一天。就连时间，对方都把握得恰到好处，完全打了他们一个措手不及。

“我现在是不是已经有口说不清了？”邬乔轻声说道，“而且她抢在我之前对外公布了这个项目，我们的银湖之约还能继续吗？”

两个项目如同双胞胎一般，对方又是公布在前，邬乔要是再继续这个项目，那么这个抄袭的名声，反而会被强加在她身上。

现在邬乔进退维谷了，一时不知该如何是好。

这也是程望之为什么立即打电话过来的原因，银湖之约项目很可能要夭折了。

“乔妹，这到底是怎么回事啊？”顾青瓷在邬乔回来后，就立即问道。

一开始就是顾青瓷先看到了这条新闻，提醒了邬乔。

邬乔坐在位置上，表情凝重，但是她深吸一口气后，看着顾青瓷安慰道：“没事，会找到办法解决的。”

顾青瓷说：“还能有什么办法，我把那篇新闻稿反反复复地看了几遍，她几乎将你设计所有的创意部分都抢走了。现在还没看见她的建筑外观，还没正式公布，说不定最后连你的外观都被她抄去了。”

“她到底是怎么得到你的设计方案的？”顾青瓷百思不得其解。

可是说到这里，顾青瓷突然顿住，居然再也说不下去。为什么会得到邬乔的设计方案，那就是一定有人出卖了邬乔，而能够拿到邬乔的设计，好像除了他们组里的人之外，就没有别人了。

顾青瓷扭头看向旁边一直没说话的其他几个人。显然只有她太过天真，连这个都没想到。

“不会的。”顾青瓷皱着眉头，一时间，居然比当事人邬乔还要痛苦。

顾青瓷比邬乔更早进入程工组，因为组里只有她一个女生，大家都特别照顾她。哪怕后来邬乔来了，她们两个依旧被照顾得如同小公主一样。

不管是谁出卖了邬乔，都是她无法也不愿接受的事实。

这种沉重感，一直弥漫到下班。

第二天，时恒和沣盈集团还是做出了共同决定，暂时取消银湖村图书馆的对外公布，就连早已经准备好的设计概念图，也只能暂时安放在邬乔的电脑里。

这一天她看了无数次电脑里的渲染图，那是程令时特地请了国际上最为出名的渲染公司做的图。

她看了一遍又一遍，有一种压抑的情绪在心底慢慢沸腾着。

最后还是顾青瓷实在看不下去，直接过来关掉她的电脑，低声说道：“乔妹，要不你跟老大请两天假，先休息一下？”

“不用。”邬乔揉了下眼睛，握住鼠标。

可是半天都不知道该点开什么，她最近这段时间，就只忙这一个项目。所有的心血和精力都灌注在上面，如今突然无事可做了。她握着鼠标，盯着电脑看了半天。

这是邬乔头一次在上班时间，无所事事了一整天。

她看起来平静又正常，可是所有人都知道，她这样的状态不正常。

晚上下班，邬乔直接开车回去，只是她没想开回家，而是漫无目的地开着，也不知过了多久，在路边随便找了家大排档。

虽然这会儿是冬天，可是也不妨碍大排档生意好。

烧烤炉子上一整排的烤串摆着，负责烧烤的老板手就没停下来歇过。邬乔刚坐下来，服务员就给她拿来菜单。

正好旁边有一桌人正在吃东西，服务员搬了一大扎啤酒放在桌上。

邬乔盯着看了一眼，直接说："先给我来一扎啤酒。"

"美女，那可是好几升的啤酒，得好几个人喝，您一个人喝不完。"服务员贴心提醒道。

邬乔直接说："我就要那个。"

服务员看她脸上不太好看，估摸着这又是个遇到事的，来他们这儿买醉的人不在少数，所以见劝不动，服务员也就没再废话，没一会儿还真给她拿了一大扎的啤酒。

等了一会儿，邬乔点的烧烤也熟了。服务员把烧烤拿过来，发现她居然连杯子都没用，直接抱着那一扎啤酒喝了起来。

"美女，你先吃点烧烤，你这么喝容易醉。"

但是邬乔头也不抬，继续喝她的酒，连服务员都看出来她的情绪低落。

不知过了多久，她放在桌子上的手机响了起来。

邬乔原本没打算管，可是看到屏幕上是商奶奶发来的微信。

鬼使神差下，邬乔伸手打开了手机。

商奶奶发了一张照片过来，邬乔点开，发现居然拍的是一件毛衣，乳白色的高领，看起来温柔又暖和。

她轻轻点开了商奶奶发过来的语音。

"乔乔，天气冷了，我在家闲着也没事，就顺手给你织了一件毛衣。你别跑过来拿，太麻烦了。你就把你的那个地址发过来，我给你寄过去。

"奶奶好久没织毛衣了，这手艺也退步了，你别嫌弃。"

突然邬乔感觉自己脸颊一片濡湿，伸手一摸，手掌上全是眼泪。

她这股情绪，从昨天开始就一直压抑着，她脑海中仿佛拉起了一道弦，随着情绪的积压，那道弦越绷越紧。直到此刻，听着这个苍老而又温和的声音，心底死死压抑着的委屈和绝望，瞬间汹涌而至，她也仿佛清楚地听到脑海中一声脆响。

那道死死压抑的弦绷断了，她的情绪也瞬间决了堤。

从昨天开始，无论在谁的面前，她都表现得那么淡然，仿佛这件事对她而言，并非是一个多大的打击。她还可以像以前那样，跌倒了再爬起来，反正她又不是没摔过。但现在在这个陌生的地方，周围又都是陌生人，当她听到商奶奶发来的语音时，心底的委屈如洪流般汹涌，她肆无忌惮地哭出声，也不用再害怕别人同情的目光。

邬乔哭得太厉害，周围几桌人都在看她，大家面面相觑。

可是她没在意任何人的眼神，只肆无忌惮地沉浸在自己的情绪中，哪怕大家投来目光，可是又很默契地没有上前询问，让她可以安心沉浸在自己的世界里。

程令时的车子，就停在马路对面。

邬乔离开公司的时候，他就开车跟上，一直跟到这里，邬乔去了大排档，他还在路边等着她。

当他降下车窗，给自己点了一根烟时，邬乔坐在桌子旁，捂着脸开始哭。

虽然他离得很远，完全听不到她的哭声，他看着桌子旁那个孤单的身影，周围全都是三五好友相聚，只有她孤零零一人。

大排档里的烟火气息很重，到处都是热闹的氛围，只有她仿佛被这份热闹隔绝。

一个人茫然无措坐在那里，一个人喝酒，一个人失声痛哭。

程令时手臂搭在车窗上，眼睛直直盯着那道身影，一直到烟头快要烧到他的手指尖，他才突然醒过神般。

这是程令时第一次感受到什么叫扎心的疼。

明知道她会难受，却还是低估了她心底痛苦的程度，她该有多难受和绝望，那样沉敛安静的人，才会这样当众失声痛哭。

不知过了多久，哭到累、喝到醉的人，趴在桌子上睡了过去。

程令时这才起身走到大排档里，他走过去先将她的账单结清，正准备带人走的时候，服务员是个好心的，赶紧拦住，说道：“你是她什么人？”

“男朋友。”程令时打开手机，将锁屏上两人的合影给对方看。

服务员一瞧，还真是男朋友，这才让他将邬乔抱起。

邬乔倒是真的乖，被他抱在怀里的时候，也没闹腾，乖乖靠在他怀里，侧脸贴着他的胸口，长发半掩脸颊，柔和而白皙的脸颊衬得眼睑上的红肿更加明显。

她哭得真的厉害，眼尾都还泛着红。

一路上，程令时开得很安稳，但是沿途的路灯有些刺眼，让她本就不平坦的眉头，皱得更紧。停在红灯前的时候，程令时扭头看过去，副驾驶的人脑袋正好歪向他的方向。

邬乔哪怕是在睡梦中，眉宇都没舒展开来。

程令时深吸一口气，心底的那种沉重，怎么都无法挥散。

一直以来程令时都认为自己有足够的能力保护她，让她从此再也不受那些欺压与不公，让她不用面对世界的残酷。

可是他好像做得还是不够好。

到了地下车库，程令时将车子停下，直接走到副驾驶这边。

他弯腰将人抱出车子，被抱着的邬乔似乎因为车库过分明亮的灯光，不舒服地发出了声音，程令时声音低哑安慰道："马上就到家了。"

到家后，程令时并未将邬乔抱回她自己的房间，而是直接抱去了他的卧室。

他一贯不喜欢别人碰自己的东西，可是现在，一身酒味的姑娘，被温柔地放在他的床上。

程令时一直守着，直到邬乔安稳睡着。

半夜，邬乔因为口渴醒来，她伸手摸了摸床头，想找手机，谁知居然只拿起一个平板电脑。

她浑浑噩噩地看着电脑上的时间，已经凌晨一点半了，于是她一边坐起来一边去开灯，可是灯亮了后，才发现房间是那么陌生，过分男性化的装饰让她一下愣住。

她低头时，发现放在自己腿上的平板，不知什么时候，被自己手指胡乱点开，好像是电脑并没有锁屏密码，所以她手指划过时，直接将平板打开了。

此刻，平板的界面正好停留在邮箱上。

现在的电子产品因为是触屏，所以很容易会误点到别的地方。

邬乔知道这肯定是程令时的平板电脑，她本来也只是想看个时间，无意窥探他的隐私，所以赶紧去按旁边的锁屏按钮。

可当她的目光落在屏幕上时，整个人怔在原地，就连手指尖都不自觉顿住。因为她看见邮箱上方那个显眼而熟悉的头像，还有后面那一串邮箱号码。

T……

邬乔明知道自己不该再点开，可是她的手指像是不受控制那样，点开了第一排的收件箱，然后邬乔就看见一连串全都是来自 Wuqiao 发来的邮件。

就在这时，房间的门把手发出一丝声响，房门被悄然打开。

程令时站在门口，看着房间里的灯光亮了起来，此刻坐在床边的女孩长发微垂，双手握着平板电脑，在听到动静后，茫然地抬起头。

那双先前被眼泪浸润过的黑眸，此刻依旧乌黑水亮。只是这黑亮之下，更多的是迷茫和不知所措，终于她看着他，颤颤喊道：“T。”

“我是 T。”程令时站在门边，目光落在了她身上，终于在几秒后，轻声应道。

邬乔觉得，这一定是她这辈子遇到过最离奇的事情。

为什么程令时会是 T？

T 又怎么可能是他?

一直以来，T 在她心目中都有着特殊的地位，他几乎陪伴着自己走过了整个大学，不管她遇到什么问题，都可以跟 T 倾诉。

他就像是自己的长腿叔叔那样的存在。

只是在 T 的那封邮件之后，邬乔便一直再也没有跟他联系过。其实在她邮箱的草稿箱里，至今还有一封写给 T 却没发出的邮件。

她想要感谢 T 这么多年来给自己带来的温暖。哪怕以后她再也不能跟 T 联系，她在内心依旧会永远祝福他。

这封邮件到现在还没发出去，是因为邬乔一直没找到合适的机会，但她怎么都没想到，T 就是程令时。

T 原来就是 Time。

当把程令时和 T 联系在一起的时候，邬乔突然明白了 T 代表着什么。

时，程令时的时。

不知过了多久，邬乔像是重新找回自己的声音，问道：“你知道是我吗？”

“知道。”

邬乔看着他平静的表情，有些不敢相信地反问：“从什么时候知道的？”

邬乔心想：是她在聊天中暴露的？还是从一开始……

“从一开始我就知道你是邬乔。”程令时哑声开口。

邬乔试图理清楚现在的状况，可是她发现自己好像怎么都想不明白，她现在真的是满肚子的疑惑、一脑袋的问题。

为什么程令时要装作一个陌生人，一直潜伏在她身边？

为什么这么多年，他都不告诉自己真相？

还有为什么之前，他要给自己发那封约见面的邮件？

“为什么呀？”邬乔终于还是问出了口，她闷闷道，“你为什么要这么做？”

程令时眼睑微垂，视线轻轻落在她脸上，声音格外低沉道：“我在美国出车祸之后，过了三天才在ICU醒来，第一时间就想联系你。可是当我打电话，得到的消息就是你已经离开了清塘镇。后来我请陈嫂几次去找你，但是都没找到你。”

那时候邬乔误以为程令时不信守承诺，所以刻意躲避陈阿姨，后来更是暑假还没开学，就直接离开清塘镇出去打工赚取大学的学费。

邬乔听着这话，心底微抽，随后一股名为心疼的情绪蔓延。

她眼底沁出泪光，微撇着嘴，一副要哭不哭的模样，语带哽咽道：“对不起，我当时真的不知道。”

程令时轻叹了一口气，从门口走过来，他在床边坐下，伸手将她垂在耳畔的长发拂到了耳后，那双仿佛藏着星光的眼睛，直勾勾地看着她，低声说：“早早，我说这个不是为了让你内疚，我就是想告诉你。我一直都在你身边，从未离开过。”

在那个建筑论坛上，程令时看到邬乔所用的名字时，第一反应是惊喜的。他抱着万一是邬乔的可能性，回复了邬乔提的问题，试图跟她联系。

当两人真的互相留了邮箱之后，他一点点地试探，终于确定她就是邬乔。

那时候他们已经失去联系半年了，他知道自己的失约，肯定是让小姑娘伤心难过了。

一开始他是想着借陌生网友的身份，跟她相处之后，找个机会解释清楚这件事。可是后来好像一直没有这样的机会。相反，程令时似乎也喜欢上了这种相处方式，两个人都感到轻松又自在。

他虽然隔着屏幕，但是能真切地感受到她的努力和认真。

明知道她一直就像是一颗小小的太阳，却依旧想要看到她更好地成长，他始终陪伴着她长大，却又仿佛在等着她长大。

听着程令时的话，邬乔突然发出了啜泣声。紧接着，她便再也忍不住，眼泪先是一滴一滴往下落，之后便是如断了线的珠子，一滴滴落了下来，滴在她握着平板的手背上。

一直以来，邬乔都以为她的暗恋是遥不可及的梦想，是一辈子都无法触摸的妄念。

从十五岁开始，她就遇到了他。

从那时起，他就是她是无处述说的幽梦。

可现在她不仅梦想成真了，上天居然还告诉她，这么多年，他始终都默默守候在她身边。

见邬乔哭得这么厉害，程令时忍不住伸手将她抱在怀里，语气透着些许无奈：“怎么哭得这么厉害，不喜欢我是T吗？”

邬乔额头碰着他的胸口，拼命摇了摇，她仰起头望着他说：“喜欢。”

T对她而言，是最特别的存在。

如今这个最特别的存在，就是她一直以来都喜欢着的人。

“我只是觉得，”邬乔抬手胡乱抹了抹脸上的眼泪，低声说，“我好像配不上你对我这么好。”

这样始终如一的默默守候，让她觉得既茫然又无助，觉得自己好像怎么都回报不了他。

程令时听她这么说，心底一沉。他双手轻轻握着她的肩膀，随后抬手将她的眼泪拭去，微微垂着眸，眼神温柔缱绻：“早早，我是不是从来没有跟你说过关于我家庭的事情？”

邬乔抬头，泪珠还挂在眼睫上，安静地望着他。

“如果你听完这件事，就会知道你对我有多重要。”程令时声音微顿，“你不是配不上，而是永远值得。”

程令时要讲的是一段相当长的故事，甚至要从很多年前说起。

“我妈妈是在我面前跳楼自杀的。”

邬乔茫然而震惊地抬头望着他，程令时看着她眼底忽然又涌起的眼泪，伸手摸了摸她的头顶，反而安慰道：“已经过去很多年了，哥哥能平静接受了。”

程令时父母的结合并非传统的家族联姻，他母亲出生于上海，在美国读书时遇到他爸爸程孝何。

他母亲霍唯茵并非名门闺秀，出身顶多算是个书香门第。

但是程孝何这人，年轻时比程令时还要狂妄不羁，爱上了之后，便是不顾一切。家里不同意也没事，他连新加坡都不回，直接跟着霍唯茵回了上海定居。所以程令时是在上海长大，入的中国国籍，拿的中国护照。

后来程家拗不过他们，在程令时出生之后，他们感天动地的爱情被程家所承认。

这是灰姑娘和王子的故事，但是童话故事的结局是停留在最美好的婚礼阶段，而现实生活中，故事得进行下去。

从浪漫的婚礼走向生活，即便不需要为柴米油盐发愁，但是依旧充斥着无数的诱惑。

特别是程孝何那样的人，长相英俊，出身豪门，即便已婚有子，依旧挡不住女人前赴后继。或许最初的时候，他确实也抵挡过这种诱惑。

可是当爱的激情消失后，便只剩下蠢蠢欲动的心。

程令时不知道程孝何第一次出轨是从什么时候开始，但是最初的霍唯茵肯定很绝望，或许两人也争吵过，但是当程令时长大后，他父亲的出轨已经成了常态。

他身边总是会出现更年轻的女人以及更貌美的女人。

直到程令时十七岁时，程孝何与一个女明星的风流韵事再次上了新闻，闹得沸沸扬扬、满城风雨。早已经看不惯他的程令时，开始劝说母亲离婚。

程令时当时正在读高中，已经开始准备申请美国的大学。

他劝说霍唯茵跟程孝何离婚，他带着她去美国，母子两人可以重新开始生活，但是霍唯茵拒绝了。直到程令时前往美国读大学，她都没有松口。

那是程令时大一的时候，快到年末了，但是还没放假。

程令时生日快到了，霍唯茵给他打电话，这是他们第一个分开过的生日。程令时读的是建筑系，一直都很忙，他又是那种事事追求最好的人，每周也顶多跟霍唯茵联系三四次。

那天霍唯茵打电话过来问道：“阿时，你今年生日会回家吗？”

“应该不回吧，怎么了？”程令时正在打电话，他笑了下，“想我了？”

“嗯。”霍唯茵低声应道。

程令时说：“那您来美国吧，正好陪我住一段时间。”

电话那边是一如既往的沉默，许久她低声说：“要是有机会的话，妈妈就去看你，妈妈真的好想你。”

但是很快，霍唯茵就挂了电话。

之后几天霍唯茵也只是偶尔回复他的信息，后来程令时还是没忍住，在生日的前一天，订了回国的机票，打算回去，给霍唯茵一个惊喜，顺便再次劝说她一起去美国。

那天下了飞机，程令时看见手机上十几通电话，都是他妈打来的。

在出租车上，他回了电话，就听霍唯茵着急的声音问道：“阿时，你怎么不接电话？”

因为想给她一个惊喜，程令时也没说实话，反而哄道：“我在过生日呀，就跟朋友来滑雪，山上信号不好，所以没接到。”

“难怪。”霍唯茵语气轻松地说，“儿子，生日快乐。”

在挂掉电话前，霍唯茵突然问道：“阿时，你待会儿方便跟妈妈视频吗？”

程令时一笑，正准备说不方便，但霍唯茵低声说：“还是算了吧，你跟朋友好好玩，妈妈就是想你了，想再看看你。”

当时程令时并未多想，反正他很快就要到家了。

半个小时后，他下了出租车，往家里走。刚到了楼上，打开家里的大门，往客厅走出去时，就看见一个白色身影站在窗边。

“妈。”程令时刚喊了一声，那个身影已经从窗边一跃而下。

霍唯茵甚至都没回头看他一眼。

后来程令时才知道，程孝何已经几个月没回家了，霍唯茵在跳楼之前，给他打了电话。她听到开门的声音，以为回来的是程孝何。所以她头也不回地跳了下去，她就是打算当着程孝何的面跳下去，想用自己的死，惩罚他一辈子。

她没回头看一眼，也没听到程令时叫她的那一声。

程孝何甚至是在她被救护车拉去医院后，才赶过来。当时程令时站在那里，茫然而安静地站着，脸上甚至没有悲痛的表情。

距离霍唯茵跟他打电话，也就半个小时而已。

明明他还听到霍唯茵跟他说话，用永远温柔的声线喊着阿时。他还想要给她一个惊喜，想劝她走出这段让她不开心的婚姻，跟他去美国。

她不过才四十多岁，风华正茂，完全可以开始一段新的人生。

为什么只过去半个小时，就什么都没了？

程孝何赶到的时候，程令时转头看着他，那双迷茫到不知所措的眼睛，渐渐凝聚成了恨意和绝望。

霍唯茵的葬礼是程令时一手安排的，他拒绝程孝何的出现，疯了一样地让他滚出去。

葬礼安排好之后，他重新回了美国，可是一切都变了。

他的人生仿佛进入了一个死胡同，不管怎么样都找不到出口，他只要闭上眼睛，就开始责怪自己，为什么不早点带她走，哪怕她哭也好、闹也好，将她从那个让她绝望的男人身边带走。

后来他在家里收拾霍唯茵的遗物，发现了她正在吃的药物，全都是治疗抑郁症的，她已经到了重度抑郁症的程度。

可是他没能发现，或许在某一刻，妈妈是希望他去拯救她的。可是他没能早点发现，直到她去世，他才迟钝地发现她过得有多痛苦。

那段时间，程令时就像被黑暗一点点吞噬，不管怎么想，都无法让自己解脱。

曾经他知道自己是霍唯茵唯一的希望，是让她开心、快乐的源泉。所以他努力让自己变得优秀，超过所有人的优秀，成为她的骄傲，让她在这绝望的人生之中，不至于完全没有希望。

可是现在，他好像找不到前进的方向，这世上他最想哄的那个人消失了。

他想要为之努力的那个人，再也不会冲着他笑，跟他说，阿时，你是妈妈的骄傲。也就是那时，程望之去了美国，发现了他的情况。

程望之将程令时狠狠揍了一顿，并且拿出一封信，那是霍唯茵寄给程望之的，让他转交给程令时的信。

看着信上霍唯茵一遍又一遍说着不舍和对不起，程令时攥着信纸，忍不住想着她跳下去的那一瞬间，有没有想着他。

只要她转头看一眼，他就在她的身后。

程令时去了一趟疗养院之后，便被程望之安排回了清塘镇休养。

那是他们的老家，程家的祖宅一直由他们维护修缮，这么多年来，除了祭祖之外，他们也很少回去。程望之知道那样的江南小镇安静又宁和，是个适合休养的地方。

也就是在那里，程令时遇到了郁乔。

“还记不记得我救了你那次，你非要请我吃饭。”程令时语气轻缓，笑着看向郁乔，说道，“我那天晚上回去，坐在车里，遇到你一个人去抓黄鳝，那么黑的天，四下无人，你就拎着桶，一个人在田里待了好几个小时。

“我当时就在想，这小孩干什么呢，这么认真。”

床头柔和的光线映在他的眼底，他就那么直直地望着郁乔，轻声说：“后来我才明白，这小孩是把她觉得最好的东西给了我。”

霍唯茵走后，他的生活坠入了一片黑暗，甚至他放任自己堕落、自毁，但是后来他遇到了一个小孩，父亲早亡，母亲失联，却依旧活得像个小太阳一样。

哪怕只是一份随手的善意，她也依旧想要全力以赴地回报。她就像一束细微却又明朗的光，照进他阴暗而又痛苦的内心。

郁乔虽然没再继续哭，可是心痛得犹如针扎。她真的没想到，那个在夏天里照亮了她生活的小哥哥，其实也并不是她想象的那样阳光又耀眼。

原来他的生活也经历过那样绝望而惨烈的伤痛，可是她一点都没察觉。

“我从来都不知道，原来你也曾经经历这样的事情。”郁乔一直在抽泣，带着哭腔说，“我还以为……”

郁乔一直以为他的人生，应该是永远热烈而光明的，活在被爱的环境里，是让人仰望而遥不可及的天之骄子。

程令时见她哭得太厉害，伸手擦了擦眼泪，低声哄道："别哭了，我说过，我最见不得你哭，我希望我的早早永远在笑。"

"你之前说，我是你的小太阳。"郧乔仰头，眼神那样虔诚，仿佛要将自己的一颗心摊开给他看，"其实对我来说，你才是我人生中遇到最大的惊喜。"

程令时见她眼睫上挂着的泪珠还在颤抖，便弯腰凑过来，在她眼睫上落下一吻，他的嘴唇被泪水沾湿。

"后来离开清塘，我还在想，这小孩会不会忘了我。所以我才会打电话回来，因为我知道你总会去程家老宅的书房看书。没想到抱着试一试的想法，居然真的是你接了电话。"

郧乔当然记得，那是他们通话的开始。

后来每周，程令时都会打电话回来，郧乔一直以为那真的只是个意外。

如今才知道，他做的一切都是为了她。

那个夏天，始终带着温柔笑意的人，进入了她的生活。

成为她黯然人生中，最温暖灼热的存在。

郧乔一直以为他是自己人生的救赎，是她始终珍藏在心中的少女梦，她从来都不知道，原来自己对程令时也那样重要。

原来，自己也曾经给他带去温暖。

原来她从来不是单方面卑微地期待着。

原来这始终是一场双向的奔赴。

郧乔不知道自己哭了多久，又说了多少的话，她仰着头看着程令时，轻声呢喃："我从来都不知道，原来我以前对你这么重要。"

程令时哄了她许久，结果这姑娘的眼泪就没停过，他只能拿纸巾不停地给她擦拭眼泪，伸手理了理她的长发，柔声说："如果不重要，我为什么要每周都打电话回来？

"如果不重要，我为什么每年都回来？

"如果不重要，我为什么宁愿以一个陌生网友的身份，也想陪在你身边？"

邬乔泪眼婆娑地望着他，她的手指抚上他的脸颊，哪怕触碰过一百次、一千次，每一次总有种梦幻感，可是现在她明白，这一切不再是美梦。

少女时代的暗恋，终于在这么多年后落幕。

“从今往后，你就是我生命中最重要的人。”

相爱的人没有血缘关系，只因为爱而在彼此生命中占据着最重要的地位。

邬乔望着他，声音很慢很慢地说：“你也是，从一开始，你就是对我来说，最重要的人。”

房间里安静到只有彼此的呼吸在交融，程令时的眼睛直勾勾地盯着她，正要倾身吻过来时，突然一阵不和谐的响声打搅了这一刻的温馨和旖旎。

邬乔有些不好意思。

程令时憋着笑意问：“肚子饿了？”

之前在烧烤摊时，邬乔光喝酒都没有吃什么东西，这会儿回来，又到了夜里，自然肚子就饿了。

程令时起身要去给她做吃的，谁知邬乔撒娇般拉着他的手臂：“哥哥，我要跟你一起去。”

“干什么呀？”程令时轻笑。

可是邬乔已经从床上站了起来，直接趴在他后背上，手臂抱着他的脖子，男人的手掌在她手臂轻抚了下，低声念叨：“你怎么这么瘦。”

特别是邬乔的手腕，莲藕似的白，却细得过分。

邬乔的脸颊在他颈窝蹭了蹭，软声道：“你背我一起去。”

“撒娇呢？”程令时故意说道。

邬乔在他颈窝里点了点头，轻声说：“嗯，就跟你撒娇。”

自从爸爸去世之后，邬乔最无忧无虑的少女时代，好像陡然被截断。她一下子从父母的掌上明珠，变成了连家都没有的小可怜。如同一夜之间被迫长大，学会懂事，学会付出，学会帮家里减轻负担。

就连奶奶在的时候，邬乔都鲜少会跟她撒娇，怕老人家担心自己。她在大伯家里住的时候，左右邻居都夸她懂事，可如果可以撒娇，谁又愿意那么早就听话懂事呢。

程令时似乎也明白她的小心思，直接将人背到了外面。把她放在餐厅椅子上的时候，他弯腰看着她，轻笑：“以后要是想撒娇，随时找哥哥。”

邬乔被程令时逗笑：“哪有你这么一本正经的。”

程令时在冰箱里翻找东西，好在平时都有保姆打理，虽然不住在家里，但还是时常会包些小馄饨和饺子放在冰箱里。

于是程令时在厨房里下馄饨，烧水的时候，转头看着她说：“图书馆项目的事情，你不要担心，我不会让它轻易夭折的。”

邬乔听到这个，心头没来由地沉重起来：“可现在还有什么办法？我们没有证据，难道真的要去质问隋宁吗？”

这就像一个死局，明明知道是隋宁要故意恶心邬乔，却好像没有办法反击回去。

“总会想到办法的，我不会允许任何人抢走你的心血。”

邬乔轻声问：“你想过这件事跟谁有关吗？”

他们两个虽然没有聊过，但是基本上都心里有数，这事儿跟组里的人应该脱不了关系。所以两人反而都没详细聊过这件事。

程令时心底或许比邬乔还要恼火，因为不管是谁在他的组里，都待了有三年以上的时间。

“我会尽快找出这个人的。”程令时将小馄饨放进锅里，盯着锅里翻滚的水。

话虽这么说，但是他们手头没有丝毫线索，更没有证据可以证明这件事和隋宁有关。

反而是隋宁，正如火如荼地宣传自己的项目，她的设计概念对外公布之后，立即接受了很多的新闻采访，甚至连官方的媒体，都以她传扬中国传统文化为榜样，大肆宣传报道了一番。

再加上隋宁长相不差，一时间居然被网友们捧为建筑女神。

隋宁更是开通了微博和其他平台的账号，各处联动，一时意气风发。

之前程令时的爆红，就让不少人关注到了国内的建筑师。随着他们不断走红，让不少人发现，我们国内也有着一批年轻而且优秀的建筑师。

但是隋宁跟程令时一起被网友提起，还是引起了时恒内部的不满。

特别是顾青瓷，每次看见营销号将他们奉为国内建筑界的"金童玉女"，她恨不得立即投诉营销号："呸，就她也配和我们老大相提并论，可真是给她面子了。还和我们老大并称金童玉女，老大可不承认。"

"这人啊，为了出名，还真够豁得出去。"檀启摇头。

高岭也是无语道："这种营销号就该给他们发律师函。"

就连一向少话的柯霄，都直接拿起一支笔在半空中画了一个大大的叉，表示："真是委屈老大了。"

倒是平时话最多的时宸支支吾吾附和道："是啊，真无语。"

晚上的时候，程令时让他们都早点回去，顾青瓷见状问道："要不要出去吃个饭，这么早下班我还有点儿不适应呢。"

"好呀。"高岭举手赞同。

顾青瓷凑过来问邬乔："乔妹，要不你就跟我们一起去？权当散散心。"

"可以呀。"邬乔想着反正回家也没事，便答应了。

谁知大家都说好，反倒是时宸有点无奈地道："真不好意思，我今天晚上跟人约好了，没办法跟你们一块儿。"

"你小子怎么回事呀，关键时候掉链子，这是吃饭吗？"高岭伸手搂着他的脖子，说道，"是不是偷偷交了女朋友？"

时宸笑道："别胡说八道。"

"这怎么就胡说八道了，哥们儿，虽然咱们早说好了，谁先脱单谁是狗，但是宁愿当狗，也得找女朋友呀。"

顾青瓷无语："哪个女的瞎了眼能看上你们啊？"

于是大家打打闹闹，都收拾好东西准备离开。

时宸要走的时候，邬乔突然喊道："时宸，你真的不跟我们一起去吗？"

他笑了下，摇头，匆匆离开公司。

晚上的时候，几个人的朋友圈里都发了同样的照片，让人垂涎欲滴的美食，甚至顾青瓷还故意在"武林盟主争霸"群里发了好多照片。

顾青瓷："时宸，有没有后悔呀？"

但是时宸一直没有回复，因为这时他正在一个地下停车场。他已经在这里等了两个小时了，眼睛直勾勾地盯着不远处的一辆银白色宝马车，直到有几个人走过，说说笑笑，显然是刚下班。

一个穿着黑色大衣的男人走向银色宝马车，他冲着身侧的人挥挥手告别。

随后车子慢慢启动，往前开，谁知刚开出停车位，时宸一个箭步冲过去，直接挡在了车头前，不远处已经走过去的女同事尖叫了一声。

“你干什么呢？”开车的人猛踩刹车，也被吓了一跳，降下车窗就骂道。

等他抬头，笑了起来：“时宸，你怎么来了？”

时宸直接走到副驾驶，敲了敲车窗。

对方见同事正看向这边，大概也不想当众纠缠，干脆开了车门，让他上来。

“我说兄弟，你干什么呢？刚才我这车速要快一点，咱们俩都得倒霉。”对方还是一副嬉皮笑脸的模样。

时宸转头看着他，怒道：“你别跟我装蒜，那个木结构榫卯建筑项目的计划，是不是从你这儿泄露的？”

“你没毛病吧，这跟我有什么关系啊？”男人一脸无奈。

“刘明汉，我跟你从大学开始就是同学，这么多年来，我自认对你不差吧，你为什么要这么做？这个项目我只跟你提过，那个……”时宸咬牙，“那个照片，也只有你看过。”

“什么照片啊？”刘明汉还是装傻。

时宸伸手就去掐刘明汉的脖子，但是很快后面来了一辆车，刘明汉的车正好堵在了出口通道这边，挡住了后面车子的路。

刘明汉见时宸是真的激动，赶紧说：“兄弟，我先把车开出去，我们找个地方好好聊聊。”

“行，我就跟你好好聊聊。”

刘明汉把车子开到外滩边上，准备找个餐厅，但是一下车，时宸就直接扯着他的衣领：“我没耐心跟你吃饭，你就直接跟我说吧，这个到底是不是你传出去的？”

“你怎么会怀疑我呢？”刘明汉笑了。

时宸低声说：“你要是不做贼心虚，这几天为什么不接我电话？”

这几天不管时宸怎么联系他，刘明汉就是不接电话，所以时宸才会特地在停车场等着，他知道刘明汉的车牌，可以在停车场堵刘明汉。

刘明汉一副死猪不怕开水烫的模样，说道：“你这么说，有证据吗？你能证明这项目是我泄露的吗？”

“况且……”刘明汉上前揽着他的肩膀，低声说道，“哥们儿，说到底这个是你泄露给我的，你才是那个罪魁祸首。”

时宸望着他，突然像是意识到了什么，说道：“你该不会从一开始就是打算从我这里套话吧？难怪你一直问我公司的事情。”

“这也能怪我呀，谁让你非要跟我借钱呢。”刘明汉轻笑了下。

之前时宸炒股亏了一笔钱，所以找自己的大学同学，也就是这个刘明汉周转，对方倒是挺好说话的，十万元一口就应承了下来。

所以时宸请他吃饭，两人喝酒聊天，刘明汉一直跟他聊时恒的事情。

当时时宸倒是没太在意，毕竟时恒在建筑业界内一直很出名，对他们公司好奇，是很正常的事情。

两人聊着聊着，对方突然说起了上次他赢的江城图书馆项目。

刘明汉替时宸抱不平说：“你说跟你一块儿参赛那小姑娘才多大啊，凭什么她是主创设计师啊。说真的，兄弟，你真是受委屈了。”

“这也没什么，能者居上，你别看邬乔年纪小，但是在设计这方面，真的挺厉害。我觉得她是继我们老大之后，又一个天才设计师。”

时宸说不羡慕是假的，但是天赋和努力，邬乔一样都不少。他一个大男人倒不至于真嫉妒人家姑娘，毕竟这都是她该得的。

“不是说你老大特别看重她吗？该不会就是程工在背后给她铺路吧？”刘明汉一个劲儿地说道。

时宸摆摆手：“真没有，人家是真有实力。最近她在搞一个木结构建筑，全榫卯结构，这可不是一般设计师能搞得定的。”

刘明汉一脸不信道：“你肯定在吹嘘，这种榫卯建筑，国内那些成名的老牌建筑师都不敢轻易挑战，她多大呀，能有什么真才实学。”

那会儿时宸喝了不少酒，又上头，被刘明汉一激，拍桌子说道：“你还别不信，人家现在已经在找投资方了，回头项目真落地了，相信我，这绝对是一得奖的建筑作品。”

“兄弟，榫卯结构我之前也接触过，这可不是容易的。”

时宸见刘明汉这么怀疑，直接从兜里掏出手机，那会儿他是真喝多了，事后回忆，时宸也狠狠扇过自己几个耳光。但那时候他大概是真出于炫耀，直接将之前拍的照片，给刘明汉看了。

照片上是郧乔设计的草图，那天他在郧乔电脑里看见，就顺手拍了，当时他真没想干什么，就是觉得这设计很有意思，正好那时候他也在做另外一个设计。

“这项目是在哪儿啊？”刘明汉看了一眼，突然说，“这种木结构的建筑，在国外挺流行的，好像一直是装配式建筑方式。”

“哟，可以呀，挺懂行的呀。”时宸在他肩膀上拍了拍，神神秘秘地凑近刘明汉的耳朵，说道，“只需要一百天，这么大的图书馆，就能建好。”

再之后，时宸彻底聊嗨了，甚至将郧乔是怎么遇到那个老奶奶、怎么决定帮助对方完成自己丈夫遗愿的事情，都说了出来。

时宸双眼通红地看着他：“我是找你借钱，不是让你出卖我。”

“兄弟，说这个就严重了，我这算得上是出卖你吗？”刘明汉一脸不在意道，“这事儿跟你又没关系，只要你闭嘴不说，你说谁会知道。”

时宸怒道：“你是 GAP 的人，就算我不说，我们老大迟早也会查到我们的关系。”

虽然之前时宸知道刘明汉是 GAP 的，但是因为他毕竟不是隋宁组里的人，而且之前还抱怨过隋宁在公司里霸道，仗着自己家世好，不把资深建筑师放在眼里，所以时宸也没多想。

“你不是说，你看隋宁很不爽，你什么时候成了她的狗？”

刘明汉轻声一笑：“说话别这么难听，你说谁愿意跟钱作对呢。”

说完，他轻轻拍了下时宸的肩膀，低声说：“之前借你那十万元，不用还了。”

这一刻时宸再也忍不住，对着他的脸就是一拳，将刘明汉打得往后连退了好几步，险些摔倒。

“你说的是人话吗？要是被查出来，你是不会有事，可是我的工作就没了。”时宸像是疯了一样，拽着刘明汉的衣领说，“而且这件事一旦被泄露，你以为我在这个圈子里还有立足之地吗？”

“以老大的性格，他不会饶了我的，他一定会封杀我到底的。”时宸捂着脸，满脸痛苦。

刘明汉看他这样子，似乎有些不忍心，拍了拍他的肩膀说道：“兄弟，既然你现在也没退路了，不如我再给你指一条明路。”

“滚。”时宸似乎不信他的话。

刘明汉靠近他，低声说：“如今你都已经到了这个地步，不如你帮我们把图纸偷出来，到时候那位隋大小姐给你一笔钱，你离开上海，去哪儿不行啊。”

时宸咬牙望着他：“你以为我是你?!”

“时宸，咱们是老同学，我是真不想害你，可是现在你在时恒早晚都待不下去的，为什么不干脆赚一笔？”

“这是泄露商业机密，要是东窗事发，你以为我还有机会花这个钱吗？”时宸眼神微闪，可还是坚决说道。

刘明汉笑了下，低声说：“图纸我们又不会照抄，再说了，邬乔这个项目已经做不下去了，她留着图纸也是浪费。倒不如你找个机会弄过来，大赚一笔，哪怕以后不留在时恒，对你也没什么影响。”

“不行。”时宸还是拒绝的话。

可是连刘明汉都瞧了出来，时宸已经心动了。他再接再厉道：“这项目又不是你自己的，哪怕它成功了，那也是邬乔得名得利，跟你有什么关系？

“现在可不一样了，你只要拿到图纸，就能大赚一笔。”

最后时宸还是没松口，但是他失魂落魄地离开了。

刘明汉要送他，他也没同意。

刘明汉上车后，立即给隋宁打了电话：“隋小姐，这事儿我要是替您办成了，之前那个项目您可是说好了，要交给我的。”

“你放心吧，我说到做到。最重要的是，这件事你要帮我办妥当了。”

隋宁这会儿正在做指甲，轻笑着说：“事成之后，我不会亏待你的。”

原来隋宁虽然对外公布了这个建筑计划，但是现在的项目其实就是个空壳子，只有一个设计概念，就连渲染图都没做出来，纯粹是拿着一套概念在糊弄人。

隋宁对木结构、对榫卯，一点了解都没有，况且她对这些也没有一点兴趣。相较于这种传统、朴实的设计，隋宁的设计风格更偏向于程令时，她擅长运用复杂的曲线结构来展现华丽的外观设计。但是她又没有学到程令时设计的精髓，因此时而被评价为华而不实。

这次之所以要公布这个项目，也无非就是想报复郚乔。

事到如今，隋宁知道自己跟程令时再无可能，失去了喜欢的人，她又怎么能忍受，郚乔连在事业上都要先她一步呢？

在得知郚乔有这个计划之后，隋宁就知道，这会是一个能够荣获大奖的建筑。

这个项目既有民族与现代的融合，又是节能环保的绿色建筑，等落地之后，郚乔肯定会声名大噪。

先前国内第一位获得普利兹克奖的建筑师，就是专注于民族的东西，用最传统的方式打动了评委。

郚乔的设计即便无法达到这种水准，但是也会获得巨大的关注。

果不其然，在隋宁利用手段得到这个设计灵感之后，现在巨大的流量蜂拥而来，隋海铭在背后替她推波助澜，势要将她捧成中国第一女建筑师。

哪怕没了爱情，隋宁还有事业。

明明她只需要用到郚乔的一部分灵感，可是她选择全盘抄袭。她肆无忌惮的行为，是对郚乔最大的挑衅。

隋宁就是要告诉郚乔，她们之间的出身是天差地别的，即便她有才华又怎么样，还不是注定要被自己踩在脚底下。

这几天，组里的日子并不算好过。

因为程令时突然在群里发了一条微信：“我希望有个人能主动找我，坦白一些事情。如果在我找到你之前，你能主动承认，我会让你体面地离开时恒。”

这条信息一发，原本还勉强维持着的和谐气氛，彻底被打破。

那晚顾青瓷突然叫大家吃饭，就好像是一场提前准备了的散伙饭。

但是过去了一天，谁都没在群里说话，也不知有没有人去找程令时。直到第二天早上，程令时来公司之后，将时宸叫走。

很快，办公室里传来隐隐的争吵声。

时宸："老大，你非要将这件事推在我身上，我知道是要找替罪羊，但是我不会承认自己没做过的事情。"

程令时盯着他："你不承认就有用吗？你以为我真的没证据？"

"如果您有证据，就直接开除我。"时宸喊道。

程令时组的人坐的位置离程令时的办公室最近，别的组尚且不知道发生了什么事情，但是他们组里每个人都一清二楚。

特别是平时看起来隔音很好的办公室，这会儿隐隐出来的声音让他们每个人都听得清清楚楚。

"我知道您看不上我，高岭跟着您的时间最长，柯霄和檀启两个人配合最好，跟连体婴一样，不管什么项目都是一起。老燕呢，他最勤勉又听话，那两个女孩我就不说，哪个不是您的心腹爱将。

"就我一个人，您看不上我，也就是一直勉强让我留在组里。"

程令时盯着他怒道："我多少次劝你，不要炒股，你听过我的吗？你到底是因为欠钱才会……"

"不是。"时宸望着他，低声说，"老大，真的，我长这么大从来没佩服过谁，可是我就服您一个人。因为我觉得您就是全中国最厉害的设计师。

"可是自从邬乔来了之后，有她在，您还正眼瞧过我吗？"

时宸是专注设计的，跟高岭他们做结构的还不一样。他跟邬乔即便是在一个组里，但也存在竞争关系。

"我给过你多少次机会？"程令时似乎也怒极了，拍着桌子站了起来，盯着他，满眼失望道，"可是你把握过吗？"

时宸："对，是我没用，给了机会我也没把握住。但是您也别觉得自己多公正，您这颗心早就偏到邬乔身上了。您去问问公司里有多少人不爽。"

两人吵得越来越激烈，吓得旁边的顾青瓷忍不住捂住了脸。

邬乔眼睛盯着电脑，旁边的高岭突然站了起来："我忍不住了，我要进去揍这个坏男人，他说的是人话吗？”

燕千帆吓得赶紧把高岭拦住，谁知这边刚按下去，旁边的檀启也说道：“我去揍，我要把他脑子里的水都打出来。”

柯霄直接把人按住，低斥：“捣什么乱！”

还没等这边安静，程令时办公室里的门被猛地拉开，随后砰的一声巨响，时宸将门狠狠关上，引得公共区域里所有人都看了过来。

时宸没有回自己的位置，而是直接离开了公司。

几天后，时宸主动联系刘明汉，他说：“老大已经在怀疑我了，我答应你的要求，但是我要一百万。”

“一百万？”刘明汉一惊，说道，“兄弟，你再急，也不能狮子大开口吧，这可是一百万。”

“郘乔的设计或许不值这么多钱，但是事到如今，我也不必再瞒着你，这个项目的榫卯结构是由我们老大亲自做的，程令时的设计一百万给你，那是你们赚了。”

刘明汉：“真的？”

“那还有假，郘乔是老大的徒弟，他一向对郘乔上心，这个项目他可是亲自参与的。”

“那行，不过我也得跟隋小姐那边聊聊。”

时宸说：“你们尽快吧，要不然只怕老大就要公布这个设计方案了。我看他好像不打算放弃，你也知道我们老大的家世，哪怕没有投资商愿意投钱，但是他要是真的下定决心捧自己的徒弟，你们可就抢不到先机了。”

刘明汉笑道：“行、行，你也别着急。不就一百万，我尽量帮你谈。”

对于这个价格，隋宁还真没放在心上。她出身豪门，先前买的一个镶钻铂金包就超过了百万元，对她而言，这确实是小钱。

隋宁问刘明汉：“这个时宸现在还可靠吗？”

“您放心，我已经打听过了，他在时恒的日子确实不好过，据说程令时这两天已经找理由停了他的工作，估计他真的熬不下去了。”

隋宁轻哼一声。

刘明汉大概也觉得对不住时宸，说道：“这个项目跟他又没关系，他如今把图纸给您，还能拿一笔钱，何乐而不为。”

在刘明汉看来，这就是一笔稳赚不赔的生意。

“倒也是。”隋宁轻笑，“不过图纸得要真的，我才能给他钱，要不然他哪怕是跑到天涯海角，我也会让他把钱还出来。”

“您放心吧，他早留了一手。在刚出事那会儿，就找了机会把图纸拿到手里。”

隋宁有些惊讶，随后说道：“好吧，先把图纸给我看过，我会给钱的。”

两天后。

时恒建筑所正式在全公司通告，设计师时宸因为违反公司规定，做出了有违职业道德的行为，被公司开除。

这种开除方式，几乎是要毁掉时宸的职业生涯。

时宸那天来公司拿东西的时候，他一进来，大家都看着他。

他收拾好东西，但是要带着他的电脑离开时，容恒直接带人过来，说道：“介于你电脑里有很多公司的资料，所以我们必须检查之后，才能让你离开。”

“查吧！”时宸自暴自弃般扔掉箱子。

等检查完毕之后，时宸在行政部人员的监督下，收拾好所有东西。他抱着箱子准备离开时，眼睛望着同事们，低声说：“我走了。”

大家都坐在自己的位置上，却没人转头看他。

可见所有人都对他失望至极。

反而是邬乔转头看着他，低声道：“你是最不配当设计师的人。”

第二十章

程令时喜欢邹乔

这几天最热闹的，莫过于某一线电视台正式宣布，即将在第一季度推出一档全新的明星户外建筑真人秀。

节目号称要打破建筑行业壁垒，让普通大众也能了解建筑师是如何设计建筑的，更是打出了要树立中国新建筑美学的噱头。

可真正能引起大众关注的，依旧是节目组邀请的明星。

据说这次不仅邀请到了老牌明星，还有顶级流量艺人，光是前期透露出的风声，就已经让粉丝激动不已。

至于设计师这边，原本大家没怎么关心，但是随着程令时和隋宁的爆红，大家都在猜测，会不会是他们两个其中的一个，还是说两人都会参加?节目组的官博下面，倒是有不少程令时的粉丝疯狂要求节目组去请他。

至于节目组的人看见了，也只能无奈摇头。

说实话，现在这种职场类真人秀节目，还挺流行。况且建筑类的改造节目更是经典，因为将一个老房子改造成全新的房子，可以最直观地感受到一个设计师的水准。

从节目筹备的最开始，他们便开始邀请程令时。但是时恒建筑所那边一口就回绝了，说是程工专注于现在的设计工作，不打算参加这种建筑类真人秀。

谁知就在节目组准备官宣嘉宾的第一天，隋宁跟上节目的那位顶流男星幽会的照片被拍到了，此事立马在网上发酵，热搜不断。毕竟这位顶流男星是去年刚红，正是如日中天的时候，被爆出恋情，自己之前的努力将付诸东流。

粉丝当即就闹翻了天，但是媒体拍到的视频里，隋宁开着一辆银白色宾利，将那位顶流男星接走，两人一起到了一家酒店。

很快隋宁的家世背景都被曝光出来了，顶级白富美，又是哈佛毕业的建筑师。

“粉丝激动什么，你们哥哥找到这种嫂子还不得偷着乐啊。”

“应该叫姐夫，人家隋宁可是哈佛毕业的，你家哥哥什么学校？”

“我觉得顶流男星配不上人家，这种家世应该只是玩玩吧，怎么可能看得上娱乐圈的。”

没想到在路人的搅局之下，隋宁居然没被单方面辱骂。

好在中午十二点时，节目组在各路混战中宣布了隋宁和顶流男星加入的消息。

他们一个作为明星嘉宾的代表，一个作为建筑师团队的代表，同时被官宣。而两人也同时发出了辟谣微博。

顶流男星这边是由工作室代为澄清，至于隋宁则是亲自发了一条微博。

> 不好意思让大家误会了，其实那天我们就是去参加节目组的聚会。很巧的是我们两个同住一个小区，所以当时我就提议顺便带他过去，免得助理再来跑一趟。没想到让大家误会，无心占用公共资源。其实我就是个顺风车司机呀！

微博一发布，底下便有众多粉丝评论为她说话——

- 小姐姐澄清得好可爱啊。
- 骂人的粉丝，现在可以来道歉了吗？你哥哥真配不上人家。
- 放心吧，人家白富美可看不上你哥哥。

经过这件事情，整个节目的关注度直接飙升至顶峰。

隋宁居然在这个乌龙绯闻里，再次打开知名度不说，微博粉丝更是飙涨了百万。

中午的时候，顾青瓷将手机往桌子上一扔，无语道："这位隋大小姐，看来咱们建筑圈已经装不下她了，现在已经跑去娱乐圈搅弄风雨了。你看看，连明星都玩不过她。"

"欲要使人灭亡，必先让其疯狂。"邬乔端着杯子，淡然道。

顾青瓷叹气："你看看人家花团锦簇这模样，灭亡？我看难吧。"

"难不难不是看，得做。"

听着这话，顾青瓷疑惑地看向邬乔，低声问道："乔妹，你是不是有什么事瞒着我？"

邬乔摇摇头，没再说话。

又过了半个月，隋宁与江城市政府决定举行新闻发布会，正式公布望月乡小学的设计方案。

但是谁都没想到，就在发布会之后的一个小时里，一条长微博在微博上传开了——

我是设计师邬乔，关于我所设计的项目"银湖之约"，被隋宁小姐全面抄袭一事，我希望她能够停止现在所有的行为，并且向我做出道歉。

银湖之约的项目，是由我主创设计、沣盈集团准备投资、在银湖村准备建造的全木质榫卯图书馆。项目目的是为了让乡村的孩子们有一个安静的读书环境，让他们也能够享受到城市孩子的学习环境。

而就在我们准备在元旦官宣发布项目的前一天，隋宁小姐抢先公布了江城望月乡小学的设计概念，从木质榫卯结构的理念，到装配式建造方案，以及九十九日工期，全部撞了我的设计。因为这个方案的抢先公布，我的方案不得不停滞，而也就是在这段时间里，我收集了证据。

而这条微博之下，就是她所配的长图文微博。

这个微博上配有大量的图文内容。

最开始就是关于柳爷爷的故事，一个年过八旬的老人，想要在现代建筑的冲击下，重新找回中国最为传统的榫卯建筑。

配图是他三十年手稿的照片，照片上泛黄的纸张，有些模糊的笔迹，还有每本笔记上标写的年代，都被拍得清清楚楚。

当然最后一张图，是隋宁接受采访时提到的那位老建筑师。

照片下面一行小字：

柳爷爷三十年的手稿，三十年的坚持，就这样被别人偷走了姓名。

接下来就是其他证据，包括她最早跟银湖村接触的时间，还有她所设计的图纸。其中更有他们原本打算在元旦公布项目的聊天记录。

而至此，一行加粗黑字出现：

我知道，看到这里的你们一定会疑惑，我凭什么就断定是隋宁抄袭了我的设计，会不会是两个设计项目，只是凑巧撞了创意。但是我相信做过设计的人都会明白，当别人的设计跟你的设计几乎快撞成“双胞胎”的时候，一切都不是凑巧！

下面依旧是一行醒目的红字：

以下便是隋宁指使别人偷走我设计的过程以及证据。

同样是几张微信截图，双方的微信头像都没被隐去，交谈的内容都是关于偷邬乔图纸的事情，还有最后关于偷到图纸得到的报酬。

而最绝的就是，邬乔居然还把银行截图都晒了出来，是一百万元的酬劳被打进账户的记录。

在这张图下的配字是：

虽然很气愤，但是很开心我的设计图稿在隋小姐眼中居然这么值钱，居然舍得花这么多钱来买我的图。

过去的三十年里，有一位老先生走过祖国的山川湖海，用近一万个日日夜夜亲手写下一本本手稿，只为再次弘扬中国传统建筑文化。我何其有幸，能够继承他的意志。但是面对如今这样的情况，我不想退缩。

对于剽窃者，我将誓死保护我的设计，保护我的创作。

这条微博，最开始或许没什么人看见，但是真正发酵是在十分钟后，程令时的转发将这条微博的热度推至顶点。

设计是自我的，剽窃并不会夺走你的才华。银湖之约项目也不会因为剽窃就被迫夭折，我们将共同保护我们的心血。

几乎是在转发的一瞬间，底下的评论就已经有很多条了。

·这怎么回事？

·我感觉自己正在看的八卦，会成为年度最劲爆的。

·我就说这个隋宁，好好的建筑师炒作成这样，果然是心思没放在正经事上。

当然也有隋宁的粉丝反驳。

·这也不能算是确定隋宁抄袭了，聊天记录也可以伪造呀。

底下立即就被回复了上千条。

·造假证据，还不是瞬间被打脸，你以为人家傻啊。

·要是觉得假，赶紧让你家姐姐出来澄清呗。

·这女的一看就不是好人，之前跟顶流炒作绯闻，结果她倒好，一脚把顶流男星给踢了。

也是隋宁不走运，招惹谁不好，居然敢招惹娱乐圈男明星的粉丝。之前那位顶流男星的粉丝，因为一直骂她炒作，被路人网友嘲讽。

后来又因为隋宁的微博，连带着顶流男星都被嘲讽了一番。

这下她爆出这种丑闻，这位男明星的所有粉丝恨不得人人来踩一脚。

于是短短半个小时，“隋宁抄袭”这个词条，就再次被挂上了微博热搜第一位，后面依旧是一个显眼的“爆”字。

此刻时恒建筑所的办公室里，几乎所有人不是在看手机，就是正在拿手机。

有人没微博的，干脆凑到旁边同事那里一起看。

顾青瓷抱着手机转头看了一眼，问道：“你们谁联系到邬乔了？”

今天早上邬乔就请假没来，而从这条微博发出之后，顾青瓷给她发信息没人回、打电话没人接。

倒是高岭突然说：“那个一百万元证据的截图，是不是时宸给的？”

燕千帆点头：“我觉得应该是。”

“现在这什么情况？”檀启差点儿从桌子上跳起来，说道，“时宸离开公司之后，我可是发了好长一条微信骂他。”

顾青瓷：“……我也发了。”

他们在一起太久，久到以为可以当一辈子的朋友。

所以当得知这件事之后，不管是谁都很失望，顾青瓷倒也不是发了骂他的消息，只是阐述了对他的失望，当然最后还是希望他未来一切都好。

“这到底是怎么回事？”檀启问道。

高岭突然说：“你们说这件事老大知道吗？”

此刻程令时也在看微博上的舆情，显然在他亲自转发之后，这件事早已经爆成了热点。

随后“砰”的一声巨响，他办公室的门被推开。

程令时握着手机，淡然抬起头，看着闯进来的冒失鬼。

容恒直接冲到他的办公桌前，双手撑着桌子，问道：“这事是你搞的？”

“不是。”程令时态度是真的坦然。

容恒凝眉：“什么意思？”

“这是邬乔的主意。”

容恒瞪大眼睛，他说：“所以你跟时宸两人在办公室吵到险些打起来，你把他开除……”

“都是演的。”程令时坦白。

而就在此时，邬乔的微博再次更新：

在此恳请诸位，不要去责备泄露我图纸的人。因为这并非他所愿，在最开始他只是无意与人聊到我的设计，但是没想到就被有心之人利用。所以事后，他立即告诉我此事，但当时我们并没有证据证明我的设计被偷。

所以我请求他陪我演了一场戏，是我同意他拿走我的设计图稿卖给对方。因为只有这样，才能有证据证明我的设计真的被偷了。

很抱歉用这种并不算光彩的手段来保护我自己，掌握真正的证据。不过隋小姐如果没有从一开始就存了要抄袭我设计的心思，只怕你也上不了这个钩。

我也很感谢这位朋友，他愿意顶着巨大的压力，忍受着朋友、上司、公司的误解，帮我完成了最终的卧底任务。有一句话，我想告诉你。

在我心底，你是最配当设计师的那个人。

这条微博的评论居然比上一条还要疯狂，点赞数更是在短时间内就突破了百万。

·这是什么商战剧情？

·小姐姐你可太聪明了，你要是没手段，现在吃亏的就是你了。

·我要被这种友谊感动了，一个愿意承受一切骂名，一个在事后替朋友澄清。希望你和你的朋友都好。

·我想说有头脑的女人，真的棒！

·你们建筑圈也这么乱的吗？这可太吓人了，花这么多钱报复另外一个人，隋宁跟你有仇吧。

遥远的城市里，握着手机的时宸低头看着这条微博，最终笑了出来，但是眼角依旧噙着眼泪。

幸好他当初及时跟邬乔坦白，幸好他亲手弥补了自己犯下的错误。

而此刻坐在外滩边的邬乔，仰头望着对面的万国建筑，哪怕岁月洗涤，这样的老式建筑却在现代化的城市里，依旧是最亮丽的一道风景线。

她今天之所以没去公司，就是不想打扰大家，也不想被人打扰。

坐在外滩边上，没有人认识她，也没人知道，此刻网络上正有一场关于她的暴风雨。

很快，她收到程令时发来的微信："好好享受闲暇时光，有我在。"

邬乔手里捧着从咖啡店里买来的热可可，温热的液体从喉管流下时，有种别样的舒服。哪怕周围寒风凛冽，她心却依旧温暖。

在最初时宸告诉她这件事时，邬乔就没责怪他。

但她请时宸配合自己演一场戏，当时时宸也只是在聊天中透露了自己的设计，所以他们根本无法证明隋宁剽窃的行为。

为了拿到证据，她请程令时配合时宸演了一场决裂的戏码。让隋宁相信，时宸在公司里快要混不下去了。

隋宁不同于邬乔，她对木结构和榫卯都没有研究，她根本做不出设计，唯一能解决她困境的方式，就是直接拿到邬乔的图纸，然后她加以修改，最终成为她自己的建筑设计。

果然，隋宁也没让邬乔失望，习惯了走捷径的人，是不会沉下心来安心做设计的。

于是时宸就顺势“偷”走了邬乔的设计图稿。

此时 GAP 也是一片混乱，在邬乔这条微博发出来时，隋宁正在公司里。

她仗着家世，在 GAP 里无视资深的设计师，之前更是传出她抢了别人设计的事情，但是后来对方拿了封口费，也就没出大事。

当这条微博出现后，整个公司立即就像炸开了锅一样。

隋宁在助理提醒她之后，更是脸色发白，手脚发软。

她习惯了走捷径，以为她可以靠着家世还有她爸爸的钱，永远踩在别人的身上。她没想过这世界上也有她无法掌握的人。

刘明汉进来时，隋宁正在发火，她正在打电话给隋海铭，想让他花钱将热搜赶紧撤下。

玩弄舆论，她是一把好手，但是她也没想过，也有一天，会轮到她被舆论玩弄。

“你怎么做事的啊？你说那个时宸可靠，现在他拿了我的钱，居然还敢出卖我？”隋宁狠狠地盯着刘明汉。

刘明汉也是一脸惊慌，他将手机递到隋宁面前，说道：“刚才他给我发了一条微信。结果我再回他的时候，他已经把我拉黑了。”

时宸：“一百万已经如数转回去，还有告诉隋宁，她的钱我不要。”

隋宁盯着手机，如今这个状况她哪里还不明白，她彻底被邬乔耍了。

时宸从一开始就没打算背叛邬乔。

隋宁吼了一声，然后将手里的手机直接扔到了对面的墙壁上。

随着手机的四分五裂，她整个人开始颤抖。

因为打不通隋宁的电话，GAP 前台的电话几乎被打爆了，还有来自江城市政府的质问，更是直接打到了设计总监的办公室。

一夕之间，隋宁从那个高高在上、众人仰望的建筑女神，跌落至谷底。

此刻的隋宁就像无头苍蝇一样，开着车狼狈逃回家中。

在家里的宁桢看见她，还有些惊讶地问道：“宁宁，这会儿正上班呢，怎么就回来了？”

原本还失魂落魄的人，看着眼前这张与邬乔相似到极点的脸，原先这些年宁桢努力积攒下的母女情分，都在这一刻烟消云散。

“你现在开心了吗？我的事业、我的名声、我所有的一切努力都被毁了，都拜你那个亲生女儿所赐。”隋宁狠狠推开她，冲到了楼上。

宁桢并不知道网上的这些事情，见她这么激动，赶紧跟上了楼。但是隋宁一直将自己锁在房间里。

因为害怕隋宁出事，宁桢只能给隋海铭打了电话。

当隋海铭赶回来时，居然没立即上楼安慰隋宁，而是直接对宁桢说道：“打电话给邬乔，问问她，要多少钱才愿意删了微博，跟宁宁和解。”

“宁宁和乔乔怎么了？”宁桢先前就听到隋宁的怨恨声，如今更加着急问道。

隋海铭不耐烦道：“你只管去打电话就好了。”

之后隋海铭上楼去哄隋宁，只留宁桢一人在楼下。

虽然宁桢不懂究竟发生了什么事情，但是她听到了“微博”两个字，她虽然没有微博账号，但还是摸索着下载了微博。

没想到她注册好点进去，刚摸到搜索框准备搜邬乔的名字，就在热搜上看见了。

于是她点进词条，这才看见邬乔发的这两条微博，彻底明白发生了什么事情。

关于这场邬乔主动发起的维权大战，并未因为隋宁的没回应而终止。当天晚上，沉寂了一天的建筑真人秀节目，终于发出了声明，决定终止与隋宁的合作。

而在稍早之前，江城市政府就发布了公告，正式停止望月乡小学重建的计划。

先前采访隋宁的媒体，也纷纷删除或者是隐藏了采访新闻。

GAP 建筑所的官方微博评论里，充斥着各种要求他们出来正面回应的评论。毕竟这个项目是以 GAP 的名义与江城市政府合作的。

此次抄袭事件，不可能单单只跟隋宁一个人有关。

倒是邬乔，依旧处于闲暇时光，居然还排队去吃了一顿火锅。

大家都说人生最高级的寂寞，就是一个人吃火锅。不过邬乔却没觉得孤独，她反而拍了照片给程令时，他很快回复道："跟郝思嘉一起？"

邬乔："一个人。"

那边好久才回复："今天放你一个人，下次必须带上我，不许吃独食。"

在人声鼎沸的火锅店里，邬乔笑了起来。

等回复完，她正要放下手机，突然手机再次振动起来，一个陌生的号码出现在她的屏幕上。

虽然这件事闹得沸沸扬扬，但是邬乔的手机还算安静，并未接到什么过分的电话骚扰。而看着这个手机号码，邬乔心底莫名沉了下来。

许久，就在电话要停止振动时，邬乔接通了手机。

"喂，早早。"那边宁桢惊喜地喊道，她原本以为邬乔不会接自己的电话。

邬乔听着宁桢的声音，深吸一口气，声音冷淡道："我原本还抱着一丝侥幸，哪怕是一丝，都想着你应该不会给我打电话。"

"说吧，隋家父女想让你劝我什么？"邬乔脸上笑意尽褪。

"拿钱砸我？让我删掉微博？跟隋宁和解，还是让你来命令我删掉微博。"

邬乔知道宁桢并不是喜欢上网的人，她不可能会自己发现这件事，除非是有人告诉她。至于是谁，也可想而知。

隋海铭在发现自己无法压制舆论之后，唯一的突破口就是邬乔自己。

"你去告诉隋家父女，他们一次次地陷害我、栽赃我，抄袭不成，干脆就偷我的设计，所以我是不会为了钱跟他们和解的。

"钱或许在他们那边是万能的，但对我来说不是！"

邬乔一口气说完，正要挂断电话，宁桢却先一步喊住她，低声说："早早，你想说的话，妈妈一定帮你带到。"

"但是我没想到，原来我在你心里是这样子的。"宁桢说完，自嘲一笑，自言自语地呢喃道，"也是，我对你做了这么过分的事情，在你心里，我不是个好妈妈才是正常的。

“可是早早，我也会心疼自己的女儿遭遇的一切，我也会难过，所以我不会帮着别人打压、欺负我的女儿。我在网上看见了你发的微博，我只想对你说，你保护你自己的设计，妈妈支持你。”

邬乔面无表情地挂断了电话。

面前的汤锅正冒着热气，她默默将服务员早就端上来的菜放进锅里。随后她眼前一片模糊。但是很快她低头，将先前那个打来电话的号码彻底拉黑。

如果这世界上有后悔药，邬乔不知道宁桢会不会吃，但是邬乔不会后悔。

即便是血缘上的母女，伤害一旦造成，便不可弥补。

她与宁桢之间，注定不可能化解，倒不如彼此相忘。

反正在过去那段没有彼此的生活里，她们也都过得很好，就让以后的生活也跟从前一样吧。

一个星期后。

邬乔和程令时到了北方的某一座小城，他们从出租车下来，刚到大门口，邬乔正准备拿手机打电话。

没想到就看见穿得像熊一样的人，从他们面前走过，邬乔喊了下，问道：“这位先生，请问……”

对方慢悠悠地转过头，就看见一团乱发下那张邋里邋遢的脸，邬乔震惊地微张着嘴，几乎说不出一句话。

还是旁边更为淡定的程令时喊道：“时宸。”

原本裹着一件棕色皮草大衣的人，差点儿被吓得原地蹦起来。

时宸不敢相信道：“老大，邬乔，你们怎么来了？”

邬乔看着他：“因为你不回公司，所以我们就只好亲自登门。”

“不是吧。”时宸比刚才还要震惊，直勾勾盯着他们，以为自己是在做梦，可是两个活生生的人就站在他面前。

北方冬天太冷了，光是站着，一张口说话，嘴边就是一串白色雾气。

“这里太冷，不请我们去家里坐坐？”邬乔伸手环抱着自己，上下轻搓了几下。

时宸知道他们两个都是南方人，再一瞧程令时身上穿着的大衣，这要是搁上海，倒也罢了，在这里岂不是要冻坏了。

于是他赶紧把人带回家，谁知刚开门，就听到厨房里传来的声音："让你去买个醋，怎么就那么磨叽呢。你说说你一天到晚待在家里，自己不觉得无聊吗？让你去找工作也不找，你要是再这样，我就……"

厨房里的人似乎越说越气，举着锅铲就冲了出来。

结果看见客厅里时宸身后的两个陌生人，当即发出一声尖叫，随即不好意思道："你朋友来了怎么也不说一声。这孩子真是的。"

"妈，这是我老板程令时，还有这位是我同事邬乔。"

时宸妈妈一听，赶紧将锅铲放下，招呼他们坐下，又是倒水又是拿水果，弄得邬乔都有些不好意思道："阿姨，您别忙了。"

"老板亲自过来，这怎么好意思。哎哟，我这家里乱得跟个鸡窝似的，就是今天没来得及收拾。"时妈妈拍了时宸一巴掌，低声道，"你老板过来，怎么也不提前说一声啊。"

邬乔看得出来，时宸妈妈是典型的那种北方爽朗性格的人，热情又大方，不会让人尴尬反而让人感觉亲切。

"是不是时宸犯了什么错？"时妈妈搓了搓手，小心翼翼问道。

程令时立即说："不是，是之前工作上有些问题让时宸受了委屈，我们这趟过来，是希望他能重新回公司工作。"

"哦哦，原来是这样，那就好。"时妈妈明显松了一口气，当母亲的最怕的大概就是孩子出事。

听到并非是他犯了错，时妈妈这才放心。

时宸此刻听到这话，有些不敢相信，低声说："老大，我就不回公司了。"

"嫌公司待遇不好？"程令时冷静看着他。

时宸立即摇头："当然不是，我们时恒是业界待遇最好的公司之一，我怎么可能会嫌弃待遇不好呢。"

"那就回来。"程令时看着他，神色认真。

时宸这人一贯大大咧咧的，性格随他妈妈，但是这一刻，居然眼眶湿润，似乎要落泪。

"我说你这孩子，怎么这么不知好歹呢，领导亲自来家里请你，还犹豫什么呢。你这一天天待家里，不是吃就是睡，赶紧给我回上海上班去。”

“妈，在我领导面前能不能给我留点儿面儿？”

时妈这才想到这问题，手掌搭在时宸背上，抚了抚，赶紧说：“两位领导，你们千万别误会。这孩子也就是在家懒了点儿，但是他从上学那会儿就没让我操过心，后来大学也考上了名牌大学。那会儿我们家还请了几十桌的人吃饭呢，别提多热闹了。”

程令时和邬乔相视一笑。

当天下午，时宸的行李就被他妈收拾好了，时妈直接将人送到了车站。

三人回上海的路上，邬乔坐在程令时的旁边，时宸离他们有点远，邬乔靠在程令时肩膀上，低声说：“我还真的有点羡慕时宸。”

他们都有着原生家庭的痛苦，早已经忘记普通烟火人家的感觉。

时宸的父母是人海中很平凡的一对父母，但是他们都爱自己的孩子。

“我们也可以这样。”程令时扭头看着她，轻声说。

邬乔眨了眨眼睛，似乎有点不明白。直到他凑到她耳边，低声说：“我们可以成为这样的父母，爱着我们的孩子。”

“我们的孩子”这几个字犹如点火，在她脸上迅速出现了一片红晕。

“邬工，这是你的演讲稿，你……”新来的助理将稿子递给邬乔。

邬乔赶紧抬手阻止，低声说道：“千万别这么叫我，我现在连二级建筑师都没考呢，哪里能这么叫。而且你要是这么叫，我就觉得自己长了七八条腿。”

旁边听到这话的人，都笑了起来。

此刻场地上有很多人，不仅有装配的工人，还有附近赶来的村民，更有来自全国各地的媒体，不仅有报纸、杂志的媒体，也有电视台，其中甚至还有央视的媒体。

这个图书馆项目，最初因为抄袭事件，本就引起了不少人的关注。

如今项目如约在百日内准时竣工，自然引起了不少关注。

时恒之前就和直播平台联系好了，这次项目的竣工仪式，将会在全网进行直播。

市里派来的主持人，早早就过来准备好，现在正在核对仪式的流程。至于这次嘉宾，更是请动了市里的市长以及县委书记这些领导。

虽然这个项目并不算大，但是引起的关注却是不小的。

现在网络直播带货很火，银湖村也有自己的特产，因此大家都想趁着这次机会，再给银湖村添上一把火。

因此从市里到县里都很重视这次竣工，早早就让人过来准备。

郚乔一会儿有采访，因此她正在旁边临时搭建的棚子里准备自己的稿子，化妆师过来替她化妆，不停夸赞她的皮肤好。

现在已是六月，好在天气正好，不算太热。

这个时间介于春夏之间，有种生机盎然的感觉。郚乔的银湖之约，在最初的混乱结束之后，沣盈集团再次注资，一切准备就绪。

从三月正式动工后，项目平顺而正常地进行。

当然在这半年内，还是发生了不少事情。

当初郚乔发了那条微博后，隋宁的名声一落千丈。而她的微博仿佛是一剂强心剂，居然鼓励了曾经被隋宁当成踏脚石的设计师站了出来，指控隋宁用金钱作为武器，随意打压他们，并且将他们的设计成果占为己有。

隋宁自始至终都没发声，或许也知道自己是罄竹难书，而 GAP 也在一周后正式宣布开除隋宁。

所有人都知道，隋宁的建筑生涯要结束了。

不过所有人也都知道，她这样的天之骄女，哪怕不当建筑师，也依旧会过着高高在上的生活。

谁知一个始料不及的消息传来，隋海铭被抓了。

隋海铭被抓倒也不全跟隋宁有关，主要罪名是他挪用公款，贿赂官员。

郚乔并未跟宁桢联系，倒是之后容恒找到她，给了她一张卡，说道："宁阿姨找到我，她说她决定带小泽回新加坡。短时间应该不会回国了，所以她给你留了点钱。"

卡里有五百万元，宁桢还给郚乔留了一封信。

郚乔这才知道原来她还有个弟弟，只不过她跟这孩子从未见过面。

宁桢说隋海铭家里已经被查封了，隋宁更是不知所终。宁桢只能委托律师去看隋海铭。而隋海铭让律师给她带话，让她带着孩子回新加坡。

宁桢从不参与隋海铭工作上的事情，所以并未受到连累。

虽然隋家的资产被查封了很多，但是好歹瘦死的骆驼比马大，他们母子未来的生活并不需要担心，甚至宁桢还能给邬乔五百万元。

很抱歉，没能照顾你，很抱歉让你一直孤独地长大。我知道我说什么都无法弥补，但是我希望你能收下这笔钱。在这样的大城市，一个女孩想要立足很难，我希望你能用这笔钱买一套属于自己的房子。不管日后如何，这总是你安身立命的家。

邬乔盯着这封信，笑了起来。到最后，宁桢还是选择自己的家庭，但是到最后，她居然还想到了自己。

不过邬乔并未收下这笔钱，她打定主意不想跟隋家扯上关系，所以宁桢的钱她也不想要，最终还是请容恒将卡还给了宁桢。

邬乔深吸一口气，将思绪从这些事情中拉了回来。

此刻已经临近仪式开始，邬乔的妆容也已化好，这些采访的问题好几天之前就发给她了，所以她只需要将稿子看一遍，以应对待会儿的采访。

很快，邬乔被工作人员请了出去。

台下已经摆好了椅子，大家都坐在自己的位置上，只有主持人站在台上，一一介绍项目的合作方，还有参加此次会议的领导。

直到最后，主持人朗声喊道：“现在让我们有请‘银湖之约’的缔造者，也就是我们的总设计师邬乔小姐。”

邬乔深吸一口气，缓缓站了起来，现场掌声雷动。她慢慢走向台上，当她站在台上时，正要开口，就看见站在人群中间的那个熟悉的身影，没想到程令时会出现在这里，她有些怔住。

因为邬乔提前知道程令时的另外一个项目要竞标，所以他很可能不会出席这次项目竣工仪式，但她没想到他还是来了。

邬乔望着他时，他的手掌还未放下，依旧在为自己鼓掌。

这一刻，她值得所有人的欢呼。

回来之后，所有人都闹着让邬乔请客，于是邬乔请大家去了一趟度假村。独栋别墅、露天泳池、烧烤派对，一应俱全。

大家一起说起这个项目时，再次老话重提。

顾青瓷笑着说："乔妹，要是咱们这个作品得奖了，到时候记得在得奖感言里，一定要提我的名字。"

"还有我，还有我！"正在泳池里的檀启举手。

谁知他刚说完，被潜在水里的柯霄一把拉了进去。

正在烧烤架旁旁边的时宸也吼道："乔妹，还有我，别忘了我。你可是说过，我是最配当设计师的人。"

"你滚吧。"顾青瓷到现在都还没彻底消气，她说，"你不应该当设计师，当设计师实在太屈才了，你还是去当演员吧，娱乐圈不能没有你。"

时宸听这话，立即就要去翻自己手机："我去看看某人当初给我发的离别短信。"

顾青瓷蹦起来就要去揍他，旁边正在搬烧烤食材的高岭赶紧说道："干什么呢？想造反啊，欺负我们青瓷。"

"哟，我们青瓷？"时宸立即发出怪笑。

众人正说着话，一身休闲装的程令时走了过来，他将手机拿过来，放在她耳边，轻声说："手机怎么也不放在身边，有人给你打电话，是不是也没听见？"

邬乔笑着握着手机，就听电话那边优雅好听的女声开始说话。

过了两分钟，她电话挂断，程令时也在挽袖子，这帮人平时光长了一张嘴，连个烧烤都搞不定。结果扭头就看见邬乔的表情，忍不住问道："怎么了？"

"刚才世界青年建筑师大奖的组委会给我打电话，说我的'银湖之约'正式入围金奖，我成了候选人，还邀请我参加八月份在上海举办的颁奖典礼。"

"厉害啊，乔妹。"

“郚乔，你就是我心目中的建筑女神。”

大家在听到郚乔的话之后，瞬间爆发出了巨大的吼声，原本应该安静悠闲的度假别墅瞬间人声鼎沸，所有人都在尖叫。

八月，正是骄阳似火、蝉鸣正盛的季节。

一场建筑盛宴在上海举行，这是一场青年建筑师的盛宴，凡是四十岁以下的设计师都可以争相竞逐此次的各项大奖。而作为年少成名的代表，程令时一早就被组委会邀请，担任颁奖嘉宾。

只是不同于往年程令时直接拒绝的情况，今年他居然一反常态地答应参加。

这个大会圈外关注度本来不算大，但是有程令时加入之后就不一样了。自从隋宁抄袭事件之后，大家才发现程令时这人的履历有多厉害。同样很早就成名，隋宁是靠着抢和偷，程令时却是因为实打实的才华。

他所设计的 H 市博物馆，也早已经登上全世界各大建筑新闻的头条，而很多人也都猜测，他今年必会拿到世界级的大奖。

颁奖典礼是在晚上，郚乔正在家里准备出席的礼服，依旧还是上次那个造型团队，知道她是要去参加颁奖典礼，造型师没给她做性感的造型，反而是那种文艺典雅的，一身白色露肩礼服裙，材质轻软柔和，又有种走路带风的飒爽。

因为程令时是颁奖嘉宾，所以为了避嫌，两人并未坐同一辆车去会场，而是分开进入。

郚乔到的时候，主办方将他们几个金奖候选人都聚集在一起，说了下今晚颁奖的流程。大家或多或少都参加过这种颁奖典礼，倒也不是太紧张。

等结束时，旁边有个男设计师说道：“你是郚乔吧，之前我关注过你的木结构榫卯建筑，说实话，设计大胆，也很有创新。我看好你今晚拿奖。”

对方也是候选人，郚乔没想到他会这么说，当即笑着说：“没有，我觉得我们大家都有机会。”

好在大家对拿奖这件事都很看得开，都是得之我幸、失之我命的态度，所以聚在一起，反而更多的是聊有关设计的事情。

一直到颁奖典礼快要开始，邬乔才看见程令时，他是颁奖嘉宾，组委会专门给他准备了单独的休息室。

程令时看见她时，邬乔正在出神，还是他主动走过去打招呼。

“邬乔。”程令时喊了一声，邬乔抬起头。

他走过来，低声问：“怎么在这儿？”

邬乔低声说：“里面太闷了，出来透透气。”

程令时依旧是一身剪裁合体的黑西装，他肩宽腿长，是天生的衣架子，这会儿他微微弯腰，靠近邬乔，惊得邬乔抬起头，就见他伸手在她的耳垂轻捏了下，俯身凑近问：“你该不会是紧张吧？”

邬乔被他这样亲昵的举动吓到，低声说：“你快放手，别让人看见啊。”

虽然他们是一个公司的，但是至今都没公布彼此的关系。

程令时没松手，反而手指又在她耳垂轻揉了揉，这才低声说：“别紧张，不管得不得奖，你都是我心目中最好的设计师。”

“这时候你不是应该跟我说，我一定会得奖吗？”邬乔眯了眯眼。

程令时摇头：“那可不行，我要是这么说，岂不是有违颁奖评委的职业道德。”

邬乔也没打算从他嘴里问出什么，因为这种颁奖，一般连颁奖嘉宾都是开奖的那一刻才知道。

谁知邬乔还没说话，就听程令时拖着慢悠悠的语调，用骄矜的语气说道：“况且你都有我了，哪怕得不到金奖，也就当是安慰别人了吧。”

不愧是程令时。

这辈子要是懂矜持，那就真的不是他了。

好在被他逗弄一番后，邬乔发现自己还真不紧张了，刚才她坐在里面，一直隐隐有点儿喘不过气的感觉。

于是很快她重新回到了典礼现场。

颁奖典礼已经开始，各类奖项依次开始颁发，当然今晚分量最重也是最让人期待的金奖，则是留在了颁奖典礼的最后。

但是邬乔并不知道，此刻网络有一条十几秒的视频，正在传播。

男人穿着剪裁合体的黑西装，站在一个穿着白色露肩礼服裙的女生对面，他微微弯腰，修长手指在她耳垂轻捏了下后，俯身凑近。就是这么一段视频，配上了歌曲，迅速在短视频平台走红，居然瞬间被顶到了热搜的第一。

· 这是什么神仙颜值？是新晋流量明星吗？

· 我知道，我知道，男的叫程令时，是建筑界长得最帅的，当然也是帅哥里面最会造房子的。

· 我也想当这个美女，被程令时捏耳朵。

· 就这十几秒，我已经想象出了一出豪门里爱恨情仇。

一时间，所有人都对女孩的身份好奇不已。于是正在直播的颁奖典礼再次被各路路人占领。

此时已经临近颁奖典礼的尾声，即将颁发最后一个重量级的金奖。作为颁奖嘉宾的程令时走上台，他身边是一位女设计师，在国内也颇具名声。

主办方特地请这两位过来，为今年的金奖得主保驾护航，可见对此次金奖的重视。

当两人携手走到正中央的话筒前时，现场掌声雷动，经久不息。

邬乔因为是金奖候选人，所以坐的位置在前面的第二排，很容易看清楚舞台上的人，程令时一身黑西装，身姿高大挺拔，清俊的面孔被聚光灯映衬得熠熠生辉。

哪怕他的脸被身后的大屏幕无限放大，依旧让人惊叹他的容颜出众。

就连他身边的颁奖女设计师，都不由得笑道："之前得知主办方安排我跟程工一起颁奖，我还窃喜了好久。毕竟程工可是号称我们建筑界最帅的，是又帅又有才华。但是现在我才发现，我自己想得太简单了。

"我怕自己光顾着看程工，而在颁奖的时候出错。"

她的话引发底下人的哄笑声，大家都很乐意听到这样的幽默聊天。

"韩老师不用担心，我一定会看清楚颁奖名单上的名字，不会让您出错。"男人清冷的面容上，露出一丝笑意。

他一笑，坐在台下的邬乔心脏也跟着怦怦直跳。

好在几句话之后，他们正式开始颁奖。原本帮忙拿着信封的程令时，将信封递给旁边的女设计师，两人相让了下，女设计师最后接过，笑着说道："行吧，那就请程工一定要帮我看仔细了，千万祈祷我别念错名字。"

现场陡然安静了下来，而大屏幕的镜头，也在此时，给到了五位金奖候选人。

除了郧乔之外，其余四位都是男性设计师。于是给她的画面就放在了四个人中间，一身白色晚礼服的女人，面孔清婉柔媚，犹如从烟雨江南里走出来的画中人，好看得有些过分。

而正在观看直播的很多网友这才发现，这位候选人居然就是先前跟程令时出现在同一个视频的女孩。

终于台上的嘉宾喊出了一个名字："郧乔。"

郧乔原本一直紧紧拽着自己的裙摆，在听到自己的名字时，她感觉自己的耳边如同潮水般涌起无数的掌声，还有欢呼声。

她在所有人的目光中，缓缓站了起来，然后跟左右的其他候选人握手。

她微拎着裙摆，一步步往舞台上走去。

在那里，在舞台的最中央，有一个人正在等着她。

郧乔先跟那位女性设计师拥抱了一下，接过她从司仪手里拿过来的奖杯。而身侧的程令时则从托盘上将鲜花拿了过来，递给她。

郧乔再次伸手去接，但是这一刻，他伸手，在所有人的目光中，将她拥入怀中。

"郧乔，祝贺你。"

此刻不管是场馆内还是直播镜头前的观众，都看着两人，甚至有人忍不住捂住了嘴，安静地看着台上相拥着的人。

郧乔靠在程令时的肩上，听着耳畔他轻声的祝福。

她知道，直至死亡那一天，她都不会忘记今天。

当舞台上只留下她一人，此刻这是属于她一个人的舞台，而台上的灯光交错落在她的头顶，郧乔握着奖杯，对着台下深深一鞠躬。

当她凑近话筒时，她顿了会儿，终于缓缓开口："谢谢评委会能够将这么重要的金奖颁发给我，我知道肯定有很多人觉得我很幸运，最起码在建筑界，像我这样的年纪就能设计这样一个项目，我知道我是幸运的。

“可是这一份幸运，并不源自我。我首先想要感谢的就是一位老先生，或许他作为建筑师默默无闻，或许他曾经三十年的坚持不为世人所知晓，可是我希望大家能够记得，银湖之约这个项目最初的创意者柳保山柳老先生。”

台下瞬间响起掌声，在座的都是设计师。

而刚学会看直播的商奶奶，早就守在手机前，在听到已经逝去的丈夫的名字时，她的眼睛里浮起了一层水光。

在建筑行业成名者才是少数，更多的都是默默无闻奉献的人。

柳老先生这样的人并非第一个，但也并不是最后一个，但是每个人都值得被铭记。

“我知道很多人都习惯了现代的建筑方式，认为有些古老的东西注定要被时代所淘汰，但是我觉得榫卯作为中国建筑史上最为璀璨和辉煌的结构方式，不应该就这么被抛弃。我们建筑师有责任去保护中国最为瑰丽的建筑文化。这不仅仅是我一个人该努力，更应该是一代人不断努力。

“而我也将初心不改，砥砺前行。”

一阵掌声响起，没人知道这个纤细的身体里到底蕴藏着多么巨大的能量。

原本很多人以为，她所得到的一切都是因为幸运，可是大家现在才明白，她能走到现在，更多的是靠着她的坚持和努力。

“在此，我要感谢我组里的小伙伴，顾青瓷、高岭、时宸、檀启、柯霄、燕千帆。”

她将每个人的名字都念了出来，而此时聚集在高岭家里看直播的几人，瞬间拉响了早已准备好的礼炮。

大家尖叫着、欢呼着。

唯有房主高岭哀求说：“各位，各位，少放点礼炮吧，回头打扫起来太难了。”

“怕什么，让他们放，我陪你打扫。”顾青瓷一把将人薅着坐了起来。

高岭扭头看她，说道：“这可是你说的。”

而电视里邬乔的话还没说完，终于到了最后，她看着台下，神色专注而认真：“而在最后，我要感谢此生对我来说最重要的一个人。从我年少时，他就出现在我的生命里，可以说我如今能成为建筑师，也是在追逐着他的脚步。

“他是我的领路人，也是我的师傅，更是我渴望一生追随的人。

“程令时，谢谢你的出现。”

不管是电视前的组员们，还是在直播间的粉丝和网友，都被这一番告白的话彻底点燃了，尖叫声此起彼伏。

这场告白被称为“年度最动人心弦的表白”。

距离那场惊天表白过去已经半个月了，郧乔没想到自己居然会不堪其扰地逃回清塘镇。

当然说是逃回，也是因为清塘镇的一个项目。因为之前图书馆项目的成功，这座被称为最美乡村图书馆的建筑让各地政府频繁向郧乔发出邀请。

郧乔的下一个项目也格外受人注视。

本以为她会选择一个商业化较高的项目，但是谁都没想到她居然接受了家乡的邀请，重建自己当年读的那所初中。

因为旧的校舍已经投入使用了几十年，早已经老旧不堪，所以在政府的支持下，旧校舍即将被推平。

郧乔这几天住在大伯家里，原本拼命想要逃离的地方，反而最后成了她的归处。

周末时，程令时从上海过来，郧乔正好要去学校看看。

于是两人相约在旧校区门口见面。

郧乔先到了约定好的地方，等了一会儿，没见着程令时，反而是一群穿着篮球服的少年骑着自行车从她身边过去。几人往学校里面骑，谁知他们快要到校门口时，突然有个男生回头，冲着郧乔吹了一声响亮的口哨。

其他男孩起哄大笑，但是他们很快一溜烟地骑进了学校。

此时的郧乔再也不会像年少时那样茫然而彷徨，反倒生出了一股岁月流逝的感怀。

直到一辆黑色车子停了下来，从上面下来一人，疾步朝郧乔走过来，一到身边就问：“等很久了？”

“没有，刚到。”邬乔笑了下，她直接拉着他的手臂，说道，“你是不是还没来过我的学校？”

“对呀，第一次。”程令时说道。

邬乔笑了起来，明明给学校赞助了奖学金，却从没来过学校。

学校的校舍已经用了几十年，外墙上的墙壁早已经斑驳，往下掉着白石灰屑，堆积在地上的墙缝处，风一吹，白色石灰屑轻轻飘起。

虽然学校的建筑是老的，但是胜在树荫繁茂。

他们从树荫下走过，阳光洒落在树冠上，被树叶切割成细小的光斑洒落在地上，一阵风拂过时，光斑跟着轻轻晃动。

这是她在少女时代待过的地方。

或许是为了缅怀，或许是为了考察，邬乔拉着程令时，慢悠悠地将整个学校逛了一遍。

阳光灼热，两人身上都不同程度地出了一层薄汗，但是依旧兴致盎然。

邬乔带着他逛了之前自己上课的教室，直到如今她还是能清楚地找到，哪怕此刻教室里空空荡荡，她依旧能指出自己当年坐的位置。

教学楼后面是综合楼，很多学校的重要器材都摆在这里。

邬乔拉着他，一路走到了当年摆放乐器的那间教室。因为他们是乡镇中学，所以音乐课、体育课这种副科压根不受重视。

“以前这里堆着很多器材，不过大多都是鼓，每次学校里有活动，老师就安排大家排练腰鼓节目。我每次都被选上，其实我一点都不喜欢排练腰鼓。”

邬乔形象好，每次不仅被选上，还都是领舞。

这间曾经熟悉的教室，早已经变得老旧了。

墙壁上的涂料层都已经开始剥落，露出最里面水泥的模样，窗户是最为老式的铁栏杆款式，早已经锈迹斑斑。

“这里是什么？”突然程令时蹲了下来。

邬乔低头看着，眨了眨眼。

在原本堆积着腰鼓的那一面墙壁上，当堆放在这里的东西不见了时，露出墙壁，这才发现上面写着一行字。那是用刀子在墙壁上划下的痕迹，哪怕墙壁斑驳，但是因为刻得太多，依旧还残留了好多痕迹。

CLS、CLS、CLS。

上面的字母不止一处，再仔细看，发现周围还有好几处，都是同样的三个字母。

邬乔看着斑驳的墙面，回忆如潮水般涌来，可是她面不改色说道：“小孩子乱涂鸦吧，我们还是走吧。”

但是程令时攥着她的胳膊，轻声说：“只是乱涂鸦吗？”

无处可说的少女心事，只能默默地涂在这无人发现的地方。

因为大家总是乱扔腰鼓，所以老师就让邬乔最后收拾一下，她留在这个空无一人的教室，将腰鼓放好时，便会刻下一次他的名字。

哪怕知道这个学校不会有人认识他，但是依旧只敢刻他名字的缩写。

CLS。

程令时。

这是她年少时，无法说出口的少女心事，是她曾经无望的暗恋。

程令时没有再逼问她，因为他已经拿出钥匙，在每一个 CLS 的名字后面，又刻下了几个字母：XHWQ。

连起来就是，CLSXHWQ，程令时喜欢邬乔。

邬乔站在身后，看着他就这么半蹲着，将墙壁上每一个 CLS 后面都补全了。

待他刻完，邬乔轻吸了下鼻子，正要笑话他好无聊，可是他转身直接将她抱在怀里，气息温热，低沉的声音在这个空旷的教室里响起：“是程令时喜欢邬乔。”

窗外的阳光悄然落进教室内，仿佛将人一下拉回了她的学生时代。

邬乔一个人在教室里慢悠悠地收拾东西，直到最后她掏出随身带来的钥匙，在墙壁上小心翼翼刻下他的名字。流火夏日里，她想着那个脸上总是挂着温柔散漫笑意的少年。

两人离开学校时，程令时将她送到家里，低声说：“明天见。”

他今晚会留在程家老宅里。

这一夜邬乔睡得很安稳，梦里她真的梦到了年少的自己，一直在奔跑，

一直在奔跑，她终于忍不住喊住她，轻声说：邬乔别怕，你所有的梦想都会实现。

第二天上午，程令时一直没动静，哪怕邬乔发信息过去，她也没回。反而是下午时，大伯母在院子里突然喊道："邬乔。"

邬乔从房间里走出去，就看见大伯母手里拎着一个醋壶，说道："帮我送到程家大宅。"

邬乔一怔。

她慢慢走过去，拎起那壶醋，走出了家门。

一路上她沿着镇子上那条熟悉的路往前走，一栋栋白墙黑瓦的古式建筑小楼连成一排，只是这些房子是刚修缮没多久。

到了程家大宅，她发现院子里没人，就连厨房里都没有人。

只有墙壁上挂着的那台电话突然响了起来。

鬼使神差间，邬乔伸手去接了电话，电话那头，一个低沉的声音说："麻烦帮我冲一杯咖啡送到书房。"

邬乔愣住之际，对方又说："谢谢。"

这一刻，她仿佛掉落到了某个旧电影的场景里，相同的画面，相同的话。

邬乔看着旁边那个崭新的咖啡机，还是冲了一杯咖啡端到了二楼。

当她到了二楼，书房的门真的还是虚掩着。

她的目光落在了地板上，很多图纸四散在地上，上面一张张画稿，邬乔抬眼向窗边看去时，一个高大挺拔的身影就坐在书桌旁。

铅笔在纸上发出的声响，依旧那样熟悉。

窗外骄阳似火，那棵始终屹立在窗边的老树，树冠茂密，将光线切割成细小的光斑，一点点落在房间里，午后的蝉鸣声不断传来，那道白色身影在她的视线下，缓缓抬起头。

程令时今天穿着一件白色 T 恤，一如当初。他身材高大挺拔，五官深邃立体，明明是同一个人，却又不同于曾经，只是那双眼睛依旧清澈而温柔。

一如初见时的那个少年模样。

邬乔缓缓走过去，将咖啡放在他的桌边。就在她手掌要缩回去时，程令时一把抓住了她的手指。

随后他站了起来，拽着她的手，从桌子的那边走了过去，当他站在她面前时，一枚戒指悄然出现他的另一只手上。

他单膝跪下，举着戒指低声问道："郚乔，你愿意做我的程太太吗？"

郚乔年少时也曾有过梦想。

可是若要让她说出自己的梦想，那么一定不包括成为他的程太太这件事。

她眼角湿润，最终点了点头，他缓缓将戒指推进她的手指，直至稳稳地将戒指戴在她的手指间。戒指上的钻石是那样耀眼夺目，窗外斑驳的光点落在钻石上，折射出一道璀璨的光芒，这光几乎要射进她的心底。

年少时所有的喜欢，都在这一刻得到了回应。

郚乔低头看着他，笑意那样温柔。

她年少时曾经见过最漂亮的光，是初见他那天遇见的光，他坐在窗口，阳光落在他身上。

那一刻是光因为他而绚烂。

程令时此刻站在她面前，缓缓抬起她的手掌，低头吻在她戴着戒指的手指上，声音低沉而缱绻："郚乔，我爱你。"

少年曾许岁月长。

那个在夏日里伴随蝉鸣出现的人，曾是她遥不可及的梦想。

现在，他们是彼此触手可及的幸福。

【正文完】

番外一

我永远为你着迷

邬乔在时恒建筑所上班的第三年，终于得到了一次出国竞标的机会。国外的建筑发展历史悠久，特别是现代建筑深受西方建筑思想的影响。

这是一次难得的学习机会。

自从得知这个消息，邬乔就开心得不得了。

以至于程令时都不禁酸溜溜地问："要离开我这么多天，就这么开心？"

"什么？"邬乔正在收拾自己的衣服，这次去国外最起码要待半个月，所以她得带好多东西，况且这还是她第一次去欧洲国家。

之前她跟程令时结婚的时候，两人去了巴厘岛度蜜月。

漂亮的沙滩，金色的阳光，永远那样澄澈湛蓝的海水，一切都美得那么梦幻。那次两人一起在巴厘岛玩了十几天，几乎去了岛上的每个地方。

程令时还有潜水证，所以他们一起潜水的时候，是他带着邬乔。

邬乔刚开始还不敢下水，特别是整个人没入水中的一瞬间，有种窒息的感觉传来。可是程令时握着她的手掌，一遍又一遍地尝试。

直到最后，她握着程令时的手，一直游向大海的深处。

等到了沉船景观附近时，程令时给她打了个手势，让她向上看。

邬乔轻轻抬头，就看见无数光线打进海水，那些原本虚化的光线，在这一刻仿佛有了实质。

她忍不住伸手去捉眼前离得最近的那束光。

那一刻，阳光好像被她握在了掌心。

隔着扬起的面罩，她仿佛能看见身侧程令时浅浅的笑意。

那次的出国之行，给邬乔带来了不小的影响，以至于她一直都想再出国逛逛。旅游不就是从自己待腻的地方，前往别人待腻的地方？

况且欧洲保存着很多古老的建筑，邬乔一直想要亲眼见见。

程令时靠在身后的玻璃镜上，淡声说："我是说你要离开我这么久，就这么开心吗？"

"你这人。"邬乔好笑地看着他，无奈道，"该不会连工作的醋都要吃吧？"

其实邬乔自己都觉得奇怪，程令时看起来一副什么都不在乎的样子，但偏偏跟她在一起之后，变得格外斤斤计较。

但凡她把精力放在了别的地方多一点点，他都会提出不满。

在外成熟稳重的程工，到了家里完全就是个"小学生"模样，还挺好笑的。

邬乔说："要不你藏在我的行李箱里，我把你一块儿带过去。"

两人在同一家公司，对彼此的工作一清二楚。邬乔知道程令时最近要主持一项工作，暂时抽不开身，肯定没办法陪自己出国。

谁知程令时不仅没被这话难住，反而双手环胸，淡然道："行啊，不过你得换个大点的行李箱。"

"程先生，你真的要像个小孩子一样吗？"

邬乔好笑地望着他。

程令时也不着急，直接走过去，单膝跪在她面前，吻了上来。

自从结婚后，他好像患了一种肌肤饥渴症，总是想要吻她。他轻轻含住她的唇瓣，一点点撬开，她细腻柔软的唇，仿佛要融化在他的唇舌之中。

这个吻密密实实，激烈得让早已经习惯换气的邬乔都不由得微微喘息。

耳畔是男人微沉而有些紊乱的呼吸声，这样的紊乱反而越发撩人。

程令时低声问："想不想带我一起走？"

邬乔心底觉得好笑，这是她想还是不想的问题吗？

"如果你可以变小，我就把你藏在我的口袋里，时时刻刻贴身带着。"

程令时："小骗子。"

刚才收拾东西的时候，不知道有多开心呢，现在倒是会说好听的哄他了。

"没有，真的。"邬乔的手掌摸上他的脸颊，这会儿心跳还没缓和下来，声音柔媚而甜软地说，"我想把你带走，藏起来。"

要说受欢迎程度，经过几次惊艳的设计之后，彻底在网上出名的程令时设计师，可是要比她出名得多。两人出门时，女生偷偷看他的次数可是不少。

有时候还被邬乔撞到有人跟他要微信的场面。

这话，好像在程令时心底点了一把火，邬乔的唇再次被咬住。他毫不犹豫地将舌头探了进来，带着凶狠的力道。

这次比刚才更加细密凶猛的吻，让衣帽间的气氛再次热烈。

趁着空隙，邬乔软乎乎地盯着他说："哥哥，你确定要在衣帽间吗？"

自从结婚之后，邬乔几乎再也没喊过这两个字。

毕竟对她而言，程令时的身份早已从哥哥转变成了丈夫。可是这一刻，她这两个字，又生生在他心上点了一把火。

"是你惹我的。"程令时用手臂微撑着身体，居高临下地盯着她。

那双黑眸里，如同星火燎原，已经彻底将衣帽间的气氛点燃。

邬乔再次轻轻闭上眼睛，这动作仿佛是无声的邀请，男人也不再客气，俯身吻下来的同时，手掌握住她纤细的腰肢。

一时间，衣帽间里的气氛被点燃到极致，暧昧的喘息声让人无处可逃。

没一会儿，邬乔感觉到男人身上布满了细密的汗，黏腻却不会让人心生厌烦。

她只觉得浑身热得发烫。

不知何时，窗外下起了大雨，雨珠打在窗户上，淅淅沥沥的雨声似乎遮盖了房间里的呼吸声，可是比紊乱的呼吸声更激烈的声音渐渐盖过了雨声。

邬乔出国那天，程令时开车送她到机场。

在办理登机的时候，其他同事也到了，众人对程令时送机这事已经见怪不怪了。

毕竟谁都知道，程工自从结婚之后，完全变成了"老婆奴"。

郜乔在公司里还会避讳一下，假装公私分明的样子。

但程令时完全不在意，中午下班的时候，一定要跟自己的亲亲老婆吃饭。

不少员工都在食堂遇到过两人一起吃饭，要不就是干脆在他的办公室里吃饭。

上班下班，两人永远一起，除非是一个人出差或者另外一个人外出，原本还有女同事酸酸地说，毕竟是新婚夫妻，这种情况难免的呀。

结果经过这么长时间，两人的感情丝毫不见退热，反而越发有默契。

虽然郜乔的项目程令时并不会全部参加，但是只要他参与到的项目，两人都是一眼就能看懂对方的意思，简直让项目组的其他人起鸡皮疙瘩。

“到了国外，想买什么就买什么，行李箱不够的话，就再买两个行李箱。”程令时伸手拨弄了下她耳鬓的碎发，低声叮嘱。

郜乔笑了下：“我是去工作，又不是去大采购。”

“工作之余，顺便买点东西放松一下。”

程令时语气轻松自在，一旁也在办理登机的同事，登时心酸地要掉下眼泪，怎么没人对他们说这句话啊。

公司对于出差的机票都有规定额度，什么级别的建筑师相对应报销的金额。当然如果有人想要自己加钱升舱，公司也没什么意见。

郜乔的机票就是头等舱，这钱自然是程令时替她出的。

本来她自己无所谓的，还想着跟同事一起坐旅途也没那么无聊，但是程令时经常飞欧洲，知道十几个小时的行程，窝在经济舱里根本就受不了。

所以他给郜乔订了头等舱之后，就大手笔地给其他同事集体升了商务舱。虽然郜乔觉得开这个头不太好，但是一想到其他同事也能舒服点，也就没有多说。

这会儿大家气氛都极融洽，程令时不是那种一心压榨员工的老板。

时恒建筑所的工作压力确实大，工作强度在业内也是出了名的，但是给的待遇也是业内最好的，以至于这几年建筑毕业生首选的公司，不再是那些外资建筑所，而是时恒这个年轻又充满朝气的中国建筑事务所。

到了该登机的时候，郜乔起身，程令时伸手将她抱住：“在外一切小心，记得每天给我打电话。”

“我们有时差的。”邬乔无奈地提醒道。

程令时：“只要是我老婆的电话，哪怕有时差我也愿意等。”

“好了，先进去吧。”程令时见其他人都已经起身，伸手拍了拍邬乔的头。

邬乔其实没那么感性，但这是他们结婚之后第一次要分别这么长时间。之前哪怕是国内出差，两人都不会分开超过五天。

而这次一去，就是半个多月。

最后她还是没忍住，伸手抱住程令时的腰。

“怎么了？”程令时明显感觉到邬乔的情绪起伏，抱住她，轻轻吻了下她的发顶，柔声说，“想我的时候，随时给我打电话。”

“嗯。”邬乔低声应道。

两人相拥了一会儿，最后还是邬乔低声说：“我真的得走了。”

“去吧。”哪怕是程令时的声音，这时都没了平常的懒散，变得有些失落。

邬乔拎着手提包往里面走，但是很快，她回头看了一眼。喧闹的机场里，程令时站在原地，修长挺拔的身量格外显眼。

机场明亮的光线落在他的身上，恍惚间，邬乔想到了他们重逢时的场景。

他出现在展示厅门口时，也是这样，如同自带光一样，耀眼得能够吸引所有人的目光。

程令时见邬乔回头看自己，抬起手冲着她挥了挥，随后手指压在嘴唇上，做了个飞吻的动作。这举动让一旁一直盯着他的小姑娘立即心碎了。

果然大帅哥都是有主的。

邬乔笑着回应了下，这才转身进去。

这次飞行的目的地是英国，航程有十二个小时，邬乔在飞机上看了一场电影，又睡了一会儿，实在无聊便打开了电脑。

正好旁边的人在招呼空姐，偏头看见邬乔，突然问：“小姐，要不要也来一杯红酒？有助于睡眠。”

男人一副十分贴心的模样，这种长途旅行，最易生出艳遇，不是跟空姐，就是跟同舱客人。

邬乔闻言抬手撩了下长发，戴在手指上的婚戒，哪怕在昏暗的光线下都十分显眼。她轻笑着婉拒道："不用，我没有睡前喝红酒的习惯。谢谢您。"

搭讪的男人大概也看见了她的婚戒，尴尬一笑，再也没说话。

邬乔低头看了一眼手机，没想到这才过去五个小时。

现在已经是国内的凌晨了，邬乔翻开程令时的微信，看了看两人之前的聊天记录，大概是天天在一起的原因，他们的微信聊天记录其实并不算多。

但她没想到，自己才离开这么几个小时，就开始想他了。

邬乔在再次睡下之前，看了眼手机里存着的两人照片。

到了英国之后，一行人立即投入工作之中，其实时恒建筑所也有欧洲事业部，而且合伙人姜铮是程令时和容恒的大学同学。

姜铮是个英籍华人，当年也在美国留学，三人关系极好。

当初邬乔和程令时结婚，他还带着太太一起前来参加了婚礼。

他太太是中国人，当初他们也是在美国留学的时候相遇，后来太太为了他前往英国发展，两人还有一对可爱的儿子。

邬乔到了英国，姜铮就立即出面招待了他们一行人。

后来又单独邀请邬乔到家里做客，邬乔抽空去买了几份礼物，去姜铮家的时候，带给了姜铮的太太和孩子。

其间，姜铮太太问道："你们什么时候要孩子？"

"暂时还没考虑。"邬乔笑了下。

姜铮太太赞同道："那就先好好拼事业，我现在就有点后悔太早要孩子，这两个小家伙实在占据了我太多的精力。"

姜铮笑着看向身侧调皮捣蛋的儿子，警告道："你们先不要玩邬乔阿姨带来的玩具了，乖乖吃饭，要不然妈妈会不开心的。"

吃完饭之后，邬乔陪着两个小朋友玩，让人意外的是，这两个孩子中文居然学得很不错，能跟邬乔进行流利的对话。

邬乔正陪着孩子们搭积木，姜铮举起手机，对准她和孩子。

“是不是觉得这一幕很温馨？”他在跟手机另一端的人说话。

这会儿邬乔才知道，是程令时打来的视频通话。

姜铮摇摇头：“邬乔，令时对你真的太上心了，知道你来我家做客，电话立马就打过来了。要知道平时他跟我说得最多的就是工作。”

程令时没搭理他，隔着屏幕看向邬乔：“玩得开心吧？”

“嗯，他们家的两位小宝贝真的太热情了。”邬乔笑了声，因为更小的那个小孩已经抱着她的腿，让她回去陪他们一起玩。

她只能匆匆跟程令时说了一声，然后赶紧坐回去，继续陪他们搭积木。

姜铮将摄像头对准地毯上的三人，邬乔穿着宽松衬衫和阔脚裤，长发利落地扎了起来，随意坐着，弯腰凑近小朋友，三个人愉快地搭起了积木。

“会不会觉得羡慕？”姜铮故意问道。

对面的程令时专心看着视频里的画面，半晌，突然“嗯”了一声：“羡慕。”

这话让姜铮一愣。

他跟程令时认识这么多年，知道程令时这人最擅长的就是口是心非，实在是没想到，这一刻这人直接说出了“羡慕”两个字。

“那就早点要个孩子，有了孩子，你就会体会不一样的人生。”

邬乔在英国又待了十几天，待到归期将至，没想到的是，因为工作变动，他们还需要再留一个星期。

邬乔的生日就在六月，她本来以为怎么都会赶上回国过生日。

没想到，这次居然真的赶不上了。

她和程令时打电话的时候，还主动安慰他说：“只是一个生日而已，回去的时候你再给我补过就好了。”

“你在英国那边，跟同事们一起庆祝吧。”程令时淡然说道。

邬乔点头：“放心吧，我肯定会的。”

谁知到了邬乔生日那天，姜铮却给她打了电话，说知道今天是她生日，所以他们全家想请她去吃饭。他发了个地址过来，说是先在这里会合，然后大家再一起前往餐厅。

邬乔用地图软件查了下，那个地方是泰晤士河边，临近伦敦眼。

伦敦一向多雨，这天也不例外。出门时，邬乔特地带了一把伞。等她到了约定地点，发现是泰晤士河旁边的一个小景点。

因为外面的风很大，邬乔特地裹紧了披在身上的丝巾。

之前因为工作太忙碌，她还没来得及仔细逛逛伦敦，就连泰晤士河也只是坐出租车时偶尔路过而已，并没有认真地来这边逛过。

难得过来，连邬乔这么不爱拍照的人，都忍不住拿出手机。

只是她手里拿着雨伞，只能勉强拍到伦敦眼的一角，根本拍不到全部。邬乔努力了几次，最后只能拍到自己，可惜今天下着雨，整个伦敦都是那种灰蒙蒙的感觉。

就在她四处张望，想找找看有没有中国游客可以帮她拍张照片的时候，一个年轻的英国女生向她走来，手里拿着一朵香槟玫瑰。

当她走到邬乔身边时，将手里的香槟玫瑰递了过来，笑着说："Happy birthday。"

对方说完便离开了。

邬乔拿着手里的香槟玫瑰，低头看了看后，又向四周张望。

有个荒唐的念头在她脑海中出现。

可下一秒，却又被她打断。

这里可是英国，远离中国的地方，不说别的，光是申请签证就是个很烦琐的事情。更别说从上海飞到这里，要十二个小时。

他怎么也不可能在短短一天内，做完这么多事情吧？

小雨还在淅淅沥沥下着，初夏的雨带来微微凉意，她手里的这枝香槟玫瑰上也沾着些许雨珠，含苞待放的花蕾娇艳欲滴。

就在邬乔愣神的时候，有个黑人男子再次走到她身边。

同样说了句"生日快乐"，微笑着将一朵香槟玫瑰送到她手边。

接下来，邬乔站在那里，有七八个人给她送了香槟玫瑰，并且跟她说了"生日快乐"。

直到她发现，这些人都是从左首边那个方向走过来的，于是她慢慢走过去。

中途还碰到了一个中国女孩手里拿着香槟玫瑰，对方见她没有站在那个位置，愣了下，倒是邬乔先开口问道："这朵香槟玫瑰，应该是给我的吧？"

"对。"中国女孩笑了下，用流利的中文说，"生日快乐。"

邬乔接过这朵香槟玫瑰，笑着往前走去。

这边正好有一栋建筑，走到建筑的拐角处，她看见一个身材高挑的男人手捧着香槟玫瑰，正拦下路人，似乎在和对方交流着什么。

直到她忍不住出声喊道："程令时。"

怀抱着香槟玫瑰的程令时转头望了过来，他手里拿着一把黑色长柄伞，胳膊半抱着玫瑰花，完全是成熟男人的风采。宽肩窄腰，那双大长腿在黑色长裤的衬托下，秒杀了一众路过的外国小哥。

在见到她的那一瞬间，程令时有些无奈又带着笑意地跟对方说了一句什么。

紧接着，他就阔步走过来，直接丢掉手里的雨伞，将邬乔抱在怀里。

邬乔一边护着怀里的香槟玫瑰，一边还记得替他撑伞，手忙脚乱地被他抱在怀里，结果最后伞还是掉在了地上。

她干脆不去管了，任由细雨打在他们的肩头。

"程令时。"她低声喊道，心脏剧烈跳动着，一刻都没缓和。

她真的不敢相信，他出现了，就这么跨越万里，出现在了她的眼前。

"本来还想找人将这些玫瑰花全部送给你，结果你就自己找过来了。"程令时有些无奈，说这话时多少带着些埋怨，埋怨她打搅了自己的计划。

这一切对邬乔来说犹如做梦般，她趴在他怀里，问道："你怎么会来呢？我一点都不知道。"

"其实从你出国的时候，我就想好要陪你一起，你不是说想好好逛逛欧洲吗？我请了年假，你的年假我也帮你请好了。这次工作结束，我们就去环游欧洲，好不好？"

邬乔没想到，她不仅看到了他，居然还听到了这话。

所以他根本就是一早计划好了。

她忍不住伸手，在他的肩头砸了一拳："你真的好能保守秘密，居然藏得这么严实。"

亏得她昨天还安慰他，不用内疚没办法陪自己过生日，合着他那时候已经踏上了来英国的路。

原来不知情的只有她自己。

“生日快乐，邬乔。”程令时抱着怀里的姑娘，在他怀里的人那样真实而温暖。

如同抱着他的全世界，不愿意撒手。

邬乔这才想起来，娇嗔一声：“我的香槟玫瑰。”

她推开程令时，要去检查她的玫瑰，生怕被两人的拥抱给压坏了。程令时正好将手里的玫瑰一并给了她，低声说：“你应该知道香槟玫瑰的花语吧？”

就在邬乔低头时，程令时弯腰，贴近她的脸颊。

“这一辈子，我只喜欢你一个人。”

男人用低沉好听的声音说着动人的情话，哪怕小雨依然在落，可是邬乔的心头却一片滚烫。程令时弯腰拎起身侧雨伞的一边，顺势将雨伞扯到手里，然后他撑着伞，将两人挡住。

在伦敦的街头，他低头吻上了邬乔的唇。

这一世，我只喜欢你一个人。

我的女孩。

我的邬乔。

番外二

不愿醒来的美梦

作为邬乔和程令时的掌上明珠，程渔小姑娘终于到了上幼儿园的年纪。在成功报名之后，邬乔领回来一堆小校服、小被子、小枕头。

洗完之后，邬乔拿出在网上定制的姓名牌。

因为小朋友们的校服、枕头和被套都是一模一样的，为了防止混淆，老师早就在家长群里要求，要将小朋友的个人用品做上标识。

程令时画完图从书房里出来，就看见邬乔盘腿坐在沙发上缝东西。

“缝什么呢？”他走过去，顺势搂住邬乔。

邬乔将手里的衣服举起来：“姓名贴，看看我的手艺怎么样？”

程令时低头仔细看了看：“厉害。”

说完，他转头在邬乔脸颊上亲了一口，再次夸赞：“不愧是我老婆，这么心灵手巧。”

虽然邬乔本意也是想让他夸赞自己，但是面对这种程度的彩虹屁，还是不免笑道：“程工，你现在是不是太会甜言蜜语了？”

“这样吗？”程令时搂着她，认真想了想，“大概我跟全世界最甜的两个人住在一起，耳濡目染的吧。”

“甜？”邬乔对于这个形容，感觉陌生又好笑。

程令时揉了揉她的长发，这是他最喜欢的小动作，掌心里她长发柔软的触感，让他爱不释手。

等揉尽兴了，他低声说："因为你们对我而言，就是蜜糖。"

最甜的蜜糖，哪怕只是看着，也会觉得甜得融在心头。

邬乔握着手里的姓名贴，忍不住笑了起来，只是不小心，手里握着的针扎到手指尖，白皙的皮肤上瞬间冒出一个血点。

程令时立即将她的手指含在嘴里，轻轻吮吸。

邬乔都是当妈妈的人了，却依旧被这样亲昵至极的举动弄得面红耳赤。

"给我缝吧。"程令时松开她的手，仔细检查过后，确定不会再冒出血来，这才伸手跟她要针线包。

邬乔缝了几个，正在兴头上："我自己来吧。"

程令时不由分说地将针线包拿了过去，振振有词道："下次有这种事情，别一个人做。"

邬乔忍不住回嘴："这是什么好事吗？"

"关于我女儿的事情，都是好事。"

什么是顶级女儿奴，就是程令时这样的。

通常而言，妈妈会对女儿的打扮比较上心，各种漂亮可爱的穿搭信手拈来，邬乔跟别的妈妈比起来，在这方面不遑多让。

但她没想到，程令时居然比她还上心。

偶尔逛街，看见漂亮的衣服，邬乔还在考虑小朋友衣柜里有一堆没穿的衣服，程令时就已经告诉店员尺码，让她们把衣服打包。

邬乔本来还担心他，谁知程令时熟练地穿针引线，很快将一枚姓名贴缝在衣服上。

程渔的幼儿园算是市里的顶级名校，学校的校服不仅质量好，数量也多，光是春秋就有四套，还有运动服，就连袜子都是统一的。

"开学那天，你要跟我一起送她吗？"邬乔窝在程令时身边，安静地看着他缝制。

程令时手指一顿："当然。"

邬乔轻笑提醒："你女儿哭的话，你可不许心软。"

“不会。”

邬乔摇头：“我不信。”

程令时低笑：“我还不至于在这种事情上娇惯她。”

只是他这话，邬乔是如何都不相信的。

到了九月一号，全体“神兽”回笼的时刻，其他学龄段开学倒还好，顶多就是熬了一夜写作业，早上起不来床差点迟到，被家长狠骂一顿。

幼儿园可就不是那么回事了。

每个幼儿园门口的家长和老师都如临大敌般，安抚着新一批小神兽们。

中班和大班的小朋友里面，尚且还有哭哭啼啼的，更别说第一次跟家长分离的小班同学，一个个从车里下来，被家长送到老师手里，有的瞬间就开始号啕大哭，有的死死抱着家长的腿，死活不跟老师离开。

邬乔从车里下来，程渔顺着车子爬了出来。

一大清早，这条原本幽静的路，停着各式各样的豪车，因为都是接送小朋友的，所以也没人规范什么停车问题。

程令时从驾驶座下来，邬乔给程渔背上了小书包。

白色衬衫小短袖，领口系着一个深绿色蝴蝶结，下面配了一条深绿色裙子，当初来这家幼儿园参观时，邬乔一眼就被校服所吸引。

这种深绿色，倒是有点儿像哈利·波特里斯莱特林学院的配色。

“朝朝，昨天跟妈妈说的话，还记得吗？”邬乔微微弯腰，直视小朋友的眼睛。

朝朝是程渔的小名，邬乔和程令时都希望她永远如朝阳般灿烂向上。

程渔乖巧点头，小朋友今天梳着两个乖巧的马尾辫，她的头发不像一般小朋友那样稀疏，虽然软但发量很多，她一点头，马尾就乖乖地垂落。

邬乔的心都快被自家女儿萌化了，她伸出双手：“现在牵住妈妈的手，我们去找老师好不好？”

程渔伸出小手，握住邬乔。

程令时从旁边走过来，顺势将女儿的小手也握在手心里：“也要跟爸爸牵手。”

一家三口到了门口，小二班的班主任老师立即上前："是程渔小朋友吧？"

开学之前，家长就把小朋友的证件照和生活照交给了老师，老师早已熟悉了各位小朋友的脸。

"我是姚老师，以后就是你的班主任了。"姚老师温柔地冲她一笑，伸出手掌。

程渔本来也有些紧张，但在邬乔松手后，她还是主动牵住了老师的手。等她要往幼儿园里面走时，忍不住回头看了一眼："爸爸妈妈，你们要来接我啊。"

"我们下午一定来接你。"邬乔保证。

小朋友听到这句话，似乎松了一口气，安心地跟老师离开了。

连邬乔都忍不住感慨："你女儿好乖啊，我都要舍不得了。"

只是她并未等到旁边人说话，她转头看过去，就见程令时直勾勾地盯着园内，即便程渔早已被老师牵进了教学楼，却还是挡不住他灼热的视线。

"望女石，我们是不是应该走了？"邬乔轻笑道。

程令时朝她看了一眼："再等等。"

邬乔："等什么？"

"万一她哭的话，我可以立刻抱她回家。"

不是？是谁信誓旦旦跟她说，自己不会在这种事情上纵容小孩子的。

好在程渔小朋友今天格外给力，并没有让她爸爸得逞。邬乔和程令时两人坐在车里等了十来分钟，都没听到老师崩溃地给他们打电话。

邬乔笑着说："程先生，我都说了，人家姚老师是有数十年教龄的资深幼儿教师，怎么可能搞不定你女儿。"

中午，邬乔去办公室找程令时，谁知这位正直勾勾地盯着手机。

邬乔知道他并非手机中毒患者，于是她悄悄走过去，就看见程令时摆在桌子上的手机，正在播放幼儿园的小视频。

这是老师为小朋友们拍摄的，毕竟今天是他们第一天上学。

很多小朋友都还不太适应幼儿园里的节奏，家长也忧心。

“程工，”邬乔伸手抱住他的脖颈，声音轻软地喊了一句，在他耳边蹭了下后道，“你该不会一上午都在看这个吧？”

程令时皱眉：“你不担心？”

邬乔一怔，倒也不是不担心，就是一上午太忙，给她忙忘了。

“今天学校午饭吃的配菜有胡萝卜。”程令时皱着眉头说道。

正好他播放的视频里有今天中午的午餐画面，邬乔看了一眼，称赞道：“荤素搭配，营养均衡，学校考虑得多周到。”

“朝朝最不喜欢吃胡萝卜。”

邬乔却忍不住偷笑，程令时也不喜欢吃，女儿完全是继承了他的口味。

“正好改改她挑食的毛病，”邬乔直接将人拉起来，一边往外拖一边说道，“本来我还没想好今天中午吃什么，但是现在想到了。”

程令时被她牵着手拉到门口，淡声道：“你想吃什么？”

“胡萝卜炖牛腩。”邬乔微拖着调子，故意说道。

程令时揉了下她的长发：“好啊。”

邬乔有些诧异地转头看向他：“你不是最讨厌吃胡萝卜的？”

“你不是想吃？”程令时用稀松平常的语气说。

邬乔心头没来由的一软，都说婚姻是爱情的坟墓，可是她的婚姻不仅不是坟墓，还是爱情的滋养液。

每天跟这个男人在一起时，她都会感受到无尽的快乐。

“如果我的人生是一场梦，”邬乔看着他，轻声说，“那我宁愿永远不要醒来。”

就让她沉溺在这美梦之中。

程令时似乎有些理解她突然这么说的原因，他将人搂在怀里：“别胡说八道，我和朝朝都是真实存在的，我们会永远陪在你身边。”

周五放学的时候，保姆将程渔接到公司时，她顶着额头上的小红花，在公司里里外外绕了足足有三圈。

连容恒都忍不住好奇，她这么爱嘚瑟的性格，到底是像了谁啊？

因为程渔小朋友第一周在幼儿园里表现优秀，不仅一次没哭，还得到了老师的小红花，所以邬乔和程令时决定带她去周边的一家动物园。

开车过去需要三个小时的车程，他们也没带司机，就一家三口。

邬乔提前订了动物园的门票还有酒店。

这家野生动物园很有特色，园内就有供游客居住的小树屋，树屋的房顶是玻璃的，夜晚一家三口可以一边躺在床上，一边欣赏星空。

程渔小朋友提前在网上看过小树屋的图片，期待得不得了。

等真的入住了，她一进房间就仰头望着屋顶："爸爸，你快看，这个屋顶是玻璃的。"

程令时刚把箱子拎进来，就被程渔拉了过去。

"爸爸，你会画这种房子吗？"程渔虽然年纪小，但是在家和公司里耳濡目染，也知道爸爸妈妈都是画房子的人。

毕竟她见过爸爸妈妈在电脑上画图，也在公司里看过程令时设计的那些建筑物模型。

或许她对于建筑设计师这个概念还不懂，但是却很容易记得爸爸妈妈是画房子的人。

"朝朝想要这个？"程令时问道。

程渔点头："我喜欢这个，爸爸你给我也画一个吧。"

程令时笑着掐了下她的小脸蛋："好，等你过四岁生日的时候，爸爸就送一个这样的房子给你。"

"程令时。"一旁的邬乔忍不住出声提醒。

对于时常允诺各种东西的亲爹，邬乔是挡也挡不住的，只能看着父女两人快乐地在一旁，一边打开行李箱，一边偷偷说着小话。

晚餐他们是在园区里的自助餐厅吃的，程渔吃吃玩玩，别提多开心。以至于一家三口回到树屋小别墅后，小姑娘洗完澡没多久，就躺在床上睡着了。

余下邬乔和程令时，躺在床上看着头顶的玻璃窗。

今晚夜色很好，难得的繁星满天，两人平日里忙碌，根本没有这样安静看星空的机会，以至于两人都沉浸在夜色中，久久都没说话。

直到中间睡着的小姑娘猛地一翻身，一只脚搭在程令时的肚子上。

邬乔扑哧轻笑出声。

程令时也不以为意地一笑，伸手握住她的手，低声说：“早早。”

“嗯。”邬乔低低应他。

“我爱你。”突然，他莫名说道。

邬乔转头看向他，就见他不再平躺着，而是侧着身体，伸手将小姑娘散在脸上的长发顺到脑后，然后他抬头看过来。

“你们才是我这一辈子不愿醒来的美梦。”

【全文完】

我觉得我再也不会遇到程令时这样的人。

在我一无所有的时候，那样关心我。他就像那个夏天里上天送来的礼物，抬眸浅笑，伏案作画，都被我的视线追逐着。

邬乔，我呢，从来不好为人师，也没收过学生，但这是我第一次想试试。我会教导你，我也会亲眼看着你，成为一名真正的建筑师。

邬乔，到我身边来，我们一起建造一个理想之城。

图书在版编目（CIP）数据

不许暗恋我：全2册 / 蒋牧童著 . — 南京：江苏凤凰文艺出版社，2022.9

ISBN 978-7-5594-7006-5

Ⅰ . ①不… Ⅱ . ①蒋… Ⅲ . ①长篇小说－中国－当代
Ⅳ . ① I247.5

中国版本图书馆 CIP 数据核字（2022）第 124460 号

不许暗恋我：全 2 册

蒋牧童 著

责任编辑	王昕宁
特约编辑	林　璧　查　婷
出版发行	江苏凤凰文艺出版社
	南京市中央路 165 号，邮编：210009
网　　址	http://www.jswenyi.com
印　　刷	三河市嘉科万达彩色印刷有限公司
开　　本	880mm × 1230mm 1/32
印　　张	22
字　　数	675 千字
版　　次	2022 年 9 月第 1 版
印　　次	2022 年 9 月第 1 次印刷
书　　号	ISBN 978-7-5594-7006-5
定　　价	72.80 元（全 2 册）